天下试

典藏版

倾泠月 著

上册

青岛出版社
QINGDAO PUBLISHING HOUSE

图书在版编目（CIP）数据

且试天下：典藏版/倾泠月著.—青岛:青岛出版社,2021.9
ISBN 978-7-5552-8003-3

Ⅰ.①且… Ⅱ.①倾… Ⅲ.①长篇小说－中国－当代 Ⅳ.①I247.5

中国版本图书馆CIP数据核字（2021）第061975号

QIE SHI TIANXIA（DIANCANG BAN）

书　　名　且试天下（典藏版）
作　　者　倾泠月
出版发行　青岛出版社
社　　址　青岛市崂山区海尔路182号（266061）
本社网址　http://www.qdpub.com
邮购电话　18613853563　0532-68068091
责任编辑　李文峰
校　　对　邓　旭
装帧设计　千　千
照　　排　梁　霞
印　　刷　三河市良远印务有限公司
出版日期　2021年9月第1版　2022年7月第3次印刷
开　　本　16开（710mm×980mm）
印　　张　39
字　　数　875千
书　　号　ISBN 978-7-5552-8003-3
定　　价　65.00元（全2册）
编校印装质量、盗版监督服务电话　4006532017　0532-68068050

思帝乡

出自：浮生华图广播剧《且试天下》

填词：雪幽若【浮生华图】

杏花吹满头
谁家年少足风流
依依回眸
满怀情衷
君知否

飞絮缀西楼
年少轻狂不知羞
罗衫玉搔首
再倚栏杆
休言愁

谁将心事换浮沉
墙外花落人空瘦
细语呢喃转瞬已成昨
只闻琵琶叹幽幽

落英花满袖
不忍别离泪双流
欲行陌上
执手相望
雨绸缪

桃花开如旧
庙宇楼台却荒丘
今夕何夕
明夕何夕
谁人留

往事凄凄莫回首
莫问烽火几时休
焚尽锦书难断情殇
一曲悲歌泣离愁

云雪满肩头
魂梦归乡系孤舟
望穿天涯
休弹琵琶
空泪流

往事已成灰
凭谁再续当年醉
血色染泪痕
千古祭英魂
琵琶声停空余恨

主题曲

主题曲

黑白峙

出自：浮生华图广播剧《且试天下》

填词：SeKiyo_Ra【浮生华图】

风迷离　卷起烟沙漫
忆经年　只换得半声轻叹
夜夜描绘相思卷
书卷合难写昔日缘
搁笔只现乱军前
不再念　却求山河并肩

你我却只是　江山的两枚棋
黑与白相争　步步困此局
交战意　输赢万变瞬息
闻鼓即起　夺天下社稷

你我却只是　江山的两枚棋
横纵交错　走险对弈
算心机　沙场谁据旌旗
世间风雨　将爱恨淋息

谁知　只想将这戎甲尽弃
岂知　四海沉浮撤身难　入绝地
再思忖　黑白寂寂
不及悔棋　定残局

半子错　密布星罗　满盘息
此生错　国疆兵乱　葬往昔

人物档案

【非无脚下浮云闹，来不相知去不留。】

姓名：白风夕 / 风惜云

性别：女

身份：江湖女侠白风夕、青州公主风惜云，后继位为青王。

外貌：白风夕——清眸素颜，白衣雪月；

风惜云——天然姿态，如凤威仪。

性格：白风夕——率性洒脱，狂放如风；

风惜云——稳重大气，英武贤明。

擅长：寻找美食、睡觉、武功、兵法、权谋、文采、唱歌、跳舞。

绝招：凤啸九天

军队：风云骑

点评：

有人说风夕是多情之人，她的感情给了很多人，这样说也是对的。

于江湖，她是潇洒恣意的白风夕，三丈白绫，一弯雪月，一袭素衣，笑语盈盈；面对群侠，她言笑晏晏，巧解燕瀛洲；采莲初会，她踏花而舞，临水而歌，水袖轻扬，舞姿曼妙，风华绝世。

于乱世，她是才满天下的风惜云，三尺青锋，一剑凤痕，一身清晖，傲然天下；面对敌军，她肃然冷厉，果敢决绝，谨慎谋划，冷静行事；且顾部下，她温和优雅，仁心仁德，有情有义，肝胆相照。

风夕在张狂无忌、笑傲天下的外表下，是感情极为丰富之人。对天下百姓疾苦的怜惜，对风云六将的爱惜，与玉无缘之间的知惜，对凤栖梧的叹惜……这些都是感情，君臣之义，朋友之谊，亲人之情，这都是很正常很普通的情。只一个丰息却是独独不同的，似怨似恨似嗔似怒似爱似怜……她的感情给了很多人，但她最独特的、最深刻的，则全部归于丰息。

人物档案

【情之所钟，生死可弃。】

姓名：黑丰息／丰兰息／黑狐狸（仅限于白风夕）

性别：男

身份：江湖上神秘的丰息公子、雍州世子丰兰息，后继位为雍王。

外貌：玄衣墨月，俊雅绝伦，雍容清贵，仁心仁举。

性格：精谋善算，野心夺权，才倾天下，腹黑冷血。

擅长：布阵、种花、音律、武功、谋算、文采、厨艺、茶艺。

绝招：兰暗天下

军队：墨羽骑

点评：

他自小生长在阴谋暗算的环境中，看尽世间百态，任何人的所思所为都尽在他的掌控之中，天地万物在他眼里也不过是工具，对任何人都以礼相待的背后却是最最无情之性。

唯有一个白风夕是他的失算。从相遇伊始，这个狂放无忌的女子便让他无法移开目光，他对她好奇，是以容许她进入他的生命，纵容她的所作所为，只是当他发现自己对她太过纵容之际却为时已晚，风夕早已融进他的生命，化为他的骨血，等同他的半身！是风夕让无情之人有了情，是以她便成了他唯一的弱点，他运气不大好，偏这唯一的弱点就是致命的弱点。

所以与其说丰息是专情之人，不如说他是独情之人，除了对风夕有情，天地万物皆不在他眼中。

而后，且视天下如尘，携卿之手，笑看万里江山。

【千秋万岁名，寂寞身后事。】

姓名：皇朝

性别：男

身份：江湖四公子之一、冀州世子，后继位为冀王。

外貌：身材修长清瘦，常着一袭浅紫色锦袍，长长的黑发以一根紫色缎带束于脑后，一张脸仿若是上天精选最好的玉石专心雕刻的绝世之作。金褐色的眼瞳闪着耀眼的金光，自然散发一种尊贵、傲视群雄的气势。

性格：雄才大略，傲视天下，光明坦荡，霸气天成。

擅长：射箭、下棋、武功、征战天下。

军队：争天骑

点评：

皇朝是霸者。他的胸襟、豪气、傲骨让他光芒万丈，令所有人瞩目，那是完全不同于丰息的一个王者。丰息令人畏从，而他令人敬服。从他的手足到他的臣将，无不对之唯敬唯叹，似仰视一个英雄或天神一般，心甘情愿臣服于他的脚下，万死不辞。

而他也未让他的手足与臣下失望，自始至终豪气冲天，傲骨不减，堂堂然告曰天下，他要将这个世间握于掌中！他出手没有迂回，直来直往，他的臣将、他的手足全知他的心意，全听令从事。而丰息，自始至终，除一个风夕，无人能看懂他。

皇朝是光明正大的。他做任何事都敢向天下公布，他有任何目的都敢向人说明，便是刺杀的行为他都要光明正大地派大将出行，不似丰息，任何事外边都包着一层糖衣。可他并未失人心，天下人依旧敬从于他，仰慕于他。皇朝是适合作为开国之君的，他有那个能力，有那个气魄！

【风雨千山玉独行，天下倾心叹无缘。】

姓名：玉无缘

性别：男

身份：天下第一公子、天人玉家后人，选择辅佐皇朝为帝，被皇朝尊为“玉师”。

外貌：人洁如玉，无瑕出尘，清逸淡泊，缥缈若仙。

性格：善心如佛，慧绝天下，悲天悯人，胸怀苍生。

擅长：无一不通

绝招：无间之剑

点评：

无须呼唤，亦无须悲伤。有的人生无可恋，死为归宿。

人物档案

玉无缘是不属于这个尘世的。他只留一个躯壳在红尘内，心、魂俱在红尘外，自始至终，他几乎都是以旁观者的姿态出现在这个红尘乱世中，他可以看透任何人，包括他自己，所以他心如止水，七情不动，无牵无绊地在红尘中飘荡。

这是一缕孤魂，一缕知晓自己会在何时灰飞烟灭的孤魂，一缕摒弃所有温情、孤独而行的孤魂，一缕亲自挥剑斩断所有希望的孤绝之魂！他来这世上，不过为着履行他的任务，任务完成，他也就消逝了。

只是孤魂要摒弃那温暖的抚慰该需多大的毅力？要亲手斩断所有的希望又需多大的勇气？他是有心还是无心？他是有情还是无情？他是天人还是修罗？他是——“能于天支山上同赏一轮月，能于康城同赏一场落梅残雪，便是人生聚散无常，年华易逝，无缘也觉无憾。”

天下倾心？一人倾心足矣。天下叹？天下又怎知他所叹？

可惜明年花更好，知与谁同。

【看似你就山，实则山就你。】

姓名：华纯然

性别：女

身份：幽州纯然公主，后嫁皇朝，为皇朝皇后，有“大东第一美人”之称。

外貌：艳压晓霞，丽胜百花，人见倾心，月见羞颜。

性格：秀外慧中，知书达理，拥有一颗七窍玲珑心，但因生于王室，熟谙深宫生存规则，心机深沉，敢舍求得，自幼渴慕拥有“女子至尊”之位。

擅长：权术、歌舞、赏花、刺绣。

独白：

我就如这朵花一样，适合长在这个富贵园中。我到外面去干吗呢？只为着看外面的花草树木、各式人物吗？或许一开始会有新奇之感，但世间只要有人的地方又岂会有二般？我既不会纺纱织布，也不会耕田种地，更不惯粗茶淡饭，如何适应平常百姓的生活？我只会一些风花雪月的闲事，我喜欢华美的衣饰，喜欢精美的食物，喜欢歌舞丝竹，我还需要一群宫人专门服侍我……我自小至大学会的是如何在这个深宫中生存。

人物档案

姓名：久微

性别：男

身份：久罗族人，后成为久罗王。

外貌：一身青衫，瘦削挺拔，容貌净无瑕秽，灵韵天成，如琉璃般明澈，令人望之亲切。

性格：平日温和可亲，但一提到久罗族族灭就变得饱含仇恨，冷酷无情。

心愿：给久罗族平反，重新恢复久罗族的名声，重振久罗族，让族人都能回归久罗山。

擅长：厨艺、久罗族灵力。

独白：

有种情，是血脉之亲，便是丧尽我久罗神力，也要换得她性命无忧、一生舒心。有种恨，是穿心之痛，便是违背我本性，也想杀他们血流成河、尸陈如山。十年重见，依旧秀色的她拔剑而起，在乱世中白凤凌空，她笑、怒、悲、痛，我始终相伴，直到那个人愿意与之携手笑天家。而那恨，也因她而平缓，使族人衣锦还乡。无论多少年，久罗山将永远守候她的来临。

姓名：白琅华

性别：女

身份：北州琅华公主、风国风云骑大将修久容未婚妻、离芳阁头牌离华。

外貌：身材十分娇小玲珑，长而弯的新月眉，水灵灵的杏眸，微翘的瑶鼻，小小的嫣唇，肤色极其白净水嫩，明艳非常。

性格：活泼外向，天真烂漫，骄傲任性，心性纯良。

擅长：歌舞、琵琶。

点评：

她曾自负美貌无双，才慧过人，整日幻想着与别人一较高低，直至家国倾灭之时才知不自量力；她这一生最开心之时，是在生命的最后一刻。她曾经梦想成为天下第一的女子，却在最后沦为下贱的妓女；她亦曾梦想成就将军、公主的千古佳话，却不知曾经爱慕的良人从未将她放在心间。她本以为她这一生，便是在污秽的地方终老，上苍却终是让她在最后一刻遇见了东陶野，从此琅花如雪，长绽瑶台。

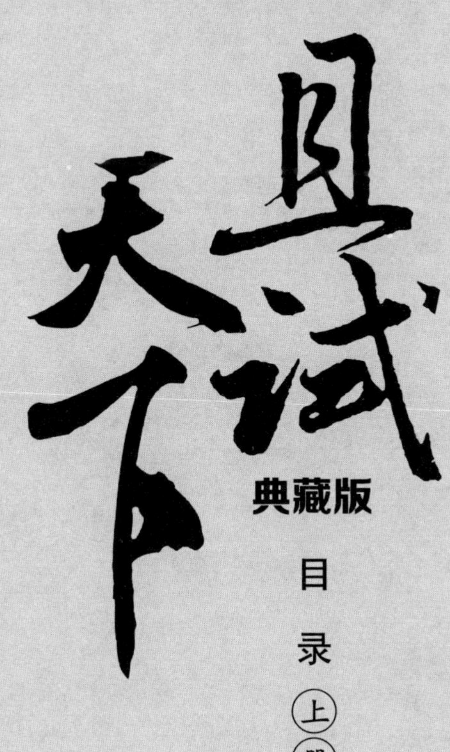

目录（上册）

目录（上册）

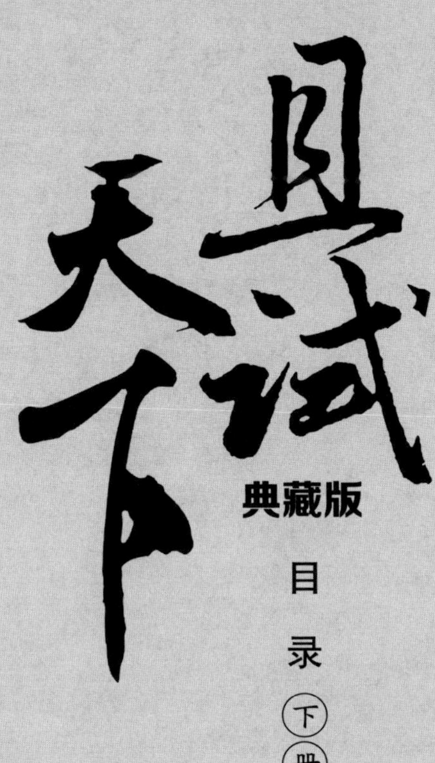

典藏版

目录

（下册）

目录（下册）

引 子

子夜，星子稀疏，点缀于漆黑的天幕，一轮皓月当空悬挂。

大东第一高山——苍茫山，在星月的映射下，仿佛一块挺峭的玉璧屹立于祈云平原之上，月华如银色轻纱笼罩而下，衬得苍茫山尊贵傲然，无愧于“王山”之称。

高高的山顶上，此时有两名老者相对而坐，一着白袍，一着黑袍，皆是年约五旬，相貌清癯。两人中间是一块方形的巨石，顶部被削得平平整整，刻划成棋盘，上面密密地嵌着许多石子。两人身边各放着几块大石，需落子时便从大石上捏下一块，再随手一搓，那石子便成了扁圆形棋子，棋子再落下时，嵌入巨石棋盘一寸，露出一寸，分毫不差。

棋盘上，棋局已进入中盘，双方势均力敌，鹿死谁手犹不可知。

“这等清朗的星月已许久不见。”白袍老者沉思的目光忽从棋局上移开，抬首仰望着满天的星月，颇为感慨。

“夷靡乱世，难有清朗。”黑袍老者也移目夜空，“子时已过，也该来了吧。”他的语气中带着一丝隐隐的期盼。

老者的话音才落，天幕之上忽然星芒大起，一颗明星当空跃起，霎时星光直贯九天，竟是盖过了那一轮皓月，瞬间照亮天地。

“出现了……终于出现了！”白袍老者平静的眸中蓦然涌现出激动的神色。

可就在此时，天幕上忽又升起了一颗星子，绚烂夺目，似天地间只容它一颗星般亮得不可一世。

“看！果然……果然也出现了！”黑袍老者枯瘦的脸上有着一抹无法抑制的兴奋。

“它们……终于来了。”白袍老者站起身来，望着天幕上那两颗耀比朗月的星子。

“所以……这个乱世也终于要结束了。”黑袍老者起身与白袍老者并肩而立，同看天幕上那两颗遥遥相对、欲争高下的星子。

“乱世将会终结于它们之手，可九天之上注定只能存一颗王星。当星辰相遇，孰存孰陨？”白袍老者单手高举，似要抚上天际的星辰，语气中有着激动，也有着对难以捉摸的未来的疑虑。

而天空中那两颗闪亮的星子忽然慢慢收敛光芒，不似刚才那般耀眼夺目，但依然比周围的星子要明亮得多。

“星辰相遇，孰存孰陨……那或许取决于它们自己，又或许是由命运来定夺。”黑袍老者声音悠长，如从亘古传来。

“命运啊……”白袍老者眼中隐隐闪现出一丝惋惜与怅然。

“是的，那不能由你我定夺。”黑袍老者收回目光，把目光落向身前的棋局，“这盘棋还下不下？”

白袍老者亦自天幕收回目光，看着眼前的半局棋，然后摇首：“既然结局不由你我定夺……那又何须你我下完？”他抬手指向星空，“等他们来下吧。”

“他们？”黑袍老者看看棋局，再看看星空，淡淡一笑，“也好，就留待他们来下吧。”

白袍老者拂袖转身：“我们下山吧，该是你我去找他们的时候了。”

“嗯。”黑袍老者也转身离去，“这最后的半局棋便由他们来下，定你我之间的胜负，也定这个天下的归属。”

“呵呵……”白袍老者以笑作答。

两人飘然而去，只留下苍茫山顶那半局棋。

日后登上苍茫山的人，看到山顶上有这样的一盘棋时皆感惊异，但谁也没有去动它。能登上大东第一高山山顶的人不多，而登上去的人也非凡俗之辈，既然有人留下棋局，那自然还会有人来把它下完。

许多年后，有两个人沿着命运的轨迹，终于相会于苍茫山顶，面对命运留给他们的棋局。

而两位老者于苍茫山顶留下棋局之时，正是大东景炎二年。

大东自威烈帝建国传至景炎帝已有六百余年。

威烈帝东始修出身布衣，生逢乱世却胸怀抱负，领着一干兄弟从赤手空拳到兵甲百万，终是一扫群雄定鼎天下，以姓氏“东”为国号，建大东帝国。其后帝论功行赏，封七位功勋最为显赫的部将为王，这便是七州七王：冀州之王皇逖、闽州之王宁静远、雍州之王丰极、北州之王白意马、幽州之王华荆台、青州之王风独影、商州之王南片月。帝以得自北海海底之墨铁铸成八面玄令，其中最大一面为“玄极”，为帝所有，七面小的为“玄枢”，分别赐予七州之王。封王赐令之时，帝与七王歃血为盟，誓曰：玄极至尊，玄枢至忠！

威烈帝后，泰兴帝、熙宁帝、承康帝皆为一代明主，广纳良才，体察民情，轻徭薄赋，政治清明，各诸侯国安守本分，忠心帝室，王朝在明君贤臣手中日渐强盛。

大东中期，永安帝、延平帝、弘和帝等数位帝王，虽无十分才干，但尚算守成之君。其后祯光帝、天统帝、圣历帝，却是一干昏庸之主，贪图安逸享乐，疏于政事，任一干奸佞之臣把持朝政，一个强大的王朝便渐渐衰落。

后至宝庆帝，喜奢华，爱女色，大修桂殿兰宫，收尽天下美女，又好大喜功，两次派兵出征蒙成，皆大败而归，弄得国内财匮力尽，民不聊生，怨声四起，各州诸侯亦渐生异心。

闽州闽王兴兵反叛，欲取而代之，而备受酒色侵蚀的宝庆帝不待宁军杀至帝都，便因惊惧过度崩于奢丽的骊驰殿。

太子即位，年号“圣祐”。圣祐帝请出凌霄殿里的玄极，号令天下诸侯挥师勤王，终集六州大军击溃闽军。闽王穷途末路，自刎身亡，其封地为邻近之雍州丰氏、冀州皇氏、青州风氏瓜分吞并。

平定闽王叛乱后，各州诸侯势力坐大，圣祐帝虽有鸿鹄之志，奈何大东已是百病缠身，且帝在闽王之乱中身中一箭，缠绵病榻不及三载便驾崩，未有子嗣，其弟厉王继位，年号“淳僖”。

淳僖帝性残暴，不喜金银美女，独爱围猎，其所猎非兽，而是人。他将活人分散于猎苑各处，然后率侍从、臣子像猎野兽一般去密林中捕获射杀，得头颅多者胜，若猎得活人，则将“猎物”开膛破肚，饮酒取乐。这些被围猎的活人一开始只是死囚，称为“活猎”，后来死囚不够，淳僖帝便将牢中的囚犯通通带去猎场，最后连囚犯也不够时，便抓平民充数。

如此暴行激得国人震怒，各地时有义军揭竿而起。然先经两次蒙成之征，再经闽王之乱，皇帝的嫡系部队已耗殆尽，淳僖帝只得请诸侯出兵镇压起义，于是各地诸侯便借机明目张胆地招兵买马，争相伐戮，以扩张领地、掠夺财富，各国间时有相攻互伐之事，而皇帝此时已无力约束各国。

淳僖十一年，皇帝在京郊秋吉猎苑围猎时，不堪忍受暴虐帝王的“活猎”们终于群起反抗，杀死了皇帝，而后冲向王公贵族居住的帝都，沿途响应者甚多，很快便集结成数千人的起义军。他们攻进了猝不及防的都城，攻进了富丽的皇宫……虽最后被禁军统领东殊放率大军镇压，但这一次的反抗行动在青史上留下了鲜明的一笔，史称“秋吉猎变”。

淳僖帝崩后，太子即位，年号“景炎”。

景炎帝登基后，却发现凌霄殿里的玄极在那场暴动中不见了，立刻下诏遍寻天下，诏令却如石沉大海般毫无回音。各诸侯国便以此为由，称“帝室失德，玄极弃之”，不再尊崇帝室。至此，大东帝国开始分崩离析，进入了六州各自为政、互相倾轧的时代。

玄极失踪后，天下英雄莫不想得，只为登上那至尊之位。

第一章　素衣雪月绝风华

景炎二十五年，七月。

刚入秋，天气依然十分炎热，正午时分又恰是一天最热之时，骄阳火一般烘烤着大地，人们多避于家中或树荫下纳凉。

位于北州西部的宣山脚下，却有许多人在烈日下追逐着，奔在最前方的是一名身着黑衣的男子。

“燕瀛洲，你已无处可逃！”

将黑衣男子逼入山中密林后，一群人将他团团围住。那群人里有戎装将士，有儒袍书生，有做商贾打扮的，还有的像庄稼汉……服饰不一，神态各异，相同的是手中的武器皆指向被围在中央的人。

被围住的男子年纪二十七八，手执长剑，身上已有多处受伤，鲜血不断流出，染红他脚下的草地，可他依旧昂首挺立，面色冷峻地看着众人，并不像一个穷途末路的逃亡者，反而像个欲与敌人拼死一战的将军。

那群人虽围住了男子，目光却多集中在男子背着的包袱上。

“燕瀛洲，将东西留下，我们放你一条生路！”一名武将装扮的人抬了抬手中的大刀，指向黑衣男子——燕瀛洲。

被唤作燕瀛洲的男子脸上浮起一丝浅笑，带着一种冷冷的讥诮：“曾闻北州曾甫将军每破一城必屠城三日，刀下冤魂无数，今日竟是对燕某格外慈悲了。”

这一句话既讥讽了曾甫言不可信，又点出其残暴的本性。果然，曾甫面露恼怒之色，正欲出声，他身旁一个儒生装扮的男子一摇折扇，斯斯文文地道：“燕瀛洲，今日你定难逃一死，识时务便将东西留下，我们倒可让你死得痛快一些。”

“燕某当然知道今日难逃一死。”燕瀛洲平静地说，并用未握剑的手拉紧了背上的包袱，“只是——公无度，你扇中之毒已害死我二十名属下，我自要取了你的狗命才可放心走。”话毕，他长剑直指公无度，目光比手中的宝剑更冷更利。

公无度杀人无数，可此刻对着这样的目光，竟不由得胆寒。周围众人也不由自主地握紧了手中的兵器，全神戒备。

冀州“风霜雪雨”四将名震天下，而眼前这人——昔日察城一战成名的四将之首“烈风将军”燕瀛洲——这一路上已经让他们见识到了其以一敌百的勇猛。

“燕瀛洲，今日你已受重伤，谁胜谁负早已明了。”那个打扮得似庄稼汉的人上前一步，盯着燕瀛洲，举刀呼喝，“各位，何须怕了他，咱们一起上，将他斩了各取一块，也好回去请功！”

“好！林淮林大侠说得有理，斩了燕瀛洲，东西自是我们的！”商贾模样的人从腰上解下软鞭，话音未落，手臂一挥，长鞭已迅疾飞出，直取燕瀛洲背上的包袱。

“上！”

不知谁吼了一句，便见数人出手，兵器全往燕瀛洲身上刺去。

燕瀛洲虽然受伤，但动作依旧敏捷，身形微侧，左臂一抬，便将那缠向后背的长鞭抓在手中，然后身体迅速一转，手一带，那做商贾打扮的人便被他大力拉近挡住曾甫砍过来的刀，再接着右手一挥，长剑已架住侧面砍来的兵器，运力于臂，冷喝一声“去！”，那砍在剑上的兵器齐齐震动。持兵器的那几人只觉虎口剧痛，几乎握不住兵器，迫不得已，只得撤回，身形后退一步，才免出兵器脱手之丑。

燕瀛洲片刻间逼退数人，动作干脆利落，令在一旁观望之人不免犹疑是坐收渔翁之利还是一块儿上速战速决。

“我们也上！”

公无度一挥折扇，欺身杀了进去，余下各人便也跟着纷纷出手，一时间只见刀光剑影，只闻金铁交击之声。

在众人围杀燕瀛洲之时，却有一名白袍小将持枪旁观，他身后跟着四名随从。

虽被十多人围攻，燕瀛洲却毫无惧色，宝剑翻飞之时带起炫目的青光，长剑所到之处，必有哀号之声，必见血光。

好身手！白袍小将暗自点头，一双明亮的眼睛里皆是对燕瀛洲的赞赏。

而战斗中的燕瀛洲自知今日难逃一死，因此只攻不守，用的完全是拼命的打法，只是围杀他的也尽是高手，况且人数众多，是以没过多久，他身上便又添了数道伤口，血流如注，脚步所到之处地面尽染殷红。

唉！白袍小将轻轻摇头，看着燕瀛洲因伤势加重而渐缓的动作，露出惋惜之色。

“燕瀛洲，纳命来！”只听一声冷喝，公无度瞅准机会，铁扇如刀，直刺燕瀛洲前胸。

眼见铁扇袭来，燕瀛洲身形微微一侧，待要闪过，却还是慢了一点儿，铁扇刺入他肋下。

公无度眼见得手，正待得意，忽觉胸口一阵剧痛传来，低头一看，燕瀛洲的青钢剑已深深刺入他的胸口。

“我说过必取你的狗命！”燕瀛洲咬牙道，竟是拼着受公无度一扇也要杀他。

“你……”

公无度张口刚说出一个字，燕瀛洲却迅速抽剑，血雨喷出，洒了他一身。公无度眼一翻，倒了下去。

燕瀛洲抽剑即往身后挡去，却终是晚了一步，左肩一阵刺痛，曾甫的刀从他背后刺入，霎时血如泉涌，整个人都成了血人。

“竟从背后偷袭……亏你还是一国大将！”燕瀛洲倒吸一口冷气，怒目而视。

“哼！此时有谁是君子？”曾甫毫不羞愧地冷哼，刀还留在燕瀛洲体内，看着刀下的重伤待宰之人，心中不禁一阵快意，左手探出直取他肩上的包袱，“你还是……啊！”

只见剑光一闪，曾甫惨号，昏死在地上，他的双手竟已被齐腕切下！

燕瀛洲得手后即退后一步，反手将刺穿肩膀的刀拔出扔在地上，刀柄上还留着曾甫的断手。围攻他的人看得不寒而栗，皆往后退开一步。

而经受两番重创，燕瀛洲终是体力不支，身子一晃，眼见就要倒地。他拄着长剑，人便单膝跪着，抬首环视周围的敌人，一双眼睛冷厉充血，如受伤后狂暴的野兽，周围的人都被他的气势所压，竟不敢妄动。

燕瀛洲喘息片刻，然后慢慢地站起身来，那些围着他的人不由自主地又往后退去。

“来吧！今日我燕瀛洲能尽会各国英雄也是三生有幸……黄泉路上有各位相伴也不寂寞！”

燕瀛洲长笑一声，抬起手中的长剑，直指前方。

站在他正前方的是林淮，此刻正喉结滚动，满脸惧色地看着眼前仿若染血修罗的“烈风将军”，脚下不禁后退……

啪！啪！啪！啪！

正当林淮畏惧不前时，林中忽然响起击掌之声，在这片肃杀的气氛中显得格外突兀。众人怔了怔，转头朝击掌之人看去，击掌之人正是一旁袖手旁观的白袍小将。

那白袍小将缓步上前，直视举剑迎敌的燕瀛洲，朗声道：“燕瀛洲，你果然英雄了得！与其死在这些无能鼠辈手中，不如我来成全你的英名！”

话毕，他飞身而起，手中银枪仿若一束穿破云层的白光，迅捷而美妙，裹挟着无可比拟的凌厉杀意刺向燕瀛洲。

燕瀛洲站在原地，右手紧紧握住剑柄，等待着这破空裂风的一枪到来。他不能躲也躲不过，只能站着等，等着银枪刺入他的胸膛，然后他燕瀛洲的剑也一定会刺入敌人的胸膛！

银枪炫目，眼见就要刺入燕瀛洲的身体，蓦地空中闪过一道白电，快得让人来不及看清便已消失，随着那白电一起消失的还有重伤的燕瀛洲。

这一变故来得太过突然，不但众人愣怔，便是那白袍小将亦维持着原有的动作，银枪平伸，仿佛刺入了敌人的身体……但事实上，他什么也没刺中。他盯着枪尖，似不敢相信自己全力一刺竟会失手，而且连对手是谁、在哪儿都不知道。

“哈哈哈哈……”

正当众人呆愣之时，闷热而腥气熏人的林中忽地响起了一串清亮的笑声。瞬间，林中仿若有阵清凉的微风一扫而过，又仿若有条清冽的冰泉倾泻而出，腥味淡去，闷热退散，一股凉意从心底沁出。

“有趣，有趣。一觉醒来，还能看这么一出戏。”

清亮的嗓音再度响起，众人循声望去，只见三丈外一棵高树上，一名年轻的白衣女子倚枝而坐，长长的黑发直直垂下，面容清俊非凡，唇角含着丝笑意，眼睛半睁半闭，带着一种午睡才醒的慵懒神情俯视着众人。

树下众人望着如此清逸的女子，不由得都有些痴了。

片刻后，林淮最先出声相询：“敢问姑娘是何人？”

白衣女子没有回答他，反而笑嘻嘻地道：“哟，林大侠，你此刻倒是挺身而出了，刚才对着人家的三尺长剑怎么就后退了？”说话之时，她一挥手，一物飞起落在她手中。

众人此刻才看清楚，她手中提着的正是燕瀛洲，只是他此时已昏厥过去，腰间还缠着一根长长的白绫，想来刚才正是这女子以白绫救走了他。

“你……！”林淮被白衣女子讥讽，不禁老脸一热。

“啧啧，这燕瀛洲英雄了得，此时竟也给你们整得只剩半条命了，真是可怜啊！”白衣女子单手提着燕瀛洲，一边细细地打量着，一边摇头惋叹，而她提一个百十斤重的大男人，竟似提着婴儿一般轻松。

“你这臭婆娘不想活了？”一道粗哑的嗓音响起，人群中一个身材粗壮的大汉排众而出，指着白衣女子呵斥，“识相的话就快快放下燕瀛洲，然后滚得远远的！臭……呜——”

那大汉话未说完，众人只见绿光一闪，啪的一声，他的嘴竟被一片树叶严严实实地封住了。

“你的声音实在太难听了，我不爱听你说话。”白衣女子一边将燕瀛洲随手往树杈上一放，一边悠悠地道，“而且你这口气实在太臭了，还是闭嘴为妙。”

“扑哧！”有人忍俊不禁，但碍于大汉满脸凶相又赶忙收敛住了。

而那大汉一张脸憋得像猪肝，伸手撕下嘴上的树叶，一张嘴还火辣辣地痛，心中又惊又怒，却真的不敢再开口。白衣女子刚才这一手功力已至“摘叶飞花，伤人立死”之境界，而最可怕的却是自己看不到人家是如何出手的，眼见着树叶飞来也无法躲避，高下已分，若非人家手下留情，或许自己此时已和公无度同路了。

僵持间，那商贾模样的人走上前，和和气气地开口道：“这位姑娘，今日在这儿的人皆非无名之辈，姑娘武功虽好，但双拳难敌四手，因此姑娘不妨走自己的路去，也算卖个人情给我等，他日青山绿水，也好相见。”

“哎呀，何勋何老板果然为人和气，难怪你家镖局生意那么红火。”白衣女子对着那商贾模样的人点点头，显然识得这人身份，“你这话甚有道理，说得我怪心动的。”

何勋本就在江湖上名声籍甚，所以对白衣女子识得他身份一事倒也不觉得奇怪，他只盼这女子能早早离去。要知道他跑江湖一辈子，谁有几斤几两自也是能看个八九不离十的，这白衣女子对着他们这么多人依旧谈笑风生，想来自恃功夫不差，而且从她的手段来看，也非等闲之辈，因此多一事不如少一事，何况重点只在燕瀛洲背着的包袱上。

“只是……”在众人刚要松口气时，白衣女子忽又来了一句。

“只是什么？”何勋依旧和气地问道。

“只要你们能赔偿我的损失，我自然会离去。”白衣女子悠闲地笑道。

“这个容易，不知姑娘要多少？”何勋闻言倒是松了口气，原来这人是个爱财的。

“我要得也不多。”白衣女子伸出一根手指。

“一百银叶？”何勋试探着问道。

白衣女子摇了摇头。

“一千银叶？”何勋眉一挑又问。

白衣女子又摇摇头。

“姑娘难道想要一万银叶？”何勋倒吸一口凉气，这不是狮子大开口吗？

“非也、非也。”白衣女子叹息着摇摇头。

“那姑娘……”何勋也不知她到底要多少了，总不能要一百万银叶吧？

“何老板果然是个生意人，除了金银之物以外，你就不能说点儿别的吗？”白衣女子边说边将手中的白绫缠来绕去地把玩着。

“还请姑娘明示。”何勋也懒得再猜了。

“唉！”白衣女子长长地叹了口气，似乎为何勋不能领会其意而颇为遗憾，“本来，我在午睡，好梦正酣时被你们给吵醒了。”

何勋看着白衣女子，不知她到底要说什么，而一旁的众人已有些不耐烦地皱起了眉头。

“本来一个梦被打断也没什么，只是这个梦可是千年难得一做的！”白衣女子忽地收敛笑容，一本正经地说，“你们可知道，我正梦见自己被西王母邀请上昆仑仙山，品琼浆玉液，赏仙娥歌舞，真是好不惬意，最后她还赐我一颗瑶池仙桃，可就在我要接过这仙桃时，你们闯进来打断了我的美梦，害我没有接着。何老板，你说这严重不严重？”

“什么？臭婆娘，你摆明了在耍我们！”林淮一听此话，不禁怒声骂道。

“啧啧，”白衣女子摇头看着林淮，脸上重新泛起一丝笑意，“我哪里是在耍你们？我是很认真的哦。须知这瑶池仙桃可不同一般，吃了就可以长生不老，位列仙班，你说这是多少人梦寐以求的事？可就因为你们我没吃到，这损失得有多重啊！所以你们当然得赔给我！”

“难道姑娘要我们赔你一颗瑶池仙桃？”何勋亦是脸色一变，带出几分阴狠之气。

“当然！”白衣女子手一挥，白绫在空中舞出一个桃形，“只要你们把瑶池仙桃赔给我，我立马走人，这燕瀛洲……”她眼珠子一转，看一眼昏过去的燕瀛洲，“又或是什么玄极，全与我无关了。”

闻得她最后一语，在场众人面色俱是一变，齐齐盯着白衣女子，目光里已暗含杀机。

“看来姑娘是打算管闲事了。”何勋脸色一冷，右手悄然握上一把暗器，“只是何某最后奉劝姑娘一句，今日此地几乎诸国英雄齐集，姑娘这一管可是将六州全得罪了，天下虽大，只怕姑娘日后再无藏身之处了！”

“诸国英雄齐聚一堂，我还真是荣幸。”白衣女子闻言却依然笑意盈盈，“只是我这人向来是分不清珍珠与鱼目的，所以也着实看不出几位哪里英雄了，以你们之行径，称为狗熊倒是恰如其分。”

“你……！”何勋脾气再好也忍不住动怒了。他本以为经其一番劝说，那女子再怎么武艺高强，也该有几分顾虑才是，谁知她竟丝毫不将六州英雄放在眼里，反而出言讥讽。眼见在场众人怒气冲冲，他亦不再多言，左掌探向兵器，打算合众人之力一举击杀此人。

正在一触即发之际，自那白衣女子现身后即沉默多时的白袍小将忽地出声——

“敢问是风女侠吗？”

白衣女子闻言眨了眨眼睛，看向白袍小将：“你认识我？”这就算是承认了自己是他口中的“风女侠”。

白袍小将凝目看向她额间，那里坠着一枚以米粒大小的黑珍珠穿着的弯月雪玉。他垂下银枪恭恭敬敬地向她行了一个礼：“‘素衣雪月’白风夕，天下皆知，何况在下？”

此言一出，众人俱是一震！尤其是何勋，不禁庆幸自己手中的暗器刚才没有发出，否则……这一把毒砂肯定全回到自己身上了。

要知道当今武林名声最响的便是风夕与丰息，因他二人名字同音，容易混淆，武林中人便根据衣着而将风夕称为“白风夕”，丰息则称为“黑丰息”，合称为“白风黑息”。他们成名已近十年，皆为当世数一数二的高手，众人本以为他们即使年纪不大，至少也有三四十岁，却未曾想到白风夕竟是这般年轻俊丽的女子，更没想到她竟会在此地出现。

“嘻嘻，你不用这么有礼，若我不满意你们的赔偿，说不定我这白绫就会缠到你的脖子上呢。”风夕坐在树枝上，两条腿左摇右晃的，身后长发亦随着她的动作微微摆动，“看你手持银枪，大概是雍州那位‘穿云将军’任穿云了。”

“正是穿云。”任穿云依然恭敬地回答，然后问道，“风女侠也对玄极感兴趣吗？”

“我对玄极不感兴趣。”风夕摇头，“只是这燕瀛洲极对我胃口，让他命丧于此实在可惜，所以呢，我想带走他。”她语气轻描淡写，似觉得带走燕瀛洲就如同顺手带走路边的一块石头，六州英雄在她眼中有如无物。

“放屁！你说是为了燕瀛洲，其实还不是为着他身上那块玄极！这种托词骗骗三岁孩儿还差不多，在老子面前就省省吧！”一名满脸胡须的大汉闻言不禁骂道。

要知在场众人皆为这玄极而来，有的是自己想得到，有的是被重金收买前来，有的是遵从各国王命。玄极为天下至尊之物，一句“得令者得天下”引得无数人争先恐后地欲将其据为己有。即便自己不能号令天下，但六州之王谁不想当这万里江山之主？自己只要将这玄极或赠或卖与任一国主，那荣华富贵自是滚滚而来。

“好臭的一张嘴！”

风夕淡淡地道，然后绿光闪过，直向那胡须大汉飞去，那大汉眼见着树叶飞来，想要闪避，可还来不及动，便被那树叶啪地贴在了嘴上，一时间剧痛袭来，直痛得他想呼爹喊娘，又偏偏只能“嗯嗯嗯”地哼着。

“我家公子极想得到玄极，不知风女侠可容我从燕瀛洲身上取到？”任穿云对此视而不见，只是向风夕问道。

“怎么，兰息公子也想当这天下之主吗？”风夕头一歪，似笑非笑地看着他，却不待他回答又道，“只是这玄极是燕瀛洲拼死也要护住的东西，我想还是让他留着吧。”

“如此说来，风女侠不同意穿云取走玄极？”任穿云双眼微微一眯，握着银枪的手不禁一紧。

“怎么？你想强取吗？”

风夕淡淡地扫一眼任穿云，并未见她人动，但她手中白绫忽若有自己的生命一般飞舞起来，如一条白龙在空中猖狂地摆动身子，霎时，众人只觉一股凌厉而霸道的气势排山倒海般地压来，将他们圈住，使人无法动弹。他们不由自主地运功相抗，可那“白龙”每摆动一下，气势便增强一分，众人无不是咬紧牙关，死命支撑，心中都明白，若给这股气势压下去，即便不死也会去半条命！

任穿云将银枪拄于身前，枪尖向上直指白绫，眼睛眨也不眨地盯住空中舞动的白绫，全身劲道集于双臂，只是随着压力越来越大，枪尖不住地颤动，握枪的双手亦痛得几近发麻，双腿微微抖动，眼见支撑不住，就要向地下倒去……

忽地，白绫一卷，再轻轻落下，众人只觉全身一松，胸口憋住的那口气终于呼出，但随之而来的是全身乏力，虚脱得只想倒地就睡。

而任穿云在压力一松时，只觉喉头一甜，赶忙咽下血液，心知自己必受了内伤。想不到这白风夕年纪轻轻却有如此深厚的内力，还未真正动手便已压制全场。他唯一庆幸的是她总算手下留情，未曾取他性命。

“我想要带走燕瀛洲，你们可同意？”众人耳边再次响起风夕轻淡的声音。

众人心中自是不肯，却为她武功所慑，不敢开口。

“风女侠请便。”任穿云调整呼吸，将银枪一收，领着随从跳出圈外。

“怎么？不抢玄极了？”风夕看着他笑笑，一双眼睛亮得仿佛看透了他的灵魂，看清了他所思所想。

任穿云也淡淡一笑，道：“公子曾说过，若遇上白风黑息、玉无缘公子、冀州皇朝公子及青州惜云公主，不论胜负，只要能全身而退即记一功。”

“是吗？”风夕手一挥，那长长的白绫随即飞回袖中，“兰息公子竟如此瞧得起我们？”

“公子曾说，只这五人才配成为他的朋友或敌人。”任穿云看一眼风夕，然后又似别有深意地微笑道，“若风女侠他日光临雍州，公子定会以十里锦铺相迎。”

在大东，“十里锦铺”为诸侯间互相迎送时要用到的最隆重的礼仪，只是风夕武功再厉害、名声再响亮，说到底也只是一介平民百姓，怎么也够不上一国世子以此礼相迎，想来任穿云此言不过是客套。

“十里锦铺吗？就怕会换成十里剑阵呢。”风夕听得此话不为所动，神色淡淡的，“而你，若刚才不试一下，现在也不会想要‘全身而退’吧？”

任穿云闻言脸色微变，但随即恢复自然：“穿云平日常听公子说起五位乃绝代高手，一直无缘得见，今日有幸遇见风女侠，自然想请女侠指点一二。若有得罪，还望海涵。”

“是吗？”风夕淡淡地笑一声，随后轻轻一跃，立在枝上，底下众人皆神情戒备。

风夕扫了眼众人，嘴角浮起一丝浅笑，然后看向任穿云：“若非你对燕瀛洲还有那么一丝惜英雄、重英雄的意思，凭你刚才那想坐收渔翁之利的念头，我便不会只指点你‘一二’了。”

“穿云多谢风女侠手下留情。”任穿云垂首道，手不由自主地握紧银枪。

"哈哈……有你这样的属下，足见兰息公子是何等厉害。他日有缘，我定会亲自向兰息公子请教。"风夕蓦地提起燕瀛洲飞身而去，转眼间便失去踪迹，只有声音远远地传来，"今日就少陪了，若有要取玄极的，便跟来吧！"

眼见风夕远去，任穿云身后的几名下属问道："将军，就此作罢吗？"

任穿云挥手止住他们，道："白风夕不是你我能对付得了的，先回去请示公子再说。"

"是。"

"我们走。"任穿云也不与其他人打招呼，领着属下转身离去。

待任穿云走后，林中诸人面面相觑，一时间不知是散还是追。

最后何勋一抱拳，道："各位，何某先走一步，能否从白风夕手中夺得玄极，咱们各凭各的运气吧。"

说完他就转身离去，而余下的人见他走了，不一会儿便也作鸟兽散，留下林中几具尸首及双腕断去、昏死在地的曾甫。

日升月落，又是新的一天。

天蒙蒙亮，天幕上还留着一轮残月，只是已敛去所有光华，淡淡的晨光中，薄雾笼着宣山耸立如笔尖的高峰，衬得山色幽静如画。

宣山北峰的一处山洞中，传来一声极浅的闷哼，那是卧于洞中的一名男子发出的，男子在发出这声浅哼后，睁开了眼睛，先瞄了眼周围，然后想要起身，只是刚撑起双臂，便发出一声痛呼。

"你醒了。"清亮而微带慵懒的女子声音响起。

男子循声望去，只见洞口处坐着一人，正面朝洞外梳理着一头长长的黑发，光线虽暗，但梳子滑过时那黑发便发出一抹幽蓝的光。

"你是何人？"男子出声问道，一开口便发现嗓子又哑又涩。

"燕瀛洲，对救命恩人岂能是这般态度？"洞口的女子站起来并转身走向他，手中执着木梳，依旧掬一缕长发在胸前，有一下没一下地梳着。

"你救了我？"燕瀛洲反问一句，然后想起了昏迷前那刺破长空的银枪，马上又想起了更重要的事，慌忙往背后摸去，却什么也没摸着，反触碰了伤口，引起一阵痛楚。他至此时才发现，自己上半身竟光溜溜的，底下也只余一条里裤。

"你在找那个吗？"女子手往他左侧一指，那里有一堆碎布，布上还染着已干透的血迹，碎布旁放着一个包袱，"放心吧，我没把它丢了，也没有动过它。"女子似看穿他的心思般又添上一句。

燕瀛洲闻言抬首看向她，此时才发现这女子有着极其清俊的眉眼，额间坠着一枚月牙状的雪玉，穿一身宽宽松松的素白衣裳，长长的黑发未绾发髻，直直地披着，整个人说不出的随性洒脱。

"白风夕？"燕瀛洲看着她额间那一枚雪玉月饰。

"不是黑丰息。"风夕点头一笑，"冀州'风霜雪雨'四将都像你这么不怕死吗？我昨晚数了一下，除去那些旧疤，你身上一共有三十八道伤口，若是普通人，不死至少也得昏迷个三五天吧。可你不但没死，且只昏睡一晚就醒过来了，状态看起来还不错。”

“你……数伤疤？”燕瀛洲一脸怪异地问道，忽然想起自己身上现在的着衣状况。

“是哦，我把你全身上下的伤疤都数了一遍。”风夕走近一步，收起手中的梳子，然后饶有兴趣地看着他的表情，“要知道你受了那么多外伤，我得给你止血上药，当然就会看到那些疤了，于是就顺带数了一下。还有就是你那衣裳已成了一堆破布，所以我就自作主张地把它剥下了，免得妨碍我替你上药。”

她话还没说完，燕瀛洲已血气上涌，脸上火辣辣的。

“呀，你脸怎么这么红？难道发烧了？”风夕看着燕瀛洲，故作惊讶地叫道，还在他额头上摸了一下。

那微凉的手才触及他的额头，燕瀛洲马上受到惊吓般地后移：“你别碰我！”

“嗯？”风夕偏头看着他，“难道你不是发烧而是脸红？脸红是因为害羞？害羞是因为我把你全身都看遍了、摸遍了？”

燕瀛洲闻言只觉得全身的血都往脸上涌，看着风夕脸上的笑容，却是无言以对，半晌才颇为恼怒地道：“你一个女人……怎么这么……这么……”后面的话他吞吞吐吐的就是道不出来。

“哈哈……”风夕闻言放声大笑，毫无女子应有的温柔与娴静，却笑得那么自然又肆意，“我怎么？哈哈……你以前肯定没见过我这样的女人。”

被风夕的大笑声刺激到，燕瀛洲忍不住开口道：“若天下女人都如你这般……”后面的话又被他咽了下去。他本不善言辞，又生性正直敦厚，不忍对面前的救命恩人出言不逊。

“若全如我这般如何？”风夕一双眼睛带着浓浓的笑意，脸上也带出几分玩味的神情，“其实你这样的男人我也很少见到，被我看了摸了你又没有什么损失，况且我不是故意要看你摸你的，要知道我可是在救你呢。”

被风夕左一句“看了”右一句“摸了”地刺激，燕瀛洲脸上本来稍稍淡去的血色又涌回来了。

“呀呀，你又脸红了！”风夕似发现什么好玩的事一般叫嚷起来，“难不成……”她眼珠子转了转，笑得十分诡异，“难不成你从没被女人看过摸过？呀，脸更红了！难道真被我说中了？哎呀呀，真是不敢相信啊，想你烈风将军也是鼎鼎大名的英雄，看你年纪也应该将近三十了吧？竟还没有碰过女人？啧啧，这可真是天下奇闻啊！”

燕瀛洲一张脸已可媲美朝霞，闷了半天终于吐出一句：“白风夕就是这个样子？”江湖上鼎鼎大名的女侠，怎是这般言行无忌？

“是呀，我就是这个样子。”风夕点头，然后凑近他，“是不是让将军失望了？”

燕瀛洲一见她靠近便往后退去，谁知这一动，牵动了满身的伤：“咝！”他痛得忍不住大口吸气。

“你别乱动！”风夕赶忙按住了他，“我可是将身上的伤药全部用光才止住了你的血，看看，现在伤口又裂开了。”她的目光扫过他全身，忽然停在他的肋下，那儿被公无度的铁扇留下了一道很深的伤口，此时流出的血竟是黑色的。

“公无度的扇上有毒，昨日我虽替你吸出不少毒血，但看来毒还未清干净，你我身上都没什么解毒之药，这下可怎么办？”说话间风夕拧起了眉头。

“你替我吸毒血？”燕瀛洲一听又愣了，瞟见她的嘴唇，忽然觉得肋下伤口热得有如火烫。

“不替你吸毒，只怕你昨晚就死了。”风夕没注意到他的神情，转身走至洞口，提着一个水囊和几个野果过来，“你也饿了吧，先吃几个果子垫垫肚子，我下山替你找些药，顺便再替你弄套衣裳。”她将水囊及果子递给他，又道，“昨日那些人对玄极定未死心，可能还在这山上搜寻，你不要乱跑，若他们来了就先躲起来，我自会来找你。”说罢她转身离去。

眼见风夕的背影即将消失于洞口，燕瀛洲忍不住唤道：“等等！”

风夕停步转身：“还有何事？”

“你……你……我……嗯……”燕瀛洲嗯了半天却还是没说什么，脸憋得血红。

“你想感谢我？想叫我小心些？”风夕猜测道，看着他那样子只觉得好笑，“燕瀛洲，你这烈风将军是怎么当上的，性子怎么这么别扭？喂，我救了你，又看遍了你全身，你是不是要我为你的清白负责呀？你要不要以身相许来报我的救命之恩呀？”

“你……”燕瀛洲瞪着风夕，说不出话来。

想他少年成名，生性沉默寡言、严肃正经，在冀州位列四将之首，世子对他十分器重，同僚对他十分敬重，属下对他唯命是从，几时见过风夕这般言行无忌的女子？

“哈哈……堂堂的烈风将军啊……真是好玩极了。”风夕不由得又是一阵大笑，“你们‘风霜雪雨’四将是不是全都像你这么好玩啊？那我改日一定要去冀州玩玩。”她一边笑一边转身往洞外走去，走至洞口忽又回头看着他，脸上笑容比洞外才升起的朝阳还要明媚，衬着身后那一片霞光，让燕瀛洲有一瞬间的目眩神摇，“燕瀛洲，最后我再告诉你一点哦，那就是……你身上虽然伤疤很多，但是你的身材还是挺有看头的！哈哈……”

说完她便大笑而去，留下洞中面红耳赤、恨不得挖个地洞钻进去的燕大将军。

第二章　玄衣墨月踏云来

北州阮城之西有一座宅院，此为北州武林名门韩家。

韩家虽是武林世家，但并非凭借绝顶武技，而是以家传灵药“紫府散”“佛心丹”享誉江湖。

紫府散是外伤灵药，佛心丹是解毒圣品。江湖中人过的都是刀口舔血的生活，随时都可能有受伤中毒之事发生，因此这韩家的灵丹妙药对江湖人来说弥足珍贵。只是这韩家的药都是独门秘制，绝不轻易外赠，是以韩家人虽然武功不算高，但武林中人皆对韩家人礼让三分，只因难免哪天重伤垂危时需要韩家赐药救命呢。

今日乃韩家之主韩玄龄的六十大寿，但见宅前车马不绝，门庭若市，园中宴开百席，觥筹交错，十分热闹，不但北州的各路英雄、阮城的名流乡绅都来了，便是其他国家的江湖豪杰也纷纷远道而来，为韩老爷子贺寿。

“哟，好热闹呀！”

宾主尽欢之时，一道清亮的声音忽然响起，盖过了园中所有的喧哗声。宾客们惊奇地循声望去，便见屋顶之上，一名年轻女子斜倚屋檐而坐，白色长衣在阳光下如天际流云轻轻拂荡，灿烂地笑着看屋下众宾客。

“又是你！”坐在首位满面红光的寿星韩玄龄霍地站起身来，怒目瞪视着屋顶之上的女子。

“是呀，又是我。”白衣女子笑吟吟地道，“韩老爷子，今天是您老六十大寿，我也祝您福如东海，寿比南山。”

“免了，只要你这瘟神不再出现，老夫定会长命百岁的！”韩玄龄走至庭院中央，仰首冷着脸对白衣女子道，“白风夕，你多次强取我韩家灵药，老夫大度，不与你计较，今日是喜庆日子更不想追究，你若识相便速速离去。”

院中众宾客闻言顿时惊诧不已。白风夕虽名动江湖，但向来神龙见首不见尾，江湖中识得她的人极少，想不到今日得见，也未想到她竟如此年轻，更诧异的是韩老爷子口中的“强取灵药”，想她侠名甚广，怎会做出这等事？

于是院中众人不由得纷纷离座，围在了屋檐前。

“韩老爷子，不要这么大的火气嘛，要知道那些药我虽然未经你允许就取走了，但全都是用来救人的，也算替你韩家争名积德呀，说来你应该谢谢我才是。”风夕笑盈盈地道。

“你……还要强词夺理！”韩玄龄怒声道。

此代的韩家家主生性爱财，而这白风夕是常常分文不付地偷取那些千金难求的灵药，偏她武艺高强，在韩家来去自如，便是韩玄龄请的一些江湖朋友也全败在她手下。因此，此刻韩玄龄看着屋檐上笑语盈盈的人，只恨不得将眼前嬉笑之人揪下来狠揍一顿，方解心头之恨。

“唉，韩老爷子，谁叫你家的药这般讨人喜欢呢？偏偏你药钱太贵，我又太穷，所以只好来个不问自取了。要不然你把药方抄一份给我，我自己去配也行啊，这样你就再也不用见到我了，自然也就不用每回都发这么大火了，火气太旺对身体不好呀！”风夕无视韩玄龄那气得通红的脸，自顾自地说道。

“老夫活到如今，还从未见过你这般厚颜无耻的人！”韩玄龄不屑地冷喝一声，“白风夕，老夫警告你，赶快离去，并且永不要出现在我韩家，否则休怪老夫对你不客气了！”

“那怎么行？”风夕足尖一点，自屋顶飞下，仿佛白蝶翩飞，轻盈地落在韩玄龄跟前。

韩玄龄一见她飞下，便不由自主地后退几步。

风夕完全不以为意，搓了搓手，嬉笑地看着韩玄龄道：“我这次来就是想跟你再取点儿药，没想到你正在大摆宴席。我也有一天一夜没进食了，所以我决定也给你拜拜寿，顺便吃一顿饭再走。”

说完她径直往最近的一桌走去，一路还对各宾客点头微笑，仿佛她只是一位迟到的受邀来宾罢了，而那些宾客看着这样一个眉眼清俊、笑意如风的女子，竟都不由自主地给她让开道来。

而那边，韩玄龄已是气得一张红脸变青脸：“来人！把她给我赶出去！”

他话音刚落，便跳出两名身材高大、四肢粗壮的汉子，雄赳赳凶狠狠地走向风夕，铁臂一伸，像老鹰捉小鸡般直往她头顶抓去。

刚落座的风夕毫无感觉般，一手抄起一壶美酒，一手随意挥挥衣袖，然后众人便眼睁睁地看着那两名孔武有力的大汉如两根木桩般被扫出老远。

“呀，好酒！”

砰！砰！

风夕的赞叹声里夹着两名大汉摔落在地的巨大响声。

众人还未能回过神来，那厢风夕已是右手一伸，抓了一只猪蹄在手，张口便咬下一大块肉，一边大嚼一边点头：“嗯……嗯……这五香猪蹄够香……这厨子的手艺不错。”

众人看着不由得咽了咽口水，暗想那么小的一张嘴怎么就能一口咬下那么大一块肉来？这人真是那侠名传天下的白风夕吗？

风夕一边吃一边招呼着众人：“各位，继续喝酒吃菜呀，韩老爷子这般丰盛的寿宴，吃了这次可就不知道还有没有下次了。”

“你干吗咒我爹爹？”忽地，一个约莫十岁的锦衣男童跳出来指着风夕叫道。

“呃？”风夕右手猪蹄、左手鸡腿，口里亦是满满的肉，努力要口齿清楚无奈声音依旧含含糊糊，“小……弟弟……我……有咒……你爹吗？我……怎么……不知道？”

“你咒我爹爹说没有下一次寿宴了！”男童怒气冲冲地道。

风夕努力咽下口里的肉，然后走到少年面前，俯下身道：“小弟弟，你误会了，我不是要咒你爹不能有下一次寿宴，而是说，以你爹这种小气的性格，下次肯定舍不得再花钱请这么多人吃饭了。”说完了她顺便用一双油手拍了拍男童的脑袋。

男童左闪右躲，却怎么也避不开那双油手，最后无可奈何地被拍个正着，只觉额顶油腻腻的，顿时又叫道：“你手脏死了！”

“朴儿，你退下。”韩玄龄大步上前将男童拉开护在身后。

“爹爹，这女人着实可恶，弄脏了孩儿的脸。”男童——韩玄龄的幼子韩朴——抬袖擦拭着额头。

“你下去洗把脸。”韩玄龄示意仆人将小公子领下去，然后转头盯住风夕，“白风夕，论武艺我韩玄龄确非你之对手，只是今日你休想再为所欲为！”

“哦？”风夕偏头扫视着园中宾客，“这话倒也不假，今日你家能人众多嘛！”

“你知道就好。”韩玄龄哼了一声。

风夕看了一圈，转回头，依旧是笑眯眯的，丝毫没有紧张之色：“韩老头，我有个朋友受伤颇重，急需你家紫府散及佛心丹救命，你就再送我两瓶吧，反正你家多的是，也省得我动手抢，扫大家的兴啦。”她口气悠闲，仿若向老友借勺盐一般。

韩玄龄未及开口，却已有人替他打抱不平了。

“白风夕，韩老英雄对你已十分容忍，识趣的话就赶快走，否则这里这么多英雄，一人一拳就够你受的了！”一人跳出来喝道。他五短身材，干瘦却显得精悍，一双三角眼滴溜溜地转。

“我想走呀，但是韩老头得先给我药嘛！”风夕一摆手，状似无奈地道。

“哼！敬酒不吃吃罚酒！”那人不屑地哼了声，转头望向韩玄龄，“韩老英雄，今天是你大寿之日，请在一旁歇息，待我魏安替你教训教训她！”说着他一转身，迅速走向风夕，双手成爪，直袭她双目。

这魏安见风夕如此年轻，想来功力也不会高到哪儿去，之所以有那么大的名声，说不定是武林中人夸大了，因此便想仗着自己已有八成火候的功力，出手制伏她。若在此处打败了白风夕，他既可扬名天下，又可讨韩玄龄的欢心以便讨得灵药，此乃一举两得之事。

“呀！原来是鹰爪门的高手，果然厉害。”风夕口中叫嚷，但神态间并不见丝毫紧张，身形看似随意地一转，眨眼便避开了袭向双目的铁爪，然后右袖一挥，直缠向魏安双腕。

魏安一缩手避开衣袖，想着若能一招得手更显威风，顿时右手变招，蓄满内力直抓向风夕左肩，打算着这一抓必要卸掉她一条臂膀。

“我和你无冤无仇，你如此出手也太狠了点儿吧？”风夕闻得风声，眼眸微眯，身形不退反进，魏安的鹰爪便落在她左肩上。魏安见一招得手心中乍喜，可随即又是一惊，因为他一抓之下仿若抓在一堆棉花上，毫不着力，而风夕的右手不知何时竟搭在了他的右手之上，他的右手顿时再也使不出力道。

只听咔嚓一声，紧接着响起的是魏安的惨号声：“啊！”众人只见风夕抽身后退，魏安跪倒于地，左手捧着无力垂下的右腕，满脸痛楚之色。

一招之下，魏安的腕骨竟被风夕生生折断！

院中宾客有的胆寒畏惧，有的却是义愤填膺。

“你这婆娘也太狠了！”

随着这一声喊，已有数人不约而同地向风夕袭去，手中兵器寒光闪闪，直刺风夕要害。这些人有的是打抱不平，有的则是魏安的朋友，见他惨遭断腕，自然要出手为他报仇，还有的则是纯粹看风夕的狂妄不顺眼，更有的则是想试试这白风夕是否真如传言中那么厉害，当然，也不乏仗着人多凑热闹的。一时间院中人影憧憧，桌椅砰砰，刀鸣剑击，打得好不热闹。

而风夕依然是满面笑容，神态从容。她左手一挥，便打在某人脸上，右手一拍，便击在某人肩上，腿一伸，便有人飞出圈外，脚一钩，便有人跌倒于地，众人时不时还能听到她清脆的调笑声。

“呀，你这一拳太慢了！”

“笨呀，你这一掌若从左边攻来，说不定我就被打中了。”

“蠢材！我说什么你就真做什么呀？”

“这位大哥，你的脚好臭哦，拜托，别伸出来！”

“呀，兄弟，你手臂上的毛太多，怪吓人的，我给你拔掉些！”

…………

戏谑的声音之中夹着一些人的痛呼声、碗盘摔碎声、桌椅断裂声……不过片刻，院中已是一片狼藉。最狼狈的是围攻风夕的一众英豪，明明人数众多，明明都是一方高手，可此刻，人群中只见风夕穿来走去，挥洒自如，不时拍这人一掌，抓那人一把，或扯扯这人衣领，揩揩那人脑门……这些江湖豪杰在她手下如被戏弄的猴儿，怎么折腾也无法翻出她的掌心。

“好了，我手上的油全给擦干净了，不跟你们玩了。”

话音刚落，一道白绫飞出，矫健若蛟龙游空，顿时只听一片扑通扑通的声响，那些人便一个个被扫翻在地。

待所有人都倒在地上后，风夕将白绫收回袖中，轻松地拍拍手：“韩老头，你请的这些英雄也不怎么样嘛，只够给我擦手呀！”

“白风夕，你……你……”韩玄龄指着风夕，说不出话来。这些来为他贺寿的各方英豪此时一个个鼻青脸肿地倒在地上，只不过是因为风夕要在他们身上擦去手上的油渍而已，一想至此，韩玄龄便气得胸膛闷痛。

“韩老头，别太生气，我下手也不重啦。”风夕依旧是那副笑眯眯、不甚在意的神情，“谁叫他们想以多取胜嘛，说来我这也算手下留情了，他们都只受了一点点皮外伤，休息个三五天就全好了。”

“白风夕！”韩玄龄此时已顾不得体面，吼叫起来，咬牙切齿地道，“老夫好好的寿宴全给你搅乱了，你叫老夫不要生气？魏安的手都给你折断了，这还叫出手不重？老夫的客人全被你打伤了，这还叫手下留情？”

“韩老头，这也不能怪我呀！”风夕摊摊手，“怪只怪你定下的规矩‘不论贫富，求药必付千金’，我一穷二白，哪有钱给你？你若是早把药给我救人了，我也就不会闹啦，所以造成现在局面的原因归根结底在于你太贪、太小气了。”

“你……！”韩玄龄气得眼珠子都要跳出来了。

风夕却好像看不到他的怒火，依旧淡淡地道：“至于这魏安嘛……”她目光扫向还在一旁哼哼唧唧的魏安，那魏安被她目光一扫，忽地打了个冷战，口中哼声也停了：“阮城外凉茶亭，那老伯也不过手脚稍慢了一点儿，没能及时倒茶给你这‘魏大英雄’喝，你也犯不着将人家一拳打得吐血吧？恃武凌人还配称英雄吗？我也就让你尝尝这任人宰割的滋味。”

韩玄龄此时已气得全身发抖、气血上涌、眼冒金星了，指着风夕叫道：“好！好！好！全都是你有理！你抢药有理，捣乱有理，打伤了人你也有理！你就真当这天下无人可治你白风夕？你白风夕就真天下无敌了？老夫今天就请个可以治你的人出来！”

“哦？”风夕乍听此语不但不慌，反而双目一亮来了兴趣，“谁呀？你请了什么大英雄来呀？”

“去，快去后院请丰息公子出来！”韩玄龄吩咐一名仆人。

“丰息？你请了黑丰息来对付我白风夕？”风夕听后古怪地看着韩玄龄。

“哼，怎么？害怕了？”韩玄龄看她那表情只当她怕了。

“不是啊！”风夕摇摇头，看着他的目光似乎带着几分同情，“韩老头，你是怎么请到黑丰息的？”

“前日丰公子到阮城，竟来拜访韩某，老夫自当尊他为贵客。”韩玄龄盯住风夕，“白风夕，你有胆就别逃！”

“哈哈……我岂会逃呀？”风夕像听到什么好笑至极的话一样大笑起来，笑完后看向韩玄龄，自言自语一般叹息道，“所谓请神容易送神难，韩老头，你知不知道啊？”

“哼，老夫自问要送你这尊瘟神不难！”韩玄龄恨恨地看着风夕，若眼中怒火能杀人，风夕此刻定是已被挫骨扬灰了。

“唉，连谁是瘟神都分不清，真不知你是怎么活到今日的。”风夕摇头轻叹。

说话间，院门口走来两个青衣少年，都是年约十五，干干净净、清清秀秀的，而且长相一模一样，两人手中各拿着一个包袱。

两名少年走至院中便是一揖。

“两位不必多礼。请问丰公子呢？”韩玄龄忙上前问道。

谁知那两个童子却不理他，反倒是朝着风夕齐声道：“公子在净面，正用第三道水，请稍等。”两人说完便吆喝着地上的那些江湖英豪：“你们快快起身，别挡了道，我家公子要来了。”

两人一边说一边动手，那些江湖英雄有的是自己爬起来的，有的是被他们推到一边的，而那些桌椅碗盘全被他们脚踢手捡，院中瞬间便被清理出一大块空地来。

清空场地后，两人返回去，不过片刻又回来了。他们一个搬来红木大椅，一个搬来茶几；再打开随身的包袱，一个拿出拂尘拂了拂椅子和茶几，一个给椅子铺上锦垫；然后一个捧出翡翠杯，一个捧出碧玉壶；一个揭开杯盖，一个斟上茶水，那茶水竟还是热气腾腾的。

两人动作都十分敏捷灵巧，顷刻间便做好这些，然后再次返回去，再过片刻回来时，却是一路铺下了红色锦毯，一直铺到红木大椅下。他们弄完一切后，便一左一右静立于椅前。

在他们做这些事时，众英豪包括韩玄龄全傻呆呆的不明所以，风夕却是早早找了把椅子坐下打起盹来。

众人又等了片刻，却依然不见丰息出现，就连韩玄龄也很想问一声，但一见两童子那肃静的模样，又咽下了到口边的话。

“啊呵——”一直闭目的风夕打了一个大大的哈欠，然后猛地扬声叫道：“黑狐狸，你再不给我滚出来，我就去剥你的皮了！”

她话音刚落，便有一个男子的声音传来——

“女人，你永远都是这么粗鲁呀！”那声音仿若清风徐吟，从容淡定，又仿若玉璧轻叩，矜贵优雅。

话音落下，院门口出现了一位公子，发束白玉冠，额饰墨玉月，身着黑色宽锦袍，腰围白璧玲珑带，如美玉雕成的俊脸上带着一抹雍容而闲适的浅笑，就这么神态悠闲地足踏红云而来。

众人看着这公子，不约而同地想着：这样的人应该是从那白玉为阶，碧玉为瓦，珊瑚为壁，水晶作帘的蕊珠宫走出来的，也只有这样的人才会是那名动天下的黑丰息，也只有这样的人才是那“天下四大公子”中最雅的丰息公子，不似那位……众人不约而同地又转头看向风夕，那人白衣乌发，素面清眸，若碧空流云般随性洒脱，忽又觉得这样的白风夕也是独一无二的。

丰息在那张铺有锦垫的椅子上坐下，左手微抬，左边的少年将茶杯捧到他手中，他揭开杯盖，微微吹一口气，浅尝一口，然后摇摇头道：“浓了。钟离，以后茶叶少放三片。”

“是，公子。”钟离赶忙垂首答道。

丰息盖上杯盖，左边的少年便从他手中接过茶杯放回茶几。

院中明明有上百号人，却俱是静悄悄地看着他，无一人敢上前打扰。

终于，丰息将目光扫向了众人，众人只觉心脏咚地一跳。这公子的眼神太亮，仿佛心底最黑暗的地方也给他这么一眼照亮了，照清了。

“女人，我们好久不见了。”丰息微笑着开口，神情愉悦，直视前方。

众人顺着他的目光看去，这一看不禁又叹了口气。

比起丰息高贵优雅的风仪，风夕实在没什么形象可言，身子斜斜地倚在椅背上，长发已垂至地上，双腿伸得直直地架在另一把椅子上，眼睛似睁还闭，仿佛十分困倦。

听得丰息的唤声，她懒懒地将眼皮掀开，然后又打了个长长的哈欠，伸了个懒腰，才开口道：“黑狐狸，你每次做这些麻烦事的时间都够我睡一觉了。”她的言行虽随性却不粗俗，令人看着自有一种舒心之感。

“女人，一年不见，你还是没什么长进。”丰息摇头，微带惋惜。

风夕闻言忽地从椅子上坐直身，脸上懒懒的神情也一扫而光，腿一伸一点，架在足下的椅子便向丰息飞去，去势极猛，隐带风声，她口里也叫嚷道：“姑娘我有名有姓，别女人长女人短地叫，不知道的还以为你我有什么不清不白的关系呢。跟你齐名已是十分不幸，若再有其他也扯在一起，那我还不如直接找条河跳下去得了。”

对着那直飞而来的椅子，丰息依旧一派悠闲，右手随意一伸，那来势汹汹的椅子便安安稳稳地停在他手中，手再一抛，椅子又轻巧地落在地上，未发出丝毫声响。

“我不过是想提醒你一下，怕你这样混下去哪一天连自己是个女人都忘了。”丰息温文尔雅地道，瞄她一眼，然后摇摇头，“要做我的女人，啧啧……你这个模样……唉。”话虽未明说，但那一声叹息足以表达意思，于是院中有些人忍不住偷笑起来。

“丰公子。”韩玄龄上前一步，打断了两人的冷嘲热讽。

“韩老英雄。”丰息转头看着韩玄龄，脸上挂着亲切温和的笑容，“老英雄唤我出来，可是让我来结识诸位英雄？”

“此不过其一。”看着丰息的笑脸，韩玄龄也不自觉地勾出一抹笑，“另一事嘛……”他瞟了瞟风夕，然后望向丰息，“丰公子，老夫前日跟您提起的那件事，不知公子……”

“噢，明白了。”丰息恍然大悟地点点头，“老英雄是为白风夕强取灵药一事请我出手帮忙。”说着他转头看向风夕：“听闻你这些年来自韩家取了不少药，韩老英雄的意思是叫你把药全还来，还不了就折算银钱。”当然，鉴于他对她的了解，韩玄龄叫他出手教训教训白风夕的话他没有转述。

“呵呵……”风夕闻言便笑了，“药我已经用完了，至于银钱——”她眼珠子一转，“此刻我可是身无分文呢。”

丰息闻言微微一笑，倒好似早就知晓她的答案一样，转头看向韩玄龄，眉尖微挑，一副有些为难的模样：“这……老英雄看要怎么办？”

韩玄龄看着风夕，想起那些药，想起她刚才的大闹，顿时恨不得将她剥皮削骨才好，只道：“那也简单，让她当面赔罪并将双手留下即可。”

“哇，好狠！”风夕顿时叫嚷开，抬起自己的一双手看了一番，然后足尖一点，人便轻飘飘地飘至丰息面前，伸着一双手问他，“你真要砍我的手吗？”

丰息看着她，再看看摆在面前的那双纤长素手，忽然抚额长叹，似是极其无可奈何：“我此生不幸，竟识得你。”然后他站起身向着韩玄龄抱拳施礼。

“不敢！丰公子何故如此？”韩玄龄慌忙回礼。

“韩老英雄，我在这里代她向你赔罪。”丰息温和有礼地道，黑眸清湛，神情诚挚，“她虽强取了你家灵药，但都是用来救人，未谋私利，也算为韩家积德行善，请老英雄大人有大量，原谅她年轻不懂事。”

“这……”韩玄龄犹豫起来，若按他的心意怎能就此罢休，可这样当面拒绝丰息又有些不妥。

“至于她取走的那些药，老英雄看看折合多少钱，我代她付给你如何？”丰息继续道。

此言一出，韩玄龄顿时心动，暗想看情况这丰公子与这白风夕交情不浅，而自己连带这些英豪全不是白风夕的对手，若强行为难只怕难堪的反是自己，如今丰息既肯替她出钱，何不做个顺水人情？

丰息看他的神色已知其心意，便又转身看向院中众人：“刚才她对各位英雄多有得罪，但那只是她生性爱胡闹，与各位开玩笑罢了。还请各位英雄宽宏大量，不与她计较，我在此也代她向各位赔礼了。”说完他又是抱拳一礼。

他此番举动实在出人意料，要知众人本以为会看到一场白风黑息的对决，此刻眼见他躬身施礼，院中诸人赶忙还礼。刚才被风夕一番戏耍，他们虽心头羞恼，可又不得不承认技不如人，是以羞恼之余又是惭愧。丰息此举不啻于给了众人一个台阶，况且能得“天下四公子”之一的丰公子这一礼的人也不多，于是众人倍感面上光彩，怨气顿消，个个都道：“丰公子说话，我等岂能不从？”他们暗地里却不约而同地猜想这白风黑息到底是何关系。

对于丰息此番举动，风夕似也视作平常，只是站在一旁冷眼看着，唇角微勾，似笑非笑的。

“既然诸位英雄都宽宏大量不与她计较，为表谢意，今日申时我在城中醉仙楼准备百坛佳酿，还望诸位赏脸，同往一醉，如何？”丰息再道。

此言一出，群雄哗然，皆是十分兴奋。

一名大汉排众而出，向丰息抱拳道：“在下展知明，阮城人氏，今日得见公子实乃三生有幸。因此今日还请公子赏在下一个薄面，让在下在醉仙楼略尽地主之谊，与公子及众英雄同醉。”说罢他抱拳环视院中众英雄，“不知诸位可肯赏脸？”

“好！”

众人皆应，然后目光齐齐移向丰息。

“丰息恭敬不如从命。”丰息含笑应承，回首间却瞥见风夕脸上的那一抹浅笑，四目相对，交换了一个只有彼此明了的眼神。

风夕随即一个转身，目光来回扫着丰息身边的两个少年：“在你们谁身上？”

两个少年被风夕目光一扫，不禁都望向丰息。

丰息淡笑颔首：“钟园。”

左边那个少年从背上的包袱里取出个一尺长、三寸高的红木盒子，递与风夕。

风夕接过木盒，随手打开盒盖，一时间院中诸人只觉宝光耀眼，都凝目望向木盒。只见盒中有拇指大的珍珠，有黄金做的柳树，有玛瑙雕的山，有红珊瑚做的佛掌，有巴掌大的碧玉……一件件都是精致至极的珍品。

众人还没来得及看清楚，风夕却又砰地关上了盒子，然后走到韩玄龄面前，将木盒往他面前一送：“韩老头，这盒中之物不下十万金叶，买我以前从你这儿取走的那些药绰绰有余，所以你今日得再送我一瓶紫府散、一瓶佛心丹。”

“这……这些全给老夫？”韩玄龄瞪大眼睛看看木盒，又看看风夕，再看看丰息，一时间竟有如置梦中之感。韩家虽也是富贵之家，但眼前这些罕见的珍宝他也是第一次得见，是以对于一下能拥有这些至宝有些不敢相信。

“这些就当我替她付以前的药钱，还请老英雄收下，并再送她两瓶药如何？”丰息笑笑点头。

“可以……当然可以！”韩玄龄连连点头，赶忙从风夕手中接过盒子，手都有点儿发抖。

“那我就取药去啦。”风夕轻笑一声，人影一闪，院中便失去了她的身影。

“嗯。”韩玄龄还在点头应承，可紧接着他猛地跳了起来，“等等！白风夕，你等等！天哪——我的药啊——又要被她洗劫一空了！”只见他一路飞奔直追风夕而去，众人远远还能听到他心疼的大叫声。

第三章　一夜宣山忽如梦

宣山北峰。

看着空空的山洞，风夕轻轻叹了一口气，手一垂，捧着的那套男装便落在地上。那个人没有等她，受了那么重的伤却还自己走了。

“真是个笨蛋啊！”她喃喃骂了一句，转身走出山洞，却发现此刻洞外围着不少人，不禁又暗骂自己大意，刚才竟没发现这些埋伏着的人。

“白风夕，交出玄极！”

同样的话，只不过对象换成了自己，风夕一瞬间有些啼笑皆非的感觉。

“我没有什么玄极，你们快快离去，免得惹我生气。”她淡淡地扫视一圈。围着她的人有些她没见过，有些是在宣山脚下见过的，数一数竟有三四十人。他们还真是不死心啊，难道这些人真的以为拥有玄极就能号令天下，成为万里江山之主？荒谬！

“屁话！燕瀛洲是你救走的，他当时昏迷不醒，你要取玄极轻而易举，你没有那谁有？”一名葛衣大汉喝道。

他话音刚落，眼前白影一闪，顿时呼吸困难，低头一看，一道白绫紧紧地缠在颈上。

“你……你喀喀……放……放开……我……喀喀……”他使劲地拉扯着白绫，无奈白绫越扯越紧，立时呼吸困难，眼前发黑。

“我说过我没拿那就是没拿！我白风夕岂是做了事不敢承认之人？！”风夕冷冷地道，手一挽，白绫回袖。

那人赶忙大口大口地喘气，只觉已自阎王殿转了一圈回来。

“风女侠，既然玄极不在你手中，那就请将燕瀛洲之下落告诉我们。”一名年近而立的男子拱手道。

“你是何人？”风夕随口问道，眼睛却依然看着那跪趴在地上喘息的葛衣大汉。

“在下商州令狐琚，奉商王之命将玄极送回帝都，让天下纷争的局面得以平息。”令狐琚抱拳答道。

“平息天下纷争？好冠冕堂皇的话！”风夕冷笑一声。

“无论女侠信与不信，在下却信女侠没有拿玄极。”令狐琚道。

风夕闻言不禁移目看向他，见其五官端正、眉蕴英气，倒是一副正人君子的模样。

“所以，请女侠告知燕瀛洲的去向。”令狐琚再次道。

“我也不知道他去哪儿了。”风夕摇摇头，“你若是找到他别忘了告诉我一声，我也想找他算账。”

令狐琚闻言微微愣怔。

“令狐大侠，你别被她骗了！”人群中站出来一个满身肥肉的人，身材本算高大的令狐琚被此人一衬，倒是显得瘦小了。

“是呀，别被她骗了，玄极肯定早到了她手中，燕瀛洲不是被她杀了便是被她给藏了起来。”

“唾手可得的玄极她怎会不取？”

众人纷纷猜测。

“住口！”令狐琚忽然大声喝道，“白风夕自出道以来所做之事皆不背侠义，岂容你们如此污蔑！”

“嗯？”风夕闻言眉头微挑，睨着令狐琚，“令狐大侠怎么这么肯定我非小人？”

“在下知道。”令狐琚却也不多言，“既然风女侠也不知燕瀛洲的下落，在下就此告辞。”他一转身，对着众人道：“商州的各路英雄，你们若还认我这个领头人，就请随我离去。”言罢，他向风夕一拱手便大步离去，人群中有十多人跟在他身后。

风夕转头看向还留在原地的那些豪杰，脸上浮起一抹淡笑：“你们又如何打算？我白风夕可没有手不沾血的菩萨心肠！”话音刚落，白绫出袖环绕于她周身，刹那间，一股凌厉的杀气便向众人袭来。

众人心底渗出寒意，不由自主地运功抵挡，目不转睛地盯着风夕，就怕她突然动手。

那一刻，已走出三丈远的令狐琚也感觉到了那股气势，手条件反射地按上腰间剑柄，却又在下一刻猛然醒悟，放下手，轻叹一声，大步离去。

环绕在风夕身周的白绫忽又轻飘飘地落下，她一节一节地将白绫慢慢收回，眉间涌起一股倦意：“你们都走吧，我这会儿不想见血。”

众人不自觉地咽咽口水，想起刚才那凌厉的气势，不由得后怕，可一想到玄极，又不甘心就此离去。

双方僵持间，风夕忽然眉头轻皱，侧耳一听，目光微闪，身形蓦然飞起，快如闪电般从众人眼前掠过。

待众人回过神来，她的身影已然不见。

风夕立于北峰峰顶，俯首便可将山下情形看得一清二楚。

宣山西侧，如蚂蚁一般爬上许多鳞甲兵士，看装束便知是北州禁卫军；宣山南边，树丛中偶尔会闪过三两道黑影，身手矫健，一望便知是武功极高的好手；宣山北面便是装束各异的那些江湖英雄；而东面什么也看不到，非常平静，可风夕知道，那里才是最危险的。

“一枚玄极竟引来这么多人。”她轻叹。

她抬首，日已西斜，绯红的霞光映得天空一片绚丽，葱翠绯红相间的宣山也染上了浅浅艳光，天地在这一刻壮美绝伦，却美得让人心口沉甸甸的，带着一抹无法释怀的怅然。

夕阳无限好，只是近黄昏。

风吹起衣袂，长发在空中飞扬，风夕的脸上浮起淡淡的忧伤。

燕瀛洲，你是死了还是活着呢？

最后看一眼挂在西天的落日，她往山下走去。

此刻，阮城醉仙楼里却是热闹非凡，原在韩家为韩玄龄祝寿的人全部移至此处，与名动天下的丰息公子同求一醉。

众英豪你敬我一杯，我敬你一碗，人人敞怀痛饮，席上更是摆满珍馐美味，人人吃得满嘴流油。

喝至天黑，所有人都醉了，有的趴在桌上，有的倒在桌下，无一清醒。

“来来来……烹羊宰牛且为乐，会须一饮三百杯[1]！三百杯还没到呢，大家再来喝呀！”楼中丰息放声高歌，却已无人应和，倒是响起了不少呼噜声。

“唉，怎么都醉了呢？”他弹袖起身，一张俊脸被酒意熏染出红晕，一双眼睛却是清醒明亮如冷夜寒星。

钟离走进楼中，将一封信递给他：“公子。”

丰息接过，拆开扫了一眼，唇边浮起一抹淡淡的笑，再看了眼楼中醉倒的众人，轻声笑道：“既然诸位英雄都醉了，丰息便告辞了。”

走出醉仙楼，迎面一阵凉风吹来，他抬首望天，月淡星稀。

“今夜的星月似乎没有昨夜的好。”淡淡地说完，丰息便负手离去，身后跟着钟离与钟园。

宣山之南，风夕悄无声息地在树林中穿梭，如一道白电，迅疾掠过。

忽然一道极低的、仿佛野兽受伤的低喘声传入耳中，风夕猛然停步，侧耳细听，却又是一片安静。她头顶枝缝间偶尔透进一丝浅浅的星光，风拂过时，树叶发出沙沙的声响，除此以外一片幽暗。

风夕站定，静静等候。

终于，又一声极低的吸气声传来，她迅速往发声处走去，一道剑光闪烁，直向她刺来，她早有防备，白绫飞出，瞬间便缠住了剑身，然后鼻端闻到一股血腥味。

“燕瀛洲？”她低低地唤道，白绫松开，飞回袖中。

“风女侠？”沙哑的声音响起，长剑回鞘。

借着淡淡的星光，凭着习武人的目力，风夕看到燕瀛洲正半跪于一丈之外，脸上冒着豆大的汗珠，一张脸苍白如纸，唇已是一片乌青。

1　引自李白《将进酒》。

“伤势又加重了。”风夕低叹一句。

她移步过去，从怀中掏出药瓶，喂他吃下两颗佛心丹，然后伸手至他肋下，只觉湿湿黏黏的，不看也知，定是一手黑血。她心头一紧，也顾不得许多，撕开他肋下衣裳，又倒出一颗佛心丹，揉碎敷在伤口上，再撒上紫府散，然后又撕下衣带，紧紧地缚住伤口。只是他全身上下何止肋下一处伤口？

“把衣裳脱了，我给你上药。”风夕嘱咐一句。

这一次燕瀛洲倒不再害羞扭捏，非常配合地解开衣裳。

“呵呵……”风夕忽然想到什么，轻笑一声，“我本以为你光着身子跑呢，谁知你竟穿了衣裳，哪儿来的？”

“杀了一个人，夺的。”燕瀛洲低声道，间或吸着冷气，他的伤口与衣裳粘在一起，强行脱下时皮肉受到撕扯，自是疼痛难当。

“活该。”风夕低声骂了一句，手下力道却格外轻，小心翼翼地帮他褪下衣裳，以免牵动肋下包好的伤口，“你干吗不等我回来？”

燕瀛洲却不答话，只是抬眸看一眼风夕，黑暗中那双眼睛幽沉如深潭。

“我白风夕是怕被连累的人吗？”风夕低低地冷哼一声，手利落地撒下紫府散。

燕瀛洲依然不吭声。

当下两人不再说话，一个专心上药，一个沉默配合。

只是……在第一次上药时，两人一个昏迷不醒，一个一心救人，心无旁骛，根本未曾想到这是一种肌肤相亲。而此刻，两人都是清醒的，黑暗中彼此靠得极近，可以听到对方的呼吸声。

他感觉一双微凉的手在身上游走，顿时全身肌肉紧绷，只盼这一刻快快过去，可隐隐地似又盼着这药永远不要上完。

她手下是结实的肌肉、强健的体魄，虽伤痕累累，却不可怕丑陋，反让她一颗心软软的。

两人心中忽生一种微妙的感觉，清楚地意识到对方是与自己截然不同的一个男人（女人）。一种暧昧而潮湿的气息在黑暗中缓缓弥漫，让两人脸红得发烫，心跳如擂鼓。这一刻的感觉是他们此生都未曾感受过的。

终于上完药后，他们一个静静地穿上衣裳，一个难得地静坐在一旁，彼此不说一句话，似乎都想理清什么，隐约觉得心头有一种不同于一般的东西在滋生。

虽是神思恍惚，但两人都是身经百战，刹那间都警觉到危机接近，不约而同地伸手去拉对方，两只手便握在了一起。

一片雪亮的刀光向他们罩来，两人同时往后闪去，避过攻击，然后一个飞出白绫，一个刺出长剑，迎向那群从天而降的黑衣人。

黑衣人全是一等一的高手，不比白日风夕遇着的那些良莠不齐的江湖豪杰。这一群人有十个，其中四人围向燕瀛洲，另六人则缠向风夕，手中长刀如雪，刀法精湛，攻守有度，可看出定是出自一门，平日练习有加，相互间配合得十分默契。

风夕对付六人毫不吃力，依然有守有攻，燕瀛洲却是险象环生。这些黑衣人若单打独斗绝非他的对手，但相差也不太远，此时四人联手，他招架得分外吃力，况且本就身受重伤，功力、体力已大打折扣，因此不过片刻，身上又添两道伤口。

风夕瞥见他的情况，眉头一皱，顿时使出了全力，但见白绫翻飞，时若利剑锐不可当，时若长鞭狠厉无情，时若大刀横扫千军……招招式式狂风骤雨般袭向六人。

那六人攻势立马被打乱，只有防守的份儿，而风夕丝毫不给他们喘息的机会，手腕一转，白绫便如银蛇般缠向左边三人，那三人往后跃去，避开锋芒，而风夕在他们跃开的瞬间身形迅速飞起，左掌拍向右边三人。顿时一股浑厚的掌力如狂风呼啸，右边三人忙横刀御敌，谁知风夕手掌忽变拍为切，迅若闪电般从三人防守的空隙中刺进，只听啪啪啪三声，那三人便全被砍中右肩，剧痛之下，手中长刀应声坠地。

风夕一击得手并未停下，半空中身形折回又扑向左边三人。那三人见此，大刀一挥，刀芒耀眼，织起一座刀墙。可风夕白绫一挥，化为一道白虹，直贯刀墙，叮叮叮三声响，三柄精钢大刀便齐齐拦腰而断，三人还未回过神来，风夕人已到眼前，左手一挥，拈指成兰，曼妙拂出，三人胸前一麻，便全被拂倒于地。

这边风夕得手，那边燕瀛洲却更是吃力，那四人见他剑势越来越弱，更加出手猛烈，四柄大刀挥出一张刀网罩向他，让他无处可避，眨眼间他背上又中了一刀，背上的包袱被砍断，落在地上，包中盒子滚出，从盒中掉出一块黑乎乎的东西。

那四人一见盒中掉出之物，不约而同地弃下燕瀛洲，齐向那物飞扑而去，而燕瀛洲心中大急，厉喝一声，人也跟着飞出。

风夕刚击退那六人便听得燕瀛洲的大喝声，转头瞧去，当下手一挥，白绫飞出将那物卷起，左手一张，那物便落在她手中，冰凉冰凉的。

燕瀛洲一见风夕徒手接住那物，急切地大叫：“不要！”

风夕见他如此模样，只道他紧张此物，飞身飘至他跟前，安抚道：“放心啦，不会弄丢的。”

燕瀛洲却马上捡起地上的包袱碎布，捉住风夕的手低喝道：“放手！”

风夕见他如此在意此物，心中略有失望，手一松，任那物落在布上，口中却淡淡地道：“我不会抢你的东西。”说话间她瞟见那些黑衣人又围了上来，顿时右手一挥，白绫带着十足劲道击向四人，四人闪避不及，齐齐被白绫扫倒在地。

燕瀛洲抓住风夕左腕，手指挥动，封住了她左腕的穴道，然后抬首焦急地对风夕道：“你快吞几粒药！”

风夕被他惶急的神色惊得怔了怔，垂眸一看，这才发现自己左掌竟已变为紫色，而且那紫色在蔓延，直往手臂上去，虽然燕瀛洲已替她封住了穴道，但也只是稍稍阻缓毒素蔓延的速度而已。她立时知道那东西上涂有剧毒，而自己一碰之下已中了毒，当即从怀中掏出佛心丹，连吞两颗。

在这片刻工夫里，那些黑衣人已都缓过劲来，重新向他们围拢过来。

两人对视一眼，然后同时飞身后撤，往树林深处逃去。此时两人一个受重伤，一个中剧毒，已无法再与那十人相拼，谁知那十人之后还有多少人呢？

燕瀛洲拖着风夕飞奔，一开始风夕还能跟上他，但渐渐地，她只觉得全身的力气似被一点点抽走，身体越来越虚软，头颅越来越重，胸口好似被什么堵住了，呼吸困难，步伐便慢下来。

而燕瀛洲是伤上加伤，精神、体力早已透支，再加上剧烈奔跑，不一会儿便也精疲力竭，一个踉跄，两人一齐摔倒于地。

“你自己走吧。”风夕喘息道，声音已是虚弱不堪，眼前已有些模糊，不由得嘲笑起自己来，素日谈笑杀人，却不想自己竟也有今天这种束手待毙之时。

燕瀛洲只是看她一眼，那一眼太过深刻，让她仿佛被什么刺痛了一下，恢复了几分清醒，甩头眨眨眼，却发现那一张汗水淋淋的脸竟是极为英俊，神情又是那般执着而决绝。

他爬起身，吃力地抱起她，继续往前跑去，但速度极为缓慢，而背后已能听到那些黑衣人的脚步声了。

“傻瓜，能活一个总是好的。”风夕喃喃地骂道，却知燕瀛洲已是打算和她同生共死了，这样的男人啊……叹息未止，她忽然感觉到燕瀛洲身躯一顿，停下脚步。

她侧首一看，原来前方已无路，他们站在陡峭的山顶。

“我们赌一把，赢了，便活下来；输了，便死在一起。你愿意不愿意？”燕瀛洲低首问她，抱着她的手臂紧了紧。

“好啊！”风夕虚弱地道，然后又笑笑，“死了还有烈风将军陪葬，其实也是蛮划算的事情。”

燕瀛洲忽然俯首看向她，靠得那么近，鼻息喷在她的脸上，轮廓分明的嘴唇近在咫尺，让风夕一瞬间生出“这石头一般的人是不是要亲我”的念头。

但是他没有。燕瀛洲眼睛黑沉沉的却又异常明亮，一眨不眨地看着她，然后在身后的脚步声接近时，叹息般地低语：“能和白风夕死在一起，我燕瀛洲也死而无憾！”

说完他抱紧风夕往山坡下滚去，滚动中，风夕能感觉到身躯撞击地面的震动与疼痛，但并不剧烈。她整个人从头到脚都被燕瀛洲圈在怀中护着，那些撞击与疼痛都被他化去一层，传到她身上时已不是很疼，却直直地传到她心底。

这是第一次有一个男人保护着她。

她年少成名，出道以来，除一个丰息外，无人能敌，她从来不用人保护，也从未有人想要来保护武功高绝的白风夕。可此时燕瀛洲的举动忽然触动了她心底的一根弦，让她的心不明所以地快速跳动。

她就安安静静地待在他怀中，感受一个男人宽阔的胸怀，默默品味着被保护的温暖，然后……慢慢地……慢慢地所有的知觉都渐渐离她远去……她要死了吗？这便是死的感觉吗？其实并不可怕……

黑夜中的宣山看起来十分幽静，只是揭开那一层夜色的掩盖，浓密的树林中不时掠过几道黑影，闪过几道刀光或火光，夹着一些突兀的号叫或三两声压抑的惨呼。

宣山脚下，一夜间多了一座布幔搭成的小帐篷，帐中此时有三人，当中一把椅上坐着的正是俊雅无双的丰息公子，身旁侍立着钟离与钟园。

忽地，他抬首望向帐外夜空，正是月上中天时分。

“钟离，时辰到了。”他淡淡地吩咐一声。

“是，公子。”钟离走出帐篷，手一挥，便有一物飞出，在半空中发出一抹亮光，瞬间又熄灭。

片刻后，天空中忽又升起四抹亮光，皆是一闪而逝，但足够有心人看得分明。

丰息待那几抹亮光熄灭后，端起茶杯，揭开杯盖，低首闻闻茶香，再浅啜一口，然后点头道：“茶叶不多不少，而泡茶的时间刚刚好，茶汤香淡而清远，味苦而后甘甜，不浓不涩，这才是好茶。”

“公子，夕姑娘还在山上。”钟园忽然道。

“凭那女人的身手，自能安然下山。”丰息并不在意，手一抬，钟园马上接过他手中的茶杯，“若她不能冲破封锁……那也就不配做与我齐名的白风夕！”他仰首看向夜空中稀疏的星子，偶尔有那么几颗分外明亮。

那时，在宣山北面，燃着几支火把。

各路江湖豪杰，经过一天半夜的搜山，此时又累又饿，个个衣衫湿透，神色疲惫。

“他妈的，这燕瀛洲到底藏在哪里？”有人恼怒地骂道。

“是啊，老子累了一天，没吃没喝，都是这该死的燕瀛洲害的！”有人附和。

“还有那白风夕！若不是她，玄极早到我们手里了！”有人迁怒道。

“就是！这臭婆娘就是爱管闲事！若她有天落在老子手中，我定要将她千刀万剐，方能解心头之恨！”有人咬牙切齿。

“何大侠，我看我们今天还是先下山吧。天这么黑了，人是搜不到了，不如回去歇息，等养足精神，明日再来。”有人提议道。

“说得也是。”有人赞同，“我们下山后派人在各个山口守着，只要这燕瀛洲下山，我们自然会抓到他。”

被称为“何大侠”的正是何勋，他家“天勋镖局”在六州皆有分局，实力雄厚，再加上人缘不错，无形中便成了这群人的首领。

何勋看看众人疲惫的神色，当下便点头同意：“也好，今日我们便先下山，明日再来，谅那燕瀛洲也跑不了。”

于是一群人往山下走去。

下山的速度自然比上山快，这些人又全是练武之人，身手矫捷，再加上山下美酒佳肴的吸引，个个健步如飞，很快便行至山脚下，前面已能看到灯火，很快便要返回人间了。

可他们走着走着，却发现怎么也走不出去，来来回回几趟，却只是在原地打转，和前头的灯火总是隔着那么一段距离，看起来那么近，却又是那般遥不可及。

“邪门儿了！为什么我们总在原地打转？”有人嚷道。

“该不是鬼打墙吧？”有人惶恐地叫道。

此言一出，所有人都觉得四周变得阴森起来，一阵山风吹来，将众人手中的火把吹灭，四周便陷入黑暗。

“妈呀！鬼呀！”蓦地有人惊恐地大叫。

“天哪！有鬼呀！救命呀！”

“别抓我！滚开！”

“救命啊！救命……”

“滚开！你们这些恶鬼！我砍死你们！”

“哎哟……鬼杀人了！”

…………

一时间这些素日自称英豪的人不是抱头鼠窜，便是惊恐不已地挥刀砍向那些“鬼影”。

黑暗中，只有挂在天边疏淡的星月，看见他们互相砍杀着，猩红的血浸透他们脚下那片土地，断肢残骸堆积……

许久后，恐惧的叫喊声与凶狠的喊杀声终于都停止了，宣山北峰山脚下归于沉寂。

山脚一里之外，有几盏灯在暗夜里闪着微光，仿佛在等待着夜归的旅人。

风夕是在一阵疼痛中醒来的，睁开眼便发现自己身处一处山洞，一堆小小的篝火发着微弱的光芒。

手上传来痛感，她低首看去，左手被划开一道口子，燕瀛洲的左手紧紧覆在上面，正以内力吸她左手上的毒，而滴落地面的血也是紫色的。

“不要……”风夕出声，才发现自己的声音虚弱不堪，比猫叫还要细微，想要阻止他，却根本无法动弹。那是什么毒？竟这般厉害！她心头惊骇。

半晌后，燕瀛洲停止吸毒，从她怀中掏出佛心丹，倒一颗揉碎敷在她被划开的伤口上，然后撕下一截袖子包扎好。

在他做这一切时，借着微弱的光线，风夕看清了他的手与自己的手：自己手上的紫色淡了许多，而他整条左臂都成了紫色。

瞬间，一种恐慌感袭上她的心头。

她想起自己明明已吞下两颗可解百毒的佛心丹，可为何到现在自己身上的毒还未解？一个可怕的念头在她脑中闪过，令她不寒而栗。

“这是什么毒？”她哑声问道。

“萎蔓草。”燕瀛洲平静地回答。

萎蔓草——无解剧毒！

“你……你……”风夕看着那张平静的脸，很想一掌打醒他，却又被一股心疼攫住，半晌才哑声道，“冀州的‘风霜雪雨’四将是否都如你这般愚蠢？若真这样，我倒要怀疑冀州‘争天骑’是否浪得虚名了——凭你这样的人如何去争夺天下？！”

“我燕瀛洲从不欠人情，你替我吸过毒，我现在替你吸，以后便两不相欠。况且你是因我而中毒。”燕瀛洲依旧神色平静。

他低头看着手中的那只手，纤细修长，圆润如玉，透着浅浅的紫，美得妖异。就是这样一双手，能让白绫飞舞，瞬息夺命亦瞬息救人。其实拥有这样一双手的人，应该俏立碧纱窗下，拈一朵幽兰，低首轻嗅，浅笑回眸。

“世上怎么会有你这样的人……明知是无解的剧毒竟还往自己身上引？你就这么想死

吗？”风夕无力地叹息。可下一瞬，她忽然又想起一事，顿时如坠冰窟。

再也没有佛心丹了！

一瓶佛心丹只有六颗药，但最后一颗刚才已被敷在她手上了。而他……续命的机会都没有了！

“虽说这毒没法解，可你能支撑一刻就一定多支撑一刻。”燕瀛洲放开她的手，抬首静静地看着她，“白风夕不应该是那么容易死的人。”

“你呢？你就这么不将自己的性命当回事？”风夕逼视着他。火光之下，那张英俊的脸上毫无表情，可是一双眼睛之下藏着汹涌暗流。

忽然，燕瀛洲起身将火熄灭，走至洞边察看了一会儿，走回风夕身边，将她移至山洞深处藏好。

“那些黑衣人追来了？你……”风夕待要询问，可随即便被燕瀛洲点住哑穴。

粗糙的大掌滑过她的脸颊，似不敢久碰，如蜻蜓点水般轻掠而过，然后飞快收回，握住腰间剑柄，他猛然转身往洞外走去。

不要去！不要去！

风夕在心中大喊，焦灼地看着那离去的背影。

你别去，去了……就是死路一条啊！

仿佛听到了她的呐喊声一般，燕瀛洲忽地停步，回头看向她，站立片刻，脑中天人交战，终于又走回她身前。

风夕在黑暗的洞穴中依然能感觉到他炽热的目光，终于，他低下头，在她耳边低语：“我会回来的！下辈子我会回来找你的！下辈子我一定不短命！风夕，记住我！”

他的唇轻轻地落下，若羽毛轻轻刷过，忽又狠狠落下，重重一咬！风夕只觉嘴唇一阵刺痛，然后嘴角尝到一丝腥甜的味道，一滴滚烫的泪落在脸上，迅速流下，渗入唇中，腥甜中便混入苦咸。最后入她眼中的是一双在黑暗中依然闪亮如星的眼眸，那眼中有清澈的波光与无尽的依恋。

一串泪珠滑落，是她的，还是他的？她不知道。

她只知道那个黑色的身影终于走出山洞，只知道外面传来刀剑撞击之声，只知道以后也许再也见不到他了……

第四章　惘然时分梦已断

红日东升，山鸟啼鸣，晨风拂露，朝花吐蕊，新的一天又开始了。

风夕睁开眼，入目的是白如雪的纱帐，帐顶绣着几朵墨兰，素洁雅净。

“醒了？”淡淡的问候声响起。

她转头看去，丰息斜倚着窗边的软榻，正品着香茗，俊面含笑，神清气爽。

风夕抬起左手，那可怕的紫色已消失，毒已肃清，自己已再世为人……那他呢？

“燕瀛洲呢？”才一开口，她便觉得嘴唇一片疼痛。

“死了。”丰息的声音淡而无情。

她闭上眼，心头一痛。他终是以他的命换了她的命！

“玄极呢？”

“没有。”她耳边依然是淡淡的答复声。

那么玄极是被那群黑衣人夺去了！那些人……看身手刀法，定是断魂门的人！

“你怎么会中毒？真是出乎我的意料。”丰息的声音带着一丝幸灾乐祸的嘲弄，又似藏着某种侥幸。

“玄极上有毒，不小心碰到了。”她倦倦地答着。

“你若肯传信给我，或许我能救下燕瀛洲。”丰息站起身来，踱至床边，俯身察看她的气色。

“传信给你？”风夕闻言冷笑，谁知嘴角弧度扯得太大，唇上又是一片刺痛。她不由自主地抚上嘴唇，上面有一个小小的伤口。

丰息随着她的动作看去，看到她唇上那个伤口，笑容未改，只是眼中带着一丝阴沉。

“传信给你，让你早一步赶到，玄极便是你的了，不是吗？”风夕直视他，目中含着讥讽，“太遗憾了，害你错失此等良机。”

“你……！”丰息声音一沉，可转眼间又轻松一笑，“至少他不会死，你知道我不会对他那样的人出手的。”

“你不杀他，但若失玄极，他一样会丧命。他那样的人自是令在人在，令失人亡。”她看着帐顶，那几朵墨兰恍惚间化为那决然无悔走向洞外的黑色背影。

"令在人在，令失人亡？呵，他在你心中倒是个顶天立地的英雄。"丰息在床边坐下，看着她的神色，脸上依旧是雍容俊雅的淡笑，说出口的话却是冷森森、血淋淋的，"不过你这位英雄也不怎么样，连十个断魂门的人都对付不了，反落个命丧黄泉的下场。"

他说话间目光不离风夕，似想从她面上窥到什么，风夕却只是眼望帐顶，面无表情。

"啧啧，你不知道呀，你那个英雄一共身中三十二刀，致命之伤是胸口三刀！不过他也真行，哼都没哼一声，临死还拉了七个断魂门人陪葬，连我都挺佩服他的英勇无畏，只不过他的武功还是差了那么一点点。"他说完还伸出两指比出一节短短的距离。

风夕的目光终于从纱帐移到他的面上，她冷静且平淡地开口："黑狐狸，你是在惭愧你没他英勇吗？"

"哈哈……"丰息大笑，如同听到好笑的笑话，而大笑的他依然风度优雅迷人，"女人，我以为你很想知道他的英勇表现呢。"

风夕淡淡一笑："烈风将军的英勇天下皆知，不比某只狐狸假仁假义，浪得虚名。"

"听过一句话没？好人不长命，祸害遗千年。你的燕大英雄偏偏短命，你口中假仁假义之人却好好活着，说不定活得比你还长。"丰息毫不在意。

"那是老天不长眼。"风夕闭上眼，不再理他。

丰息不以为意地笑笑，站起身来，打算离去，走了几步又停住。

"你知道吗？我见到他时，他还剩最后一口气，已无法说出话来，只是看我一眼，然后眼睛死死地盯着洞口，直至……断气！"

丰息的声音低而轻，似夹杂着某种东西，他说完即转身离去，走至门边回首看一眼，便见一滴清泪正缓缓滑落枕畔，瞬间被吸干，了无痕迹。

"你喜欢上他了吗？"

这话脱口而出，说完两人都一惊。

一个嘲笑自己，问这个干吗？这关自己何事？

一个心头一跳，胸膛里的那一丝闷痛便是因为喜欢吗？一个认识不过两天的人？

丰息推门离去，留下风夕一个人静静地躺着。

她喜欢他？谈不上吧。

她不喜欢他？她也并非全无感觉。

若非在这种情境下相识，那么冀州的烈风将军与江湖上的白风夕是不会有多大交集的，迎面相遇，或许擦肩而过，或许点头一笑，仅此而已。哪怕他们在她第一次救他之后即分道扬镳，那么天长日久，他们也会慢慢淡忘彼此，或许某个偶然回首间，她会想起那个昂藏七尺却容易脸红的烈风将军。

可命运偏偏安排他们患难与共、相依为命！

燕瀛洲，那个转身决然踏出山洞的身影便永远留在了她的心中。

不论时间如何流逝，他都是她永远也无法忘记的人了。

午时，丰息再次走进房中，却见风夕已然起床，正斜倚在窗边的软榻上看着窗外，眉眼间是少有的平静。

窗外立着一株梧桐，偶尔飘落几片黄叶，房内十分安静，静得可以听见叶落发出的轻响。

“钟园说你吃得很少。”丰息轻松的声音打破沉静。

“没胃口。”风夕依然看着窗外，懒懒地答道。

“真是天下奇闻，素来好吃的你竟会没胃口？我是不是听错了？”丰息挑起眉头看着她。

听得此话，风夕回头瞪他：“你竟只给我喝白粥！”那种淡而无味的清水煮白米谁爱喝？

“病人当然应该口味清淡。”丰息理所当然地道。

“公子，药煎好了。”钟离端着一碗药走了进来。

“给我吧。”丰息接过药低首闻闻，脸上又闪过一丝笑意，“我本来还想，中了萎蔓草之毒的人可能救不活了，这样呢，世上就真的只存我一个‘丰息’了。”

“那你何必救我？你不救，我也不会怪你，你救了，我也不会感激你，反正你这黑狐狸从不会安什么好心。”风夕看着那碗药，眼中有着一丝畏缩。

“若这世上少了你白风夕，我岂不是太过寂寞无聊了？”丰息笑吟吟地走近风夕。

“哼，若我死了，这世上唯一知你真面目的人都没了，你确实会很寂寞。”风夕冷哼一声，又问道，“这世上还有什么药能解萎蔓草之毒？”

“唉，说来便心疼。”丰息长叹一声，满脸惋惜之色，“浪费了我一朵千年玉雪莲，这可是比佛心丹还要珍贵百倍，用来救你这种不知感恩的家伙实在不划算。”

“玉雪莲？”风夕眼睛一亮，“听说玉雪莲入药清香微甜？”

“当然。”丰息好似知道她的心思一般，脸上的笑带着一分诡异，“只不过玉雪莲当时就给你服用了，现在这碗药则是我这位神医配出的清毒补体的良药。”

“你配的？”风夕眉头皱起，看着那碗药，仿佛看着世上最为可怕的东西。

“对，我配的。”丰息看清她眼中神色，脸上的笑容越发欢畅。

“我不喝了。我怕这药比萎蔓草还毒。”风夕一脸戒备。

“夕姑娘，我家公子为了找你可是把整座宣山都翻了个遍。”钟离见风夕毫不领情的模样，觉得应该为自家公子说说话，“而且用玉雪莲给你解毒时，药一入口你就吐出来，多亏了公子亲……”

“钟离，你什么时候话这么多了，舌头要不要修剪一下？”丰息睨了眼钟离。

“我下去了，公子。”钟离登时噤声，赶忙退下。

“女人，来，吃药了。”丰息在软榻上坐下，用汤匙舀起一勺药递到风夕嘴边。

风夕拧着眉头转开头，这药肯定是极苦极涩的，光是这气味就让她作呕，“我自己有手，不劳烦你。”

“女人，我这是关心你，要知道能得我亲手喂药的人可真不多。”丰息轻笑，手中的汤匙依然停在风夕面前。

风夕却不为所动，极力扭着头，只想躲开，这药味真的很难闻啊，她快要吐了。

“难道闻名天下的白风夕竟怕苦不成？”丰息看着她，“你身上的毒可没清完，这药还得喝上三天。”

“三天？”风夕闻言瞪大眼睛。天哪！喝三天！她便是喝上一口也会去了半条命！

“女人，你什么时候返老还童了，竟如三岁孩儿一般怕吃药？”丰息凤目中含着讥诮。

“哼！”风夕冷哼，然后屏住呼吸，口一张，含住汤匙，吞下药，眉头随即皱成一团，然后口又一张，哇的一声把刚吞下去的药又吐了出来。幸好丰息动作快，闪避及时，否则药必然全吐在他身上了。

“你慢慢吐，没关系，我早就叫钟离多煎了一锅。”丰息淡淡地道。

风夕一听，心凉了半截，抬头看着丰息，目含怨光，但随即收敛，以难得的温柔语调道：“黑狐狸，你有没有丸药？这种汤药我一喝必吐。”

“没有。”丰息回答得很干脆，然后又舀了一勺药送至她唇边，“你若吐完这一碗，我就让钟离再送一碗来，第二次煎药时我再加点儿黄连。”

风夕一听，手悄悄往袖中伸去，却又听到丰息道：“忘了告诉你，你的白绫在我房中。”

风夕手一顿，恨恨地看他一眼，然后闭紧双目，张口吞下药，紧闭唇，咽下去，而一双手抓紧衣裳，一张脸皱成苦瓜。

丰息含笑看着她的动作，只是视线扫过她唇上那个伤口时，眼神一沉，手中的汤匙下意识地便往那儿一压。

“哎哟！”风夕惨呼一声，“黑狐狸，你乘人之危！你别哪天撞在我手上，到时……嗯……嗯……喀喀……喀……黑狐狸，你……”

“喝药时别说那么多废话。”丰息的语调依然淡淡的，但不难辨出其中那一丝诡计得逞的得意。

屋外的钟离、钟园相对摇头，真不明白，为什么公子对每个人都那么温和有礼，独独对夕姑娘如此，难道真因为夕姑娘名号排在他前头？

终于，一碗药喝完，风夕已是一副死里逃生的模样。

“茶！”风夕张着嘴，使劲哈气，极想散去口中那股味道。

“喝药后不能饮茶，这你都不懂？”丰息将手中药碗放在桌上，从桌上的一个盘子里挑出盒东西，“这是梅干，你解解苦吧。”

风夕迫不及待地从他手中接过盒子，马上往口里丢进一块：“好酸！”她不由自主地拍拍两边地脸颊。

丰息看着她那样，甚觉好笑：“说出去都没人敢相信，堂堂白风夕竟然怕喝药。”

“这不叫怕，是不喜欢，我爹、我哥都不喜欢喝药，这习惯是从我们祖上传下来的！”风夕义正词严地纠正他。

“哦？”丰息目光一闪，“我家祖上倒是传下个法子，说遇上怕苦不吃药的人就硬灌，过后给她吃点儿酸的就行了。”

“这是什么破法子！”风夕皱着鼻子哼道。等口中酸甜的滋味盖过了苦药味，她睨着丰息，“黑狐狸，你真的翻遍了整座宣山？”她实在不能相信这个假仁假义的人会为她搜遍宣山。

“听说冀州有一个古老的习俗，男女黑夜里幽会时以吻定情，而定情时若咬破了对方的唇，那便代表非卿不娶，生死无悔。”丰息却不理她的问话，反说起了闲话。

“非卿不娶……生死无悔……”风夕抚着唇畔，想起黑暗中那灼热的气息，那低沉而坚定的话语。是这样吗？他向她许下了下辈子的誓言？可是人有来生吗？

燕瀛洲……

忽然间，风夕口中酸甜的梅干变得如药般苦涩，难以下咽。她心头有什么东西直往底下沉去……沉去……一直沉至最隐秘的一角，深深地藏起来，此生也许都不会再浮起。

“女人，你和谁定下盟誓了吗？”丰息拈起一块梅干，似要喂给风夕，送到唇边时却忽又往那伤口上压去。

“咝！”风夕痛得回过神来，看一眼丰息，然后转头看向窗外，“怎么可能，那是冀州的习俗，与我何干？”

“是吗？”丰息脸上浮起一丝耐人寻味的笑，目光却停驻于她的脸上，似在研判什么。

风夕闻言回头看他，神色极为淡然：“黑狐狸，你从哪儿听来的这些闲话，难不成你想找个人试试冀州之盟？凭你这副模样，倒是会有些傻女人被你骗到手。”

“呵，凭我何须盟誓？”丰息一笑，看着她平淡的神色和幽沉的眼眸，黑眸里闪过一丝光芒，却瞬间垂眸敛起。

一时间两人都没了斗嘴的兴致，房中顿时沉静下来，片刻后，丰息起身离去：“你毒还未清干净，多休息，少费神。”

房中的风夕看着他离去的背影，目光深沉。

第二日黄昏时，风夕来到宣山南峰脚下，抬首看看暮色中依然静寂如画的宣山。它并未因有条英魂永眠于此而有丝毫的改变。

风夕抬步往山上走去，想去看看那个人，虽然只是坟茔。

蓦地，鼻端似闻到什么，她低头一看，草地似乎被清理过，但依然留下了几道浅浅的血痕。风夕眉头一皱，抬首，目光便被几块石头吸引，这样的石头大而平整，不似此处天然的石块，怎么会出现在此？她走近细看，上面还有刀剑划过的痕迹。

她飞身而起，落在一株高树上，居高环视。

果然，相隔不远处也散落着这样的石头，但都被移动过，且有些被扔在隐蔽处。她审视着这些石头散落的位置，蓦地，一个念头跃进脑中，让她脚一软，几乎摔下树来。她忙稳住心神，细数那些石头，一、二、三、四、五……不多不少，正好一百三十六块。

果然……真相竟是这样的！

天气明明很热，她却觉得一股寒意从四周笼来，一直沁到心底，手指抓住的树枝发出脆响。

她飞身落地，依然往山上走去，一颗心却沉至谷底。

南峰山腰之上，立着一座新坟，墓碑上有五个简单的大字——燕瀛洲之墓。

风夕立在坟前，石头一般，一动不动。

良久之后，她伸出手指，轻抚墓碑上的字，心中一片凄然。

这么一个人，就这样永远沉眠于此了。可是三天前，那还是一条鲜活的生命，还曾紧紧抱住她，用身体保护她。

一滴泪落在石碑上，风夕蹲下身来，凝视墓碑。

燕瀛洲，你最后……最后死于谁手？若是断魂门，我必为你报仇；若是他……若是他……

时光流逝，夕阳收起对大地的最后一缕留恋，投进西天无垠的怀抱，黑色的天幕徐徐降下，掩盖天地，遮起大地上的青山绿水、红花碧草。

"你是要在此结庐守墓吗？"朦胧的暮色中，丰息优雅的身影渐渐走近。

蓦地，一道白影飞出，瞬间缠在他的颈上。

风夕转身，手中紧紧地攥着白绫，一双眼睛冷若寒冰。

丰息动也不动，优雅地站立着，任白绫在颈上收紧，再收紧。

"为什么？你为什么要如此狠绝？"风夕的声音从齿缝间漏出，若刀锋般冷厉。

"你知道了。"丰息的声音依然从容不迫。

"东南西北四个山口，你虽已清理过，但遗下的那些石块、血迹，足以让我看明白，那里曾布下修罗阵！你竟然布下修罗阵！那夜，这宣山里千余人想来没有一个走下山去，全部命丧于此！"风夕攥着白绫的手微微发抖，不知是因为气愤还是因为悲伤，"为一枚玄极你竟如此狠绝，你也和那些人一样要不择手段地得到玄极，也以为得令即能号令天下？"

"果然，我做任何事，可瞒过天下人，却独独瞒不过你。"丰息轻声叹息，"不错，修罗阵是我布的，那夜宣山上所有人，除你之外，全部魂葬于此。"

他说得轻描淡写，似乎千余人的性命不过是弹指间的一点尘埃。果然话音才落，他颈上的白绫又紧了几分。

"玄极最后落入了你手中？你为着不让人知道，所以杀尽那夜宣山上所有人？"风夕看着他，只觉得眼前的人忽然变得如此陌生。这真是和她相识十余年、任她嬉笑怒骂的那个丰息吗？他不曾如此狠绝啊！

"对。"丰息答得干脆，"那一夜所有事几乎在我掌控之下，玄极是假的却出乎我的意料。"

"假的？"风夕手中白绫缓了缓。

"想来燕瀛洲也没告诉你，他手中的玄极是假的。他们得到玄极后，明里由烈风将军护送假的回国，引天下人来追夺，暗中却将真的另遣人送走。"丰息深深吸一口气，道。

风夕闻言顿时嗤笑："难怪我问起玄极时，你竟答'没有'。让这么多人为之丧命的竟是一枚假令，真真可笑！"她目光一转，看向墓碑，"而他竟然拼死也要护着那枚假令。"

"听闻'风霜雪雨'四将皆对冀州世子忠心耿耿，赴汤蹈火在所不辞，看来此言不虚。"丰息也看向坟墓，眼中闪过一丝赞赏，"为了让真令被安然护送回国，燕瀛洲携假令引天下人追杀，至死也未吐露真相，这一份忠心实在难得。"

"不管玄极是真是假，那么多人命丧于你手却是真。"风夕看着丰息，眼神复杂，"你虽享有侠名，但我素知你从不做于己无利之事，只是我没想到你会冷血至此。那些北州士兵，不过是奉命行事，那些江湖人有许多是受人蛊惑，他们原不至死，可你……"

"我做事自有我的道理。"丰息却只是淡淡地道。

“你也想得令得天下？”风夕冷笑，“这样滥杀无辜、满手血腥的人怎配坐拥这锦绣江山？”

“哈哈……”丰息忽然放声大笑，笑中罕有地带着一丝嘲讽，“女人，满手血腥的人不配坐拥天下？那你看看，哪一朝开国帝王得来这个天下时不是血流成河、尸陈如山？”

“至少他们不会愚蠢地相信一枚小小的令牌能让他们得到天下。他们杀人在战场上，为土地，为城池，为百姓，而不是为一枚令牌杀掉上千无辜之人！”风夕厉声道。

“哼！”丰息冷笑，“别把那些人说得那么高尚。在这个天地间，任何一位王者都绝非你心中认为的那种英雄。”

这话仿若重锤，击中了风夕，她神色黯然，手劲一松，白绫缓缓放开。忽然，她猛地又收紧白绫，双目紧紧地盯住丰息：“他是不是你杀的？”

丰息闻言，脸上闪过一丝愠怒，但瞬间消逝，淡淡地道：“你我相识以来，我可曾骗过你？我丰息是做事不敢承认的人吗？况且我早就说过，我不会对他那样的人出手。”

风夕闻言垂首，然后手一抬，白绫回袖：“若非太了解你，刚才我便杀了你！”

她说完即转身下山，走了不到二丈，只听叮的一声轻响，似兵器回鞘之声。她足下一顿，苦涩地一笑，然后头也不回地离去。

丰息看着燕瀛洲的墓碑，片刻后，脸上浮起一丝苦笑：“想来你看到这样的情形，也该是满怀欣慰吧？她为你竟然要杀我，我和她相识十年，竟抵不过你这个认识几天的人。”

说完他也下山去，暗沉的暮色中，便只余一座孤零零的新坟，四周偶尔响起几声鸦雀的啼鸣，宣山幽冷的山风拂过，墓碑上那几道湿痕很快便风干了。

两人一前一后下山，相隔约五丈远，彼此不发一言。此时天色全黑，两人却并未施展轻功，而是一步一步地走下山去，待至山脚时，夜色已浓，万籁俱寂。他们再走回阮城，已是街灯稀疏，各家各户沉入梦乡之时。

忽然，西边一片火光冲天而起，瞬间将夜幕染成绯红。

两人神色一凛，顿时施展轻功飞身而去，赶至时，只见整座韩宅都在一片火海之中。

宅前聚着一些被火惊起的街坊，正在泼水救火，呼喊声、叱喝声、哭叫声交杂，一片混乱。

“韩家怎么会起这么大的火啊？”

“谁知道啊？这么久了，竟没见韩家有一人逃出来。”

“真是奇怪啊，不会全烧死在里面了吧？”

“唉，可怜啊！”

…………

大火之前，还有一些人不忘议论纷纷。

忽地，一道白影闪入火海，随即一道黑影也一闪而入。

众人揉揉眼，想再看看，两道人影却已没有了踪迹，不由得怀疑自己刚才眼花看错了，否则这么大的火谁还会往里冲，这不是送死吗？

风夕闪进宅中，大门是从里闩着的，一路走过，地上倒着不少人，无论男女老少，个个被一刀刺穿胸膛毙命，有些血已流尽，有些胸前还流着温热的鲜血，有的死不瞑目，有的手握兵器似要起来与敌拼命……

门槛上、石地上、台阶上全是殷红的血，风夕小心地走过，脚落下处依然满是血迹。

“有人吗？还有人吗？”

风夕放声叫喊，却无人回答，只有怒卷的浓烟、狂啸的烈火。

“韩老头，你死了没？没死就应一声！”

“全死了，竟没一个活人。”她身后传来丰息叹息的声音。

风夕猛然转身回头看向他，目光冷如冰，利如剑：“是不是为了药方？”

“不是我。”丰息脱口道，说完后恼怒立时充溢胸膛。他为何解释？干吗要解释？哼！

“你入住韩家不就是为着紫府散、佛心丹的药方吗？韩老头将你当菩萨供着，可不要以为我不知道你的用心。”风夕脸色一缓，但语气依然冷厉。

“药方我早就抄到了。”第一次，丰息敛起了雍容的笑容，代之如霜的冷漠。

“果然。”风夕冷笑着，忽然侧耳一听，然后迅速飞身掠去，丰息紧跟在她身后。

穿过一片火海，前面是韩家的后花园，隐隐传来低低的哭泣声，两人循声飞去，便见假山旁跪着一个小小的身影。

“爹爹……爹爹……你起来啊，起来啊！呜呜呜……爹爹，你起来啊，朴儿带你出去！”那小小的身影死死地抱着地上一具尸体哭喊着。

“韩朴？”风夕一见那个小小的身影便脱口唤道。

那小小的身影听得有人唤他，回头一看，便向她扑来。

“你这个坏女人又要来抢我家的药是吧？你抢啊！你抢啊！我爹爹都死了！你再抢啊！呜呜……看你还抢什么！”韩朴一边哭喊一边打着风夕，满脸的血与泪。

“韩朴！”风夕抓住他，“发生了什么事？”

“你这个坏女人！都怪你！为什么咒我爹爹？呜呜呜……爹爹再也不能办寿宴了！坏女人！死女人！我恨死你了！你还我爹爹！”韩朴拼命地挣扎着，挣不脱便张嘴往风夕手上咬去。

“哟！”风夕痛呼一声，正待挣开，丰息却手一挥，点了韩朴穴道，韩朴顿时昏倒在风夕怀中。

“先带他离开这里吧，否则我们也要葬身火海了。”丰息道。

“好。”风夕点头，抱起韩朴，眼珠一转，瞧见地上的韩玄龄，叹了一口气，“黑狐狸，你带他出去吧。”

说完她便抱起韩朴飞身而去，留下丰息瞪着地上韩玄龄的尸首。片刻后丰息长叹一声，弯腰抱起韩玄龄：“我黑丰息竟沦落到抱死人的地步，果然，认识那女人便是我一生不幸的开始。”

阮城西郊一处荒坡又堆起一座新坟。

“爹爹，您安息吧，朴儿会为您报仇的。”坟前跪着一身白色孝服的韩朴，他身后立着风夕与丰息。

“爹爹，您放心吧，朴儿以后会自己照顾自己的，呜呜……”韩朴强忍着的泪水又掉下来了，慈爱的父亲以后再也不能张开双臂保护他了，这个世上，韩家仅余他一人了。

风夕与丰息有些怜悯地看着韩朴，心中却无法有深切的悲伤。闯荡江湖十年，他们早已看惯了生离死别，仅余的是对死者最后一丝祝愿，愿他地下安息。

“你说他要哭到什么时候？”丰息问。

“我哪知道啊？想不到男人也这么爱哭。”风夕闲闲地答道。

“你错了，他还不能算是男人，还是个孩子。”丰息纠正她。

两人的声音不大不小，足够韩朴听见。

果然，听得身后两人的闲言碎语，韩朴回头瞪他们一眼，只是双眼中蓄满泪水，脸上又是泪痕又是鼻涕的，实在不具什么威慑力。

抹一把脸，韩朴再重重地叩一个头，然后站起身来，走到风夕面前，从怀中掏出一个锦袋递给她：“这个是爹爹把我藏起来前，交代我要给你的。”

“是什么？是不是你爹恨我入骨，临死了想到什么报仇的法子了？”风夕小心翼翼地接过，再小心翼翼地打开，一副胆小害怕的模样。

风夕打开锦袋，从里面掏出两张已有些发黄的绢帛，上面写满了字，仔细一看，脸上堆满了惊讶：“竟是紫府散、佛心丹的药方！”

丰息一听不禁也有些讶异，凑近一看，确是自己暗访韩家密室时偷偷抄下的那两张药方：“女人，想不到韩玄龄嘴上恨你入骨，暗里倒是对你另眼相看，临死前还送你一份大礼。”

“真是想不到啊，韩老头不是恨不得将我挫骨扬灰吗？怎么反倒把这看得比他性命还宝贵的药方给了我？”风夕喃喃地道，实在是太惊讶了。

“爹爹说，黑丰息虽似大仁大义，但性情飘忽难测，药方若给了他，不知是福是祸；白风夕虽放荡不羁、狂妄不驯，但所作所为皆不背侠义，且武艺高强，药方给了她不用担心被恶徒夺去，凭她之性情也可以此造福天下。”韩朴一板一眼地复述着韩玄龄的话。

风夕与丰息听着这话，面面相觑了好一会儿，然后风夕轻轻地、慢慢地问道：“小朴儿，你确定那是你爹爹讲的？”

“哼！”韩朴冷哼一声，“你不要是不是？那还给我！”

“要！怎么不要？”风夕赶忙将绢帛收进锦袋，然后纳入怀中，“小朴儿，多谢啦。”

“不要叫我小朴儿，恶心死了！”韩朴怒目而视。

“这样啊，那叫你朴儿？小朴？朴弟？朴弟弟？还是……”风夕眼珠转呀转的，口中一个劲儿地念着称呼。

“我有名有姓，别叫得那么肉麻，我跟你又没什么关系，女人！”韩朴大声叫道，可话才说完，就觉得颈上一紧，脚便离了地，眼前是风夕放大一倍的脸。

“警告你，朴儿，‘女人’这称呼可不是你能叫的，以后记得叫姐姐！听到了没？”风夕将韩朴提起来与之平视。

“咯咯……你……咯咯……放我下来！”韩朴抓着领口使劲地咳着，两条腿在空中使劲地蹬着。

“叫姐姐！”风夕却毫不理会，依然抓住他，眼睛眯成一条缝儿。

“姐姐……夕姐姐……好姐姐……”迫于武力，韩朴低下了高贵的头颅。

“这才乖嘛，朴儿。”风夕拍拍他的脑袋，然后手一松，韩朴便摔在地上。

“女人，韩老头才称赞了你，你就欺负他儿子，他若知道，定要从地下爬出来了。”丰息摇头叹息。

“哎，黑狐狸，咱们商量一件事。”风夕皮笑肉不笑地看着丰息。

“不商量。”丰息断然拒绝，不给她分毫面子，“不关我的事。”

“怎么不关你的事？你也偷抄了人家的药方，怎么说也受了人家的好处，所以对人家的三尺之孤，理当照顾照顾。”风夕才不管他的意见。

“那药方是我凭自己的本事取到的，不算受他好处。倒是你，药方是人家亲自送的，对于这份厚礼，你当涌泉相报才是。”丰息一副事不关己的模样。

“黑狐狸，反正不用你自己照顾他，你到哪儿不都是一堆人跟着吗？叫钟离、钟园随便一个照顾就行啦。”风夕努力说服他。

“你是女人，照顾孩子是女人做的事情。”丰息不为所动。

“谁规定女人就是照顾孩子的？！”风夕嚷起来了。

“不如让他自己选如何？”丰息看着还蹲坐在地上揉着小屁股的韩朴道。

“好，我相信他会选择跟你。”风夕自信满满地答应。

“韩朴，你过来。”丰息招手将韩朴唤到两人跟前，“你以后是要跟着我还是要跟着那个女人？”

“朴儿，你要不要跟着这只黑狐狸啊？要知道，跟着他可是每天吃山珍海味，一路之上还有风情各异的美女投怀送抱，更不用说由那些纤纤玉手做出来的穿不完的锦衣、吃不完的可口点心了——想想我就流口水。”风夕引诱着他。

韩朴看看丰息，再转头看看风夕，然后脸对着丰息，定定地看着他。风夕一见不禁心喜，可谁知韩朴说出来的话是这样的：“我不要跟着你，我要跟着她。”说完韩朴走到风夕身边，抬头看着她，一副施恩的模样：“你以后就照顾我吧。”

“什么？”风夕尖叫起来，“你为什么要跟着我？要知道跟着我可没好的吃、没好的穿，说不定每天还得露宿野外，跟着他……”

“我知道。”不待风夕说完，韩朴小大人似的点点头，“我知道跟着他会有好吃的、好穿的，但我担心哪天睡梦里会被人卖了。跟着你虽然吃苦些，但至少每天可以睡个安稳觉。”

“啊？”风夕想不到会听到这样的答案，一时间有些发怔，片刻后爆出一阵狂笑：“哈哈哈哈……黑狐狸！”她笑得腰都弯了，一手直抱着肚子揉，一手指着丰息，“想不到啊……想不到啊，你竟然也有今日，被一个小孩子嫌弃了！哈哈哈哈……哈哈哈哈……我要笑死了。”

而丰息在闻言的刹那露出了惊愕的表情，但瞬间即恢复了他优雅贵公子的模样，脸上露出那招牌式的闲适笑容：“女人，就这样决定了，这小鬼就交给你照顾了。只是想不到韩老头竟生了个聪明的儿子。”他末了一句声音极低，似是心有不甘。

第五章　剑光如雪人如花

“朴儿，你那夜有没有看清那些凶手？”

阮城外，一匹白马缓缓而行，马上驮着两人，前面的是韩朴，后面的是风夕。

韩朴摇头：“我有看到那些人，可他们全都蒙着面。”

“看不到脸啊……”风夕眉头微皱，“那他们用什么兵器？”

“刀，全都是很宽很大的刀。”韩朴道。

“刀吗……？”风夕眉头又是一皱，“那你记不记得他们用些什么招式？”

韩朴再摇头：“那些黑衣人一到，爹爹就把我藏起来了，说他不叫我就决不可出来，所以后来的事我都不知道了。”

“唉，你什么都不知道，我们到哪儿去找那些黑衣人啊？”风夕抬手敲在韩朴脑袋上，“你这辈子还要不要报仇啊？”

韩朴被风夕这么一说，顿时有些委屈：“当然要！我虽不知道那些人的来历，但是我知道那些人是为我家的药方来的，因为我听到他们叫爹爹交出药方。”

“难怪你家的药被洗劫一空，至于药方呀，现在药方在我手中……”风夕托起下巴，眼中闪着狡黠的光芒，“若是我们放出风声，说韩家的药方在我手中，那么贪图韩家灵药的人便全会追来，那些黑衣人肯定也会追来。”

“你……你若这样做，到时天下人都会来追杀你的！”韩朴一听不禁叫道，“你不要命了？！”他虽小，可这点儿事还是清楚的。

“怎么说话的？”风夕抬指再敲。

“哎哟，别敲我。”韩朴抱头叫痛。

“小子，你是不是怕了那些人？”风夕戏谑地道。

“我才不怕！”韩朴一挺胸膛，小小的俊脸仰得高高的，“你都不怕，我堂堂男子汉怕什么？况且我还要杀那些人为爹爹报仇！”

“嗯，这才像个男人嘛！”风夕点头，看韩朴仰着一张俊秀的小脸努力摆出大人的模样，忍不住再屈指敲在他的脑门上。

“不要敲我的头，痛啊！”韩朴摸着脑门。

“俗话说不敲不开窍，所以敲一敲让你变得聪明一点儿。”风夕笑笑，不过也真的住手了。

“我已经很聪明了，爹爹和先生都夸过我。”韩朴摸着额头喃喃地道，呆呆地看着前方。

前路漫漫，不知通向何方，他小小的脑袋里一片茫然无措，隐隐约约地知道以后的道路不一样了。他往日的锦衣玉食、温情环绕、天真快乐都在那一夜被斩断，以后或许将是一路风雨、一路烟尘。

沉默了会儿，他忽然回头小声地道：“喂，谢谢你。”

他虽年纪小，但生在武林世家，平日也常听长辈们念叨江湖险恶，所以知道风夕这样做会冒很大的危险，甚至有可能送命，想到这里他便心生感激。

“什么‘喂’呀，叫姐姐！”他额上又被敲了一记。

“你答应不再敲，我就叫。”韩朴抱住脑袋，以防再被敲打。

“行呀，先叫一声来听听。”风夕笑眯眯地答应。

“嗯……姐……姐姐。”韩朴扭扭捏捏地终于小声地叫了一句。

“嗯，乖朴儿。”风夕伸手本想再敲，临了想起刚才答应的事，赶忙改敲为摸。

“姐姐，我们要往哪里去？”已叫过一次，韩朴再叫“姐姐”时觉得顺口多了。

“不知道。”风夕回答得倒是干脆。

“什么？”韩朴一听便要跳起来，不过坐在马背上没能跳起。

“朴儿，你多大了？怎么老是这么一惊一乍的？你得快点儿长大，得成熟稳重、处变不惊，懂吗？”风夕不忘随时调教这位新弟弟。

“到重阳节我就满十岁了。”韩朴老老实实地回答。

“哦，我在你这么大时，已经敢一个人出门玩了。”风夕淡淡地说道。

“哦？”韩朴顿时来了兴趣，“你一个人出门吗？你爹娘不担心吗？”

谁知风夕却不理他的问题，而是拧着眉似在思考什么，片刻后她眼睛一亮，双掌一击，道：“朴儿，我想到了。”

“想到了什么？”

“若是放出风声说药方在我身上，到时各路人马追杀过来，我倒不怕，只是你……”她睨他一眼，“你这点儿微末武艺定会性命不保，所以我想到了一个好法子。”

“什么好法子？”韩朴问。风夕的话也有理，自己这点儿武艺别说报仇，就是自保都不够，到时说不定会连累她。

“那药方被黑狐狸偷抄了一份，他的武艺比你不知高了多少倍，而且身边有那么多高手，所以我们不如放出风声，说药方在他手中，让所有的人都追他去，我们跟在后面，等着那些黑衣人现身就成了。”风夕眉开眼笑，似是极为满意这个法子，“姐姐我这法子是不是很妙？”

韩朴一听傻了眼，半晌后才讷讷地道：“你这不是在害他吗？”

“说的什么话！”风夕一掌拍在他的脑门上——她虽然说过不敲，但没说不拍，“那只黑狐狸狡诈、善变、阴险、冷血、无情……武功又少有敌手，你不如担心那些追去的人会不会命丧他手。”

“背后陷害、诽谤他人却还这么振振有词的人也算是少见啊！”

背后蓦地传来一道淡雅的嗓音，两人回头，便见一匹黑色骏马驮着丰息缓缓而来，身后跟着两骑，是那对长得一模一样的双胞胎钟离、钟园，再后就是一辆马车，车夫是名年约五十的老者，面色蜡黄，但眼睛闪着精光。

“嘿，黑狐狸，你也走这条路呀！”风夕笑吟吟地打着招呼，没有一点儿害臊之意，“既然同路，那借你的马车睡一觉，我困啦。”话音刚落，她从马背上飞身而起，落在马车上，朝车夫一挥手：“钟老伯，好久不见。”她又对着钟园、钟离道：“车里面的点心我吃了，如果黑狐狸饿了，你们再想办法堵他的口。到了地头再叫醒我。”话一说完她便钻进了马车。

“姐姐，我们去哪儿啊？”被扔在马上的韩朴急急地问道。

车帘一掀，风夕伸出脑袋，然后指指丰息：“跟着他走吧。”然后她头一缩，不再出来。

韩朴望着丰息，无声地询问。

“我们先到乌城。”丰息淡淡地道，然后一拉缰绳，领头行去。

韩朴回首看看寂静的马车，开始有点儿怀疑自己跟错人了。

北州境内多高山，其南面有山名乌山，山下有城名乌城，是北州与王域交界处的一座边城。有河自乌山起源，若玉带一般绕城而过，流入祈云，贯穿整个王域，然后直至幽州，这便是大东境内第三长的大河——乌云江。

此时，乌云江边上停靠着一艘船，此船外形与一般船只别无二致，唯一特别的大概是船身被漆成了黑色。

船头此时站着两人，一大一小，正是丰息与韩朴。

至于风夕，本来是斜倚船栏而坐的，此时却躺在船板上沉入甜梦。

黄昏时分，夕阳从天际洒下浅浅金光，映得乌云江江面波光粼粼。水天一色，纤尘不染，就连江边那几丛芦苇，也被染上一层淡金色，在江风中微微摇曳，似在炫耀最后的一丝妩媚。

丰息凤目微眯，抬首眺望那一轮西坠的红日，万道金光笼罩在他身上。这一刻的他默然无语，似亘古以来便伫立于此，格外端肃，完全不似平日那个温雅怡人的贵公子。夕阳中那道颀长的墨色身影显得那般高大，如山岳一般伟岸泰然，却又带着高山独有的孤寂，仿若天地只余这一个背影。

韩朴却只盯着船板上酣睡的风夕瞧，看了半晌还是弄不明白这样一个人怎么就是那名满天下的白风夕。

从阮城到乌城，一路走来，风夕基本上只做了两件事，那就是吃饭、睡觉。她好像永远也睡不够似的，除了站着，只要坐下或躺下，便能马上进入梦乡，这样的睡功实在叫韩朴佩服不已。

而说到吃东西，唉！和丰息同行的第一天，她一个人将马车里钟氏兄弟为丰息准备的、够吃两天的膳食全部吃光了，然后自顾自睡去了。最后他们只好在路旁一家小店用膳，等饭菜上来，他们这几个饿坏的人马上开始狼吞虎咽，可丰大公子只是扫了饭菜一眼，根本未动一下筷子，便起身回了马车。

片刻后，他们听到车里传出一声惨呼，夹着风夕忍痛的怒骂声："黑狐狸，我杀了你！"

听着马车里的惨叫声，钟离、钟园及那位钟老伯依然埋头大吃，只有韩朴忧心忡忡地瞅着马车，担心车毁人亡，连饭都忘了吃，最后还是钟老伯拍拍他，示意他莫要担心。当然，最后那两人也没闹出人命，就连伤痕都没有半点儿。

此时的风夕——一个女人，就这么光明正大地躺在船板上睡觉，完全不顾此时光天化日，完全不顾旁边有男人，仿佛这天地便是她的床席帐幔，睡得那么舒服香甜。

韩朴静静地看着她，看着看着便有些出神。

风夕侧卧于船板上，一臂枕于脑后，一臂斜放腰间，长长的黑发铺散于船板上，似一匹墨色绸缎。江风拂过，墨绸便丝丝缕缕地飘起，有的落在白衣上，似轻烟缠上浮云，有几缕却飞扬起来，在空中荡悠几下，飘落于她的面颊上，光滑柔亮的青丝最终从雪白的脸上恋恋不舍地慢慢滑落……

丰息回头时便见韩朴目不转睛地盯着风夕，目中闪过迷惑、怀疑、羡慕、惊叹……小小的脸上满是与年纪不相符的深思。他手一伸，拍在他的小脑袋上，韩朴回头看他一眼，半是恼怒，半是无可奈何。

忽听扑通一声响，两人同时转头，却不见了风夕，只见船头那侧的水面上溅起一片水花，洒落在船板上，片刻后，两人才回神：风夕掉到河里了！

"呀，她会不会游水啊？"

韩朴惊呼一声，便向船边奔去，丰息却一把拉住他，口中轻轻数着："一、二、三、四……十！"

哗！江水涌动，然后风夕浮了上来。

"喀喀……你这见死不救……喀喀……的狐狸！"她一边咳着一边游过来。

"女人，你的睡功实在是让我佩服，竟然在水中也可睡觉。"丰息口中啧啧称赞着，却不难让人听出那话中的讥诮之意。

风夕自水中冲天而起，在空中一个旋身，那水珠向船上溅来，溅得船上两人满身的河水。

"独乐乐不如众乐乐，这般清凉的水我也分你们一些享受。"风夕落在船头，看着船上被自己溅湿的两人，不禁欢笑。

"啧！"丰息一偏首，黑眸盯着风夕，"你虽然懒得出奇，不过倒是没有懒得长肉嘛！"他目光上下游移，将她从头到脚地打量一番，"这该长的地方长了，不该长的地方没长，嗯，就这点来讲，你还是有可取之处的。"

此刻风夕全身湿透，那宽大的白衣紧紧地贴在身上，玲珑的曲线看得一清二楚，长长的黑发贴在身前身后，滴滴水珠从她身上发间滴落，脸似水浸过的白玉，温润清媚，仿若江中冒出的水妖，漫不经心地展现着魅力。

韩朴年纪虽小，但一见风夕此时的模样，赶忙转过身去，闭上眼，脑中想起以前家中先生教过的"非礼勿视"，心中却又怀疑风夕这样的人脑子里根本没有一个"礼"字。

风夕一低首，自然也知道怎么回事，但白风夕便是白风夕，毫无羞窘之态。头一甩，湿漉漉的长发便被甩至身前，遮住了一些春光，她笑嘻嘻地道："能得风流天下闻的丰公子如此夸奖，荣幸之至。"笑声未落，她身形一展，便纵身到丰息身前，双臂一伸，娇躯一旋，若水妖媚舞，"我这模样比起花楼里的那些姑娘如何？"说话间，被她旋起的水花飞溅，织起一层迷蒙的水帘，笼罩于身，让人看不清楚，顺带也笼了丰息一身。

"花楼的姑娘个个温柔体贴，娇媚动人，且决不会溅我一身的水。"丰息眯起眼苦笑。

"哦，就这样？"风夕停下身歪头问，一双眼或许因被江水浸过，浮着清清凌凌的水光。

"嗯，虽然你既不温柔，也不娇媚，但花楼里的姑娘没有这溅我一身水的本事。"丰息抹去一脸的水雾，无奈地叹道。

"哈哈哈哈……"风夕大笑，眼角瞄到韩朴那张通红的小脸，指尖一弹，一滴水珠便正中他的额头。

"哎哟！"韩朴痛呼一声，揉着额头，睁开眼睛怒视风夕，终于肯定，对这样的人真不应该讲"礼"。

"你这小鬼呆站着干吗？还不快去给姐姐找衣裳来换？"风夕睨着他道。

话音刚落，钟园已捧着一套衣裳出来，恭敬地递给风夕："夕姑娘，请进舱换下湿衣。"

"钟离，还是你乖！"风夕接过衣裳，笑眯眯地拍拍他的头。

"夕姑娘，我是钟园。"钟园清秀的小脸红得恍若西天的夕阳。

"哦？"风夕长眉一扬，然后自顾自地道，"没关系，反正钟离钟园都是你们嘛！"说完她转身进舱换衣裳去了。

待她换好衣裳出来，船头正升起帆。

"你往哪儿去？"丰息负手立于船头，头也不回地淡淡地问道。

"随便。"风夕也淡淡地答道，抬首眯眼看向西天变幻万千的流云，"上岸了，走到哪儿便是哪儿。"

韩朴闻言下意识地牵住风夕的衣袖。

丰息看在眼里，唇角一勾，浮起一丝浅笑："韩朴，你确定要跟她同去吗？"

"当然！"韩朴抓紧风夕的衣袖，毫不犹豫地答道。不知为何，每次被丰息这目光一扫，他心头便生出凉意，总觉得那双眼睛太亮太深，万事万物在他眼中宛若透明一般，这也是他不跟着他的原因之一。

"是吗？"丰息笑得高深莫测，然后几不可闻地叹息一声，"本来想拉你一把，但……将来你便知道苦了。"

"你说什么？"韩朴听不清楚，也听不明白。

"没什么。"丰息转头看向风夕："你们查灭门韩家的凶手真要以自己为饵吗？"

"以何为饵看我心情，至于那些人——"风夕抬手捋捋还在滴着水的长发，眼中闪过一丝光芒，雪亮如剑，但转瞬即逝，依旧是一派懒洋洋的模样，"你我猜想得估计相差不远。五年前，你我虽踏平了断魂门，但未能斩草除根；五年后，他们又出现在北州宣山围杀燕瀛洲，而韩家灭门惨案，想来也与他们脱不了干系。他们向来只认钱，能请得起他们的人必是富甲一方。”

丰息抬首，帆已升起：“我从乌云江直入祈云，你不如便取道商州。这一路，我替你追查凶手的踪迹，你替我追寻玄极的下落，最后在冀州会合，如何？”

风夕闻言看向他，捕捉到他眼中一闪而逝的亮光，笑笑道：“你为何执着于玄极？你丰息难道真要建一个丰氏王朝？”

“丰氏王朝吗？……”丰息勾起一抹令人捉摸不透的浅笑，极目眺望前方，“我不过是受人所托罢了。”

“什么人有这么大的面子，竟能让你为他办事？”风夕挑起眉头，“那人不怕所托非人吗？”

“雍州兰息公子。”丰息淡淡地答道，目光落回风夕身上，“那天替你还债的珠宝都为他所赠，这样说来你也欠他一份人情。玄极既是他想得之物，你顺便为他打听一下也是应该的。”

“兰息公子？”风夕一偏首，然后唇边浮起讥笑，“闻说‘大东四公子’之一的兰息公子清雅如幽谷芝兰，想来应是出尘脱俗之人，为何也执着于一枚万千脏手摸过、无数脏血污过的玄极？他不但派部将来夺，更以重金贿赂江湖人，看来一说到江山帝位，再怎么清高的人也不能免俗。”

对于风夕的冷嘲热讽，丰息早已习以为常，脸上浅笑不改，看着岸边道：“船已经在走了，你要和我同路去祈云吗？”

“我才不和你这只黑狐狸同路。”风夕手一伸抓住韩朴的衣领，足尖一点，身形飞起，轻盈地落在岸上。

“女人，别忘了约定，冀州再见。”丰息轻飘飘地抛来一句。

“哈——黑狐狸，我就算找到玄极也不给你，我会送给冀州世子。”风夕却笑道。

“为什么？”丰息追问一句。

船已越走越远，风夕的回答却依然清清楚楚地传来。

“因为那是他所希望的，是他以性命相换的。”

看着那艘远去的黑船上唯一的白色，风夕喃喃地道：“况且你这约定，我可没答应呢。”

那一片白帆终于消失于天际，岸上的人却依然怔立，看着暮色中的苍山碧水，心头没来由地沉甸甸的。

“姐姐，我们去哪儿？”韩朴唤还在远望的风夕。

“随便。”风夕的回答等于没有答。

“我不要去‘随便’。”韩朴再次怀疑自己的选择。

“哦。”风夕低头看看他，然后偏头想了想，“那我们就顺着这条路走下去，商州、冀州、幽州、青州、雍州，再到祈云王域……就这样一路走吧，总有一天会遇到那些人的。”

听着风夕一路数下，韩朴已脑子打结，看着风夕：“难道就这样乱走一气？”江湖上那些对她神勇非凡、聪明睿智的评价肯定全是误传！

“去，你这小鬼摆什么脸色给我看？”风夕纤指一伸，弹在韩朴的脑门上，然后领头前行，“听过一句话没？穿在北州，吃在商州，武在冀州，文在青州，玩在幽州，艺在雍州。

姐姐这就带你去领略一番吃喝玩乐！”

“你走慢点儿。”韩朴连忙跟上，踏上他人生的第一次旅程。

半个月后，商州，西境山道。

一大一小两人正在赶路。走在前头的是一白衣女子，宽袍大袖，黑发如瀑，步伐轻盈，神色愉悦。走在后头的是白衣男童，背着个小包袱，一身白衣几乎已成了灰衣，俊脸神采全失，双目暗淡，口中还在有气无力地念念有词——

“我怎么会跟着你?

“跟着你吃了上顿没下顿，有时候还吃霸王餐，没走脱便把我抵押在那里，要么便是野果野菜果腹，喝的是山沟沟里的水！睡觉不是睡在人家屋檐下就是挂在树上，要么便是在破庙里用草席一裹，风吹日晒雨淋的，没有一天好过。

“为什么武林中数一数二的高手白风夕会没有钱?所有的大侠不是都威风凛凛、腰缠万贯吗?我应该跟着黑丰息才是，就算是睡梦中被卖了，至少能吃到几顿饱的，也睡上个舒服觉。”

…………

不用想也知道，这抱怨着的人正是一口咬定要跟着风夕，此时却懊悔万分的韩朴。

“朴儿，你是十岁，不是八十岁，走个路别像老头子似的慢吞吞的。”前头的风夕回头唤着已落后她四五丈远的韩朴。

韩朴一听这话反倒一屁股坐在地上不动了，用最后一丝力气狠狠瞪着风夕。

风夕走回他面前，看一眼疲惫不堪的他，脸上堆满嘲笑：“谁说自己是男子汉来着，怎么才走这么点儿路就不行了？”

“我渴……我饿……我没力气……”韩朴有气无力地反驳。

“唉，好吧，我去找找，看能不能捉到只野兔或山鸡给你填肚子。”

风夕无可奈何，带小孩就是不好，特别是这种锦衣玉食长大的，身娇体贵，还挑吃挑喝。不过，他挑食的毛病这一路来已给自己治得差不多了，哈哈，至少他饿的时候，只要是能吃的，全都能吃了。

“至于你渴嘛——这附近好像没什么山泉。”她眼珠一转，压低声音凑近他道，“不如就喝野兔或山鸡的血吧，既解渴又进补了。”

“哕！哕！”韩朴一把推开她扑在地上呕起来，却只是干哕几下，没呕出什么来，肚子里所有的东西早就消耗尽了。

“哈哈哈哈……朴儿，你真的很好玩啊！”风夕大笑而去，“记住，拾些柴火，天下可没有不劳而获的事。”

“知道了。”韩朴喃喃地应着，然后摇晃着爬起来去捡了些干柴回来，又找了一处平地，用随身的小匕首辟出一块空地，将柴火架上，只等风夕回来。

“乖朴儿，点着火。”

远远地传来风夕的声音，韩朴知道这代表她已抓着猎物了，赶忙找出火石点着火，柴火燃起时，风夕已一手提着只山鸡，一手抓着两个颇大的野梨回来。

"先解渴吧。"风夕将野梨抛给韩朴。

韩朴一接着便咬了一口，用力吸一口梨汁，然后幸福地长长地舒了一口气，这酸中带甜的梨汁此时于他不啻琼浆玉露。

"朴儿，是吃烤鸡还是吃叫花鸡？"风夕利落地给山鸡拔毛、开膛破肚，那种熟练的动作没个三五年的操练是做不到的。

"烤——"韩朴口中含着果肉，只求能快点儿有东西吃。

"那就是风氏烤鸡了。"风夕将鸡叉起架在火上，"朴儿，火小了点儿，你吹旺一点儿。"

韩朴吃下一个野梨有了点儿气力，扒扒火吹了一下："呼！"

"不行，再大点儿！"风夕边说边翻转着鸡身，"再不大点儿火，待会儿给你啃鸡骨头。"

深知风夕说到做到，韩朴赶忙深深吸气，气纳丹田，然后使尽力气呼地吹出。

砰！

柴火、尘土飞上半空，黑灰纷纷扬扬地撒下来，落了两人一头一脸一身。

风夕抹一把脸上的灰，一张白脸便成了黑白相间的花脸，睁开眼睛，从齿缝里迸出两个字，冷若秋霜："韩朴！"

"我又不是故意的！"韩朴立时躬身往树丛里逃，此时他的动作绝对比野兔还快。

"站住！"风夕飞身追去，密密的树丛里哪儿还有他的人影？

韩朴躲在树丛中慢慢蠕动，生怕一不小心就给风夕发现，心里第一百次懊悔，应该跟着丰息才是，至少死前他会给自己一顿饱餐。

窸窸窣窣！

身后传来轻响，风夕追来了！他一下子跳出来，使尽吃奶的力气施展那三脚猫的轻功往前逃去。

叮！他身后的风声似是兵器破空而来，锐不可当！

"我不是故意的，下次我会小心点儿！"韩朴凄凄惨惨地叫嚷着。

但身后风声更紧，一股寒意已近在脑后。

她不至于这般狠心吧？韩朴百忙中回头一看，这一看便将他三魂六魄吓去一半！

仿佛是漫天的雪花夹着针芒，密雨般向他席卷而来，他还来不及为雪花的绝丽风姿而惊叹，芒刺便已近肤，一阵透骨的寒意传来，闭上眼，嘴里只喊出这么一句："姐姐救我！"

过了很久，利刃刺破身体的痛楚并未传来，就连那股寒意也淡去不少，周围似乎很安静，韩朴眼睛悄悄睁开一条缝，顿时一口气堵在喉咙里。

雪亮锋利的剑尖正抵在他颈前一寸处，他顺着长剑往上望去，剑尖前两寸处是两根沾着黑灰的手指，纤长的中指与食指轻松地捏住剑身，跳过手指再顺着剑身往上望去，是一只握剑的手，秀气、白净、修长，与前面的两指天壤之别，再顺着那只手望去，是洁白如雪的衣袖，顺着衣袖往肩上望去，是一张如雪的脸。

这张脸雪花般洁净，雪花般美丽，雪花般冰冷，也如雪花般脆弱，仿佛只要轻轻一弹，眼前这张脸便会飞去——融化。

"吓傻了吗？"韩朴耳边传来风夕略带讥诮的声音。

“姐姐！”韩朴回神，兴奋地一把抱住风夕，所有的寒意便不驱而散，一颗上下蹦跳的心也落回原位。

“嗯。”风夕轻轻地应一声，眼睛却盯着眼前的人。

这人是男是女？除去那张脸，其余看来应是男子——像是一个雪人！

此人长发如雪，白衣如雪，肌肤如雪，还有那如雪般透明冰凉的眼睛，如雪般漠然冷厉的气质，唯一的黑色便是两道入鬓的剑眉。

这般漂亮如雪的人不知是否也如雪般不堪一击？

风夕心念才动左手便一抬，屈指弹在剑身上，叮的一声响，剑身震动，雪衣男子握剑的手抖了一下，但依然握得紧紧的，如雪冰凉的眼睛死死地盯住她，瞳孔里竟奇异地涌上一抹浅蓝。

“咦？”风夕亦有些惊奇。这一指她使了五成功力，本以为雪衣男子的宝剑定会脱手，谁知他竟握住了，看来功夫不错。

雪衣男子却更为震惊，眼前这个满身尘土、满面黑灰、脏得像从土坑里冒出来的村姑，竟这般轻松地就以两指捏住了他全力刺出的一剑，而一弹指之力竟令自己手指发麻，若非他运足全部功力，宝剑只怕已脱手飞去。

她是何人？武林中何时出现了武功这般厉害的女子？

“我松手，你收剑？又或是……”风夕偏首睨着雪衣男子，唇角微勾，露出轻浅的笑容，只是一张黑脸笑起来甚为滑稽，“又或是……我折断它？”

果然，她话音刚落，那双漂亮的眼睛里闪过杀意，而雪衣男子瞳孔里的浅蓝色加深，如雪原之上那一抹蓝空，而他整个人更是涌出一股锐气，直逼她而来，仿若战场上斗志昂扬的战士。

好骄傲的人！她心中不由得赞叹。

第六章　朝许夕诺可有期

“收剑。”

蓦地，风夕身后传来一道嗓音，轻淡中带着威严，仿佛是王者吩咐臣子。

雪衣男子闻声，顿时全身气势收敛，手腕一动，想抽剑而退，却没能抽动。

剑尖被捏在风夕手中，他拧眉再次使力抽剑，却依旧未能抽动分毫，立时，雪衣男子瞳孔里才稍稍褪去的蓝又涌上来，一动不动地盯着风夕，似极想拔剑而战，却又十分忍耐。

“姑娘也放手如何？”那个声音又响起，依旧是淡淡的，可语气中带着一丝不可忽视的命令之意，却又不会令人反感，这人好似天生就是如此。

“不放又如何？”风夕头也不回地道。

“姐姐？”韩朴拉拉她的衣袖。

“那姑娘要如何才肯放手？”那声音再次响起，带有一丝忍耐与好奇。

“赔礼道歉。”风夕盯住雪衣男子，轻轻地道。

“嗯？”风夕身后的声音似觉有些好笑。

“这人无故拔剑刺我弟弟，若非我及时赶到，舍弟早已命丧于他剑下。”风夕依然未回头，只是盯紧雪衣男子，眼中懒洋洋的光芒此刻已化为凛凛冷光，“或许在你们眼中人命如草芥，但在我眼中，我的弟弟可是胜过世上任何珍宝的。”

“哦？”风夕身后的人瞄了一眼韩朴，“令弟并未有分毫损伤。”

“哦？”风夕眼眸微眯，“只因为没有受伤或丧命，他受到惊吓也就只能怪他运气不好或是技不如人了？”她歪头一笑，极其灿烂，“既然如此，我也杀过不少人，但自问未曾杀过无辜之人，现在嘛，我也杀个陌生人试试！”

雪衣男子还未从她那一笑中回神，便觉手腕一痛，然后五指一麻，宝剑已脱手而去。

“你也尝尝这滋味！”风夕口中轻叱，夺剑转身，手腕一翻，长剑已化为长虹直向身后之人刺去。

“公子小心！”雪衣男子大叫。

剑光华灿，迅疾如风，刹那间已抵至那人颈前。

那人却也非等闲之辈，身形快速往左一飘，这一剑便和他擦肩而过，但不待他喘一口气，第二剑已如影随形，直刺他的双目。

“咦？”那人微微惊讶，想不到风夕身手如此快，避无可避之下，手腕一翻，袖中蓝光一闪，堪堪架住风夕的长剑，剑尖已离眼皮不到半寸。

“公子！”雪衣男子见状惊忧，却也不敢妄动。

“不错。”风夕轻声称赞，同时手腕一抖，剑尖敲在那抹蓝光上。那是一把长不过一尺的弯刀，刀身呈浅蓝色，在阳光下若一轮蓝色弯月。

那人眼见风夕手腕一动，立时运力于臂。

叮！两人各自运起力道相抗，顿时让相接的刀、剑发出清脆的金戈之声，同时两人五指俱是一麻。

“好功夫！”这次是那人出声赞道。话音未落，他屈指弹开剑身，短刀一划，带起一抹妖异的蓝光往风夕颈前缠去。

风夕见状，心神一凛，手中长剑疾挥，顿时织起一道密不透风的“剑墙”。

只听得叮叮叮连续的刀剑相击声，两人已是近身相搏，瞬间便交手十来招，却是旗鼓相当。

“接我这招！”风夕轻喝一声，右腕一转，长剑回扫，撞开对方短刀，然后迅速一转，直刺那人胸前，同时左袖一拂，若白云凌空而去，直取那人面门，袖未至，凌厉的袖风已扫得那人肌肤微痛。

那人见此，也不禁赞叹风夕功力之高、变招之快，但依然不慌不忙，右手一翻，短刀挡于胸前封住刺来的长剑，同样左手一挥，化掌为刀，挟着八成功力，直直斩向风夕的左袖。

“嘻——再接这招。”

眼见招数即将被化解，风夕忽地轻笑一声，左腕一提，大袖在那人掌刀之前忽地溜走。那人掌刀落空，正要变招，刹那间风夕长袖复卷而来，意欲将那人左掌裹住，这一招若得手，那人左掌便要脱腕而去！

那人依然临危不惧，武功也高明至极，在风夕的长袖堪堪裹住左掌的瞬间，化掌为爪，五指抓下，只听嗞的一声脆响，两人分开，空中半幅衣袖飘飘落在两人之间。

“姐姐！”韩朴一见两人分开，赶忙奔至风夕身边。

“公子！”雪衣男子也赶忙走到那人身边，眼睛却瞪着风夕，神情又羞又恼，羞的是他自负剑术绝世，今日竟被人夺剑；恼的是这村姑竟敢与公子动手！

“姐姐，你没受伤吧？”韩朴担心地看着风夕。

“没有。”风夕低首，向韩朴一笑，示意他不要担心。她抬起已被扯去半截衣袖的左手，露出一截雪白的手臂，只是手掌还是黑黑脏脏的，“嗯，竟被扯了衣袖，好多年没碰上这样的对手了。”

“公子，你没事吧？”雪衣男子也关心地询问着自家公子。

“没事。”那人摇摇头，抬起左手，手背之上有一道约三寸长的浅浅血痕，“想不到这荒山野外竟能遇到如此高手。”

风夕移眸向那人看去，一见之下却不禁一怔。

那是个让人看一眼就难忘的年轻男子。男子身材高大颀长，着一袭浅紫色锦衣，长长的黑发以一根紫色缎带束于脑后，一张脸仿若是上天筛选最好的玉石精心雕刻而成的绝世之作，眼眸是罕见的金褐色，眨动间如有金芒闪烁。他随意地负手而立，在这荒山里却似君临天下的王者，自带一种尊贵与傲然。

风夕与丰息相识多年，一向觉得世间男子论形貌无人能出其右，自问外貌再出色之人她都可以平常心视之，此刻却忍不住赞叹。

"嗯，倒是第一次见到能与那只黑狐狸不相上下的人。"她不由得喃喃自语。

"姐姐，你说什么？"韩朴问道。风夕声音实在太小，他未曾听清。

"我在说——你什么时候能长大。"风夕低首睨一眼韩朴。她看着他那张俊秀的小脸暗想，也许他长大之时亦能与丰息一较长短。

"姑娘武功之高实属罕见，敢问姑娘尊姓大名？"在风夕打量紫衣男子之时，那人也在审视着风夕。

眼前的女子一身衣裳已分不出原来的颜色，一张脸白一块黑一块，亦辨不清形貌，一眼看去实在无甚可取之处，但偏偏有双异常明亮的眼睛，仿若黑暗混沌的荒野里仅有的两颗寒星，散发着炫目的清光，引人不由自主地看第二眼。再看之时，他却发现这个脏兮兮的女人神态间自有一种飞扬洒脱，仿佛是十丈软红中无拘无束、随时会飘然而去的清风。

"哼！我姐姐的名讳岂是能随便告诉人的？"韩朴闻言却是鼻子一哼，下巴抬得高高的，"至少你们要先向我赔礼道歉才行。"

"哦？"紫衣男子目光淡淡地扫过韩朴。

被紫衣男子目光一扫，韩朴也不知怎的，心头一颤，气焰便弱了："你……你们无故使我受到惊吓，当然要向我赔礼道歉。"

"哦。"紫衣男子浓眉一挑，"那请问小兄弟叫什么名字？"

韩朴一听人家问及自己姓名，马上豪气万丈地自报家门："我叫韩朴，虽然目前武功只是一般的高，但将来肯定是比白风黑息还厉害的大侠！"

"哈哈哈！"闻言，紫衣男子忍不住仰头大笑，大笑的他浑身散发着一种张狂的霸气，令人不敢逼视。

雪衣男子却皱着眉头看一眼韩朴，那目光明白地告诉他，不相信他有那个能耐。

被紫衣男子的笑声及雪衣男子的目光刺激到的韩朴顿时握拳叫道："你……你笑什么？你不信吗？哼，要知道我姐姐……"他话未说完，脑门上就挨了一巴掌，后半句话被拍回了肚里。

"你丢了自己的脸不够，还要丢我的脸吗？"风夕拍了拍韩朴，睨一眼紫衣男子，淡淡地道，"江海之浪皆是后浪推前浪，世间人事总是新人换旧人。也许将来某一日，他之武功名声真会超越这些人，你又何须笑他？"

"韩姑娘，我并非笑他口出狂言，而是赞赏他人小却有如此志气。"紫衣男子敛笑，看着韩朴，"只是白风黑息那样的人物数十年难出一位，要超越他们可不是随便说说就能做到的。"

“我姐姐才不……哎哟！”韩朴见这人误称风夕为“韩姑娘”，正想纠正，脑门上忽又挨了一掌，把后半句话又给吞回去了。

“是吗？那拭目以待吧。”风夕淡淡地道，然后将手中长剑一抛，正插在雪衣男子身前，牵起韩朴，“朴儿，既然你的拳头没人家硬，那我们走吧。”

“慢着。”雪衣男子忽然出声叫住他们。

“怎么？你还要打一场不成？虽然要打赢你家公子会比较辛苦，但要赢你却绝非难事。”风夕停步回头看着雪衣男子。

“抱歉。”雪衣男子忽然道。

“呃？”风夕闻言惊诧。

“我萧涧绝非滥杀无辜之人。”雪衣男子道，却也就说了这么一句话，依然是傲骨铮铮地不肯解释刺人的原因。

“哦？”风夕听到这话不禁转过身来细细地打量他一番，片刻后，粲然一笑，“萧涧吗？我知道了。”

萧涧却为她这一笑所惑。明明她一张脸黑黑脏脏的，他不说她丑已是十分留情，偏偏笑起来似珍珠，虽然蒙尘，依旧透出一种光华，让人不由得侧目。他想起先前也是为她一笑失神，以致失剑，心中忽又对这样的笑生出几分懊恼。

紫衣男子忽然问道：“不知姑娘为何会出现在这荒山野地？”

风夕转头迎向他试探的目光：“似公子这般人物更不应该出现在这种荒山野地才是。”

紫衣男子金褐色的眸子盯着风夕，似要看穿她一般锐利：“姑娘是目前为止第二个我无十分把握可以胜过的人。”

“嗯？第二个？”风夕偏首，“那第一个是谁呢？”

“玉无缘。”狂傲的紫衣男子说起这个名字时，语气里透着罕有的敬重。

“玉无缘？”风夕闻言，懒洋洋的眼睛忽地一亮，脸上亦浮起欣喜的笑，“天下第一公子玉无缘？竟能与他同列为你无法胜过的人，我可真是荣幸了。”

紫衣男子见她对玉无缘竟如此推崇，不由得问道：“姑娘也认识玉无缘？”

“风雨千山玉独行，天下倾心叹无缘。风姿绝世的玉公子天下谁人不想结交，只可惜闻名久矣，缘悭一面。”风夕惋叹，仰首望天，骄阳炽耀，不知传说中的那人是否也如太阳般光华灿烂？“这世上，我最想结识的人便是玉公子了。”

“哦？”紫衣男子脸上浮起一丝耐人寻味的笑容，“整个天下竟只有玉公子入得了姑娘的眼吗？”

“哈哈……”风夕回首一笑，看着紫衣男子，“当然，能结识四公子之一的冀州世子皇朝公子也是甚为荣幸之事，只不过嘛……”她眼珠一转，带着狡黠之色，“若结识的是玉公子，我还是要更欢喜些。”

“是吗？”紫衣男子一挑眉头，然后放声大笑，“哈哈哈……姑娘之率性实是少有。”他笑声欢畅，响彻山野。

“狂妄，无礼。”萧涧看着风夕吐出两个词。

片刻后，紫衣男子止笑收声，只是眼中笑意未退："自我出生至今，未曾有人跟我说过这等话，可我听着欢喜。"

"皇世子高高在上，自然难得听到'狂言妄语'。"风夕挑眉睨一眼萧涧，倒好似就是要承认自己狂妄无礼一样。

"姑娘为何肯定我是皇朝？"紫衣男子——皇朝，对于身份被识破一事倒也并不在意。

"冀州以紫为尊。"风夕瞥一眼皇朝的服饰，"况且——"她弯腰捡起地上的半截衣袖，"非我自负，只是闯荡江湖这么多年，这天下能与我打个平手的人不多。"她抖抖衣袖上的灰尘并将其收起，然后转头望向萧涧，"再说了，剑术精妙且名为'萧涧'之人想来也没有第二位——冀州的扫雪将军，我可有说错？"

萧涧眉头微皱，看她片刻，慎重地抱拳道："令弟刚才躲躲藏藏，被我误以为是刺客，多有冒犯，还请见谅。"

对此，风夕只是闲闲地摆手，道："这臭小子弄了我一身的灰，本想打他一顿屁股的，谁知他逃得比兔子还快，被你吓一跳也是活该。"

"姑娘将我俩的身份都识破了，而我们依然不知姑娘是何人，看来论识人的眼光，是我们输了。"皇朝道。

风夕哂然一笑："皇世子的身份是我自己识破的，我的身份自然也应由世子自己认出，这样才公平，不是吗？"

皇朝闻言亦一笑，目光犀利地打量着风夕，脑中过滤着所知的人物。

"这天下武功一流的女子，首屈一指的是白风夕，再来便数到青州的惜云公主，然后便是我国的霜羽将军秋九霜。"

"哦？"风夕长眉一扬，静待他的下文。

"九霜是我的部将我自然识得，而白风夕我虽未见过，但素闻其'素衣雪月、风华绝世'，姑娘……"皇朝一顿，看一眼对面这脏兮兮的、五官都瞧不清楚的女子，哪里谈得上"风华"二字？

"嘻，我这丑八怪自也不是你口中'风华绝世'的白风夕，是不是？"风夕闻言轻笑，并无不快。

"姑娘既不是白风夕，当然也不可能是惜云公主。青州惜云公主虽创立风云骑，威名赫赫，但也未曾听说其涉足江湖，且公主出身王室，养尊处优，岂会轻易出现在此？"皇朝又道。

"嗯。"风夕闻言颔首，似同意其推测。

"至于江湖上其他武艺高强的女子……"皇朝又屈指数来，"飞雪观的单飞雪有'冷面罗刹'之称，但姑娘时带笑容，而且单飞雪已出家为道，姑娘自然也不是她了。梅花岭的梅心雨一手'梅花雨'响绝江湖，但其三年前已嫁'桃落大侠'南昭为妻，两人伉俪情深，形影不离，自不会孤身在此。品玉轩的君品玉乃一代神医，听闻每日上门求医之人络绎不绝，自也无暇在荒山游荡。"

"嗯。"风夕继续颔首。

皇朝将所知的武功高强的女子一一数来，却还是未找着一个能与眼前女子对上号的：“姑娘姓韩，恕我孤陋寡闻，未曾听说过江湖上有此名号。”

“嘻嘻……皇世子虽深居王宫，但对天下间的人和事也是了若指掌嘛，只是这世间你我不认识的人多着呢。”风夕笑眯眯地道。

“姑娘许是才入江湖不久？”皇朝道，眼睛一眨不眨地看着风夕的脸，“又或者姑娘洗洗脸，让我一睹真颜，要认出姑娘或许便不是难事了。”

“哦？”风夕抬手抚上脸，手与脸皆是灰黑一片，然后低首看了看自己，也不由得自嘲地一笑，“不但要洗洗脸，还得洗洗澡才行。”她说着，目光一转，勾着一抹诡异的笑看着皇朝又道，“皇世子想要一睹我真颜，难道想跟着去不成？”

“嗯？”皇朝微怔。

他身份尊贵，平日里接触的女子皆是温柔端庄的大家闺秀，就算是那些比较豪爽的江湖女侠，她们再怎么不拘小节，也绝不会如眼前女子这般，问一个男人要不要跟着去看她洗澡。

皇朝沉默，以从未有过的认真眼神打量着风夕。眼前这人是放纵淫荡之人？不像！那双眼睛澄澈明亮，无一丝淫邪，脸上笑容坦荡，就算满身脏污，整个人依然是神清气朗。

于是，皇朝那张高贵端方的俊脸首次浮现出玩味的表情，浅浅地笑道：“若姑娘相邀，皇朝自愿舀香汤、捧罗巾。”

“呃？”这次轮到风夕错愕了。

从她出道至今，除了那只黑狐狸，少有人能如此自然坦荡地应付她那些世俗难容的言行。要是换作燕瀛洲，现在肯定又是满脸通红、支支吾吾了，若是换作这漂亮的“雪人”，肯定是冷着一张脸不瞟她一下，而这个皇朝——呵，能列为“四大公子”之一的人，果然不俗。

“怎么？姑娘不敢了？”皇朝看到风夕惊讶的样子，不禁戏谑道。

“嗯，不是不敢。”风夕搓搓手，挠挠头，“而是冀州世子的服侍，便是坐在帝都金殿上的皇帝也无福消受，何况是小民我——我怕折寿呀！”

“哈哈哈哈……”皇朝闻言朗声大笑，然后一伸双臂，“他日我将此荒山辟为一片清湖，到时再请姑娘来此净颜涤尘如何？”

“嗯？”风夕闻言不禁定睛看向皇朝，从那张狂放傲然的脸上看不到丝毫戏谑之色，直觉这人是会说到做到的，于是她缓缓点头，“你若真挖了个湖在此，那我便是在天涯海角也会回来洗一把脸的。”

“好，一言为定！”

“一言为定！”

两人竟真击掌为誓，击掌过后，看看对方，然后同时仰天大笑，笑声爽朗，直入云霄。

一旁的萧涧看着大笑的两人，雪亮的眸子里也闪过一丝笑意。然后他仔仔细细地打量着风夕，从头到脚不漏分毫，最后目光停在她的额头，那里似乎挂着件饰物。

“哎，我饿了，你请我吃饭吧。”笑声一止，风夕便不客气地要求道。

“嗯？”皇朝挑眉。

“怎么？你不愿请我这山野小民？”风夕眼一瞪。

“怎会？”皇朝摇头一笑，很爽快地应道，“我请你。”

闻言，风夕拍拍一旁傻呆呆的韩朴：“朴儿，这下我们的午膳有着落了。”

“姐姐，这是皇朝耶！冀州的世子！与黑丰息齐名的‘四大公子’之一啊！”被风夕一拍，韩朴顿时回过神来，不由得大声嚷起来，眼睛睁得大大的、亮亮的，无比崇拜地看着皇朝。

“那又怎样？把你的口水吞回去！”风夕狠狠地敲了一下韩朴的脑袋。

“这位小兄弟，你有这等姐姐，将来自是不凡。”皇朝看着韩朴，淡淡一笑。

韩朴摸着被风夕敲痛的脑门，听到皇朝的话，顿时只能傻笑了：“呵呵……那是。”

“哎，还是先解决肚子饿的问题吧。”风夕揉揉肚皮。

皇朝一笑颔首。

风夕牵着韩朴，跟在皇朝与萧涧身后，几人在荒野里穿梭，前行不到一刻，便见前面一处较为平坦的草坡上伫立着四个人。

“公子。”四人一见皇朝回来忙迎上前来，同时打量着风夕与韩朴。

“哇，好多吃的呀！”韩朴首先叫嚷起来。

草坡上铺有一块一丈见方的紫色锦毯，毯上置有各式各样的吃食。

“我要吃这只烤鸭！”韩朴飞快地扑向正中央的那只烤得金黄的鸭子。

“先拿先得。”风夕也叫道。

一大一小两道人影全向烤鸭扑去，烤鸭近在眼前，但两人忽又同时止住了，四只手全停在半空，离烤鸭有一寸距离。

这不是因为他们谦让，只因那四只手实在太脏！

“借你衣裳用用！”

萧涧还没来得及反应，眼一花，风夕已至身前，然后衣袖一紧，低首一看，眼睛不由得睁大——她竟然就在他的衣袖上擦起手来！那洁白如雪的衣袖马上被蹭成了黑灰色！

“你……你……”萧涧瞪着她，说不出话来。

“哎，别小气，要是我的衣裳还干净的话，我也不用擦在你身上，反正你一个大将军很有钱的，回头再买一身就是了。”风夕一边说一边努力擦拭着手上的污垢。

“你可以去洗手！”萧涧终于吼出声来，声音与他那秀丽的外表甚是不符，而他的瞳孔又奇异地涌现浅蓝色。

“哇！又变了！又变了！”风夕如获至宝，指着他的眼睛，像个孩子一般高兴地嚷着。

“什么变了？什么变了？”那边韩朴正倒着酒壶里的酒洗手，听到风夕的叫声，便提着酒壶跑过来。

“你……你……竟然用酒洗手？”萧涧一见韩朴手中的酒壶，顿时额角青筋暴起，漂亮的眼珠已快跳出眼眶，那一抹蓝色更深了，“这是胭脂醉啊！”

“哇！他的眼睛变成蓝色的了！”韩朴也惊叫着。

"胭脂醉？千金一壶的胭脂醉？"风夕从韩朴手中一把抢过酒壶嗅嗅，"嗯，真的是呢。"

"你也知道是千金一壶啊？"萧涧冷哼。

他本以为风夕会惋惜一番，谁知……

"那我也洗洗手！"话音刚落，她把壶一倾，剩下的酒便全倒在她的手上。

当下萧涧只能目瞪口呆地看着，已完全说不出话来了。

"壶给你。"风夕随手一抛，酒壶便落在萧涧手中，然后两手一拍，拍在萧涧肩上，"再借我擦擦。"

萧涧的肩上便留下两个湿湿的手印。

"烤鸭是我的了。"风夕足尖一点，人已落在毯上，手一伸，烤鸭便到了嘴边，张嘴一咬，半只鸭腿便进了口中。

"啊！"还在傻看着萧涧眼睛的韩朴总算回过神来，马上跑回去，一屁股坐下，手一伸，"那这两只蜜汁鸡腿是我的！"

"那这盘酱汁虾仁是我的。"

"那这碟芙蓉玉片是我的。"

"那这盒紫云排骨是我的。"

…………

两人一份一份地把毯上的吃食瓜分完，每夺一份都抬头瞅一眼萧涧，满意地看到那冰雪瞳眸中的浅蓝逐渐加深，最后蓝如万里晴空。

"你今日似乎很容易激动。"皇朝一直端坐于一旁静观着，看到一向冷静淡漠、情绪极少波动的爱将今日竟三番五次地被激怒，不由得感慨。

萧涧闻言猛然惊醒，然后敛神静气，平复情绪，于是瞳孔的蓝色慢慢淡去，最后瞳孔静寂如渊。

"唉……没……有了。"韩朴含着鸡肉，口齿不清地惋叹着。

"萧将军，你有没有其他的名字？"风夕看他一眼，然后眯眼看向天空，"你的眼睛就像雪原上的蓝空，澄澈而纯净，很漂亮啊，应该取名叫雪空才是。"

萧涧闻言一怔，凝视风夕，半晌后轻声答道："表字雪空。"

"真好。"风夕微笑着点头，又看看他，一边嚼着东西一边道，"你不应穿这种雪白的衣裳，嗯——你适合穿淡蓝色，像天空那样的蓝色。"她百忙中不忘伸出油手指指天空。

这次萧涧不再答话，只是抬首望向天空，让碧蓝的晴空映于他清澈的眸中，偶尔掠过一丝轻淡的云彩。

皇朝在一旁听着，带着淡淡的微笑看着狼吞虎咽的两人。

忽然，埋头大吃的风夕与端坐着的皇朝同时转头往右瞟了一眼，收回目光后，风夕继续埋首吃食中，而皇朝悠闲的表情慢慢收敛。

随后萧涧也发现了什么，飞身掠去，眨眼间不见踪影。

只有韩朴依旧无知无觉地大吃大喝。

片刻后，萧涧背负一名男子回来，身后还跟着五名青衣男子。

“属下拜见公子。”

五人一到跟前即向皇朝拜倒，便是萧涧背负的那人也挣扎着下地行礼。

“都起来。”皇朝淡淡地吩咐，目光一扫，却见这几人都受了伤，尤以萧涧背回的那人伤势最重，腹部的青衣已被血染成鲜红。

“先替他们治伤。”皇朝示意萧涧。

萧涧点头，然后挥挥手，一直守候在旁的那四名男子随即上前扶那六人坐下，替他们上药疗伤。

等那六人处理完伤口，其中那受伤最重的男子起身向皇朝走来，双手发抖地从怀中掏出一青色锦布包裹着的东西，单膝跪下，双手高举过头顶，将青布包呈上。

皇朝接过布包，却并不急于打开，示意萧涧扶起他，然后看着手中之物，眼中闪过慑人的光芒，但随即他想到极为重要之事，霎时目光如电，直射那人：“燕将军呢？”

那人本已发抖的双手此时更是剧烈抖动，抬首，一双虎目已然潮湿，却强忍着泪，颤着声音答道：“燕……燕将军……卒于宣山！”

“什么？”皇朝身躯一晃，然后猛然起身，瞬间便到了那人身前，左手抓住他的肩膀，目光冷厉，“再说一遍！”

“回禀公子，燕将军已卒于北州宣山！”那人忍着肩膀传来的剧痛，再一次清晰地回答，眼中的泪终于滴了下来。

皇朝闻言放开了他，身子站得笔直，双唇紧闭，面无表情，唯有那金褐色眼眸的瞳孔不断收缩。

萧涧手中宝剑发出叮叮轻鸣，握剑的手青筋暴突，微微垂首，一头雪发无风自舞。

风夕在听到皇朝询问燕瀛洲的下落时，不知怎的手一软，掌中的鸭子便掉落在毯上。她垂首，愣怔地看着，一动不动。

后知后觉的韩朴此时也觉得气氛有些不对劲了，停下手中动作，靠近风夕，看到她此时的神情，不由得担心地扯扯她仅剩的那一只衣袖：“姐姐？”

风夕闻声抬首看他，然后淡淡一笑，以示无事。那一刻，韩朴却觉得那一笑似笑过了千山万水，笑过了千回百转，带着淡淡的倦和浅浅的哀。

“瀛洲！”默立良久的皇朝终于沉沉出声，手不由自主地抓紧青布包，金褐的眸子里闪过悲痛。他默然片刻，唤道：“萧溪。”

“在。”替几人裹伤的四人中，一人站起身来垂首应道。

“你们四人护送他们六人回去。”皇朝吩咐。

“是。”萧溪应道。

皇朝转头，看着萧涧道：“你和我去宣山。”

萧涧闻言一呆，然后劝阻：“公子，东西既已到手，那您便与萧溪他们一道回去，宣山我去便成。”

皇朝看着手中的布包，脸上浮起一丝浅笑，神情却深沉而悲伤：“瀛洲离去前曾说必夺令而归，决不负我。既然他未负我，我又岂能负他？”

"公子，此去十分危险……"萧涧待要再劝，却被皇朝挥手打断。

"我意已决，你无须再劝。此去宣山，我倒要看看有谁能从我手中抢夺东西。"皇朝一语道尽睥睨天下的自负与狂傲。

见此，萧涧不再劝阻，转而吩咐萧溪："你等护送他们六人回去，并传信萧池，令他们速来与我会合。"

"是。"萧溪领命，与那些人迅速离去。

皇朝转身走至风夕面前，将手中布包一举，问道："姑娘可知这是何物？"

风夕站起身来，却不看布包，而是抬首仰望天空，唇角微微一勾，道："这不就是那比我还脏的玄极吗？"

"脏？"皇朝未曾料到她竟会如此评价这天下至尊之物。

"被这么多人的手摸过，还染尽无数鲜血，难道不脏吗？"风夕回首看他，目光冷淡。

"哈哈。"皇朝一笑，打开那裹得严实的布包。

当最后一层布被揭开时，一块长方形的黑色铁令露出，透骨冰凉，约有九寸长，正面有"玄极至尊"四字，反面是腾云驾雾的飞龙，阳光下，冷冷乌光流动。

"这便是玄极呀！"他以指摩擦铁令，眼中光芒奇异，"长九寸九分，重九斤九两的至尊玄极。"

"就这么一枚肮脏的玄极，勾了无数英魂。"风夕看着这枚令无数人丧命的玄极，眼中只有厌憎。

"你说得也有道理，这东西确实脏，但是……"皇朝将玄极举起，看着墨令发出的光芒，"就某方面来说，它却是最为神圣的，因为它是天下至尊至圣之物。"

"哈！"风夕冷笑一声，"怎么，你也信这东西能让你号令天下吗？"

"号令天下？"皇朝重复一句，然后仰首大笑，"哈哈哈……这东西自然不能号令天下，号令天下的是人。它只是一种象征，玄极是大东皇帝的象征，玄枢是七州之王的象征。玄极在我手，那于天下百姓来说，我即天命所属的帝者。所以，真正能号令天下的是我这个人，是我皇朝！"

风夕默然不语，看着皇朝。

她眼前所立之人，全身都散发着一种张狂的霸气，仿若张口便能吞下苍穹，脚动便要地裂山摇的巨人那般不可一世。

一旁，萧涧敬仰地看着自己的主公，韩朴却是第一次见到这等气势张狂得仿佛可将天地搓揉于掌心的人，所以目瞪口呆之余，小小的胸膛里心跳如擂鼓，身体里涌出一股热流。

"将来，不论坐拥天下的人是不是你，你都会是名留青史的一代雄主。"风夕忽然悠悠叹道，语气中带着少有的折服之意。

"当然会是我！"皇朝斩钉截铁地道。

"呵，皇世子的自信非常人能及。"风夕闻言轻轻一笑，"只是依我之见，你只有五成胜算。"

"何以只有五成？"皇朝闻言剑眉一扬。

"听闻苍茫山顶有一局棋，不知世子是否曾有耳闻？"风夕移目眺望前方。

皇朝目光一闪，点头："听过。"

风夕悠然地道："那盘棋的旁边刻有'苍茫残局虚席待，一朝云会夺至尊'之语，世人皆传那局棋与那两句话乃上天所赐，预示着将有两个绝世英雄共争天下。如果世子是其中一个，那么这世上还有另外一个与世子旗鼓相当的对手，如此说来不就只有五成胜算吗？"

"哦？"皇朝目光有些高深莫测。

"而且天下英雄辈出，就现在的局势来看，与世子旗鼓相当的，似乎并不止一人。"风夕回首再看皇朝，脸上是懒懒的笑，但眼睛明亮如镜，闪着夺人的慧光，仿若世间一切都映在她的眼中，"幽州有'金衣骑'，雍州有'墨羽骑'，青州有'风云骑'，这三州皆兵强将广，幽王、兰息公子、惜云公主他们难道不足以成为你的对手吗？何况天下之大，何处不是卧虎藏龙？能与世子一争高下的英雄或许还有无数。"

"哈哈……若如你所言，我连五成的机会也没有了。"皇朝闻言却没有不悦与气馁，伸出双臂，仿若拥抱天地，"苍茫山顶的棋局我定会前往一观，但我不信什么苍天示言，我只信我自己。我皇朝认定的事一定会做到，我一定会用我的双手握住这天下。"

"那么我拭目以待，看看苍茫山顶夺至尊的到底是何人。"风夕也笑，只是懒懒的笑里挟着一股极淡的锐气。

"会站在苍茫山顶的只有我皇朝一人。"皇朝傲然一笑，豪情万丈。

"哈哈……行走江湖十年，你是我所见之人中最为狂傲自信的。"风夕粲然一笑，牵过韩朴，足尖轻点，人便飘然而去，"我极为期待能在苍茫山顶见到皇世子。"话音刚落，她的身形已远在数丈之外。

"我要做的事，这世间任何人、任何事、任何物都不能阻挡，我会踏平一条通往苍茫山的大道。"皇朝扬声道。

荒山之上，回音阵阵，那句"我会踏平一条通往苍茫山的大道"久久不绝。

第七章 落日楼头子如玉

“姐姐，那个皇朝公子以后会当皇帝吗？”走出很远后，韩朴问风夕。

“也许是他，也许不是。”风夕抬首，九天金乌刺目，仿若那个不可一世的冀州世子。

“可是他说话的样子让人觉得他就是。”韩朴也学她仰首望天，眯眼感受那炽热的光芒。

“朴儿，你很羡慕吗？”风夕低首看着韩朴，浅笑着问，“你也想成为他那样的人吗？”

“姐姐，我是羡慕他，但我不要成为他那样的人。”韩朴仰着脏脏的小脸，一本正经地回答。

“为什么？”风夕听他如此作答倒有些奇怪。

“那个人……”韩朴咬着手指头，似乎苦恼要如何说。

风夕倒也不催他，只是含笑看着他。

“有了！”韩朴忽然抬手指向天空，“姐姐，皇朝公子就像这天上的太阳，光芒太过耀眼，会掩盖他身边所有人的光芒，然后这天上就只有他一个了。”他转头看着风夕，神情极为认真，“只有他一个人站得那么高，岂不是很寂寞？”

风夕闻言微怔，看着韩朴的目光渐渐变得柔和，片刻后伸手轻轻抚在他的头顶，“朴儿，你以后会成为超越白风黑息的人的。”

“啊？真的？”韩朴闻言顿时咧嘴欢笑，但片刻后忽又敛起笑容，“我不要超越姐姐，我要和姐姐站在同一个地方。”

风夕却仿若未闻，拂开鬓角飞舞的发丝，遥视前方，目光幽深，仿佛望到了天地的尽头。

“最高的地方虽然没有同伴，但他拥有至高无上的权力、广袤的疆土、匍匐的万千臣民以及享之不尽的荣华富贵，这也是一种补偿吧。”

“可是那些东西他死时都不能带走啊！”韩朴争辩道，眉头也皱起来，“以前我娘说，人死的时候一了百了，生前的一切都若云烟，抓不住也带不走。我爹就说，她死的时候可以带走他。我想娘死时可以带走爹，但皇帝死时却带不走他的皇位、权力、疆土和臣民啊！”

“呵，想不到韩老头竟也会说出这等话来。”风夕轻轻一笑，拍拍韩朴的脑袋道，“谁说皇帝带不走什么？你娘有你爹，皇帝死时不但有很多的珍宝陪葬，有时也会有妃嫔殉葬，他带走的东西可多着呢。”

“可是那不是真心的啊！不是真心的，去了地府便找不到的，岂不还是孤单一人？”韩朴依然坚持己见。

“真心啊……”风夕忽然回首，看向来时的路，目光飘忽，良久后幽幽地叹息一声，没有再言语。

“那以后我死时会不会有人跟着我？”韩朴忽然想到自己死后的事了。

“那就不知道了。”风夕一笑，屈指轻弹他的脑门，“你这小脑瓜怎么这么奇怪，小小年纪就想着死后之事？”

“那姐姐死时，我跟你去，好不好？”韩朴却不死心，一心想找个做伴的人。

“不好。”风夕断然拒绝道。

“为什么？”

“因为你年纪比我小，我死时你肯定还可以活很长很长时间。”

“可是我想跟姐姐去啊，我们可以在地府做伴，还可以一块儿去投胎。”

“别，千万不要！这辈子不幸，要带着你这个包袱，下辈子我可不想再背。”

“我不是包袱啦，等我长大了就换我背姐姐吧。”

“我不用人背，你还是去背别人吧。”

“爹和娘都死了，我现在就只有姐姐了啊！”

“你还有老婆孩子。”

“我没有老婆孩子啊！”

“以后会有的。”

“没有啊！”

…………

一大一小两人渐渐走远。

而另一边的山道上，萧涧问出心头的疑问：“公子轻易出示玄极，不怕她心生贪念吗？”

“那位姑娘……或许整个天下送至她眼前，她也不屑一顾，何况是这枚……在她眼中脏污不堪的玄极。”皇朝喟然叹道。

“嗯。”萧涧点头，又问，“公子看出其来历了吗？”

“没有。”皇朝叹了一声，“他们用膳时我曾仔细观察。那个叫韩朴的小孩，虽说是饿得很，以至于吃相不怎么雅观，但身子坐得笔直，吃东西时没一点儿撒落，显然家教极好。且那些吃食里，有几样平常百姓家是吃不到的，但他显然之前就吃过，足见其出身富贵。”

萧涧听了，发现确实如此。

“至于那位姑娘……”皇朝停步回首，“你觉得那位姑娘如何？”

萧涧想了片刻，道：“她就算是丑，也丑得脱俗；就算是怪，也怪得潇洒。”

“哈哈，看来你甚是欣赏那姑娘。”皇朝轻笑，继续前行。

行了半刻，萧涧忽又唤道：“公子。”

“嗯。”皇朝应道。

萧涧犹疑了一下，还是说道：“公子可曾注意到她额头上的饰物？”

“额头上的饰物？”皇朝猛然转身，目光如电。

“因为她一脸黑灰，看不大清楚，可公子曾提及白风夕素衣雪月——额间戴饰物的女子虽然常见，江湖女子却不多，此刻细想，她额上的饰物轮廓倒是状似弯月。”

“你是说，她就是白风夕？”皇朝微愣，忽然想起方才的比试，这天下能与他打成平手的并没几个，更何况是个女子，他顿时醒悟，不由得笑叹，“好个白风夕！唉，你我皆被‘风华绝世’四字迷惑了，以为白风夕定是容色出众的美女。可她就算又脏又臭，依然难掩光华，那样不是‘风华绝世’是什么？这世上能有几个武功如此高绝的女子？我早该想到才是。”

萧涧不禁回首看向来时的路。那个女子就是白风夕呀！

“肯定还会再见的。”皇朝收敛神思，大步向前走去。

自帝室衰微后，祈云王域便失去了昔日尊贵的地位，经常被各国找各种借口进犯，以致域土慢慢被瓜分，若非镇国大将军东殊放忠心帝室，率其麾下十万禁军守护着祈云，王域早已被各路诸侯吞噬殆尽。

现今的祈云平原人口稀少，经济萧条，国力、武力，不足以与雍州、冀州相比；文化、经济，不足以与青州、幽州相论；便是弱小的商州、北州，因着数十年的吞并掠夺，国力也早已超越王域。

乌云江是一条从北至南流的大河，从最北边的北州一路蜿蜒而下，福泽了无数乡村城镇，其中便有虞城。虞城南连临城，西交桃落，北接简城，东临乌云江，位于祈云平原的中东地带，不似边城时常受到战事牵累，再加上四通八达的道路，平坦肥沃的土地，是除帝都外，祈云最为安定的城市，百业俱兴，百姓安泰，有着祈云王域昔日繁华昌盛的影子。

虞城东面，乌云江畔有一座高楼，楼高五层，一面临街，三面临水，这便是虞城最有名的酒楼——落日楼。落日楼以乌云江畔的落日及酒楼自酿的美酒“断鸿液”出名，每日慕名而来的客人络绎不绝，特别是日落时分，楼前必是车如流水马如龙。

落日楼的主人也非庸俗之辈，只看今日落日楼的名气与生意便可知。不知情的人可能以为此楼定是朱楼碧瓦，气派恢宏，这样才无愧于“祈云第一楼”之称，可事实上，落日楼里看不到半分富贵华丽。

落日楼以上好木材建成，但楼内装饰朴素，没有锦布铺桌，没有锦毯铺地，没有悬挂精致的宫灯，门前未垂华美的珠帘，只有每位客人都会需要的简单桌椅、干净碗盘。只是这里的一桌一椅、一几一榻、一帘一幔都设计得别出心裁，安置得恰如其分，让人一进门便觉耳目一新，舒适自在。

故人西望不见，斜阳现。

万里山河梦断，仰天叹。

思别离，发梢乱，泪空弹。

帆影轻绰如箭，过千山！[1]

一曲含愁带悲的清歌从落日楼里飘出，幽幽融入泠泠江风，轻轻散入苍茫天穹，袅袅追向那一轮西坠红日，清风秀水里别有一番缱绻情思。

在绯红的夕阳里，正有一片白帆划开粼粼江面，穿透浓艳的金光，如箭而来。眨眼间，那一艘白帆黑船在落日楼前停下，眼观六路，耳听八方的伙计早已快步走上楼前搭建的木桥，躬身欢迎从船上走下的客人。

当船舱中的人走出，伙计只觉得这位公子似是踏着金光从西天走来，周身笼着浅浅的华光，一时之间看得目瞪口呆，早忘了自己是为何而来，直到衣袖被人连连拉扯才回过神来。而那位公子正站在他眼前，离他不到三尺距离，衣袍如墨，风仪如神。

“你挡着我家公子的路了。”伙计的衣袖又被人拉扯。

伙计低头一看，才发现一个清秀的青衣少年正拉着他，他猛然醒悟，慌忙让开道：“小人失礼了，公子请。”

墨衣公子淡淡地摇首：“烦请小哥领路。”音若风吹玉鸣，笑若风拂莲动。

“公子这边请。”伙计赶忙引他登上浮桥。

临江的楼前，当墨衣公子步上浮桥之际，落日楼临街的门前停下一辆马车。马是普通的瘦黑马，车是简陋的两轮车，但门前侍立的伙计并不以貌取人，依然热情地跑至车前，一边唤道“客官请下车”，一边殷勤地打起车帘。

车帘掀起，车中之人踏出马车，那一刻，楼前的伙计、客人还有街上的行人不由自主地望向那人，然后皆生自惭形秽之感。

那是一名公子，身着白布长衣，整个人简单朴素如未经雕琢的白玉，浑然天成却自是高洁无瑕，一双清幽如潭的眼睛里无波无澜，无欲无求，立于马车前目光随意一转，却似立于九天之上，淡看漫漫红尘、芸芸众生，漠然又悲悯。

那一刻，楼前所有人忽都觉得那简陋的马车光彩夺目，仿佛随时都会腾云驾雾而起，带走这风采绝世之人。

“落日楼。”白衣公子抬首仰望楼前牌匾，轻声念着。

“是，是！这里就是落日楼。”回过神的伙计赶忙点头，引着人往里走，“公子请。”

“多谢。”白衣公子淡淡地致谢。

“公子客气了。”伙计闻言嘴都快咧到耳后根去了。

于是乎，墨衣公子与白衣公子几乎是同时踏进了落日楼，亦几乎是同时看到了对方。

满堂的宾客在瞥见两人的那一刻都停筷凝视，无不为两人的绝世风姿而感慨赞叹。

1　引自友人张鹏进所作《相见欢·离别》。

目光相遇的瞬间，两人皆微微一愣，又同时浅浅一笑，仿佛故友他乡相逢。

“玉公子。”墨衣公子看着眼前白衣出尘之人拱手作礼。

“丰公子。”白衣公子对着眼前墨衣雍容的人拱手作礼。

这一笑一礼一唤间，两人一个雍容如在金马玉堂，一个飘逸如立白云之上。

“丰息有幸，今日竟能遇着‘天下倾心叹无缘’的玉无缘玉公子。”墨衣公子笑意盈盈，矜持且客气。

“是无缘有幸，今日竟能遇着‘白风黑息’中的黑丰息丰公子。”白衣公子脸上浮起温雅而略带距离的浅笑。

自然，这墨衣公子便是丰息，这白衣公子则是被誉为“天下第一公子”的玉无缘。

“既然相遇，不知丰息可有幸请玉公子同饮一壶‘断鸿液’？”丰息温文有礼地问道。

“能与丰公子落日楼头共赏落日，乃无缘的福气。”玉无缘也彬彬有礼地答道。

丰息一笑回头，问为他引路的伙计：“五楼可还有雅间？”

“有！有！”伙计连连点头，就是没有，也要为这两位公子空出来。

“玉公子请。”丰息侧身礼让。

“丰公子请。”玉无缘也摆手礼让。

最后两人携手同上。

伙计将两人领至五楼的雅间，打开窗门，外面正是落日熔金，江天一色，清风徐徐，一派绮丽之景。

丰息与玉无缘临窗相对而坐，旁边钟离、钟园静静侍立。

“请问两位公子要用些什么？”伙计问道。

“你们这儿有什么招牌菜？”丰息问。

“来我们这儿，客人点得最多的便是‘水风轻’‘萍花渐老’‘月露冷’‘梧叶飘黄’这几样。”伙计答道。

“小哥念的这是诗还是菜名？”玉无缘见这伙计说得甚是文雅，不禁笑问。

“回公子，这是本楼最为出名的四道菜。”伙计答道，“只因这四样菜本是不同时节的，我们楼主却能一年四季都栽种，因此慕名来落日楼的客人都要点这四道菜，看看传言是否属实。自然，这四道菜之所以这么有名，也是因为味道确实好。”

“哦？”丰息轻笑，“看来我们也要尝一尝了。”他移目看向玉无缘，“玉公子以为如何？”

玉无缘亦微笑点头：“自然要尝尝。”

“那好，就这四道菜，另加一壶‘断鸿液’。”丰息吩咐伙计。

“好嘞！公子稍等。”

伙计走后，房中便陷入沉默。

按理说，这两人皆为“四公子”之一，又皆是风采不凡之辈，此番偶遇，本应惺惺相惜才是，可不知为何，两人此刻相对，仿如隔水相望，可望见对方的风采，却无法畅谈交心。

丰息端坐着，指间把玩着一枚苍玉扳指，目光有时瞟向江面，有时轻轻落在玉无缘身上，脸上一直挂着浅浅的笑。

玉无缘则侧首望着窗外，目光深远，似望着天，又似望着江，神情恬淡，明明近在眼前，却又似乎远在天边。

不一会儿，酒菜送到。

"'水风轻''萍花渐老''月露冷''梧叶飘黄'，再加'断鸿液'一壶。"伙计唱着菜名，打破这一室的沉静，"两位公子请慢用。"说罢伙计转身退下，可走到门前忽又折回，"不知两位公子可要听曲？"

两人闻言，双双挑眉望着伙计。

"这儿还有唱曲的吗？"玉无缘问道。

"公子别误会，我们落日楼可不是青楼，唱曲的凤栖梧姑娘也不比那些青楼姑娘。她本是冰清玉洁的千金小姐，若非……"伙计说到这儿忽然顿住，似乎觉得自己有些多嘴了，因此只道，"凤姑娘唱的曲别说是虞城，便是在祈云也是数一数二的，两位公子若不信一听便知，小的绝非夸口。"

两人闻言对视一眼，觉得听听倒也无妨。

于是丰息望向伙计："刚才我在船中曾远远听得半曲《相见欢》，可是这位凤姑娘唱的？"

"对，刚才的曲儿就是凤姑娘唱的。"伙计忙不迭地点头。

丰息颔首："那就请凤姑娘隔着帘唱一曲吧。"

"好的。"伙计退下。

钟离上前为二人斟酒。

"来，玉公子，我们且尝尝这落日楼的名菜佳酿。"丰息举杯。

玉无缘也举杯。

两人碰杯，仰首饮尽杯中酒。

"入口清洌柔和，好酒。"玉无缘赞道。

丰息也点头："入喉酒香沁肺，不错。"他伸筷夹向那道仿若一朵紫色睡莲的"水风轻"，细细品尝，然后失笑道，"原来是茄子。茄子难做之处便是特别吃油，往往太过油腻，而这菜清新爽滑，入口即化，不但茄香盈齿，咽下后喉间似乎还有一股莲香，却不知是如何入的这莲花之香。"

"这一叶青萍中染着一抹浅黄，难怪叫'萍花渐老'。"玉无缘看着另一道菜，也伸手夹一筷尝了，"嗯，原来是黄瓜，火候拿捏得恰到好处，清甜爽脆，而且汁水饱满，定是现采现做的。"

"这一道想来就是'月露冷'了。"丰息看着那盘一片片圆润澄黄如满月的菜，夹起一片，上面还凝结着细细的白露似的圆珠，轻轻咬下一口，一股脆甜的味道便从口中散开，"是藕片。选粗细适中的嫩藕，切成厚薄大小一致的圆片，再点以雪兰汁，色泽好看、味道香甜，这名字也有意思。"

玉无缘于是尝了最后一道菜，一瓣瓣形如巴掌，芽叶嫩黄，色泽动人："嗯，'梧叶飘黄'原来是芽白，很嫩很鲜。"

四道菜尝完，丰息感慨：“倒是想不到落日楼的名菜不但全是素菜，且是极为平常的菜。”

“能将如此平常的菜做出如此不平常的形与味，更能取这等不俗的名，这落日楼的主人不简单。”玉无缘笑叹。

“看此楼风格，不难想象其主人。”丰息环视楼阁，赞赏道，“简约中透出淡雅，平凡中透着别致，这等手笔甚是难得。”

“落日楼头，断鸿声里，江南游子，把吴钩看了，栏杆拍遍，无人会，登临意。[1]”玉无缘悠悠吟道，又移目窗外，余晖正慢慢收敛，几叶小舟渐向天际，“不知这落日楼的主人建这楼时怀着怎样一番心事。”

“呵……”丰息一笑，看向他，眼中似映着夕阳的金芒，“或许他将那‘无人会’的‘登临意’全融于此楼，只是玉公子应不愁‘无人会’才是。”

“可惜无缘并无甚‘登临意’。”玉无缘收回目光，回视丰息，眼神坦然，静若此时波澜不惊的江面。

“是吗？”丰息淡淡一笑。

楼梯间响起轻盈的脚步声，伴着一缕淡淡的幽香，由远而近，最后停在帘后，透过轻薄的水蓝色布帘，隐约可见一道窈窕的身影。

“不知客人想听什么曲？”帘外女子的声音清中带冷，冷中带傲。

玉无缘提箸夹起一片“月露冷”，如若未闻。

丰息端起酒杯，饮尽杯中酒，才淡淡地道：“姑娘想唱什么就唱什么。”

帘外有片刻沉默，然后琵琶声起，若珠玉落盘，若冰下凝泉，人未歌曲已有情。

听得这样的琵琶声，房中两人微有讶然，不禁都瞟了一眼布帘，想不到风尘中人竟有这等技巧。

昨夜谁人听箫声？
寒蛩孤蝉不住鸣。
泥壶茶冷月无华，
偏向梦里踏歌行。[2]

一缕清音透帘而来，袅袅如烟，绵绵缠骨，仿若有人只影对冷月，梦里续清茶，一室清幽伴寒蝉。

听着幽凄的歌声，看着楼外的残阳，一瞬间，两人虽相对而坐，却皆生出淡淡的寂寥之

1　引自辛弃疾《水龙吟·登建康赏心亭》。

2　引自友人张鹏进所作《昨夜》。

感，心中似乎都有一曲独自吹奏的笙歌，却不知吹与谁人听。

曲毕，两人有片刻的静默，而帘外之人也未再出声，默然静立。

半晌后，玉无缘感叹道："惜云公主少有才名，所作诗歌竟已是茶楼巷陌争相传唱。"

"这位姑娘琵琶技艺精妙，嗓音清润，歌之有情，也是难得。"丰息却是赞赏着帘外的歌者。

玉无缘微微一笑："闻说丰公子多才多艺，今日一见，果然不假。"

"冀州世子曾言玉公子之才足当王者之师，因此在玉公子面前谁也担不起'多才多艺'四字。"丰息亦淡淡地一笑。

"无缘惭愧。"玉无缘摇头。

两人随意说笑，好似都忘记了帘外还站着人。

咚！咚！咚！

帘外忽然传来沉稳而有节奏的脚步声，渐渐接近，最后在雅间外停下，然后响起一个沉稳的男声："玉公子。"

玉无缘闻声放下手中的酒杯，平静地道："进来。"

帘被掀起，两人抬眸扫一眼，便看到一名相貌忠厚的年轻男子踏步而入，自然也看到了立于帘外，怀抱琵琶、面无表情的青衣女子。帘子很快又落下。

"玉公子，公子的信。"男子恭敬地呈上信。

玉无缘接过信："你去吧。"

"是。"男子退下。

帘子被再度掀起时，丰息目光随意掠过，却看到一双似怨似怒又似茫然无措的眼睛。

帘子再次轻飘飘地落下，挡住了那道目光，帘内帘外，仿若两个天地。

玉无缘拆信展阅，片刻后平静的眼里泛起一丝涟漪。

"凤姑娘若不嫌弃，进来喝一杯如何？"丰息却看着布帘道。

半晌未有动静，空气凝结，他似能感觉到帘后青影的犹疑。

终于，布帘被掀起，那道青影移入帘内，清冷的目光先落在玉无缘身上，微微停顿，然后轻轻地落在丰息身上，不再移动。

丰息打量凤栖梧一眼，有些讶异——虞城第一的歌者竟是荆钗布裙，不施脂粉。即便如此，她依然十分美，黛眉如柳，面若桃花，眉宇间却笼着一层孤傲之色，神色间带着一种拒人于千里之外的冷绝。

"给凤姑娘斟酒。"丰息淡淡地吩咐。

一旁的钟园马上取杯斟酒，然后送至凤栖梧面前。

凤栖梧却并不接过酒杯，只是盯着丰息，而丰息就任她看，自顾自地品酒，神态轻松自在。

至于玉无缘，目光依然在信上，只是神思似已飘远。

片刻后，凤栖梧单手接过酒杯，仰首饮尽。

丰息见她竟一口喝完，不禁轻笑道："原来姑娘如此豪爽。"

凤栖梧闻言却冷冷地道："栖梧第一次喝客人的酒。"

"哦？"丰息挑眉看她，只见她冷如霜雪的面颊因着酒意的熏染，涌上一抹淡淡的红晕，减了一分冷傲，添了一分艳色，"姑娘琵琶歌艺如此绝伦，应是天下人争相恭请才是。"

"栖梧从不喝客人的酒。"凤栖梧依然语声冷淡，目光未离丰息，仿佛这房中没有第三个人。

丰息听了这话，终于正容看她，但见那双清澈妙目中闪着一抹凄凉："如此看来，是丰息有幸，能得姑娘赏脸。"

凤栖梧不语，只是看着丰息，眼中慢慢生出凄然之色。

落日楼里启喉唱出第一曲时，她即知此生沦入风尘，以往种种便如昨日，一去不复返。只是，千金难开眼，红绡懒回顾，把那珠玉掷，把那纨绔子弟轰，任那秋月春风随水逝，她依然禀着家族的那一点儿傲骨，维持着仅有的尊严，不愿就此永堕泥尘，只因心里存着那么一点点……一点点怎么也不肯屈服的念头。

来前，伙计将雅间里的两位公子夸得天上少有，她听着只觉厌憎，只道又是两个空有皮囊的富家子弟，为着自己这张皮相而来，谁知竟料错了。他们将她拒于帘外，十分冷淡，令她又惊又羞。

布帘掀起的刹那，她只看到一双眼睛，漆黑深广如子夜，偏有朗日才有的炫目光华。一瞬间，她仿佛掉进了那漆黑的子夜，不觉得寒冷、恐慌，反觉有一丝暖意透过黑夜，轻轻涌向这多年未曾暖过的心。

那一丝暖意还未退尽，帘便再次掀起，她又看到那双眼了，仿佛一个墨色的旋涡，光影交错，目眩神摇间，她依稀感觉若坠入其中，便是永不得脱身。所幸，那帘忽又落下了，隔绝了那个旋涡，她只想着快快离去，偏偏那腿如有千斤重，拔不动，正彷徨，他却出声唤她。

那凤鸣玉叩之音响起时，命运仿佛在向她招手。宿命只是轻轻一缠，她便挣不开了，只能无力地顺从，再度掀起帘，再次迎向那夜空似的双眸，走向淡金的余晖下，那个墨衣墨发，如玉般无瑕的人。

"栖梧在落日楼唱了四年的曲，喝公子的第一杯酒。"凤栖梧轻轻而又清晰地道。不同的话说着同一个意思，她只盼这个人能听懂，他是她的第一个。

"栖梧，凤栖梧。"丰息念着这个名字，目光深沉地看着这个女子，她虽面色冷淡，可眼眸深处有一种渴望，藏得那么深，让人看着心生怜惜。

听到他念她的名字，凤栖梧心头一片酸楚。为她取名的人早已化为一抔黄土，而她空有这名，却终是辜负了那人的期望。

"这些年来，我走遍九州，却是第一次听得姑娘这般绝妙的歌喉。"丰息微微一顿，然后目视凤栖梧，淡淡地说，"不知姑娘可愿与我同行，去看看祈云以外的山山水水？"说罢他径自执壶斟酒，不再看凤栖梧，似乎她答应与不答应都是不重要的。

闻言的刹那，凤栖梧眼中闪过一丝亮光，但瞬间平息，面上依然艳若桃李，冷若冰霜，只是一双纤手轻轻地抚着弦，那微微颤抖的弦泄露了此刻她内心所想。

丰息喝完一杯酒，看向面前的玉无缘，却意外于这个不染红尘之人眉宇间生出的那股淡淡的悲哀。

“皇世子信上写着什么样的好消息，竟引得玉公子如此流连？”丰息发问，心中却早已明了了答案。

玉无缘在闻言的瞬间便恢复淡然，眼波投向窗外，然后双手一揉，轻轻一挥，化为粉末的信纸便纷纷扬扬地飘向江面：“有好也有坏。”

“是吗？”丰息目光一闪，然后道，“这好的应该跟玄极有关吧？”

玉无缘依然神色淡定，端起酒杯，看着白瓷杯中透明的清酒，轻轻摇晃，酒面荡起一丝水纹：“丰公子如何知是皇世子写来的信？”

“皇世子尊玉公子为师，这是天下皆知的事。”丰息同样举起酒杯，凑近鼻端，微微眯眼，细闻酒香，“况且‘玉帛纸’乃皇家王室御用的纸。”

“丰公子眼光好利。”玉无缘点点头，看向丰息，面上笑如春风，眸中却蕴秋风之瑟冷，“皇世子信中消息有两好一坏。”

“这一好是玄极到手，一坏嘛……”丰息目光微垂，细看手中白瓷杯，淡淡地吐出一句，“这坏的嘛——应该是烈风将军魂归宣山吧？”

“嗯。”玉无缘依旧点头，也不奇怪他如何知道，手一倾，将杯中之酒洒于乌云江之中，“瀛洲先去了，明日或许是我等要去了。”

“只是不知另一好是什么？”丰息却问。

“白风夕。”玉无缘淡淡地道，淡漠的眼眸在吐出这个名字时闪过一丝波动。

“白风夕？”丰息重复，握杯的手差点儿一抖。

“嗯，他说他在商州见到了白风夕，一个风姿非凡的女子。”玉无缘唇角的笑微微加深。

“见到那个女人怎能说是好事？”丰息不自觉地撇了撇嘴。

“能见到与丰公子并称‘白风黑息’的风女侠，自是世间少有之幸事。”玉无缘看一眼丰息，依旧笑容不改。

“在我看来，只要遇到那个女人便会霉运连连。”丰息放下手中酒杯，觉得这酒不再香醇，当然，脸上的笑不曾淡一分。

“呵，是好是坏，因人而异。”玉无缘不以为然，看向丰息的目光带了一抹深思。

嘘！江面上忽然响起一道短暂紧促的笛声。

丰息闻之目光微闪，然后起身：“今日难得遇上玉公子，本该不醉不归才是，只是家中忽有急事，只能先行一步，愿他日能有机会再与玉公子同醉。”

玉无缘起身，也不挽留，只道：“丰公子有事先行，他日有缘，自会再见。”

“先告辞了。”丰息拱拱手，然后转身，却见凤栖梧还站在那儿：“姑娘……”

“我和你去！”凤栖梧脱口而出。一瞬间，她仿佛看到命运在点头微笑，因为又有人屈服于它的安排，也在那一刹那，她感觉到那个玉公子的目光轻轻扫向她，仿佛还听到他发出了微微的叹息声。

她却只能无力地笑笑。

这是她的劫，她自愿领受的劫。

丰息长眉微挑：“姑娘决定了吗？”

“是的，我决定了，且决不反悔。”凤栖梧以为自己的声音低得只有她自己能听到，然而房中的人都听得清清楚楚。

“那便走吧。”丰息淡淡一笑，踏步离去。

凤栖梧抱紧怀中的琵琶，这是她唯一拥有的东西，掀帘而出之际，她回首看了一眼玉无缘，微微点头，算是道别。她感谢这个一眼便看清她心的人，就算她的心永不能为那个人知晓、永不会与外人道，但至少他知道。

帘子在身后落下，她快步追随丰息而去，落日楼中，无数目光相送，却无人阻拦。

浮桥上，伙计追来，递给她一个包袱：“凤姑娘，这是楼主叫我交给你的，他说这是姑娘该得的。”

凤栖梧接过，目中浮起浅浅的波光，再抬首，依然冷艳如霜：“代我谢过楼主这些年来的照顾。”

伙计点头：“凤姑娘自己保重。”

“嗯。”凤栖梧点头，然后走向那艘黑色的大船，走向命运为她安排的……归宿。

楼上雅间里，玉无缘目送那艘船扬帆远去，将壶中美酒全倾杯中，一饮而尽。

“黑丰息原来是这样的人。”他语气中不知是赞是叹，“这样的事，便是皇朝也做不来。”

想到那位凤栖梧姑娘离去前的那一眼，他长长地叹息。她看清了前路的荆棘，却依然坚持走下去，让人不知该称之为愚，还是该赞其勇气可嘉。玉无缘垂首看看自己的手掌，指尖点向掌上的纹路，却是微微苦笑，带着一抹千山独行的寂寥。

“不知那位白风夕又是什么样的人？”

他喃喃的低语带着淡淡的怅然。

第八章　借问盘中餐何许

黑色的大船虽外表朴素，舱内却十分华丽，紫色的垂幔，雕花的桌椅，色彩绮丽的锦毯，壁上挂以山水诗画。最引人注目的是靠窗软榻上的人，因为他，所有的华丽便化为高雅雍容。

丰息坐在软榻上，正端着一杯茶慢慢品味，钟离侍立在旁。榻前地上跪着一名男子，垂首敛目，面容在昏暗的舱内看不大清，只让人觉得这人似一团模糊的影子，看不清，摸不透。

饮完一杯茶后，丰息才淡淡地问道："何事？"

跪着的男子答道："公子吩咐的事已有线索，云公子请问公子，是否直接下手？"

"哦。"丰息将手中的茶杯一递，钟离即刻上前接过，搁在一旁几上，"发现了什么？"

"目前只捕捉到他们的行踪，暂未查明其目的。"男子答。

"这样吗？"丰息略微沉吟，"暂不用动手，只要跟着就行了。"

"是。"

"还有，玄极的事叫他不用再理会，我自有安排。"丰息又道。

"是。"

"去吧。"丰息挥手。

"属下告退。"

男子退下后，室内一片宁静，丰息目光落在某处，沉思良久后才转头问钟离："风姑娘安置好了吗？"

"回公子，已将风姑娘安置在偏舱。"钟离答道。

"嗯。"丰息点点头，身子后仰，倚在软榻上，微微侧头看向舱外，此时已是暮色沉沉。

门被轻轻推开，钟园手捧一只墨玉盒进来，走至房中，打开盒盖，瞬间眼前光华灿烂，驱走一室的幽暗。盒中装着的是一颗婴儿拳头大小的夜明珠。

钟离从舱壁上取下一盏宫灯，将明珠放入，再将灯悬挂于舱顶，顿时照得舱内有如白昼。

"太亮了。"丰息回头，看一眼那盏明灯，手抚上眉心，五指微张，遮住了一双眼，也遮起了眼中莫名阴暗的神色。

钟离、钟园闻言不由得面面相觑。自服侍公子以来，他们即知公子厌恶阴暗的油灯和蜡烛，不论是在家还是在外，皆以明珠为灯，何以今日竟说太亮了？

“换一盏灯，你们下去吧。”丰息放下抚额的手，眼睛微闭，神色平静地吩咐。

“是。”钟离、钟园应道。

他们一个取下珠灯，一个点上油灯，然后轻轻合上舱门，离去。

待轻悄的脚步声远去，室内一灯如豆，伴着微微的江水声。

软榻上，丰息静静地平躺着，微闭双眸，面容沉静，仿若冥思，又似睡去。

时间悄悄流逝，只有那微微的江风偶尔拂过昏黄的油灯，光影一阵跳跃，却也是静谧的，似怕惊动了榻上那假寐的人。

不知过了多久，丰息睁开双眼，目光移向漆黑一片的江面，江畔的灯火偶尔闪过，落入那双黑得不见底的眼眸，让那双眼睛亮如明珠，闪着幽寒的光芒。

“玄极……”沉沉地吐出这两个字，丰息眼中冷光一闪，右手微抬，看着手心，手指微微拢起，几不可闻地叹息一声，“白风夕……”

清晨，当钟离、钟园推门而入时，发现他们的公子竟还斜躺在软榻上，衣冠如故，扫一眼昨夜铺下的床，整整齐齐，显然未曾睡过。

“公子。”钟离轻唤。

“嗯。”丰息应声起身，略略伸展有些僵硬的四肢，气色如常，未见疲态。

钟园忙上前服侍他漱口净面，梳头换衣，待一切妥当后，钟离已端来早膳，在桌上一一摆好。

一杯清水、一碗粥、一碟水晶饺，贵精不贵多。

这一杯清水乃是青州有着“天下第一泉”之称的清台泉的水，粥以雍州特有的小米“白珍珠”配以燕窝、银耳、白莲熬成，水晶饺则以幽州有着“雪玉片”美称的嫩白菜心为馅。丰息喜素不喜肉。

丰息先饮下那杯水，然后喝一口粥，再夹起一个水饺，只是水饺刚送至唇边，他便放下了筷子，最后只喝完了那碗粥。

“蒸得太久，菜心便死了，下次注意火候。”他看了一眼那碟水晶饺，道。

“是。”钟离撤下碗碟。

丰息起身走至书桌前，取过笔墨，铺开白纸，挥毫泼墨，一气呵成，片刻间便写下两封信。

“钟园，将这两封信派人分别送出。”他封好信递给钟园。

“是。”钟园接过信开门离去，而钟离正端着一杯茶进来。

丰息接过茶先饮一口，然后放下，抬首吩咐：“钟离，准备一下，明早让船靠岸，改走旱路，直往幽州。”

“是。”钟离垂首应道，忽又想起什么，抬首问丰息，“公子，你不是和夕姑娘约好在冀州会合吗？”

丰息闻言一笑，略带自嘲之意：“那女人若答应了别人什么事，定会做到，但若是我，她定是十分乐意做不到。更何况那一日你听到她答应了吗？”

钟离仔细想了想，摇摇头，确实未听到风夕亲口承诺。

“所以我们去幽州。”丰息端起茶杯，揭开杯盖，一股热气上升，笼罩住他的脸，他的目光在这一刻也迷蒙如雾，“那女人竟真的让玄极落到了冀州世子手中！那女人真是……”后面的话他未再说出，语气也是令人捉摸不透的无可奈何。

“那为什么要去幽州？公子，我们出来这么久了，为什么不回去？”钟离皱皱眉问道。他只有十五岁，虽然七岁就跟着公子，至今早已习惯漂泊，只是离家太久，实在想念娘亲。

“去幽州嘛，理由多着呢。”丰息水雾后的脸迷迷蒙蒙，他放下杯子站起身，拍拍钟离的脑袋，“放心，我们会回家的，快了。”

“嗯。”钟离安心地点点头，“公子，我先下去了。”

钟离退下后，室内只剩丰息一人。他走近窗边，迎着朝阳，微微眯眼，看向从江面掠过的飞鸟，喃喃地道：“幽州呀……”

同一时刻，偏舱里，凤栖梧一觉醒来便见床边立着一名十四五岁的少女，头梳双髻，朴实的脸蛋上嵌着两个小小的梨涡，大眼中闪着甜甜的笑意，让人一见舒心。

“凤姑娘，你醒了。奴婢叫笑儿，公子吩咐奴婢以后侍候姑娘。”笑儿脆声道。

凤栖梧淡淡地颔首，起身。

“姑娘起床吗？笑儿服侍你。”笑儿边说边动手，服侍凤栖梧下床，然后便是着衣、洗漱、梳妆。

而凤栖梧自始至终不发一言，只是静静地配合着笑儿。

梳妆完毕，看着铜镜中那张端丽如花的容颜，笑儿不禁赞道：“姑娘长得真好看。”

凤栖梧唇角勾起，算是回应她的赞美。

“我去给姑娘端早膳。”笑儿开门离去。

凤栖梧站起身，走到窗前，推开窗户。朝阳刺目，她微眯双眸，待眼睛适应光亮，回首打量这个舱房。舱中所有物件皆十分贵重，便是当年她家全盛时，也不曾如此奢华，但室内摆设又并不庸俗，什物搭配得当，放眼看去，自有一种高贵大方的风格。

却不知那丰公子到底是何身份？

她正思索着，门被推开，笑儿回来了：“姑娘，用膳了。”

凤栖梧移步桌前坐下。

待凤栖梧用完早膳，笑儿收拾碗碟退下。等笑儿再回到偏舱，便见凤栖梧正在拨弄琵琶。

叮叮淙淙三两声，并未成曲，不过是随手弹奏。

“凤姑娘起身了吗？”

丰息的声音忽然传来，凤栖梧一震，抬首环视，却未见其人。

“公子在正舱。”笑儿在旁道。

“请姑娘过来一叙。”丰息的声音又响起，清晰得仿若人就在眼前。

于是凤栖梧抱着琵琶起身，笑儿忙为她引路。

推开门，入眼的便是窗前背身而立的人，身形挺拔颀长，灿烂的阳光透窗洒在他身上，让他周身染上一层金芒。

听见开门声，他回过身来，抬手挥袖间，周身光华流动，竟比朝阳还要绚烂。他一双墨玉似的眼眸依旧黑漆漆的不见底，可她看着那双黑眸，总觉得那幽沉的眸子深处藏着脉脉温情，却不知那温情是为谁而藏。

“凤姑娘住得可还习惯？”丰息在榻上坐下，同时抬手示意她也坐下。

“栖梧早已习惯随遇而安。”凤栖梧淡淡地道，然后走近，在榻前一张软凳上落座。

“凤栖梧，栖梧。这名字取得真好。”丰息目光柔和地看着凤栖梧，这女子总带着一身凄冷的气息，“栖梧家中可还有人？”

听到丰息低低地唤着“栖梧”，凤栖梧漠然的眼睛里闪过一丝柔和的光芒，衬亮那一张欺霜赛雪的玉容，明艳夺目，引得室内四人都由衷赞叹。

“栖梧无家无亲，何处有梧，何处可栖。”凤栖梧声音缥缈，目光落在丰息的双眸上，似带着某种执着。

那样的目光让丰息伸出手，修长的手指拂开凤栖梧额前的发，指尖轻画她的眉眼。

眉如翠羽，目若星辰，肤如凝脂，唇若涂朱。

这张脸不着丝毫修饰，天生丽质，冷冷淡淡却自有一种清贵气质。

这是难得一见的绝色佳人，丰息行走江湖十年，已很久未见这等干净清爽的人物了。

“为什么？”丰息呢喃，问得毫无头绪，但凤栖梧听得明白。

凤栖梧轻轻合上双眸，任他的指尖轻扫面颊，感受他指尖带来的温暖：“因为愿意。”

是的，因为愿意，因为她心甘情愿。

丰息指尖停在她的下巴上，微微抬起，叹息般地轻唤：“栖梧。”

凤栖梧睁开眼睛，双眸清澈如水，未有丝毫杂质，未有一丝犹疑，映着眼前的他，清清楚楚地映着。

那双干净的眼眸中映出一双温和而无情的眼睛，丰息仿佛是第一次这般清晰地看到自己，到口边的话犹疑了，收回手，笑得优雅平静：“栖梧，我会帮你找一株最好的梧桐。”

凤栖梧的心一沉，刹那间刺痛难当——为何不是“为你种一株梧桐”？

“栖梧不大爱说话，那便唱歌吧。”斜身倚靠软榻，他还是那个高贵若王侯的丰公子，脸上还是永不消退的闲适浅笑，“栖梧的歌声有如天籁，让人百听不厌，我很喜欢。”

你很喜欢是吗？那也好啊，栖梧便让你听一百年可好？

“公子听过《思帝乡》吗？”凤栖梧轻声问道。

“栖梧唱来听听。”丰息闭上眼。

琵琶声响起，嘈嘈如细雨，切切如私语，默默倾诉。

春日游，杏花吹满头，陌上谁家年少足风流？

妾拟将身嫁与一生休。纵被无情弃，不能羞。[1]

清亮不染纤尘的歌声绕梁而过，从窗前飘出，回荡于江面之上。

江面宽广，阳光明媚，几丛芦苇，几叶渔舟，夹着几缕粗豪的渔人歌声，再伴着几声翠鸟的啼鸣，便成一幅画，明丽的画中绕着一缕若有似无的烟，若飞若逝。

妾拟将身嫁与一生休。纵被无情弃，不能羞。

那一丝纵被无情弃也不羞的无怨无悔，丝丝缕缕地痴缠，绕飞在江心之上，任是风吹也不散。

商州泰城。

此城地处商州南部，再向南便为尔城，尔城是商州的边城，与冀州相邻。本来尔城南侧还有戈城、尹城，但都在五年前被冀州吞并。

“好了，总算到泰城了。”泰城门外，风夕抬首看着城门上斗大的字，然后回首招呼一步三摇的娇少爷，“朴儿，你快点儿，咱们进城吃午饭去。”

“你有钱吗？”韩朴抱着空空的肚子有气无力地道。

两人此时倒是干净整洁的，除了韩朴面有菜色。

“没。”风夕拍拍布挨布的钱袋，答得十分干脆。

“没银钱你怎么吃饭？难道你想抢？”韩朴直起腰。不要怪他出言不逊，而是这些日子的相处让他觉得任何不正常的行为安在风夕身上都是正常的。

“抢？”风夕怪叫一声，摇头道，“怎么会，我堂堂白风夕岂会做这种没品的事？”

“你做得还少吗？我家的药你偷的抢的还少吗？”韩朴撇嘴道。想当初他对“白风黑息”这两位大侠多么崇拜啊，可现在看到了他们的真面目，只觉得这所谓的大侠啊，有时跟强盗无赖也差不多。

“嘿嘿，朴儿，关于你家药的事，那叫作行善。”风夕干笑两声，“至于今天的饭钱嘛，我会弄到的。”

“怎么弄？”韩朴以怀疑的目光睨着她。

“跟着我走就行了。”风夕瞄两眼韩朴，笑得别有深意。

被她一瞄，韩朴只觉着脑门一凉，颈后汗毛竖起，只觉不妙。

“快走呀，朴儿，还愣着干吗？”风夕催促他。

韩朴无可奈何，只得跟在她身后。

1　引自韦庄《思帝乡》。

两人入城，穿过一条街，再拐过两条街，便到了一条十分热闹的街道。

“到了。”

耳边听得风夕一声叫喊，韩朴抬头一看，前面一个大大的“赌”字。

“这不是饭馆，是赌坊。”韩朴叫道。虽然先生授课时，他总是能躲就躲、能逃就逃，但这“九泰赌坊”四字还是识得的。

“我当然知道这是赌坊。”风夕一拍他的脑袋，指着赌坊的牌匾道，“这九泰赌坊是泰城内最大的赌坊，口碑不错，从不欺生。”

“你难道想靠赌来赢钱？”韩朴猜测着她的意图，没费心思去想她一个女子而且号称“武林大侠”竟然会赌博。经过这几个月的相处，他对风夕的种种异常行为见怪不怪。

“朴儿，你果然聪明。”风夕赞道。

“你没赌本怎么赌？”韩朴狐疑，才不被迷汤灌晕，每当她夸他时，也代表着她在算计他。

“谁说我没赌本了？”风夕笑眯眯地道，脸上的笑容此刻与丰息有些像。

韩朴上下打量着她，最后目光落在她额间的饰物上：“难道你想用这东西做赌本？那还不如去当铺当些银钱可靠。”

“这东西呀……”风夕指尖轻抚额饰，惋叹，“这是家传之物，不能当的，要是能当我早就把它换吃的了。”

“那你用什么做赌本？”韩朴小心翼翼地问道，同时与风夕保持三尺远的距离。这一路来，他身上能当的东西早就当了，最后只留那一柄爹爹给他的镶着宝石的匕首，决不能让她拿去当赌本，若输了，以后去了地府，会被爹爹骂的。

“跟我来就知道了。”风夕手一伸便抓住了他，连拖带拉，把他拐进了赌坊。

两人一进赌坊，迎面而来的便是一股难闻的异味及震天的叫喊声。

“我们就玩最简单的买大小吧。”风夕拖着韩朴往人堆里挤。

韩朴一只手被风夕抓住，得空的手便捂住口鼻。

现在是十月末了，天气很冷，赌坊只开着一扇大门，里边的人却十分多，通风不畅，气味自然不大好闻。韩朴自幼娇生惯养，这些日子跟着风夕虽风餐露宿的，但并不曾真正接触过这些底层的人。此时他耳中听着他们粗鄙的叫骂声，眼中看到的是一张张贪婪的嘴脸，鼻中闻着他们几天几月甚至一年不洗澡带来的体臭及汗酸味，胃部一阵翻涌，好想立时离去，偏偏手被风夕抓住，动弹不得。

风夕拖着韩朴钻进人群，左穿右插地终于挤进了圈中。

“快买！快买！要开了！”庄家还在吆喝着。

“我买大！”风夕一掌拍下。

这一声极其清亮，把众赌徒吓了一跳，一个个都把目光从赌桌移到她身上。

一瞬间，本已分不清东西南北，记不起爹娘妻儿的赌徒们仿若被清水拂面，一个个激灵灵地清醒过来，一双双发红的眼睛看着眼前这白衣长发的女子，星眸素容，清新姝丽，仿若水中亭亭玉立的青莲，一时间便都有些神思恍惚。

“喂，我买大，快开呀！”风夕手一挥，带起一阵袖风，令众人回神。

这赌坊自开业至今，还是第一次有女人进来，是以庄家有些迟疑：“姑娘……是来赌的？”

“当然。”风夕的声音那是相当响亮又肯定。

庄家在这赌坊也有好些年头了，也是见过些南来北往的客人、奇奇怪怪的穿着打扮的，因此这刻定了定神，不再拘泥于眼前的客人是个女子，只是问道：“姑娘买多少？”

“这个呀……”风夕一把将扭着脑袋朝着外面的韩朴拖上前，“就他吧。”

“啊？”这一下众人再次傻眼。

“你……”韩朴闻言惊怒，刚开口便止了声——哑穴被点住了。

“你看看这孩子值多少钱？”风夕笑眯眯地问庄家。

“五银叶吧。”庄家道，看这孩子背影瘦瘦弱弱的，怕是干不了什么活儿，如今这世道，五银叶已是很高的价了。

“五银叶太少了吧？”风夕却和他讨价还价，手一扳，将韩朴的脸扳向庄家，“你看这孩子长得多好，眉眼俊俏，皮肤细嫩，比好些女孩子都长得漂亮呢。若是……”她诡异地压低声音，“若是卖到有钱人家当个娈童——肯定可卖到三四十银叶啦，我也不要那么多，就折十银叶如何？”

“这个……”庄家打量了一下韩朴，这孩子确实俊俏非常，只是眼睛里此时怒火升腾，看得他不寒而栗，忙移开目光，“好吧，就十银叶。”

“成交。”风夕点头，催促着庄家，“快开吧，我买大。”

于是，庄家叮叮咚咚地摇着色子，几十双眼睛盯着他的手，最后他重重地将骰盅搁在桌上，所有人的眼睛便全盯着骰盅看。

“快开！快开！”

“大！大！大！”

“小！小！小！”

赌徒们吆喝着，庄家吊足了众人的胃口，终于揭开了盖。

“哈哈……是大！我赢了！”风夕大笑，毫不客气地伸手捞钱。

“唉，晦气！”有人欢喜有人愁。

“再来！再来！”风夕兴奋地叫着。

于是风夕继续买，也不知是她运气特别好，还是庄家特别关照她，反正她买什么庄家便开出什么，几局下来，她面前已堆起了一堆银叶。

“今天的手气真是好呀！”风夕把银叶往袋里一收，笑眯眯地道，“不好意思，有事先走一步。”

“这就走？”顿时有许多人叫嚷道。她这是赢了钱就走？

“是呀，我很饿，要去吃饭了，改天再来玩。”风夕回首一笑。她一笑，眉眼烂漫如花，众人目眩神摇，迷迷糊糊中，她已牵着韩朴迅速走出赌坊。

走在大街上，风夕终于解开了韩朴的穴道。

“你……你竟敢拿我当赌本！你竟然要卖掉我！”韩朴穴道一解便尖声怒叫，才不顾街上人来人往。

“嘘！”风夕指尖点唇，似笑非笑地看着韩朴，“朴儿，你还想被点穴道吗？”

此言奏效，韩朴果然不敢再大声嚷叫，但满腔怒火无处发泄，气得全身颤抖，目中蓄满泪水，犹是不甘心地控诉着：“亏我这么信赖你，把你当亲姐姐，你竟然拿我去赌钱，还要把我卖去做……做那什么变童！”

“朴儿，这只是权宜之计啦。”风夕拍拍他的脑袋，仿若拍一只不听话的小狗。

“你若是输了怎么办？难道真的卖了我？”韩朴当然不信。

“岂会？”风夕断然反驳。

“哼，还算你有良心。”韩朴哼道。

哪知风夕紧接着道：“朴儿，你真是太小瞧姐姐我了，想我纵横赌场近十年，何时输过？凭我的功夫，当然是要大便大，要小便小，决无失手的可能！”她言下颇为自豪。

“你……”韩朴气结，然后一甩头转身便走，一边走一边生气地道，“我不要跟着你了！我也不认你当姐姐了！再也不要理你了！”

“朴儿，朴儿。”风夕看他那模样还真是恼了，忙拉住他，柔声安抚，“好啦好啦，刚才是玩笑啦。凭我的功夫，怎么会把你输掉呢？况且即便真的输了，我也会把你抢回来的，要知道，凭我的武功，便是那只黑狐狸来也抢不过我的！”

“哼！”韩朴虽被拉住，却扭着脸不看她。

“乖朴儿，姐姐答应你，以后再也不拿你做赌本啦。”风夕无奈，只有好言安慰。

“这可是你说的，说话要算数，再也不许拿我做赌本。”韩朴回头瞪她。

“嗯，说话算数。”风夕点头。

韩朴看着她，继续道：“以后无论怎样，你都不许拿我做赌本，不许卖掉我，不许厌烦我，也不许……也不许丢弃我！”他说到最后忽然抽抽噎噎，眼圈也红了，眼泪止不住地流下来。一股真实的恐慌感攫住他，他害怕真的被遗弃，害怕又是孤身一人，似大火烧起的那一夜，就算喊破喉咙也无人应。

“好，好，好，我全答应。”风夕见他落泪，不禁一叹，将他揽住，不再有戏弄之心，想着他惨遭家门剧变，一时心中又是怜又是疼，“朴儿，姐姐不会离开你的，姐姐会照顾你的，直到有一天你长大了。”她不知不觉中便说出了这样的承诺。

“你答应的，绝不许反悔。”韩朴紧紧地抱住她，生怕这个温暖的怀抱会突然不见。

“嗯。”风夕点头，然后放开他，擦了擦他脸上的泪水，“这么大了还哭，想当年我第一次独自出门都没哭过呢，哭的倒是我爹。好了，别哭了，先去找家饭馆吃东西吧。”

“嗯。”韩朴不好意思地抬袖拭去脸上的泪痕。

两人正要寻饭馆，忽然迎面来了一大群人，大大小小老老少少，有的赶着牛车，有的挑着箩筐，身上还背着大包小包的东西，皆是面黄肌瘦，满身风尘。街上行人纷纷让道，两人也被挤到了街边，看着这一群人穿街而过，直往泰城南门而去。

“唉，又是逃难来的。”风夕听得耳边有人叹息道。

“老伯，这些人哪儿来的？他们这是往哪儿去呀？”风夕问路旁一名老者。

“姑娘大概久不进城吧？”老者打量着风夕，“这都好几拨了，都是从鉴城那边过来的，主上又派大将军拓跋弘攻打北州了，这都是那边逃来的难民。”

“攻打北州？这是什么时候的事？”风夕闻言不禁一惊。

“都是一个月前的事了。”老者感叹着，“说来说去还不是为着玄极？这次又不知要死多少人！”

“玄极？”风夕眉头一皱。

“是啊！”老者一双看尽沧桑的眼睛闪着深沉的悲哀，“听闻玄极在北州出现，主上便说北王得了玄极竟然不献回帝都，乃存不臣之心，于是发兵讨伐。”

“不过是一个借口。”风夕自语。

“到了这里已经安全了呀！为什么这些人还要走呢？”韩朴问出了心中的疑惑。

若是避祸，泰城与鉴城之间已相隔数城，早已远离战火，那些人为何还要继续走下去？再往前就是尔城了，那又是边城。

“他们是想去冀州吧。”老者看向街尾，那边是南城门，出了门便是通往尔城的官道，“北州、商州之间战火不断，偏又旗鼓相当，每次开战，彼此都讨不到便宜。坐在玉座上的人无所谓，苦的却是百姓，动荡不安，身家难保。而冀州是强国，少有战火，且对于投奔而去的各州难民都妥善安置，因此大家都想去那里。”

“哦。”韩朴点点头，回头看风夕，却发现她的目光落向前方的某处。

那群难民中有一个六七岁的小女孩，想是饿极了，指着路旁的烧饼摊使劲地哭泣，她那憔悴的母亲百般劝慰，她只是啼哭不休，她母亲无奈，只好向摊主乞讨，却被摊主一把推开，跌倒在地。

老者目光也落在那儿，却只是深深地叹息：“每天都有这样的人，那烧饼摊摊主若是施舍，自己也不用吃饭了。唉，其实老百姓只是想吃口饭而已，才不管什么玄极玄枢的。”

风夕走过去，扶起地上的妇人，从钱袋里掏出一枚银叶递给她。

“多谢姑娘！多谢姑娘！”妇人简直以为遇到了神仙，忙不迭地道谢。

风夕摇头一笑，却怎么也无法笑得灿烂，回头牵起韩朴：“朴儿，我们走吧。”她抬首看天，天依旧那么蓝，阳光依旧明媚，却无法照出一片太平昌盛的土地。

“只想吃个饱饭……只是吃个饱饭而已。”

她喃喃地叹息，带着怅然，也带着一丝了悟。

第九章　几多兵马几多悲

等秋叶落尽，便是寒风猎猎，冬日降临。

景炎二十五年十一月底，天寒地冻，冷风刺骨，可在鉴城去往共城的官道上，依然有许多失去家园的百姓成群结队地南下。

他们顶着寒风，赤着脚或穿着草鞋，踩在结着薄冰的路上，听着怀中小儿因饥饿或寒冷发出的啼哭声，步履蹒跚地往共城走去。他们偶尔抬首看向天际，盼望着太阳能露露脸，让这天气稍稍暖和些，否则还未死于刀枪乱箭下，便会冻死、饿死在路上。

当大道的尽头——那似与天相接的地方——走来一道人影时，饿得饥肠辘辘的难民不禁停下脚步，看着那道纤尘不染的白影缓缓走近，所有人都以为那是自己饿得头昏眼花产生的幻觉。

天阴冷暗沉，那个人脸上却有着温柔和煦的微笑，仿佛三月的春日，让人看一眼便忘记了周身的疲惫与饥寒。

当那个人将一个大大的包袱打开递给为首的难民时，一阵食物的香气顿时四溢开来，更让那群饥寒交迫、濒临绝望的难民瞬间生出“这人是上苍派来救我们的神仙”的想法。

“这里面是些热烧饼，你们分着吃吧，暖暖肚子。”那人的声音清雅温和，带着淡淡的悲悯。

“谢谢神仙公子！谢谢神仙公子！”难民纷纷拜倒叩谢。

这些烧饼对某些人来讲，或许是不屑一顾之物，可是对此刻的他们来说，却是救命之粮。这人果真是上天派来救赎他们的神仙，也只有神仙才会有这般不染红尘的眉眼。

“不必如此，在下一介凡人，并非神仙。”那人弯腰扶起面前跪着的几位老人，并不在意他们一身的污垢，“都起来，那饼快趁热吃吧。”

难民们起身，感激万分地看着他。然后领头人将包袱里的烧饼分了下去，拿到饼的人尽管又冷又饿，却并不急着往嘴里塞，而是分给怀中的小孩子、递给身旁的老人，而老人只是撕下一点点饼，又递回儿女手中。

那人在一旁静静地看着，眼中悲悯之色更浓，微微叹息，转身离去。

“公子请等等！”难民中为首的人赶忙开口挽留。

那人停步。

领头的人低首恭敬地问道：“请问公子尊姓大名？”

那人沉默。

领头的人又道：“今日蒙受公子大恩，无以为报，只求公子告知名姓，我等铭记在心，好日夜为公子祈福，以偿大恩，以求心安。”

那人微叹，道：“这位大哥切莫如此，这不过是小事一桩。”

领头的人却再三恳求：“请公子告知我等尊姓大名。”

那人目光一扫，见众人皆望着他，终是轻声道：“在下玉无缘。”

“啊！”领头的人霎时双眼灼亮，满是惊喜，“原来是玉公子！”

难民们闻言亦纷纷围过来问好，个个都是满怀欣喜与感激。民间到处都有这位慈悲心肠、救人无数的“天下第一公子”的传闻，他们没想到今日竟有幸得见。

对于众人的欢喜，玉无缘只是淡淡一笑，道：“此地离冀州已不远，入城后去寻置民署，那里会给你们安置妥善的。你们吃完尽早上路，这天冷得很，老人孩子受不住。”

“多谢公子指点。”领头人连连点头，又道，“公子这是要北上吗？那边正打着仗，公子还是不要去了。”

“我知道。”玉无缘不在意地道，“在下有事先告辞了，诸位多保重。”说罢他拱拱手，转身离去。

“公子可要小心！”领头人看着离去的背影叫道。

玉无缘头也不回地摆摆手，踏步而去。

眼见着他的身影消失不见，领头人才继续给村人分发手中吃食，等到分完时才发现包袱的底下放着一个锦包，打开一看是一包金叶，数一数，有五十枚之多。这钱足够他们行到冀州，还能余下一些让他们在那边安置生活。

那一刻，所有人都向着玉无缘消失的方向跪下，以他们所知的最真诚朴实的礼节向他们的恩人致谢。尽管那人已不见，尽管那人也许听不到，他们依旧要说——

“多谢玉公子大恩！”

响亮的声音在天地间回荡。

北州乌城与商州鉴城之间隔着十里荒原，本无人烟，但此时荒原中旌旗摇曳，万马嘶鸣，杀气腾腾。

从十月初商州先锋第一次攻打乌城开始，两军已交锋数次，互有胜负，这互有胜负的结果便是北州乌城、商州鉴城几乎化为空城。商军因大将军拓跋弘率大军增援，目前略胜一筹，于是北军退出鉴城，商军则逼进北州乌城。

日暮时分，荒原上战鼓擂响，万军嘶吼，刀枪铮铮，旌旗蔽日。商州大军再次发动进攻，三面逼向乌城，以图一举破城。

随着商军的不断推进，乌城内北军备好了滚石檑木，拉开长弓羽箭，凝神静待。

一百丈……八十丈……五十丈……

双方的距离渐渐拉近，气氛越发紧张，双方大将皆手握令旗，眼见战争一触即发。

车辚辚，马萧萧，行人弓箭各在腰。

蓦然，荒原之上响起了一缕歌声，竟冲破腾腾杀气，于半空中萦绕。

耶娘妻子走相送，尘埃不见咸阳桥。
牵衣顿足拦道哭，哭声直上干云霄。
道旁过者问行人，行人但云点行频。
或从十五北防河，便至四十西营田。
去时里正与裹头，归来头白还戍边。
边庭流血成海水，武皇开边意未已。
…………
君不见，青海头，古来白骨无人收，
新鬼烦冤旧鬼哭，天阴雨湿声啾啾！[1]

那歌声沉郁悲怆，荒原上兵马数万，却是人人闻之动情。

双方大将那一刻都不由得忘记了挥下令旗，弓箭手缓下了拉弓的手，刀枪手放下了刀枪，无不是想起了家中的父母妻儿，一时心头悲怆，哪还有杀敌的锐气？

“北州、商州同为皇帝陛下的臣子，何苦自相残杀？”一道比风还要轻，比云还要淡的嗓音在荒原上响起。

“什么人？”北州乌城的守将跃上城楼，扬声喝道。

“在下玉无缘。”柔和的声音响起，仿佛人就在眼前。

“玉公子？”

“是玉无缘公子？”

…………

万军闻之哗然，所有人莫不引颈四望，便是两州大将也放目环视，想一睹那“天下第一公子”的真容。

“在下听闻两州之争因玄极而起。”那个平淡轻柔的声音再度响起。

这一次，千万大军循声望去，便见战场东面数十丈远处的山坡上立着一道白影，虽看不清面貌，但衣袂飘飘，仿佛随时会乘风归去的仙人。

“在下来此只为告知众位将士，玄极已为冀州世子获得。”玉无缘平淡轻柔的话语再次飘下，却霎时如巨石落湖，激起千层浪涛，万军震动。

1　引自杜甫《兵车行》。

“既然开战的理由已不存在，两州的将士何不就此止息干戈，也可免亲人‘哭声直上干云霄’，不是吗？”

正在万军震动之际，玉无缘柔和的声音清晰地传到每个人的耳中，然后众人便见远处白影一闪，很快便消失踪影，只余一声长吟。

君不见，青海头，古来白骨无人收！
新鬼烦冤旧鬼哭，天阴雨湿声啾啾。

霎时，荒原上一片寂静，除去偶尔的马嘶声，天地都是沉静的，只有那悲悯的叹息声袅袅不绝。

“哎呀，吃得好饱呀！好久没这么大吃一顿了！”

泰城一家饭馆前，走出揉着肚皮的风夕与韩朴。

“姐姐，你还剩多少银叶？会不会吃完这顿，下一顿又要隔个十天半月的？”韩朴瞄了瞄风夕的钱袋问道。

“呃。”风夕打了个饱嗝，摆摆手，“放心啦，朴儿，这次我一共赢了一百银叶，够我们用上三五个月的。”

“你一下子赢了这么多钱？”韩朴咋舌，然后马上拉住风夕的衣袖拖着她往回走，“你既然这么会赌钱，那干吗不多赢些？走，再去赌一回，至少也要赢个一年的饭钱啊！”

“朴儿——”风夕拖长声音唤道。

“干吗？”韩朴回头。

“笨！”风夕一伸手，狠狠地敲了他一个栗暴，“你爹难道没告诉过你，人要知足吗？知足者常乐，贪婪者必遭横祸！懂吗？要知道见好就收。”

“哎哟！”韩朴放开风夕，抱住脑袋，这一下敲得还真狠，让他的脑门火辣辣地痛。

“不过呢——”风夕一手托着下巴，打量着韩朴，“那韩老头可是十分贪财的，你随他也是可以理解的，只不过——”她手一伸，又拍在韩朴脑门上，“以后跟在我身边，相信你会成为一个两袖清风、受人尊敬的穷大侠的。”

“别拍我脑袋。”韩朴一把抓住风夕的手，皱着眉看她，“很痛啊！”

“好吧。”风夕不再拍他，手顺便在他脑门上揉揉，“为了补偿你，我带你去买新衣裳，顺便买辆马车，这么冷的天，走在路上风吹雨淋的，姑娘我实在受不了。”

听到风夕的话，韩朴抓住风夕的手放松了，但并没放下，只是看着风夕。

“走了，给你买新衣裳去。”风夕牵起他的手，转身找成衣铺，“朴儿，你喜欢什么颜色的衣裳？首先声明哦，你可不许挑那些贵死人的锦衣罗袍，将就一下，只要能保暖并合身就行了。嗯，至于颜色，不如还是穿白色如何？你既然成了我弟弟，那么当然也要跟我一样穿白色，我是白风夕，将来你就是白韩朴，如何？朴儿……”

她唠叨了半天，却发现身边的人一声不吭，不禁侧首看他，却见韩朴垂着头，沉默地迈着步子跟着她，放在她手中的手竟微微抖着。

“朴儿，你干吗不吭声？”风夕不由得停步，“是不是不高兴我不给你买漂亮衣裳？我告诉你哦，我可……”她的话忽然顿住了，只见韩朴抬首看她，一张俊秀的小脸上布满泪水，她立时有些慌了，“朴儿，你……怎么啦？难道我刚才敲得你太痛了？”

“姐姐。”韩朴扑进风夕怀中，抱住她，泪便蹭在她的胸前，“姐姐……姐姐……我知道……我都知道的。”

他出身武林世家，自然知道内功达到一定境界的人是不畏寒暑的，而对风夕来说，便是置身冰天雪地，她亦不会觉得寒冷。她都是为了他，才说要添新衣御寒、要买马车挡风遮雨，否则不会去赌钱，若她愿赌，便不会一路风餐露宿。想来赢那些人的钱，她并不是很乐意。

其实她根本可以不理他的，他们非亲非故，唯一的牵连便是那张药方。那药方虽珍贵，却也很危险，若被人知晓在她身上，必引天下人争夺，随时会有杀身之祸，可她还是带着他，没有丝毫怨言，一路戏谑玩耍中亦有对他的疼惜之情。

“朴儿，你一个男孩子心却这般敏感细腻，对你以后真不知是好是坏。”风夕一颗心软下来，拍拍怀中的人，无声地叹了口气。

“姐姐，以后朴儿也照顾你，照顾你一辈子。”韩朴郑重地许下承诺，却不知他的承诺有多重。

“行，我们先去买衣裳吧。”风夕抬起韩朴的脸，擦去他脸上的泪水，“你一个男孩子，一天哭上两次，羞不羞呀？”

韩朴脸一红，又把脸藏进风夕怀中。他喜欢这个怀抱，又暖又香，埋进这个怀抱，天地似乎都变得安详而宁静了。

很多年后，那个好穿白衣、好吟诗、好舞剑的风雾派开山鼻祖“雾影客”韩朴，此时不过是一个爱哭的、容易脸红的、喜欢赖在姐姐怀中撒娇的孩子。

“走啦。”风夕牵起他。

穿过街道，她并没有直接去找成衣铺，而是拐进一条偏僻的巷子里。巷子尽头是一座无人居住的宅院，高大的朱门已红漆斑驳，屋檐蛛网密织，门前的石狮一个倒在地上，一个依然把守正门，只是被灰尘枯叶落了满身。

走过去，风夕一挥衣袖，扫去立着的石狮上的灰尘，足尖一点，携着韩朴飞身落于石狮上，然后坐下。

两人坐在石狮上，就仿佛是在一卷发黄的苍凉古画上添了两个色彩鲜活的人，显得格外突兀。

“姐姐，我们不是去买衣裳吗？干吗跑来这里？”韩朴等了一会儿，不见风夕解释坐在这儿的原因，只好自行发问。

“等人。”风夕垂下一双长腿，一摇一摆的。

“等谁呀？”韩朴也学她坐下，摇晃着双腿。

“等某个不知天高地厚，竟敢跟踪我的人。”风夕微微眯眼，“若是他再不现身，可别怪我不客气了。”

她话音刚落，一道人影瞬间从暗处现身，垂首下跪，语气恭敬地道：“见过风女侠。”

“姑娘我既非你家长辈，也非官府大人，别动不动的就给我下跪。”风夕睨着那人，闲闲地道。

那人起身抬首看向风夕：“风姑娘还记得在下吗？”

风夕看着他，片刻后点头：“原来是你呀，这些年好吗？”

那人是名年约三十五的汉子，身材魁梧，浓眉大眼，本是十分英武，但脸上有一道从鼻梁直划至右下巴的伤疤，让那张脸看起来丑陋可怖。

“风姑娘还记得在下？”大汉见风夕还记得他，不由得惊喜万分。

“我记性还不算太差。”风夕微微一笑，“六年前乌云江上的三十八寨总寨主颜九泰，江湖上响当当的人物，我岂会不记得？”

“姐姐，那个乌云三十八寨不是六年前被你一脚踩平了吗？”韩朴在旁听得这话马上插口道。他对“白风黑息”的江湖事迹可是了若指掌的。

风夕一掌拍在韩朴脑袋上：“大人说话时，小鬼闭嘴。”

“我不是小鬼，我很快就会长得比你高了。”韩朴挺了挺胸膛。

颜九泰却笑笑，显然并不在意韩朴的话。

“颜寨主，从赌场跟到现在，你有何贵干？是想报六年前的仇吗？”风夕转头问颜九泰。

“风姑娘不要误会。”颜九泰赶忙摇头，“姑娘风采依旧，一进赌场便引人注目，九泰跟到这儿并非为了报仇，只是想报姑娘六年前的活命之恩。”

“哦？”风夕偏头想了想，了然一笑，“原来那个九泰赌坊是你开的，难怪我会被你发现。”

“是的，六年前我带着一些兄弟到了这泰城安家，我们这种强盗出身的人做不了什么大事，只能开些个赌坊、当铺什么的，这城中凡是有‘九泰’二字的，都是我们兄弟的产业。”颜九泰道。

“那也不错啊，至少是正正当当地过活。”风夕笑笑，“你这脸上的伤疤是因我留下的，你的命也是我留下的，两相抵消，你不谈报仇，也不必谈报恩。”

“不。”颜九泰却摇头道，“这伤是我咎由自取，但这活命之恩不得不报，否则我终生难安。”

“哦？你想怎么报恩呢？”风夕问道，眼珠子开始转圈儿。

韩朴看着，不禁替那个颜九泰担心，只怕他这恩不好报啊！

“在下愿跟随姑娘，为奴为仆，以效犬马之力。”颜九泰又一下子跪于地上。

“哦？”风夕眼中光芒闪烁，左手托着下巴，指尖十分有节奏地轻点面颊，“我本来还以为你打算送我些金银珠宝什么的，要知道我一向是很穷的，谁知道也只是这样而已啊！”

韩朴一听，心中暗叫“果然”，看来这颜九泰不赔光家当是送不走风夕这尊神的。

“呃？”颜九泰一怔，但马上反应过来，从怀中掏出一件银色虎形信物，“姑娘凭此物可在商州任何一家九泰赌坊、当铺中领取金银。”

“商州任何一家？”风夕来了兴趣，“看来这几年你混得不错嘛，整个商州都有你的铺子了。”

“还好。”颜九泰道，语气中却有着难掩的兴奋与自豪，“有姑娘的教诲，这些年我与兄弟在商州已有几十家铺子了。”

“啊！”风夕咋舌，“你现在是打算把这些铺子全送给我？”

此言一出，韩朴暗道好狠呀，风夕竟是要了人家的全部家当。这颜九泰估计要被吓跑了。

“只要姑娘要，全都可以给姑娘。”谁知颜九泰竟是一口应承下来，一点儿犹疑都没有。

“呃？”这下轮到风夕发怔了。她本以为这颜九泰大概也就是赠她些金银，感谢她的活命之恩，狮子大开口也不过想赶人而已，谁知……

“还请姑娘答应九泰，让九泰服侍在旁。”颜九泰似乎打算长跪于地，一点儿起来的打算也没有。

“姐姐，你是怎么救他的？”韩朴狐疑地看着风夕，好奇她做了什么，竟让他将人财物全部送出。

“颜九泰，你倒是个爽快人，不过这些我都不需要，刚才是开玩笑的。”风夕从石狮子上跳下来，扶起地上的颜九泰，“这些年你既和兄弟们创下了这份家业，那就好好守着，好好地过你们的日子。我独来独往惯了，不习惯也不需要人侍候。”

“姑娘，来前我就交代好兄弟们了，我走后这些家业就由他们主持。”颜九泰站起来，热切地看着风夕，“况且九泰光棍一个，并无家室之累。六年前我就发誓要服侍姑娘一辈子以报大恩，只是一直未找到姑娘，今日既然遇到了，九泰当然要跟随到底。”

“老天，竟是有备而来。”风夕叹了口气，然后头也不回地往后招了招手。

韩朴见之，赶忙跃下。

风夕手一伸捞住他，马上展开轻功，快速掠过颜九泰，边跑边道：“颜九泰，你回去就是报恩了。”

“风姑娘，你等等。”颜九泰立时拔腿就追。

大街上人来人往，风夕带着韩朴就似脚下踩着风火轮，一路飞掠而过。但那颜九泰昔日既为三十八寨总寨主，功夫自是了得，也是脚下健步如飞，隔着一丈距离跟在后头。

跑过九条街，转过十七个弯，跃过三十二道墙，回头看去，颜九泰依然不死心地跟在身后，风夕叹一口气，停下脚步。

“是不是我一直走你便要一直追啊？”在一条幽僻的巷子里，风夕放开韩朴，席地便坐，回头有些无奈地问颜九泰。

“是……是……”颜九泰喘息，“在下说过要服侍姑娘一生的。”

“我怕了你了。”风夕摆摆手，看看韩朴，再看看颜九泰，沉思片刻便点头道，“好吧，我让你跟着。”

“真的？”颜九泰听得这句话，顿时跪在风夕身前，双手执起风夕的双手轻轻抵于额前，“从今往后，九泰尽忠于姑娘，但有吩咐，万死不辞！”仿若誓言一般的话被轻轻说出，却沉重万分。

风夕看着他的动作，怔了片刻，然后轻声问道："你是久罗遗族？"

颜九泰亦是一呆，抬眸看着风夕，然后执起她的双手，垂目轻吻，未有丝毫亵渎之意，庄严肃穆："是的，九泰是久罗族的人。"说完，他放开风夕的手。

"久罗族，想不到六百多年过去，我竟然还能见到久罗族的人。"风夕凝眸深深地看着颜九泰，目光里似乎蕴藏着莫名的情绪，但随即挥手，"好了，你起来，以后跟在我身边不需要这么多礼节。"

"是，姑娘。"颜九泰起身恭敬地道。

"颜大哥，既然你在泰城这么吃得开，那么就请给我们备一辆马车，再给我这弟弟买几身衣裳吧。"风夕立时便偷起懒来。

"是。"颜九泰马上应下，又轻声道，"姑娘叫我九泰就行了。"

"怎么？你嫌我把你叫老了？"风夕眼一翻，人马上跳起来，"你本来年纪就比我大，叫你一声大哥刚好，难道还想我叫你弟弟不成？我没那么老吧？"

"不是，我不是那个意思。"颜九泰连连摆手。

"不是就好。"风夕又坐下，"颜大哥，麻烦你快点儿去买车买衣，顺便买些吃食，刚才这一顿跑，才吃下的东西又耗光了。"

"好，我马上就去办，姑娘请在此稍等。"颜九泰不再跟她争，马上转身办事去了。

北州渭城郊外的路边有家小店，老板是位守寡多年的妇人，卖些包子、馒头、白粥之类，小本经营，来的顾客也都是些往来城乡的百姓。

这一日清晨，老板才打点好一切，便有客上门。

"老板，请来四个馒头，一碗白粥。"

"好的，客官您先请坐，马上就来。"

老板正揭开蒸笼看包子是否熟了，眼前雾气缭绕看不清来客，模糊中只见一个白衣人走进了店里，在靠窗的桌前落座。

"客官，您要的馒头、白粥。"不一会儿，老板就端上了热气腾腾的早点。

"多谢。"本来望着窗外的客人回首道。

老板只觉眼前一亮，看着客人有些不舍得离去，毕竟这般好看的人物她平生还是第一次见到。

"公子……还要些其他的吃食吗？"

"不用了，老板且忙去吧。"客人垂首，端起面前那碗白米粥。

"那我给公子配些小菜可好？"老板一边追问，一边想着是端些萝卜干、酸豆角，还是去取新做的酱头菜，并没想能多做多少生意，只是想和这位公子再说说话。

"我看你不如和我走吧。"正在此时，一道张扬的嗓音插入，从屋外走进一人。

老板忙回头，一望之下，一颗心顿时怦怦直跳，暗想今天是什么好日子，怎么会有如此出色的客人上门来？若说方才白衣的客人淡雅出尘得不像凡人，那此刻进来的紫衣客人则像是人间尊贵的王侯，至于他身后跟着的男子，那已是漂亮得没法形容了。

“你来了。”喝着白粥的客人对新来的客人淡淡地一笑。

“无缘，你要吃这个？”皇朝扫了一眼他面前那四个白面馒头，有些难以苟同地摇了摇头。

“你也来尝尝。”玉无缘指指他对面的位子，“偶尔尝尝这粗茶淡饭，也别有一番滋味。”

皇朝走过去在他对面坐下：“你怎么会来这里？”

“随意走着便到了这里。”玉无缘道，回首招呼老板，“麻烦再来两碗白粥、十个包子。”

“好的，客官稍等。”老板赶忙答应。

“萧涧，你也坐下。”玉无缘又对站在皇朝身后的萧涧道，待看清楚他时，不禁有些惊讶，“你终于肯换白色之外的衣裳了呀！”

这个永远一身雪衣的人，今天竟然着了一身浅蓝色的长袍，淡化了几分冷厉，衬着他如雪的肌肤，整个人有如淡蓝的水晶，冷中带清，清中带润，周身光华流动，让人想要亲近，却又不忍触碰。

皇朝看一眼萧涧，忽地道：“我想你叫他‘雪空’，他会更高兴一些。”

“嗯？”玉无缘疑惑地看向他。虽然萧涧字雪空，但他们一向习惯直呼其名。

“几位公子，白粥热包子到。”老板又端来了粥与包子。

等老板放下东西，皇朝挥手示意其退下，然后看着玉无缘笑道：“因为白风夕说他适合穿有如天空一般的浅蓝衣裳，他第二天便换了装。白风夕还说他应该叫‘雪空’这样的名字才对，虽然他没有明说，但我改口叫他的字时，他眼里可是满满的乐意。”

“哦？想不到白风夕竟有如此大的魅力？我还真想见识一下。”玉无缘转头看向萧涧——萧雪空，发现他的眼睛又奇异地转为了浅蓝色，“‘雪空’这名字确实很适合你，特别适合现在这一身蓝衣的你，真的有如雪原晴空，很美丽。”

坐在玉无缘左首的萧雪空眼中那抹蓝色更深了，眼睛转向皇朝，嘴巴动了动，却终是因为对方是自己的君主而没有说出话来，最后只是伸筷夹起一个小笼包，一口吞下。

玉无缘看着他那模样，不禁也生出戏谑之心，笑道：“冀州好像还没有人生得比你更美，你若是个女人，说不定可与幽州纯然公主一较高下。”

“玉公子，我是男人。”萧雪空吞下一个包子，看着玉无缘一字一顿地道。他的言下之意是，男人怎么能说“美”，更不该与女人，特别是那个号称“大东第一美人”的纯然公主相提并论。

“那白风夕说你眼睛很美时，你怎么没反驳她？”皇朝却插口道。说完他端起面前的白粥，吹一口气，然后喝下。

萧雪空看着皇朝，张了张口，还是说不出话来，最后只得低头吃包子。

玉无缘一笑，不忍再逗他，转而问皇朝：“这一趟如何？”

“很好。”皇朝只是说了简单的两个字，然后看着他道，“一言息两州干戈，好厉害的玉公子。”

“何必添那么多无辜冤魂？”玉无缘夹起一个包子。

“世上冤魂无数，何况，到时一样会死人。”皇朝定定地看着他。

“那到时再说，现在能免则免。”玉无缘吃完一个包子，放下竹筷，看着皇朝，“况且我等于代你告诉天下玄极选择了冀州皇氏，这不正是你想做的吗？若是商州敢借玄极之事，像攻打北州一般进犯冀州，你不正好可趁机再拿下几座城池，或是……将其整个吞下吗？”

皇朝没有说话，只是面上的神情显然是认同了玉无缘的话。

“至于北州、商州相争，你这渔翁是可得利，但你也不想要破破烂烂的山河，不是吗？”玉无缘看着皇朝，目光幽深，“所以不妨留待你亲自收拾。”

皇朝挑起眉头，道：“我心中所想，你似乎总能一眼看清。”说完，他瞟向正在忙碌着的老板。

“不要动她。”玉无缘眸中光芒一闪，手按住了萧雪空刚抓上剑柄的手，“这些话就算她听了又能怎样，何必滥杀无辜？”

皇朝摆摆手，示意萧雪空住手，有些无奈地看着玉无缘：“就是你这菩萨性子让我无可奈何。”

玉无缘淡淡一笑，问：“下一步打算如何？”

“当然是回去，我这一次出来收获颇丰。”皇朝言下似隐深意。

玉无缘沉吟片刻，道：“去幽州吧。”

“幽州？”皇朝浓眉微挑。

“是的，大东最富饶的幽州，有着大东第一美人的幽州。”玉无缘看向窗外。

“幽州吗？”皇朝目光落在面前的半碗白粥上，伸手端起，然后一口气喝完，将碗搁在桌上，目中金芒灿灿，“也是，是时候了。”

“嗯。”玉无缘点头，“早去早好。”

“去幽州也可先回冀州的。”皇朝站起身往外走。

玉无缘也站起身来，转头望向老板，浅浅一笑，似感谢她的招待，往外走去。

萧雪空从袖中掏出一片银叶放在桌上，跟上两人。

第十章　断魂且了冤魂债

“姐姐，为什么让他跟着？”

无人的小巷内，韩朴扯着靠墙闭目休息的风夕问道。

“因为他要跟着啊！”风夕闭着眼答道。

“你才不是这么好讲话的人。”韩朴撇撇嘴道，“你让他跟着是不是有什么目的？”

“朴儿，你听过久罗族吗？”风夕终于睁开眼睛看着他。

“久罗族？”韩朴想了想，摇头，“没听过。”

“嗯，你没听过也是理所当然的。”风夕仰头，目光透过小巷投向远空，“毕竟久罗被灭族已有六百多年，自灭族当日即成禁忌，世人当然不知道久罗山上曾经有一个久罗族。”

“为什么会被灭族？”韩朴不解。

风夕沉默片刻，然后轻轻叹息：“灭族之因早已湮灭于历史，不提也罢。只是自那场灭族的浩劫之后，久罗族幸存者寥寥，他们若孤魂般游荡于天涯海角，终生不得重回故里，直到近百来年，他们才偶尔露面，却终只是昙花一现。”

韩朴没有风夕那么些感慨，想着颜九泰刚才的言行，问：“他刚才就是向你立誓吗？”

“是的，刚才便是他向我尽忠的誓言。‘但有吩咐，万死不辞’，便是我叫他去死，他也会去的。”风夕颔首，神情却悲喜莫名，“既然他六年前就打定主意要跟着我，那么今日相遇，他不达目的绝不会罢休，他会一直追，追到我点头或他死的那一天。”

韩朴想起方才颜九泰追人的那股劲头，心有戚戚焉。

“这么多年过去了，我们风家一直在找寻久罗后人，没想到今日竟让我遇上了。”风夕轻轻抚着韩朴的脑袋，目光缥缈，仿佛落向那遥远的六百年前，带着深沉的惋叹，“所以他想要跟就跟着吧，或许风家与久罗族人就是这般有缘，况且以后……我还有求于他呢。”

“这世上难道还有什么你办不到却需要求他的事？”韩朴不信，在他心中，风夕是无所不能的。

“哈哈。”风夕闻言轻笑，有些怜爱地刮了刮韩朴的鼻子，“这世上我办不到的事多着呢。”话音未落，风夕蓦然敛笑，手一伸，抱起韩朴，飞身而起，迅速倒退三丈。

只听叮的一声锐响，他们原来站着的地方钉入一支长箭，箭头深深嵌入石板地中，尾端犹自震颤，足见刚才这一箭来势之快，力道之猛。

韩朴看着地上的长箭，一颗心差点儿蹦出胸膛，那一箭所射的地方正是他刚才所站之处，若风夕慢了一步，他定被长箭穿胸而过了。

“什么人？”风夕喝道。

她话音刚落，长箭已如雨般从巷子两旁的屋顶上射下。霎时，她无暇顾及来者何人，将韩朴护进怀中，袖中白绫飞出，气贯绫带，绕身而飞，在周身织起一道坚实的气墙，所有飞射而来的长箭不是坠落于地，便是被白绫带起的劲风折断。

当箭雨停下，风夕白绫一缓，冷冷一笑：“哼！没箭了吗？”说着她将韩朴放下，然后足尖轻点，人如白鹤冲天而起，落在左边的屋顶之上，便见前方几抹黑影飞快远去，顿时飞身追去。

在风夕追敌而去后，右边的屋顶上跳下四人，落在韩朴身前，将他围在中间，四人皆穿一身黑衣，凶神恶煞。

韩朴心头一颤，拔出匕首横在胸前，戒备地看着这四人，尽管在心里对自己说“不要怕，不要怕”，但依然止不住两腿发抖。

当四人拔出兵器时，韩朴瞳孔收缩，面色惨白，厉声叫道：“是你们！”

他不认得这些人，可他记得这些人拿刀的姿势，他记得这些人手中的刀，刀背上刻着骷髅图案，在挥动之时便如恶鬼修罗！就是这些人！就是他们杀害了他的爹娘！就是这些人放火烧了他的家！这些人就是他的仇人！

“将药方交出来！”一名黑衣人冷冷地道，目光如毒蛇般盯住韩朴，“若非你们在赌坊那儿露脸，我们还真想不到韩家竟还留下你这个活口！既然韩老头将你保下，药方自然也在你身上，聪明的话就快点儿交出来，免得死前受罪！”

“哼，你们这些恶人还想要药方，药方早被你们烧成灰了！”韩朴恨恨地瞪着黑衣人，“我本以为永远也找不到你们为爹娘报仇，想不到今日你们竟主动出现在我面前，也是老天有眼！”

“就凭你？”另一名黑衣人轻蔑地笑道，上前一步，手中大刀一挥，冲着韩朴当头劈下，“既然你没有药方，那也就无须留你性命！”

眼见大刀迎面而来，韩朴迅速躬身躲过那一刀，然后顺势向那名黑衣人扑去，手中削铁如泥的匕首直向那人握刀的手刺去，唰地便在那人腕上划下一道伤痕，那人手腕一痛，咚的一声，大刀落地。

这一变故来得突然，霎时五人都呆愣片刻。

韩朴想不到会一举得手。

那黑衣人则本以为杀一个孩子是手到擒来的，根本未将韩朴那点儿微末武艺放在眼里，大意轻敌以致失手受伤。

“该死的小杂种！”那名黑衣人垂头看着流血的手腕，顿时叱骂出声。

伤口虽不深，但伤在一名小孩手中，实是奇耻大辱，他当下用左手拾起地上的刀，运力于臂，刀挟着劲风，再次劈向韩朴，这一刀老练而迅速，力道刚猛。

韩朴根本无法闪避这一刀，当下反而冲着刀光扑去，右手紧握匕首，直刺那人胸口——就算无法逃命，他至少也要杀一个仇人！

在手中匕首狠狠地刺入仇人胸膛之时，韩朴闭上眼，等待着大刀劈裂身体的剧痛，同时有什么温暖的液体洒在脸上，浓郁得令人作呕的腥味散开。只是等了片刻，并没有等到冰冷的大刀刺入身体，周围死一般的沉寂，他不禁悄悄睁开眼睛，却看到一张双目圆瞪，惊怖异常的脸就在眼前一尺。“啊！”他吓得迅速后退，脚下不稳，顿时一屁股跌坐在地上。

这个时候，他才发现那黑衣人的手依旧高高举着，只是手中的刀被一根白绫绞住，胸口上插着自己的匕首。

“哎呀，真不愧是我弟弟呀！”

耳边听得风夕轻快的笑声，韩朴惊喜地回头：“姐姐！”

风夕正坐在屋檐边，晃着两条长腿，手中牵着白绫一端，悠闲自在。

“杀了他！”

他又听得冷喝声，颈后劲风袭来。

“哼，敢在我面前杀我的宝贝弟弟？都活得不耐烦了！”

韩朴未及反应，只觉得身子一轻，腾空而起，待回过神来，人已站在屋顶之上，风夕却不见了。他往屋下看去，只见一团白影卷着三名黑衣人，黑衣人手中刀光闪烁，招式凌厉，但每每全力砍向那团白影时，都如同砍在一泓流动的水上，什么都砍不到，刀反被带动，随波逐流，而那团白影越收越紧，黑衣人招式无法施展开来，不到片刻，已是气喘吁吁。

“不过这么点儿本事，竟敢在我面前放言杀人！给我放下吧！”

风夕冷笑一声，叮叮叮数声脆响，便见三把大刀掉落在地，然后白影一收，战斗结束。

三名黑衣人一动不动地立着，而风夕依旧神态悠闲地站着。

“朴儿，下来。”风夕回头招招手。

韩朴跳下来，一把捡起地上的刀就往黑衣人身上砍去。

“朴儿！”风夕立时伸手将刀捉住。

韩朴回头，哑声叫道：“就是他们！就是他们杀了我全家！”

“我知道。”风夕手下微一使力，刀便到了她手中，“我还有话要问他们。”说着她转头面向黑衣人，笑眯眯地道，“几位大哥，能不能请教一下，你们为什么一定要得到韩家的药方？按说韩家那么多药全被你们搜刮走，凭你们的武功，足够你们用到死啦。”

三名黑衣人并不理会她的问话，虽被点住穴道不能动弹，但眼睛死死地盯着她。他们三人虽不能说是顶尖高手，但身手皆是一流，可三人联手都败在这女人手中，她到底是谁？

“三位大哥——”风夕将声音拖得长长的，笑容更加灿烂，“再不说话，可别怪我割你们的舌头了。”

“你是何人？”其中一名黑衣人问道。

“你们不知道我是谁？”风夕怪叫一声，然后满脸的委屈，“朴儿，他们竟然不知道我是谁。不都说我形象特别，让人印象深刻吗？怎么这几人就不知道我是谁呢？”

“哼，我来告诉你们她是谁！”韩朴又捡起一柄刀，走到一名黑衣人面前，伸直手臂，刀尖对着黑衣人的额头：“姐姐，我在这上面画个和你额头上一模一样的弯月好不好？”

“不好。”风夕摇头，“姑娘我戴的这枚月饰叫‘素衣雪月，风华绝世’，他们若是也弄上这么个弯月就太糟蹋了，回头月娘要找你算账的。”

听得他们的对话，三名黑衣人都望向风夕额间，看到那枚弯弯的雪玉，心脏一阵紧缩。

“你是白风夕？”

“嘻，原来你们知道我是谁呀！”风夕闻言笑得甚是和蔼可亲，只是手中的白绫在空中乱舞着，仿佛随时会缠上三人的脖颈，“那你们也应该知道我白风夕是个大好人啦，所以只要三位断魂门的大哥将你们背后那个人是谁告诉我，我就马上让你们走。”

三人闻言，脸上顿时露出极度惊骇的神情，看着眼前明媚的笑颜毛骨悚然。他们五年前虽未入门，但都听门中前辈说过“白风黑息”灭掉断魂门的事，记得那些号称“煞星”的前辈脸上的那种恐惧之色，也被告诫过：遇上阎罗王也比遇上“白风黑息”好！

砰！砰！砰！三人倒地，口鼻间黑血直流。

“他们……他们自尽了！”韩朴惊恐地看着地上的三具尸体，他们刚才还是三个活生生的人。

“他们既不能逃，又不能说，当然只能死。”风夕冷冷地看着地上的尸体，收起白绫，拍拍手，“自尽也好，省得弄脏我的手。断魂门的人……哼，便是死一万次也不足以抵消他们的罪！”

韩朴扔下手中的刀，有些恶心地看着三人的尸体。他当然知道断魂门是这世上最残忍、最恶毒的门派，做着杀人的买卖，以极其残暴的手法夺人性命，还买卖蹂躏妇人和幼童，禽兽不如，死了也活该！

“姐姐，你干什么？”韩朴见风夕在尸体上翻来翻去，似在找寻什么。

“就是这个了！”风夕从一个黑衣人怀中掏出一根手指长的管状东西。

“这是什么？”韩朴问她。

风夕拔开长管的盖子，一股有些甜腻的香味弥散开来：“这叫百里香，是他们断魂门的人联络用的。”

“你是要用这个引来刚才你没追到的那几个断魂门的人？”韩朴稍一想便知道了她的目的。

“不是没追到，是没有去追。”风夕站起身，“我若去追了你还有命在吗？”

“没有。”韩朴老实地答道，刚才的黑衣人随便一个便可要了他的命，“你引他们来干吗？他们不是宁死也不肯说吗？”

“哼，透不透露并不重要，只是决不能让他们泄露我们的行踪，况且我决不允许断魂门的人在我眼皮底下逃生！让他们走脱定只会增添更多的冤魂！”风夕将管子抛上半空，让那股香味随风飘散得更远更广。

过了一刻，嗖！嗖！嗖！从屋顶之上跃下三道黑影，看到地上的情形俱是一怔。他们本以为同伴得手了，发信号引他们会合，谁知看到的竟是同伴的尸首。

"你们是愿意告诉我收买你们的人是谁，还是要和你们的同伴一样的下场？"

一道冰冷讥诮的声音响起，三人心头一凛，瞬间便见一道白影落在尸首之旁，冷风吹过，撩起那人长长的黑发，遮住她一半的容颜，看不清面貌，只是一身杀气，本已十分寒冷的冬日因着她更增几分冷透骨的杀意。

"断魂门又是何时死灰复燃的？"风夕目光冰冷地看着三人。

三人不发一言，手起刀落，配合默契地从三面砍向风夕。刀光凛凛，霎时，整条小巷都被一股凌厉的杀气充斥，韩朴站在三丈外都觉得皮肤刺痛。

而风夕就站在他们中间，神态从容地面对三面袭来的刀光，就在刀尖将抵她身，韩朴几欲失声尖叫时，她身形忽如风中杨柳，随风轻轻一摆，姿态优美如画，瞬间便跳出三人的包围圈。

"五鬼断魂！"三人大喝一声，身形飞起，刀如浪卷，猛烈霸道，直扑向还在半空中的风夕，那种凌厉的劲道，似可将半空中的人绞成碎末！

"姐姐！"韩朴失声尖叫，闭上眼不敢再看，害怕见到一堆血肉从空中飞落。

"这就是你们门主隐匿五年所创的绝技吗？不过如此！"

半空中响起风夕冷冷的声音，韩朴不禁睁开眼睛，那一刹那，他看到一道白虹从天而降，化为无数白龙飞扫天地，场中早已看不清人影，全为刀光龙影所掩。

"五鬼断魂有何可惧？！"

霎时，无数道白影在半空中凝聚，有如巨龙，昂首探爪，气吞天地！

"啊！"韩朴只听得凄厉的惨叫声，叮！叮！叮！有断刀从空中落下，接着三道人影从半空中跌落，然后光芒散开，露出半空中那足踏白绫，傲然而立的白衣人，冷风振衣，黑发飞扬，额间雪玉光芒炫目，仿若驭龙的神祇。

就在那三道人影从半空跌落，距地面丈余时，足踏白绫的人又一挥手："让我送你们这些恶鬼入地狱吧！"霎时，她脚下白绫直追三人，不待人眼看清，已化为一抹白电，在三人颈前一闪而过。砰！砰！砰！三具尸首摔落于地。

"你们若不是断魂门的人，我或许还可饶过你们，只可惜……"

风夕轻飘飘地落地，冷淡地看着地上三具尸首，手中飞舞着的白绫终于无声地垂落于地。

韩朴屏住呼吸，目瞪口呆地看着风夕，眼前这个人——眼前这个一身煞气满面肃杀的人，真的是白风夕吗？真的是一路上那个言行张狂、笑怒随性，却仁心仁义的风夕吗？

他缓缓移步过去，只见地上那三人脖子上皆有一道细微的血痕，那都是为白绫所划。他至今日才算见识了风夕绝世的武功，在他家大闹寿宴的那次只能说是儿戏，与皇朝比试的那次彼此点到为止未见真章，这一次才是杀人！

一根柔软的白绫在她手中可比宝剑更利！这样的武功高得可怕，已不像是常人所能拥有的境界，至少是他想都不敢想的境界！

"朴儿，没事了。"风夕收起白绫，回首看到一脸惊惧的韩朴，神情瞬间恢复温和。

"姐……姐姐，你的武功……你的武功为什么这么高？这是什么武功？"韩朴犹是难以置信地问道。

她的武功已是如此惊世骇俗，那与她齐名的黑丰息武功定不会比她低。难怪她敢不将冀州世子放在眼中。确实，“白风黑息”不是已雄视武林十余年而无敌手了吗？

“我的武功呀，嘻嘻……挺杂的。”风夕轻轻一笑，又变回了那个嬉笑无常的人，“有家传的，也有偷学的，还有被迫学的，很多啦。”

“那你刚才使的那叫什么武功？就是刚才那一招，好厉害啊！”韩朴一边说一边比画着，满脸艳羡。

“那招呀，叫龙啸九天，只是家传武功中的一式而已。”风夕偏着头笑道，“本姑娘最厉害的绝招应该是凤啸九天啦。”

“什么？”韩朴惊叫道，“刚才的还不算最厉害的？你还有更厉害的？”

“是啊！”风夕轻轻地点头，“我出道至今只对一个人用过那招。”

“那对谁用过？他还活着吗？”韩朴只关心这个，刚才的招式已是这般厉害，那什么凤啸九天之下还能有活人吗？

“当然还活着啦，就是那只黑狐狸嘛！”风夕撇撇嘴，似有不甘，“只有那家伙才接得了我的凤啸九天，不过我也接下了他的兰暗天下，不分胜负。”

“果然。”韩朴讷讷地道，也只有那个丰息可以做到这个了，否则怎配与她齐名？“姐姐，你为什么特别憎恨断魂门？”他恨断魂门是因有灭门之仇，可思及刚才风夕的举动，似乎对断魂门深恶痛绝，好像不允许一个断魂门人存活于世上，这等痛恨竟不亚于他。

风夕抬首看向天空，半晌不语，神思幽远，仿佛坠入了某个回忆的时空中，就在韩朴以为得不到答案时，她却开口了，声音极其淡，极其轻，若一缕飞烟飘在空中。

“我才出江湖时年纪不大，好像那年是十二岁吧。那是我第一次出远门，没什么江湖经验，以为是行侠仗义，结果被骗光了钱，又染上风寒，倒在路边都快死了，后来被一个小姐姐救起。她将我带回她家，请大夫医治，把我当她的亲妹子般照看。”

韩朴听着，心思却在那句“以为是行侠仗义，结果被骗光了钱”，难道说如今无所不能的白风夕当年也曾经很笨？

“那位小姐姐名唤白玉，人如其名。她特别喜欢看那些传奇话本，喜欢听那些英雄美人、侠客豪杰的故事。我病好后便再次闯荡江湖，并与她约定一年后回去探望她，将这一年的江湖经历都告诉她。”

风夕说到这儿，脸上浮起淡淡的笑容，目光恬静温柔，只是下一瞬，她目中浮起冰雪般的寒意，笑容亦如日下薄雾，轻轻化去。

“可等到一年后我回去，才知道她家都被灭门了。”

“啊！”韩朴不由得惊呼，同时想起了自家，“也是断魂门干的？”

风夕颔首：“十余年前的秣城白家，那也是大东赫赫有名的富商，却在一夕间为断魂门所灭。我后来查到这件事是她父亲生意上的对头花钱收买断魂门做的，断魂门杀死了白家所有男丁，却将她与一干女眷卖到妓馆，等我找到她时已是三年之后。其间她被几次转卖，受尽摧残，早非昔日美如白玉的白玉，而是骨瘦如柴、脏病缠身！我将她从妓馆接回来，可无论请多好的大夫、用多好的药，都救不回她。五个月后，她死了。”

她咬住嘴唇，脸上浮起痛苦的神情，永远明亮的眼睛也变得黯然。

“那五个月里，我亲眼看着病痛对她的折磨，对断魂门的恨也就刻到了骨子里。所以安葬她之后，我想法子让那个买凶人倾家荡产，五年前踏平了断魂门！可是，断魂门里流成河汇成海的血也不曾浇灭我心中的恨！”

风夕转头看着韩朴，曾经清亮无瑕的眸子此刻如明镜蒙尘，蒙眬而遥远。

“姐姐。”韩朴忍不住抱住风夕。

“朴儿，今天你已亲手杀了一个人了，就算为你父母家人报仇了，以后不要再杀人。”风夕弯下腰环住韩朴，将他圈在臂弯中，仿佛要为他筑起一道遮风挡雨的墙，“杀人并不能让人开心，就算是为了报仇，血洗血永远也洗不清、洗不完。断魂门的余孽我都会了结的，所以你的手不要弄脏了。”

“姐姐。”韩朴只觉得鼻子酸酸的，眼睛涩涩的。

“朴儿，我希望你是一个善良而纯洁的人，就像我当初遇到的那个小姐姐，这世上已很少有这样的人了。”风夕蹲下身来，用衣袖揩去他脸上的泪痕与血污，还那张俊秀的小脸纯净无瑕。

这时，巷口忽然传来车轮碾过路面的声响，一辆马车驶进巷子，颜九泰从车上跳下，看到眼前情形，顿时一脸惊诧：“姑娘！”

“颜大哥，你回来了。”风夕抬首，神色已恢复平静。

“姑娘，这是怎么回事？”颜九泰问道。

“不过几个小贼，不用理会。”风夕站起身，淡淡地道。

颜九泰捡起地上的竹箭，细细看了一会儿，道：“这种竹叫长离竹，只有幽州的长离湖畔才有，姑娘得罪了幽州什么人吗？”

“幽州？”风夕眼中寒光一闪，拾起地上的竹箭，片刻后对颜九泰道，“颜大哥，麻烦叫你的兄弟处理一下这些人，我们要尽快离开这里。”

“是。”颜九泰应道。

他转身走出小巷，过了片刻回来，身后跟着几人。

“姑娘，这里就留给兄弟们处理，我们可以上路了。”

“嗯，我们走吧。”

三人登上马车离了泰城，一路往南行去。

离开泰城后，因为有马车坐，风夕再次展现她的无敌睡功，这可苦了好动的韩朴。

颜九泰找来的四轮马车极为舒适，车厢约一间小屋大，其中以木门隔为内厢、外厢，四壁皆铺以厚厚的锦毯，让车内温暖如春。深红的床褥中，风夕抱着锦被正迷糊，一头长发蜿蜒，铺在榻上、毯上，靠在榻边的韩朴正抓了一缕在手中扯着，盼望能扯醒她。

“姐姐，你别光顾着睡啊！”

“朴儿……你别吵啦……让……让我好好睡一觉。”

两人正拉扯着，木门被敲响，颜九泰走了进来："姑娘，你吩咐我买的点心买来了。"

本来还一脸瞌睡的风夕听到有吃的，马上跳起来："颜大哥，你回来得真是及时，我正饿了。"

"姑娘，我刚才在街上听得一个消息，说幽王要在明年三月为纯然公主选亲。"颜九泰将点心递与她，道。

"为那个大东第一美人选亲？"风夕闻言，本来伸出的手顿住了。

"对，听说幽王已诏告天下，此次选亲不论贫富贵贱，只要是公主金笔亲点，便可为驸马。"颜九泰道。

风夕推开面前的点心，坐起身来，神情是少有的严肃，让颜九泰与韩朴都有些奇怪，弄不明白为何一个公主的选亲会让这个向来游戏人间的人这般重视。

"幽州公主现年也近二十了吧，迟迟不选亲，却要在明年三月选驸马。"风夕目光投向车顶，呢喃自语。

"姐姐，那个公主选亲跟你有什么关系，干吗这么紧张？"韩朴问道。

"或许是要开始了。"风夕似未听到韩朴的话，依然喃喃自语，片刻后她脸上露出笑容，眼中闪着兴趣十足的光芒，抬首看向颜九泰，"颜大哥，我们去幽州。"

"好的。"颜九泰应道，并不问她为何，"是取道冀州还是取道王域？"

"从冀州过吧。"风夕恢复轻松的神情，又捡起点心往口里送。

"我们为什么要去幽州？"韩朴不死心地扯着风夕的衣袖问道。

"当然是去看大东的第一美人了！"风夕睨他一眼，"顺便再看看她会选个什么样的驸马。"

"大东的第一美人？会比你还美吗？"韩朴又问道。

"喀喀……喀喀……"被韩朴一言惊到，风夕呛得直咳。

"我又没和你抢，你干吗吃这么急？"韩朴大人似的拍拍风夕的背，真是的，现在不缺吃不缺穿的，才用不着抢了，让颜九泰跟着真是对极了！这世上除了这个颜九泰外，大概也不会再有哪个仆人会捧出自己的全部家当来侍候一穷二白的主人了吧？

"姑娘，喝水。"颜九泰看着咳得脸颊通红的风夕，实在不忍，忙倒了杯水递给她。

咕噜！咕噜！风夕赶忙喝下，末了拍拍胸膛，顺一口气："唉，我不吃了，我要睡觉。"说完她还真倒向榻上。

"不要睡啊！"韩朴抓住她，"你睡了我干什么？"

"叫颜大哥讲故事给你听吧。"风夕打了个哈欠，挥挥手。

"对哦。"韩朴眼睛一亮，"颜大哥，你就讲当年姐姐是怎么破了你们乌云三十八寨的好不好？"

"那有什么好讲的？要知道那一次我可差点儿被他们乱箭射成马蜂窝。"风夕抱着棉被嘀咕道。

"这样呀，那就讲姐姐当年一人踏平青教十七座堂口的事吧。"韩朴再提议道。

"那更没讲头了，那一次在他们总堂，我差点儿被烧成焦炭。"风夕又嘀咕着，不过声音有些闷，人差不多已埋进被子里了。

“那就讲三年前姐姐单骑闯枭山，为北州从强盗那里夺回五十万石赈灾粮的事。”

“那也不好玩，我差点儿被他们用火药炸成肉末。”

“这也不许讲，那也不许讲，那还有什么好讲的！”韩朴撇撇嘴。

“可以叫颜大哥讲什么中山狼、报恩虎的故事给你听。”

“我才不要听，我只想听与姐姐有关的事。”

风夕从棉被中伸出一只手，左摇右摆：“要讲故事别讲到我头上，故事一般是死人的事，等我死后才可以讲。”

“可是……”

“啊呵……”风夕打了一个哈欠，手收回被中，“别吵我，我要睡觉了。”

“姐姐。”韩朴走过去摇晃她，“姐姐。”

风夕却自顾自地睡去，不再理他。

“你为什么要跟着姐姐？”见风夕睡着，韩朴走回颜九泰面前问道。他实在不明白这个站出来也是威震一方的人，为何甘愿为奴为仆，只为跟在风夕身边。

颜九泰一笑，未答。

“说呀！”韩朴不依不饶。

“你又为何要跟着她呢？”颜九泰反问道，丑陋的脸上有一双精光灼灼的眼睛，他并不将眼前之人当作一般的小孩。

韩朴哑然，两人对视片刻，韩朴移开目光走回榻前：“我也睡觉。”

说完他掀开被子钻进去，抱住风夕一只手臂当枕头。

“你？”颜九泰愣了愣，想想男女七岁不同席，可眼前……

韩朴瞪着他吐吐舌头，做个鬼脸：“这一路我都是这样抱着姐姐睡的，你眼红呀？眼红也没份儿，你去睡外厢。”

颜九泰终只是笑笑作罢，自顾自推门出去。

第十一章　春风艳舞勾魂夜

杯酒失意何语狂，苦吟且称展愁殇。
鱼逢浅岸难知命，雁落他乡易断肠。
葛衣强作霓裳舞，枯树聊扬蕙芷香。
落魄北来归蓬径，凭轩南望月似霜。[1]

"朴儿，你小小年纪背这诗干吗？换一首吧。"

旖旎的长离湖畔，杨柳青青，春风剪剪，斜日暖暖，湖光朗朗，正是三月好春光。一辆马车慢吞吞地走着，童稚的吟哦声从车内传出，夹着一个女子慵懒无比的声音。

"姐姐，朴儿背的是青州惜云公主的诗作，朴儿背得怎么样？"

"这首诗等你再老三十岁的时候倒是可以念念，现在小小年纪的你，岂懂诗中之味？"

"那我再背一首给你听。"童稚的声音十分积极，带着极想得到大人赞美的孩子式的渴望。

"好啊！"这声音淡淡的，带着可有可无的意味。

昨夜谁人听箫声？
寒蛩孤蝉不住鸣。
泥壶茶冷月无华，
偏向梦里踏歌行。

"姐姐，姐姐，这次我背得如何？"车厢内，韩朴摇晃着昏昏欲睡的风夕。

"你小孩子家又岂能懂得'泥壶茶冷月无华'的凄冷？"风夕打个哈欠，看着韩朴道，

1　引自友人张鹏进所作《七律》。

“你干吗老背惜云公主的诗？这世上又不止她一人会写诗，适合你这年纪读的诗文多的是。”

“我听先生说惜云公主绝代奇才，据说她曾以十岁稚龄作一篇论……论……”韩朴闭上眼极力回想先生和他说过的话，却“论”了半天也没想出来。

“《论景台十策》。”风夕摇头接道。

“对对对！”韩朴松一口气，“就是《论景台十策》！先生说当年青王在景台考量国中才子，要他们论为政之要，当时惜云公主陪伴左右，便也挥笔写下一篇，眼光独到，见解非凡，才压当年青州的文魁，虽为女子却惊才绝艳。所以我家中那些表姐堂姐最爱学惜云公主了，一听说公主穿什么衣、梳什么头、戴什么首饰，她们马上就会仿效。”

风夕摇头叹气，身子一歪，倒向榻上，准备再睡一会儿，忽又坐起身来，侧耳似在聆听什么，片刻后摇头道：“又一个唱惜云公主的。”

“什么唱惜云公主的？”韩朴问。

“你过一会儿就听到了。”风夕不睡了，拉开车厢旁的小窗，看向窗外，清风拂面，她深吸一口气，“而且我闻到味道了。”

“什么味道？”韩朴扒在窗上，也深吸一口气，却未闻到什么气味，仔细地听，风隐约送来一缕歌声，越来越近，已渐渐可闻。

人自飘零月自弯，
小楼独倚玉阑干。
落花雨燕双飞去，
一川秋絮半城烟。[1]

女子清越的歌声飘荡在春风里，缥缈如天籁，偏偏含着一缕凄然，一缕漂萍无根的苦楚。

“当然是那只黑狐狸的味道了。”风夕喃喃，掀开帘，身子一跃便坐到了车顶，极目望去，一辆马车正往这边驶来，“一个大男人，偏偏身上总带着一股女人都没有的兰香。”

“在哪里？”韩朴也跳到车顶上，却没风夕跳得那般轻松，落在车顶发出砰的一声响，身子虽站稳了，却让人担心他有没有把车顶跳破一个洞。

幸好颜九泰早已见惯了这对姐弟的怪异举动，他们不坐车厢坐车顶也不是头一遭了，他只自顾自地赶着马车。

迎面而来的是一辆大马车，几乎是他们马车的两倍大，车身周围垂着长长的黑色丝幔，舞在春风里，像少女多情的发丝，想要缠住情人的脚步，却只是留得虚空中的一抹背影。

当两辆马车碰头时，彼此都停下了。

“钟老伯，又见面了。”车顶上的风夕笑眯眯地向对面马车上的车夫打着招呼，而对面的

1　引自友人张鹏进所作《无题》。

车夫只是点点头。

对面马车车门打开了，当先揭帘而出的是钟离、钟园，两人在车门外掀起帘子，丰息才走出来。

“你何时才能比较像个女人？”丰息看着车顶上歪坐着的风夕，摇头叹道。

“在天下人眼中我就是一个女人呀，还能如何再像个女人呢？”风夕笑嘻嘻地道。

“你怎么会在这里？”丰息优雅地走下马车，站在草地上。

“你又为什么会出现在这里？”风夕趴在车顶上看着车下仰首看着她的丰息，这样俯视的感觉真好呀！

丰息笑笑不再答，目光一扫韩朴，不由得笑道：“这小鬼看来被你养得不错嘛！”

此时的韩朴面色红润，眉宇间有着少年的清俊无邪，神采飞扬洒脱，而神态间竟已隐有几分风夕随意不羁的影子。

“那当然，这可是我寻来的可爱弟弟，当然得好好养着。”风夕扬手拍拍和她一同趴着的韩朴的脑袋，仿若拍一只听话的小狗。

“我只是有些奇怪，他跟着你怎么没饿死。”丰息依然笑容可掬。

“哇！美人啊！”风夕忽然叫嚷起来，盯着从丰息车中走出的清冷绝艳的女子。

“大美人啊！”风夕从车顶飞下，落在美人面前，绕着那个美人左看右瞧，边看边点头，“果真是人间绝色呀！我就知道你这只狐狸不甘寂寞，这一路怎么可能不找美人相伴嘛！”

凤栖梧有些呆怔地看着在她身前左右转着的女子，或许因为女子正快速地转动，让她看不清眼前女子的容颜，恍惚中有一双灼若星辰的瞳眸，有一头舞在风中如子夜般的长发，与长发颜色截然相反的皎皎白衣，额间闪着的一团温润光华。

“姐姐，你再转我看她大概要晕了。”

韩朴也跳下车来，扫一眼面前的青衣女子，撇撇嘴，什么嘛，像根冰做的柱子，都没姐姐好看！

风夕却转身一掌拍在韩朴头上，振振有词地道：“朴儿，你以后可不能像这只狐狸一样到处拈花惹草。当然，要是有美人赠衣送食的话，那就收下，就算你不要，也要记得孝敬姐姐。”

“好痛！”韩朴抚着脑袋皱着眉头，“干吗打我？我又没做错什么！”

“哟，不好意思，朴儿，一不小心就把你当那只黑狐狸拍了。”风夕忙抚了抚他的脑袋，吹了吹气。

韩朴便怒瞪闲闲地站在一旁的丰息，却发现那个人根本没理会他，目光落在风夕身上，似在探究或是算计着什么，让他看得心头更不舒服。

风夕转身走到美人面前，笑容可掬地问：“大美人，你叫什么名字？是什么时候被这只狐狸拐骗到手的？”

这一刻，凤栖梧终于看清眼前的女子，素来清高自负的她顿时生出一种自愧弗如的感觉。

眼前的人，瞳眸清澈若水，明亮若星，眉目清俊，神韵清逸，唇边一抹明丽若花的笑容，仿佛天地开辟之初她便在笑着，一路笑看风起云涌，一路笑至沧海桑田。

她随意地站在那儿，如素月临空，灵秀飘然，仿佛这片无垠的天地是她一人的舞台，长袖挥舞，踏云逐风，自有一种潇洒不羁的气质。

这样的人是如何生成的？世上怎么会有这样的女子？这个皎洁如月、绚丽如日的女子是谁？

“黑狐狸，你的美人怎么啦？”风夕见凤栖梧只管瞪着眼看着自己，只得去问丰息。

“栖梧拜见姑娘。”回过神的凤栖梧忽然盈盈下拜。

此举不单众人看着奇怪，便是丰息瞧着也有几分诧异。

待人冷淡的凤栖梧何以对这个疯癫的风夕如此敬重？

“呀，栖梧美人，切莫多礼。”风夕忙扶住凤栖梧，握着那柔若无骨的纤手，只觉她的皮肤嫩如春笋，我见犹怜，不由得便多摸了几下，“栖梧姑娘，你生得这般美，又有这么一个好名字，可你实在没什么眼光。”

“呃？”凤栖梧不明其意。

“栖梧——栖梧，其意自是凤栖于梧，你这样的佳人自然是要找一株最好的梧桐，可怎么挑了一只狐狸呢？”风夕惋惜地叹道，顺便指了指身后的丰息。

凤栖梧闻言一笑，看向丰息。

一路行来，随行之人对他皆是恭敬有加，小心侍候，此时听得眼前女子“黑狐狸”长、“黑狐狸”短的，他却依然是一脸雍容温雅的浅笑，似这白衣女子的话无关痛痒，又似包容着她所有的无忌言行，目光扫过她时，墨黑幽深的瞳眸里波澜不惊。

“笑儿见过夕姑娘。”跟在凤栖梧身后的笑儿上前行礼。

“哎哟，可爱的笑儿呀，好久没见到你这张甜美的笑脸，我真是分外想念呀！”风夕放开凤栖梧，上前一把捧住了笑儿的小脸蛋，左捏一下右摸一下，不住地啧啧赞道，“还是笑儿的笑最好看，比某人脸上那千年不变的虚伪狐狸笑惬意多了。”

“夕姑娘，好久不见你了，你还是这般爱开玩笑呀！”笑儿将一张粉脸从风夕的魔掌中挣脱出来，捉住她的手，回头对凤栖梧道：“凤姑娘，这位是风夕姑娘，就是与公子并称‘白风黑息’的白风夕。”

“白风夕？”凤栖梧讶异地睁大美眸。她当然也听过这个如雷贯耳的名字，那个如风般恣肆任性的女子原来就是眼前这人，果然是风采绝世，让人移不开双目。

“凤姑娘……凤栖梧？”风夕又看了看凤栖梧，回首看一眼丰息，眼中光芒一闪，“我似乎在哪儿听过这个名字。”

“栖梧曾经栖身落日楼。”丰息淡淡地道，“她的歌喉在整个王域都是有名的。”

“这样呀！”风夕一笑点头，似并不想深究，“或许我曾在哪位江湖朋友口中听过吧。”

“乌云三十八寨总寨主何时竟成了你的车夫了？”丰息目光扫过车上端坐的颜九泰。

“嘻，他说要报我六年前的活命之恩。”风夕嘻嘻笑道，目光与丰息目光相碰，似带告诫。

“显然他也眼光太差。”丰息一笑，转身登车。

“等等，黑狐狸，你来长离湖是不是因为这个？”风夕在他身后叫住他，从袖中掏出半截竹箭。

“你怎么会有这个？”丰息目光扫过那半截竹箭，微有讶然。

“我途中遭到断魂门的人袭击，他们除了留下七条命外还留下了这个。”风夕手一扬，那半截竹箭便破空而出，落入长离湖中。

“原来如此，难怪你会到这里来。”丰息点点头，“不过你不必进湖去了，我刚从那里回来，只有一座空巢。”

“溜了吗？”风夕目光一闪，然后盯住丰息，“你有发现什么？”

“是啊！”丰息答完，就进了车厢。

“呵，果然。”风夕跟在他身后登上他的车，拍拍站在车门前的一对双胞胎的肩膀，“钟离、钟园，你们车上备了好吃的对不对？你们不知道这几个月我有多想念你们的手艺！”

“有……有的。”双胞胎红着脸道。

“那就好。”风夕笑眯眯的，回首招呼着凤栖梧：“栖梧，你还不上来吗？”

凤栖梧却有些发怔。她看着这两个似乎完全不同的人，听着他们彼此间似褒似贬的话语，感觉却是：所有的旁人都是外人，他们自成一卷白山黑水的画图，外人无法听懂他们的交谈，更无法体会出他们之间的那股暗流。她心中微微一叹，隐约有些失落。

“黑狐狸，你的美人喜欢用眼睛说话，只是她不知，能看懂她的话的人可不多呀，特别是你这只很会装痴作傻的狐狸。”风夕对着车厢里的丰息笑道，然后回头继续唤着这个寡言的美人：“栖梧！栖梧！”

“哦。”凤栖梧回神，然后挽着笑儿的手登上车，而跟在她身后的韩朴显然不耐烦，一下跃上车辕。

“朴儿，你不陪颜大哥？”风夕却抓住了他，想将他扔回原来的马车去。

“不要，不要！我要和姐姐在一起！”韩朴手足并用地爬到风夕身上，很像某种四足动物。

“好啦好啦，放手啦！不赶你了。”风夕赶忙去扒开他的“四蹄”，这样被缠着真是不舒服呀！

韩朴放开手足，只因为他猛地觉得脑后凉凉的，回首一看，丰息悠闲地坐在车厢内品茶，钟离、钟园正忙着为风夕端出好吃的，凤栖梧刚刚落座，笑儿刚刚放开挽着凤栖梧的手，并无异状。

“颜大哥，就委屈你一个人了，跟在后面就行啦。”风夕招呼一声，挥手钻进了车厢。

幽州最富，富在曲城。

夜幕降临，华灯初上。天边的月娘挽起轻纱悄悄地露出半边脸，许是想偷偷看一眼思念了千万年的后羿，特意勾一丝人间灯火化为胭脂，染在莹莹白玉似的脸上，美好而娇柔，期待又羞怯。

稍带寒意的春风平地而起，似想亲近月娘，吹起她脸上那长长的垂下掩起大地的轻纱，霎时，玉宇澄清，火树银花，照见墙头马上偷偷传递的目光，窥见西厢窗前遗落的九龙佩，还有小轩窗里传来的一缕幽歌，铜镜前搁着的《香雪词》……这是一个微寒而多情的春夜。

曲城最有名的花楼要数离芳阁，此刻阁前宾客络绎不绝，阁内丝竹声声，满堂喝彩，掌声如雷。

“我就奇怪你偷偷摸摸地干什么，原来是来这儿看美人跳舞。”

喧哗的大堂里，屋顶高高的横梁上坐着两个人。

风夕懒洋洋地倚在梁柱上，冷眼看着梁下那些为彩台上红衣舞者疯狂痴迷的人，脸上有几分淡笑，有几分嘲讽。丰息盘膝端坐，手中转着一支白玉笛，时而目光扫过台上的舞者，时而瞄几眼台下的观众，似漫不经心，实则整个离芳阁都在他的掌握之中。

“喂，你要看美人完全可以大大方方地登门欣赏嘛，干吗要坐在梁上偷看？”风夕睨着身边的丰息问道。

此时堂中所有人的目光都在美人身上，根本就没发现也想不到梁上有人。

“看到那个人了没？”丰息的目光扫向台下人群。

风夕顺着他的目光看去，那是一名年约四旬的男子，蓄着一把山羊胡：“那个人如何？”

“曲城是幽州最富的城市，而曲城最富的则是城南的祈家与城西的尚家，祈家的家主祈夷半个月前不知何故失去踪迹，而那个人便是尚家的家主尚也。”丰息淡淡地道。

此时堂内的气氛已达高潮，只见台上的红衣舞者一个旋身，披在肩头的那层薄纱便脱臂而去，轻飘飘地飞起，落入台下，引得一大群人争抢。

而台上的美人还在舞着，轻纱褪去后，只余红绫抹胸，艳红纱裙，露出香肩雪胸，因为剧烈地舞动着，肌肤已蒙上一层薄薄的香汗。

她眼波轻送，藕臂轻勾，指间若牵着丝线，挥指便将所有人的目光牵住，全身都如水般柔软灵活，每一寸肌肤都在舞动，细腰如水蛇似的旋转扭动，一双修长圆润的玉腿在红色的纱裙里时伸时屈，若隐若现……

“这舞应该叫勾魂，这美人应该叫摄魄，你看看那些如饥似渴的男人。”风夕无暇理会尚也是何许人，看着台上那如火焰一般飞舞着的美人，喃喃地道，“这个美人儿真是天生媚态，任何男人看了都会动心。”

台下那些男人，此刻脖子伸得长长的，喉结上下蠕动，拼命咽下口水。坐者紧握双拳，立者双腿微抖，皆气血上涌，一双双发红的眼睛若饿狼般死死地盯住美人，眼睛随着美人的动作而转动，露骨的目光似想剥去美人身上最后一层红纱。

本是微寒的春夜，堂内却似燃着火，流窜着一股闷热、浓烈、令人窒息的欲望气息，有些人手指微张，似想抓住什么，有些人解开衣襟，有些人抬袖拭去脸上、额间流出的汗水。

“现在是春天嘛，很正常。”丰息瞟一眼梁下那些人，此时就算他们说话的声音再大些，那些被美人吸住心魂的人也是听不到的。

“我就不信你没感觉！”风夕一张脸猛然凑近他，想细看他脸上的神情是否也如梁下那些男人一般。

丰息未料到她会突然靠近，微微一呆，看着眼前那发亮的水眸、玉白的脸、淡红的唇，好近，似只要微微前倾，便可触碰。他静若幽潭的心湖忽地无端泛起一丝波澜。

“果然！”风夕压低声音嚷着，摸上他的脸，“你脸也红了，而且烫手，又呼吸急促，肌肉紧张，还有……”

她的目光还要往下移去，丰息手一伸，一把将她推开，有些薄怒又有些懊恼地瞪她一眼："别闹！"

"你这只风流的狐狸！有了栖梧美人还不够，还要出来寻花问柳！"风夕不屑地撇嘴冷哼，"这个红衣美人虽然不错，但论姿色，还是比不上你的凤美人嘛！"

丰息不理会她，看看彩台上，红衣美女一舞完毕，正向台下拜倒在她石榴裙下的客人们施礼致谢。当下他轻轻一跃，若一缕墨烟无声地落在二楼，然后闪进了一间屋子。

风夕怎肯放过他，自是跟上。

"好个金堆玉砌的香闺呀！"她一进房间，不禁感叹屋中的华丽摆设。

"刚才的舞你看清了吧？"丰息对屋内的奢华摆设不感兴趣，直接走入内室，查看一番后走近妆台，拨弄着上面的胭脂、珠钗。

"刚才的舞呀，真是平生未见，想我以前也去青楼玩过，可没有一人的舞能跟这红衣美人相比。"风夕跟在他身后，啧啧赞道。

"想来这世上你白风夕没去过、没玩过的定是少有了，是不是？"丰息回头看她一眼，眼中闪着算计的光芒。

"嘻，黑狐狸，你不用五十步笑百步。"风夕走到一扇屏风前，挽起屏风上搭着的一件红色罗衣，"刚才那个美人确实适合穿红衣，像一朵红牡丹，妖娆魅人，倾倒红尘众生。"

正在此时，门口传来开门声，然后女子娇媚得让人骨酥肉软的声音响起："尚大爷请稍坐，待奴家进去换身衣裳，再专为您跳一曲。"

"好好好！"男子有些粗哑的声音连连道，语气中难掩猴儿急，"美人儿，你可要快点儿哦。"

"奴家知道，您先喝杯参茶，奴家马上就来。"

珠帘被拂开，一股浓郁的花粉香飘来，红衣美女妖娆地扭进内室，刚要解开衣裳，身子一软，向地上倒去，触地之前被一双长臂接住，然后轻轻放在一张软榻上。

"挺怜香惜玉的嘛！"风夕嘴唇微动，一缕细微的声音传入丰息耳中。

"穿上那个。"丰息指指屏风上的那件红罗衣，同样以传音入密跟风夕说话。

"为什么？"风夕看着那件火红罗裙。

"跳舞。"丰息淡淡地道。

"为什么跳舞？"风夕再问。

"你不是想找断魂门的鼠窝吗？外面那个尚也便是线索。"丰息指指妆台上的胭脂珠花，"自己动手，快一点儿。"

"黑狐狸，你疯了！叫我跳舞？我可不会！"风夕难以置信地瞪着他，弄不明白他怎么会有这种想法。

"我上次在长离湖抓着的人都是宁死也不招供，所以不能惊动尚也，要让他在毫无防备之下说出祈夷的下落，否则你就永不可能找到断魂门及背后指使的人了。"丰息不理会她，说完后转出屏风外，转身的瞬间又回头一笑，"至于你会不会跳舞，你我皆清楚不是吗？白风夕聪明绝顶，过目不忘，这种舞又岂比得上宫……"

余下的话他没有说完，彼此目光相撞，皆是犀利雪亮得似能将对方的前世今生看个透彻。

"你这只该死的狡猾的黑狐狸！"风夕咬牙切齿。

"外面的人可是等不及了哦。"丰息指指外面的尚也，转过屏风，让风夕有地方换衣。

"跳艳舞呢，这辈子还真没做过这种事。"风夕呢喃着，取过那袭艳如火丽如霞的罗衣，眼中忽地涌出盈盈笑意，"对于这种一生或许才做一次的事，我风夕当然得好好地做，并且要做得绝无瑕疵才是！呵呵……"

"美人儿，你还没换好衣裳吗？"帘外传来尚也的催促声。

"来了，来了。"

娇声盈耳，珠帘轻拂，艳光微闪，美人羞涩，云鬓高绾，薄纱遮面，轻裹红罗，手挽碧绫，赤足如莲，凌波微踏，飘然而来……一瞬间，猩红的地毯好似化为一汪赤水，托起一朵绝世红莲。

那卧在榻上的尚也一见美人，顿时神魂颠倒。

帘后的短笛轻轻吹起，初时仿若玉指轻轻叩响环佩，叮叮当当，让人心神一清，刹那间却又曲调一转，化为娇柔绮丽，冶艳柔媚之音，若美人娇吟婉唱，缠绵入骨。

那朵红莲便随着笛音翩然起舞，细腰婀娜一扭，纤手柔柔一伸，碧绫环空一绕，便是春色无边，柔情万分。

那玉足轻点，玉腿轻抬，便是勾魂，那柳眉轻挑，眼波流转，便是摄魄。

美人脸上薄纱飘飘惹得人心痒，红裙翻飞如浪，青丝偷舔香腮，香汗轻洒雪颈，娇躯极尽妖娆地旋转，若三月桃花，舞尽百媚千娇，若牡丹，舞尽国色天香，若浓艳海棠，舞尽万种风情……

"美人儿，快让我抱抱！美人儿，别跳了，给我抱抱！"

尚也不由自主地站起身来，向美人走去，口里喃喃念着。此时他已是魂随眼转，眼随人转，满心满脑只眼前这一个佳人，只想着要抱住眼前这绝代尤物。

可眼前的美人还在舞着、转着，总是在他的手将触及她时跳开，将他一颗心抓得紧紧的，让他的身体因为急切的渴求而紧绷着，显得笨拙而迟缓。

"尚大爷，"美人娇脆软甜的嗓音如莺啼燕语般柔柔响起，"您急什么嘛，等我舞完了还不让您抱个够？上次祈家大爷来了，可是赏完人家整整两支舞呢。您这样猴儿急干吗？难道说奴家的舞不值得一观？"

"美人儿，我实在等不及了。"尚也瞅准时机一把扑过去，本以为这次定是软玉温香满怀，谁知却扑了个空，一个踉跄差点儿摔倒在地。

"尚大爷，你怎么就不能如祈家大爷一般赏完奴家这支舞呢？"美人却在身后娇滴滴地嗔怪着，"祈家大爷上次可对奴家的舞赞不绝口呢。"

尚也转个身，一边扑向美人儿，一边道："我的美人儿哟，姓祈的有啥好，你这么念着？他现在都还在祈雪院里关着呢，还不如我……"话至此处，他身子一颤，便摔倒于地，只一双眼睛睁得大大的，满脸震惊。

"你手脚还真快。"风夕停下舞步，坐在软榻上，扯下面上轻纱，伸伸懒腰，长舒一口气，刚才这一舞可真是耗了不少力气，生怕跳得不像露出马脚。

丰息从帘后走出，面上带着闲适的浅笑，只是一向飘忽难测的眼眸，此时如冷刀盯着地上的尚也。

尚也被盯得全身发冷，只觉得那目光似要在他身上刺出两个窟窿，又仿佛要挖出他的眼睛，冷厉又阴狠！他本已慌了神，这会儿更是惊惧交加，额间冒出豆大的汗珠。

这两个人是谁？为何自己竟未发觉？他们有何目的？为财吗？尚也一肚子疑问，奈何无法动弹，无法出声。

“唉，幽州的首富就是这个样儿吗？”风夕歪在榻上，睨着地上发抖的尚也。

丰息闻言，望向榻上的风夕。

罗裳如火，气息稍急，松松绾着的云鬓有些凌乱，一手枕在脑后，一手懒懒地扇着风，眼眸微闭，若一朵被春风熏醉的红莲，微倦而慵懒。

“认识你这么多年，这好像是第一次见你如此打扮。”丰息走到榻前，微微弯腰俯视着榻上的风夕，目光似火如冰，手一伸，轻轻钩缠在风夕臂上的碧绫，“原来……”

“原来怎样？”风夕手腕一转，将碧绫一点一点收回，而丰息并没有放开碧绫，反而随着碧绫的收拢慢慢靠近，于是她水盈盈的眸子看着他，娇声道，“公子，奴家这几分颜色可还入得您眼？”

丰息握紧手中碧绫轻笑道：“当真是绮丽如花，灵秀如水。”

两人此时一个微微仰身，一个弯腰俯视；一个艳如朝霞，一个温雅如玉；一个娇柔可人，一个含情脉脉；一个纤手微伸，似想攀住眼前良人，一个手臂微屈，似想搂住榻上佳人。两人中间碧绫牵系，彼此间距不到一尺，鼻息可闻，眼眸相对，几乎是一幅完美的才子佳人图。

哧！

蓦地，裂帛之声打破了这完美的气氛，但见两人一个砰地倒回软榻，一个连连后退数步，面色皆瞬间惨白如纸。

半晌后，风夕丢开手中半截碧绫，深深吸气，平复体内翻涌的气血：“哈哈，还是不分胜负，所以‘白风黑息’你便认了吧，想要‘黑息白风’呀，再修炼修炼吧。”

“咳咳，”丰息微咳一声，气息稍乱，俊脸也是一会儿红一会儿白，“难怪说最毒妇人心，你竟然施展凤啸九天，我差点儿便毁在你手中。”

“你还不一样用了兰暗天下？”风夕毫无愧色，“黑狐狸，你说这世上还有没有其他人能接下你我的凤啸九天、兰暗天下？每次都只能对你一人使，真是没趣。”

“下次你可以找玉无缘试试。”丰息想到那个不染红尘的玉公子，“看看他那‘天下第一’的名号是否名副其实。”

“玉无缘呀，人家号称‘天下第一’，不单是讲他的武功，还讲他的人。”风夕闻言，盯着丰息，似想从他眼中瞅出点儿什么，“你是不是又在算计什么？”

“你问我答而已，何来算计之说？”丰息摊摊手，“怎么，你也认为那个玉无缘是天下第一吗？”

“哈哈，你心中不舒服吗？”风夕轻笑，起身打了个大大的哈欠，往内室走去，揭开那红罗软帐，“好了，你去找祈夷吧，我可要睡一觉了，折腾了大半夜，好困哦。嗯，这床铺倒是挺舒服的，又香又软，难怪你们男人都爱来。”

“女人，你要睡也要回去睡，这是睡觉的地方吗？”丰息无奈地看着她，眼见她不动，只能叹息一声，“你总有一天会死在这贪吃贪睡的毛病上。”

“除非你这只黑狐狸想杀我，否则我岂会那么容易死？”风夕掀开锦被钻了进去。

“你不是一直在追查断魂门的余孽吗？这会儿线索近在眼前，你怎么反而只顾睡觉了？”丰息摇头。

“祈夷定是被关在那个什么祈雪院了，凭你的本事，当然是手到擒来，我何必再走一遭？到时找你问也一样。这尚也跟那个红衣美人被你封住穴道，至少也得四个时辰才能解开，所以我可以好好地睡一觉，你回来再叫醒我。”风夕打个哈欠，转过身，自顾自地睡去了。

丰息看着罗帐中的风夕，她整个人已埋进被中，只余一缕长发露在被外垂下床榻，他微叹一口气，移开目光，看了地上不能动弹的尚也一眼，推门离去。

丰息离去后约半刻钟，尚也一边小心翼翼地使尽力气想要动动手脚，一边思量着：他们为何要找我？找祈夷又是为何？难道……尚也蓦地一惊，遍体生凉！难道是因为……

“呵呵，尚也，这样是不是很不舒服呀？”

静悄悄的房中忽然响起清脆的笑声，尚也努力想转头，奈何依旧动不了，只瞟到白衣的一角。

“尚也，能不能告诉我，你和祈夷为何要收买断魂门的人前往韩家夺药灭门呢？”风夕体谅他的苦处，自动转到他面前。

“哦，我都忘了你被点了穴道。”见他不答话，风夕一挥袖，拂开他受制的穴道，“现在把你知道的都告诉我吧。”

“你们是什么人？”尚也问道。

“这不是你该问的。”风夕伸出一根手指轻轻摇摆，“乖乖回答我的问题，你与祈夷皆是大富之人，又非武林中人，为何想要得到韩家的药方？至于为着一个药方而灭掉整个韩家吗？我想不明白。”

尚也沉默。

“回答我，”风夕脸上笑容不改，“要韩家的药方做何用？”

尚也依然不吭声，并闭上了眼睛。

“尚也，我可不是什么善心人。”风夕的声音变得又轻又软，又长又慢，让人听着不禁心里发毛，“有时候为达目的，我也会用一些非常手段的。”

尚也依旧不语。

“尚也，你有没有听过万蚁噬心？没听过也没关系。”风夕笑得甜甜的，手指轻轻在尚也身上一点，“现在你知道了吗？”

地上，尚也表情猛然一变，身子一颤后顿时蜷缩成一团，不住地扭动，五官皱在一起，拼命咬紧牙，十分痛苦。

“我想，你们背后应该还有人吧？以你俩富可敌国的财富确实可收买断魂门了，可你们没有收买的理由。”风夕坐在地上，逼近尚也，表情倏地变冷，“那个人是谁？那个为药杀害韩家二百七十余口的人是谁？！”

尚也猛地抬头，满脸冷汗，喘息道：“你杀了我吧，我决不会说！”

“宁死也不说是吗？”风夕轻轻地笑了，“这万蚁噬心不好受吧？我可还有其他更不好受的手段呢，你难道想一一尝试？”

尚也闻言瞳孔一缩，似是畏惧，可一想到若泄露秘密，不但自己死无葬身之地，只怕尚家、祈家承受的后果比之韩家会更为悲惨。

“你不怕吗？要试试其他的吗？”风夕的声音比春风还要轻柔，可听在尚也耳中却比魔鬼更为可怕。

尚也看着眼前巧笑倩兮的女子，忍住身体中那有如万只蚂蚁噬咬的痛苦，绝望地恳求道：“姑娘，我但求你给我一个痛快！”

“哈哈……”风夕忽然放声大笑，竟不怕惊动离芳阁里的其他人，衣袖一拂，解除了尚也的痛苦，“尚也，我不会杀你的。”

尚也闻言心中刚一喜，风夕后面的话却将他打入地狱。

“你虽没透露任何消息给我，但是当你身后那个人知道你曾被我们抓住，那时——你说他会如何对你呢？”风夕拍拍手站起来，拂开遮住半边脸的长发，额间那枚雪月玉饰便露了出来。

“你……你……你是……”尚也颤声叫道。

“现在你知道我们是谁了吧？你尽可以向你的主人说出来，只是我替你担心哦，那人也许要你的命会要得更快呢。”风夕笑得更欢欣了，侧耳细听，眼中闪着饶有兴趣的光芒，“嘘，你听听，有许多脚步声正向这边来呢，很快整个曲城的人都会知道你尚大爷被人绑在房中了哦。”

“不……”尚也看着风夕推开窗，不禁惊恐地叫道。这一刻，他宁肯死去，也不愿让那人知晓今晚发生了什么。

风夕回首看着地上恐惧得全身都在颤抖的尚也，笑得无害：“呵呵……尚也，你本可安享富贵，只可惜——这便算是你害韩家灭门的惩罚吧！”

说完她轻轻纵身，眨眼间便消失在黑夜中，风送来她带着淡淡不甘的轻语：“本来还以为能从尚也口中得到线索，结果……唉，看来我还是要去问那只黑狐狸了。”

第十二章　幽州有女若东邻

铺着浅蓝色桌布的圆桌上放着两物，一枚闪亮的金叶及一块粉红色的丝帕。

“这两样东西便是你的收获？”

曲城最大的客栈中最好的天字号客房里，风夕绕着圆桌转了一圈，还是弄不明白这两样东西为何会让那只黑狐狸一副胸有成竹的样子。

“仔细看看。”丰息端起茶杯轻啜一口。嗯，不错，幽州的名茶雨浓确实很香。

“有什么特别吗？”风夕左手拿起那枚金叶，右手拈起那块丝帕，“这金叶就是普通的金叶嘛，倒是丝帕上绣的这两个图案挺特别的，嗯，还有这绣工很是不错。”

“看清那枚金叶上的脉络了吗？”丰息放下茶杯走过来，从她手中取过那枚金叶，“大东无论哪国所铸金叶皆为七脉，但你看这枚金叶，叶柄处多了这短短一道，幽州祈记钱庄所出金叶皆有此标记。”

“我又不似你，对金银珠宝、香车美人那般有研究。”风夕不以为然，凑近金叶看了看，叶柄处确实多了短短一脉，不特意去看是发现不了的，“这枚金叶是你在长离湖得到的？”

“我到长离湖时也晚了一步，断魂门的人早已弃巢而去，虽抓得一名余孽，却也被他自杀了，我只从他身上搜得这枚金叶。”丰息把玩着手中的金叶道。

“所以你追至曲城，想找祈家当家的祈夷？”风夕猜测。

丰息点头，放下金叶：“谁知又晚一步，祈夷失踪了，所以我找上了尚也。”

“你又如何得知尚也和此事有关？”风夕再问。之前并无线索证明尚也也与断魂门有关。

“我并不知道。”谁知丰息道，“我不过是蒙一蒙，试探一下尚也而已。”

风夕挑眉看他。

丰息笑笑，道：“买通断魂门的必然是大富之家，尚家财力不输祈家，两家同在曲城，又互有往来，一派同气连枝之象。而韩家之事实在蹊跷，或许两家都有参与，谁知竟真给我蒙对了。”

风夕闻言沉吟，然后道：“我只是有点儿想不明白，虽然韩老头那药卖得挺贵的，但凭祈夷与尚也的财力，那是要多少便能买多少，根本无须再要那张药方，更不用说灭了整个韩家。难道是……？”她的目光落向桌上的丝帕。

“我想找着这方丝帕的主人，大约也就能知道原因了。”丰息摊开那块粉色丝帕，指尖点在帕上绣着的图案上。

“你没找到祈夷？”风夕看着帕上的图案问道。

“我在祈雪院的密室中，只找着他的尸首。”丰息眼中冷光一闪，“这块丝帕则是我搜寻密室时，在一处隐蔽的机关里找着的，用木盒装着。祈夷藏着它，定然是有原因的。”

“你何以断定这块丝帕的主人与此事有关？这丝帕说不定是祈夷哪个相好送与他的。”风夕取过桌上的丝帕摩挲。丝帕十分柔软，显然丝质上乘，而且带着一股高雅的幽香，颜色粉嫩，只有女子才会喜爱，她无法想象一个大男人会用这个，“而且就算这丝帕的主人与此事有关，就凭此帕你又如何找着那人？”

丰息闻言浅笑摇头：“女人，你什么时候变得这么笨了，看了半天还没看出来吗？”

“你是说这图案？”风夕凝神细看那丝帕上的图案，“这东西好似是什么兽类，只是实在看不出是什么东西。”

“你我都知，祈、尚两人巨富之家，既非武林中人，又与韩家无冤无仇，因此根本没理由去买凶夺药。”丰息从她手中取过丝帕，将之摊在桌上，“那么他们之所以收买断魂门造成韩家的灭门之祸，定是因为有人在背后指使，而以他们的财富和地位，整个曲城甚至是整个幽州的人无不对其巴结奉承，又何谈指使？”

风夕恍然大悟：“因此能在背后指使他们的必是……”

丰息点头：“能令他们献出家财，并与人人唯恐避之不及的断魂门接触的，只有权了。”他墨色的瞳眸里闪过一抹幽光，“他们虽有钱，但在钱之上的还有权！”

“所以指使他们的定是幽州的当权者，而这丝帕上的图案必与那位当权者有着莫大关系。”风夕眼睛一眨不眨地盯着丰息，似怕错过他眼中任何一丝信息。

“这个人不但要韩家的药，更要韩家的药方，他甚至不希望这世上还有其他人有此药方，因此指使幽州最有钱的祈夷与尚也出面与断魂门接触，夺取药方并灭掉韩家。”丰息悠然地笑笑，“只是他虽夺得一些药，也灭了韩家，却未想到韩老头宁死也不肯将药方交出来，反倒给了你。”

风夕想起韩家惨事，不由得微微拧眉。

丰息又道：“那人杀祈夷，必是因为祈夷知道的事情太多，他既是为了灭口，也是要告诫尚也。他留下了尚也的性命，一是因尚也牵扯不深，二则是这两个巨贾之家的家主都死了太过引人注目，也是担心两家崩溃进而影响幽州经济的稳定。”说到此处他微微一顿，望着丝帕，“至于这块丝帕，或许是那人赠予祈夷的信物，又或是他不慎落下被祈夷捡到藏起的。此人行事留下如此多的破绽，若是我的属下，我早已弃之不用。”最后他轻描淡写地点评了一句。

“那你可知这人到底是谁？”风夕指尖敲击着桌面。

“你真的不知道这帕上绣着的是什么？”丰息不答反问。

那丝帕上的图案极为奇特，初看像是一只古兽，再看似乎是两只，风夕看了半晌，还是摇了摇头。

丰息有些遗憾地叹气："真可惜了，你竟然不知道。"

风夕皱着眉眯着眼睛，将丝帕一把抓在手中："别卖关子了，你再不说我就把它给撕成碎片！"

只可惜她面对的是跟她相知十年的丰息，所以他毫不在意地转过身，慢慢踱回椅前坐下，端起茶杯悠闲地品茶。

风夕对其他人或许很大方温柔，但对他素来没什么耐心，身形一闪，风一般来到他跟前，左手一伸，夺过茶杯抛回桌上，右手一伸，已揪住了丰息的衣领，五指收紧，弯腰低头，逼近那张俊脸："黑狐狸，快说！"

纵观她这一番动作，那是一气呵成、干脆利落，想来也是久经练习的。

丰息显然早已习惯，双臂一伸便揽在风夕的肩上，双掌扣下，一股力道令风夕站立不稳倒向他怀中，两人顿时紧紧相依。他闲闲地道："你有没有觉得我们现在倒有些像丝帕上绣的图案？"

风夕睨他一眼："是有些像，不过……这样才更像！"说话间，她双膝一屈，身子便坐在丰息膝上，手一拉，丰息的颈项便前倾，两人挨得更近了。

在她坐下的同时，丰息双膝如遭重击，微微晃动了一下，同时俊脸发白，呼吸也有些不畅。但同样，风夕的腰似被重山压着般不能直起，大半个身子都向丰息怀中倚去，肩膀一时往前倾，一时往后仰，颇有些摇摆不定、欲拒还迎的模样。

若外人此时看去，只会觉得两人好似一对如胶似漆的鸳鸯。

娇柔的女子扑在情郎的怀中，螓首微仰，柔情款款，雍容的男子手揽伊人，俊脸微侧，目光似水，任谁看了都会觉得这真是天生一对啊，当然，这得忽略那被压得有些颤抖的双腿、被抓得骨骼作痛的双肩、被勒得喘不过气以致时白时红时青时黑的脸。

"这……帕上绣的是……蛩蛩……距虚……是传说中……相类似而形影不离的异兽……"丰息轻声道，只是仿佛有什么东西攥着他的喉咙，以至于他说几个字便得歇息会儿。

"蛩蛩……距虚……"风夕疑惑地重复，也是一字一顿地慢慢道出，一双素手指节已呈乌紫色。

"姐姐，你在吗？"

门外蓦然传来韩朴的叫唤声，紧接着房门被推开，门外站着韩朴、凤栖梧、笑儿、钟离和钟园，在五人还未来得及为两人暧昧的姿态惊呼时，只听砰的一声，两道人影同时闪过。

等到五人看清房中情形时，只见丰息原来坐着的那把椅子已四分五裂地散于地上，而那两人安然无恙地站在房中，脸不红气不喘，一个掸掸衣袖，一个捋捋长发，姿态从容，神色平静，仿佛刚才什么也没发生。

钟氏兄弟与笑儿倒是见怪不怪，只韩朴与凤栖梧，一个瞪大眼睛不明所以地看着房中的两人，一个脸色瞬间煞白如纸。

"这两人，不管到哪儿，总时不时便要比试一番。"笑儿喃喃地道。

"唉，回头又要赔偿客栈的椅子。"钟氏兄弟则同时想到了损失。

“姐姐，你们在干什么？”韩朴抬步入房。

“看看风啸九天与兰暗天下谁强谁弱。”风夕眨了眨眼睛，道。

“哦？”韩朴一听来了兴趣，“那结果呢？”

“唉，还是老样子。”风夕惋惜地叹气。

“钟离、钟园，你们收拾一下，半个时辰后上路。”丰息吩咐钟氏兄弟，然后淡淡地扫一眼凤栖梧，“笑儿，你也陪凤姑娘去收拾一下。”

“是。”

钟氏兄弟回去收拾，笑儿也扶着凤栖梧离去。

“你的凤美人似乎误会了什么，好像很难过呢。”风夕玩味地笑笑，想起凤栖梧那张发白的脸。

“我们有什么让人误会的？”丰息挑眉看她。

“嗯？”风夕微愣。这话什么意思？

“别把你手中的丝帕抓碎了。”丰息提醒着用力抓紧手中帕子的她。

“哦。”风夕摊开手中丝帕，看着帕上相依相偎的古兽，“你说这就是那传说中的蛩蛩距虚？”

“嗯。”丰息点点头，目光幽深，似陷入某种回忆，“若我没记错的话，十五年前我应该见过这两只古兽。”

“你见过？”风夕一听不由得睁大眼，这种传说中才有的东西他竟也见过？

“应该说是见过两只古兽的玉雕。”丰息道。

“在哪儿？”风夕追问。

“幽州王宫。”丰息淡淡地吐出一个地名。

两人忽然都不说话，四目相对，刹那间都明白了对方的想法。

“其实我也不能十分确定，毕竟那都是很多年前的事了。”半晌后，丰息又道。

“去看看就知道了。”风夕眸中闪着光芒。

“姐姐，你看这些人这么急地跑，他们要干吗去啊？”无人理会的韩朴只好自个儿趴在窗前看着街上来来往往的人，“不是说幽州是六州中最富有的吗？怎么还有这么多穷人？”

“傻瓜，即便是富，富的永远也不会是这些平民百姓。”风夕走过去，探头往窗外望去，果见街上许许多多衣衫褴褛的人全往一个地方拥去。

“那富的是什么人？”韩朴再问。

“商人，贪官，权贵，王侯。”风夕声音里微带叹息，“平民百姓里稍好的也就能得个温饱。”

“哦。”韩朴还不大能从这几个词中了解世间的悲怆疾苦，只是看着街上的那些人很是同情，“姐姐，既然那些人很有钱，而这些人又这么穷，那不如就让有钱的人分一些钱给没钱的，这样大家岂不是都能吃饱穿暖了？”

风夕闻言一愣，然后哈哈大笑：“哈哈哈哈……朴儿，你怎会有如此天真的想法？”

“你笑什么？”韩朴被风夕笑得俊脸发红，“大家都有饭吃、有衣穿不是很好吗？”

“朴儿，你的想法很好。”风夕敛笑，抬手抚了抚韩朴的头，“只是这世上没人会认同你这想法的，便是那些穷人，有些只要一朝得势，便当即变了嘴脸。你要知道，人心都是自私自利的。”

一旁，丰息看着韩朴，微微感慨：“好似一张白纸，任你涂画。”

“我不会涂画的，我情愿他永远是一张白纸。”风夕看着韩朴，眼中有着无人能看懂的深深叹息，“若不能，那也该是任他自己去浸染这世间的五颜六色。”

“你们在说什么？”韩朴听不明白，有些懊恼地看着两人。

“这些穷人是怎么回事呢？”风夕不回答韩朴，问丰息。

“昨晚城西一场大火烧了大半条街你竟不知道，睡得还真是死，你能安然活到今日真是个奇迹。”丰息笑道，望向街上的人群，“这些定是那些火灾后无家可归的人，还有一些应是城里的乞丐吧。”

风夕闻言，不禁凝神去听街上传来的话语声，片刻后她瞪向丰息，神色间有着难掩的惊愕：“你又做了什么？”

“姐姐，怎么啦？”韩朴见她神色有异，忙问道，“这些穷人干吗全往那边跑去？”

“因为那边有人在给这些穷人发粮。”风夕盯着丰息。

“哦？是谁这么好心啊？”韩朴听了倒是赞了一句。

“我想知道你什么时候这般仁心仁义了？”风夕看着丰息，目光里皆是讥诮。

“我想现在整个曲城人都在好奇昨夜尚家那一场无名大火是如何引起的。”丰息走向窗旁的花架，抚弄着架上一盆兰草，“那一把火不但烧掉了整个尚家，造成死伤无数，更连累了一条街的邻居。”

“烧掉整个尚家？”风夕闻言微震，但一看丰息那悠闲的模样，便又敛了神思，拖了把椅子坐下，稍稍一想便明白了，“那火……难道是尚也自焚？”

“嗯。”丰息拔掉兰草一片枯黄的叶，手指微拢，再张开时向盆里倒下一些粉末，“火是真的放了，万贯家财烧了是真的，尚家死伤许多也是真的，唯有自焚是假的。”

“他逃了？”风夕一听就明白了，淡淡地讥笑道，“难怪说无商不奸，尚也果然够奸诈！”

“昨夜经你我那一闹，尚也岂敢再在曲城待下去？当然要趁背后指使的那人还未发觉时逃走。他半夜里带着发妻长子，亲自赶着马车悄悄地溜了，走前放了一把火，想来个假死，只可惜呀，死的却是那些还在睡梦里的尚家姬妾、仆从。”丰息拍拍手，似要拍掉手中残留的叶末，又似为尚也此举鼓掌，嘴角噙着一抹耐人寻味的浅笑。

“尚也能当机立断，处事够果断，能带走妻儿，人性未绝，而倾国财富，当舍即舍，是个狠角色，难怪能成为幽州巨贾！”风夕冷笑。

“如他这般的人，才能在这弱肉强食的世间活得好好的。”丰息又拔掉一片枯叶，“他十分聪明，只要留着性命，自还能再创一份家业，得先有命，才能有其他的一切。”

“你倒好似目睹了他的一举一动。”风夕蹙眉，落在他身上的目光瞬间变得雪亮尖锐。

“我去了祈雪院，岂能亲眼看到？”丰息淡淡一笑，将枯叶丢入盆中，“不过是我派去尚家的人亲眼看到并告诉我罢了。”

他的话说完，房中顿时有片刻的宁静。

"你……哈哈哈哈……果然！"风夕蓦然大笑着起身，抬手落向额间，五指微张，似想遮住双眸，"我说你为何会对韩家的事这样关心，其实我早就应该想到才是，你做任何事都是有目的的，做任何事之前早就计算得一清二楚！是我蠢，现在才想清楚！"

"姐姐……"韩朴看着大笑的风夕，有些心惊和害怕，不由得去拉她的手。

"我若不如此做，又岂是你所认识的那个丰息？"丰息依旧神色淡然。

风夕似并未感觉到韩朴拉住她的手，飘忽的目光落在丰息身上，语气轻柔得似呢喃："你既早已遣人伏在尚家，那么尚家的家财定未全毁于火中，十成中至少有八成落入你手！然后你再从尚家家财中拨出些许施舍给因大火而受害的百姓，便得了善名。听听……现在不是满街的人都在赞扬黑丰息丰大侠施粮济灾的仁义之举吗？好一招名利双收啊！"

"哈哈哈哈……"丰息拊掌而笑，"女人，这世上果然是你最了解我。"

"是啊！"风夕意兴阑珊地坐回椅中，"你明明是一只狡猾、奸诈、阴狠、自私、冷血、无情的狐狸，可世人为何看不清你，为何还称颂你为当世大侠？世人的眼睛到底是如何长的？"

"我从来没有说过我自己是善人侠者，世人却偏偏认为我是仁义大侠，黑丰息似乎比白风夕更有侠义风范。"丰息依然在笑，笑中却带着嘲弄，"你说是我做人太过成功，还是世人识人太过失败？"

"曲城的百姓在称颂你，可你在财富与人命之间选择了前者！你本可以救出那些大火中的人，却宁愿搬那些死的金银珠宝，也不愿对火中的活人施以援手！你怎可冷血至此！"风夕声音低沉喑哑，靠坐在椅上，五指遮住眼眸，"早知如此，我昨夜便应杀了尚也！"

"只能二选一时我当然选对我有利的。"丰息神色淡淡，对风夕的指责毫无愧疚之感，"何况我以尚家之财可救上百家，而弃财救人，不过救得数百人而已。"

"算计得真是清楚！"风夕落在面上的手指微微发抖，"昨夜你到底做了多少事呢？"

"昨夜做的事可不少呢。"丰息移步到她对面的椅上坐下，目光落在她身上，似在探究着什么，又似在算计着什么，"不过我想你大约都想到了。"

"既然尚家的家财都落入你手，那么祈家的家财想必也难逃你手。"风夕的声音透出一丝疲倦。

丰息无声地笑，目光亮亮地落在风夕身上，似猎人看着他掌中的猎物："玉雪莲是千金难求的灵药，可用来给你解毒时，我竟未有犹疑。现在我倒明白了，你真的不能死，你若死了，这世上还能有谁如你一般知我解我？那样的人生太过寂寞无趣了。"

风夕扯起唇角讥讽地笑："尚家、祈家已失主人，两家已乱，更有你这只狐狸在旁算计，两家家财会尽数落入你手中我不奇怪。只是两家旗下之钱庄、店铺遍布大东，皆设有管事，现下没了主人，定都自立为主，那些铺子才是尚、祈两家财富中的大头，你如何舍得？可你又如何能得？"

"威逼利诱，是人便无法逃过。"丰息左手摊开，五指做出一个抓拢的动作，"尚家、祈家所有的东西我都抓在手中！"

"幽州最富，富在曲城，曲城已乱，幽州必动。"风夕深深地叹息，"祈、尚两家入你囊中，便等同于半个幽州入你囊中，这才是你来幽州的目的。我虽早就知道你的本事，可你每每还是能叫我出一身冷汗。"

“皇朝得了玄极，我得半个幽州的财富，你说我们谁胜谁负呢？”丰息浅浅地笑着，雍容如王者。

“江湖、侯国都被你玩弄于股掌之中，这样深的城府，这样精密的算计，谁比得上你啊！”风夕冷冷一哼。

丰息闻言却起身走到她身前，俯身凑近她，近得温热的鼻息拂在她的脸上。他拿开她遮住眼眸的手，直视她的眼眸。

“女人，你生气难过是为祈、尚两家，还是为……我？”

风夕的眼眸幽深如潭，看不见底，静得不起一丝波澜。

丰息的目光雪亮如剑，似要刺入那双眼眸的最深处，探个明白。

两人目光胶着，默默对视，室内一片令人窒息的沉静，只有韩朴紧张的呼吸声。

良久后，风夕起身，牵起一旁不知所措的韩朴往门外走去，手按上门，回头看一眼丰息。

“你……十年如故！”

笑儿在收拾细软，瞟见怔怔地坐在桌旁的凤栖梧，见她虽依旧面色冷淡，一双眼睛里却泄露了太多复杂的情绪。

“凤姑娘。”笑儿轻唤一声。

“嗯。”凤栖梧转头，有片刻不知身在何方的迷惘。

笑儿见状，心中微微一叹，面上却依然露出微笑：“姑娘在想什么呢，想得这般出神？”

“风姑娘。”凤栖梧老实地承认着，眉心微蹙，“那样的女子我从未见识过。”

“一言一行皆不合礼数，张狂无忌更胜男子。”笑儿轻轻说着，笑着看向凤栖梧，“姑娘可是这般想？”

“是啊！”凤栖梧点点头，目光落向空中，“明明很无礼，看着却让人从心底发出惊叹与艳羡。”

“笑儿跟在公子身边五年了，还未见着夕姑娘，便已知道有夕姑娘这么一个人。后来我与夕姑娘相见也只那么几次，但每次都会见到她与公子打打闹闹，这么多年了，他们竟未有丝毫改变。”笑儿看着凤栖梧，话中隐有深意。

凤栖梧闻言不由得看向笑儿。她也是玲珑剔透之人，这一路行来，见着了一些丰息身边的人，她虽不说，但也知他们皆是些非比寻常之人，便是身边侍候着的笑儿、钟离、钟园，看似年龄小，却也个个有着一身非凡本领，看人待事不同一般。

“笑儿，你想告诉我什么？”

笑儿只是笑笑，转而问道：“姑娘觉得公子是个什么样的人？”

丰息是个什么样的人？

凤栖梧默然半晌才道：“我看不清。”

是的，虽相伴数月，她依然不知他到底是个什么样的人。他虽为武林中人，却随从众多，言行举止雍容有礼，吃穿住行精致无比，竟比那些王侯贵族还来得讲究。虽人在眼前，她却无法知其所思所想，深沉难测就如漆黑无垠的夜，可包容整个天地，却无人能窥视一丝一毫。

“看不清自然也就难想清，因此姑娘大可不必想太多，公子既请姑娘同行，必会善待姑娘。”笑儿扶起她，“东西已收拾好，马车想来已在店外候着，我们走吧。”

两人走出门，便见丰息的房门砰地打开，走出风夕与韩朴。

目光相遇的瞬间，凤栖梧瞅见那个潇洒如风的女子眼眸深处那一抹失望与冷漠，再看时却已是满眼的盈盈笑意，让人几乎怀疑刚才眼花看错了。她的目光再扫向风夕身后，房中的丰息神色平静淡然，只是眼眸微垂，掩起那墨玉似的瞳仁。

“凤美人。”风夕笑着唤眼前亭亭玉立的佳人，似一株雪中寒梅，冷傲清艳。

“风姑娘。”凤栖梧微微点头致意。

“唉，只要看到你这张脸，便是满肚子火气也会消了。”风夕左手拉住凤栖梧的手，右手轻勾凤栖梧的下巴，轻佻如走马章台的纨绔子弟，“栖梧，你还是不要跟着那只狐狸的好，跟在我身边吧，这样我们便可朝夕相对，若能日日看着你天仙似的容颜，我定也会延年益寿，长生不老的。”

“夕姑娘，你这话便是那些天天逛青楼的男人也说不出。”笑儿忍不住偷笑。

“你这小丫头。”风夕放开凤栖梧，手一伸，指尖便弹在笑儿脑门上，“我要是个男人就把你们俩全娶回家，一个美艳无双，一个笑靥无瑕，真可谓享尽齐人之福呀！”

“呵呵，不敢想象夕姑娘是个男人会是个什么样。”笑儿笑得更欢了，就连凤栖梧也忍不住露出一丝笑意。

“我要是个男人呀，那当然是品行才貌天下第一的翩翩佳公子！”风夕大言不惭地道。

“好啊，夕姑娘，你若是个男人，笑儿一定追随你。”笑儿边笑边说，扶着凤栖梧往店门口走去。

“唉，可惜老天爷竟把我生成个女子，辜负了这般佳人。”风夕长长地惋叹，面上更是露出悲凄之色。

“姐姐，你这个样子会让老天爷后悔把你生出来的。”冷不丁地，韩朴在风夕身后泼来一盆冷水。唉，有时候他真后悔认了这人做姐姐。

“朴——儿——”风夕回身拖长声音唤着。

“凤姐姐，我扶你下楼。”韩朴见状马上一溜烟儿地跑至凤栖梧身边，殷勤地扶着她。

“见风使舵倒是学得挺快的。”风夕在后一边下楼一边喃喃地道。

“与你齐名真的挺没面子的。”她身后冷不防又传来一句。

风夕白了一眼丰息，然后转头目光落在门外的两辆马车上，霎时又笑得灿烂：“钟离、钟园，你们和那只黑狐狸坐颜大哥的车，这辆车便是我和凤美人坐的。”

她一步上前，轻轻一跳便跃上车，然后一一将凤栖梧、笑儿、韩朴拉上车，接着一关车门，留下呆站在车下的钟离、钟园。

“公子。”钟离、钟园回头看向丰息。

丰息看一眼后面那辆在旁人眼中应算上等的马车，眉心微皱：“牵我的马来。”

“是，公子。”

三月中，正是春光融融时分。

清晨，微凉的春风吹开轻纱似的薄雾，吹落晶莹的晨露，卷一缕昨夜桃花的幽香，再挽一线绯红的朝霞，拂过水榭，绕过长廊，轻盈地，不惊纤尘地溜进那碧瓦琉璃宫，吻醒轻纱帐里酣睡的佳人。

服侍的宫女们鱼贯入殿，钩起轻罗帐，扶起睡海棠，披上紫绫裳，移来青铜镜，掬起甘泉水，濯那倾国容。接着她们为那海棠拾起碧玉梳，绾上雾风鬟，插上金步摇，簪起珊瑚钿，淡淡扫蛾眉，浅浅抹胭红，待到妆成时，便是艳压晓霞，丽胜百花的绝色佳人。

“这世间再也不会有人比公主生得更美了！”

落华宫中，每一天都会响起这样的赞美声，幽州王宫里的人只要一听，便知这话是自侍候纯然公主的宫女凌儿口中说出的。

有着“大东第一美人”之称的幽州公主——华纯然，垂眸看着铜镜中那张无双丽容，微微抿唇一笑，挥挥手，示意梳妆的宫女们退下。

她移步出殿，朝阳正穿过薄雾，洒下淡淡的金光，晨风拂过，殿前春花点头。

“公主，可要往金绳宫与主上一起用早膳？”凌儿跟在她身后问道。

“不用，传膳晓烟阁。我先去冥色园，昨日那株墨雪已张了朵儿，今晨说不定就开了。”华纯然踩在被晨雾熏湿的丹陛上，回头对身后的凌儿吩咐，“你们都不用跟着，忙去吧。”

“是，公主。”凌儿及众宫女退下。

冥色园是幽王为爱女纯然公主建造的花园，这花园不同于其他花园，其中只种牡丹，收集了天下名种，放眼整个大东，绝无第二个，而且平日除种植养护的宫人外，未得公主的允许，任何人不得进园。

三月正是牡丹花陆续开放的时节，园中满是含苞待放的花蕾与盛放的花朵，红的、白的、黄的、紫的，满目艳光，人行花中，如置花海，花香袭人，沁脾熏衣。

华纯然绕过团团花丛，走至园中一个小小的花圃前，花圃中仅种有一株牡丹。

“真的开花了呢。”

看到花圃中那株怒放的牡丹，华纯然不由得面露微笑。

那株牡丹不同于这园中任何一株，它高约三尺，枝干挺拔，翠绿的枝叶中绽放着一朵海碗大的花朵，花瓣如墨，花蕊如雪，雪蕊上点点鹅黄，端是奇异。

“墨雪，真是如墨似雪。”华纯然呢喃轻语，伸手轻抚花瓣，却似怕碰碎一般，只是以指尖微微点了花瓣一下，弯腰低头，嗅那一缕清香。

“唉……原来这世上还有这样的美人啊！”

蓦然，一道清亮的嗓音响起，仿佛是来唤醒这满园还微垂脑袋、睡意未退的牡丹的，也惊起了沉醉花香中的华纯然，她抬首环顾，花如海，人迹杳。

“人道牡丹国色天香，我看这个美人更胜这花中之王呀！”那道清亮的嗓音再次响起，带着一种欣喜的惊叹。

华纯然顿时循声望去，便见高高的屋顶之上，坐着一名黑衣男子及一名白衣女子，朝阳在两人身后洒下无数光点，驱散薄薄的晨雾，却依然有丝丝缕缕的雾气，似对那两人依依不舍，绕在两人周身，模糊了那两人的容颜。那一刻，华纯然以为自己见着了幻境中的仙影。

“黑狐狸，你说书上所讲的‘沉鱼落雁、闭月羞花’是不是说的就是眼前的这个美人？”风夕足一伸，踢了踢身旁的丰息。

“所谓美人者，以花为貌，以月为神，以柳为态，以玉为骨，以冰雪为肤，以秋水为姿。这位佳人当之无愧。”丰息也由衷地点头赞叹，末了又加了一句，“你实在应该学学人家。”

这是华纯然第一次见到“白风黑息”，很多年后，当华纯然年华老去，对着铜镜中那皱纹满布的容颜，却依然能面带微笑，轻松愉悦地回想起这一天，这个微凉的充满花香与惊奇的早晨。

最初的震惊过后，她并未去细想这两人不惊动王宫内外重重守卫而抵达她面前的本领有多危险，而是从容地笑问“天外来客”：“两位是从天上飞来的，还是被风从异域吹来的？”

“哈哈……”风夕闻言轻笑，“美人儿，你都不害怕吗？不怕我们是强盗，来劫财劫色吗？”

“若所有强盗都如二位这般风仪非凡，那么纯然也想做做强盗。”华纯然不慌不忙地答道。

“好好好！”风夕拍掌赞道，“公主不但容貌绝佳，言语更妙，真是个可人儿，这‘大东第一美人’的称号实至名归呀！”

晨雾终于不敌朝阳，悄悄散去，华纯然虽因距离太远无法将屋顶上的人的容颜看得真切，但将两人额间那一黑一白的两枚月形玉饰看得分明，玉饰映着朝霞，闪着炫目的光华。

“若纯然未认错，两位定然就是大名鼎鼎的‘白风黑息’了。”华纯然目光落在那两轮弯月之上，悠然地说道。

“哈哈……”风夕放声而笑，“深宫之人竟也有如此眼光，不错，能见着你，便也不枉我走这一遭。”

“并非纯然眼光好，而是两位名声之广，无论是街头巷陌，还是深宫幽闺，都有耳闻。”华纯然微笑着道。

风夕足尖一点，优雅如白鹤展翅，轻盈地落在华纯然面前，从左至右，从上至下，仔仔细细地将华纯然又看了一回。

但见佳人扶花而立，目如秋水，脸似桃花，纤秾合度，丰韵娉婷，当真举世无双。

“好美的一张脸啊！”风夕看着看着实在忍不住，手不由自主地便摸上了美人软玉似的脸颊，“真想把这张脸收藏在袖，好日夜观赏。”

“唉，你这种轻狂的举止真是唐突了佳人。”丰息看着风夕那无礼的举动，摇头叹息，身形一动，从容走下，便似空中有一座无形之桥。

“黑狐狸，别打扰了我看美人。”风夕左手赶苍蝇似的向后挥挥，右手却还停在美人脸上，摇头晃脑，念念有词：“我一夜未进食，本已饿极了的，谁知一看到你，竟是半点儿也不觉得饿了，这定是书上所说的‘秀色可餐’。”

华纯然任凭风夕又摸又看，只是淡然而立，浅笑以待。

“唉！我怎么就不生成一个男子呢？这样就可以把这些美人全娶回家去了！”终于，风夕恋恋不舍地放开了手。

华纯然抿嘴一笑，然后盈盈一礼："'白风黑息'果是不凡，纯然今日有幸，能与两位相识。"

"哎呀！公主向我等草民行礼，这不是折杀我等吗？"风夕赶忙跳起来，缩到丰息身后，脚一抬便踢向丰息膝窝："黑狐狸，你便向公主拜两拜，算替你我回礼吧。"

未见丰息有何动作，身形却已移开一步，躲过了那一脚，然后从容施礼，落落大方，风度怡人："丰息见过公主。"

"听闻'白风黑息'素来行踪飘忽，难得一见，却不知今日因何到此？"华纯然抬眸望向两人。

"我就是想来看看华美人你啦。"风夕被那株墨雪牡丹吸引，不由得走了过去，同时道，"这只黑狐狸找你却是另有原因的。"

"哦？"华纯然闻言看向丰息，与他目光相遇，顿时心头微跳。王侯公子她不知见过几多，却未有一人如眼前之人这般高贵清雅，他立于王宫御苑，如立于自家庭院，别有一种自信从容的气度。

丰息从袖中取出那块粉色丝帕递过去："公主可曾见过此物？"

"这个？"华纯然接过丝帕，不由得惊奇，"这是我的丝帕，不知如何到了公子手中？"

"这真是公主之物？"丰息反问，目光柔和。

"当然。"华纯然细看那丝帕，指着帕上的图案道，"这乃我亲手所绣，我自然识得。"

"原来这蛩蛩距虚是公主绣的。"丰息一副恍然大悟的样子。

"公子也知这是蛩蛩距虚？"华纯然听得这话，心头一动。要知这蛩蛩距虚乃上古传说中的异兽，别说是识得，便是听过的人也是少有，想不到他竟也知。

"呵呵……华美人，你知道这丝帕是如何到他手中的吗？"风夕忽然插口，绕着那株牡丹左瞅右瞧的。

"纯然正奇怪呢，风姑娘可能为我解惑？"华纯然回首，却见风夕一张脸已凑在花前不到三寸之距，手指还在拨弄着花蕊，看样子似是想将花蕊一根根数清。

"哈哈……我当然知道啦。"风夕笑道，抬首回眸，目光诡异，"就是那风啊它吹啊吹啊吹……将这丝帕吹到数百里外的长离湖畔，然后从天而降，落在这只黑狐狸手中。"

"呵呵……风姑娘真会开玩笑。"华纯然以袖掩唇而笑，螓首微垂，仪态优美，风姿动人。

"唉，美人一笑，倾城又倾国。"风夕喟然而叹，手一挥便带起一阵轻风，霎时满园牡丹摇曳起舞，"便是这号称国色的牡丹也为之拜服呀！"

风中摇曳的牡丹比亭亭静立之牡丹更添一番动人风华，华纯然此刻却看着风夕有些发怔，满园牡丹，满目的国色天香，可她素衣如雪，掩了满园牡丹的光彩。

愣怔了片刻，华纯然轻轻叹息："风姑娘这样的人物，才让人衷心拜服。"

风夕闻言眨了眨眼睛，然后看向丰息："听到了没？这可是出自大东第一美人之口呀，以后你少说什么和我齐名很没面子，与我齐名那是我纡尊降贵了，你应该每日晨昏一炷香地拜谢老天爷让你和姑娘我齐名。"

丰息还未有反应，华纯然已轻笑道："若有风姑娘相伴，定是一生笑口常开。"

"哎呀，那也不好呀，难道光顾着笑，都不吃饭了吗？饿着了你，我会心疼的。"风夕摇摇头，手抚着肚皮，"我们凡人，还是需要五谷养这肉身的。我说华美人，你能请我吃顿饭不？"

"哈哈哈哈……"华纯然终是止不住笑出了声，"既然风将我的丝帕吹至二位手中，又将二位送至我跟前，这也是奇缘，便让纯然稍尽地主之谊，招待二位如何？"

"哎呀，公主不但人漂亮，说话也漂亮。"风夕拍手道。

"丰公子可赏脸？"华纯然再问一旁正端详着那株牡丹的丰息。

"这株牡丹想来是公主精心培育。"丰息手抚花瓣，微微叹息，"如墨似雪，端是奇绝，只是不适合种在这个牡丹园中。"

"哦？为何呢？"华纯然看着他，忽觉眼前之人竟极似那花。

"这花啊，要么遗世独立，要么出世倾国。"丰息回首，黑眸如夜。

华纯然胸膛里有什么东西猛然一跳，耳膜震动，脑中心跳之声久久不绝。她目视丰息，半晌无语。

"喂，两位，吃饭比较重要啦。"

耳边听到风夕的召唤声，华纯然转身看去，便见她在花间飞跃，白衣飞扬，长发飘摇，足尖点过之处，花儿依旧，枝叶如初，口中还哼着不知名的俚歌。

当春风悄悄，
杨柳多情，
我踏花而来，
只为看一眼妹妹你的笑颜。
…………

第十三章　落华纯然道无声

落华宫里，纯然公主最信任的侍女凌儿这几天有些不开心，又有些开心。

不开心的原因便是此刻霸占了公主床榻酣然大睡的人。想想这个不知从哪里冒出来的风夕，凌儿便一肚子不满。

这位公主十分推崇的所谓的“风女侠”，在宫中这么多天，凌儿未见其有何不同凡响之处。这些天来她所有的表现，基本上只能用“好吃贪睡的懒虫”来形容，她一天里大半的时间是在睡觉吃东西，另一小半的时间则是和宫女们调笑嬉闹。

比如说，她会无声无息地突然出现在你身后，将你吓个半死的同时变戏法似的将一朵美丽的花儿簪在你的鬓上，夸赞你的美貌；白天告诉你江湖上的生活有多精彩有趣，让你心痒难耐，到了晚上却和你说些鬼故事，让你彻夜不敢入眠。

她仗着曾周游各国，于是今天教这个画什么“笼烟眉”，明天教那个抹什么“泪线腮”，后天再指点这个梳什么“惊鸿髻”，还说什么用龙涎香熏衣简直是糟蹋衣裳，女儿家应该知道什么叫天香染袂……

于是落华宫整日里就只听得这些话：夕姑娘，我今日画的眉可好看？夕姑娘，我头上这支步摇如何？夕姑娘，我将衣裳的袖子收收是不是更好些？夕姑娘，这是我今晨采的花露泡成的茶，你尝尝。夕姑娘，这是我做的点心，你趁热吃……

整个落华宫的人都快忘记这儿真正的主人是谁了。

至于让凌儿开心的事嘛，她悄悄瞟向花园暗香亭内正与公主对弈的丰公子，看到那玉树临风的身影，她一颗心就扑通扑通地跳个不停。

她第一次看到这位丰息公子时，以为是哪国的公子驾临。公主的几位兄弟也是相貌堂堂，可一跟这丰公子相比，便有如鸦雀对比彩凤，更别提丰公子那种令人如沐春风的仪态风度了。

而且他有满腹才华，能与公主诗词相和，琴笛合奏，棋画相拼，更别提公主歌一曲《出塞令》时，他拔剑而舞的飒飒英姿，令人为之倾倒。

这样一个只出现在少女梦中的完美男子，想不到世间竟真有一个。所以落华宫的宫女们见着他会脸红，会紧张得说不出话来，被他注视会手足无措……这些在凌儿看来都是可以原谅的，毕竟她自己也是这样。

凌儿胡思乱想之际，定定地注视着暗香亭。

百花簇拥中的华纯然与丰息，远远看去，真是一对才貌相配的璧人，仿佛是画中的神仙眷侣，让人看着便要由衷地羡慕赞叹，以至于凌儿看着看着便出了神。只是……这画中似乎多了一点儿刺目之物，她定睛一看，顿时气不打一处来——这个风夕是什么时候跑去的？又在打扰公主与丰公子相处！

“华美人，不应该这样下啊！”

华纯然刚要落下的棋子忽被劫走，落向了另一个地方。

“华美人，你应该这样下，然后呢，这只狐狸肯定要下这里，你呢再下这里，他再下这里，然后你再这样，最后呢……你看这不就把他全围起来了嘛，叫他无路可逃！哈哈……这就叫作‘活捉黑狐狸’，哈哈哈哈……”风夕两手在棋盘上手起子落，一盘棋不到片刻便给她自个儿全走完了。

华纯然看向棋盘，然后由衷地赞道：“原来风姑娘棋艺如此高明。”

她的棋艺是幽州有名的国手教的，素来也自负棋艺，可这几日与丰息下棋已近十局，她无一局胜出，眼前这盘己方处于下风的棋局，经风夕这么一拨弄，竟是转败为胜了。

“嘻嘻……不是我高明，而是我熟知狐性。”风夕笑眯眯地趴在桌上，偏首看着华纯然，这个习惯是最近养成的，按她的话说是看美人的脸可以养目。

而远处，凌儿咬着牙，拧着手，跺着脚，恨恨地看着风夕。当然，她决不会承认她是在羡慕妒忌风夕。

“人说江湖多草莽，我却不以为然。”华纯然看着眼前两人，目中皆是赞赏，“所有的江湖人都如二位这般通诗文，精六艺，知百家，晓兵剑吗？便是王侯子弟也不及二位。”

“嘻嘻……”风夕笑笑，身子一纵，便坐在亭子边的栏杆上，垂着的腿在栏杆下左摇右摆，“我也想问问，所有的公主是否都如你一般大胆，敢在宫中收留来路不明的江湖人？”

华纯然回头看一眼丰息，见他也正注目于她，似对她的答案颇为好奇。

她当下嫣然一笑，指尖挽一缕垂在胸前的长发，慢声细语地道：“纯然之所以敢挽留两位做客宫中，是因为纯然自认一双眼睛看人不差。”她顿了顿，目光落向亭外的花海，有些恍惚，仿佛看到了遥远的未来，“两位这般奇特之人，对一生都将居于深宫大宅的纯然来说，是难得的奇遇，或许可以说是纯然此生最有意思、最值得回味的事，所以既已得之，我必珍之。”

丰息低首看着棋盘上的棋子，拈一粒白子，淡淡一笑道：“得之我幸，失之我命。”

“是。”华纯然一笑点头，看着丰息，目光如水。

“华美人，你说你一生都将被锁于深宫大宅中，那有没有想过要去外面看看呢？”风夕笑得坏坏的，似想勾引小白兔的狐狸，“踏出这个深宫，你会发现外面无论是花草树木还是人生百态，都比这宫里要精彩多了哦。”

“不。”谁知华纯然竟摇摇头，面上微笑未敛，起身走至栏畔，掬一朵伸至栏杆的牡丹，

“我就如这朵花一样，适合长在这个富贵园中。”说着她放开牡丹看向风夕，一双眼眸清明如镜，“我到外面去干吗呢？只为着看外面的花草树木、各式人物吗？或许一开始我会有新奇之感，但世间有人的地方又岂会有二般风景？”

见风夕目露讶异，她只是一笑，继续道：“我既不会纺纱织布，也不会耕田种地，更用不惯粗茶淡饭，如何适应平常百姓的生活？我只会一些风花雪月的闲事，喜欢华美的衣饰，喜欢精美的食物，喜欢歌舞丝竹，还需要一群宫人专门服侍我……我自小至大学会的是如何在这个深宫中生存。”

风夕长眉一挑，然后拍掌赞叹：“好好好！我本以为你会像某些深闺小姐一样豪气地道‘且将富贵弃如土，换得逍遥白头人’，华美人虽说深居宫闱，却有慧根慧眼，识人知己。”

丰息一边将棋盘上的黑白棋子分开放回棋盒，一边道：“看似你就山，实则山就你。”

华纯然闻言目露异色，看着丰息，似叹似喜。

风夕却不再言语，只是坐在栏杆上，一手托腮，笑看两人，目光深沉却神色淡然。

暗香亭中于是一片静谧。

“公主，主上请您过去。”凌儿忽然上前禀报。

“哦。”华纯然点头起身：“我去去就回，两位请自便。”

“公主请便。”风夕与丰息皆微笑着目送她。

回到寝殿，华纯然换了一身较为明艳的衣裳，问侍候的凌儿：“知道父王召我所为何事吗？”

“奴婢向传信的宫人打听了，好像是跟公主私留的两位客人有关。”凌儿答道。

“我不是告诫你们不能将他们在此的消息泄露吗？为何此事会传至父王耳中？”华纯然闻言顿时目光转冷，扫向凌儿。

凌儿心头一跳，赶忙跪下答道：“公主，奴婢确有按您的吩咐告诫了落华宫里所有的宫女、内侍，绝不许将丰公子与风姑娘在宫中之事宣扬出去，奴婢也未曾向任何人泄露此事，请公主明鉴！”

华纯然看了她一眼，然后挥手：“起来吧，我又没怪你，你慌什么？”

“谢公主。”凌儿起身，有些忐忑地看看她，然后小声地道，“公主，奴婢斗胆猜测，此事或许跟凌波宫的淑夫人有关。公主这几日都在宫中陪伴两位客人，前天奴婢见到凌波宫的人在宫外转悠，还向奴婢打听这几日怎么不见公主出门，我只推说公主这几日身体不适在休养。”

“哦？”华纯然瞟一眼凌儿，片刻后才淡淡地道，“走吧，别让父王等得太久。”

她一挥袍袖当先而行，身后跟着凌儿及众宫女、内侍。

暗香亭里，风夕笑吟吟地看着丰息，而丰息只是将几颗白子抓在手中把玩，目光微垂，怡然自得。

“你说，这个华美人如何？”风夕问。

“很好。”丰息漫不经心地应道。

“只是这样？”风夕身子一纵，于他对面落座。

“如果你是问我，韩家灭门之事是否为她主使，那我可以告诉你，不是。”丰息依旧把玩着手中的棋子，头也不曾抬一下，“或有其能，却未有其心。”

“这个你不说我也知道。”风夕摇头，盯住他，“我是问，你在打什么主意？”

丰息终于抬头看她，淡笑着道：“女人，说起来，这十来年你欠了我很多人情呢。”

“怎么？你想叫我给你办事来还人情？”风夕眼眸微眯，脸上笑容不改，“没门儿！八百年前我就告诉过你，想从我这儿得到回报是不可能的，所以你趁早打消主意。天下你要算计谁便算计去，但绝不要算计到我头上。”

“想让你回报我？我从未存此念。”丰息摇头，抬手将掌中的棋子全部放回棋盒中，“我只要你置身事外。不管这个幽王都里发生什么事，你都不许来破坏我的计划，这对你来说不是什么难事，更谈不上算计。”

“怎么？想让我只看戏而不掺一脚？”风夕趴在桌上，仰首看着他。

丰息指尖轻轻点着桌面：“你知道吗？我前段日子路过落日楼时，吃了几道很不错的菜肴……”

“你做给我吃？”风夕一听马上抓住了他的手，眼睛亮晶晶地看着他，就差嘴角没流出口水，身后没摇着尾巴。

“要是你肯偶尔帮我一点儿小忙的话，我倒可以考虑。”丰息姿态从容优雅。

“你这只狐狸，认识你十来年，你却只做过一次东西给我吃！”风夕指责着他，手下意识地加上了几分力道。

“可是那一次让某人垂涎至今。”丰息左手一抬，指尖轻扫风夕手腕，将快被握断的右手救出来。

“是啊！”风夕虽心有不甘，却不得不承认，“你这只黑心黑肺的狐狸做出的东西是我吃过的所有东西中最美味的。”

“那你答不答应呢？”丰息不紧不慢地问道。

风夕不答，只是笑吟吟地看着他，目光如芒刺似的盯着他，半晌后才道：“你想娶华美人，当幽州的驸马？”

“你觉得如何呢？”丰息笑吟吟地问道，同样盯着她。

“啊呵……好困哦。”风夕忽然打了个长长的哈欠，双臂一伸，趴在桌上睡去。

霎时亭中一片安静，丰息静静地看着似已睡去的风夕，良久后，俯首在她耳边低语：“娶幽州公主，你觉得如何呢？”

亭中静静的，风夕没有回答。

“女儿拜见父王。”金绳宫的南书房里，华纯然盈盈下拜。

“纯然快起来。”幽王起身亲自扶起爱女。

今年五十岁出头的幽王保养得当，看上去也就四十四五岁，中等身材，不胖不瘦，继位为王已有十一年，眉宇间已凝就了王者的威严。

“不知父王召女儿前来何事？”华纯然起身问道。

“没什么事，只是好几日没见纯然了，想看看我的宝贝女儿。”幽王满面慈爱地看着自己最疼爱的女儿，“正好近日山尤国使臣到来，进献了一批上等丝绸霞烟罗，待会儿你去挑几匹喜欢的做衣裳。”

“多谢父王。”华纯然挽着幽王的手臂，一派天真的小女儿娇态，“女儿也想天天都能侍奉父王，只可惜父王忙于国事，平日里难得有空见我们几个儿女。”

“这还不都是你那几个兄长太过无能，不能替父王分忧，事事都得我亲自处理。”幽王爱怜地看着女儿。他有十七个儿女，但最疼爱、最喜欢的便是这位六公主，“若纯然生为男儿便好了。”

华纯然闻言轻笑，道：“父王，并非王兄无能，只是比起父王来，自是望尘莫及，因此父王才会觉得他们不堪重用。但虎父无犬子，假以时日，兄长们必会学得父王才干，成为像父王一样英明的男儿的。”

“哈哈哈哈……还是我的纯然会说话。”华纯然几句话哄得幽王欢笑不已。

“父王，”华纯然扶着父亲在椅上坐下后，不轻不重地为幽王捶着肩背，捶得幽王通体舒泰，“朝中有些琐事交给大臣们去办就好了，何必事事亲为呢？不然您累着了女儿可是要心疼的。”

“好好好！”幽王心头大悦，抬手轻拍爱女的小手，“父王再忙也要抽出时间陪陪我的女儿。”

“父王，您喝茶。”华纯然将桌上的茶捧过奉与幽王，轻声细语地道，“父王，纯然平日里听几位兄长提过，说国中钱起大人、王庆大人、向亚大人都是有才干的忠臣。女儿有时就想啊，既然这几位大人这么能干，父王当委以重任，这样父王既可显示贤达重才的英明，又可多些时间陪陪宫中的几位夫人。”说到此处，她忽地轻轻叹息一声。

幽王听到此处一愣，转头便见女儿柳眉微颦，目露忧愁，顿时心尖上便似被人揪了一下，满怀关切地问道：“纯然，怎么啦？”

“没什么。”华纯然强自一笑，“只是女儿自幼没了母亲，所以视宫中的几位夫人如同母亲一般，时常去给几位夫人请安，只是夫人们都很想念父王，女儿去了反倒……”她说到此处话尾一收，只是默默垂首，不胜可怜。

果然，幽王一听此话便连忙追问：“纯然，你可是受了什么委屈？”

“女儿哪有受什么委屈？”华纯然转过脸，“父王这般疼爱女儿，兄弟姐妹之间也极尽友爱，这宫中不曾有人对纯然摆脸色、说冷语的。”

“摆脸色？说冷语？”幽王脸色一肃，眉头一竖，“谁人如此大胆，敢欺负我的纯然？！”

“父王误会了，没有人如此。”华纯然慌忙道，脸却转向另一边，声音轻轻的，似有无限委屈。

幽王扳过女儿的脸，果见她玉似的脸颊上有一行泪痕，顿时心疼不已：“纯然，父王心里明白，你也不用替她们遮掩，定是我多疼你一些，便有人眼红心妒了！”

“父王，”华纯然投入幽王怀中，嘤嘤哭泣，“没人欺负女儿的，父王国事繁重，女儿不想父王再操心。女儿只是没了母亲，心里没个依靠，时常感到孤单罢了。”

“乖，我的乖女儿不哭。”幽王顿时化身慈父，这会儿为了哄得爱女露出笑颜，只恨不得将天下珍宝全捧来才好，“你还有父王啊，父王就是你的依靠，定不会让任何人欺负你的。”

“嗯，女儿明白。”华纯然在幽王怀中点点头，然后放开了幽王，一张玉颜梨花带雨，我见犹怜，更何况疼她入骨的幽王。

“乖女儿，别哭了。”幽王拥着女儿坐下，一边拾起丝帕给女儿擦泪，“这么多的儿女中，父王最疼的就是纯然了，只要看着纯然，心里头所有的烦事就都飞走了。可你这一哭啊，父王的心就像被针刺了似的，疼得要命。”

闻言，华纯然破涕为笑，撒着娇道：“父王，你这是在笑话女儿，本来女儿是有好事要说与父王听的，这会儿女儿不要说了。”

“好吧，好吧，父王不说了，还是我的纯然说吧。”幽王爱怜地抚抚女儿的头，“纯然想要说什么好事？”

华纯然端正了神色，道：“父王，不知您有没有听说过‘白风黑息’？”

“‘白风黑息’？”幽王目光一闪，看着爱女，“父王听说过，这两人乃武林中的绝顶高手，纯然何故提起他们？”

华纯然盈盈笑道：“女儿正是想禀告父王，这‘白风黑息’正在女儿的宫中做客！”

幽王闻言，顿时双眉一皱，其实他已经知晓此事，本来也是想要与她说这事，却没想到女儿如此坦白地告诉他。他看着爱女，道：“纯然，你公主之尊，岂能接触这些江湖中人？况且这黑丰息乃是男子，留在你宫中，若传扬出去，岂不坏你声誉？”

“父王，”华纯然不依地摇摇幽王的肩膀，“那‘白风黑息’一男一女可是同在女儿宫中，女儿是敬他们卓绝的本领，所以招待他们，宫中上百的宫女、内侍看着，女儿坦坦荡荡的，不怕被小人诬蔑。况且父王曾说，江湖草莽中也出奇人俊士，通过这些天的接触，女儿觉得这‘白风黑息’真乃旷世奇才，父王若得他们相助，定能大展宏图，我幽州将来定不会再屈居于冀州、雍州之下！”

“哦？”幽王眼带奇异，“如此说来，纯然是想引介这二人为父王所用？”

“嗯。”华纯然点头，一边重斟了茶水捧给幽王，“父王，光凭这两人不惊动宫中守卫便自如出入王宫的本领，女儿便觉得父王可以招揽，更何况这两人之才干还远不止如此，所以女儿才百般结交他们，就是想将他们留在幽州，以襄助父王，或许……”说到此处她声音轻轻的，神色却无比端重，“父王，或许这两人能助您得天下！”

幽王手中的茶杯一抖，抬眸看着华纯然，目中精芒闪现，过了片刻，他放下茶杯，略带叹息地道：“纯然，你自幼聪慧，父王的心思也只有你能懂几分，倒是你那几位兄长……唉！”

“兄长们还年轻，暂不能替父王分忧也是情有可原。”华纯然淡笑着道，“父王，您可要接见这两人？”

“嗯……”幽王沉吟一会儿，摇头道，“孤暂不接见，他们这些江湖人心性难测，且再看看。倒是那两人在你宫中已住了五日，你贵为公主，岂能与这些草莽同住？还是让他们搬去宫外的别馆吧。”

“嗯？”华纯然闻言微微一愣，然后轻轻地叹了口气，有些难过地道，“原来父王早就知道这两人在女儿宫中，父王派人监视女儿吗？父王不信任女儿吗？”

幽王自知失言，忙安抚爱女：“纯然，父王绝没有派人监视你，只是淑夫人担心你，所以才告知父王的。”

“原来……”华纯然话未说完便红了眼圈，一串泪珠落下，又似不想被父亲看着，忙别过头去。

“纯然，乖女儿，别哭。”幽王一见爱女难过落泪，忙搂住女儿轻轻抚拍，“纯然，你别哭啊！父王怎会不相信你？父王最疼的就是你，父王是关心你啊！”

华纯然却转过身背向幽王，肩膀微抖，轻轻啜泣，用丝帕拭着眼角：“父王，女儿没难过，您别……别担心。”

“纯然。”幽王一把将爱女的身子扳过来，却见她已是满脸泪痕，不由得懊悔不已，“纯然，别哭啊，父王的心都要被你哭碎啦！”

“父王！”华纯然扑在幽王怀中，嘤嘤啼哭，轻轻诉说，“女儿自幼失恃，唯有父王疼爱，在宫中这十多年，虽说周围都是亲人，可一个个视女儿为眼中钉，都要除而后快。父王，女儿活得很辛苦，也不知道哪一天就要不明不白地丢了性命。父王，您还是干脆把女儿逐出王宫吧，女儿在民间或许还能过几天安生日子。”

“别哭，别哭，我的乖女儿，快别哭了！”幽王一颗心给华纯然的眼泪淋得软软的、酸酸的，又是搂又是抱，又是抚又是拍，百般劝慰，只愿怀中的宝贝女儿别再流那令他心碎的眼泪，“纯然，别哭啦，以后不管是谁，只要是说纯然的不是，孤一定二话不说就把她斩了！”

华纯然从幽王怀中抬起头，依旧是泪如雨下，若冷风里瑟瑟发抖的梨花，令人见之生怜：“父王当年将淑夫人喜欢的落华宫赐给了女儿，淑夫人不喜欢女儿、中伤女儿，这些女儿都能理解，都不在乎。只是……只是父王竟然相信她们而不信女儿……这……这才真正叫女儿伤心！女儿只是一心想帮助父王，可……呜呜呜……”她说着说着又扯着丝帕嘤嘤哭泣。

“纯然，纯然……”幽王此时手足无措，不知如何才能哄得了怀中的宝贝女儿，只急得五内俱焚，“纯然，别再哭啦，父王以后决不再听她们的胡言乱语，父王只听纯然一人的！”

“真的？”华纯然微微抬头，眼睛红红的，鼻尖也红红的，脸上有泪珠滑过，带着一种希冀的表情看着幽王，便似一枝雨中海棠，美艳中犹带三分羸弱、五分娇柔、两分忧郁，让幽王又是怜爱又是心疼。

“当然，当然！”幽王连连保证，想拾起丝帕为她拭泪，却发现丝帕已被浸湿了，此时也顾不得许多，抬起衣袖拭去爱女脸上残留的泪珠，深深叹了一口气，“唉，所有的女人中，父王唯怕你的眼泪。”

“那是因为父王真心疼爱女儿嘛！”华纯然娇柔地倚入父亲的怀中。

“对。”幽王抱住女儿，“你兄弟姐妹十七人，父王最疼的就是你。”

“女儿也决不负父王的一番疼爱，定会好好孝顺父王的。”华纯然抬首道，脸上一片赤诚之情，惹得幽王又是感动又是满足。

“父王知道。”幽王点头，见已安抚好了女儿，忙提起正事，“纯然，父王召你前来还有一事要与你商量。”

“是为女儿选驸马的事吗？”华纯然问道，说完便将头埋于幽王怀中。

“哈哈……我的纯然还害羞呢！”幽王见状大笑，抬起女儿的头，细看容颜，越看越满意，越满意就越骄傲，“我的纯然有倾国之姿，我幽州不知多少男儿欲求娶为妻，只是父王舍不得你，所以一直不肯将你许配给谁，但纯然如今都十九岁了，父王不能再留你了，否则就要耽误了你的青春。”

“女儿不嫁，女儿要终生侍奉父王！”华纯然伏在幽王肩上无限娇羞地说出每个待嫁女儿都会拿来哄父母的甜言蜜语。

幽王闻言果然是喜笑颜开，如饮蜜汁：“哈哈，女孩儿终须嫁人生子的，父王虽不舍，却也不得不舍。”他说到此处顿了顿，拉着女儿坐好，“纯然，父王要为你选亲的消息一经诏告，爱慕纯然的男儿顿时纷至沓来，有王侯子弟，有江湖豪杰，可谓囊括了天下俊才。三日后即是你选亲之日，纯然，告诉父王，你想选什么样的驸马？”

华纯然闻言掩唇而笑，道：“不是纯然想选什么样的驸马，而是父王想要什么样的女婿。”

“哈哈哈哈……”幽王大笑，“果然还是我的纯然最聪明！”

“那么，父王您想要个什么样的女婿？”华纯然看着幽王，笑得慧黠。

幽王敛笑正容道：“父王固然想要个好女婿，但他也一定要是你的好驸马。”对于这最疼爱的女儿，他决不亏待。

“女儿知道。”华纯然也敛笑正容道。

“这世上配得上纯然的人真不多。”幽王爱怜地看着女儿绝色的容颜道，“身份、地位、才学、容貌能与纯然匹配的，父王看中两人，一位是雍州兰息公子，一位是冀州皇朝公子。”他说着起身走至窗前，负手看着窗外的碧空，“这两人不但皆是他日要继承王位的世子，还分别创有墨羽骑与争天骑，俱为天下少有的英才，父王若得其一相助，何愁天下不到手？”

“父王是说，这两位公子已至王都，也为求亲而来？”华纯然猜度着，想到这样的两位人物也来向自己求亲，心中不禁也有几分暗喜与自得。

“纯然不但是我幽州的公主，更是天下第一的美人，但凡男儿便想求为妻室，他二人当然也不例外。”幽王骄傲地道，“皇朝公子现已在王都，父王今晨接见了他，果是才貌双全的英伟男儿。兰息公子也曾有书信致达父王，信中亦有求亲之意，只是人至今未到，倒有些奇怪了。”

“如此说来，父王中意冀州世子？”华纯然闻言目光微闪，柔声问道。

“父王自然是中意的，但不知纯然以为如何？”幽王看着垂首敛目似有羞意的女儿。

“父王中意皇世子，其人如何先放一边，最让父王中意的应该是冀州的争天骑吧？”华纯然默然良久，抬首看向幽王，面上一派沉静从容，“只是纯然曾耳闻皇世子性情刚强高傲，也有一争天下之志，冀州国力更在幽州之上，若招之为驸马，女儿只怕到时反而连累父王。”

幽王闻言心头一凛，转头看着女儿。

华纯然微微一笑，道："当然，女儿这不过是片面猜测而已，或许他会为父王的雄才大略所折服而效忠于父王，只是……"说至此处她忽然顿住不语。

"纯然说下去。"幽王目光幽深地看着她。

"父王可曾想过，若女儿的驸马并不是兰息公子、皇朝公子此等王族身份之人，而是一位才识卓绝的平民百姓，那么他既可辅助父王，又不会心生贪念而图谋幽州……"华纯然话至此便收了声，只低垂螓首，目光落在裙下的鞋尖上。

"纯然，你是不是中意你宫中那个黑丰息？"幽王目中精光一闪，他并不糊涂，"你难道想招他为驸马？"

华纯然心思被捅破，不由得脸一红，手指绞着掌中丝帕，沉默半晌才道："父王以为如何？"

"不行！"幽王断然拒绝，"这黑丰息乃卑贱的江湖人，岂配娶孤的女儿？"

华纯然闻言猛一抬头，目中精光一现，但稍纵即逝。她缓缓舒一口气，才放柔了声音道："可父王诏书上不是说了，不论贫富贵贱，只要是女儿金笔亲点即为驸马吗？"

"话是那样说，但你难道真要以堂堂公主之尊下嫁一介草民？"幽王沉声道，浓眉一敛，隐有怒容。

华纯然见此，忽然轻轻一笑，起身走至幽王身边，轻挽其臂，将头依靠在其肩上："父王，您怎么啦？女儿并未说要招丰公子为驸马，只是想知道万一女儿选了个平民，父王会如何，既然父王不喜欢，那我不招就是。"

"纯然，"幽王牵着女儿在椅上坐下，"孤虽说不论贫富贵贱，但那只是收拢人心的手段，孤的女儿论才论貌都应是一国之母！"

"这么说女儿只能在兰息公子与皇朝公子之中选一人了？"华纯然垂首低声问道。

"嗯，这两人确为最佳人选。"幽王点头，"只是纯然刚才所言也确有几分道理，此二人或可襄助父王，但也可能威胁父王！"

"那么父王更应该见见'白风黑息'。"华纯然抬首道，"女儿不会招丰公子为驸马，但其人其才确实可成为父王的有力臂膀。"

"哦？"幽王见女儿竟如此推崇那两人，不禁也有几分好奇，沉吟片刻，"既然如此，那父王明日便接见这两人吧。"

"父王见了定不会后悔的。"华纯然欣然地道。她相信只要父王见到丰息，定然会对他有所改观，所以只要见了就有机会。

幽州王都，东台馆。

这东台馆乃幽州招待国宾的地方，所以此馆筑建得十分华贵大气。此时，东台馆的怜光阁里，住着冀州世子一行人。

有人推开怜光阁二楼的窗，举目望去，亭台点缀，鲜花绕径，水榭回廊蜿蜒，微风拂过，犹带花香。春天总是这般鲜艳而富有朝气，尤其是这个以富庶闻名于世的幽州的春天，明艳中犹带一丝富丽。

“看什么呢？”皇朝问站在窗边已近半个时辰的玉无缘。

“有些天没见雪空了，听说你派他去了恪城？”玉无缘依旧望着窗外。

“嗯。”躺在软榻之上的皇朝闭目答道。此时的他午睡才醒，头发披散于榻，一袭浅紫色薄宽袍罩在身上，神情淡然，淡去了眉宇间的霸气，别具一番疏狂的魅力。

“恪城……他过来必要经过恪城吧？”玉无缘微微叹一口气道。

“好像是的。”皇朝依旧淡淡地答着。

“你只派雪空一人？好歹他也是与你我齐名之人，你如此轻敌，只怕要吃亏的。”玉无缘抬手拂开被风吹起遮住眼眸的发丝。

“放心，我还派了九霜助他。”皇朝终于睁开眼。

“其他人呢？”玉无缘看向远方。

“我的对手不过他一人，其余人不足为虑。”皇朝坐起身。

“我听说‘白风黑息’曾现身幽州。”玉无缘终于回过身，目光落在他身上。

“那又如何？”皇朝勾起一丝浅笑，手指抚过眉心，“难道他们还要与我争？白风夕乃女子，而黑丰息……以幽王的心性，绝不会选他。”

“昔日江湖神算月轻烟曾评我们四人，分别是‘玉和’‘兰隐’‘皇傲’‘息雅’。”玉无缘走过去坐在他旁边的椅上，目光却又轻轻地越过皇朝落向遥远的前方，“这‘和’‘隐’‘傲’多少说了一点儿我们的性格，唯有这个‘雅’字最为难解。”

“雅？看起来是最简单的。”皇朝抚着下巴，目中透着深思。

“说他人雅、言雅、行雅？”玉无缘淡淡一笑，“若只是一个简单无害的‘雅’，他又岂能令天下人侧目？”

“如此说来，这丰息我也须得防着了。”皇朝起身，稍稍整理一下凌乱的衣袍，“你曾与他在落日楼见过一面，可曾看出他是个怎样的人？”

“一个‘雅’字当之无愧。”玉无缘回想起落日楼头那个总带着浅笑、雍容优雅若王侯的墨衣公子。

“哦？”皇朝闻言站起身来，“能得你如此评价的人定然不简单。说心里话，我挺希望能与兰息公子、黑丰息他们一会的，只是……”

“只是为着你的霸业，他们最好永不出世，是吗？”玉无缘淡淡地接道。

“哈哈……”皇朝朗然一笑，眉宇间自然而然地溢出狂傲霸气，“他们出世也好，不出世也好，通往苍茫山的那条大道，我决不许任何人挡住！”

玉无缘静静地看着皇朝。当初他会留在皇朝身边，并答应帮助皇朝，便是被这一身气势吸引吧？拥有这种可撑天踏地的王者气势的人，他至今未见过第二个。

“‘白风黑息’……我倒是很期待见到那个能令雪空有如此大的变化，让你也赞其风华绝世的白风夕。”玉无缘垂眸看着自己的手掌，细描其上的纹路，语气平淡，“能与那个黑丰息齐名十年的人，定也不是平常女子。”

“白风夕呀……”皇朝嘴角微微勾起，一丝浅浅的，却很真实的笑意从眼中溢出，“我也很期待见到洗净污尘的白风夕，看看素衣雪月到底是何等的风姿绝世！”

“公主。”

华纯然一踏出金绳宫，凌儿忙迎上前。

“烧了。”华纯然将手中那块被泪水浸湿的丝帕递给她。

“是。”凌儿平静地接过，显然已是司空见惯了。

“是烧了，不是让你又一个‘不小心’给丢了。”华纯然睨一眼凌儿。

“是。”凌儿惶然低首。

两人走下金绳宫前的丹陛，左首是御花园，右首则通往现今最得幽王宠爱的淑夫人之凌波宫。华纯然看向凌波宫的方向良久，唇边浮现一丝淡薄的笑容，淡得有如天际那一缕浮烟。

“公主要往凌波宫去吗？”凌儿见她看着凌波宫，问道。

“不。”华纯然抬步往左走，穿过御花园可以回到落华宫，“我只是在想凌波宫是否应该换一位主人。”后一句声音极轻，轻得凌儿以为自己听错了。

“公主，你说……”凌儿一惊，后半句却被华纯然回头一眼给扫回去了。

“算了，暂时不想理会她。”华纯然摘下一朵伸出花坛的芍药，手指一转，花儿便在她手中旋转起来，“这花开得极好，却不知道过了界便会被园丁修剪掉。”

凌儿闻言垂着脑袋，不敢看那朵花。

“凌儿，你要记住，这人有人的规则，鸟兽有鸟兽的规则，花也有花的规则，万事万物皆不能越规而行，知道吗？”华纯然手一扬，将那朵芍药抛得远远的。

“是，奴婢记住了。”凌儿垂首应道。

“回去吧。”华纯然抬步离去。

凌儿慌忙跟上。

等她们出了御花园，一双手捡起了地上那朵被抛弃的芍药，珍爱地轻轻抚摸。

第十四章　采莲初会觅风流

“搓揉捏拿任我而为，好一个华美人。”金绳宫屋顶之上，风夕幽幽地叹道，目送着那个窈窕的身影走远。

“将属于女人的本领运用自如，实是个聪明女子。”丰息同样赞叹，目光却落向那个捡起芍药的人。

但见那人捡起芍药，轻轻拂去灰尘，将花凑至鼻尖嗅着花香，眼睛微闭，似陶醉醺然，半晌后才小心翼翼地收进怀中，然后环视一周，确定无人瞧见他后，移步往金绳宫而来。

“看来这小子痴恋华美人哦，只可惜华美人对你这黑狐狸情有独钟。”风夕自然也看到了那人的举动，冷冷地笑道。

丰息仔细地看着那人，年约二十五，身量颇高，着一身武将铠甲，倒算得上是相貌堂堂的英武男儿。

那人往金绳宫走来，一路走至南书房都畅行无阻，看来是极得幽王信任之人。

“臣叶晏参见主上！”南书房内，那武将拜倒于地。

幽王一言不发地看着脚下的臣子，脸上神色高深莫测。那武将——叶晏也就一直垂首跪着，不敢出声。

“叶晏，你看看这个！”半晌后幽王扔给叶晏一样东西，平静的语气中夹着浓浓的火气。

叶晏捡起地上的东西——那是一本密折——展开一看，顿时脸色大变，忙叩首于地：“臣知罪，请主上降罪！”

“哼！”幽王拂袖起身，看着地上的叶晏，“孤寄厚望于你，谁知你却屡次负孤！”

“是臣无能，请主上责罚。”叶晏诚惶诚恐。

“处罚就了事了吗？”幽王一拍书案，高声怒道，“孤的曲城就这样丢了最富有的祈、尚两家！倾国的财富就这样不翼而飞了，落到了谁手里竟无人知晓！孤就养着你们这样一帮窝囊废吗？！”

“臣……”

“你还有什么好说的？啊？”幽王须发皆张，目射怒焰，绕着地上的叶晏疾行数步，“孤只当你真是可造之才，却不曾想到你竟蠢得比猪还不如！”

那份密折上奏的正是韩家及曲城之事。

几个月前，幽王骑马时不慎摔了下来，一头磕在地上，额头上被磕去好大一块皮，血流满面，颇为吓人。当时太医院献了一瓶紫府散，说是外伤灵药，敷在幽王伤处几天后伤口便愈合了，而且都没留下疤痕。幽王想如此灵药若用在军中，便可救回许多受伤的将士，于是叫太医多配些这样的药，太医却道这药乃是北州阮城韩家的独门灵药，太医院重金购来此药本也是想研究出药方的，无奈耗费数年工夫也一无所获。

当时叶晏随侍幽王身旁，一听此话便主动请命去夺韩家的药方。

他先是前往韩家重金购买药方，被韩家家主韩玄龄毫不留情地拒绝了。他回来一想，这江湖人的事还是让江湖人来办的好，但他也不太好直接出面与江湖人打交道，便找到了曲城的祈、尚两家。祈、尚两家虽是巨富之家，但一直不曾攀附朝中权贵，不曾有机会觐见幽州之王，说到底也只是地位低下的商贾之家。因此，当叶晏与他们接触后，两家顿觉机会来了，眼前这位叶大人不但深受幽王宠信，而且有可能成为幽王爱女纯然公主的驸马，这简直就是天降贵人呀，哪有不接住的理？

祈夷与尚也先是派人携了许多珍宝前往韩家，自然也是遭了拒绝，随后又找了些江湖朋友前往韩家充当说客，依旧无功而返，这样一来拖了两个月事情都没个结果，叶晏在幽王面前抬不起头，那火一转身便撒在了祈、尚两家身上。他对于给脸不要脸的韩家更是憎恶不已，直斥祈夷、尚也两人：“韩家如此不识抬举，灭了又如何？！”

他一发话，祈、尚岂敢不从，便重金收买了断魂门来办此事，结果可想而知。

幽王得悉此事，真是气得一佛升天二佛出世。这下幽州失了祈、尚两家的巨量财富且不说，这蠢材叶晏竟为了药方而与江湖上声名狼藉的断魂门勾结，灭了韩家数百人，这等卑劣行径若被传扬出去，幽州必将遭天下人唾弃，幽王又如何能再摆英主贤王的面孔？

“臣知罪，臣该死，可此事皆是祈、尚两家的主意……”

“你这会儿还想找借口！”叶晏的话还没说完，幽王便一脚踹去，一下将叶晏踢翻于地，犹是不解恨，又加上一脚，踢在叶晏脸上，“孤此刻不管祈、尚两家如何，你现在马上去给孤将此事收拾干净，但凡再出丁点儿差错，孤不但斩你的头，还要诛你九族！”

“是，臣马上去办。”叶晏赶忙叩首应道。

“还不快滚！”幽王真是恨不得杀了他解恨，但此时还杀不得，至少也得等此事了结了才行。

“是。”叶晏答应着，只是好似还有些犹豫，“只是……只是三日后……”

砰！幽王一掌拍在书案上，指着叶晏，双目气得赤红：“你难道还痴心妄想着要娶公主？你掂量一下你配吗？孤现在不杀你已是格外开恩，再不滚莫怪孤无情！”

“是……臣告退。”叶晏一缩脑袋，起身退去。

“慢着！”幽王猛然又是一声大喝。

“主上还有何吩咐？”叶晏忙回身。

“断魂门务必清理干净！”幽王语气阴冷，“此事若传扬出去，孤何以君临天下？！”

“是！”

待叶晏离去，幽王一挥袍袖，摔碎一只茶杯：“哼，真真是蠢材一个！”

屋顶上，风夕摇头感叹：“死到临头犹恋花，这叶晏还真有意思。”她转头看着丰息：“这就是你要我来看的好戏？”

“这样，韩家的事也就算是清楚了。”丰息的目光却还停留在幽王的身上，神情高深莫测中带着丝丝浅笑。

风夕仰面躺在瓦上，看向天空，丝丝阳光射入她的眼，却无法穿透眸中那层阴沉：“韩家数百条性命惨遭屠戮，不过是因为一名蠢材的贪念，这就是权力握于愚人之手的恶果。”

“你要告诉韩朴吗？”丰息最后看一眼房中的幽王，将瓦盖上。

“不，他不需要知道。”风夕似有些不能承受艳阳的刺目光芒，抬手盖住双眸，“该偿还的总会叫他们偿还的！”

丰息默默地看着她，片刻后将目光放向远方。

金碧辉煌的幽王宫就在他脚下，只是脚下还会有些什么？只是这些红楼绿水？还是赤血白骨？

落华宫，曲玉轩。

华纯然铺开一张玉帛纸，拾笔蘸墨，然后于纸上细细描绘，每一笔皆是小心翼翼，生怕有丝毫差错，神情认真无比，眉眼间却又透着丝丝甜意。

门口，风夕无声无息地到来，目光从桌上移到她脸上，再从她脸上移到桌上，微微一笑，只是笑中带着一丝叹息。

“华美人，你在画什么呢？”

蓦然响起的声音让专心作画的华纯然猛然一惊，手一颤，手中之笔坠下，直往画上落去，眼看刚画好的画就要被毁，华纯然不禁惊呼一声：“哎呀！”

千钧一发间，一只手忽然伸出，接住即将落在画上的笔。

看着完好的画，华纯然松了口气，然后转身嗔道：“你要吓死我呀？老是走路没声音，还专爱突然出声吓人！”

风夕目光却被桌上的画吸引了，手一伸，拈起画细看，一看之下不由得嚷道：“这只黑狐狸哪有你画的这么好？你这画的简直就是金光闪闪的天人呀！他哪有这么纯良正义的面孔？”

“我画得不像？”华纯然见她如此惊怪，不由得问道。

“当然不像！”风夕一手转着笔，一手抖着画，连连摇头。

“这……”华纯然自己看看，觉得挺像的。

“我告诉你，这黑狐狸应该是这样画的。”风夕走至桌边，重新铺下白纸，然后笔尖蘸墨，挥笔而下。

“这脸嘛，有点儿长，像只大鹅蛋；这眉嘛，这样长长的，但到这里时要稍微地往上挑一下；这眼嘛，唉，一个男人竟然长了双天生勾人的丹凤眼，所以这黑狐狸斜着眼看人时，特别是看向女人时就等于在问：‘美人，要跟我走吗？’非常非常无耻啊！”风夕一边画，一边极尽鄙夷地点评，“再来是这鼻子，唉，这家伙唯一生得好的就是这鼻子了，就是这鼻子让他看起来蛮正义的，其实这家伙的肠子是转了很多弯的；最后就是这家伙的嘴唇了，嗯，薄薄的，‘唇薄者无情’就是专门说这家伙的，华美人你要记住啊。哦，对了，还有他额头上的月饰，好了，差不多就这样了。这家伙虽然生了一副不错的皮相，不过你千万不要以为他是好人。”

她一边说一边画，片刻间，丰息的形象便跃然纸上，画完了，她放下笔，拍拍手，将画像递给华纯然。

华纯然接过画像，仔细看去。

这个丰息与她画的丰息看似是一人，却又不尽然。

第一眼看去，画中之人雍容非凡；可看第二眼就会发现，那双微挑的凤目里藏着一抹惑人的邪魅，似乎可以令人不知不觉间沉沦，却还沉沦得心甘情愿；看第三眼，那嘴角噙着的那抹浅笑分明带着狡黠，似骄傲自得于算计了天下而天下犹不知情。这个丰息真的与她所画的那个俊雅若王侯的丰息不同，但这个丰息更为生动传神，更加令人移不开目光。

“风姑娘所画的丰公子确实更有神韵。”华纯然由衷叹服，目光由画移向风夕，带着点儿试探，“能如此传神地画出丰公子，可见姑娘与他实是相知甚深。”

“嘻嘻……认识他十年，别的好处没有，唯一的好处是将他看清了，然后呢，天下间也就没人能骗得到我了。”风夕摇头晃脑地嘻嘻一笑，似是颇为自得。

“江湖传闻，‘白风黑息’乃天生一对，风姑娘与丰公子既相识有十年之久，自是情谊深厚，姑娘对丰公子自也了解甚深。”华纯然垂目浅笑，手指却微微捏紧了画像。

“咝！”风夕闻言蓦然打了个冷战，然后搂紧了双臂，惊恐万分地看着华纯然，“华美人，你可千万千万不要再说这种话了！”

华纯然眨了眨美目。

风夕握住她的手，郑重无比地道：“华美人，如果你想把我和某人配成一对，你可以考虑考虑别的人，嗯……比如说那个天下第一的玉公子，甚至那个傲得不可一世的皇朝世子都行，但就是不要把我和那只黑狐狸连在一起，拜托了！”

华纯然顿时抿嘴微笑，眸中一片明亮：“风姑娘何必如此紧张？我也只是听说了一些传闻罢了。”

“唉，那些江湖人也真是！”风夕使劲地搓着手臂，不敢苟同，“要给我白风夕配个男人，就不能想想其他人吗？流言传来传去总是和这只黑狐狸搅在一起，我真是倒了八辈子霉！”

“哈哈……”华纯然看着她那模样不禁轻笑，“丰公子仪表非凡，又满腹才华，多少人想得如此佳婿，为何风姑娘却不以为然，还总是戏称其为狐狸？”

“嘻嘻……”风夕偏头一笑，看着华纯然，“想得佳婿的是公主吧？”说到此处，她跳到桌上坐下，托着下巴，上下打量着华纯然，“其实说来，公主与那黑狐狸倒是天生一对。”

“说你呢，干吗扯到我身上来？”华纯然顿时转过身去，似有些羞恼，只是眼角那一丝笑意怎么也掩不住。

"哈哈……华美人，你害羞呢？"

风夕跳下桌，刺溜一下便转到华纯然跟前，手一伸，华纯然便只觉握在手中的画像似被什么力量吸住，瞬间便到了风夕手中。

"华美人，你干吗害羞呢？"风夕两手一揉画像，然后一挥，霎时，纸屑如白雪从天而降，撒了华纯然一身。

"说什么呢，谁害羞了？"华纯然侧眸看她，那情态仿若雪里绽着的一株牡丹，天姿国色中犹带一丝不胜寒意般的柔弱与娇怯，令风夕看了由衷赞叹，这位纯然公主美艳更胜凤栖梧三分，只是凤栖梧胜在一份孤高清华。

"哈哈……说的就是你呢。"风夕弯着腰，低着头，侧着脸，以一种自下而上的姿态看着微垂螓首的华纯然，"华美人，你是不是中意那黑狐狸呀？要不要我帮你？"她说着眨了眨眼睛，"那只黑狐狸可是拜托我了哦。"

"看看你弄了我这一身。"华纯然以袖轻拂身上的纸屑，似乎并没有听到风夕最后的话。

"来，我帮你弄。"风夕上前替她扫去头上的纸屑。

华纯然等了半晌，没有等来后续，只好装作无意地问道："他拜托你什么？"

风夕却似没听到，帮她扫着纸屑的手顺便在她脸上摸了两把，笑眯眯地说道："下次我采牡丹花，到时满天花雨撒下，你就是花中的仙子，必定是艳冠群芳呀！"

华纯然想保持矜持不问，可实在压不住心头的念想，最后只能微恼地瞟一眼风夕，轻声问道："丰公子武功高强，还会有何事需要拜托他人？"

"哦。"风夕不以为然地挑了挑眉，"黑狐狸虽武功了得，但有些事也不是武功高就可以解决的嘛！比如说……"她瞅着华纯然眨了眨眼睛，"比如说这姻缘啊，可不就得靠月老红娘来牵线嘛！"

"哦？"华纯然垂眸，"丰公子有心上人了吗？不知是哪家姑娘？"

"那可是一等一的大美人呢！"风夕笑吟吟地看着华纯然，依旧卖着关子。

华纯然似有些害羞，垂着头，盯着脚尖，等着风夕再往下说，可等了半天，风夕只瞅着她笑，满脸戏谑。

华纯然终于抬起头，脸上的羞怯已一扫而光，取而代之的是坦然的浅笑："风姑娘，你愿意帮我吗？"

"华美人，你要我帮你什么呢？"风夕依旧笑吟吟地看着她。

"我中意丰公子，想招他为驸马。"华纯然一字一顿地说出目的，脸上未有一丝羞意与犹疑。

"呃？"风夕闻言微怔，然后放声大笑，一边笑还一边大力拍掌，"哈哈哈哈……华美人，你果然没让我失望，果然不同于一般的深宫女子。"

"风姑娘愿意帮我吗？"华纯然仪态动人地在椅上坐下。

"你能不能先回答我一个问题？"风夕却一下坐在桌面上。

"请说。"华纯然优雅地点了点头。

"此次向你求亲之人可谓囊括了整个大东朝的俊杰，其中不乏如冀州世子、雍州世子这种家世、才貌皆举世难求的人物，可你为何偏偏要选一个身份卑微的江湖人？”风夕侧首笑看华纯然。

华纯然手托香腮，怡然淡笑：“因为我希望往后的岁月中，我的笑能多一些真心与……开心！”

“嗯？”风夕没料到她会如此作答。

“我一生的追求，便是拥有一个女人所能享有的至高地位与无尽荣华。”华纯然坦然地道，螓首微抬，目光落向墙上高挂的华贵水晶宫灯，屋外的阳光射进来，宫灯发出灿烂的光芒，“凭我自己，无论我嫁与谁，无论是在幽州、冀州还是雍州，我都会富贵一生。”她的目光从宫灯转向风夕，脸上因着自信而带有一种高贵绝伦的风华，“你信吗？”

“信。”风夕颔首，脸上笑容不改，看着华纯然的眸中只有赞赏。

“可是至高之处未免有些孤寂。”华纯然面上透着淡淡的忧愁。

“嗯。”风夕再次颔首。

“这几日与丰公子相处……我非常非常开心。”华纯然的声音忽然变得轻快，眉宇间有一抹飞扬的喜色，“我知道，我以后再也找不到一个他这样的人，因此我想让他为我留下。”

听了这话，风夕身子一纵，便落在华纯然面前，右手一伸，托起华纯然的脸，细细察看，脸上的微笑一直未敛，而华纯然也就任她看着。

“有一张绝美的脸，还有聪慧的头脑以及深沉的城府，你们在某些方面倒还真有些相似。”风夕喃喃地道，看着手中的这张绝世容颜，“精明而擅谋算，虚伪狡猾又贪恋权力荣华，只是……有一颗七窍玲珑心。”

“第一次有人当着我的面这样毫不留情地说我。”华纯然一笑，抬手攀住风夕的手，微微握紧，“但我确实是这样一个女人。”

风夕闻言笑意加深，然后眉峰一挑：“只是你为何要对我说真话，其实你可以找其他借口，而我决不会深究。”

“因为……”华纯然伸出双手，轻轻地捧住风夕的脸，认真地看着那双历经风雨却清澈不染尘垢的眼睛，“我这一生还从未有过真心相待的朋友，只有你——风夕，我希望你是我唯一的朋友，不带丝毫欺瞒、算计，只是真心相待。”

风夕也看着她的双眸，一直看到她的心里：“因为我属于江湖，永远不会威胁到你？”

“是。”华纯然坦然地承认。

“好，我帮你。”风夕粲然一笑。

那一刻，华纯然却是一呆，竟不能从风夕刚才那一笑中回神。那一闪而过的笑容竟是灿然夺目，光华慑人。她以前竟未发现，原来风夕有如此绝伦的风采，有着一种她这个天下第一美人也无法企及的东西。

“姐姐，姐姐！”

此时，一阵呼喊声传来。

风夕顿时身子一动，跃出了屋子，便见暗香亭的亭子顶上，韩朴与颜九泰正坐在上面。

“朴儿，你怎么来了？”风夕惊讶地问道。

“哼，还不是你丢下我自己跑来这里玩，都这么多天了还不回去，所以我叫颜大哥带我来找你！”韩朴噘着嘴道，然后从亭上跳了下来，直扑风夕。

风夕一把接住韩朴，然后招呼着还在亭子上的颜九泰：“颜大哥，辛苦你了。”

颜九泰点头致意，身子却未动。

“风姑娘，这位是……？”华纯然走出屋外，看向这两个不速之客，想着这宫中住着‘白风黑息’，日后是否还会有更多这样会飞檐走壁的客人。只是连这么小的孩子都能在王宫中来去自如，看来这王宫的守卫真得好好敲打敲打了！

“华美人，这是我的弟弟韩朴。”风夕转身，一巴掌拍在韩朴的脑袋上：“朴儿，快叫公主姐姐，这个姐姐美吧？”

“好俊俏的孩子。”华纯然看一眼那个因为风夕拍了他而皱着眉头，却依然难掩俊秀的少年，赞道。

“他就是年纪太小了点儿，不然以外表而论，倒也是可以与公主相配的。”风夕笑嘻嘻地道。

华纯然对于风夕的胡言乱语只能一笑置之。

“我才不要与她配成一对。”谁知韩朴却用一副被侮辱了的样子抗议道。这个女人扭扭捏捏的，他看着就不舒服，哪有姐姐一半的清爽？

“去，你这臭小子再修三辈子都没这福气呢！”风夕狠敲他脑门一下，回应韩朴的无礼言论。

“我都说过了，别敲我的头，会敲傻的。”韩朴抚着脑门叫道。

“你已经够傻了，再傻点儿又何妨？”风夕再敲一下，转头对华纯然道：“华美人，我先送这小鬼回去，后天再来找你。”

“你的兄弟也留在宫中就是，明日父王想召见你和丰公子。”华纯然挽留道。

“哈哈……幽王的召见嘛！幽王只要见着那只黑狐狸即可，至于我嘛，不见也罢。”风夕一笑，牵过韩朴，身子一纵便跃上屋顶，然后回首问道，“华美人，最后确认一次，你真的要我帮你吗？”

“要。”华纯然清晰明了地回答。

“好，我会帮你的。”风夕身形一飘，眨眼间不见踪影，颜九泰也紧随其后而去。

景炎二十六年，三月二十四日。

离幽州纯然公主选亲的日子还有一日，齐聚幽州的许多男儿摩拳擦掌。习武的多练几套拳脚，希望到时公主会为他的英姿而倾倒；习文的多念几篇文章、多写几首诗词，希望到时公主会为他的才华而折服。

娶天下第一的美人，是许多男儿的梦想。

而那一日清晨，在落华宫里，不断响起哈欠声。

“华美人，她们在我头上弄了一个时辰了，还没弄好吗？我枯坐得实在有些困了！”一道穷极无聊的嗓音响起。

一道清柔甜美的嗓音马上安抚：“再等等，马上就好。”

“天哪！你手中拿的是什么？别……千万别往我脸上抹……我说了别抹……你再抹我就踢你了……我可是说真的！”无聊的声音咋呼着威胁人。

“好吧，别给她抹了。”轻柔的声音赶忙道。

“哇，你手上拿的是什么？金凤凰啊！好大、好漂亮……呃？你干什么？不要插在我头上，这东西虽好看，但是太重了……我说了别插……很重呀……你再插信不信我把它折成两段！”

“好吧，‘火云金凤’太重就别戴了，那支‘流云山雪’更加别致些。”

“我警告你们啊，别再在我脸上画啊抹啊的，我可不想待会儿再洗一次脸……你拿的什么？说了不要画……华美人，你叫她住手，再不住手我就咬她了！”

“我看看眉毛，嗯，不错，天生的一线长眉，浓淡合宜，不用画了。”

“公主，给她穿哪件衣裳？”另一道声音发问。

“拿来我看看。嗯……就这件鹅黄色的吧。”

“弄好了没有啊？华美人，你到底想搞什么呀？一大早就把我弄醒……啊呵……我想睡觉。”哈欠声再次响起。

“为明天做准备，我想看哪种装扮最适合你。”

“是你选亲，又不是我，我干吗要装扮？”

“你答应要帮我的。”

“那还不简单？我把除黑狐狸以外的人全部打趴在地上不就行了？那样谁也没脸向你求亲了。”

“哈哈……亏你想得出。好了，睁开眼睛，站起身，让我看看如何。”

“先让我睡一觉好不好？我好困……啊呵……”她话没说完又打了一个哈欠。

“不行，花了这么一番工夫，怎么也得看看。”

“你们把风姑娘扶起来。”华纯然指挥着宫女将没有骨头般瘫在榻上的风夕扶起来，无奈风夕虽被扶起了，却是垂着头，弓着腰，闭着眼，全身都倚靠在宫女身上。

“凌儿，将那盘珍珠糕端来。”华纯然淡淡地吩咐一声。

此言一出效果立竿见影，只见风夕马上站直了身子睁开了双眼，哪里还有一丝疲倦？也在此刻，满室宫人都有瞬间的呆怔。

风夕一睁眼，就仿佛是尊泥娃娃被瞬间注入了生命，涂上了华彩，霎时鲜活了，周身灵气流溢。

在众宫人还在呆怔时，黄影一闪，室中便没了风夕的身影，殿外传来她欢快的叫喊声——

“凌儿，你走路太慢了，我来接你啦！你手中这珍珠糕我来端吧！”

“唉！”室内众宫女皆发出一声惋叹。

“这个风夕呀……”华纯然摇头笑叹，心头却蓦地闪过一个念头。

“老远就听到你的叫喊声，你何时能斯文秀气一点儿？”宫外传来丰息优雅的声音。

华纯然一听忙移步出宫，便见风夕正坐在栏杆上埋头大吃，一旁站着看着她发呆的凌儿，而丰息正自前方缓缓走来。

“丰公子，过来看看风姑娘，我先前可真没想到风姑娘竟如此貌美。”华纯然走近风夕，从她手中将珍珠糕拿过递回给凌儿，抬手拈帕拭去她嘴角的糕屑，将她拉下栏杆让她站在地上。

“这只黑狐狸就会来坏我好事。”风夕喃喃地抱怨，恋恋不舍地盯着凌儿手中的珍珠糕。

华纯然转过她的头，面向走来的丰息，看着一步一步靠近的丰息，风夕眼珠一转，忽然嫣然一笑，盈盈一拜：“见过丰公子。”

这一笑一拜竟是礼节完美，仪态优雅。

丰息在距离她约一丈远的地方停步，看着亭亭玉立的风夕。她长眉清眸，玉面朱唇，如缎黑发绾成风雾鬟，略饰珠钗，一袭鹅黄宫装替代宽大的白衣，柔柔丝带系住纤纤细腰，衬得她身段修长玲珑，巧笑倩兮，美目盼兮，仿若空谷幽兰，清雅绝世。

“丰公子觉得如何？”华纯然紧紧盯着丰息的脸，想从那儿获得某种信息，奈何丰息一直面带浅笑，眼波不惊，仿佛眼前的风夕再正常不过。

“有一句话叫‘穿上龙袍也不像太子’，可不就是说眼前之人吗？”丰息垂眸把玩着手中的白玉短笛。

“哈哈……华美人，你白花了一番工夫呀！”风夕放声而笑，顿时将那高雅的气质破坏殆尽，手一伸，将头上的珠钗拔下，顿时一头长发披散而下，宫人花费近半个时辰梳成的发髻便毁了。她身子一跃，坐回栏杆上，两条长腿悬空，摇摇晃晃，“华美人，我答应帮你就会帮你的，不必让我来穿这件‘龙袍’的。”

“丰公子真爱说笑。”华纯然眉眼如花，心亦开花。

“公主有何事需要帮忙？”丰息看向华纯然。

“没，只是一件小事。”华纯然以袖掩唇轻笑，一双美眸轻轻瞟一眼丰息，其意浓如美酒，欲醉人心。

“哦。”丰息点头，似并不在意，一挥手中玉笛道，“在下近日在宫中琳琅阁中寻得一篇失传了的古曲曲谱，请公主一品如何？”

“此乃纯然之幸。”华纯然嫣然一笑。

“公主请。”丰息侧身让路。

两人于是往曲玉轩方向而去。

风夕看着两人远去的背影，轻轻拨弄着手中的珠钗，面上似笑非笑，喃喃自语：“这算不算郎情妾意，琴瑟和鸣呀？”

三月二十五日，大东第一美人纯然公主的选亲之日。

据说从大东各国来向公主求亲的有数千人，但最后经过幽州太音大人的层层筛选，到今日仅余一百人。此一百人可谓俊杰中的俊杰，有武功高强的江湖奇士，有富甲天下的巨贾，有朝中高官，也有出身尊贵的王侯公子……群贤会聚，各具风采。而公主今日便要在金华宫接见此一百人，考较其文才武功，择中意者赠以金笔，点为驸马。

是以，往日显得沉寂肃静的金华宫今日十分热闹，到处可见穿行的侍从。

金华宫东边有一湖泊，名曰揽莲湖，湖的周围建有诸多水榭，在湖中心又建有一座高约三丈的六角水亭，名采莲台。若有人只顾名而思义，定要以为此湖种满了莲花，其实不然，揽莲湖中未种莲花一株，只是因为亭的六角以汉白玉石砌成，呈半月弧状拱向亭顶，形似六片雪白的花瓣，攒尖顶又以琉璃装饰，就仿佛花之黄蕊，远远望去，湖心亭便若湖中盛开的一朵莲花。

幽王建金华宫，便是赐给爱女纯然公主成婚后居住的，所以宫殿落成之时，纯然公主便将此亭命名为采莲台，湖便名揽莲湖。

采莲台矗立湖中，离湖岸约有五丈远，并未筑有桥梁连接，只因纯然公主说此亭立于湖中别具一格，架桥便坏其韵致，平日皆以小舟通行。

今日的揽莲湖湖面上漂浮着朵朵牡丹，那都是一大早由金华宫的宫女从花园中采来，撒落于湖面的，将湖面点缀得仿若百花拥莲。

此时围绕着揽莲湖的长长水榭里，坐满了今日求亲的男儿，每隔三尺便设一席，席上坐一人，每人身前都有一方长几，几上右边摆有美酒佳肴，左边置着文房四宝。而湖心的采莲台周围垂下长长丝幔，好似一道丝墙，遮住亭中佳人，微风拂过，丝幔飘舞，偶露佳人一片衣角，水榭中众位求亲者无不引颈欲探，佳人却依然身在亭中，令人更是心痒难耐。

“各位英雄高士，纯然这厢有礼啦。”

泠泠的女声从亭中传出，朦胧丝幔中，有道窈窕身影盈盈行礼。

听到这样好听的声音，所有人心神一振，暗想声音已是如此好听，那公主定是更美。想象着那天下无双的容颜，众人心脏剧烈跳动，激动不已，皆起身行礼。

“见过公主！”

众人有的起身而拜，有的则只是微微躬身还礼。

“今日有幸，得见各国高人，因此纯然在此弹奏一曲，以示诚意，还请各位不吝指教。”佳人莺声燕语，温柔有礼。

“好！”众人齐声叫好。

其中更有一人高声叫道：“即便不能当驸马，能亲耳聆听公主琴音，已不枉此生！”

那人话音刚落，便有几人附和：“说得有理！”

“只是不知公主欲为我等弹奏何曲？”一道嗓音蓦然插入。

在采莲台正对面的水榭里，一名紫衣男子倚栏而立，方才正是他发问，此刻他的目光射向亭中，锐利得似可穿透丝幔将亭中看得一清二楚。

“此亭名为采莲台，纯然便弹一曲《水莲吟》，不知皇世子以为如何？”

亭中，风夕透过丝幔一角看向水榭里的皇朝，虽隔着七丈远的距离，却依然能看清他脸上那种不将天下放在眼中的傲然气势，不由得微微一笑。

“好。”皇朝颔首，似王者允许臣子一般，转身坐回椅中，抬手执壶，却忽又放下，转头看向身后：“无缘，你真的不出来亲眼见识一下名动天下的美人？”

“不用了，所谓相由心生，我自可由琴心而识天下第一美人的绝代风华。”围湖的水榭隔廊都有一排竹帘，那人坐于帘后，淡看天际流云。

听到这个声音，听到这样的话，风夕不禁心中一动，琴心识人？玉无缘？他也来了？

她之所以代华纯然坐于此处，是因为答应了要帮华纯然的忙，心里本是想戏耍一番这些人，可此刻，她忽然非常非常想要好好地弹琴，倾尽自己所能地弹一曲，听听这个声音会如何评价她。

她指尖轻挑，琴音悠悠而起，悠扬清澈的《水莲吟》便若流水一般倾泻而出。

琴音入耳的刹那，水榭里的人仿佛置身碧波清水之间，朵朵莲花正绽开花瓣，嫩嫩花蕊递送缕缕幽香，田田莲叶随风微微摆舞，翩翩彩蝶绕花而飞。清风拂过，衣袂飞扬，众人意畅神怡间，忽见小舟，舟中有一美人，宛若青莲，飘若飞雪，风姿绰约，踏水惊鸿，笑语嫣然，可亲可怜，瞬间意倾情动，且携素手，同醉莲中……

一时间所有人皆为琴音所醉，心神痴痴落于采莲台上，而皇朝身后的竹帘微动，那一抹淡影终于走出帘外，立于栏前。

风夕目光一扫，一眼看清此人，心头一跳，指尖一颤，错音便出，不看却已知那人长眉微敛。

她吸气，闭眼，静心。

手一瞬间恢复稳定，心一瞬间清明如镜，琴音一瞬间由优雅婉约转为清逸潇洒，洒脱飞扬，无章可依，无迹可寻，一缕清音化为疾驰无拘的冷风，化为自在飘浮的絮云，化为清凉甘甜的细雨，化为明净无垢的初雪……随心所欲，翱翔天地。

一曲毕，整个揽莲湖一片静默，无一人敢发出一丝声响，似仍沉醉于琴音中，又似不敢打破这由琴音营造的绝美气氛。

“好，好，好，此曲清新脱俗，不墨守成规，意境不凡。”皇朝率先赞道，“无缘，你说如何？”

玉无缘注视采莲台良久，然后轻轻吐出一句话：“风华绝世，琴心无双。”

风夕心头一震，抬目看去，竹帘前立着一道白色身影，素服无华，人洁如玉。

第十五章　枝头花好孰先折

“好！好！好！”其余的人回过神来，齐齐赞道，“公主好高超的琴技！”

“纯然献丑了。”风夕端坐于琴案前说着华纯然会说的话，一双手却忍不住搓了搓手臂上的疙瘩。

而听到此言，皇朝与玉无缘不由得相视一眼。这幽州公主竟也有一身高深内力？否则于此喧哗声中，声音如何依然清晰如耳畔轻语？

“公主乃我大东第一美人，我等久慕公主盛名，甚想一睹公主芳容，却不知是否有此幸？”有人忽然提议道。

此言一出马上得到附和：“是啊，请公主让我等一睹芳容！驸马只能一人当，若我等落选后能见公主一面，那便也值了！”

这些求亲者中，也不乏只为一睹美人芳容而来的人。

“各位，纯然选出驸马后，自会与各位相见，所以还请稍待片刻。”清亮的声音盖过所有喧哗，传遍揽莲湖每一个角落。

“那就请公主快快出题！”众人道。

“好！”风夕差点儿忘形大叫，赶忙掩了掩口，忽又想起亭外人根本看不到她的举动，当下舒服地靠入椅中，声音却还是文雅的，“纯然自小立愿，想选一位文武双全的驸马，因此要做纯然的驸马，须做到两件事。”

“只有两件？那要是大家全做到了怎么办？”

众人一听这要求似乎十分简单，不禁皆问。

“诸位请先听纯然说完。”风夕暗自咬着牙，偷骂这些猴急的人，华美人没在这儿他们都这么忘形，要是真在那还了得？“这第一件事，请各位从自己所在之地跃至采莲台，中途可点水踩花，但不可借助其他物品，落水即丧失资格。”

此言一出，众人纷纷起身目测自己与采莲台之间的距离，一观之下，顿时失色。

水榭至采莲台至少有七丈远的距离，平常的江湖高手能将轻功练至一跃三四丈即是上乘之境，而能练至一跃五六丈远，可谓一流之境，练至一跃七丈远的人屈指可数。即便你能登萍渡水一气跃过七丈宽的湖面，可七丈之后还有那三丈高的采莲台。

这谁能做到?

一时之间，水榭里响起此起彼伏的叹气声。

就在众人为难之际，亭中清音再起："昔日青州惜云公主以十岁稚龄作《论景台十策》才压文魁，因此这第二件事便是请各位在一个时辰内以《采莲台论政》为题，写出一篇更胜《论景台十策》的文章。"风夕再次搓了搓胳膊，只觉得说这些话怪让人哆嗦的，"能做到这两件事的人，即为纯然驸马。"

这题一出，众人又是一片哗然。

惜云公主昔日作《论景台十策》，此文一出，青州当年的文魁也为之拜服。青州向来人才济济，其中文魁自是不凡，是以众人中虽也有自负才名之人，但一想到一个时辰内便要写出赛过那个才名传天下的惜云公主的文章，皆是心底打鼓。

"各位，可有自信能做到这两件事的?"风夕闲闲地听着亭外众人的叹气声，目光却扫向皇朝与玉无缘，那两人正对坐饮酒，怡然悠闲。

"好！既然公主提出，我明月山便尽力一试！"一个年约二十五的年轻男子纵身一跃，立在水榭栏杆上，长衫飘飘，俊眉朗目，颇是不凡。

"原来是明家的少主。"风夕瞄一眼那人，点点头，"那么纯然在此恭候大驾。"

"好！"

明月山大喝一声，然后振臂展身，身姿潇洒，一跃即是四丈，中途落向湖面，足尖在牡丹花上一点，花沉入湖，而他身形忽又拔高飞起，直向采莲台飞去。眼见他就要落于亭台之上，却已力竭，身子往下落去，紧要关头，他抬掌一探，竟按在了亭柱上，然后借力一撑，身形再次飞起，落在湖心亭的栏杆上。

"好身手！"

水榭里的众人看得拍手叫好，便是皇朝与玉无缘也颔首微笑。

"公主，月山虽已至采莲台，但最后不得不借力于亭柱，这第一件事算是没有过关。"明月山对着丝幔中的人影抱拳道，"月山此来并非奢望成为驸马，只想一睹公主倾国之容，但请公主一见，月山虽败犹快。"

"明少主，"幔后的佳人轻声细语，"你一跃四丈后能借浮花之力再跃三丈，足见你明家青萍渡水之轻功并非浪得虚名，不过你鞋面全湿，想来功夫只练至第七层，否则你跃出五丈才需借力。只是你既未能达到纯然要求，那纯然便不会在此时见你！"

"原来公主也精通武学，月山惭愧。"明月山躬身，"月山就此告辞。"

"好，纯然送你一程。"

话音刚落，但见亭内丝幔纷飞，明月山只觉一股气流迎面涌来，不由自主地往后退去，眼见已退至亭边，赶忙运功于身，一展身形，往湖岸飞去，途中只觉似有什么在身后推着他前进，眨眼之间，竟已安然落回原先所在的水榭。

"公主有如此高深的武功，月山拜服。"

明月山此时已知，亭内公主的武功胜他许多，因此全心拜服，而其他人眼见一向以轻功享誉武林的明家少主都未能成功，掂掂自己的分量，皆有些胆怯。

“这纯然公主武功竟如此高强？”皇朝盯着采莲台。

“怎么从未耳闻？”玉无缘也有些疑惑。

“不知可还有人要试试轻功？”风夕挽一缕长发在手中把玩，明月山都不行，那这一群人中除了皇朝、玉无缘外，再无人有此本领了。至于皇朝嘛，风夕轻轻一笑……

众人听了公主问话，皆不敢答。答没人，那太窝囊；答有人，可自己没这本事，众人一时间竟怔住了。

“纯然自小立志，必嫁天下第一的英雄，若不能，纯然甘愿孤独终老。若诸位皆不能渡过此湖，纯然此次是无法选得驸马了。”

耳边听到公主的话，众人不禁有些着急：这选亲大会难道就这么窝囊地结束了？

“公主，我山叶城有一问。”一名文士装扮的青年走至栏前扬声道。

“哦？”亭中风夕看了那人一眼，“原来是北州名士山先生，不知你有何事要问？”

“公主所出这两题我等实难办到，因此请问公主，这两件事可曾真有人做到？若无人能做到，那我等不得不怀疑公主如此不过是要戏弄我等！”山叶城振振有词地道。

“山先生果然心思细密！纯然可以告诉诸位，这两点都有人可以做到。前些日子纯然结交了一位友人，她虽为女子，却可从水榭一跃至采莲台而不借任何外力。”丝幔之后传出的声音透着一种笑意。

“是谁？”明月山脱口问道。他明家轻功为江湖一绝，连他都难以渡湖，却不知哪位女子竟有此轻功。

“白风夕。”风夕再一次搓了搓胳膊，原来夸自己的感觉这么冷呀！

“是她！”

所有人一震，然后释然。

皇朝手中酒杯一抖，酒水洒出。

“原来白风夕真的在幽州，看来还在这个幽王宫呢。”玉无缘淡淡地笑道。

“那谁又写了文采胜过《论景台十策》的文章？”又有人问道。

风夕继续搓着胳膊，想着华美人到底是个什么心理，老要她说些让人打冷战的话：“惜云公主十五岁时所作《清台泉叙志》，我国太宰钱起大人赞其字字珠玑，乃罕世之佳作，天下学子争相诵读。诸位以为如何？”

众人又是一片默然。

“这两位女子都可以做到，诸位堂堂七尺男儿竟不如女子，如何能让纯然心仪？”丝幔后的声音隐带一丝嘲意，“诸位皆自诩英雄才子，应娶美人为妻，纯然却也自诩佳人，应配真英雄、真才子！”

“公主一言愧杀叶城。”心高气傲的山叶城虽然不甘，却不得不服。

而那些本是自命不凡的人，在明月山、山叶城这两位佼佼者也赧然垂首之际，自也就心知诸人皆无望抱得佳人归了。

“诸位虽不能为纯然驸马，但皆是世间俊杰，因此都请前往正殿，我父王将在那里接见各位，父王求才若渴，必会重用各位。”

众人正泄气，哪想到忽又峰回路转，竟是前途光明。

“请各位随宫人前往正殿。”

话音刚落，众人眼前皆有一名如花宫女前来引路，不由自主地站起身来，走前皆是依依不舍地看向采莲台。

“公主，你方才答应与我等一见，不知……”终于有人大胆地提出请求。

“见一面是吗？好。”

清亮的声音里夹着一丝隐隐的讥诮，话音落时，采莲台上丝幔翩飞如烟，一道身影从中飞出，衣白如雪，发黑如墨，裙裾飞扬，轻盈如羽毛般悄然落在湖面漂浮的牡丹花上。

燕昭延郭隗，遂筑黄金台。
剧辛方赵至，邹衍复齐来。
奈何青云士，弃我如尘埃。
珠玉买歌笑，糟糠养贤才。
方知黄鹄举，千里独徘徊。[1]

湖中白影引吭高歌，淡雅脱俗，声音有若空谷莺啼。她足尖点花，翩然起舞，素手微伸，广袖扬空，翩若惊鸿，矫若游龙，黑色长发如丝绸般飘舞，遮挡了玉容。

一时间，水榭中众人只觉得眼花缭乱，可看清湖中有白影高歌起舞，却无法看清湖中人的面貌，只是这踏花而舞、临水而立的天人风姿，让所有人铭刻于心。很多年后，有人将纯然公主选亲之事编成传奇话本流传于世，但后来又有人说那日的纯然公主其实是白风夕假扮的，真正的纯然公主虽有倾国之容，但无那种绝世武艺。

“诸位既已见过我，就请前往正殿，让父王久等，岂不失礼？”

白影歌罢，纵身一跃，飞向半空，最后轻盈地落在皇朝所在水榭中。

此话一出，众人虽万般不舍，却不敢再留，片刻间走个干净，只是心中暗想，那得公主青睐的水榭中到底是何人？

而水榭中，本安坐于椅的皇朝与玉无缘在白影落于眼前时，皆不由自主地站起身来。

风夕目光先扫向皇朝，然后扫向玉无缘，一眼之下不由得暗暗赞叹，难怪他被称为“天下第一公子”。不论其外表，也不论其风采，只是一双眼睛，那仿佛可包容整个天下的眼睛便无人能及。那双眼睛中，没有丝毫世人所有的自私阴暗，只有温柔平和与怜悯，仿佛是最安详静谧的湖泊。

其他人与玉无缘相比，又皆有所失。丰息比之太过贵气，失了清逸；皇朝比之太过傲

1　引自李白《古风·其十五》。

气，失了淡泊。这应该是去参加瑶池仙会的碧落仙人，却不知何故偶谪凡尘。

皇朝眼睛一眨不眨地看着眼前的白衣女子，眼神灼灼。他看了许久许久，终抵不过心中那股前所未有的欲望，走近风夕，仿佛立誓一般轻语道："若有朝一日我君临天下，你可愿嫁我为后？"

"不愿意。"女子干干脆脆，没有一丝犹豫地回答，白影一闪，已移开三步。

"哈哈哈哈……"皇朝闻言却未有丝毫恼怒，只是畅快大笑，"这天下女子，也只有你会如此对我！"

玉无缘静静地看着眼前的女子。

白色的衣，黑色的发，简单素净如画中的黑山白水。

她眉在展，眼在笑，颊含意，唇含情，仿佛这世间没有任何事可让那眉梢染上愁烟，没有任何人可让那水眸笼上忧雾，那如花笑靥似永不会消逝褪色，似可明媚至天荒地老。

他忽然间很想掩住自己的双目，那样便不会为她的明耀光华所灼痛，那一脸明媚无瑕的笑便不会撼动死寂的心湖。

"白风夕。"他轻轻地吐出三个字。

"是呀，我是白风夕，不是华纯然。"风夕粲然一笑，目光扫过皇朝："我刚才的歌唱得好听吗？"

"好听。"皇朝将酒壶执起，斟满三杯酒。

"我的歌可是唱给你们听的哦。"风夕手一伸便取一杯酒在手，然后身子后跃，坐在栏杆上，"算是答谢你上次请我吃饭。"

玉无缘看看手中的酒，又看看风夕，一贯平静清明的眼眸此时生起迷雾，喃喃轻语："'素衣雪月，风华绝世'原来是真的。"

"哈哈……"风夕顿时笑了，声音明净欢快得仿佛山间流出的溪水。

"是否只要是和你在一起的人，都可欢笑到老？"皇朝看着她，从来没有人可在他面前笑得如此随性肆意。

"不会。"风夕敛笑，转着手中的酒杯，"皇世子，你可知今日我这番作为可使你失去半个幽州，这样你还笑得出吗？"

皇朝目光一闪，又笑道："若今日我能得你为妻，那更胜半个幽州！"

"哈哈……"风夕再次大笑，"幽王既请你在此看热闹，定有深意，不知皇世子以为你此次求亲有几成把握呢？"

"本来只五成，但后来我认为有十成。"皇朝看着杯中十分满的酒，道。

"因为雍州兰息公子未到是吗？"风夕眼睛一眨，笑得十分神秘，"可你的对手并不止一人呀！"

"除兰息外，这世上还有何人是我的对手？"皇朝不认为这世间会有第二个对手。

"太过骄傲自满的人，总是败得很快很惨的。"风夕手一动，杯中便蹿起一道水箭直直射向皇朝。

"有自信的人才有资格骄傲。"皇朝手中酒杯也射出一道水箭扑向风夕。

叮！两道水箭中途相撞，双双化成千万滴水珠。

"皇世子，做人应该虚怀若谷。"风夕抬袖一挥，那些水珠便全被扫向皇朝。

"真实的骄傲总比虚伪的谦虚让人欣赏。"皇朝也扬袖一挥，一堵气墙挡住所有飞向他的水珠。

于是，那些可怜的水珠便在风夕、皇朝两人深厚的内力相击下，慢慢地化作了水雾。

"两位不如都坐下来吧。"玉无缘手微微一抬，挡在两人之间的水雾便都飞向了湖面。

"好吧。"风夕拍手坐下，"皇世子此行是否对华美人势在必得呢？"

"风姑娘以为如何？"皇朝也坐下。

"你依然只有五成的机会。"风夕抬手捋捋长发，眼中闪着狡黠，"此次选亲，幽王可谓网尽天下英才，皇世子以后可要多费心思了。"

这话暗藏机锋，皇朝自是听得出，心思一转，问道："不知风姑娘如何与此事扯上了关系？"

"因为我答应帮人的忙呀！"风夕目光溜向一旁自斟自饮的玉无缘。

"帮谁？黑丰息？"皇朝眸中光芒变利。

"他、她、你。"风夕屈着手指数，"这一举便三得呀，谁也没偏帮，真好。"

"风姑娘也帮了我？"皇朝挑眉。

"刚才这些'英雄高士'全被我打发了，不也等于帮你减少了竞争对手吗？"风夕笑眯眯地看着皇朝，手一伸，"我是不是对你很好呀？"那模样好似想得到糖果的小孩子在邀宠。

"是很好。"皇朝点头，"如此说来，我岂不是要答谢姑娘？"

一直听着他们对话的玉无缘忍不住轻轻笑了。一贯都是让别人听从自己的皇朝，此时却是言行全跟着风夕走。

风夕听见他的笑声，转头看了他片刻，轻声唤道："玉公子。"

玉无缘抬眸："风姑娘有何吩咐？"

"我听说幽王都境内有一座天支山，山上有一高山峰和流水亭。"风夕看着他的眼睛道。

"是的。"玉无缘亦注视着风夕的眼睛。

"那我们明晚去山上看看如何？"风夕盈盈浅笑。

"好。"玉无缘颔首。

皇朝看看两人，忍不住问道："风姑娘只请无缘吗？"

"皇朝。"风夕转头亦盈盈笑着看他。

"嗯。"皇朝听得她直唤他的名，顿时眼睛一亮。

"我偏不请你，又如何？"风夕眨眨眼睛，然后在皇朝愕然之际飘身飞出了水榭，足尖轻点湖上花朵，眨眼间便飞过揽莲湖，飞离金华宫，只余声音远远传来，"我偏不请你，你也不能拿我怎么样啊……"

"哈哈哈哈……"水榭里传出玉无缘的笑声。

而皇朝只能摇头叹息："这样的女子……可惜。"

金绳宫，南书房。

"哈哈，女儿又赢了！"华纯然欢快的笑声传出。

“好啦，好啦，你又赢了。”幽王看着棋盘，无奈地摇头。

“父王，您这次奖赏女儿什么？”华纯然娇憨地摇着幽王的手臂。

“哈哈……”幽王拍拍爱女的手，“这次赏你一个驸马如何？”

“父王又取笑女儿。”华纯然不依地扭身。

“纯然，”幽王拉过女儿，“你真的很喜欢那个丰息吗？”

华纯然闻言低头，贝齿轻咬樱唇，玉颊染上红云，一副羞窘的女儿娇态。

“这有什么不好意思的？”幽王抚着女儿的头柔声道，“男大当婚，女大当嫁，此乃人生必经之事。”

“父王，女儿……女儿……”华纯然声若蚊蚋，却终是不好意思直言，埋首于父亲怀中，掩去一脸的红晕，也掩去眼中的笑意。

“好啦，你不说父王也知你心意。”幽王搂着怀中的爱女，神色却颇为严肃，“那丰息，父王前日接见，确实才貌难得，只是……”他微微顿住不语。

“父王。”华纯然从幽王怀中抬首，看着父亲此时严肃的神情，心中不由得生出不妙之感。

“纯然，你看那丰息是何等样人？”幽王忽然问女儿。

“父王不是也说他才貌难得吗？”华纯然看着幽王，“女儿看他，乃绝世奇才。”

“纯然，你一直是个很聪明的孩子，看人眼光也十分高明，只是……只是这丰息啊，父王自问活了几十年，识人无数，却从未见过此等人，也看不透他是个什么样的人。”幽王看着女儿，神情认真无比。

“他……难道有什么不妥？”华纯然看着父亲这种神色，顿时紧张起来。

“他没有任何不好的地方，相反，他可以说是十全十美，只是……”

幽王回想着那日接见的丰息，一个普通的江湖人，却一身雍容气度，让他这个一国之君在他面前都有一种矮他一截的感觉，仿佛他才是王，而自己是卑微的臣民。

幽王活了这么多年，这一点儿眼光还是有的，丰息身上那种气势，他只在冀州世子皇朝身上见过。皇朝贵为世子，有那种气势是理所当然的，但丰息一介平民……这个丰息比皇朝更让人警惕。若皇朝是一柄出鞘的宝剑，光华灿烂，锋利无比，但因其出鞘，所以人一眼就能看明，反而能防范躲闪；而这个丰息好比九渊的潜龙，深藏不露，但一出世必是惊天动地！

“父王，父王？”华纯然见幽王怔怔出神，不由得出声轻唤。

“嗯。”幽王回神，看看爱女，道，“纯然，你要选那丰息为驸马，父王也不反对，毕竟他实为难得的人才，只不过……父王有一言望你听着。”

“父王请说。”华纯然螓首依靠在幽王膝上。

“现今乱世，其他几国莫不是向王域扩张，疆土国力都已今非昔比，独我幽州，虽说富庶居六州之首，但一直夹于青州、冀州之间，至今国土未有寸进。这些年来，父王几次出征冀州、青州都无功而返，长此以往，不但父王胸中宏图化成空想，我幽州早晚被冀、青两州吞并。”说到此，幽王不由得握紧双拳，“论才貌，冀州世子不输丰息，若幽州与冀州结亲，两州必将结盟，且此次皇世子前来求亲，曾允诺助我攻打青州。若能得争天骑相助，风行涛哪是我的对手，青州必为我囊中之物，所以……”

“所以父王希望我选皇朝世子为驸马，是吗？”幽王的话未说完便被华纯然接下。

“父王是有此意，纯然……”幽王刚开口，便见膝上爱女已是眼泪汪汪，顿时焦急，“纯然，你别哭呀！”

“父王，您心中只有幽州，只有霸业，没有女儿吗？”华纯然抬手轻拭眼角，神色黯然。

“纯然，你别哭。”幽王一见女儿的眼泪心就软了，方才的雄心壮志暂时也烟消云散了，只想着如何让爱女止泪，“纯然，父王也只是提议一下，还没定嘛，你别哭啊！”

华纯然哽咽着：“女儿只是想嫁个喜欢的人，而且这个喜欢的人同样可以帮助父王一展宏图，父王为何不肯成全女儿呢？女儿从小就没求过父王，可这一次，这唯一的一次……呜呜呜……”

“好啦，好啦，纯然，你别哭了，父王答应你，驸马的事由你自己做主，你想选谁就选谁，行了吧？”幽王搂着女儿哄道。

“真的？”华纯然抬首看着幽王。

“真的！”幽王点头，暗想也许那个丰息比皇朝更适合当幽州的驸马。

“多谢父王！”华纯然顿时喜笑颜开。

“唉，有时候父王想想，这个天下是不是还比不上纯然的眼泪？”幽王看着爱女叹道。

“在这世间，父王也是女儿最重要的人。”华纯然感动地抱住父亲，八分真两分哄地道出甜言蜜语，“女儿一定和驸马帮助父王夺得天下。”

“嗯，还是我的纯然最乖。”幽王抱住女儿。

“父王，现在您是不是该去金华宫接见各国英才了？”华纯然见此事已定，扶幽王起身，“您看女儿此次不就为您网罗了不少人才吗？”

“是，还是我的纯然最聪明。”幽王爱怜地用手刮了刮爱女的脸蛋，“父王现在去金华宫，你也回去休息吧，养足精神，后天父王将宴请皇世子、丰公子、玉公子还有那个白风夕以及今日挑选的人才，到时你就带上你的金笔点驸马吧。”

“女儿恭送父王！”华纯然目送幽王离去，脸上露出浅浅的笑，目中却露出一丝得意。

她是女儿身，或许不能得至尊至高之位，但只要能掌握住至尊至高的人，只要能在至尊至高之人的心中牢牢占据第一位，那么这幽州乃至整个天下，也就没有什么事情是她不能做成的了。

她今日既能让父王应承招丰息为驸马，那他日定也能让驸马继位为王，又或……真如父王所说，能得天下，那她必是至高之处的皇后！

当春风悄悄，
杨柳多情，
我溯洄而来，
只为牵着哥哥你的手。
…………

幽州王都之南，有一座院落，此院不大不小，十分雅致。此时从院子里的花园中传出歌声，歌声虽轻，但歌者欢快的心情表露无遗。

“什么事让你如此开心？”丰息一推开院门就见风夕正坐在桃花树下，捕一只白色蝴蝶。

“嘻嘻……我今天见到玉无缘了。”风夕回头对他一笑，“天下第一的玉公子，果然比你这只黑狐狸要强许多呀！”

丰息踏向东厢的脚步忽然一顿，回头看着风夕，只见她微仰着脸看着桃花微笑。

风夕一直是爱笑的，但这样的笑是他从未见过的。她的笑多是嘲笑、讪笑、冷笑、无聊的笑，可这一刻她的笑收敛了所有棱角，只是一种纯粹的欢笑，眉眼盈盈，唇角微抿，整个人清润柔和，淡淡的风韵里隐带一丝甜蜜之意。

“玉无缘？”丰息转过身，脸上却浮起浅笑，“他是与皇朝一道来的？”

“是呢。”风夕起身走到丰息身前，上下左右地打量他一番，“黑狐狸，原来这世上还有那样的男子呀，他跟你是完全不一样的人。你算计天下人，可是他……”她头一歪，脸上浮起一丝比桃花还要柔媚的微笑，“他是为天下人而谋算。”

“你……”丰息审视着她，忽然抬手点向她的额头，指尖落在她眉心的月饰上，“你难道对他……”底下的话他却不说了，只是眼睛紧紧地盯住她，眼中闪着莫名的光芒。

“哈哈……”风夕一笑退开身，手往西边一指，“凤美人等你等得可谓望穿秋水，你不觉得应该去看望她一下，并且……”她忽然压低声音，眼神诡异，“你不觉得应该好好安慰她一下吗？毕竟你接下来做的事会刺痛她的心哦！”

她正说着，西边房门打开，走出怀抱琵琶的凤栖梧。

“风姑娘，笑得这般开心，可是有高兴的事？”凤栖梧目光扫过丰息，清冷的眸中有刹那的柔和。

“是啊，是有喜事呀！”风夕目光扫向丰息。

“是吗？”凤栖梧却并不追问，只望着丰息，“公子几日未归，今天栖梧又谱得新曲，唱与公子和姑娘听可好？”

“好呀！”不待丰息答应，风夕便拍掌叫道。

凤栖梧当下于园中石凳上坐下，手拨琵琶，启唇而歌：

兰叶春葳蕤，桂华秋皎洁。
欣欣此生意，自尔为佳节。
谁知林栖者，闻风坐相悦。
草木本有心，何求美人折？[1]

“好个‘草木本有心，何求美人折？’呀！”

1　引自张九龄《感遇十二首・其一》。

风夕听罢喟然长叹，目光别有深意地扫向丰息，却见他少有地神色恍惚，眉峰微皱，似在想什么疑难问题。

似乎感觉到了她的目光，丰息抬眸望向她，第一次，她无法从那双深沉的黑眸中看出什么。

翌日，一大清早，风夕少有地早早起床了。

“朴儿，朴儿！你再不出来我就不带你去玩了！”

“我起来了，姐姐！今天你带我去哪儿玩？”韩朴一蹦三跳地开门出屋。

“咱们一路走，看到好玩的就去玩。”风夕向来如此。

“那我们走吧。”韩朴一把拉住她的手就往外走。

风夕与韩朴刚出门，东边的房门打开，走出丰息，他看着那一大一小两道背影，俊脸忽然变冷。

“公子，马车已备好。”钟离上前禀告。

丰息闻言，却并不动身，沉吟半晌，然后吩咐道：“不用马车了。”他语毕即向院外走去，钟离、钟园忙跟在其后。

幽王都无愧于“最繁华的王都”之称，一大清早，街上已有了许多人，店铺早已开门做生意，街上的摊贩也早就摆好摊位，叫卖声、还价声、邻里的招呼声、妇人说东家长西家短的聒噪声……各种声音交织，各色人物聚集，汇成繁华的街市。

丰息走在街上，目光扫过人群，一贯优雅从容的微笑淡薄了几分，有些心不在焉，有些心神不定。

忽地瞅见一道人影，他定睛一看，眼中光芒一冷，但马上他的笑容加深了几分，迎上那个人。

“玉公子。”

正看着小摊上一枚珠花的玉无缘闻声抬头，然后微笑：“丰公子。落日楼一别，想不到竟能于幽州再与公子相会。”

“在下也想不到竟与玉公子如此有缘。”丰息也笑道，目光扫过那枚珠花，“玉公子对此物感兴趣，莫非想买来送与心上人？”

“丰公子见笑了，在下孤家寡人，何来心上人？”玉无缘摇头，目光扫过珠花，轻柔飘忽，波澜不惊，“只是看到这枚珠花，不由得想起新近结识的一位友人，她似乎没有戴头饰的习惯，所以无缘不知不觉在此多停留了一会儿。”

“哦，原来是睹物思人。”丰息似是恍然大悟，“这珠花虽不是什么名贵之物，却也别致，玉公子不如买下。你那位友人之所以从不戴头饰，或许是因为没有如公子这般的人物相赠。”

玉无缘闻言看一眼丰息，唇畔笑意加深：“或许丰公子比我更熟悉我这位友人，毕竟她与公子齐名近十年。”

丰息眉一扬：“难道玉公子所说的友人是指白风夕？”他不待玉无缘回答，又道，“如果是那个女人的话，我劝公子还是不要买了，你若送了她，她肯定……”

“肯定拿来换酒喝。”玉无缘接口道。

“哈哈，原来玉公子也这般了解她。”丰息轻笑，只是此时的笑容略有几分苦涩。

“无缘虽是昨日才与风姑娘第一次相见，却似相识已久，所以知道她就是那种行事无拘，只求开怀的潇洒之人。”玉无缘看着丰息，别有深意地道。

“这话若叫那女人听见，定引玉公子为知己。”丰息笑容依旧，拿起那枚珠花道。

“公子，这珠花可是上品呀，珍珠全是碧涯海里采的，公子买下吧，送给心上人最合适不过了。”一旁久候的小贩看出眼前这两位公子是贵客，早准备了一箩筐的话，此时一见丰息拿起珠花，当然就操起了三寸不烂之舌吹嘘，“我罗老二在这一带可是有名的老实人，决不会骗公子爷，这绝对是上好的碧涯海珍珠……”

那罗老二还要滔滔不绝地说下去，丰息抬眸淡淡地扫了他一眼，顿时，他只觉喉咙处一紧，所有的话便全吞回了肚里。

“公……公……子……”

“这珠花我要了。”丰息将珠花放入袖中，回头瞟一眼钟离，钟离立刻付账。

“丰公子买这珠花是打算送与落日楼的那位凤姑娘吗？”玉无缘看着丰息的举动，“凤姑娘近来可好？”

“安然无恙。”丰息将珠花收入袖中，“在下还有事要往品玉轩一趟，不知玉公子去往何处？”

“无缘正要前往天支山。”玉无缘答道。

“那么就此告辞。”

“告辞。”

两人拜别，一往东，一往西，错身而过之际，丰息嘴唇微动，似讲了一句什么话，而一贯淡然的玉无缘闻言色变，震惊、愕然、悲哀甚至还有一丝隐隐的愤怒，这些属于凡人的表情一一在那张静谧安详如神佛的脸上闪现。但瞬间，这些表情全部消失，玉无缘恢复镇定，只是脸色十分苍白。

玉无缘怔怔地望着丰息，呆立街上，半晌未动。

丰息将他的表情尽收眼底，然后微微一笑，转身离去。

第十六章　高山流水空相念

“黑狐狸，你坐在这里干吗？”

夕阳西落时，玩了一天的风夕、韩朴终于回来，一进门就见丰息坐在园中，手中把玩着什么东西，在余晖之下反射着耀目的光芒。

“朴儿，你先去洗澡，洗完了叫颜大哥做饭给你吃，吃完了就睡觉。”风夕一边吩咐韩朴，一边向丰息走去。

“姐姐，你待会儿是不是还要出去玩？我和你一起去好不好？”韩朴今天玩得太开心了，这会儿玩心还没收回。

“不好！”风夕断然拒绝。

韩朴无奈，噘着嘴走了。

“今日玩得可尽兴？”丰息瞟她一眼，手中动作并没有停止。

“差点儿没走断两条腿，唉，小鬼比我还有精力。”风夕叹口气，看到他手中之物，顿时惊讶，“认识你十年，我可从没在你手中见过这种女人用的东西！你这枚珠花是准备送给凤美人呢，还是华美人呢？”她一边说着，一边凑近了去瞅他手中的珠花，“既然还没送，那不如先送我好了，待会儿我正要出门去，你这珠花就让我去换两坛美酒得了。”

闻言，丰息手一顿，抬眸看她，三月底的天气已十分暖和，他那一眼却让风夕感觉到一种寒意。她不由自主地打了个哆嗦，然后不忿地道：“至于吗？这么小气的，这东西又不值几个钱，不愿给就不给呗。”

她话未说完，眼前忽然珠光闪烁，立刻双手一挥，霎时幻化出千重手影，将那些向她射来的珠子尽数抓在手中。

“黑狐狸，你今天怎么啦？阴阳怪气的。”

风夕看着手中之物，再看看安坐于椅，姿态悠闲的丰息，若不是手中握着一把珍珠，她还真要怀疑刚才不是他用珍珠袭击了她。

“你不是要换酒喝吗？这样可以换更多。”丰息淡淡地扫她一眼。

“说得也对。”风夕粲然一笑，懒得深究他今天有些怪异的举动，转身离开，“陪韩朴玩了一天，累出了一身的汗，我先去洗个澡。”

在她身后，丰息默默地看着她的背影，许久后才幽幽地叹了口气：“世上为什么会有这种女人？”

当春风悄悄，
杨柳多情，
我溯洄而来，
只为牵着哥哥你的手。
…………

夜色里，星月淡淡，风夕在屋顶上轻盈起落，怀中抱着两坛美酒，哼着欢快的小调，想着待会儿要见的人，唇角勾起微笑。忽然她眼前黑影一闪，一人挡在她的身前。

“皇朝？”看到来人，风夕微微惊讶。

“是我。”一身紫袍的皇朝仿若暗夜里华贵的王者。

风夕看着他，眼珠一转，偏头笑着问：“你来找我？”

“是的。”皇朝负手而立。

“找我何事？”风夕将酒坛往屋顶上一放，然后坐下。

皇朝走近两步，仔仔细细地看了一遍月下的她，然后无比清晰而认真地问道：“我来是想在你去天支山前再问一次，你愿不愿意嫁给我？”

“哈哈……”风夕闻言，顿时仰首轻笑。

“风夕，”皇朝在她面前蹲下，眼睛比那天上的星辰还要明亮，“我是认真的。”

风夕收敛笑容，目光落在月下那张脸上。皇朝英俊的眉目里蕴含着霸气，神色却无比庄重。她心头微微一动，然后道：“既然你是认真的，那么我也认真地问你一句，若我嫁你为妻，你便不得再娶他人，终身只得有我一人，你可愿意？”

皇朝眉头微蹙，半晌无语。

“哈哈……”风夕轻轻笑着，“你无须回答，我也知你不能做到。”她拍拍皇朝的肩膀，站起身来，“幽王宫里就有一个你想方设法都要娶到的女人。”

皇朝也站起身来，抬手按住她的肩膀：“风夕，不管我娶多少女人，你都必然是我心中最特别、最重要的一个！”

风夕手一抬，拂开他的手，目光落向茫茫的夜空：“皇朝，我与你是不同的人，你不管喜欢还是不喜欢，都可以拥有很多女人，但我只想拥有一个我喜欢也只喜欢我一个的人。”

“风夕，无论我有多少女人，我的妻子都只会是你，甚至日后若我为皇帝，皇后也绝对是你！”皇朝拉住风夕的手臂，“风夕，我皇朝可以对天发誓，若得你以身相许，你必是我此生唯一的妻子！”

风夕抬眸看着皇朝，片刻后微微一笑，眼神清澈似水：“别人的誓言我都觉得是空话，但你皇朝的誓言我信。只是……我不稀罕后位，我此生只要一个男人，而我的男人的身心只能由我一人拥有！”

闻言，皇朝抿紧嘴唇看着她，许久后放开了她，长长一叹，转身望向无垠的夜空，语气沉重：“诚如你所言，眼前就有一个我必须想方设法娶到的纯然公主，因为……这是我得到天下的必经之路。”

“天下……又是天下。”风夕摇头，“皇朝，自我们商州相会以来，我一直认为你是一位顶天立地的英雄，而英雄是不屑于利用女人的。”

“我不是英雄。”皇朝猛然回首，目光如电，神色平静而冷漠，“风夕，我不是英雄，我是王者！”

目光相会的刹那，风夕蓦然心头一颤。

“世间英雄，有举世罕有的武功，有笑谈生死的气概，有光明磊落的胸襟，可战千百人而不败，是如天上的星月般受万众景仰的神！”皇朝以手指天，天幕上有一轮皓月，点点寒星。

风夕仰首，望向苍茫夜空。

“而我是要当王者！是权衡、谋划、取舍、定夺……战千千万万、战整个天下的人！”皇朝伸出手臂，敞开怀抱，仿佛要拥抱这片天地，神情庄严而肃穆，带着一种义无反顾的决然，“我要用我的双手握住天下，而握住天下需要力量，需要最为强大的力量，所以我要累积我的力量，通过各种手段、各种途径来累积我所需要的力量，然后成为这天地间独一无二的王者！”

闻言，风夕怦然心动，侧首看向皇朝。

星月的光辉洒落在他的身上，从风夕的角度看去，他一半在光芒里，一半在黑暗中。她想，他会握住这个天下的。有那么一刹那，她的心没来由地沉了沉，也许就在这一刻，她失去了一样很珍贵的东西，那也是她注定会失去的东西。

压住心头的酸涩，风夕转过头，看着脚下黑黢黢的大地，蓦然觉得有些冷。

其实这个乱世里，有志者谁不是如此，不择手段地谋划以成就自己的霸业，皇朝如此，他也如此，所有的人如此！那么……这世间可有人做事不求利益回报？做事只是纯粹地想做，而不是心机深沉地出手？

她轻轻一叹，弯腰抱起屋顶上的酒坛，玩笑似的笑道：“唉，怪伤面子的，与天下相比，我是如此轻微。”

皇朝回首看她，那一眼看得很深：“风夕，你拒绝我只是因为我会有很多女人，还是因为你心中已有了人？”

风夕闻言沉默片刻，夜风吹起她长长的发丝，遮住了她的眼眸，却没有遮住唇边那抹飘忽的浅笑：“有与没有，对你来说都无区别，无论是为妻为后，我都不会嫁你，因为——”

她语气一顿，皇朝眉头一挑，等待她的后半句。

“因为，你这样的人，做你身边的朋友可共甘苦、同悲欢，远胜于做你身后默默无闻的妻室。”风夕看着皇朝眨了眨眼睛。

“哈哈哈哈……”皇朝大笑，伸出手来揽住风夕的肩膀，这一次，风夕并未推开他，“自小到大，从未有人如你一般让我屡屡受挫，偏生我还就真拿你无可奈何。”

风夕粲然一笑：“或许你马上会在另一个女子身上受挫呢。”

“哈哈……那又如何？”皇朝不以为然，“我若只因两个女子便一败涂地，那上天生我何用？”

“所以啊，对你来说，女人不过是衣裳，只有天下才是最重要的。”风夕足尖一点，身形便飘远了数丈。

皇朝看着她远去的背影，赞赏而又叹息地道：“能娶到你的人定是这世上最幸运的人，但能做你的朋友一样幸运。”

“可惜朋友很少有一辈子的。”

风夕身影已逝，声音却远远传来，独留皇朝于屋顶之上细细品味她这最后一语。

天支山群峰耸立，其中最高的山峰名高山峰，在高山峰的西面悬崖边，有一座山石筑成的石亭，名流水亭。

关于这高山峰和流水亭，民间流传着一个故事。

在很久很久以前的一个朝代，有一名乐师名高山，他擅长琴艺，传说他弹奏的琴曲能引来百鸟啼鸣，可引得百花绽放。但当时的皇帝喜欢笙，谁的笙吹得好，他便重赏谁，于是为讨皇帝的欢心，举国上下都吹笙，导致百乐闲置。

是以，高山虽琴艺超绝，却无人欣赏，甚至弹琴时还会遭人耻笑，认为他对皇帝不敬。久而久之，高山便不再于人前弹琴，而是携琴至天支山山顶，弹琴给高山、幽谷、白云、清风听。

有一天，高山又在天支山上弹琴，忽然有人走来，一边鼓掌一边歌道：

山君抱五弦，西上天支峰。
闲洒一挥手，如听万壑松。
尘心洗流水，余响入霜钟。
不觉碧山暮，秋云暗几重。[1]

高山大为感动，与此人结为知己，这个人名流水，高山从此只弹琴与流水听。

过了些年，皇帝驾崩了，新皇帝即位。

新皇帝不似他的父亲那般只喜欢笙，他喜欢各种乐器之音，于是百乐又在民间兴起。

新皇帝听闻高山拥有高超的琴艺，便下旨召高山进宫弹琴，但高山拒绝了。他说，有生之年只弹琴与流水听，因为只有流水才是他的知音。

前来传旨的官员见他竟敢拒绝皇帝，大为震怒，便将他抓起来送到了皇宫。但是最后，

1　引自李白《听蜀僧睿弹琴》。

高山还是没有弹琴给新皇帝听，因为他在路上折断了自己的指骨，此生再也不能弹琴了。

新皇帝有感于他的刚烈，便放他回去，并赏赐了他一些珍宝。但高山什么也没要，只是孤身回家了。

回到家后，高山才知道，流水在他被抓往皇宫后，自刺双耳，此生再也听不到声音了。

高山与流水重逢后，相视一笑，然后一起上了天支山，再也没有下山来。

有人说他们跳下山崖死了，有人说他们在天支山上隐居了，还有人说他们被天帝派来的仙使接往天庭了……各种各样的传说流传下来。后来仰慕他们的人便将当年高山弹琴的山峰称作高山峰，并在高山峰峰顶筑了一座石亭，取名为流水亭，用以纪念高山、流水的友情。

而今夜，高山峰上，流水亭里，有两人相约而来。

皓月当空，银辉若纱，琴音泠泠，清幽淡雅。亭中二人，白衣胜雪，风姿飘逸，令人几乎以为自己置身幻境，重会那高山流水。

“你这一曲飘然不似人间，让我听着以为自己已到碧落山上，有琼花玉泉，有瑶果白鹿，有流霞飞舞、青娥翩然，正是无拘无束，悠然若仙啦。”琴音止时，风夕睁开双眼看向玉无缘，轻声赞叹。世间也只有此人才能弹出这般脱尘绝俗的琴音。

“高山流水，高山的琴音果然只有流水能听懂。”玉无缘抬眸看着风夕，浅浅笑开。

风夕闻言凝眸。高山流水，他们会是吗？

“这支琴曲叫什么？”她问。

“没有名字。”玉无缘抬首望向夜空明月，“这支琴曲，只不过是我此时所感，随心而奏罢了。”

“哈哈，你的琴没有名字，想不到你弹的琴曲也没有名字。”风夕取过琴，随手一拨，琴弦顿时发出空灵清音，“随心而弹便是非凡之曲，难怪世人都赞你为‘天下第一公子’！”

玉无缘淡淡一笑，石桌上有风夕带来的酒坛酒杯，他捧起酒坛将两个酒杯斟满，然后一杯递与风夕，一杯端在手中，悠然吟道：

清夜无尘，月色如银。酒斟时、须满十分。
浮名浮利，虚苦劳神。叹隙中驹，石中火，梦中身。

风夕执杯在手，看着玉无缘，然后笑吟吟地接道：

虽抱文章，开口谁亲。且陶陶、乐尽天真。
几时归去，作个闲人。对一张琴，一壶酒，一溪云。[1]

“几时归去，作个闲人……”玉无缘念着，几不可闻地叹息一声，仰首饮尽杯中酒，然

1　引自苏轼《行香子》。

后转头望向亭外的万丈峭壁，“归去归去，去已不久。”

“嗯？”风夕正饮完了酒，闻言没来由地心口一紧，放下酒杯的手一抖，瓷杯碰着石桌发出一声轻响，“难道玉公子也想如词中所说，去做个隐士？”

玉无缘依然看着万丈绝壁，只是轻声道：“无福做隐士，却当真要归去了。”

风夕一怔，静默了片刻，忽然笑了：“难道今夜是辞别？玉公子要归去，却不知要归往何处？何时归？又有何人同归？”

玉无缘回头看着她，目光缥缈，声音幽幽：“不和谁，一个人，也许很快，也许过些日子。”

“一个人？”风夕还是在笑，笑得灿烂，然后手猛地一推，将琴推回他面前，“至少要带着这张琴，高山不论走到哪儿，不管有没有流水相伴，至少都有琴的！”

风夕脸上的笑令玉无缘心头一痛，他蓦然伸手握住她的手，看着她的目光幽深难懂，轻轻地道：“风夕，我不是高山，我从来不是高山……”他说到此处忽然顿住，喉间似哽住了一般，无法再说话。

风夕看着他，目中带着一种微弱的希冀，等着他说话，等着他说出……

“我只是玉无缘。”最后一语轻轻吐出，说出这一句话的玉无缘似耗尽了心力，脸一瞬间变得苍白。

“我知道。”风夕将手轻轻从他手中抽出，一瞬间手足冰冷，喃喃地道，“风雨千山玉独行，天下倾心叹无缘。我早该知道不是吗？”

闻言，玉无缘垂眸看着自己空空的手掌，一丝苦笑浮上面容：“说得真是贴切，传出这两句话的人是不是看尽了我玉无缘的一生？”

“天下倾心叹无缘……”风夕惨淡一笑，笑得万般辛苦。无缘……无缘，是无缘啊！

“不是天下叹，是我叹。”玉无缘移目看着她，眼中有着某种即将倾泻而出的东西，但他猛然转头，望向绝壁之外那深不见底的幽谷。

“不管谁叹都是无缘。”风夕霍地站起身，看着玉无缘，“只是若有缘也当无缘，那便可笑可悲了。”

玉无缘依然望着幽谷不动。

风夕闭目，再次睁眼时，已扫去所有落寞：“你为我弹琴一曲，我便赠你一歌。”说完她足尖一点，落在亭外那一丈见方的空地上，手一挥，袖中白绫飞出。

瑶草珂碧，春入武陵溪。
溪上桃花无数，枝上有黄鹂。
我欲穿花寻路，直入白云深处，浩气展虹霓。
只恐花深里，红露湿人衣。

她启唇而歌，人亦随歌而舞，歌声清越，舞若惊鸿，白绫翻卷，衣袂飘扬，于夜色清风里，仿佛天女临世，于此飞舞清歌，丰神天成，风姿绝世。

坐玉石，倚玉枕，拂金徽。
谪仙何处，无人伴我白螺杯。
我为灵芝仙草，不为朱唇丹脸，长啸亦何为？
醉舞下山去，明月逐人归。[1]

歌至最后一句，白绫直直飞去，缚在一株高树上，然后她身子一荡，轻飘飘地，若荡秋千般飞掠而过，眨眼间便消失不见，只袅袅歌声，荡于高山夜风里。

山上，明月依旧，石亭如初，只是夜风寥寥，沁凉如水。

许久后，玉无缘伸手移过琴，双手抚下，琴音顿起，心中凄楚和着琴音尽情倾出：

苍穹浩浩兮月皎然，
红尘漫漫兮影徒然。
欲向云空兮寻素娥，
且架天梯兮上青冥。
三万六千兮不得法，
黯然掬泪兮望长河。
澹澹如镜兮映花月，
月圆花好兮吾陶然。
唉噫——
天降寒冰兮碎吾月，
地划东风兮残吾花。
唉噫——
倾尽泠水兮接天月，
镜花如幻兮空意遥。
唉噫——
倾尽泠水兮接天月，
镜花如幻兮空意遥。
…………

长歌如诉如泣，含着无尽的怅然遗憾，哀痛悲怆。

树林深处，风夕抱膝而坐，听着从山顶传来的歌声，眸中水汽氤氲。

1　引自黄庭坚《水调歌头》。

“倾尽冷水兮接天月，镜花如幻兮空意遥……玉无缘，你……你……”

一个“你”字含在齿间半晌，风夕终是咽下了余下的话，只幽幽一叹，拾起地上的白绫，抬步往山下走去。

山顶之上，玉无缘走出石亭，抬首仰望，无垠的夜空上，明月皎洁无瑕。这不知人间怨忧的明月，为何长向别时圆？

他闭上眼睛，隔绝了明月，掩起了所有心绪，却无法止住心头的悲楚。

他终是放开了，那是他这一生中唯一动心想抓住的人，但他还是放开了手！

你以为我为灵芝仙草而弃朱唇丹脸？其实我愿以灵芝仙草换谪仙伴我白螺杯！只是……

风夕，对不起，无缘终是让你失望了！

若人有来生，你我以此曲为凭，便是千回百转，沧海桑田，我们也会相遇的。

四月初二。

幽王于金华宫宴请各国俊杰，也送了一张请帖给风夕，但她自天支山回来后便情绪低落，一直待在小院，是以到了这天她依旧神思懒懒，并不想动。

去王宫做什么呢？去看纯然公主金笔点婿吗？干我何事？她从鼻子里冷嗤一声。

到了中午，丰息进宫赴宴去了。看着他的背影，风夕嘲弄地笑笑，心头却没来由地泛起一阵酸苦。她深吸一口气，摇摇头，甩去脑中思绪，搬把长椅放在院中，躺着晒太阳，对自己说，这是多么舒服自在的日子，何必自寻烦恼？

至于烦什么，她不肯深思，也不肯承认。

金华宫里，丰息有些心不在焉。

按理说，殿中此刻上有幽王，下有劲敌皇朝、玉无缘，又有那些各具才华的俊杰，更何况今天还是决定幽州驸马的重大日子，他该集中精力慎重以对才是。可自入殿以来，丰息一直心神不定。

“丰公子。”

耳边传来呼唤声，丰息猛然回神，原来是华纯然入殿了，正立于他的桌前，一双美眸含情看着自己。

是了，酒宴已过半，公主要开始选驸马了。

今日的华纯然分外明艳高贵。她穿一袭粉红绮罗宫装，头梳飞仙髻，髻中饰大凤凰，髻两侧分插凤衔玉珠步摇，蛾眉淡扫，樱唇轻点，雪白的脸颊在看向他时涌上一层淡淡的绯红，说不出的娇媚明丽，端是世间罕有的绝色佳人。

他思绪纷乱的心在此刻变得宁静清醒：华纯然不是她！不是她！

丰息猛然站起身来，因起身太急，桌子被他撞得晃了晃，那声轻响让殿中所有人的目光都移了过来，有的审视，有的探究，有的妒忌，有的疑惑，有的轻蔑……

“丰公子。”华纯然见他猛然起身，只当他是紧张。想至此，她心头又是羞涩又是甜蜜，藏在袖中的手不由得微微握紧。是他了，就是他了。她秋水似的眸子温柔地望着他，手臂微抬，罗袖轻滑，露出玉笋似的指尖，指中夹着一点金光，那是……

“在下忽然想起还有要事未办，先行告辞了，请幽王与公主恕罪。”丰息一步踏出，向着幽王与华纯然施了一礼，然后不等人反应，便大踏步走出了金殿。

大殿中一片哗然，幽王震怒，华纯然震惊，便是皇朝也不解，只有玉无缘垂眸轻叹，然后端起酒杯一口饮尽。

“哈哈哈哈……”幽王毕竟是一国之君，很快便恢复常态，举起酒杯，“丰公子有事先行，孤不可为难，他的那一份美酒诸位可不能浪费，必要代他喝了！来，我们干杯！”

“幽王说得对，我等敬幽王一杯！”众人一齐举杯。

华纯然也端起丰息桌上的酒杯，仰首饮尽酒液的一瞬间，苦涩与微咸的味道一齐入喉。放下酒杯，一滴清泪滴入杯中，喧闹的大殿里，她却清晰地听到了酒杯里发出的空洞回响，咬住嘴唇，止住即将溢出的悲泣之声。

她握紧袖中的金笔，端庄地转过身，抬首间，她依然是美艳无双、高贵雍容的幽州纯然公主。

一抹浓淡适宜的微笑浮上无瑕的玉容，她莲步轻移，款款走向皇朝——那位尊贵傲然的冀州世子。她攥紧手中的金笔，似乎怕它忽然间挣脱她的手。

砰！

院门被大力推开的声响将院中晒着暖暖的太阳、正昏昏欲睡的风夕惊了一下，她睁眼坐起，见丰息正立在门口，紧紧地盯着自己，神情懊恼非常。

“咦？你怎么这么快就回来了？怎么，幽王已选定你为驸马了？以华美人对你的情意，此事应当水到渠成才是。”风夕懒洋洋地打趣一声，然后躺回长椅上。

丰息也不答话，走进院子，立在她身前，一言不发地盯着她。

风夕顿时有些奇怪，抬头看着他，疑惑地问道：“你这样子好像是在生气？难道失败了？”

“哼！我不会娶纯然公主了，你是不是很高兴？”丰息冷哼一声，然后抬脚一踢便将长椅踢翻，风夕对他这一手没有防备，顿时连人带椅摔在了地上。

“咦？真的？”风夕此刻倒忘了恼怒，坐在地上，抬头看着丰息，待从他脸上得到证实后，嘴角不由得勾起，一丝欢喜的笑容就要成形，忽然间脑中闪过一念，欢喜的笑便转成了嘲讽的大笑，“哈哈哈哈……黑狐狸，难不成幽王还是不中意你这个江湖百姓，而是中意那个坐拥二十万铁骑的冀州世子皇朝，所以你垂头丧气地回来了？哈哈哈哈……真是笑死我了，原来这世上也有你办不成的事呀，精心算计一场，到头还是空呀！”

她一边笑着，一边从地上站起来，看着丰息阴沉的脸色，不但不收敛，反而笑得越发猖狂：“哈哈哈哈……黑狐狸，你求亲不成就如此生气，实在有失你那个‘雅’的名头呀！啧啧啧，你那一身的雍容大方的气度哪儿去了？”

丰息看着大笑不已的风夕，一贯雍容优雅的神情早已消失得无影无踪，眼睛盯着她，仿佛能冒出火来。

"哈哈哈哈……"风夕越看他那模样越欢快，凑近了他，瞄了瞄他怀中，故意压低声音说道，"黑狐狸，其实只要你拿出某样东西，幽王一定会马上招你为婿的，你为何不拿呢？某人太过自傲白白错过了机会呀，白白浪费了一番工夫呀！"

丰息依旧不语，只是神色越发阴沉，最后竟拂袖而去。

他离去后，风夕在长椅上躺下，喃喃自语："难得呀，这黑狐狸竟如此生气，可生气也不该冲着我来啊，又不干我的事，要知道我可是帮了他不少忙的……"

丰息走进屋子，推开窗，看着躺在椅上闭目养神、惬意非常的风夕，不由得敲敲挂在窗台上的鸟笼，逗着笼中的碧色鹦鹉，轻声道："真不值得，你说是不是？真是不值啊！"

第二天，风夕显然心情十分好，一大早就把韩朴叫起来："朴儿，快起床，姐姐今天带你去玩！"

"噢！"本还赖在床上的韩朴马上蹦出了被窝。

等韩朴洗漱好，风夕便带着他出门了，颜九泰也跟着他们走了。

小院里静了片刻，丰息开门走出。

"公子，需不需要准备马车？"钟离问他。

"不用，带上钱就好，上街挑件礼物，以贺纯然公主即将到来的大婚庆典。"丰息淡淡地道。

"是。"

钟氏兄弟伴着丰息出门后，西厢开启的窗后，露出凤栖梧清冷的面容，看着丰息走出的背影，心头默然轻叹。

幽王都繁华的街市上，风夕牵着韩朴轻声感叹："幽州不愧是六州首富，我这些年走过的地方，还真是少有能及得上幽王都繁华的。"

"姐姐，我们在幽州还要待多久呢？什么时候走？我们还要去哪里？"韩朴一边看着街市上的行人，一边问道。

颜九泰默默地站在二人身后。

风夕微怔，然后笑道："朴儿，今天不说这个，今天只管玩。"

尽管她的语气轻淡，但韩朴从她的声音里听出一丝沉重，不由得抬头疑惑地看着她。

"夕儿！"

正在此时，一道有如吟唱般的嗓音蓦然传来，三人顿时循声望去。

"久微！"风夕一望见那人，顿时飞身扑了过去，一把抱住了那人，大声欢笑，"久微！你怎么会在这里？"

名唤"久微"的人在被风夕抱住的刹那，感觉到了两道目光，不禁抬首望去，便见不远处的街道两旁，分别立着一黑一白两位公子。白衣的在与他目光相碰时，淡淡一笑，黑衣的则微微点头致意。他低头看了看抱住他的风夕，不禁轻轻一笑，他们真是有眼光啊！

"夕儿，你快要把我的脖子给勒断了。"久微扯着风夕抱住他脖颈的手叫道。

"久微，我好久好久没见到你了，你都跑到哪儿去了呀？"风夕松开手问他。

“我还不就是四处飘荡着？”久微微笑着道。

“我也在四处飘荡着，我们怎么就没在路上碰见呢？”风夕语气里颇有抱怨的意味。

一旁，韩朴与颜九泰都吃惊地看着这个叫久微的人，眼中都有些疑惑。他们与风夕相处了一段时日，大概熟悉了她的性情，风夕虽然看起来言行无忌，与谁都可以打成一片，但与人相处时，其实是有着亲疏远近的区别的。显然，风夕对这个人是不同的，她对他有着纯粹的亲近与喜欢，这一点便是与她相识最久的丰息都及不上。

韩朴与颜九泰仔细地打量着他，想知道这人有何特别之处，可以让风夕另眼相看。

久微年约三十，身材高瘦，相貌普通，穿着青布衣，长发在脑后以青带缚成一束，顺着余下的披垂于肩背之上，只看外表实在不怎么出色。可看第二眼时，你会觉得这人很特别，却不知道特别在哪儿，或许在他抬眉启唇间，又或许在他双目有意无意的顾盼间，那是一种独特的风韵。这就是那种第一次看时并无甚引人注目之处，但第二次见面时，你定能一眼就认出的人。

久微拉着风夕细看一番，然后轻轻感叹：“十年重见，依旧秀色照清眸！”

“你也没怎么变啊！”风夕也打量着久微。

“姐姐！”韩朴走过去将风夕的手夺回，重新牵在手中，眼睛却盯着久微，其意不言而喻。

风夕不以为意，将韩朴推到久微面前：“久微，这是我新收的弟弟韩朴，怎么样，很漂亮吧？”她又敲了敲韩朴的头：“朴儿，这位是久微，是祈云落日楼的主人，天下第……嗯，数一数二的大厨师，做的菜非常非常好吃！”

“弟弟？”久微看一眼韩朴，自然不会错过那张小脸上的戒备神情，于是戏谑地道，“夕儿，我记得你没有弟弟妹妹的，这该不会是你儿子吧？嗯，我看看，长得还真有几分像呢。”

“咯咯……”风夕显然被这话给呛着了，抬手一拳捶在久微肩上，“认识你这么多年，我竟然不知道你还有这等‘一鸣惊人’的本事。”

“哎哟，我说夕儿你轻点儿。”久微揉着肩膀呼痛，“就算是被我说中了，你也不要因为心虚打得这么大力啊！要知道我是普通人，禁不起你白风夕一击的。”

“嘿……谁叫你乱说话？”风夕挑眉睨着他，“现在罚你马上做一桌子菜给我吃，否则本姑娘必定十八般武艺招呼你！”

“唉！”久微抚额长叹，“你能有一次见到我不提吃的吗？我走遍六州，也没见过第二个比你还要好吃的女人！”

“哈哈，谁叫我每次见到你就想到你做的菜？”风夕一手挽住他，一手牵着韩朴，“走啦走啦，我知道你这家伙住的地方肯定是最舒服的，我们去你那里。”

久微离去前回头一看，街旁一黑一白两位公子早已杳无踪迹。穿黑衣的定然是夕儿常提起的黑狐狸黑丰息了，那么穿白衣的呢？那般出尘的风姿举世无双，想来也只有那天下第一的玉公子玉无缘才有如此风采吧。

第十七章　归去来兮终有期

初夏的午后，天气不冷也不热，十分适合用来午睡。

贪睡的风夕此时当然是躺在房中竹榻上酣然大睡。韩朴坐在一旁，无聊地扳着指头，想叫醒风夕，但知道叫醒她的后果是脑门被她敲破，所以不敢，可又睡不着，因此只好枯坐。

一只蚊子绕着风夕的脸飞来飞去，似在确定哪儿是最好的下口之处，韩朴瞅准机会，双手一拍，那只下口不够狠，动作也不够快的蚊子便呜呼于他掌下。但这脆脆的响声在这安静的房中显得分外响亮，韩朴小心翼翼地看一眼风夕，确定没有吵醒她后，松了一口气。

“你坐在这里干什么？为何不去睡午觉？”窗口忽地传来问话声，韩朴抬首一看，便见久微正立在窗前含笑看着他。

“嘘……”韩朴竖起食指，指了指睡着的风夕，示意他声音不要那么大。

“放心吧，除非她自己想醒来，否则便是电闪雷鸣也吵不醒她的。”久微瞄一眼风夕，“既然你不睡觉，不如到我房中说说话。”

韩朴却道：“既然她不会被吵醒，那就在这里说话不就得了，干吗要去你房里？”

“也是。”久微推门而入。

“久微大哥，你认识姐姐很久了吗？”韩朴将身下的长椅分了一半给久微。

“嗯，是有很久了，不比那个黑丰息短吧。”久微略微侧首回忆着，道，“当年之所以认识她，是因为她要抢我手中做了一半的盐酥鸡。”

“唉，果然，又与吃的有关！”韩朴小大人似的叹了口气，问道，“那是多久以前？那时她是什么模样？”

“多久啊……嗯，也许有十来年了吧。”久微眯起眼回忆，仿佛又看到当日那个闻香而来，大白天里施展轻功飞进落日楼抢夺他手中盐酥鸡的女孩，“至于模样嘛，她好像一直是这个样子，没什么大变化，哦，长高了一点儿。”

“哦？”韩朴听得眼睛发亮，“那后来呢？”

“后来她就一直赖在落日楼里，白吃白住了四个月才肯离去，离去的原因是听说商州有一家如梦楼，那里不但美人多，而且美人擅长做一道叫‘如梦令’的菜肴。”久微摇摇头，看着榻上的风夕，语气中有些无可奈何的意味，“白风夕号称‘武林第一女侠’，但我一直觉得她应该还有一个‘天下第一好吃鬼’的名头才妥当。”

韩朴听了，默默地看着风夕思索，然后绽开一抹欢喜的笑容：“要是我会做天下最好吃的东西，那么……”

“那么她就永远都不会离开你，是吗？”久微不等韩朴说完便接口道。

“是呀！”韩朴眼睛亮晶晶的，“那样我和姐姐就能永远在一块儿了！”

久微看着他那兴奋的神情，看着他盯着风夕那依恋的眼神，不由得叹息着摇摇头，拍拍他尚有些瘦弱的肩膀：“韩朴，即便你是天下第一的厨师，她也不会永远和你在一起的。唉，你真不应该这么早就认识她。”

“为什么？”韩朴疑惑地看着他。

久微不答，定定地看着他，片刻后拍拍他的脑袋问道：“你今年多大了？”

“十岁。”韩朴虽不解久微为何突然问他年纪，但依然老实地回答。

“十岁呀，是会对女孩子生出朦朦胧胧的恋慕的年龄了。”久微摸着下巴，“不过我劝你不要喜欢上她。”

“你乱讲！”韩朴一听，立马跳起来，并往风夕那边看去，见她依然在酣睡，才放心，转过头瞪着久微，“我才没喜欢上她！她这样的女人，我……我……”他很想贬损风夕一顿，以示自己的清白，不过“我”了半天也没能吐出半句话来，心底似乎很是抗拒说风夕不好。

“好吧，你不喜欢她，你还小呢，还不懂什么叫喜欢。”久微安抚地挥了挥手，“你现在只是觉得和她在一起非常开心，只要是和她在一起便觉得安心，觉得这世上什么风啊雨啊刀啊剑啊的，都没什么可怕的。韩朴，我说得对不对？”

韩朴眨了眨眼睛，半是承认，半是茫然地点了点头。

“唉，我倒是能理解你的感觉。”久微又叹了一口气，目光扫过榻上睡得“不省人事”的风夕，“她这样的女人，看起来糟糕至极，可这天下没有任何人和事能难住她，便是天要塌下来，她都可以撑回去。你年纪这么小，遇着这样的她，不啻遇着一座永远也无法越过的高山。”

韩朴毕竟只有十岁，心智尚未成熟，只觉得这人的话他听懂了，却又似乎有些没懂，更不明白这人为何要说这些，可隐约间又觉得他说得很对。

“所以我才说你不该这么早就认识她。”久微看着韩朴的目光中隐约有一丝怜悯，“她这样的人，你找遍天下，找上百年也未必能再见到一个，以后你又如何再看进其他人？”

韩朴越听越糊涂。他干吗要去找她这样的人？姐姐不就在这里吗？

久微看着韩朴那双迷惑的眼睛，摇头微微一笑，问韩朴：“你见过纯然公主吗？”

“见过。”韩朴点头。

“纯然公主有倾国之容，你觉得如何？”久微再问。

韩朴立刻摇头嗤之以鼻：“比起姐姐来差远了！”

久微揉了揉他的脑袋：“天下第一的美人在你眼中都如此，你还不明白吗？以后这天下还有哪个女人能入你的眼呢？”

“我为什么要看别的女人？”韩朴拨开他的手，“女人都很麻烦。不如你把厨艺传给我吧，等我学会了，我就可以一直陪着姐姐，这样就够了。”

“孺子不可教也，遇上她是你之幸，亦是你之不幸！”久微终于放弃点醒这个榆木脑袋的想法，转身离去，“纯然公主以绝色美名留世，而白风夕——必然是一个传奇！”

“怪人怪语。”韩朴冲着久微的背影吐了吐舌头，然后回头看着风夕的睡颜，“还是姐姐说话有趣些。”他言罢在长椅上躺下，侧身面向风夕，安心地睡去。

久微住的院子里种满了花树，初夏正是百花烂漫之时，所以院子里花香缭绕。

夜晚，在高大的梧桐树下摆一张木制的摇椅，旁边再放上一张矮几，几上摆几碟点心，配上一杯清茶，然后躺在摇椅里，仰望浩瀚星空，享受习习凉风，再与知己闲话浅谈，那等惬意的滋味，神仙也不过如此吧。

“唉，这日子舒服得像神仙过的啊！”风夕躺在摇椅上感叹，轻轻摇晃着摇椅，只觉得如置美酒醇香里，醺然欲醉。

久微闻言，只是捧着茶杯微笑。

风夕闭着眼睛伸手从矮几上拈了块点心送入口中，一边吃一边再次感叹：“久微，要是天天都能吃到你做的东西就好了。”

“行啊，你请我当你的厨师就可以天天吃到我做的东西了。”久微将茶杯放在矮几上，在一旁的竹椅上坐下。

“唉，我身无分文，漂泊不定，怎么请你当厨师啊？”风夕叹气，“况且我不是黑狐狸，膳食、茶水、衣物、用具等，都得专门的人侍候着，走到哪儿都跟着一堆人，多麻烦啊，还是一个人自由自在。”

久微摇头一笑，伸手取过五弦琴置于膝上，道：“我最近学了一支歌，唱给你听。”

“好啊！”风夕转过身，睁开眼睛看着他。

久微指尖拨了拨琴弦试音，然后按住琴弦，片刻后，手指划下，琴音顿起，淙淙两三声，曲意隐带淡淡的哀思。

肃肃风行，杳杳云影。
短歌微吟，红药无开。
青梅已熟，归燕无期，
长街怅怅，竹马萧萧。

久微的嗓音低沉且微带沙哑，将歌中的希冀与无奈一一带出，让人仿若身临其境，满心苍凉。

韩朴与颜九泰都被歌声吸引，皆开门走至院中。

摇椅上，风夕仿佛也被这歌中的哀伤所感，抬手遮住一双眼眸，默默无语。

许久后，院子里才响起她低沉的声音：“久微去过青州？”

“嗯。”久微停下抚琴的动作抬首，“三个月前我还在青州，听闻这首《燕归》是青州公子风写月所作，青州的街头巷尾人人会唱。”

“长街怅怅……”风夕喃喃，放下手，抬眸望天，“竹马萧萧……”

“想来写歌的人一直在等待着谁吧。”久微目光扫过风夕，然后也抬首望天，夜空无垠，繁星点点，看着令人更觉寂寥。

“很久都没有回家了，我也很久没有听到这支歌了。”风夕眸中泛起涟漪，如被西风吹皱的湖面，波光粼粼，“写这歌的人已逝去六年了，六年的时光，可让一具鲜活的肉体化为一堆白骨。”

“夕儿是否想回家了？”久微转头看她，目中闪过一抹黯然。

风夕沉默。

又过了许久，她才喃喃自语：“回家……是的，我应该回家了，现在也必须回家了。”

闻言，久微淡淡一笑，目中带着了然的神色。

“姐姐是青州人？”韩朴走到风夕身边坐下。与她相处了这么久，他今日才知她是青州人。

“嗯。”风夕点头，自摇椅上坐起，轻轻抚了抚他的头，然后转头望向颜九泰：“颜大哥，劳烦你准备朴儿的行装。”

“是。”颜九泰想也不想地点头，紧接着醒悟过来，“那姑娘呢？”

韩朴也追问：“姐姐，为什么是准备我的行装，你呢？”

风夕没有理会韩朴的追问，只看着颜九泰道：“颜大哥，你曾以久罗人的身份向我起誓，终身忠诚于我。”

她的话令久微猛地转头盯着颜九泰，眸中光芒难测。

“属下曾经发誓，”颜九泰再次在风夕身前跪下，执起她的手置于额上，“但有吩咐，万死不辞！”

风夕站起身，以掌覆其额头，神情庄重：“那么，颜大哥，我要你答应我，在以后的五年里，你须守护于韩朴身边，不让他有任何不测！”

“是！”颜九泰郑重地应承。

得到承诺，风夕扶起他，道：“颜大哥，明日你就带韩朴前往祈云涂城境内的雾山，去最高的回雾峰上，找一个张口便吟诗，且自认为是绝代美男的老怪物，告诉他，有人还他八年前逃走的徒弟，到时他自会收朴儿为徒。朴儿至少要在山上习艺五年，这五年里，你必须寸步不离雾山地守护他。”

“属下必不负姑娘所托！”颜九泰再次应承。

韩朴一听却急了：“姐姐，难道你不和我一起？”

风夕转身面对韩朴，怜爱地将他拉到身前：“朴儿，姐姐要回家去了，暂时不能再照顾你了，所以你要学着自己照顾自己。”

“可是……我可以和姐姐一起去啊，我不需要姐姐来照顾，我会自己照顾自己，我只要和姐姐一块儿就好！”韩朴瞪大眼睛，仿佛一只即将遭人遗弃的小猫般惶急焦灼。

“朴儿，你不能和姐姐一起去，那会毁了你。”风夕轻轻拥住韩朴，“所以姐姐送你去雾山老怪那里，那个老怪物人虽怪，但一身武功当世罕有，你一定要好好学，学尽老怪物的本领。”

“不要！不要！”韩朴死命地抱紧风夕，将头埋在她的腰间，“姐姐你答应过我，永远不会丢弃我！你答应过的！你答应过的！”

风夕托起韩朴的脸，只见他眼中含着一汪泪，却强忍着不肯落下，心头微有凄恻：“朴儿，姐姐答应过你便决不会丢弃你。姐姐只是送你去学艺，五年后我便去接你，到时我们便可再相见。”

“不要！我不要去！我要跟着姐姐！姐姐那么好的武功，我可以跟姐姐学！我不要跟那什么老怪物学！”韩朴大声叫着，泪水终于夺眶而出。

风夕静静地看着他，神情是从未有过的端肃，那双总是带着笑意的眼睛此时一片平静，静得没有一丝波澜。

“姐姐，朴儿不要去！朴儿会好好练武的，不会要姐姐分心照顾的，朴儿会乖乖听颜大哥的话的，姐姐，你不要丢下朴儿好不好？”韩朴哽咽着，双手抓紧风夕胸前衣襟，脸上泪水纵横也顾不上擦，就怕一松手，眼前的人便不见了。

“朴儿，”风夕从颈上解下红绳，绳上穿着翡翠珏，红色的玉鱼，碧色的玉荷，两者相合有若天然，“双玉合一为珏，这翡翠珏是姐姐出生时，姐姐的爷爷亲手给姐姐戴上的，现在姐姐将一半送给你。”她取下鱼形玉饰放入韩朴手中，“姐姐说过五年后见，我们就一定会在五年后见的，你要相信姐姐。”

“可是……”

“朴儿，你不是说过要照顾姐姐吗？那么你去学好本领，五年后你就能照顾姐姐了。”风夕拭去他脸上的泪水，“而且男儿不可轻易流泪，知道吗？”

“我不想和姐姐分开！”韩朴握紧手中的半块玉珏。

“人生数十载，区区五年算什么？”风夕抱住韩朴，这孩子此时只到她胸口，但五年后或许就能长得和她一样高，甚至比她高了，“朴儿，听姐姐的话，和颜大哥去雾山，五年后姐姐就去接你，好吗？”

韩朴抱住风夕，既不能答应，又不能不答应，只好紧紧地抱着她，将头埋在她的怀中，似乎不面对外面的世界，便可以不离开这个温暖的怀抱。

久微与颜九泰在一旁默默地看着相拥的姐弟。

许久后，风夕抬头望向旷远的夜空：“久微，我要回家了，请你去我家当厨师如何？”

静默片刻，久微颔首：“好。”

景炎二十六年，四月五日。

幽州王宫里，纯然公主与冀州世子皇朝大婚，因公主是幽王最心爱的女儿，其婚礼可谓幽州三十年以来未曾有过的奢华，王都上下一片欢腾。

四月六日，大婚的第二日，纯然公主坚持要在这一天宴请她的两位朋友风夕与丰息。幽王对心爱的女儿总是有求必应，因此午时王宫即派了车马将两人接入宫中。

宫中侍从按纯然公主的要求，在金华宫的偏殿里置下一桌酒席。

午时四刻，主客准时入席。华纯然与皇朝坐于主位，左右分别坐着丰息与风夕，另加玉无缘作陪，五人围坐一桌，倒不似王室酒宴，反似是朋友相聚。

这一顿饭，除了风夕时不时在桌下踢着丰息，然后看着美艳如花的华纯然冲他挤眼外，大体来说是很平静的。他们彼此敬上两杯，闲谈几句，像是相识很久的朋友，又像是才相识不久的朋友，桌上有一种淡如水的氛围。

这种平静直至幽王到来才被打破。

眼见幽王到来，几人起身行礼。

礼毕，幽王的目光只在丰息与风夕身上停留了一下，便落在玉无缘身上："孤早就听说玉公子风采非凡，今日一见果然不同凡响，简直是天下无双！"

幽王的话一出，殿中几人顿时各有反应。

风夕看一眼幽王，再看一眼玉无缘，唇角的笑里便带了两分深意。

丰息目光闪了闪，笑容如常。

皇朝眉峰微动，看一眼幽王，神色如常。

华纯然则有些讶然，父王如此夸赞一个人可以说是绝无仅有的，是以她凝神看向玉无缘。玉无缘虽有"天下第一公子"的名头，可在她看来，眼前的三名男子，才貌各有千秋，父王何以独对玉公子另眼相看？

"无缘不过江湖草莽，岂担得幽王如此谬赞？"玉无缘微微倾身致谢，神色平淡。

"公子实至名归，哪有担不得的？"幽王上前一步，伸手虚扶，"孤自闻公子之名起，便期盼有朝一日，我幽州能拥有公子这等贤才。"

"蒙幽王如此看重，无缘愧不敢当。"

玉无缘平静无波的语气让幽王眉头微皱，幽王转而继续和蔼地笑道："公子谦虚了，孤求贤若渴，公子之才足当国相。"

玉无缘神色淡然，面上亦有微笑，只是说出的话依然不软不硬的："无缘草莽之人，难当大任。"

幽王闻言面色一沉。

华纯然立时移步，上前挽住幽王的手臂，故意委屈地道："父王，你就知道关心国事与贤臣，也不关心关心女儿吗？"

听了女儿的娇言俏语，幽王重展欢颜："这等醋纯然也吃，真是个孩子。"

"父王把别人看得比女儿重，女儿当然吃醋了。"华纯然扶幽王在桌前坐下，"父王，女儿为你斟酒，喝了女儿斟的酒后，父王以后就要把女儿看得最重。"

"哈哈哈哈……"幽王大笑，"驸马，你听听，我这个女儿醋劲可真大，你日后可有苦头吃了。"

皇朝却道："若真如此，小婿甘之如饴。"他移眸看一眼华纯然，对上她的目光时，微微一笑，"只有对看重之人，才会吃醋，不是吗？"

华纯然微怔，然后娇羞地低头。

"哈哈哈哈……"幽王再次哈哈大笑。

"这可真是有意思。"风夕微笑轻语，瞟一眼丰息。

丰息抬眸，与她目光相对，淡淡一笑。

满殿欢笑里，玉无缘不着痕迹地看了一眼风夕，然后平静无波地收回目光。

笑声未止，殿外忽然匆匆地走入一名侍从，看服色品级不低，当是幽王近侍。

“陛下。”那内侍走近幽王，然后俯在他身旁耳语一句。

幽王一听，顿时面色一变，然后满面喜色：“哈哈哈哈……这可是天助孤也！”

殿中几人闻得此语，神色各异。

“父王，何事让您如此开心？”华纯然问出了几人心中所想。

“喜事啊！天大的喜事啊！”幽王起身，端起酒杯就满满饮下一杯酒。

“什么喜事？父王说出来，让女儿也高兴高兴。”华纯然伸手执壶，再为幽王斟满一杯酒。

幽王再次举杯，一口饮尽杯中酒，然后将酒杯重重地搁在桌上，抬头看一眼殿中几人，道：“方才接得密报，青州青王病危。”

一语出，殿中几人皆面色一变。

“此消息可靠？”皇朝问道。

“自然！”幽王此刻敛了笑容，面上透出冷厉，“探子回报，此消息风行涛非但未瞒，反而是要诏告天下，看来整个大东不日都将知晓！”

几人顿时又是一愣。

“青王为何要如此行事？”华纯然不解。

“哼！风行涛此举何意，孤亦不知，但是……”幽王目中射出锐利的光，“孤不可错失良机，这回定要报当年失城之辱！”

殿中几人闻言都心知，幽王说的乃是六年前，他征讨青州不成，反而失了柰、榦两城之事。

华纯然心头一跳：“父王，那您是准备……？”

“哈哈哈哈……”幽王再次大笑，看着心爱的女儿，“风行涛一死，青州的柱石便崩塌了，父王率领大军前往，将青州拿下当纯然的新婚之礼如何？”

“这……？”华纯然顿时迟疑。青、幽两王都为大东诸侯王，虽说父王有君临天下的雄心，但青王一死父王即出兵征伐，这无论如何都有些说不过去。当下她摇着幽王的臂膀，微带娇嗔道：“父王，女儿才成婚一日，您就要出征，女儿不依。女儿三个月后便要与驸马去冀州，到时山高路远，与父王难得相会，女儿要父王留在宫中，让女儿与驸马尽尽孝心。”

女儿的话让幽王颇为欣慰，但征伐青州、拓展疆土的机会终于到来更让他心喜，是以他慈爱地拍拍女儿的手：“纯然，你的孝心父王知道，只是你是女儿家不懂，这战机不可失。”说着他转头望向皇朝，又看一眼玉无缘，目中皆是精明的算计：“驸马要尽孝心倒是容易，随孤出兵青州如何？”

皇朝眉头一挑，然后朗朗一笑：“父王有命，小婿当遵。况且小婿早就想会一会青州的风云骑，会一会惜云公主！”

“哈哈，有驸马相助，孤自然事半功倍！”

在幽王志得意满的笑声里，华纯然为几人斟满了酒，丰息望向风夕，风夕微微垂着眼眸，神情难辨，而皇朝与玉无缘对视一眼，交换了一个只有他们才知道的眼神。

“既然父王心意已定，女儿便祝父王旗开得胜，平安归来！”华纯然将酒奉与幽王。

"我们也预祝幽王凯旋！"

"哈哈哈哈……都与孤干了此杯！"

金华宫里，暗流汹涌。

日头偏西时，丰息与风夕告辞离去。

从幽王宫出来，站在宫门前，风夕回首看向王宫内连绵的屋宇，良久后，唇边勾起一丝略带寒意的浅笑："战机不可失吗？"

"幽王要出征青州，你呢？是继续逍遥江湖，还是……？"耳畔传来询问声，风夕回头，便见丰息神情莫测地看着她。

"那你呢？"风夕不答反问。

"我？"丰息眉头优雅地挑了挑，"我打算去青州看看，既然不能娶到幽州公主，或许能娶到青州公主。"他说完，手一招，钟离、钟园各牵着一匹骏马走来。

风夕面无表情地看着丰息，而丰息也神色淡然地看着她，宫门前一派平静，只是无声无息中，两人之间似有一股气流涌动。

钟离、钟园两兄弟在离他们三丈远的地方站定，再不敢向前走一步。他们知道，丰息袖中的右手必然拈成了一个起势，而风夕袖中的手定已握住了白绫，眨眼间，两人便可能拼个生死!

在常人看来，这无声的对峙或许不过片刻，但在钟离、钟园看来，仿佛过了一个昼夜。

终于，风夕出声了："你到底知道多少，又想干什么？"

在她出声的瞬间，周围似乎有什么散去了，钟氏兄弟又可以自由呼吸了。

"你知道多少，我同样知道多少。"丰息微微一笑，抬步走向钟氏兄弟，"你要不要和我同路呢？"

他话音未落，耳畔微风一扫，白影已飞身上马："驾！"她轻叱一声，马便扬蹄驰去。

看着远去的一人一马，丰息摇头一笑："早该如此，何必强忍？"他说完，翻身上马，一扬鞭，直追风夕而去，远远传来他吩咐钟氏兄弟的声音："你们俩回家去。"

两人两马，飞驰而去，眨眼间便失去踪影。

"我们走吧。"

"嗯。"

钟氏兄弟转身离去。

风夕与丰息纵马疾行，一路风驰电掣，披星戴月，五日后便到了青州王都。

城门前，风夕下马，抬头仰望高高的城楼，目中有片刻的恍惚。丰息下马后，静静地站在她的身旁，并不曾惊动她。

凝望了片刻，风夕牵马入城，丰息自然紧随其后。

王都内一派繁华景象，两人牵着马走在街上，却于喧闹中感受到一种凝重的气氛，显然百姓们亦因国主的病情而忧心。

两人一路往前，穿过繁华集市，穿过长街小巷，从热闹走向安静，从拥挤小路走到开阔大道，而后前方宫宇连绵，庄严大气，那里便是青州的王宫。

风夕不曾停步，直往王宫而去，丰息了然一笑，跟在她身后。

王宫前的侍卫们远远看得两人走来，待到看清了当先那人的面貌，顿时惊喜万分地叫道："是殿下！殿下回来了！"

一时间，宫门前的侍卫纷纷行礼，无不是满脸喜色。

风夕站定，并不曾回头看丰息一眼，只对那些侍卫道："都起来吧。"

"殿下，您可回来了！主上他……"

"我知道。"风夕打断侍卫的话，将缰绳抛下，"将马安顿好，这位丰公子是我朋友。"说完，她便径直往宫内走去。

宫门后是一片开阔的广场，远处殿宇重重，由无数的侍卫层层守护着。

"殿下回宫！"城门下侍卫的声音远远传开。

立时，风夕目中所见之人，无不躬身行礼，耳中所听之声，无不是"恭迎殿下回宫！"。

风夕从容地走过，一路往英寿宫而去。

英寿宫前，内廷总管裴钰已领着侍从、宫女跪地相迎："恭迎殿下回宫！"

"都起来。"

英寿宫里，青州之王风行涛躺在床榻之上，睁着眼睛，静静地等候着。

宫外那一声声"殿下回宫！"传入他耳中，令他满心欢喜，他那个喜爱漂泊的女儿终于回来了。

"父王！"

脚步声传来，然后有人在床榻前跪下，轻柔地握住了他的手。

风行涛转头，便看到床前跪着的风尘仆仆的女儿："夕儿，你终于回来了！"瘦骨嶙峋的脸上露出一丝慈爱的笑容，他抬手挥了挥，裴钰带着所有侍从悄悄退下。

"父王，是女儿不孝。"风夕握紧父亲瘦削的手。

"傻孩子，你活得开怀，父王便也开怀，这就是孝心。"风行涛抬起手轻抚女儿的面颊，心中涌起自豪与欢喜，他的女儿聪明美丽，更是文武双全，天下的男儿少有比得上的。

"父王，您生病了为何不早点儿通知女儿？女儿也好早日归来，也不至……"风夕看着病入膏肓的父亲，内心涌起深深的愧疚。

"夕儿，父王不是病了，而是要死了。"风行涛毫无顾忌地讲出自己生命已到尽头的残酷事实。

"父王。"风夕闻言心头一痛，握着父亲的手更紧了，似乎不握紧一点儿，父亲下一刻就要离去。

"傻女儿，你哭什么？每个人都会有这么一天，没什么好伤心的，你就当父王只是离开你一段日子，过后你还会来与父王相会的。"风行涛拭去女儿眼角的泪珠，神情极为平静，"况且父王等这一天很久了。父王想念你母后，不久后就要与她相会了，高兴着呢。"

"嗯，女儿不哭。"风夕嘴角一弯，勾出一丝笑容，"女儿也不伤心，只当父王去找母后了，再过些年女儿也会与你们会合。"

"嗯，这才是我风行涛的好女儿！"风行涛笑了笑，挣扎着要起身，风夕赶忙扶他坐起。

"夕儿，我青州第一代青王风独影，虽为女儿身，却是英姿飒爽的名将，追随威烈帝征战天下，立下赫赫功勋，所以授封为王，是大东朝里唯一的女王！”风行涛言及先祖时，眼中有着崇敬之色，“父王死后，自然是你继承王位，你便是大东朝的第二位女王！”他目光落在女儿的面孔上，目光里有着慈爱与赞赏，“夕儿才智武功绝代，青州交与你，父王很放心。只是……”说到这里，他停住，微微喘息着。

风夕见之，忙抬掌按着父亲的胸膛，以内力为他疏通气脉。

过了片刻，风行涛摇了摇头：“好了，夕儿，父王等你回来就是有话要跟你说，趁着这会儿父王还有精神，你坐下来好好听着。”

“嗯。”风夕眼见父亲如此情形，知他已是强弩之末，尽管心头愧疚悲痛，亦只能暂且抛开，在床边坐下认真聆听父亲的训言。

“纵观现今天下，帝室没落，而各国人才辈出，已是风云际会之时，六州互相制衡的局面恐怕难以维持。所以，女儿，你要么雄心万丈，做个更胜先祖、开天辟地以来的第一位女皇；要么不作不为，直待雄主出世即以国相献，如此则可使青州百姓免受战乱之苦，你亦能继续逍遥天下。”风行涛谆谆地叮嘱女儿。

“父王的话女儿记下了。”风夕颔首应允。

“好，你记着就好。”风行涛放心地点点头，眼中那慈爱的光芒慢慢转成怜悯，“夕儿，做一国之君的艰难难以想象，若是可以，父王并不想将如此重任压于你的肩上。是以，日后你若是选择雄主以国相献，心中无须觉得屈辱，也不要害怕他人的斥骂，更不要觉得愧对先祖。要知道朝代更替本是必然之事。”

“到底要如何做，女儿会想清了再决定。”风夕看着父亲，郑重承诺，“父王，女儿保证，无论怎样，都不会让我青州百姓受苦！”

“嗯，父王相信你。”风行涛点头，有些疲倦地闭上眼睛，“我青州虽不及幽州富庶，但历代累积的财富想来也不输它。所有的东西，父王都放在了那里，以备你日后要用。”

“女儿知道。”风夕扶父亲重新躺下。

风行涛躺下后闭目休息，风夕坐在床边看着父亲，这一刻她只想这样陪着父亲。

过了片刻，风行涛忽然睁开眼睛，看着女儿，看了许久，目光里带着怀念与怅然：“其实细看，你的口鼻甚是肖似你母后，但你的性子不像她那般孤傲要强，这很好。你母后……我与你母后是青梅竹马，少年夫妻，本是恩爱非常，却只有你一女，为着王嗣，我纳了些嫔嫱，自此你母后便视我为路人，至死不让我近身。夕儿……是我负了你母后，以致我终生无子，这就是上天对负心之人的惩罚，我……”

“父王，这么多年过去了，母后早就消气了。”风夕想起早逝的母亲，想起她永远幽怨冰冷的神情，心头黯然。

“嗯，我这就要去找她了，她若还不消气，到时我亲自向她请罪。”风行涛再次闭上眼睛，“我倦了，夕儿你远道归来也累了，先回宫去休息，晚间再来看我。”

“嗯。”风夕替父亲理了理鬓发，又看了看，才起身离去。

第十八章　青州惜云且登临

风夕走出英寿宫便见到了在宫前的汉白玉栏杆边站着的丰息，他黑衣如墨，临风而立，俊秀丰神，引得宫前不少宫女、内侍侧目。

丰息看着向他走来的风夕。她依然是白衣黑发，眉目熟悉，便连走路的步伐都是他闭着眼也能感觉到的轻快闲适，可他莫名地觉得，这个人不一样了。

风夕在离他一丈之处停步。

两人隔着一丈之距静静地对视，彼此一派平静。

他们仿佛依然是江湖上相知十年的“白风黑息”，又仿佛是从遥远的地方跋涉而来，今次才初会，那样熟悉而陌生。

“青王如何？”丰息最先打破沉静。

“已睡下了。”风夕淡淡地笑道，然后转头吩咐侍立于旁的内廷总管裴钰：“裴总管，丰公子就住青萝宫，你去安排一下。”

“是。”裴钰应承。

风夕又转头对丰息道：“赶了这么多天的路，你先沐浴休息一下，晚间我再找你。”

丰息微笑着点头。

“丰公子，请。”裴钰引着丰息离去。

目送丰息的背影走远，风夕眉头不易察觉地微微皱了一下，然后几不可闻地叹了一口气。

当日，两人各自休息了半天，黄昏时，风夕领着丰息前往英寿宫。

弥漫着药香的寝殿里，风夕轻声唤着床榻上闭目躺着的父亲：“父王。”

风行涛缓缓睁目，一眼便看到床前立着的年轻男子，与女儿并立一处，仿若瑶台玉树般，青春俊美，神采飞扬，不由得暗赞一声，伸手示意要起来。

床前的内侍与宫女忙上前服侍，又挪了大枕让他靠着。

风夕在床前坐下，道：“父王，这位是女儿在江湖上结识的朋友，姓丰名息，想来父王也听说过。”

“丰息见过青王。”丰息上前躬身行礼。

“免礼。”风行涛打量着床前仪态优雅的年轻男子，“你就是和孤的女儿齐名的那个黑丰息？”

“正是在下。”丰息直起身，抬首时也打量了风行涛一眼，见他形容枯槁，气色衰微，只一双眼睛里闪着一点清明亮光。

“也就是雍州的那个兰息公子？”风行涛随即又道。

丰息一愣，呆了片刻才道：“青王何以认为丰息即为雍州兰息？”

“孤的女儿是惜云公主，你自然就是兰息公子。”风行涛理所当然地道。

“这……”丰息还是第一次听到这样的论断，心头好笑之余还真不知要如何反应。

“怎么？难道你不是？”风行涛却把眼睛一瞪，“难道你骗了孤的女儿？”

“骗她？”丰息又是一愣，脑中却想，只凭这几句话，眼前这位青王倒还真不愧是风夕的父亲。只是，他何时骗过她？从初次相会起，他们就默契地从不过问对方的身份来历，这十年里亦如此，但双方心中对于彼此的来历都有几分了解倒是真的。

风行涛忽然又笑了，枯瘦的脸上展开层层皱纹，眼里竟有几分得意：“小子，你生来就爱欺负人，但唯一不能欺负的便是孤的女儿！”

闻言，丰息不禁有抚额拭汗的冲动，不过此刻他还是彬彬有礼地道：“不敢。青王果然目明心慧，丰息确是雍州兰息。”他心里忍不住叹气：您老的女儿白风夕，天下谁人敢欺啊？

“不是不敢，而是不能。”风行涛看着他，神色间带着了然，转头又望向风夕，“夕儿，你要与你这位朋友好好相处。”

“父王放心，女儿知道。”风夕点头。

风行涛再看看他们，然后轻轻叹息一声，似是极为疲倦地闭上了眼睛：“好了，父王累了，你们下去吧。”

“父王好生歇息，过会儿女儿再来看您。”风夕服侍父亲躺下，又吩咐宫人小心侍候，才与丰息一同离开。

他们出了英寿宫，天已全黑，宫灯悬挂，将王宫内外照得通明。

走出一段距离后，风夕唤了一声：“裴总管。”

“老奴在。”裴钰赶忙上前，“殿下有何吩咐？”

风夕抬首看着夜空，天幕上星稀月淡，也不知明日是不是个晴天，这么想着，沉甸甸的心又重了几分：“这几天……你准备着吧。”

裴钰自然知道她要他准备什么：“回禀殿下，半年前主上便已吩咐要准备着。”

“半年前就准备着？”风夕一愣，“父王病了这么久，却不肯透露一点儿消息，以至于我今时今日才回来，我……”她蓦地闭上嘴，心头涌起无能为力的疼痛。她爱江湖逍遥，唯愿过得快活无拘，可她的亲人似乎总是因她而饱受分离之苦，偏生他们个个都纵容着她，而最后……他们离去，她留下。从此以后，她接替他们守于这宫墙之内，担着她该担的重担。

裴钰垂首沉默。

过了片刻，风夕转头看着眼前这个侍候父亲近三十年的老人："既然已准备了，那你就心里有个数，大约也就这两天的事了，到时宫中不要乱作一团。"

"殿下放心，老奴知道。"裴钰抬首看她一眼，眼中满是慈爱之色，"殿下，你连日奔波定然十分劳累，还望殿下切莫太过忧心，要好好休息，保重身体。"

"我知道。"风夕点头，"我离开有一年了，你将这一年内的折子全搬到我宫中。另外，我回来的消息很快便会传开，无论谁进宫求见都挡回去，两日后的辰时，将风云骑的所有将领召至含辰殿。"

"是。"裴钰垂首。

"父王病了许久，你必也操心了许久，先下去歇息吧，今夜父王这里我守着。"风夕又吩咐道。

裴钰抬首，待要说什么，可看到风夕的神色，终只是道："现在时辰还早，亥时后老奴再去歇息，殿下还是先回宫休息一下吧。"

风夕点点头，然后屏退所有侍从，自己提着一盏宫灯慢慢往前走着。一直沉默地等在一旁的丰息自然跟在她身后，两人皆不发一言。

走着走着，到了一座宫殿前，风夕停住脚步。

这座宫殿似乎无人居住，漆黑一片，杳无声息。

站在宫殿前看了片刻，风夕才推门进去，一路往里走，穿过几道门后，到了一处园子。借着淡淡的灯光，依稀可见这里是一座花园，园子最里边有口古井，一直走到古井前，她才停步。

这一路上，丰息已把这宫殿看了个大概，宫殿虽不是很大，但格局极为精巧幽雅，庭园干净，花木整齐，唯一可惜的是没有人气。

"这座承露宫是我母后生前所住，她死后这宫殿便空了下来，除了洒扫之人，父王再不让其他人进来。"风夕将宫灯挂在树上。

"承露？"丰息轻声念出这两字。

"听说当年这宫殿才建好时，父王本为其取名承珠宫，母后不喜'珠'字，便改成了承露宫。"风夕扫一眼有些荒凉的花园，然后走到井栏边坐下，"她生前很喜欢坐在这井边，看着井水幽幽出神，好多次，我都以为她会跳下去，但她没有。她只是一直看着，一直看着……直到一天早上，她倒在了井边，也摔碎了她腕上戴着的苍山碧环，从此再也没有起来。"

她弯腰，从井中掬起一捧井水，那水清澈冰凉，似乎一直凉到心里头："那碧环是年少时，父王送给她的。"她张开手，井水便从指缝间流下，眨眼间点滴不剩，"小的时候，我不大能理解母后，与她也不大亲近，陪伴着我的是写月哥哥。母亲独住此殿，在我的记忆中，她似乎总是紧锁眉头，神情漠然，看着我时，眼神忽冷忽热，看着这口井时，眼神反倒平静多了。后来我想，母后大约是想死，但又不甘心死。只是……最后她还是死去了。心都死了，人岂能活着？”

丰息立于一旁默默地听着，黑眸幽深地看着她。

看着井中水面上荡起的涟漪一圈一圈散去，风夕起身，回头看着丰息：“女人的心总是很小，只能容得下一个男人；而男人的心很大，要装天下、装权势、装名利、装美人……男人的心要装的东西太多，偏偏有些女人太傻，以为男人应该和她一样，‘小心’地装着一个人，结果她那颗‘小心’装了太多的空想，到头来空想变成了失落、绝望、幽怨，无法负荷时便断送了自己的性命。”

丰息凝视着古井，在黑夜里，古井幽不见底，宫灯昏黄的光线投射进来，水面上浅浅波光晃动。他移眸看向风夕：“你这是要斥诉天下男人吗？”

“岂会？”风夕走近他，近到可看清彼此眼眸的最深处，只是彼此能看到的，不过是自己的影子，“黑狐狸，心里装的东西太多了，便会顾此失彼！”说完她一笑退开，眉目飞扬，似乎又是那个洒脱的白风夕，“幽王的大军马上要来了，我无暇招待你，不如你先离开，待我击退幽王后，再请你来喝我们青州独有的美酒——渡杯。”

“哦？”丰息长眉微扬，然后笑道，“我正想见识一下风云骑的雄武，此刻正是良机，岂能离去呢？”

“是吗？”风夕笑容不变。

“当然。”丰息点头。

风夕看着他，也点点头：“那就主随客便。我还需去陪伴父王，你也回青萝宫休息吧。”她说完即转身离去。

丰息目送她的背影走远，许久后，面上浮起淡淡的、难辨忧喜的笑容。

此后的两日，丰息一直未见到风夕，听宫人说她一直待在浅云宫里，除去每日清晨与傍晚前往英寿宫看望青王外，其余时间都闭门不出，便是青王的那些嫔嫱得知公主回宫，纷纷前去拜访，也都被浅云宫里的宫人们打发走了。

丰息自然知道，她闭宫不出，定是在了解她离开后青州军、政之况，所以也并不去打扰她。因他是公主的贵客，受到的都是王宫里的人的最高礼遇，先是将现在住着的青萝宫看了个遍，而后将青王宫游赏了一番。

青州一直是六州中文化气息最浓的一国，这或许跟青州第一代青王风独影的王夫清徽君有关。元鼎年间，大东初立，不同于武功绝代的风独影，她的夫婿清徽君是个学识渊博的书生，曾于青州的碧山书院讲学十年，不但培养出许多青年才俊，亦令碧山书院名声大噪，成为大东朝六大书院之首。而后，青州的历代国主都曾颁诏嘉奖勉励碧山学子，是以青州人比较尚文。再至此代国主风行涛，其人能文，工诗，精通音律，尤擅书画，再加一个才名传天下的惜云公主，青州文名更甚，“文在青州”实至名归。

是以，同是王宫，青王宫与幽王宫相比，一个文雅，一个奢丽。

幽王宫处处金雕玉砌，富丽堂皇，比之帝都皇宫亦有过之而无不及。青王宫却极其素雅，一砖一瓦、一殿一楼，皆不越王侯礼制，或许富贵不足比幽王宫，但亭台布置、山水点缀，处处显诗情，点滴露画意，更具王家的雍容气度与典雅风范。

这日傍晚时分，丰息登上青萝宫的三层高楼闻音阁随意眺望，将整个青王宫尽收眼底。王宫正中的两座宫殿为英寿宫与凤影宫，凤影宫是青州第一代青王风独影所居的宫殿，英寿宫则是王夫清徽君所居的宫殿，只是后来继位的青州君王都是男性，于是两宫便调换了，青王多住英寿宫，王后则住凤影宫。

他目光一移，望向英寿宫后边的浅云宫，那里是青州的公主风惜云所居的宫殿。此时此刻，她大约还埋首在书案之中。

“风夕……惜云……”丰息喃喃念着这两个名字，而后轻轻叹息一声。

青州此代青王风行涛，与其说是位君王，不若说是位书法家。自继位以来，他大部分时间用于钻研琴诗书画，对政事颇为懈怠，朝中臣子亦是文臣居多，能上阵杀敌的武将大约只有一位——禁卫军统领李羡。青州本是六州中最易攻占之地，只可惜十年前青州出了一位惜云公主，青州因她有了五万精锐之兵——风云骑，得以安然至今，牢牢占据六州中第三大国之位。

“风惜云……白风夕……”

闻音阁上，丰息倚窗而立，遥望浅云宫，俊雅的脸上忽然浮起意味深长的浅笑，墨色瞳眸似因想到什么而炯炯有神。

抵达青州王宫后的第三日，丰息清晨便候在浅云宫外。他知道今天她会召见风云骑的将领，对于那些威名赫赫的人物，他也是极欲一见的。

距辰时还差两刻之时，浅云宫开启，一众宫女簇拥着一位盛装美人走出，丰息目光一动，顿有目眩神摇之感。

宫女簇拥着的那位华服美人之容貌是他极为熟悉的，但那人的装扮与神态让他极为陌生。

美人乌发如云，风鬟雾鬓，发髻正中嵌以海棠珠花，鬓之两侧插着红玉珠串步摇，长长的珠串垂下，拂过耳畔，双耳坠以苍山血玉耳环，身上一袭白底金线绣以凤舞九天图案的公主朝服，腰间束着九孔玲珑玉带，玉带两侧坠着细细的珍珠流苏，两臂挽着有如绯烟赤霞的披帛，长长地拖曳于身后。

眼前的女子是如此雍容华贵，虽不施脂粉，但清眉俊目，玉面朱唇，自是容色惊人，与丰息在江湖所见的那个素衣潇洒的白风夕全然是两个人。

“惜云见过兰息公子。”她盈盈一礼，优雅高贵，仪态万方。

这样的神情举动，都是不可能在风夕身上出现的。丰息有一瞬间的呆怔，但随即恢复自然，亦是优雅从容地回礼：“兰息见过惜云公主。”

从这一刻起，他们是青州的惜云公主与雍州的兰息公子。

“惜云正要前往含辰殿，不知兰息公子可要同往？风云骑诸将亦想一睹雍州兰息公子的风采。”

“不敢请耳，固所愿也。”

"公子请。"

"不敢，公主请先行。"

两人礼让一番后，风惜云先行，丰兰息随后，在宫女、侍从的拥护中前往含辰殿。

"殿下到！"

随着内侍的一声高喝，含辰殿内的人整理仪容，笔直站立，垂首敛目，肃静恭候。

风惜云跨入殿中，殿内诸人行礼："臣等恭迎殿下！"

一阵衣裙摩擦、环佩叮当的轻响后，已坐于殿上的风惜云淡淡地回道："免礼。"同时她微一摆手，宫女、内侍悄无声息地退出大殿。

殿中诸将起身，抬首看向玉座上的人，都目含激动与喜悦，当瞟见玉座之旁坐着的丰兰息时，都微有惊讶，但不过一瞬便又将目光放回了他们的主君身上。

"这位是雍州兰息公子。"风惜云自然看见了他们的目光，解释道。

"见过兰息公子。"

殿中诸将向着丰兰息躬身行礼。

丰兰息端坐不动，只是微笑颔首，不动声色地打量着殿中六位身着银色铠甲的武将，看来这便是名动天下的"风云六将"了。他们年纪都在二十至三十岁，面貌不一，神态各异，相同的是望向风惜云的眼神——崇敬里带着温情，似乎看着的人不只是他们的主君，还是他们的亲人。

在丰兰息打量诸将之时，风惜云已然开口："齐将军，这两年辛苦你了。"她的目光落在殿中一名武将身上，虽仪容高贵端庄，但语气中有一种不加掩饰的亲切。

那名武将似乎是六人中最年长的，气质样貌也最为沉稳，正是"风云六将"之首——齐恕。此刻他上前一步，躬身道："殿下言重了，这是臣之本分。"

风惜云微微一笑，目光转向齐恕身旁的武将，道："徐渊，这两年也辛苦你了。"那名武将比之齐恕略显年轻，身形也要消瘦一些，但双眉若刀裁，平添了三分锐气，令人过目难忘。

"臣之本分。"徐渊上前躬身道。他只说了一句便垂目退后，显然是个惜字如金的人。

风惜云不以为意，望向徐渊身后一位身材中等，相貌平凡，但双目明亮异常的武将，道："林玑，这两年我还是没有遇到箭术比你更好的人。"

林玑闻言笑眯了眼睛："那臣依旧是殿下眼中第一的神箭手。"

"当然。"风惜云点头，然后对林玑身后一位眉目粗犷，皮肤黝黑的武将道："包承，这两年我倒是遇上了好多个比你更黑的人。"

"嘿嘿……"包承憨厚地咧嘴一笑，露出一口白牙，与他黝黑的肤色形成鲜明的对比。

他身旁一名身材极其魁梧、面貌颇为粗陋的武将抬起巨大的巴掌拍在他的肩上："笑啥？咱风云骑里依旧是你最黑，这'黑炭头'的名号依旧归你。"

包承笑着不作声，倒是林玑说话了："包承是'黑炭头'，你程知是'黑面刹'，都是我们风云骑的镇军之宝，可稀罕着呢。"

闻言，风惜云顿时扑哧一声，笑盈盈地看着程知："林玑说得有理。"

她的话令殿中几人都笑了，而程知见大家都笑着，挠了挠头，冲着林玑道："我知道你又在寒碜我呢，这会儿在殿下面前我不跟你计较，回头再找你算账。"

他的话说完，大家又是一阵笑。

待笑声止了，风惜云的目光落向殿中最年轻的武将，同样的银甲穿在他身上显得格外英挺俊美，他肤色白净，剑眉秀目，是难得一见的美男子："久容，我这回在北州偶遇了冀州的扫雪将军，这世上总算有一位比你更好看的将军了。"

此话一出，殿中笑声再起，而风云骑最年轻也最英俊的将军修久容低着头，面泛红云，讷讷地说不出话来，姿态如闺中娇女。

丰兰息大为惊奇，如此羞涩之人如何杀敌于战场？目光掠过殿中几人，他心头蓦然有几分恍然：坐着的人与站着的有着尊卑之分，这殿中的气氛却不是他熟悉的君臣相对，这倒令他想起多年前的一件事。那时他偶然于一户农家借宿，夜间主人家几个外出谋生的儿子都回来了，那晚，他目睹的亲人久别重逢的欢喜与亲昵的气氛，与此刻殿中的气氛竟是如此相似。

在丰兰息愣怔的时候，风惜云起身走至大殿的东面，六将自然地跟过去，不待她吩咐，齐恕已先一步上前拉开帷幔，露出墙上一幅数丈长宽的舆图。

"今日召你们来，是要告诉你们，幽王的大军不日就将到来。"风惜云站在舆图前淡淡地道。

六将闻言，俱是眉头一皱，有的面露愤怒，有的面露鄙夷。

"殿下如何打算？"最先出声的是程知，只看他抖动着的粗眉便可知他心中的怒火有多旺盛。

风惜云依旧望着舆图，口中却道："依程知你的意思，要如何做？"

"那幽王老是贼心不死，所以依臣之见，打！狠狠地打！彻彻底底地将他们打垮！"程知当下毫不客气地道。

风惜云回首一笑："你们的意思呢？"

五人互望了一眼，然后齐恕开口道："幽州的金衣骑虽号称二十万，但依臣等以往与之交战的经验来看，不足为虑，只不过……"他话音一顿，抬眸看一眼风惜云，"臣等听殿下之命，殿下要如何我们便如何。"

"哦？"风惜云又看向余下的四人。

徐渊、包承、林玑、修久容都点头。

"这样啊……"风惜云目中泛起一丝锐利的光，笑容浅淡如水，"那就照程知说的，我们狠狠地打。"

六将闻言眉头一挑，然后齐齐注视着他们的主君。

风惜云的目光落回舆图上，她凝视舆图片刻，道："与山尤接壤的丹城守军不变，与祈云接壤的笤城守军不变……齐恕，将驻守在良城的五千风云骑调回。"

齐恕微微一愣，然后目光扫过一旁悠闲端坐的丰兰息，心中有些明白了：良城与雍州接壤，而雍州的世子此刻却是青州的座上宾。于是他躬身领命："臣遵令。"

风惜云的目光依旧在舆图上，落向图中与冀州接壤的晏城："晏城增派五千风云骑，两日后包承领兵前往。"

"是！"包承应道。

"徐渊，去将厉城的百姓暂且转移到阳城和岐城。"风惜云再次道。

"是！"徐渊应道。

"殿下是担心厉城太小、城墙过薄，无法抵挡幽州的火炮？"一直望着舆图的修久容忽然道，"殿下是想在无回谷与金衣骑决战？"

风惜云回头看了眼修久容，只是赞赏地点点头。

正在此时，殿外蓦然传来焦急的呼声："殿下，殿下！"

殿中，风惜云心头一跳："进来！"

话音刚落，殿门被推开，一名内侍疾奔而入："殿下，不好了！主上他……"

殿中众人面色一变，瞬间都明白怎么回事了。

风惜云不待那内侍说完便冲出大殿，余下六将面面相觑，而后齐恕沉声吐出一个字："稳！"

其余五人颔首，然后镇定地鱼贯走出大殿。

丰兰息看着空旷的大殿，轻轻叹息一声，静静地在殿中又坐了片刻，才缓缓起身离开。

风惜云刚刚跨入英寿宫，已闻得一阵哭声，她一颗心顿时下沉，脚下虚浮无力，一步步走过去，宫中哭泣的人纷纷让道，她终于走到了床榻前，床上的人阖目而卧，面容平静，一派安详。

"父王。"她轻轻唤一声，却不再有人应答，眼前有重重暗影袭来，千重高山似的压得她一阵头重脚轻。

"殿下！"一旁候着的裴钰眼见她身子摇摇晃晃，赶忙上前一步扶住。

风惜云借着那一扶稳住身形，双膝一软，跪倒在床前，去拉父亲的手，只觉得僵冷一片。"父王……"她低低地唤一声，再也说不出话来。

而宫中此时更是哭声大起。

"主上……呜呜呜呜……"

"主上……主上……"

风惜云无视身后的恸哭声，握着父亲的手摩挲着，却再也无法令那双手变得温热，呆呆地凝视着父亲的面容，脑中蓦然想起母亲的离去与兄长的病逝……今日，最后的亲人也离去了，从此以后，她就是孤家寡人。

一念至此，她哀凉透骨。

"殿下。"裴钰跪在一旁擦着眼泪，"青州从此就指着您了，还请殿下节哀。"

风惜云垂首，将头缓缓抵在父亲僵冷的手掌里，闭上眼睛的瞬间，泪水滴落，浸湿了床上的锦缎，无声无息。

"呜呜呜……主上……您怎么就走了……您怎么不等等妾身……"

宫中哭声未止，宫外又传来大哭声，却是那些闻讯而来的嫔嫱。

风惜云抬首起身，将父亲的手放入锦被中："裴总管。"

"老奴在。"裴钰忙应着。

"父王停灵承露宫，百日后发丧。"风惜云转头望向裴钰，目中如蕴雪峰，冰寒刺骨，"宫中上下你可看仔细了。"

裴钰心头一凛，俯首道："老奴遵令。"

黄昏时分，夕阳西下，洒下满天红霞，青王宫内有一座以汉白玉砌成的高楼，名曰踏云楼，矗立于暮色绯云里，显得孤高凄冷。

高高的踏云楼上，风惜云静静伫立，眺望远处山峦。霞光映在她的脸上，照见一双木然的眼眸，地面上高楼拖曳着长长的阴影，衬着周围寂寥的氛围，显得格外清寂哀伤。

"你还要站多久？外面守着的那些人无不是提心吊胆，怕你一个失神便从上面跌下来。"踏云楼下，丰兰息倚在一排汉白玉栏杆旁，抬首望着她。

风惜云垂眸看他一眼，蓦然间纵身一跃，便自那高达十数丈的高楼上跳了下来。

底下的丰兰息瞅见这一幕，心头巨震，骂了一声"真是疯了！"脚下施力，身子顿时跃起数丈高，半空中双臂一伸，便将坠下的人搂入怀中，只是风惜云下坠力道极大，他虽接住了，可半空中毫无依仗，两人一起下坠，眼看要摔在地上。

"我真是疯了，竟然做这种蠢事。"丰兰息喃喃地道，双臂却下意识地搂紧怀中之人，低首却看到她脸上的一抹浅笑，顿时一怔。

"黑狐狸，你怕死吗？"

风惜云这一句刚刚问出，丰兰息便觉腰间一紧，下坠的力道止住，却是风惜云飞出袖中白绫，缠住了高楼的栏杆，令两人悬在空中，离地面还有三丈之距。

丰兰息当下放开风惜云跃回地面："你发什么疯？！"

风惜云也轻松地跃到地面，抬首望向踏云楼，幽幽地道："跳下来的感觉就像在飞一样，很舒服的。"

闻言，丰兰息面色一变，恨声道："下回要跳你直接去苍茫山顶。"他说完了也不理她，转身便走。

"兰息公子。"

身后传来风惜云的唤声，无比清晰冷静，丰兰息止步回头。

"凭你之为人，何以与我相交十年之久？又何以随我来青州？"风惜云紧紧地盯着他。

丰兰息目光微动，却默然无语。

见此，风惜云唇角微勾："为着风云骑吗？"

丰兰息微垂眼睑，依旧默然不答。

风惜云缓步走近，在离丰兰息三步远时停住，眼睛一眨不眨地盯着他："我知道你的野心，所以五万风云骑以及整个青州，我都可以送给你。"

闻言，丰兰息蓦然抬眸看向她，那墨色的眸子里似乎闪过什么激烈的情绪，快得令人看不清，而后他微微一笑，转过身，抬首望向苍茫暮色，半晌后才轻轻地、几不可闻地道："这个理由无懈可击……好像没有……不正确的。"

风惜云看着他的背影，微笑。

这一刻，两人都感到无力，分外疲倦。

"三日之后是我的继位大典，幽王的大军会在十天后抵达，而一个月内，我会击退金衣骑，一个月后……"风惜云抬首，看着殷红如血的残阳，"一个月后，我会诏告天下，青州与雍州缔结盟约，誓同一体。"

她的话说完，踏云楼前一片沉寂，如同古井幽潭。

许久，她转身离去，身后丰兰息却蓦然道："为什么？"

她脚下一顿，并未回首，沉默片刻后才答："你想要，便给你，如此而已。"

话毕她再次抬步离去，可走了不到丈远，身后再次传来丰兰息的呼唤声："惜云公主。"

她停步，依旧没有回头。

"金衣骑将至，开战在即，皇朝绝不会袖手旁观，争天骑定会虎视眈眈地候于一旁，若雍州此时也趁机窥图青州，你三面受敌，风云骑虽雄武，却也只得败亡一途。"丰兰息看着身前的纤长背影，一步一步走近，声音近乎冷酷，"你也不过是以风云骑为饵，换我承诺不对青州出兵，让你无后顾之忧，可全力以赴与幽王一战。"话音刚落，他已走至风惜云身后，握住她的肩膀，将她的身子转过来，却看到一张平静的面孔，顿时心头又冷又痛，忍不住冷笑连连，"你一贯嘲笑我满腹心机，看不惯我事事谋算，可此刻的你，与我又有何分别？"

眼前的丰兰息褪去了优雅从容的外衣，冷厉而尖锐，风惜云眼波微动，但随即便敛起神色，默然片刻，抬手拨开肩膀上丰兰息的手，道："兰息公子，在这天地间，在这个位置上，有谁是纯净无垢的？"她声音平静无波，抬首，晚霞已淡，天幕渐暗，黑夜将要来临，"白风夕只存于江湖间，你此刻面对的是青州的风惜云。"说完她转头离去。

丰兰息看着她离去的背影，手紧握成拳，心头沉闷异常。他明明已得承诺，青州与风云骑唾手可得，却为何无欢喜之情？良久后，他长叹一口气，转身回了青萝宫。

第十九章　白凤重现试天下

景炎二十六年，四月十六日，青州第三十五代青王风行涛薨于英寿宫。

四月二十日，风惜云于紫英殿继位，成为青州的第三十六代青王，也是青州的第二位女王。

风惜云头戴七旒冕，身着白底绣八龙并日月山河的衮服，高高地端坐于玉座之上，透过冕冠上的旒珠看着脚下山呼跪拜的臣民，恍惚间有些明了为何有人如此痴迷于荣华权势。

四月二十七日，风惜云召集群臣于紫英殿，将幽王亲领十万大军来犯一事昭告群臣，群臣哗然，有的脸发白，有的窃窃私语，有的抬头窥探玉座上的女王。

风惜云看着殿下群臣的反应，暗暗摇头叹息，她的父王还真没给她留下几个能用的臣子。

"众卿有何退敌良策？"

此言一出，底下安静了片刻。有的臣子说幽王不义，竟趁国丧之际发兵；有的说金衣骑来势汹汹，先王才逝，难抵其锋，莫若割地议和以保百姓平安；有的则愤慨万分，要与金衣骑决一死战……

对于殿下群臣的反应，风惜云并不意外，她已胸有成竹，今日不过是知会群臣一声。她望向大殿右侧排在最前的武将："李将军，你有何良策？"

她的话让殿中群臣收声，皆望向李羡。

禁卫军统领李羡此时四十有五，正值壮年，武艺高强，为人机敏忠心，颇得前代青王风行涛的信任，本是青州的第一高手，只是自从十年前……目前是青州的第二高手。

"回禀主上，臣以为，水来土掩，这兵来，自然是将挡。"李羡躬身道，"幽王于我青州国丧之际发兵犯境，已失天下仁义，他胆敢犯我青州一寸，臣便要以他之鲜血祭奠先王！"

"李将军好气魄。"风惜云颔首，然后目光转向大殿左侧排在文臣之首的人，果见那人正在闭目养神："冯大人。"

她的声音落下，过了片刻，殿中才响起一道虽然苍老，但中气十足的声音："臣在。"

"睡足了吗？"风惜云似笑非笑地看着这位三朝元老——国相冯渡。

“回禀主上，臣从昨日戌时睡至今日卯时，睡足了，谢主上关心。”冯渡一本正经地答道。

“那就好。”风惜云淡笑着点头，然后猛地声音一沉，“冯渡听旨！”

“臣听旨！”冯渡上前三步跪下。

“金衣骑将至，孤将亲率将士迎敌，其间卿留守王都监国。”风惜云的话很简短。

“臣遵旨！”冯渡顿首。

“谢将军。”风惜云望向李羡身后的一名老将。

“臣在！”禁卫军副统领谢素上前。

“由你协助国相守卫王都。”

“臣遵旨！”谢素顿首。

风惜云再次望向李羡：“李将军。”

“臣在！”李羡上前三步跪下。

“两日后，你领五万禁卫军前往晏城，协同包将军守城。”

李羡微愣，然后顿首：“臣遵旨！”

“齐恕、林玑、程知、修久容听旨！”

“臣在！”

“点齐四万风云骑随孤前往厉城迎敌！”

“是！”

紫英殿里，风惜云一一调派诸臣，而后起身，目望群臣：“孤不在期间，望众卿各司其职，尽心尽力，勿负孤之期望！”

“臣等必定尽心竭诚，不负主上！”大殿里响起群臣恭谨的声音。

《东书·列传·青王惜云》记：景炎二十六年四月，先王薨，幽州幽王来犯，王亲自领兵督战。

五月初，风惜云抵岐城，歇息半日，留下三万风云骑，再次启程。

五月初三，风惜云率一万风云骑抵厉城。

此刻的厉城，百姓几乎已被转走，大军填满了这座空城。

厉城的府尹也随百姓一起转移，此刻留守城中的是早先到达的徐渊。府衙之后便是府尹的宅院，他将之收拾好，暂且充作行宫。未时三刻，风惜云一行抵达，稍作休整后，申时初即将风云五将召来。

书房里，风惜云指着桌上一张舆图道：“算算日子，金衣骑的先锋大约是明日黄昏或后日清晨到，对于远道而来的客人，我想先送点儿见面礼。”

一听这话，程知率先道：“主上，让臣去送见面礼吧！”

齐恕则按住一脸兴奋的程知，问道：“主上打算怎么做？”

“你们看，这里是屹山。”风惜云手指着舆图上的一个点，“是金衣骑的必经之路，这屹山不高不险，山上也没什么树木，无法藏人，所以金衣骑必定以为我们不会在此设伏。”她声音闲淡，目中却有着狡黠笑意。

站在她左首的修久容闻言，脑中灵光一闪，道："山下的路有一丈宽，平常百姓车马通行无碍，但若是大军从此过……" 后面的话他没有再说，只是眼睛亮闪闪地看着风惜云。

"久容一点就通。" 风惜云含笑看着身旁的俊美青年，"既然你看出来了，那久容要不要去做送礼的人？"

修久容一脸喜色："臣愿意！"

风惜云微笑着点头，望向舆图，道："久容带五百人去，分别在这里，还有这里……" 她手指在舆图上点了几处，"待金衣骑的先锋一到，便将之切成几段。记住，只要予以小小的骚扰，切不可恋战。"

"臣领命！" 修久容躬身道。

"金衣骑挟势而来，我们就杀杀他们的锐气！" 抬首间，风惜云眼中冷锋闪现，然后望向齐恕，"传令下去，除巡守将士外，今夜全军早早休息。"

"是！"

"厉城的百姓是否已全部转移？" 风惜云看向徐渊。

"谨遵主上之命，厉城百姓已全部转移至阳城和岐城。"

"嗯。" 风惜云点头，"厉城内留下七日粮草，其余全部运往岐城。"

"厉城现仅存七日粮草，其余早已转移。"

风惜云微怔，然后看着徐渊笑了："出去这两年，我都要忘了徐渊你一贯心思缜密，行事周全。此次与金衣骑之战，所有军需事宜全部交由你统筹安排，我不再过问了。"

"臣遵令！" 徐渊沉声应道。

而后，众人又商议了一下守城事宜，半个时辰后，几名将领退下。

待四人走后，书房的一扇屏风后，走出气定神闲的丰兰息。

"想去城中走走，兰息公子可要同往？" 风惜云起身往门外走去。

"佳人相邀，不胜荣幸。" 丰兰息优雅地拉开门，请她先行。

走出门后，两人才发现天色已暗，不过并没有因此打消出去走走的念头，屏退了左右侍从，两人走出行宫，漫步在城中街道上。

城内百姓早已转移，是以各家各户皆是门上挂锁，路上除能见到巡城的将士外，看不见普通百姓。

两人一路无话，慢慢行来，不知不觉中便到了城楼前，登上城楼，天已全黑。

"虽有万军，却不闻喧嚣。" 丰兰息目光扫过城楼上那些笔直伫立、锐气逼人的将士，轻声感叹道，"风云骑名不虚传。"

风惜云闻言只是笑笑，面向城外无垠的野地，望见的只是一片幽暗："冀州的争天骑有二十万，幽州的金衣骑有二十万，你的墨羽骑也有二十万，独我青州的风云骑只有五万。" 她回首望着丰兰息，"你们坐拥二十万兵将且渴望更多的精兵良将，因为你们都想要这无垠江山，而我只要守好我的青州，所以我有五万风云骑足矣。"

丰兰息微怔，凝神看她，借着城楼上的淡淡火光，看到她冷淡的面容，黑不见底的眼眸，心不由得沉了沉，道："你的五万风云骑乃精锐中的精锐，足抵二十万大军，你若要这天下，谁人敢小瞧？"

"天下？"风夕喃喃地念一声，然后长长地叹息，转头，目光再次投向那片朦胧的荒野，"天下有锦绣江山，有如画美人，才引得你们竞相折腰。"

丰兰息却摇头："争天下，并不是为着江山美人。"他抬眸，目光投向远方的无边黑夜，"争天下的过程才是最吸引人的。领千军万马挥斥方遒，与旗鼓相当的对手决战沙场，与知己良臣指点江山，看着脚下河山寸寸被纳入囊中，这些才是最让人热血沸腾的！"

闻言，风惜云心头一动，侧首看他。

丰兰息墨发乌袍，伫立城楼之上，仿佛与身前那片无垠夜空融为一体，就算说出的是这样一番话，也无激扬意气，声音依旧温雅，神情依然平静，可就是从这份沉静温雅的气度里，自然而然地散发出一种争夺天下的自信。

恍惚间，她忽然想起皇朝，在她前往天支山的那个夜晚，在屋顶之上，那个张开双臂，敞开怀抱，要掌握这天下的皇朝。

明明是不同的样貌，不同的话语，不同的气势，可这一刻的丰兰息与那一刻的皇朝，何其相似！

"天下……你们这也算是殊途同归吧。"那句话被轻轻说出后，她才蓦然回神。

丰兰息回首看她，墨色的眸子里闪着与往日不同的明光："无论你要不要争，生在王室的我们都身不由己。"

风惜云默然，抬首望向天幕。

今日的夜空，只有稀疏的几粒星子，月牙隐在云层之后，偶尔露出半张脸，似对这黑漆漆的下界并无兴趣，很快便又隐回了云层里。

许久，她才出声："我答应了的事，不会反悔，你无须一直跟着，战场上刀剑无眼，若有闪失……"

"你在怕什么？"丰兰息蓦然打断她的话。

风惜云心头一震，面上却神色不变，依旧望着夜空。

"你怕的自然不是我会有闪失。"丰兰息唇边泛起微笑，却不再雍容文雅，而是冷漠讥诮，"自入青州，若非亲眼所见、亲自确认，我真要当风夕与风惜云是两个人。"

风惜云回首，目光晦暗，语气平静："风夕与风惜云本就是两个不同的人。"她伸出双手，垂眸看着，"风夕身无长物，手中握着的，只是自己的一腔热血，而风惜云身负百姓期望，手握青州。"她蓦然抬眸看着丰兰息，目光明亮而冷厉，"白风夕活在江湖，风惜云立于玉座，你怎能奢望她们是一样的？"

那样的目光看得丰兰息胸口一痛，可心头依然堵着一份莫名的不甘，于是他脱口而出："难道对你来说，丰息与丰兰息也是两个人？所以你对丰息可以嬉笑怒骂、坦诚相待，对丰兰息则要处处防备、时时算计？"

风惜云顿时怔住，呆呆地看着他，半晌未能反应。

丰兰息话一说完便后悔了，可话已出口，无法收回，于是干脆盯紧了风惜云，不肯错漏她眼睛里的丝毫波动。

两人静静地对视，片刻后，风惜云面上浮起淡淡的微笑，道："怪哉，平日你总对别人防备算计，偏就不许别人对你防备算计？"

"任何人都可以对我防备算计，唯独你……"丰兰息目光深沉地看着她，握住了她的手。

那双如子夜般的墨瞳里似乎涌动着什么，让风惜云心跳如擂鼓，神思混乱，以至于他握住她的手时她竟然没有躲开。她只觉得手掌在相触的瞬间变得炽热，那股炽热自手心蔓延，传至五脏六腑，让她全身如浸在滚烫的水中，偏还四肢绵软无力，难以自拔。

"惜云……"

丰兰息轻声唤着她，声音低沉中带着醉人的温柔，握着她的手慢慢用力，一点一点地轻轻将她拉近……近到可以看清彼此的眼睛，看清彼此深不见底的瞳仁。

"黑狐狸！"风惜云忽然急急地唤道。

这突兀的一声惊醒了两人，片刻后，丰兰息放开了她的手，风惜云转过身，两人默默地望着城外的旷野。

许久后，风惜云出声："回去吧。"

"嗯。"丰兰息点头。

两人转身，走下城楼。

厉城，丰兰息与风惜云步下城楼，走回行宫时，在幽州王都，金华宫里，皇朝正与玉无缘对弈。

皇朝执黑子，玉无缘执白子，棋局过半，棋盘上平位一角的黑子便被白子困住。

皇朝执子沉思，久久不落子，玉无缘也不催他，只拈了颗棋子在手，反复摩挲着。

"幽王出兵青州，你为何不阻止？"玉无缘忽然开口问道。

"什么？"皇朝沉思太久，一时未能反应，待回过神来才道，"以幽王的禀性，没必要去劝阻。"

"就这样？"玉无缘再问。

皇朝闻言倒不琢磨棋局了，丢开棋子，端起一旁几上的茶饮上几口后，将茶杯搁下，手指向棋盘上黑子被围住的一角，道："就如这局棋，在这里，他会惨败。"

玉无缘目光落在那一角："连你都这么说，看来这风云骑真的很厉害。"

"风云骑由惜云公主一手创建，盛名已传十年，与雍州墨羽骑、我的争天骑都曾有交锋，我们均未曾讨得好处。"皇朝一边说着，一边拾起两颗白子放在棋盘上，"幽王的十万金衣骑，我看不过如此结果。"

玉无缘望向棋盘，因着皇朝放下的两颗白子，平位上被白子包围的黑子已被全部吃掉，他不由得摇头道："你别忘了，黑子是你的，你要眼看他惨败？"

"不错。"皇朝笑道，"我要的就是他惨败！"

"果然。"玉无缘叹了口气。

"这也不能怪我。"皇朝神色平静，"他的野心可不仅是夺得青州。"

“他此次若败于风云骑，这幽州便是你的囊中之物。”玉无缘看着棋盘道。

皇朝挑眉，而后笑道：“我要的也不仅仅是幽州。”

“我知道。”玉无缘看着棋盘，“这一战，你还要青州。”

“哈哈哈……”皇朝闻言大笑，“无缘果然是我的知己！”

玉无缘看着他摇头：“你笑得这么大声，就不怕被纯然公主听去？”

皇朝毫不在意：“五丈之内有人靠近，你我岂会察觉不到？况且……”他唇角微勾，露出一抹介于讥诮与冷峻之间的微笑，“纯然公主是个聪明的女子，她知道她倚重的是什么，也知道什么才是最重要的。”说完，他不期然地想到了另一个女子，看一眼玉无缘，“却不知白风夕如今在哪里？”

“‘白风黑息’都是来去如风之人，此时此刻，或许正在哪处山顶饮酒赏月。”玉无缘说着，将棋盘上的黑子白子分开，分别装入棋盒。

皇朝看着玉无缘收拾棋子，想起那一晚，心忽地不能平静：“无缘，为什么？”

玉无缘收拾棋子的手一顿，然后继续将棋子装入棋盒，收拾完了，他起身：“时辰不早了，我去睡了。”

皇朝却不死心，道：“她明明对你另眼相看，你对她也不同一般，为何……？”

玉无缘没有答话，只是拉开门走了出去。

窗边坐着的皇朝默默地叹一声，移眸望向窗外。

门外缓步离去的玉无缘仰首望向夜空。

漆黑的天幕上，稀疏的星子闪耀着冷光。

这一刻，窗边倚坐的皇朝与门外走远的玉无缘不约而同地微微叹息：“‘白风黑息’……黑丰息……”

景炎二十六年，五月初五。

丰兰息轻袍缓带，姿态从容地登上厉城南门城楼。一路走过，两旁将士银甲雪亮，刀枪在握，肃容以待，从中穿过便能感觉到一股逼人的气势，他暗暗赞叹，不愧是身经百战的精锐之师。

登上城楼，便可见半空中迎风招展的大旗，墨色的旗面上，白色凤凰展翅翔于云空，有着睥睨天下的高傲。而在旗下伫立着的人更是耀眼得让人移不开眼睛。

银白色的软甲十分贴合风惜云修长的身躯，衬得她高挑而健美，腰间悬挂宝剑，白色的披风于身后飞扬，高空上艳阳洒落金光，映得银甲光芒闪烁，而被银芒包裹的人，玉面丹唇，清眉俊目，英姿飒爽，仿佛从天而降的远古战神，俊美绝伦，不可逼视。

与她相知十年，丰兰息见过很多模样的她，江湖上素容白衣的她，离芳阁里妖娆妩媚的她，落华宫里清新淡雅的她，浅云宫前高贵美艳的她，紫英殿上雍容凛然的她……只有此时此刻的风惜云让他目眩神迷，浑然忘却身在何方，眼前只有她，风中猎猎作响的旌旗下，她独自立于天地间，傲然绝世。

仿佛感觉到了他的视线，风惜云微微侧头向他看来，然后微微一笑：“看到这面旗了吗？”她指指半空中那面墨底绣白凤的大旗。

“白凤旗。”丰兰息移目看向半空。

“对，白凤旗，因先祖风独影而得名，天地间独一无二的白凤凰，代表着我青州风氏！”风夕抬首仰视那风中展翅的白凤，眉目间溢出自豪之色。

“令祖风独影，乃助威烈帝得天下的七大名将中唯一的女将，有‘白凤凰’之号，封王以后则有‘凤王’之称。”丰息仰视风中的白凤旗，遥想着当年那个英姿勃发的女子，“史书记载，令祖上战场着银色铠甲，下战场着白色长袍，显然十分偏爱白色，她受封青州后，青州百姓因爱戴她而尊崇白色，民间之人除重大节庆日外，轻易不着白衣。”说着，他目光转向风惜云，“说来，你这着衣的偏好，倒与令祖相似。”

风惜云闻言却是笑着摇头，道：“我倒算不得偏好，你也说了，青州以白色为尊，王室之人的衣物更是以白色为主，我穿白衣是因为穿习惯了。”说着，她冲丰兰息眨了眨眼睛，“令祖丰极的喜好倒是与我的先祖截然相反，我记得史书上说他爱着玄甲墨衣，你们雍州也是以黑色为尊，难道说你的偏好与令祖相似？”

丰兰息顿时也忍不住笑了，道：“这么一说，我也是习惯了穿黑衣罢了，不过……”他语气一顿，目光变得幽沉，“我倒确实喜欢可以掩盖一切的黑色。”

风惜云闻言，也不知怎的心头有些发涩，于是道：“我看皇朝也多着紫衣，估计也是习惯所致，想来都是先祖们连累了我们。”

听了她的话，丰兰息看着她的目光里不自觉地流露出欣喜之色，口中却道：“说起先祖们，我倒想起一段逸闻来，说是当年威烈帝本要立令祖为后，谁知令祖不答应，反招了一个默默无闻的书生为夫，而在令祖大婚之日，威烈帝赐下举世无双的雪凤璧为礼，却又将栖龙宫中所有的玉璧摔了个粉碎。”说着，他望着风惜云的目光变得幽深，“我听说，皇朝也曾对你起誓，他若为帝，便立你为后，你竟也一口拒绝了。怎么，你们风氏的女子都不喜这个母仪天下的位置？”

风惜云没想到皇朝那晚的话他竟然也知道，但想想他一贯的行事风格，倒也不奇怪，只是冷冷一笑，道：“什么母仪天下，看似尊贵至极，其实不过是仰男人鼻息过活，暗地里还得和无数的女人争斗，这样的尊贵白送我也不要！我们风氏女子要做的是九天之上的凤凰，岂会龟缩于男人身后？”

这样的话似在丰兰息意料之外，又似乎完全在他意料之中，他默默地看了风惜云半晌，道：“或许当年威烈帝想娶令祖为后，是想与她共治这天下，否则也不会授以青州，封她为王。”

“共治天下？”风惜云抬首望天，悠然长叹，“与一个女人共治天下？古往今来都没有这样的事！”

丰兰息目光一沉，正欲说话，一直立在远处的林玑蓦然走近，风惜云顿时目光一转：“可是来了？”

“探子回报，已不远了。”林玑道。

风惜云颔首：“那就准备吧。”

“是！”林玑领命而去。

“幽王的先锋到了？”丰兰息能自然猜到发生了什么事。

“嗯。”风惜云点头，目光投向远处。

丰兰息便也不再说话，静静地望着远处。

过了两刻钟，远处有尘土扬起，厉城上下顿时知晓金衣骑来了。

“大军才至，你们又是以逸待劳，按理说他们应该休整一两日再攻城才是，竟然这么快就要攻城，这位先锋将领……”丰兰息摇着头，面上却没丝毫惋惜之意。

风惜云冷笑一声，道：“昨日久容伏击成功，三万先锋大军折损了五千，这位先锋自然是想在幽王到来前攻下厉城，好将功赎罪。”

她说完，踏前一步，手一挥，城楼上的传令兵见她手势，忙拾一面黑旗在手，凌空一挥，顿时，南门城下的风云骑将士依令行动，只闻甲胄铿然的碰撞声，片刻间便已布好阵形。

丰兰息垂目望去，顿时心头一凛。

“这是先祖所创的血凤阵。”风惜云望着城下道。

“《玉言兵书》曾言‘遇凤即逃’。遇凤王风独影，逃；遇血凤阵，逃。”丰兰息目光炯炯地望着城下，“想不到今日我竟有幸得见此阵。”

“兰息公子亦是兵法大家，这些年我在先祖的阵法上又添加了些变化，正好请公子指教一二。”风夕回头一笑，骄傲自信，耀眼如九天凤凰。

“不敢，拭目以待。”丰息回头看着光芒炫目的风惜云，面上浮起浅笑。

在他们说话时，前方金芒耀目，铁蹄震动，正是幽州的金衣骑。

丰兰息望着迅速奔来的幽州大军，再看看城下严阵以待的风云骑，唇边淡笑优雅闲逸：“噬血的凤凰再次临世，却不知这幽州的先锋能否察觉危险……”

他的话，幽州的先锋叶晏是听不到的。前番曲城一事已让他失去了幽王的信任，此次好不容易被点为先锋，本欲立功，以重振声威，偏昨日屹山脚下遇伏，折损了数千精兵，若他不能在幽王大军到来前攻下厉城，以将功赎过，那他不但再无前程，只怕性命堪忧。

因此，抵达厉城后，叶晏见城前列阵的不过一万兵士，料想凭借自己两万多的兵力，要攻下此城是轻而易举之事，因此不待休整，立即下令攻城。

咚咚咚……咚咚咚……

战鼓擂响，身着金色铠甲的金衣骑将士如金色潮水，涌向城前的风云骑。

丰兰息紧紧盯着城下，金衣骑衣甲鲜亮，兵力是风云骑的两倍，此刻挟势冲袭，当可谓猛浪狂潮。而城前的风云骑眼见敌兵到来，却是一动不动，那等镇定无惧的风范，更令他心惊。

眼见着金色的潮水即将涌至，城楼上的风惜云抬手，传令兵当即挥下令旗，刹那间，城下的风云骑动了，就仿佛是蓄势待飞的银色巨凤蓦然间张开了翅膀，将金色洪潮拦截于怀，而后伸出利爪，瞬间便将金潮撕裂！

丰兰息居高临下，可以清楚地看到下方的厮杀。

“看起来真像一幅画。”丰兰息喃喃地道。

远远望去，银甲的风云骑，金甲的金衣骑，就仿佛银色的凤凰与金色的潮水。凤凰张翅，便将金潮分割；凤凰探爪，便将金潮撕裂……银色与金色相缠，而后血色流淌，鲜血渐渐淹没了金潮，浸染了银翅。

可实际上，下方刀剑相叩，如呜咽哀鸣，头颅滚地，残肢横飞，凄号厉叫，血气冲天，人世的修罗地狱尽在眼前。

可在城楼上观战的人，无论是风云骑的将士，还是丰兰息、风惜云，都目光坚定，神色冷峻。

战场上，不是你死便是我亡，不存仁者之心。

待到落日西沉，一场血战结束，最后立于尸山血海中的是银甲污浊的风云骑。

“噬血凤凰，名不虚传！”丰兰息望着下方的目光，那一刻变得幽冷。

风惜云没有说话，只是把目光移向远方，残阳如血，晚霞似火，那样哀艳入骨。

第二十章　故人依旧情已非

幽王都的天支山下有座风景优美的庄园，名夜澜庄。自幽王领兵前往青州后，长公子华纯翚监国，还处在新婚中的纯然公主与驸马皇朝便移驾至这座庄园。

夜幕初降，新月升起。

猗澜阁里，华纯然与皇朝对弈，隔着一道密密的珠帘，靠窗的软榻上，玉无缘捧着一卷书，正凝神阅读。

皇朝看看棋局，再看看对面凝神思考却犹豫再三的华纯然，浅笑着问："公主还未想好？"

华纯然拈着棋子，叹道："好像不论下在哪儿，我都输定了。"

皇朝端起几旁的茶杯，道："这局棋，公主还有一线生机。"

"哦？在哪儿呢？"华纯然闻言目光凝聚于棋盘之上，可瞅了半天，依旧不曾看出那一线生机，正郁闷非常时，忽觉一阵清风拂来，冰凉的气息让她精神一振，不由得转头往窗边望去，这一望顿时呆住。

窗边不知何时立了一名年轻男子，如雪的肌肤，如雪的长发，浅蓝如水的长袍，精致如画的容颜，冷澈如冰的气质，有那么一刹那她几乎怀疑这人是瑶台仙君，才来得这般无声无息。犹在愣怔间，开启的窗口忽然飞进一人，轻悄有若叶落，这一刻，华纯然才蓦然回神，正待出声喝问，身旁的皇朝伸手按上她的肩膀："纯然勿惊。"

肩上温热厚实的手掌安抚了她的心神，她侧首看一眼神色平静的皇朝，而后若有所悟，再次望向窗前。

从窗口飞进来的是一名身材高挑的年轻女子，淡青色的贴身劲装，褐色的长发以金环束于头顶，背上背着弯弓，腰间挂着箭囊，年约二十，面貌……华纯然看着那张面孔讶然。她长于深宫，自幼目中所见即是雪肤花容、风情各异的美人，而眼前的女子与她以往所见全然不同，浓眉深目，高鼻厚唇，肤色如蜜，绝算不上是个美人，却自有一种爽朗明丽，端正大气，令人难忘。

在华纯然为这突然闯入、形貌鲜明的男女而惊异时，那两人已冲着她这边躬身行礼：

"世子。"

皇朝抬手示意两人免礼，望着那名女子道："九霜受伤了？"

那女子浑不在意地道："伤在肩膀，小伤而已，不碍事。"

皇朝点头："回头去取瓶紫府散。"

"多谢公子。"女子笑笑，"不过这点儿小伤用紫府散太浪费了，还是留着吧，这药稀罕着呢。"

皇朝不跟她多话，只是目光一沉。

那女子果然收声低头。

"你们俩过来见过纯然公主。"皇朝吩咐。

两人当下大礼参拜："臣萧雪空（秋九霜）拜见世子妃！"

华纯然虽猜着这两人是皇朝的部下，却没料到两人竟然就是冀州名将"扫雪将军"与"霜羽将军"，当下上前，一手虚扶萧雪空，一手扶起秋九霜："无须多礼，两位将军快快请起。"待二人起身，华纯然近看两人容貌，更是惊异，暗想若两人的脸换过来就更好了，口中却笑道："我早闻两位将军英名，今日一见果然不凡。"

萧雪空没有说话，秋九霜却凝神注视华纯然，朗声笑道："天下第一美人果然名不虚传，世子妃容光绝世，与世子真是天造地设的一对佳偶！九霜与雪空先在这里代冀州的臣民恭祝世子与世子妃琴瑟和谐，白头偕老。"说着她伸手一扯萧雪空，再次躬身行礼。

世子、世子妃——

华纯然目光微凝，这是在提醒她吗？她面上却漾着娇羞与甜蜜相合的完美微笑："多谢两位将军。"然后她也礼尚往来地赞赏秋九霜一番，"古往今来，女子为将者少有，我初闻秋将军之名时便已神往，今日相见，将军果然英姿飒爽。只不过……"她笑吟吟地拉着秋九霜的手，一脸关切，"秋将军虽智勇不输男儿，但也别忘了自己是个女儿身，这女子到底不比粗汉，受了伤需要细致疗养，别吝啬了一瓶伤药。"

秋九霜还未答话，一旁静默的萧雪空蓦然道："世子妃此话有理。"

这话很突兀，而且萧雪空说完便又闭紧了嘴唇，华纯然还在奇怪，秋九霜已从鼻孔里哼了哼，道："你就想说我像男人是吧？"她一边说一边睨着萧雪空，"自己还不是长得像个女人！而且比我这女人还要像女人，你当这很了不起呀？"

华纯然闻言微讶，再看一眼容貌惊人的萧雪空，顿时忍俊不禁，倒是没料到大名鼎鼎的扫雪将军与霜羽将军会是这样的两个人。

萧雪空扭头望着窗外："只有嘴巴又利又毒像女人。"

听了这话，秋九霜岂有不反击的道理："至少我身为女人还像个女人，总不像某人，做男人太美貌，做女人太凶狠，结果男不成，女不是，偏偏还冷血冷肉。你哪里像个人啊，你明明就是个没心没肺的雪人！"

"你们这一路上又发生了什么事？"秋九霜的话一落，皇朝就不咸不淡地问了一句。

对于他的话，萧雪空与秋九霜的反应是：双双扭头，以后脑勺朝着对方。

然后邻室传来一声轻笑，华纯然亦是掩唇而笑，别扭着的萧将军与秋将军顿时有些尴尬。

皇朝对于四将的性格了若指掌，知道除非燕瀛洲在场，否则另三人在一起必是争斗不休的，此刻两人当着外人的面都争起来，想来路上又生出了什么事端，但他也知他们不会因意气而误了正事，所以也不为难两人，问道："此行如何？"

闻言，两人神色一正，秋九霜看了华纯然一眼，斟酌着道："我们遵照世子的吩咐，却只拦到一辆空车，车中有埋伏，臣亦因此受伤。"

"空车？"皇朝目中光芒一闪，面露深思。

"是空车。"秋九霜神色略显凝重，"而且归来途中我们顺道打探了一下青州的情况……"说着她又望了华纯然一眼，略有迟疑。

"怎样？"皇朝并未在意，示意她直言。

"幽州三万先锋军于青州厉城全军覆没。"秋九霜缓缓地道。

"什么？"一旁坐着的华纯然顿时变色。

"三万先锋全军覆没？"皇朝也目露惊异之色。他虽料到幽王此行必败，却也没想到金衣骑会如此不堪一击，"厉城的守将是谁？"

秋九霜目光闪了闪，道："是青州女王风惜云亲自坐镇。"

"是她！"皇朝不再惊讶。

华纯然却面露惊慌之色："驸马……"

皇朝转头，轻轻拍拍她，然后转向秋九霜与萧雪空："你俩现在就回冀州去，告诉父王，待我事了，便会即刻回国。"

"是！"两人躬身领命。

而后，就如来时一般，萧雪空与秋九霜没有惊动庄中任何人便离去了。

室中恢复安静时，皇朝面向华纯然："公主可是有话要说？"

华纯然点头，瞟向邻室。

皇朝看出她的顾忌，道："公主但说无妨。"

华纯然看着皇朝，良久无语。眼前之人看似傲气张扬，内里却精明强悍，非父王那般，她撒娇哭闹便可如愿。沉吟片刻，她才道："驸马，我们已是夫妻。"

"嗯。"皇朝点头。

"自古夫妻一体。"华纯然直视皇朝明亮的金眸，未有丝毫羞怯与退缩，"汝之家国即吾之家国，吾之家国亦为汝之家国！"

听她说出此言，皇朝眸中露出惊讶之色，然后一笑，笑中带着赞赏与了然："公主是要我去青州助幽王一臂之力？"

"是！"华纯然点头。

"公主何出此言？"皇朝目光落向棋盘，"幽王有十万铁骑，而风惜云兵力不过五万，按理需要求助的该是风惜云才是。"

"驸马何必糊弄纯然？"华纯然也垂眸望向棋盘，"纯然虽深居宫中，却非不知世事时局之人。此刻先锋尽覆，金衣骑之势已尽，父王危矣！"

“哦？”皇朝目光移回华纯然面上，第一次认真而慎重地看着他的妻子，片刻后才颔首，“既然公主有言，皇朝岂敢不从？”说着他拾起一枚棋子落在棋盘上，“公主放心，幽王定能安然归来！”

那一子落下，华纯然心头顿时一惊，本以为已无力回天的棋局，因这一子而绝处逢生。原来真的有一线生机，自己却未能找到。她抬首看着皇朝，然后起身盈盈一礼：“纯然谢过驸马！”

“公主无须多礼。”皇朝起身相扶。

“兵贵神速，纯然先去为驸马准备行装。”华纯然转身离开。

“有劳公主。”

待华纯然离去，邻室的玉无缘终于放下手中的书卷走了过来：“这位纯然公主也是蕙质兰心之人。”

“嗯。”皇朝走回棋盘前看着那局棋，“布局时点滴不漏，落子时谨慎小心，行棋时步步为营，被困时则伺机而动，绝不铤而走险，以棋观人，当得‘佳人’二字。”

玉无缘看一眼棋盘：“你是要亲自前往青州观战吗？”

“观战？”皇朝哂然一笑，“我是要去参战。”

“那我先回冀州去。”玉无缘目光透过窗口投向门外，门前的庭院里开着一丛红牡丹，摇曳月下，芳姿幽雅。从幽王宫到夜澜庄，他所见最多的便是牡丹，虽是艳色倾国，却不如一枝白莲来得清雅灵秀。

“你不如和我一道吧，我们一块儿去看看青州风惜云，看看威名之下的她到底是怎样厉害的一个人。”皇朝手一伸，一把棋子咚咚落下。

回房后的华纯然匆匆写下几封信，而后命人秘密送出。

五月初九，幽王领十万大军抵厉城。

高坐于战车之上，遥望厉城城头，听着臣下禀报三万先锋全军覆没的消息，幽王咬牙切齿，一掌挥下，将战车上的护栏拍断两根。

“岂有此理！”幽王勃然大怒，“三万大军一日间全军覆没，这叶晏是如何领军的？”

“主上，您看城头上的旗，那是青州风氏的白凤旗，显然此次守城的是青州的新王风惜云！”一旁的军师柳禹生遥指厉城城头道，“青州惜云久有威名，此次叶将军肯定是轻敌以致全军覆没，因此我们万不可急进攻城。”

“哼！”幽王冷冷一哼，“传令扎营休整！”

“是！”

在金衣骑下马扎营时，远处厉城城楼上，丰兰息问身旁的风惜云：“幽王到了，这次要试试你的血凤阵能否尽吞他的十万金衣骑吗？”

“我没那么自负。”风惜云淡淡一笑，看着前方仿佛遮住一方天地的金色大军，“不是没可能以少胜多，但再精锐的军队也无这般绝对之事。”

丰兰息闻言却摇头一笑，道：“风惜云果不似白风夕张狂任性。”

风惜云嘴角微动，平静地道："我现在是青州青王风惜云。"

"既然你不打算在此与金衣骑决战，为何不早退？"丰兰息再问。

"因为我还想看某样东西，看看它的威力到底如何。"风夕眼睛微微眯起，仰首望向天空，碧空之上，浮云若絮。

五月十日，幽王金帐。

"禹生，你熟读兵书，可知那风惜云布下的阵法是何阵？竟令我三万先锋军尽殁于此！"幽王问柳禹生。扎营后，他即派人去寻，看有无生还的先锋兵，不想还真找着了几个，只是都一副失魂落魄的模样，被问起当日情形，只说风云骑布下了极为可怖的阵法，令他们如入修罗地狱。

柳禹生沉思片刻，道："回禀主上，依臣推测，风惜云布下的可能是六百多年前凤王凤独影所向披靡的血凤阵！"

"血凤阵？"幽王起身，在案前来回走动，"想不到风惜云这小娃娃竟也懂摆弄此阵。"

"此阵阵势复杂，变化繁多，自凤王以后，虽闻名天下，却无人能布。传言说若陷此阵，如被噬血凤凰所缠，不死不休！"柳禹生言行谨慎，显然对此阵也有几分畏惧，"主上，当年凤王以此阵大败滔王，一阵歼敌十一万，不可小觑！"

"这般厉害？"幽王闻言亦神色一变。

柳禹生依旧一派郑重之色："主上，臣绝非妄言。《玉言兵书》曾言'遇凤即逃'。遇凤王凤独影，逃；遇血凤阵，逃。"

"以禹生之言，孤岂不是要束手无策，退兵了事了？"幽王不悦地盯着柳禹生。

柳禹生闻言，自知是刚才所言触了虎须，当下躬身道："主上雄才伟略，这风惜云只不过仰赖祖上威名，自不是您的对手。"

"哼！"幽王哼一声，"这血凤阵……禹生可能破？"

"主上，此阵乃凤王独创，未曾传世，兵书上也未有详记，臣不熟阵法变化，因此……"柳禹生迟疑着。

幽王不待他说完便目光冷冷地扫向他："难道孤此次真要无功而返？"

"不！"柳禹生赶忙摆手，"主上大业岂会为这小小血凤阵所阻？"

"哼！"幽王一掌拍在案上，"孤就不信，凭我十万大军，会破不了它！"

"主上是要……"柳禹生小心翼翼地试探着。

幽王重新坐下，沉思半晌，而后唤道："来人，唤孟郯来！"

"是！"有亲兵应答，而后飞快传诏。

不一会儿，帐中响起洪亮的声音："臣孟郯奉诏前来。"

"进来。"

帐门掀起，一名武将跨步走入。

"孟郯，你领五千精兵，巳时攻城！"

"是！"

“主上，三万精兵犹败于血凤阵，只派五千……”柳禹生劝阻。

“哼，血凤阵！我就看看这血凤阵是个什么样！”幽王冷冷一哼，目光扫过，尽是阴森狠厉。

柳禹生心神一颤，霎时明白，这五千精兵是探路的羊！

“才歇息了一天，幽王就忍不住了啊！”厉城城楼上，丰兰息看着前方金衣骑的动静，摇头叹息，“真是一点儿耐心都没有。”

“他这是打算送些小点心过来，只可惜我的凤凰从来只吃血肉大餐。”风惜云冷笑一声。

“看来三万先锋尽歼让他也颇为顾忌。”丰兰息笑笑，“他是想以这数千士兵为饵，引你出城，再瞅准时机，倾十万大军来个横扫凤凰！”

“想得倒是挺美的。”风惜云遥望那数千金衣骑的动向，然后唤道：“林玑。”

“臣在。”林玑上前。

“这一战就交给你了。”

“是！”

林玑一挥手，立刻有数百名士兵拥上城楼，整齐地排列于城垛前。

丰兰息目光扫过这数百士兵，想看看他们有何奇特之处能让风惜云委以重任。

这些士兵既不格外高大，也不特别威武，有的甚至十分矮小，但他们有两点相同：都有一双明亮慑人的眼睛和一双健壮平稳的手，就算他们的女王就立在一丈之外的地方，他们的神色也镇定从容。

“原来如此。”丰兰息了然颔首，望向风惜云。

风惜云自然知晓他的打量，只是淡然一笑。

而城前，金衣骑已越来越近，在那五千士兵之后，幽王由大军簇拥着，坐在八匹骏马拉着的、高大华丽的战车之上，远远观望着前方的动静。

五千金衣骑已离厉城不过四十丈，可厉城城门依然紧闭，风云骑似未有出城迎战之意。

“主上，这风云骑似乎没有动静。”

幽王看着厉城方向，暗自思量，难道那个风惜云不打算再布血凤阵？是害怕了，还是瞧不起孤？他一边想着，一边皱眉道：“再看看。”

五千金衣骑继续前进，离城墙已只有三十五丈。

“准备！”林玑低声喝道。

顿时，那数百名士兵张弓搭箭，瞄准前方，城楼上，除了风吹得旗子猎猎作响外，再无其他声响，人人皆屏息静气地注目于金衣骑，或者注目于这些弓箭手。

林玑的眼睛亮得异常，紧紧地盯住前方的金衣骑，一眨不眨。

近了，三十丈……二十七丈……二十六丈……二十丈！

“射！”

林玑一声令下，霎时城楼上飞箭如雨，未及防范的金衣骑顿时发出一阵惨叫声，倒下一大片！

“射！”

不给金衣骑喘息之机，林玑随即下令，城楼之上的士兵又放出箭雨，前方的金衣骑顿时又凄惨地倒下一片！

“射！”

…………

“好！”城楼上看得分明的丰兰息脱口赞道，回头看向风惜云，眸子晶亮，“未有一箭放空，当之无愧的神箭手！”

“这是我从五万风云骑及十万禁卫军中挑选出来的五百神弓队，训练了五年后，基本上达到了我当年立下的百箭中必中九十九箭的要求。”风惜云神色平静，目光漠然地落在前方，随着林玑一次又一次的命令，那数千金衣骑已剩不到一半。

“当年踏平断魂门后，江湖上有大半年没你的消息，原来是做这事去了。”丰兰息了然地点头。

金衣骑阵前，柳禹生眼见孟郄失利，不由得焦急：“主上，风云骑并未出城列阵，偏我军未带盾甲，请主上快下令收兵，否则……”他那句“全军覆没”差一点儿溜出口，但幽王冷厉的目光让他把话生生吞回肚中，“主上？”

愤然半晌，幽王脸色铁青，终于从齿缝中逼出两字：“收兵！”他目光如鬼火般盯着厉城城头，咬牙切齿地唤着，“风惜云！”

收到命令后，孟郄赶忙领着人撤回，五千人出击，回来时已不到一千，就连他自己的臂膀上也中了一箭。

“臣无能，请主上降罪！”

幽王盯着跪在地上的孟郄，盯得他汗流浃背，整条胳膊已被鲜血染红，一旁的军师柳禹生也紧张地垂着头，伸长耳朵，等待幽王的命令。

“下去疗伤吧。”帐中良久才传来幽王冷冷的声音。

“谢主上恩典！”孟郄片刻不敢停留，赶忙退下。

“主上……”柳禹生小心翼翼地开口。

“有话就讲！”幽王极不耐烦地瞪他一眼。

“主上，我军大举进攻怕陷入血凤阵，少量进军又被其飞箭所退……”

“哼！”不待他讲完，幽王便冷哼一声，恨恨地瞪着厉城方向。

“主上，臣有一法，可一举攻克厉城。”

“有法子为何不早说？”幽王闻言不喜反怒。

“臣也是刚刚才想到的。”柳禹生赶忙道。

“快讲！”幽王不耐烦地道。

“是！”柳禹生垂首，“主上，我们有一样东西，既不怕血凤阵，也不怕箭射。”

“你是说……火炮？”幽王猛然醒悟。

“对！”柳禹生点头，“不论风云骑是出城布阵还是守城不出，我们均以火炮轰之，任他阵法再厉害，城池再坚固，也经不起我们火炮的轰击！”

“好！”幽王拍掌，总算展开连日来一直紧皱的眉头，“禹生，你师傅所造的五门火炮何时能到？”

“回禀主上，明日未时即可到达！”

“好，那就后日申时给我攻下厉城！哈哈……孤看风惜云那丫头这一次必定败于孤手中！”幽王大声笑道。

远处厉城城楼上，丰兰息望着退去的金衣骑，笑道：“看来幽王被你的神箭手吓走了。”

风夕闻言却皱起了眉头，微微叹息道：“明日或许就没这么轻松了。”

五月十二日，申时过半。

咚咚咚咚……咚咚咚咚……

战鼓隆隆声里，金衣骑发动攻势，大军最前一排是举着长盾的士兵，接着是隐于盾甲之后的三门火炮，然后才是衣甲耀目的金衣大军。

“果然如此。”风惜云看着金衣骑的阵容，了然地道。

“想不到幽王竟弄了这样的新玩意儿。”丰兰息目光落在那三门火炮之上，“据探子回报，这火炮乃禹山老人所造，所用火弹亦只有幽州禹山上独有的矿土能制，听闻威力无匹，一炮便可伤数百人，再坚固的城池也能轰开。”

“嗯。”风惜云盯着远处金衣骑阵中的火炮，嘴唇紧抿，神色凝重。

远处，层层金衣骑拥护着幽王两人高的战车，战车前后亦有持盾甲的士兵护着，幽王立于车上，缓缓前进。

当金衣骑前进到离厉城不过五十丈时，幽王一挥手，大军停止前行，而前方持盾甲的士兵掩护着火炮继续前进，在其行进过程中，厉城的风云骑没有丝毫行动，等到离厉城四十丈远时，盾甲兵与火炮终于停止前进。

“不先发制人吗？”厉城城楼上，丰兰息问风惜云。

风惜云摇头：“我就是等着看他火炮的威力。”

远处金衣骑阵中，柳禹生请示幽王。

“给孤将这厉城轰开！”幽王挥手。

金衣骑得令，于是最前方的盾甲兵向两侧散开两丈，推出一门火炮，炮口对准厉城，使炮的士兵装填炮弹，嗵的一声巨响，火炮发射！亦在此刻，城楼上风惜云纵身飞起。

“主上！”城楼上的将士惊呼。

“这女人……”丰兰息抬首低语，眸中闪现紧张的神色。

半空中，白绫自风惜云袖中飞出，她手一挥，绫带仿如白电于半空划过，底下众人只觉目眩，未及看清，便见风惜云自半空落下。她足尖刚踏上城楼，众人便闻轰的一声巨响，移目望去，顿时目瞪口呆，只见远处半空中绽开一朵硕大的火花，依稀有数丈大小，而后乌烟弥漫。

那刻，不只厉城城楼上的人惊愕非常，便是金衣骑阵中众人亦是一片震惊，而更远处，日夜兼程赶来的皇朝与玉无缘亦是满目惊疑。

那是——

方才半空中掠过的白影，迅疾如电的白绫，那是——

两人相视一眼，彼此心头都浮起一个名字——风夕！

即使隔着这么远的距离，即使只是惊鸿一瞥，两人也可以确认，厉城城楼上立着的那道白影，必是风夕！

可是她为何会在厉城？

刹那间，两人心头一沉，脑中空白片刻，万千思绪纷纷扰扰涌上，一时竟不知如何反应。

而厉城城楼上，风惜云紧紧盯着前方的金衣骑，而后抬手："拿弓箭来！"

立时便有士兵奉上弓箭。

风惜云搭箭拉弓，瞄准目标，然后嗖地一箭射出。

金衣骑阵中，使炮的士兵手捧火弹，正准备给火炮填肚，蓦然听得破空之声，抬首的瞬间，已被一箭穿胸而过，手中火弹顿时摔落于地。

"箭来！"风惜云伸手。

士兵迅速递上铁箭。

风惜云将弓拉得满满的，目光冷厉地盯着前方，手指松开，铁箭铮地飞出，直射金衣骑阵中华丽战车上的幽王！

"保护主上！"

那一箭破空而来，金衣骑立时惊呼，霎时阵前的盾甲兵层层叠叠地挡于幽王身前。

自厉城城楼射出的箭，仿佛一道墨色闪电划过眼前，金衣骑用肉眼已无法看清它的轨迹，耳边只听得风撕气裂之声，咚！铁箭穿透第一层盾甲，咚！穿透第二层盾甲，咚！咚！直到穿过第四层盾甲后，铁箭才啪地坠地。

那刻，众人才敢睁眼，便见一名举着盾甲的士兵腿间湿了大块，竟是被吓得尿了裤子。

而战车上，被那一箭所震，一直紧张地屏住呼吸的幽王此刻才敢呼出一口气，然后腿一软，跌坐在战车上。

"主上！"车前将士又是一阵惊呼。

而城楼上，风惜云眉头一皱："火箭来！"

马上有士兵将铁箭上浸了油的棉絮点燃奉上。

风惜云脚尖一点，跃上城垛，看清金衣骑阵中三门火炮的位置，然后嗖地射出火箭，刹那间便听到了对面传来的巨响，那装上了火弹正准备冲着厉城开炮的火炮被炸毁了，伤了周围数名士兵！

"再来！"

"是！"

风惜云将火箭搭上弓弦，目光雪亮冰冷，面容冷峻肃然。

嗖！一箭射出，她目光紧追着射出的火箭，手一伸："再来！"

士兵再次递上火箭。

嗖！后一支火箭紧追前一支，直往金衣骑阵前火炮而去，而阵前的金衣骑见着挟势而来的火箭，纷纷趴地躲避。火箭穿空而过，分射两门火炮，眼看就要射中，蓦地，半空中一道白影掠过，落在火炮之上，手一伸，将第一支火箭抄在手中，紧接着身如闪电，迅速飞落于另一门火炮上，手一伸，便轻轻巧巧地将第二支火箭也抄在手中。

这不过是眨眼间的事，两军皆看得分明，一时风云骑惋惜，金衣骑欢呼，而风惜云向那人望去，顿时一震。

隔着数十丈之距，隔着两军对峙的鸿沟，两人目光于半空交会，静静地对视。

此时此刻，他们一个身着银甲，一个白衣依旧；一个长弓在握，一个手持火箭；一个立于幽州大军中，一个身后扬着青州王旗，彼此都不是初识时的模样，此情此景，似乎在两人意料之外，又似在两人意料之中。

眼见着申时过去，日渐西沉，两人隔着千军万马遥遥相望，半晌后，各自微微一笑致意，虽然都知道对方根本看不到。

"林玑！"风惜云自城垛上跃下。

"臣在！"

"将他们赶至五十丈之外！"

"是！"林玑应承，随后手一挥，其手下五百神弓队立时走上城楼。

"徐渊！"

"臣在！"

"余下的交给你了！"

"是！"

风惜云吩咐两人以后，走下城楼。

随后，风云骑、金衣骑展开了交锋。

城楼上，风云骑射出密集如雨的飞箭及火箭，令金衣骑不敢冒进，只有竖起盾甲，严密防守。同样，金衣骑火炮的威力也令风云骑不敢有丝毫懈怠，只有不断射箭，以阻止他们靠近城门。

如此相持，双方一直打到酉时末才收兵。这一战双方伤亡不多，一方躲在盾甲后，一方以飞箭压住了火炮，谁也没占便宜。

是夜，幽王在金帐中为赶来助阵的皇朝与玉无缘举办了酒宴。

酒至酣时，幽王已忘了那令他腿软的一箭，踌躇满志，意气风发，只觉明日便可攻下厉城，活捉风惜云。

宴后，皇朝与玉无缘回到幽王为他们安排的营帐中，两人相对而坐，各自沉默，许久后，相视苦笑。

"怎么会是她？"皇朝先开口。

玉无缘轻轻叹息。

"风惜云……白风夕……竟然是同一人！"皇朝喃喃念着，与其说不敢置信，不如说不愿相信。

可是，厉城城楼上，那一身银甲、犹如战神的女子，的确就是当日揽莲湖畔高歌起舞的白衣佳人。

“仔细想想，白风夕就是风惜云，本就有迹可寻。”玉无缘垂眸看着自己交握的双手，“传闻惜云公主虽才华横溢，却体弱多病，终年休养于浅碧山上，可除此之外，又有何人能说出她的长相性格？风惜云之所以终年休养于浅碧山，只因她化身白风夕，游荡于江湖，否则作为一个江湖中人的白风夕，懂的会的未免太多！”

“白风夕……风惜云……”皇朝反复念着，闭上眼，心中五味杂陈，竟理不清个中滋味，只觉得将她揉碎了咽入腹中，融入血中，才可消得肠中郁结。

玉无缘心头沉沉的，只是看着自己的手发呆。

许久，皇朝才叹道：“难怪那一夜她说‘朋友很少有一辈子的’，原来就是指今日，她早就料到了我们会有敌对的一天。”

玉无缘抬眸看一眼皇朝：“既然白风夕是青州惜云，那么黑丰息定是雍州兰息，她之所以料到会有与你敌对之日，是因为‘白风黑息’已相伴十年，而日后风惜云必也是与丰兰息相伴。”说着，他轻轻地，自语般地道，“难怪那日在幽王都时他……我那时就该想到，只怪我当时心乱神慌，不曾细想。”

“黑丰息……丰兰息！”皇朝猛然睁开眼睛，金芒射出，“难怪他肯放弃纯然公主，因为还有一个惜云公主！”

玉无缘看着他，目光里有着自己也不曾察觉的哀伤悲凉：“你要这个天下，那么他们俩将是你最大的劲敌！”

闻言，皇朝握紧双拳：“丰兰息，果然没错！”

“你有幽州，他有青州。”玉无缘语气淡然，“实力上，你们相等。”

“不。”皇朝却摇头，“幽州的纯然只是公主，而青州的惜云是绝代将才……”他声音微顿，而后颇为不甘地道，“更何况他还赢得了她！”

他赢得了风惜云的人与心！

玉无缘岂会不懂，却也只能无声叹息：“也是。”

皇朝却移目盯住他：“她拒我于千里之外，对你却格外不同，若当初你……”

玉无缘却不等他说完就打断他，道：“若有一日沙场相见，她败于你手，你会杀她吗？”

“我……我……”素来刚毅果断的皇朝这一刻却无法决断。

杀她？杀风惜云？不，他不能！可是，她是青州的女王，将来他们必然在战场上决一生死，那时候……

玉无缘却没有待他想清，站起身道：“夜深了，该休息了。”说着他移步往帐外走去，走到帐门处，掀帘时，他回头看一眼犹自沉思的皇朝，轻叹道，“我想，你今生都无法杀她，她将是你生命中的一个梦，你可拥有整个天下，却永远也抓不住……她！”

第二十一章　惘然无回付东流

五月十三日晨。

当幽王催动十万大军，以四门火炮开路，准备对厉城发动猛烈攻击时，前方查探情况的士兵却回报："主上，厉城城门大开，城内杳无人声，城楼上只有草人！"

"什么？"幽王闻言一愣，随即仰首大笑，"哈哈哈……风惜云那个黄毛丫头肯定是怕了孤的火炮，所以逃了！"

皇朝与玉无缘闻言对视一眼，都见着了彼此眼中的疑问：风惜云岂是畏敌怯战之人？

"传令，进城休整，未时出发，追击风云骑！"

"主上，"柳禹生却劝道，"风云骑无故弃城而去，恐怕有诈，不宜即刻进城，不如先派人入内查看一番再做打算。"

"有理。"幽王想了想，点头："孟郄，你领五百人，带一门火炮入城查看。"

"是！"

于是，孟郄领着五百金衣骑，拥着一门火炮踏入厉城，一开始小心翼翼，谨慎万分，可走了一刻钟后，别说人，连猫狗都不见一只，偌大的厉城里空无一人，于是众人都放松了紧绷着的神经。

"将军，半个人影都没有啊！"有士兵道。

孟郄没有说话，只是打量着街道两旁。

"肯定是怕了我们的火炮，逃了。"有士兵答道。

"不是说他们的女王很厉害吗？怎么这么胆小，竟然逃了？"

"一个女人能有多大能耐？我看她从今往后也别做什么青王了，还是躲回房里绣花生孩子的好。"

"哈哈……有理，有理。女人就应该待在家里做饭生孩子！"

一众士兵嬉笑谈论着。

孟郄见走了这么长的路都不曾发现丝毫不妥，当下决定回去向幽王禀报厉城的情况。

"各位准备好上路了吗？"

正在孟郄领着士兵往回走时，一道嗓音蓦然响起，如水滴深潭，无比清亮。

孟郄与众士兵一惊，循声望去，只见左边高高的屋顶上，立着一个身着银甲的女子，头戴银盔，遮住了面孔，只看得一双清朗的星眸，一头漆黑长发在肩后随风飞舞，衬着身后明亮的朝阳，仿若从天而降的战神，不可直视！

“是青王！”

士兵的惊呼声未落，屋顶上的风惜云手一抬，长弓拉开，弓上搭着一支火箭。

“快躲开！”孟郄大叫。

但显然为时已晚，他话音未落，屋顶上的火箭已射入了火炮的炮口里，已上好火弹的火炮顿时轰地炸开，周围的士兵惨叫着倒下。

“把她射下来！”

孟郄此刻也顾不得火炮了，立时吩咐士兵们搭箭对准屋顶上的风惜云，可他们的弓还未拉开，屋顶上已箭飞如雨，金衣骑将士便似活靶般在箭雨中倒地。

厉城里的动静，城外的金衣骑自然也听到了，正惊疑间，一道嗓音远远地传来：“胆敢犯孤之疆土者，诛！”

这清冷而不失威严的话语，城外十万金衣骑无不听得清清楚楚。

“给我炮轰厉城！”震怒的幽王咆哮着，已不顾城内那五百士兵的死活，此刻他只想将这胆敢藐视他的风惜云轰得粉身碎骨！

皇朝与玉无缘相视一眼，几不可察地摇头叹息。

“厉城之后是无回谷。”玉无缘看向城内冒起的黑烟，眼中流露悲怜之色，“无回谷，这名字很有意思。”

皇朝没有说话，目光落向前方的幽王。幽州今日富冠六州的局面，归功于前代幽王，只可惜，他选定的继承人竟然是这样一个志大才疏、刚愎自用、目空一切的人。

等到厉城之战尘埃落定，离厉城十里远的地方，丰兰息对风惜云道：“你不说最后一句话，幽王也不至于暴怒到炮轰空城。回头打完了，你还得花钱耗力，重建厉城，你这可算是得不偿失了。”

“我哪知道他会那么小气？”风惜云耸耸肩，取下头盔，晃动脑袋，长舒了一口气，“天气变热了。”她抬首眯眼看向高挂苍穹的骄阳，摸了摸身上厚重的铠甲，再瞄了瞄身旁之人宽松单薄的墨色长袍，心理颇不平衡。

丰兰息的目光却落在他们身后那些背弓负箭的神箭手身上。

“你别打他们的主意。”风惜云与他相交十年，只要他眼睛一转，她就知道他在想什么，“你们都先走，省得有人算计。”她冲着身后的神弓队箭手们挥手。

“是！”箭手们领命，都策马离去，不一会儿便走出了数十丈的距离。

丰兰息望着远处的箭手，摇头笑笑：“接下来你如何打算？”

“本来只要到了无回谷，我并不怕他们的火炮。只是皇朝来了，便有些顾忌了，在幽王手中不堪一击的火炮到了他手中，足抵千军万马。”风惜云微皱眉头，“五门火炮已被我毁去两门，余下的三门……”说至此她忽地眼珠一转，目光落在他身上。

丰兰息被她一瞄便知不妙，马上赶在她开口前摇手阻止：“不要算到我头上。”

风惜云看着他，忽然一笑：“黑狐狸……”这称呼她已许久不曾用，声音也变得软软甜甜，脸上的笑容格外明媚，马鞭轻扬，她胯下白马便挤到了丰兰息的黑马旁边，两骑并行，马背上的两人自然也就挨得近了，“我知道这对你来说，不费吹灰之力的。”

“青王只要火箭一射就行了，同样不费吹灰之力。”丰兰息不为所动，马鞭一抽，黑马便领先一步。

“黑狐狸。”风惜云手一伸便拉住了黑马的缰绳，“我一个弱女子已经连战三场了，你一个大男人站在旁边却一滴汗也没流，这说出去会扫你面子的。”

“幽王进犯青州，干我雍州丰兰息何事？”丰息闲闲地撇清关系。

见软的不行，风惜云眉一竖，眼一瞪：“好你个没心没肺的黑狐狸！亏我们还有十年交情呢，也不想想这些年我帮过你多少回，救过你多少次！还有你这些天赖在我青州，吃我的住我的用我的，你竟敢说不关你事！”她一边说着，一边揪住丰兰息的衣襟，“你这黑心黑肺黑肝黑肠的黑狐狸，竟然置我的生死于不顾，我……”

“打住。”丰兰息抬起修长白净的手指在风惜云眼前晃了晃，打断了她的斥责，“这十年来，是我帮了你无数回，救了你无数次，你不要搞反了。至于这些天的吃住……”他睨着风惜云，“你要我细数这十年来你吃我的、穿我的、用我的有多少吗？更别提这十年来你闯了多少祸都是我替你收拾的烂摊子，糟蹋了我多少钱和物，你不记得，我可记得。女人，这十年来，是你欠我，而非我欠你，请用风惜云那颗号称聪明绝顶的脑子好好想想算算，至于白风夕那豆腐渣般的脑袋就免了！”

风惜云被丰兰息一番话说得气短，嘟囔了一句：“有欠那么多吗？”

丰兰息懒得跟她再说，只指指她抓在他胸前衣襟上的手：“请青王殿下将您的玉手拿开。”他又指指前方的神弓队，“老实说，你这副无赖又无礼的样子，真该让那些视你如神祇的臣民看看。”

风惜云瞅了一眼前方的神弓队，不甘心地放开手，不过还是恶狠狠地撂下话：“黑狐狸，你要是不把那三门火炮搞定，回头我就剥你的皮，吃你的肉，啃你的骨，喝你的血！”说完了，她将头盔戴回头上，端坐回马背，身姿神情一派端丽。

丰兰息看着她，一边摇头一边道：“以前你总骂我表里不一，我看你才是表里不一，至少我人前人后都一样。”

风惜云却没再跟他辩驳，只是轻声叹道：“因为风惜云是青州的王，君与臣，无论情谊深浅，君不可失威仪，否则臣子不敬，不敬则怠，怠则无礼，忤逆即生！”

这话身为雍州世子的丰兰息自然明白，是以他只是轻轻颔首，没有再说话。

“我们还是快点儿走吧。”风惜云扬鞭策马。

“嗯。”丰兰息纵马跟上。

骏马驰过，黄尘扬起，一行人很快便不见踪影。

五月十九日，幽王追击风云骑至无回谷。

望着远处风云骑的营寨，幽王恨恨地道："该死的风家丫头，这回看你还能逃到哪里去！"

只要想起这些天的追击，幽王便怒不可遏。一路上，埋伏着的风云骑让他们不断遇袭，他数次狠下决心要追着不放，彻底打击他们一番，可每每都被其逃脱，从厉城至无回谷不过两百里路，他们却走了整整七天，折了数千人。

一想到此，幽王便握住腰际宝剑，直恨不得立时抓了风惜云，一剑砍了泄恨。一抬头，他心头的火气更旺了几分，这老天爷似也要与他作对，这些天来日日炽阳高挂，不过五月，天气却反常地燥热，有许多士兵不耐炎热，中暑不支。

"这里叫无回谷，不知是否真的有来无回。"皇朝打量着无回谷四周。

幽王冷哼一声："孤定叫风惜云那丫头有来无回！"

皇朝闻言一笑，正要说什么时，忽然"轰隆！轰隆！轰隆！"数声巨响传来，惊得他回头去看，便见刚刚才扎下的营寨的最西边蹿起了冲天火光，巨响还在继续，金衣骑已被惊得乱作一团。

"这是……？"镇定如皇朝，此刻也不由得惊愕变色。

"火弹营！"幽王大惊，"禹生！柳禹生！"

"主上！"柳禹生一路飞奔到幽王面前，"主上，我们的火弹营忽然无故起火，臣怀疑是……"

"怀疑？还用得着怀疑吗？"幽王咆哮着，拔出长剑挥舞，"肯定是风惜云那臭丫头搞的鬼！一定是她派人混进来了！给我去找！把青州奸细找出来！孤要将他们碎尸万段！"

"不用去找了。"一道淡柔的嗓音插入，玉无缘自远处走来。

"要找！孤要找出青州奸细！"愤怒的幽王早就失了理智，"孤要叫风惜云那丫头知晓孤的厉害！"

"幽王，细作定已趁乱而去，当前最重要的是灭火救人。"玉无缘走到幽王身前，目光平和地看着他，"否则火势蔓延，只会伤亡更重、损失更多，甚至拖得久一点儿，风云骑便会趁乱偷袭。"

平平淡淡的三言两语，却似冰泉浇面，让暴怒的幽王冷静下来，抬头看着西边营帐处的火光，咬牙道："禹生，全力救人灭火！"

"是！"柳禹生急忙去传令。

"火弹既然被毁了，余下的那几门火炮大约也不能幸存。"皇朝看向西营的火光，此时的爆炸声已小了许多，想来那满营的火弹已炸得差不多，代之而起的是那些被殃及的士兵的惨叫声。

"想来如此。"玉无缘点头。

"孤的火炮……"幽王顿时肉痛，拔腿往西边走去。那火炮得来极为不易，不但耗损无数人力物力，而且花费了数年时间才造得五门，而今竟全毁了！他真是恨不能噬青王血肉。

幽王走远后，玉无缘看向皇朝："你还不出手吗？"

“还不是时候。”皇朝望着幽王的身影，“看来风惜云这招‘制敌必先乱其心’很奏效，自厉城起的连番举措，已逼得幽王心浮气躁，手忙脚乱。”说着，他转身望向远处营寨齐整的风云骑，胸有成竹地道，“反正该准备的我都准备好了，不着急。”

玉无缘目光空蒙地望着前方，轻轻叹道：“无回谷……若真是有来无回，却不知是谁……”

“不是你我就行。”皇朝负手而笑。

在金衣骑手忙脚乱时，青王王帐里，风惜云听着远处传来的响声，浅浅一笑。

她对面坐着的丰兰息正在品尝青州有名的美酒青叶兰生，看到她的笑容，举起手中酒杯向她致意。

“主上，对面金衣骑营里起火了！”洪亮的声音响起的同时，帐帘被掀起，程知率先大步走入，身后跟着齐恕、徐渊、林玑、修久容。

“那是兰息公子送给我们的大礼。”风惜云轻笑，“金衣骑余下的几门火炮此刻已尽毁于火中！”

“真的？”几人闻言不禁大喜，望向丰兰息，颇为感激。

丰兰息只是淡淡一笑，品着手中美酒。

“幽王没什么耐心，明日或是后日就要开战，你们下去准备吧。”风惜云吩咐道。

“是！”五人退下。

“看来你并不懂品酒，这青叶兰生应以雾山特产的云梦玉杯来盛才是，这瓷器中的名品杯雪虽是高雅，却终是稍显小家子气了。”丰兰息摇晃着杯中美酒，挑剔地审视着手中洁白如雪的瓷杯，颇为惋惜地摇着头。

风惜云冷嗤一声，没有理会他，起身走出王帐，目望远处金衣骑营阵：“幽王连番受挫，现在火炮全毁，我想皇朝大约会出手了。”

“他既然来了，定然是要出手的。”丰息跟在她身后，手中依旧握着酒杯，悠闲得仿佛是要与好友前往花园品酒吟诗，踏出帐门时，还不忘向旁边为他掀帘的侍女微笑致谢，惹得那名侍女红云满面。

风惜云回头看了一眼，继续往前走，步出王帐数丈后才皱着眉头看向丰兰息：“我说你能不能收敛点儿？领兵出战时我都不喜带侍女，这回是裴钰坚持，我才带了四名，已经分了两名给你，你是不是觉得太少，连这两名也要勾引了去？”

“哈哈……”丰兰息闻言失笑，看着她，有些无奈，“我到底做什么了？”

风惜云瞪了他一眼，叹气道：“你是没做什么，我以前就一直不解，你这样黑心肠的男人，怎么就有那么多女人为你神魂颠倒？皇朝与玉无缘和你同为四公子，我也就偶尔听说有那么一两位姑娘钟情于他们，却没一个有你这么多的风流韵事。”她一边说着一边往前走，走了几步忽然回头，一副恍然大悟的样子，“我想起来了，你一个人拥有两个身份，爱慕者自然也要比别人多一倍！”

这些话，以前她就怒气冲冲地说过许多遍，所以丰兰息只是淡淡一笑，随意地摇晃着手中的半杯美酒，看着杯中圈圈漪涟荡开，忽然问道：“你有了韩家的药方，怎不见你配出紫府散？现在每天都有许多人受伤，不正是用紫府散的时候吗？”

风惜云白了他一眼：“你这是明知故问。那药方上多半是些珍贵药材，若要配齐，不但药材难寻，这药费也得上千金，若是大量用于军中，我青州百姓得没饭吃了。”说完她叹了口气，“我如今倒是不怪韩老头一药千金了，平常人哪里用得起这个？”

丰兰息举杯，一口饮尽杯中美酒，才从袖中掏出块绢帕：“在幽王都时，我去了趟品玉轩，托君品玉看了一下紫府散的药方，她按药性改了那些奢贵难求的药，药效或比不上紫府散，但比之一般伤药要好上数倍。”

风惜云顿时眼睛一亮，赶忙接过绢帕，果见帕子上以娟秀的小楷写着药方，她扫了一眼药方，打量起绢帕来。绢帕是浅蓝色的，帕子下角绣着一朵细小幽雅的白兰，帕子半新不旧的，显然是用过之物。

她抬头看向丰兰息，面上似笑非笑的，语气里却含着嘲讽：“兰息公子还真是才貌双全，举世无伦，不但纯然公主对你青睐有加，便是这堂堂菩萨神医君品玉也对你另眼相看。”

丰兰息目光扫过风惜云的脸，手中转动着酒杯，神色颇为玩味：“你这会儿是因着这药方是我找君品玉改的而心里不舒服呢，还是因为这帕子是君品玉的而心里不舒服呢？”

风惜云面上一僵，但随后便若无其事地浅笑开来：“以帕遗郎望郎思……我只不过是为那些个美人空付一腔的深情而感到不值罢了。不提江湖上那些我都不知道的莺莺燕燕，单是我能数得出的，单飞雪为你挥剑斩情遁入空门，凤栖梧守在你身边默默等待，华纯然以公主之尊真情相许，现在连号称‘菩萨’的君品玉也为你动了凡心……她们一个个蕙质兰心、才貌无双，可怎么就看中了你？怎么就看不出你是个无心无情的？”

丰息闻言却只是优雅一笑，手指摩挲着酒杯，然后弹指轻叩杯沿，发出叮叮的脆响，片刻后，他才淡淡地道：“我也奇怪，为何人人都欣赏我，独你例外？”

“哈！”风惜云冷笑一声，“大约是因为我是‘白风黑息’中的白风夕。”

丰息眉头微挑，凝神看着她。

两人静静地对视一眼，然后一个垂首看着手中绢帕，研究着上面的药方，一个把玩着手中酒杯，眸中浮起意味深长的笑意。

许久，丰兰息抬头望向对面：“当日歼灭幽王三万先锋时，你的血凤阵显然未尽全力，如今皇朝来了，大约能有一场棋逢对手的决战。”

风惜云闻言却无一丝欢悦，叹道：“若只是与皇朝一战，即便不能全胜，也不会落败，但是……”她语气一顿，目望前方，眸中浮起一抹难以言喻的愁绪。

丰兰息回首看她一眼，心中一动，道：“因为玉无缘？”

“是啊，皇朝的身边有一个玉无缘。”风惜云深吸一口气，想疏解胸口那股莫名的郁气，“你我都应有同一句祖训。”

丰兰息把玩酒杯的手一顿，眸中光芒一闪：“你是说……他就是那个玉家的人？”

“他不但被称为‘天下第一公子’，江湖上还称他为‘天人’，这世间除了那个玉家的人，谁能担此美誉？”风惜云说着，忍不住抬手掩住眼睛，“果然是奢望，他不能，我不能，都只是奢望……”这话说得不明不白的，可语气中含着的深深郁结表露无遗。

丰兰息看着她，目光微冷，半晌后才淡淡地道：“你担心玉无缘会破了血凤阵？”

“没有决战，谁知道结果？”风惜云放下手，茫然地望着前方。

“玉无缘吗？”丰兰息轻念一句，目光晦暗难测。

五月二十日，卯时。

旭日东升，洒落霞光万丈，无回谷里，旌旗摇曳，刀枪如林，万马嘶鸣。

幽王金帐里，换上一身铠甲的幽王显得英武不凡。

一旁的军师柳禹生却心存疑虑：“主上，您乃一国之主，万金之体，何须亲临险地，只需坐镇王帐，调兵遣将便是！”

幽王拔剑，凌空一斩：“孤要亲自出战，亲手击垮风云骑，以雪这数日之耻！”

“主上……”柳禹生还要再劝，幽王却不待他说话便大步踏出营帐。

营帐外，大军林立，战马嘶鸣，正等待他们的主上下达出击的命令。

“禹生，孤有这样雄武的大军，你还担心什么？”幽王踌躇满志。

柳禹生暗暗地叹口气，目光巡视一圈，便见左后方皇朝与玉无缘正走过来，顿时大喜，忙施礼道：“驸马，主上要亲自出战，还请劝谏一二。”

皇朝看一眼柳禹生，望向幽王，走了过去，行礼道：“幽王愿身先士卒，亲自领兵作战，必能鼓舞士气，今次定能大败风云骑！”

“哈哈哈哈！”幽王大笑，“不愧是孤的女婿，此话深得孤之心意！”他一招手：“牵孤的战马来！”

立时有亲兵牵来一匹赤如火炭的高大骏马。

“好神骏的马！”皇朝赞道。

幽王跨上火炭马，居高临下地看着皇朝：“贤婿你便为孤压阵，看孤大破风云骑！”

“我温好酒，等着为幽王庆功。”皇朝退后一步。

“哈哈哈哈……”幽王大笑而去。

皇朝回首看向玉无缘，两人目光相遇，不动声色地交换了一个眼神，而后他的目光落在正患得患失的柳禹生身上：“军师无须忧心，幽王威武，风云骑必不是金衣骑对手。”

柳禹生没有回话，只是目光追随着幽王的背影，眼看着他驱马走近大军。

在金衣骑蓄势待发之际，对面的风云骑亦早已严阵以待，阵前领兵的是齐恕、林玑、程知三位大将，风惜云则站在后方瞭望台上，与丰兰息一同观战。

幽王看着前方的风云骑，拔剑一挥，下令：“冲杀！”

霎时，战鼓咚咚擂响，金衣骑的中军向对面冲杀而去，风云骑见此却静止不动。一直等到金衣骑冲到阵前十余丈之距时，风云骑阵中蓦然响起咚的一声，几乎在鼓声响起的同时，风云骑发出了吼声：“杀！”着银甲的将士们顿时化身洪潮狂风，向金衣骑席卷而去。

这一战，金衣骑出兵五万，以左、中、右三军冲杀，而风云骑出兵四万，亦以左、中、右三军冲杀，彼此都不曾耍花招，只以实力相拼，但显然，幽王引以为傲的金衣骑在风云骑面前不堪一击。

自高处向下看，着银甲的风云骑就如蛟龙出水，气势狂猛，摇首摆尾间便将金衣骑的阵势冲得七零八落，将朗日下那片耀目的金光撕得四分五裂。

金衣骑营帐后的山坡上，皇朝遥望着前方的战况直摇头："与风云骑相比，金衣骑就像一颗漂亮的鸡蛋，看似有硬壳，实际上不堪一击！"

玉无缘没有说话，他的目光落向远处的瞭望台，隔得那么远，看不清上面的人，但他知道她一定在那里，一定和他一样，正看着这一场厮杀，看着她并不想看的……

瞭望台上，丰兰息扫视着下方战场："你这一战出动了齐恕、林玑、程知，丝毫不给金衣骑还手的机会，可谓不遗余力！"

"幽王不是我的对手，所以这一战我要将他彻底打垮！"风惜云的目光从下方两军的战团中移向远处，远方的山坡上有两道人影，"我的对手在那边！"

在他们轻松观战的时候，处于战场上的幽王尽管有着层层护卫，也抑制不住心头的恐慌。

幽王以往虽领过兵，却都只是坐镇中军，这是他第一次亲身体验血色沙场。

幽王耳边不断响着尖锐的刀剑相击声，士兵的喊杀声，还有人受伤或垂死时的惨呼声，满地的鲜红，浓郁的腥味，断掉的手脚，开裂的头颅……无不是惨不忍睹。对面，着银甲的风云骑勇猛如虎，而他心中无敌的金衣骑在敌人的刀剑下如被收割的麦子般倒地……

幽王竭力抑制身体的颤抖，伸手想要握住宝剑，可握了几次都没成功，手心里潮湿一片。他呼吸急促，脸色赤红，瞳孔不断收缩，定定地看着一处，想要喊些什么，却怎么也出不了声。

"风云骑果然名不虚传！"山坡上，皇朝目光灼灼地看着战场，"三军以中军为主，负责冲杀，两翼相辅，负责合围，当真是其疾如风，侵掠如火！居中指挥之人有大将之风，想来定是'风云六将'之首的齐恕。"

皇朝说完，却未闻身边玉无缘答话之声，不由得侧首看去，却见他定定地看着前方，看着对面的瞭望台，仿佛神魂出窍。

"无回谷……无回……"忽然，玉无缘口中轻喃，一贯平静淡然的脸上此刻竟浮现出一种希冀的表情，仿若欢喜，又仿若惆怅。

"无缘！"皇朝猛然抓住玉无缘的肩膀。

肩上的力道让玉无缘回过神来，他转头看着皇朝，满脸惘然之色。

"无缘，你在想什么？"皇朝紧紧地盯住他。

这一问让玉无缘彻底清醒，他脸上的惘然之色顿时消失，恢复了平静淡然，眼中依旧有着对尘世的眷恋与悲悯。

"无缘，别忘了你对我的承诺！"皇朝看着他，一字一顿地道，"你说过会助我握住这天下！在这天下握在我手中之前，你不可以抛下我！"

玉无缘微微一笑，抬手拍拍肩上皇朝的手："我知道。我会助你握住这天下，这是我的选择！”他目光移回前方，一声叹息如风溢出，“她……是我们的对手。”

“无缘……”皇朝依旧不放心，方才那刻的玉无缘让他心生恐慌。

“皇朝，你不必担心，我选择了你。我们玉家人既然做出了决定，就决不会半途而废。”玉无缘目光空蒙，眼神飘忽不定。

皇朝凝神看了他片刻才点点头，再次将目光移回战场，看着溃不成军的金衣骑直摇头：“该请幽王回来了，不能让他把兵力耗尽了。”

“幽王此刻要么是骑虎难下不好开口，要么是吓得肝胆俱裂不能开口，你替他下令收兵，他大约只会感激而不会责怪你越权。”玉无缘最后看一眼战场，抬步走下山坡。

而在那一刻，瞭望台上，风惜云指着下方一点：“你看。”

丰兰息顺着她所指的方向看去，望见拉成圆月似的长弓，弓上搭着三支长箭，顿时心惊：“一弓三箭！幽王可是要殁于此役了？”

他的话音还未落下，阵中那三支长箭已如电飞出！

第二十二章　无回对决俱黯然

幽王帐外，一干人紧张焦急地候着，尤以军师柳禹生最为着急，帐前的地都快被他来回踏出一道沟来。驸马皇朝却是远远地背对王帐负手而立，抬头望着天边，即将西沉的落日正依依不舍地攀着山峦一角，淡薄的霞光洒落，即将迎来日落西山的黯淡光景。

终于，帐帘掀开，里面走出神色疲倦的玉无缘。

“玉公子，主上如何？”柳禹生立时上前问道。

“性命无忧，调理数月自可痊愈。”玉无缘淡淡地道，目光穿过柳禹生，遥遥地落向皇朝。

“多谢公子！”柳禹生闻言大喜，低头便向玉无缘拜下。

“军师不必多礼。”玉无缘手一托，柳禹生便拜不下去了。

柳禹生全身一震，在这样炎热的夏日，托着他的那只手竟凉如寒冰！

“玉公子……”柳禹生脱口而出，可开了口又不知该说些什么，此刻两人离得这么近，他依旧有眼前之人不在红尘之感。

“军师关心幽王，可进去看看，但切记不要吵醒他。”玉无缘淡淡一笑，指指王帐，示意他进去。

“禹生明白。”柳禹生点点头，走入王帐。

玉无缘又对帐外守候着的诸将道：“各位还是先请回去，等幽王明日醒来再过来。”

“多谢玉公子。”余下众人施礼后离开。

玉无缘走向皇朝。

听得身后的脚步声，皇朝侧首淡淡地看了一眼玉无缘：“幽王性命无忧了？”

玉无缘点头，目光落向山尖上那一点红日：“风云骑林玑的箭术看来不比九霜差。”

皇朝心思却没在林玑的箭术上，只道：“我就知你不惜耗损功力也会救他。”他目光落在玉无缘面上察看了一番，见其只是神色微倦，稍放下心，“不过现在也不是他死的时候。”说着，他长叹一口气，“风云骑里也是人才济济呀！”

“你真的要在无回谷与她一战？”玉无缘问道。

“箭在弦上，不得不发！”皇朝望向风云骑营寨，目光变得凝重，“况且迟早都有一战，至于是在无回谷还是别处，又有何区别？”

“确实。”玉无缘目光幽幽地望向对面，一眼便看到风云骑阵前那面迎风招展的白凤旗，“白凤旗……白凤凰，开国七将中，凤王风独影最擅长布阵，当年滔王与之决战，便败在其血凤阵下，你与风惜云一战，当要小心。”

“血凤阵？”皇朝目中金芒一闪，抬首望向西天，最后的一点红日落下，阴暗的夜幕静静降临，“我知道，噬血的凤凰可不能小觑！”

“先祖曾言，遇凤即逃。”玉无缘喃喃，垂眸看着自己的双手，白皙的手掌上有几抹淡红，那是方才救治幽王时沾上的血。今日他为救人沾血，以后呢？这双手会染上多少人的鲜血？

“遇凤即逃，那是对别人说的，对你们玉家人来说，这世间没有什么阵是不能破的！”皇朝金眸明亮地看着玉无缘。

“玉家人……”玉无缘双手隐入袖中，抬首间面上已平静如水，眼眸深处却沉着苦涩。

“你今日也累了，回去歇息吧。”皇朝拍拍他的肩。

玉无缘点头。

两人转身回营。

是夜，月明风清，繁星满天。

风云骑大营正中是白色的王帐，王帐的帐顶上，风惜云盘膝而坐，仰望天幕。

“这么晚了，你还未睡？”帐下蓦然传来丰兰息的声音，紧接着他轻轻一跃，落在帐顶，“夜观星象，可有所得？”他说着也盘膝坐下，打量了一眼风惜云。

风惜云显然是就寝后又偷溜上来的，身上只着了件单薄的白色中衣，长长的黑发披散于肩背，而后蜿蜒于帐顶，素容如雪，神情慵懒，额间坠着的月饰与天幕上的弯月遥相辉映，散发着莹润的光华。

“记得小时候，嬷嬷告诉我，天上一颗星，地上一个人。《玉言天象》上也说，上界的星象映照着下界的一切。”风惜云轻声说道，遥望繁星，星光好似全落入她的双眸，映得那双眼睛比天上的星子还要璀璨，“若真如此，那你我也是这些星辰中的一颗，那你说，哪一颗是我？哪一颗又是你？”

丰兰息眉头一挑，抬眸望向天际，神情平淡，语气悠闲：“哪颗是帝星，哪颗便是我。哪颗紧挨着帝星，哪颗便是你。”这话换别人来说，应是豪情万丈，气概万千的，可他说这话时，神情平淡，语气悠闲，随意里却透着一种理所当然的傲岸。

风惜云侧首看他，丰兰息也转头看她，目光相遇，两人皆是平静淡然，仿佛是两片静谧的湖，空明净澈，将对方映照得一清二楚。

良久，风惜云问他：“你为什么要当皇帝？”她语气平淡，平静地看着他，没有窥视，没有刺探，仿佛这只是他们之间一句再平常不过的问话。

“因为我会是天下景仰的好皇帝。”丰兰息答得也是平平淡淡，漆黑的眼眸幽深而明亮，仿佛夜空中嵌着的星子。

风惜云静静地看了他片刻，抬首望向夜空，繁星似锦，有的大，有的小，有的明亮，有的暗淡。她低头摊开手掌，细细看着，仿佛能从手上看到别人无法看到的东西，良久，她勾起唇角，缓缓绽开一抹极浅淡的笑："好吧，我帮你打下这个天下，结束这个乱世！"

闻得此言，丰兰息幽深的眼眸中闪过璀璨的星光，脸上缓缓绽开一抹浅浅的、柔柔的微笑。他伸出手，看着她："约定吗？"

风惜云看着他的手，伸出自己的手："约定。"

两人的手缓缓伸出，指尖轻触对方的掌心，然后慢慢移动，十指相扣，旋转回绕，而后手腕相扣……同样白皙、修长、高贵的两只手，此刻紧紧相缠，无声无息地举行了一个古老的仪式，代表着他们许下了至死不悔的承诺。

"乱世会在我们手上终结，我与你共享这天下！"手还缠在一起，丰兰息晶亮的眸子眨也不眨地看着风惜云的眼睛。

风惜云微微垂下眼帘，唇边闪过一丝笑，缥缈如夜风，显得寂寥苍凉，可等她再抬眸看来时，面上只有一个如常的微笑。

那一刻，在这两人刚立下盟誓的小小帐顶上，在这个有些闷热的夏夜，丰兰息蓦然觉得心头微凉，天地间忽然变得空旷寂寞，以至于那刻他不由自主地抓紧了风惜云正要收回去的手。

"嗞！"风惜云倒吸一口凉气，不明所以地看向丰兰息。

可丰兰息只是抓紧了她的手。

风惜云暗叹一声，然后瞪着丰兰息："黑狐狸，你再不放手，可别怪我用凤啸九天了！"

闻言，丰兰息松了一口气。这是她的手，这是她的眉眼，这是她才会说的话……心忽然变得充实温暖，他放开手，目光柔和地看着风惜云，面上缓缓地绽开微笑。

"你刚才干吗？我的手差点儿被你抓断了！"风惜云一边揉着手指，一边抱怨地看向丰兰息，恰恰看见他面上那抹淡柔若云的微笑，顿时一呆，怔怔地看着，然后靠了过去，伸手去摸丰兰息的脸，鼻子也嗅了嗅，喃喃地道，"是这味道，脸皮也没变，是黑狐狸，可是……"

"你干吗？"丰兰息手一伸，将几乎趴在他身上的风惜云推开，当那温暖柔软、带着淡淡幽香的娇躯离远时，他心头蓦然生出不舍，一时手顿住，按在风惜云的肩上，犹疑着到底是推还是搂。

"是黑狐狸没错。"风惜云语气很肯定，可依旧疑惑地看着丰兰息，"刚才的笑……"她用目光描摹着丰兰息的面孔，"你再笑笑，就刚才的笑。"

丰兰息不理她，抬袖拂了拂，似欲拂去身上残留的一丝淡香。

"黑狐狸，你再那样笑笑。"风惜云又凑近了他，伸手似乎又想摸他的脸。

"唉，女人，你还记得你是女人吗？"丰兰息长叹一声，抬手拂开她的手，无奈地看着她笑。

"又是这狐狸的微笑！"风惜云撇撇嘴，马上收回手，只是依旧盯着他，"刚才的笑很不一般。”

丰兰息微怔：“有什么不一般？”

“嗯，有什么不一般呢？唉，想不起来，啊呵——”风惜云打了个哈欠，“我困了，等我睡醒了再想，嗯……这样的夜晚就应该让星星陪着我睡。”

说着，她身子往后一仰便躺下了，翻个身，背对丰息睡去，可不一会儿她又转过身来，眼眸已闭上，头却熟门熟路地往丰兰息膝上一枕，手抓住他的衣袖往脸上一盖，迷迷糊糊地道：“黑狐狸，你替我赶蚊子吧，就算回报我替你打天下。还有……在他们醒来前送我回去……”

丰兰息静静地坐着，遥望远处。身旁传来风惜云平缓的呼吸声，她显然已睡着了。

夜风拂过，他低头看着膝上熟睡的人，脱下外袍，轻轻盖在她的身上，叹息一声：“也许上辈子，我们都欠了彼此的债。”

五月二十二日。

自昏迷中醒来的幽王召见驸马皇朝，二人密谈了约一个时辰，而后幽王召集此行随军臣将，当众将兵符交付皇朝。

五月二十三日，皇朝召金衣骑诸位将军于帐中议事。

五月二十四日清晨，天光淡淡，柳禹生静静地站在幽王金帐外，听不到帐中的只言片语，他心头焦灼，却又奇异地有着一种认命般的平静。忽然帐帘掀起，他抬目的瞬间，蓦然心惊。

皇朝穿一身紫甲，手提宝剑，昂首走出，目光看来时，有如冷电扫过。

“驸马。”柳禹生恭敬地行礼。

皇朝淡淡地颔首，然后大步绕过他，昂首走向等候着的金衣大军。柳禹生自后方看去，只见他身形挺拔如山，举止从容不迫，只一个背影，却带着种无法言说的傲岸与自信。

冀州世子，龙行虎步，王者之相。

那一刻，柳禹生心头畏惧之余，又莫名地生出想要追随这个背影的念头。

皇朝一步一步走向那金甲灿然的金衣骑，然后一手举兵符，一手举宝剑。

“勇士们，今日由我皇朝与你们并肩作战！这一战必要为主上报仇！必要大败风云骑以雪前耻！”

兵符的金芒与宝剑的冷光在晨曦里相互辉映，点亮了将士们的眼睛，他的身影昂然而立，如山岳般巍峨，他的声音明朗沉厚，字字传入将士的耳中，点燃了将士们胸膛里的热血。

这是一种很奇异的现象，眼前的这个人，只需一眼，只需一言，便可让所有的将士生出臣服、追随之心。他们只要看到他，身体里便涌出力量，跟随着他，这世间便由他们驰骋纵横，前方刀山火海、荆棘遍地，他们亦无所畏惧！

“我们追随驸马！我们要为主上报仇！我们要打败风云骑一雪前耻！”

霎时，万军响应，刀剑齐举。大地在那一刻都似被这震天的响声撼动，天空在那一刻似被这刀光剑影掩盖，天地间只余这遍野的金甲，以及万军之前那一道颀长挺拔的紫影。

而远远的，风云骑的营寨前，风惜云身着银甲立于军前，听着远处传来金衣骑响彻云霄的吼声，不发一言，只是伫立。而在她身前的四万风云骑也都静静地伫立，目光齐聚一点，望着他们心中最敬服的、胜过这世间一切男儿的女王，神情里有着誓死追随的决心。他们知道她一定会领着他们打败金衣骑！她会做到的，因为她是他们武功绝世的惜云公主，是他们青州继风王之后的女王——风惜云！

“驱除金衣骑！守家卫国！”

简简单单的九个字自风惜云口中吐出，她的语气平和沉稳，音色却清亮冷淡，响在每位将士的耳边，击在他们每个人的心头。

“是！”

霎时，千万将士齐吼。

那吼声雄浑，仿佛是世间最厚实、最牢固的城墙，任你有震天动地的力量也无法撼动分毫；那吼声又强劲，如世间最锋利的宝剑，任你有铜墙铁壁也会被它击毁！声音落下良久，回音却还在无回谷的上空回荡，仿佛要告诉前方的敌人：我们是不会被打败的！我们将打倒你们，赶走你们！

就在此时，双方阵营后，丰兰息与玉无缘分别登上了瞭望台。

咚！咚！咚！咚！咚！咚……

随着战鼓的声音，无回谷里战马嘶鸣，东边是银甲鲜亮的风云骑，西边是金甲明灿的金衣骑，彼此已摆开阵势，大战一触即发。

丰兰息望着瞭望台下方，扫视一番后，微微讶然：“这一战你出动了风云五将。”说着，他回头望向正拾级而上的风惜云。

风惜云走至他身旁，抬手遥指对面，道：“因为这一战的对手是皇朝！”金衣骑阵前有一人一骑格外突出，她远远地便能感受到那人的气势，而整个金衣骑亦因他透着一股锐利的杀气，不过换一个主帅，金衣骑的气势便完全不可同日而语。她目光再移，落在遥遥相对的瞭望台上，“而且在他的身后，还有一个玉无缘！”

“今天金衣骑很不一般。”丰兰息自然能看出金衣骑的变化，嘴角噙起一丝饶有兴趣的浅笑，“只因为皇朝领军就如此吗？果然是个好对手！”

“有的人天生就拥有让人无条件信服的力量，可以让人心甘情愿地臣服，舍命相随，皇朝就是那样的人。”风惜云目光落在金衣骑阵中最突出的那一骑上，语气中带着一种复杂的感情，“所以他才会拥有那样不可一世的自信与骄傲！”

“看金衣骑的样子，五万大军已尽在此，皇朝亲自领了最前的中军，左翼、右翼落后五丈，看来他是要与你一战决胜负。”丰兰息目中绽出一丝亮光，遥望金衣骑军阵最前方的那一骑，笑容中带着赞赏，“敢亲身领这实力完全不能与风云骑相提并论的金衣骑与你一战，皇朝果然是豪气万丈的英雄！”

“你们的不同也就在此。”风惜云侧首看他一眼，目中隐带讥诮，“他虽说自己不是英雄，却依然要行英雄事。”

“他是想做一个像威烈帝那样的雄主。”丰兰息淡淡地道，似对皇朝的英雄气概不以为然。

“威烈帝吗？……”风惜云眉尖微蹙，却不再说话，只是语气中颇有些未尽之意。

丰兰息看她一眼，然后将目光移向下方：“这一战能否见识到血凤阵的真正威力？风云五将齐出，齐恕为首，程知在左，徐渊在右，林玑在尾，而中枢——是修久容！为何不是六将之首的齐恕？”

“你觉得久容如何？”风惜云不答反问。

“内敛易羞，无论是外表还是言行，看起来都过于纤秀，只是……”丰兰息望着风云骑阵中心的那一点，“看他此刻，置身万军之中却是神情镇定，目光如剑，大将之才！”

风惜云一笑，显然对他的评价很满意：“风云六将中，论沉稳可靠首推齐恕，徐渊则心思缜密，行事周全，林玑箭术高超，体恤下属，包承、程知皆为以一敌百的勇猛之将。久容或许在某些方面不及他们，但他的将才是他们之中最出色的。”她目光扫向下方，对于风云骑摆出的阵形微微颔首，“再过两三年，久容必是我青州第一名将！”

“这一战你是在锤炼他？”丰兰息眉头一挑，望向对面，“只是……这次对手可是皇朝！”

“我当然知道。”风惜云哼了一声，望着下方。金衣骑不断前进，风云骑肃静以待，两军相隔十丈之时，但见金衣骑令旗一挥，兵将齐齐止步，她顿生感慨：“金衣骑有了皇朝果然不一样！”

而在下方战场上，皇朝正凝神望着前方不远处的风云骑，就算金衣骑已逼得如此之近，风云骑依然未动分毫，更未有丝毫慌乱，虽不动，却自有一种凛然气势，仿佛是一道刀锋筑就的墙壁，就算是守势，也透着锐利的杀气。

“他好像在等待什么。”丰兰息居高临下，自是将下方的动静看得清楚。

“在找出破绽前，他会等敌人主动出击；当他找到破绽，那必是一击必杀！”风惜云语气平静，但神色已变得肃然。

下方战场上，银色的风云骑就仿若一只敛翅昂首的凤凰，保持着它百鸟之王的雍容大气，静候敌人主动出击。而金衣骑在皇朝未有指示之时，也是伫立不动，仿若休憩的猛兽。

两军对峙，气氛凝重。

约莫过了一刻，金衣骑阵前的令旗挥动了，最先出击的竟是左右两翼。但见两翼疾速前进，似乎想包抄风云骑，当金衣骑左右两翼奔行至距风云骑不过五丈之处时，中军突然疾速前进，三军齐发，全速冲向风云骑。

在金衣骑中军出击时，风云骑终于动了，两翼如同凤凰猛然张开的翅膀，分别迎上金衣骑的左、右翼。金衣骑的中军直接杀向风云骑的中枢，风云骑的中枢眼见敌军杀来，令旗一挥，首军一扭，如同凤首摆动，避开了金衣骑的冲击，同时配合展开的左翼，围住扑入的金衣骑右翼。

“阵势变化真快！”丰兰息感叹的声音未落，下方风云骑阵势再变。

就仿佛凤凰蓦然探出双爪，爪上铮铮铁钩全都脱爪飞出——那是神弓队的箭——但见箭如飞蝗，疾速射向那迎面而来的金衣骑中军，凄声厉号里，那些冲在最前方的中军士兵纷纷倒下！而“凤凰”忽地张开凤尾翎羽，与右翅合围，直扫金衣骑的左翼，顿时，五万金衣大军全陷在风云骑的包围之中！

可是，就在凤凰逼近，要完成合围之际，阵中心余下的金衣骑中军后部，猛然弃中枢而回杀，直向凤首砍去！顿时，原本与左翅一起围歼金衣骑右翼的凤首，被金衣骑左翼与中军前后夹攻！而紧接着，原被右翅、凤尾半围住的左翼，忽然全速右转，加入中军，全力杀向凤首！

顿时，下方所有的厮杀便全在凤凰相合的左翅与凤首之上展开，风云骑、金衣骑你围我、我围你，全卷在一块，竟是不分前后左右，放眼望去全是敌人，一场混战展开。

这一刻，双方拼的不再是谁的阵更奇，谁的头脑更聪慧灵活，而是拼谁的刀更利，谁的动作更快，谁的力量更大，胜者才能杀敌最快、最多！

“被他算计了！”风惜云顿时变色，“好个皇朝！他根本不是要与我一战，更不是要破血凤阵！他不要胜负，只要以幽州这五万金衣骑与我风云骑死拼，唯一的目的便是重创风云骑！”说着，她忍不住一掌拍下，栏杆被她震得簌簌作响。

丰兰息此刻也看明白了，叹气道：“他不动用冀州一兵一卒，利用金衣骑重创风云骑，至此幽州二十万金衣骑被你斩杀了大半，而幽王已受重伤，幽州诸公子皆是庸碌之辈，于是幽州尽入他囊中！好个皇朝！”他言语间不禁喟叹。

“想折损我的兵力？我岂能让你如愿？！”风惜云的声音里带着秋霜般的肃杀之意，眼眸这一刻比千年雪峰还要冷，“五万金衣骑……我就如你所愿尽数折去！”语毕，她直冲下方叫唤，“久容，血凤凰！”

“是！”战场上传来凛然果断的声音。

然后，风云骑的中枢挥动白凤旗，霎时，银甲如洪峰滚动，噬血的凤凰猛然仰首长啸。被夹困的凤凰左翅、右翅同时张开，片片翎羽在阳光下闪着刀锋剑芒，双爪忽转变成凤首，凤尾忽转为凤爪，于是，一只巨大的凤凰重新诞生，周身燃着银色怒焰，闪着夺目的寒光！

“杀！”白凤旗挥动，血凤凰张开了噬血的翅膀与爪喙，狠狠地，毫不留情地扫向、抓向、啄向了金衣骑！而最初被金衣骑中军所困的首翼，顷刻化成利剑，直接地，稳稳地刺穿金衣骑中军！

那一刻，自上往下望去，看到的便是闪耀着银芒的凤凰，口衔锋利宝剑，疯狂地扫向金衣骑，张狂而狠厉的气势所向披靡。

那是一场血战！

本是红日当空，可无回谷里，黄沙漫天飞舞，刀剑交错挥砍，残肢抛飞，头颅滚地，鲜血淹没大地，嘶哑的、凄厉的、悲惨的呼喊声直冲九霄！

天为之昏，地为之暗！

神灵同悲，人鬼同泣！

那是人世间最惨烈的修罗场！

“竟是死战到底！”风惜云看着下方，眉头紧锁，目中闪过寒光，“只因皇朝在，金衣骑斗志不息？那我便将你们的斗志打下去！”她冷冷一笑，蓦然身形一闪，直往战场上的皇朝飞去。

几乎在风惜云飞身而起的同时，对面瞭望台上也飞出一道白色人影，不同的是，他的目标是半空的风惜云。

“白风夕对玉无缘吗？”瞭望台上，丰兰息见此微微一笑，语气中有着难以掩饰的兴趣，“不知这女子中的第一人对天下第一公子，谁胜谁负？”

于战场上飞掠而过的两道白影分别落于阵中一点，然后再次飞身而起，一个前冲，一个截击，两人之间的距离越来越近，七丈……六丈……五丈……四丈……

地上，风云骑、金衣骑在激烈交战，四周只有刺耳的刀剑交击声、震天的厮杀声……

半空中，两道白影越飞越近，漫天尘土里，一个银甲灿然，一个白衣飘飘，仿佛都忘记了周围的一切，只是一直往前飞去，眼睛只望着对方，仿佛永远也无法靠近一般的遥远，但偏偏又在一眨眼间就到了面前……

银光闪烁，风惜云的白绫若游龙飞出！

大袖飞扬，玉无缘并指如剑凌空射出！

“玉家的无间之剑！”丰兰息看到半空中玉无缘的手势，瞳孔收缩，手不由自主地紧紧抓住瞭望台前的护栏，“他竟然用无间之剑！”

风嘶剑啸声里，半空中的两声清叱仿佛是在告诉对方，又仿佛是在告诉自己，这都是彼此家传的绝世武功！这都是夺人性命的绝技！这一招使出……便再无回头之时！

白绫一瞬间化为九天的凤凰，挟风带焰，直飞而去！

袖袍飞扬间，剑指凌空弹出，剑气如虹，直射而去！

凤啸！剑鸣！

这两种声音就算在喊杀声震天的战场上也清晰可闻，只是下方的所有人已无暇顾及。

招式已攻向对方，而半空中，两道白影间的距离已在逐渐缩短，白绫直逼玉无缘的胸口，剑气直点风惜云的眉心……

近了，他们已可看清对方的眉眼，那一刻，他们忽然都微微一笑，笑得云淡风轻，无悲无喜……

却也在那一刻，他们胸腔里有什么停止了跳动，然后白绫下垂，从肋下穿过，带下一片衣襟；剑气一偏，从鬓角擦过，割下一缕长发，彼此身形接近，目光相对，唇角微弯，并肩，错身，各自飞落于阵中。

两人一个手握一缕青丝，一个手攥一片衣襟，彼此背对而立，不曾回身，亦不曾回眸。

“果然……都还是下不了手。”瞭望台上，丰兰息浅笑雍容，只是看着战场上的那两道白影，双手不由自主地握起，“可是，作为玉家人的玉无缘选择了皇朝，而作为风家人的你选择了我——那么你们迟早是要向对方出手的！”

战场上，周围厮杀声震天，有乱箭飞射，可于风惜云与玉无缘而言，这一刻是死亡般的寂静。

风惜云紧紧攥着手中那片衣襟，面上滑过什么凉凉的东西，心头思绪万千。

无缘，你竟是想与我同死吗？为何……最后还是没下手？为何从我见你的第一眼起，你的眼中总蕴着悲伤？玉家的人……无缘，你我便是这样的结局吗？

玉无缘垂眸看着掌中那缕青丝，这是从风惜云鬓角割下的，差一点儿就……他蓦然合掌，往昔无波的眼中此刻泛起涟漪。

玉家的人一生都无爱无憎，玉家的人一生都有血无泪……风夕，这便是作为玉家人的我与作为风家人的你……的宿命！

青丝在他的掌心化作粉末，和着手心那一滴微热的水珠落入尘埃，就如同他那微薄可怜的情爱。

她的手终于松开了，那一片衣襟飘落于血色的土地，再被风一卷，刹那便失踪迹，就如同她那茫然难辨的心意。

第二十三章　道是无缘何弄人

厮杀还在继续，人间的炼狱真实地呈现于无回谷里，血气弥漫在山谷上空，惨叫与杀戮之声直冲云霄，刀与剑挟着血光挥动，长枪回拨带起敌人的血肉，遍地都是金甲的尸身与断肢，却也掩不住那些银甲的亡魂……

战场中，风惜云与玉无缘依旧木然地立着，任刀剑擦身而过，任流矢在周围坠落，他们仿佛雕像般痴立。

而在金衣骑阵中，一直伫立不动的紫影蓦然动了，如雄鹰展翅，直扑风云骑中枢白凤旗下的那一人。

风中传来的剑啸声惊醒了风惜云。

“久容闪开！”焦灼的喊叫声里，她猛然飞起，如离弦之箭直追紫影而去。

而痴立着的玉无缘这一次并未拦截她，转身往回走，穿过刀林箭雨，跨过地上的死尸残肢，蹚过浓郁黏稠的血，一袭皎洁的白衣，翩然似从天界飘来的使者，白玉般无瑕的俊容上是深切的悲怜，双眸里闪过无奈与慈悲，最后却只是一步一步地静静走过。

他跨越地狱，用这些生命，用这些鲜血，换取另一个百年太平。

凤旗之下，修久容高高地立于马背之上，挥舞着手中的大旗，策动着风云骑的阵势与攻击。

当那抹紫影挟着冷电直击而来时，他并未闪避，反而高举手中凤旗凌空一挥，他身前的风云骑霎时向两面散开，避开紫影手中宝剑挥出的凌厉剑气，剑气在黄沙地上划出一道深深的长沟！然后紫影手臂再次高高扬起，那一道冷电挟着雪亮的剑芒再次击向凤旗下的修久容！

那一剑，锋利得仿佛可刺破一切障碍！

那一剑，霸气得仿佛可劈天裂地！

黄沙避锋而飞，就连风也为之疾逃！

这是他无法躲避、无法抵挡的一击！

修久容仰面睁目，静静地迎接着阳光下灿烂炫目、美妙绝伦，要将他一分为二的一剑！

那一刻，他脑中闪过最后的念头：主上，久容永远效忠于您，直至我魂飞魄散！

皇朝傲然地扬起嘴角，手腕直挥而下，带着决绝的霸道与狠厉——风云骑的主将必要毙于此剑！

“久容！”

一声急切的呼唤传来，随即一道白绫如电横空切来，截住了凌空挥下的那一剑，那凌厉无匹的一剑便在距离修久容面孔半寸之处停顿！

皇朝与风惜云同时从半空中落下，剑与白绫还缠在一起，回首看去，只是一眼，彼此心头都是一冷。

皇朝从未见过这样的风夕，冷若冰霜，全身散发着肃杀之气。他握剑的手忽然一软，心仿佛被什么刺了一下，隐隐作痛。他蓦然想起那晚他求娶她，而最后，她留下一句“可惜朋友很少会有一辈子的”。

原来……风夕，你我的情谊竟这般短暂。

丰兰息与我，你选择了他，从今以后，皇朝于你就只是敌人了吗？

“主上……”

一声轻吟出自修久容之口，他睁开眼，鲜血流进眼睛里，模糊了他的视线，面孔上传来剧痛，仿佛有什么在撕裂着他的脸，模糊了他的意识。他使劲地眨着眼睛，终于……映入眼中的是身着银甲的修长身影，他心一安，沉入黑暗之中，手却还紧紧地抓着白凤旗。

“久容！”风惜云迅速伸手接住从马上一头栽下的修久容，低头看去，蓦地紧紧咬唇，心头一阵疼痛。

这张脸……久容的脸已经被那一剑毁了！

她截住了那一剑，却未能阻挡那一剑所附带的凌厉剑气！

剑气从他的眉心、鼻梁直划而下，生生将他的脸一分为二！

久容……

她心头悲愤，抬首望向皇朝，眼中犹带愤恨，可看到对面那人失落与萧索的神色，心头又是酸涩。

皇朝，这便是我们的命运，生逢乱世……这是生在王室的我们无法避开的宿命！

“皇朝，还记得那夜我说过什么吗？”风惜云的声音清清冷冷。

皇朝点头，金眸已恢复清醒，似乎依然明亮骄傲。他微微勾唇，想似以前那般轻松地笑笑，给朋友的最后一个笑，可是怎么也无法笑得轻快。

这一刻，骄傲如他，亦满腹悲凉。

“很少有永远的朋友。”风惜云的声音低沉却清晰地传入皇朝耳中，她垂首看一眼怀中的修久容，再抬首时，眼眸如冰霜般寒冷，环视整个战场，站立着的遍是银色的士兵，金色已极淡极浅，“这一战，我赢了，你也赢了！”

“是的。”皇朝点头，并没有发现自己的声音低沉得近乎绝望。

“可是……我们也都输了。”风惜云的目光终于再次回到皇朝身上，眸中有着凄厉的痛楚。

“是的。”皇朝轻声应着，似乎怕声音稍大一点儿便会让两人之间那些裂缝更大，可他知道，那些碎裂的东西永远也无法恢复如初……何况那是他亲手击碎的！

风惜云手一抬，将缚住皇朝宝剑的白绫收回腕上，抱起修久容，足尖一点便飞身远去，“再见时，你我或许只能存一！”

五月二十四日晚。

天气依旧闷热，就算到了晚上，热气也并未收敛，夜空上无星无月，只余黑压压的云层。

青王帐中燃着数盏明灯，照得帐内明亮，风惜云正凝神看着面前的一堆折子，丰兰息则悠闲地坐在她对面，浅笑雍容地把玩着桌上的玛瑙镇纸。

“久容的伤势如何？”风惜云忽然问道，眼睛依旧盯在折子上。

“我的医术虽比不上君品玉，他那点儿伤还是医不死的。”丰兰息弹弹手指，“只是……”他语气一顿，望向风惜云。

风惜云抬眸看他一眼：“他那张脸已经毁了，是吗？”

“是呢，真是可惜了那么漂亮的一张脸。”丰兰息语气里有着惋惜，脸上却未带丝毫同情。

“能活着就是最好的了。”风惜云淡淡地道。

“活着嘛，确实是好事，只是有些人……或许会觉得生不如死。”丰兰息似乎话里有话。

风惜云却未再理会他，专心看着折子，丰兰息也不再说话，目光落在风惜云身上，隐隐带着一种探究的神色，只是当风惜云偶然抬首之时，他的目光又变得幽深难测。

两刻钟后，风惜云放下手中的折子，抬手揉揉眉心，身子后仰倚入椅背中。

“这一战如何？”丰兰息忽然问她。

“还能如何？虽伤敌一千，却也自损上百。”风惜云叹气。

丰兰息闻言轻笑：“五万金衣骑折损了四万，胜的还是你。”

“皇朝的目的算是达成了四分之三！”风惜云按着额头，“折金衣骑，探血凤阵，再小伤我风云骑元气，接下来……”

她正说着，帐外忽地响起齐恕的声音：“主上，晏城急报！”

风惜云目光一闪，坐正身子道：“进来。”

话音刚落，帐帘被掀起，齐恕扶着一人疾步走进。

“主上，晏城为冀州争天骑所破！”被齐恕扶着的人一入营帐，便倒头跪趴在地上。

“什么？！”风惜云霍然起身，看到地上那个全身似被血染成的人，“晏城被争天骑夺了？”

“是！”那人垂首，哑声答道，“冀州派五万大军攻城，包将军……包将军殉城了！”

“包承……”风惜云眼前一黑，若非身后有椅子，她差一点儿便跌倒在地。稳住身形后，她看向那人，“你起来答话。”

“谢主上。”那人抬头站起身来。

只一眼，风惜云已看清他的面容，这确实是包承的亲近部下，满脸的血污与尘土，眼睛里尽是焦灼与痛苦，身上显然有多处伤口，却都只是草草包扎。

“就算是冀州出动争天骑攻城，但晏城有风云骑五千，再加禁卫军五万，又有包承坐镇，绝不可能被其轻易攻破。”风惜云眉头紧皱，“为何晏城会被夺了？”

“主上，本来李将军与包将军同守晏城，争天骑是绝无可能破城的，但李将军听说主上被幽王追至无回谷，因此不顾包将军阻拦，率五万禁卫军擅离晏城，想去无回谷助主上一臂之力。谁知李将军一走，争天骑便来围攻晏城，晏城守军不过一万，包将军知敌众我寡，一直坚守不出，但……但……争天骑里有将领箭术如神，那天包将军于城头指挥时被其一箭射中，包将军……包将军就……”那人哑着嗓子，声音里满是沉痛与愤恨，肩膀不住地抖动，一双手痛苦地痉挛着。

听罢，风惜云眼中已是水光浮动，双拳紧握：“李羡……李羡你竟敢违我军令！”

“主上，包将军临死前嘱咐臣追回李将军，臣一路疾驰，在俞山下追上了李将军。李将军一听晏城被围，慌忙折回，谁知……谁知中途就碰上了破晏城后追赶而来的争天骑……禁卫军……五万禁卫军几乎全军覆没，李将军也生死不明！”

那人一口气说完又跪倒在地，不断叩首，地上很快出现一片红色。

“主上，臣未能守住晏城，未能保护好包将军，臣自知万死不足抵罪！但臣求主上……求您一定……一定要为包将军报仇！包将军身中六箭依然坚守于城头一天一夜……就想等来援兵……谁知……谁知……”

那人说至此处已哽咽难语，整个王帐中只有他悲痛的啜泣与隐忍的吸气声。

“包承……孤的猛将包承！”风惜云眼中滴下泪来。

帐中霎时一片凝重。

片刻后，风惜云才再次出声问道：“依你估算，争天骑离无回谷还有多远？可知领兵之将是谁？”

“回禀主上，臣大约领先一日路程。”那人依然跪在地上，“争天骑的将领戴着青铜面具，不知其貌，但其身后的旗帜上是‘秋’字，而且箭无虚发，臣以为必是那霜羽将军秋九霜！”

“领先一日路程？霜羽将军秋九霜？”风惜云目光微闪，然后唤道：“齐恕！”

“臣在！”一直强忍悲痛、垂首静默的齐恕马上应道。

“先带他下去疗伤。”风惜云沉声吩咐，“召林玑、徐渊、程知三人即刻前来！”

“是！”齐恕扶那人离去。

等帐中只余两人时，一直安坐于椅中沉默着的丰兰息忽然开口：“好厉害的皇朝。”

“我千算万算，独独算错了李羡！”风惜云负手望着帐顶，声音沉重哀凉，“想他虽为禁卫军统领，但近十年来声名一直被风云骑众将所压，想来不甘就此沉寂，闻我‘逃’至无回谷，想着率禁卫军赶来‘助阵’，打败金衣骑以重振他大统领的威名！我……竟忘了人对功名利禄的执着！”她说至最后一句，语气已从沉重转为自责与自嘲。

“现在对面的金衣骑虽只余一万，但主帅可是皇朝，而且玉无缘一直未曾出手，风云骑又伤了元气，若有妄动，只怕……”丰兰息说至此处停下来，看着风惜云，目光中含着淡淡的关怀，“而追击而来的争天骑竟有五万，必是要来无回谷，到时……”

“到时无回谷里有五万争天骑加一万金衣骑，我必败无疑！”风惜云冷冷地说道。

“必须阻住争天骑，否则你与幽王之战就要前功尽弃。”丰兰息微微叹息，“只是要阻住五万争天骑可非寻常人能做到的。”

风惜云沉默。

过了半晌，她望着丰兰息，道：“无回谷的四万风云骑调出一万，我亲自前往阻击争天骑，决不能让他们踏入无回谷！”

丰兰息闻言眉头一挑：“你亲自去？风云五将虽也是英才，但与皇朝、玉无缘一较，可还差了一大截！”

“我当然知道。我可没说无回谷由他们镇守。”风惜云牢牢地盯着他。

丰兰息被她一盯，顿时明白她的意思，不由得苦笑：“早知道我就不来青州了！”

“是你自己死皮赖脸地要跟来的，我又没请你！”风惜云冷哼一声，“你吃我的、用我的，也得回报些，我走后，这无回谷就交给你了！”

“你怎知我守得住？”丰兰息淡淡地道。

“你若想要风云骑、想要青州，那就好好守住吧。”风惜云同样淡淡地道。

话音落下，齐恕已领徐渊、林玑、程知三将到来，想来齐恕已告知他们晏城之事，三人都满脸沉痛与悲愤。

“主上，请派臣领兵前往拦截争天骑！”四将皆请命。

“你们要留守无回谷。”风惜云摇头，“争天骑由孤亲自前往阻截！”

“主上……”齐恕忍不住开口。

风惜云抬手示意他不要多说，望一眼丰兰息，唤道：“齐恕、林玑、程知听令！”

“臣等听令！”

风惜云沉声道：“即日起，你们协助兰息公子镇守无回谷，孤不在期间，一切听命于兰息公子！”

三将对视一眼，躬身道：“臣等遵令！”

“徐渊。”

“臣在！”

“你去点齐一万精兵，半个时辰后随孤出发！”

“是！”

“你们退下吧。”

“是！”

待四人都退下后，丰兰息才道：“你只领一万人够吗？要知道那是五万争天骑，可不是金衣骑！”

“呵……你在担心我吗？抑或在担心这一万风云骑将随我一去不返？”风惜云睨他一眼，似笑非笑。

“嗯，我担心那一万风云骑。”丰兰息点头，同样睨一眼风夕，“至于你，何须我费心？”

风惜云唇角一勾，似想笑却终究未笑出来，转身掀帘而出，帐外是黑漆漆的天空，她轻揉眉心，长长地叹了一口气。

“看这天气，怕是有雨来。”丰兰息在她身后道。

“有雨？”风惜云目光一闪，然后微微一笑，抬手召来一名士兵，“传孤口令与徐将军，每名士兵都须带上两件兵器！”

“是！”

金衣骑营帐中，皇朝看着手中的信，面露微笑。

玉无缘捧着一杯清茶，淡淡地道：“一切似乎都在你的算计之中。”

“因为我势在必得！”皇朝抬首，褐金色的眸子光亮无比。

玉无缘闻言目光扫向他，静看他片刻，才轻轻地开口：“这世上，无论你得了多少，总有些是得不到的。认清了这个理，倒还能活得轻快些。”

皇朝闻言静默不语。

“皇朝，”玉无缘垂眸看着杯中忽沉忽浮的茶叶，“有时人算不如天算，而且……有时算计太多，反会为算计所累。”

“你想告诉我什么？”皇朝目光定在玉无缘身上，“还是……有何不妥之处？”

“我只是想提醒你，他们不但是风惜云、丰兰息，还是‘白风黑息’，他们……”玉无缘的眼神又变得缥缈，他仿佛正透过杯中的茶注视着另一个遥远的空间，“他们不同于你以往的那些对手！”

皇朝颔首：“我当然知道他们不可小觑，所以我才会如此费尽心神！”

青王帐前，徐渊躬身禀报：“主上，一切准备妥当！”

“嗯。”声音响起的同时，帐帘掀开，走出一身银甲的风惜云。

帐外，左边齐恕、程知、林玑与徐渊并排站在一处，右边站着丰兰息，比起其他人严肃的神情，他轻松悠闲得不像话，脸上一直挂着笑容。

“主上。”

“主上。”

齐恕和林玑同时开口，不过还没说话，程知一个大步上前，粗嗓门一开声音便盖过其他人：“主上……”

一身铠甲的风惜云别有一种威仪，目光一转，便让程知自动咽下了后面的话。

“何事？”风惜云问他。

“主上，”程知瞄了瞄风惜云身后的徐渊，抓抓脑袋，然后一鼓作气地道，“主上，你怎么不带臣去，干吗带这个徐温暾去？”

“扑哧……”风惜云闻言轻笑，目光扫扫身后的徐渊，见他依旧面无表情，连眼皮都没抬一下。

程知见风惜云只是笑，并未斥责，遂再次大声道："主上，他干什么都是慢吞吞的，还老挑剔得像个女人，此去阻截争天骑，您应该带我老程去，我保证杀它个片甲不留！"

他粗豪的声音让帐前的一干将士听得清清楚楚，大家都心知肚明，抿嘴偷笑，本来冷肃的气氛也因他这几句话而轻松了几分。

风云骑的将士们素来知道性格直率、快人快语的程将军与冷面深沉、行事缜密的徐将军是风云骑里的一对冤家，总是相互看不顺眼的。

他们一个嫌对方太过草率粗暴，手脚动得总是比脑子快，做事顾头不顾尾，毫无一国大将应有的从容风范；另一个却嫌对方太过深沉讲究，一件事总要左思右想，做起事来瞻前顾后、温温暾暾，毫无男子汉大丈夫应有的豪爽气概！

"程知！"一旁的齐恕拉了程知一下。

谁知程知见风惜云与徐渊都不说话，只是转身上马，不禁着急了，手一挥甩开齐恕，快步上前，一把拉住徐渊的马缰："死温暾，你手脚总比别人慢，说不定会被那个叫什么秋九霜的娘儿们一箭射下马来，你还是下马让我老程代你去！"

"让开！"徐渊只是冷冷地吐出两个字，面上倒没露出生气的表情。

"主上！"程知转头看向风惜云，就盼她能改变主意。

"程知，这是军令！"高居马上的风惜云却只是淡淡地吐出这一句。

"是！"程知垂首答应，无可奈何地放下缰绳。

马背上的风惜云与帐前的丰兰息遥遥相视，片刻后都微微一笑，一切尽在不言中。

"出发！"

风惜云一扬马鞭，白马撒蹄奔驰，身后几名亲卫相随，而那一万将士早已悄悄地潜出谷，在前方等待。

徐渊抽出马鞭正要挥下，程知的叫声响起："你看你，徐温暾就是温暾，人家都走了，就你落在后面！"他扬起硕大的手掌狠狠地拍在徐渊的马屁股上，那马顿时嘶鸣一声，张开四蹄飞驰而去。

"蛮牛！"徐渊的马已跑远了，声音却清清楚楚地传来。

"什么？你这死温暾竟敢骂我是蛮牛！"程知跳着脚，扯着嗓门大叫道，"死温暾，你别老是慢手慢脚的，小心被那个秋九霜一箭射个大窟窿！记得留着小命回来，老程我还要找你算账的！"

话音未落，程知就听见身后传来林玑不冷不热的声音："你关心他就不会委婉一点儿吗？有必要张扬得所有人都知道吗？"

"我哪有关心那个死温暾！"程知闻言赶忙收回遥望的目光，恶狠狠地反驳。

"那你何必要他留着小命回来？"林玑的声音不大不小，刚好够帐前所有人听到。

"我……我要他留着命……"程知黝黑的脸在灯火下也看不出到底红了没，支吾了半天，最后终于想到了一个理由，"我是要他留着命回来照顾妻儿……"

"你脑子糊涂了吗？"林玑不待他说完就打断他，目中皆是戏谑，"我们之中好像只有你才有妻有儿！"说至最后林玑故意放慢语速，一字一顿地说。

“我……你……你这小人！”程知恼羞成怒，一双巨掌拍到林玑肩上，似想把个子比他矮了一头有余的林玑一把捏碎。

“蛮牛就是蛮牛，脑子都转不过弯的！”林玑拂了拂肩膀，拂开了双肩上那两只巨大的手掌，“懒得理你。”

他说完即转身向丰兰息行了个礼：“兰息公子，林玑暂且告退。”在丰兰息颔首应允后，他大步离去。

“你……你这个小人！”程知望着他的背影叫道，奈何林玑根本不予理会。

“他虽个子没你高大，但跟大家比起来，他的身材可要正常多了。”齐恕上前高抬手臂拍拍程知的肩膀，抬头和他说话，“蛮牛也没什么不好，要知道大家都很喜欢牛的，老实好欺。”说完齐恕也向丰兰息行了个礼，然后抬步回营。

待反应慢半拍地想清齐恕的最后一句话时，程知不由得高声叫道：“老大，你也欺我！”只是眼前哪里还有人影？

“哈哈哈哈……”他身后传来丰兰息的大笑声。

“公子……我……嗯……他们……”程知转身看着丰兰息，满脸通红，很不好意思地抓挠着脑袋。

“程将军也回营休息吧。”丰兰息并不为难他。

“是！”程知躬身答应，然后大步回营。

“已是丑时了吧。”丰兰息抬首环顾四周，营中风云骑的将士早已巡守的巡守，休息的休息，偌大的营盘一下子安静至极，蓦然有夜风拂过，带起一阵凉意，“起风了。”他伸手微张五指，似想挡住风，又似想抓住一缕风，“或许真的要下雨了，却不知这天是助你还是助他？”

浓重的夜色里，响起的不是蛙鸣虫唱，远远而来的光点也不是萤虫，那是万军齐步、铁骑踏响大地的雷鸣声，那蜿蜒而来的火龙是将士手中高举的火把。

“徐渊，传令下去，停止前进！”大军最前方，风惜云猛然勒马。

“是！”徐渊应道，转身吩咐传令兵传下命令。

风惜云下马，借着火把的光亮打量着四周的地形，然后蹲下身来触摸地上的泥土。

“主上，这里是鹿门谷。”徐渊道。

“嗯。”风惜云站起身来，“现在是什么时辰？我们一共奔行了多少里？”

“寅时过半，共奔行二百五十里。”徐渊答道。

“寅时……二百多里，争天骑的速度不会比我们慢。”风惜云略略沉吟。

正在这时，一阵狂风吹起，将士们手中的火把全部被吹灭了，周围顿时一片漆黑，但鹿门谷内所有的士兵并未有丝毫慌乱，依旧原地静立，若非偶尔的马嘶声，谷中安静得让人几乎察觉不到这里停驻了一万骑兵。

“主上，起大风了，看来要下雨了。”徐渊抬头望了望天。

风过之后，众人适应了黑暗，甚至在微弱的月光里还能依稀看见身旁的同伴。

“不是看来要下雨了，而是肯定会有一场暴雨。”风惜云仰望夜空，漆黑的天幕上没有半点儿星光，但她的双眸闪亮如星，在这漆黑的夜里闪着灼灼光华，“暴雨来得急也去得快！”

她蹲下身抓了一把泥土，手指搓着泥土，凑近鼻端闻了闻：“这鹿门谷两边地势高，下雨时雨水皆往中间流注，以至于谷中泥土松软。”她抬头吩咐，“点两支火把过来。”

马上便有士兵点燃了两支火把，风惜云接过，飞身立于马背上，居高临下地扫视着整个鹿门谷。她手一扬，一支火把从半空中飞过，画出一条红色的弧线，然后稳稳落地，插在东边的泥土中，接着转身，手再扬起，另一支火把也从半空飞过，稳稳地插进西边的泥土。

“徐渊，传令下去，将士兵分两批轮流，五千举火把，五千拿备用兵器掘土，就以这两支火把为界，需两尺深，十丈宽，只有一个时辰，要快！”风惜云下马吩咐。

“是！”

片刻后，所有将士下马，一半举火把，一半以兵器为锄掘地，井然有序，动作利落。大风时有时无，火把被大风吹熄后马上又被点燃，掘地的士兵手不停歇，必要赶在一个时辰内完成。

约莫过了半个时辰，空中开始稀疏地落下大颗大颗的雨珠，砸在脸上凉凉的，且微微作痛，大部分火把已被淋湿，黑夜中只有士兵掘地的声响以及狂风的呜咽声。

又过了半个时辰，黑暗里响起风惜云的声音：“停止掘地，上马，退后十五丈隐蔽。”

命令刚下，大雨已倾盆洒来，挟着狂风，将谷中的风云骑淋了个透。黑夜之中，只能听到雨水砸在大地上的声音，两旁坡地已有泥水哗啦啦流下，狂风呼啸，战马嘶鸣，除此以外，鹿门谷内是静止的。

当狂风暴雨稍缓之时，黑压压的天空似被雨水洗清了，终于露出一抹淡淡的白色，四周也能影影绰绰地看个大概。所有的风云骑将士静静伫立，只是紧紧握住手中刀剑，目光一致地看向最前方的那一骑，白马银甲，修长挺拔，那是他们的主上，和他们一样任狂风暴雨吹打的主上！

“现在是什么时辰了？”风惜云问身边的徐渊。

“回禀主上，现在是卯时一刻。”徐渊抹去脸上的水珠答道。

“火石可有存放好？”风惜云回首看他，那双眼眸仿佛被雨水洗过，格外清亮幽深。

“臣没有忘记主上的吩咐。”徐渊抚着铠甲下被保护得好好的火石。

风惜云凝神侧耳听着风送来的声响，过了片刻，星眸灿然一亮，然后下令：“孤火箭射出之时，万箭齐发！”

“是！”

过得半刻，嗒嗒嗒嗒的声音远远传来，幽蓝的天空上泛着微微晨光，这一刻的天地晦暗模糊。

一万风云骑静静地藏身于这片混沌之中，目光炯炯地注视着前方。

远远地已见火光，马蹄声已回响在耳边，又过得片刻，风云骑的将士便望见前方一片黑云卷地而来，那样迅疾的速度、雄壮的气势，无不昭示着这是一支雄武的铁骑——冀州的争天骑！

“来势越猛越好！”风惜云的声音轻似呢喃，眼睛紧盯前方，当第一声战马的惨嘶鸣响时，她镇定地伸手，“火箭！”

早已准备好的徐渊马上将点燃的火箭递给她。

风惜云接箭，拉弓，射出，动作干净利落，一气呵成！

那一支火箭划破阴暗的天空，直往前射去，而同时，前方响起了一片马儿的惨啸嘶鸣声，以及士兵坠马的惊叫声……

薄薄的晨光仿若被那一束火光点亮，数十丈外，那被风云骑掘松的泥土被暴雨淋湿后，成了黏稠的泥潭，陷进了满坑的争天骑！

火光瞬间就熄灭了，阴暗的环境之中，风云骑的铁箭便如刚才的暴雨一般又急又猛地射向对面的争天骑！霎时只听得一片惨叫声，不论是陷在泥潭中的，还是后面疾速奔来的争天骑……眨眼间便被这一阵箭雨射下了大半！

凄厉的惨呼声还未停止，火箭又挟着明亮的光芒射向另一边，于是暴雨似的飞箭紧跟着射出，又是一片凄厉的叫声。

火箭不断射出，铁箭不断跟随，阴暗的山谷之中，还未回过神、一时不能分辨方向的争天骑大片大片地倒下，而陷入泥地的更是无一生还！

箭雨稍停，曙光终现。

鹿门谷渐渐清晰地出现在两军眼前，但见那数十丈的洼地中陷满了战马、士兵，浮在最上方的是散落的头盔与刀剑，鲜红的血和着黄色的泥，托起一片幽紫的尸骸，雨水还在慢慢地顺着山坡流下，冲淡那片血色。

而隔着这数十丈的距离，一边是银甲的风云骑，一边是紫甲的争天骑，相同的是他们的铠甲皆被雨水洗得发亮，不同的是银甲大军镇定地伫立，手中刀剑出鞘，杀意凛然，似只待一声令下，他们即可将敌人杀个片甲不留！而紫甲大军神情震惊，难以置信地看着面前的泥地，那里倒下了他们大半兄弟，他们都不敢相信战无不胜的争天骑竟会有此刻这样的败绩！

争天骑最前方伫立着一员将领，对于眼前的一切显然也未曾料到。他不曾料到风云骑来得这般快，也不曾料到风云骑会在鹿门谷设伏，更不曾料到老天站在风云骑这一边！他扫视一圈，然后目光冷厉地望向对面的风云骑，手中宝剑高高扬起，往前利落地一挥！

“杀！”

霎时，余下的争天骑全部冲杀过来，泥地已被他们的兄弟填平，他们纵马而过，高举手中刀枪，没有任何言语，却有着冲天的气势！他们以行动表明他们的愤怒与仇恨，每个人都圆瞪双目，紧紧地盯着前方那一片银色，只有让那银色染上鲜血的颜色，他们的怒与恨才能消！

那刻，风云骑最前方的一排向两边分开，风惜云单骑上前，目光冷冷地盯着那直冲而来的争天骑，盯着冲在最前方的那一员将领，那名将领的脸上果然戴着一个青铜面具。

“这一战，老天是站在我风惜云这边的！”她低喃一句，然后用力拉开弓弦，瞄准那冲杀而来的冀州将领，“秋九霜吗？包承，看我为你报仇！”

嗖！箭如冷电射出，划破曙色，割破晨风，直射向那冀州将领。冀州将领瞅见飞射而来的那道冷电，依然纵马飞驰，手中宝剑高高举起，然后凌空斩下，将那迎面而来的长箭一斩为二！但……这是挟着风惜云全部功力的一箭！这世上能将这一箭之势斩断之人，屈指可数！

箭被斩断，箭羽坠落，但箭头依然挟势飞射！

当箭尾还在空中飘摇之时，箭尖已射穿青铜面具，正中那人眉心！

“冀州的五万争天骑，就埋葬在这里吧！”风惜云放下长弓，手利落地挥下。

顿时，所有的风云骑杀出，迎上那直冲而来的争天骑残部！

那名中箭的冀州将领身躯晃了两晃，却终是没有摔下马背，然后他慢慢抬首，将目光投来。那样的目光，悠长深远，穿过那片泥地，穿过所有的刀光剑影，穿过血淋淋的厮杀，然后轻柔如羽般静静地落在风惜云的身上。

刹那间，风惜云周围的厮杀、叫喊声全都消失了，脑中有什么在轰然倒塌，乱糟糟的，耳边雷鸣阵阵，仿佛有什么可怕之事发生了，一股巨大的恐慌感突然攫住风惜云的心！

不！那是……不……绝对不是……

那丑陋的青铜面具裂开，分成了两半，缓缓滑落，面具后的那张脸就那样暴露于晨光里，端正英挺，平静无悔，甚至还带着一丝满足的微笑。他目光温柔地凝视着前方，凝视着前方满目震惊的风惜云，眉心的血丝丝缕缕滑下，滑过眼，滑过鼻，滑过脸，滑过唇……

“不……”风惜云手中的弓掉落在泥地里，她眼睛睁得大大的，眼珠定定地望着前方，脸一片煞白，嘴唇不断哆嗦，双手痉挛，“不！”

第二十四章　仁心无畏堪所求

《东书·列侯·青王惜云传》中，那位号称“剑笔”的史官昆吾淡也不吝赞青王风惜云“天姿凤仪，才华绝代，用兵如神”。她一生经历大小战役数百场，几乎未有败绩，与同代之皇朝、丰兰息并称“乱世三王”。但不论是何等惊天动地的战斗，到了惜墨如金的史官笔下，也只是三言两语。

景炎二十六年五月二十五日，风惜云于鹿门谷内以一万之众全歼冀州五万争天骑。这以少敌多并大获全胜的一战，史书上除却简略的记载外，还留下了这样一句：青王射敌将于箭下以定胜局，然半刻里神痴智迷，险遭流矢！

这句话给后世留下了一个神秘的谜团：那一战里到底发生了什么使得风惜云“神痴智迷”？

体贴的人猜测说，那是因为急行军一夜后又遭暴雨浇淋，青王身为女子，身体素来羸弱，当是病发所致；浪漫的人则猜测说，青王一箭射死的戴青铜面具的将领与其有情，是以心神大恸；还有些离谱的猜测说，那一战里青王杀人太多，惹怒上苍，因此遭了雷击以致神志不清……

无论那些人如何猜测，也无人能确定自己所猜为实，就连那一夜跟随青王出战的风云骑都不知他们的主上为何会有那种反应，只知那一战之后，他们的主上很久都没有笑过。

五月二十六日丑时，风惜云抵晏城。

五月二十七日辰时，风惜云攻晏城。

当日申时，晏城破，风惜云入城。

晏城的郊外有一座小小的德光寺，僧人们在争天骑攻破晏城时便逃走了，偌大的寺院此时一片空寂。

风惜云推开虚掩的寺门，穿过院子，一眼便看到佛堂正中摆放的一副薄棺。

她抬步跨入佛堂，看着那副薄棺，眼睛一阵刺痛。

立于棺材前，她抚着冷硬的棺木，恍然间想起了少时与包承的初遇。少年的她游走在青州王都的小巷里，然后一个黑小子追上来，黑脸肿得高高的，棕眸里却燃着不屈的怒火，叫嚷着："你别跑，还没打完呢！再来，这回我定能赢你！这回咱们比力气，你要是还赢了我，我就一辈子都听你的……"

"包承……"风惜云眼前模糊，声音沙哑。

门口忽然传来轻响，难道是包承的魂魄知晓她来了特地现身相见？风惜云猛地回首，淡薄的曙光中，一个年约十五的小和尚抱着一捆干柴站在佛堂前。

"女……女施主……"小和尚呆愣愣地看着眼前这个立于棺木前的人，虽为女子，却一身银甲，难道是个将军？她脸上犹有泪痕，定是刚才哭过了，是为包将军哭的？那她应该是个好人。

"你是这寺中的僧人？"少顷，风惜云恢复了平静。

"是的，小僧仁诲。"小和尚放下干柴，向她合掌行了个礼。

"包将军是你收殓的？"风惜云低头看着棺木，眼神一黯。

"是的，小僧去找冀州的将军，想收殓包将军的遗骸，冀州的将军答应了。"仁诲也看着棺木，"小僧无能，只找着这副棺木，委屈包将军了。"

"城破时你没有逃走吗？小小年纪，竟也敢去收殓包将军的遗骸。"风惜云打量着小和尚，他穿着灰色旧僧袍，样貌朴实，无甚出奇之处，唯有一双眼睛纯然温善，那样的眼神让她想起了玉无缘，"你不怕死吗？"

"住持吩咐小僧留下来看护寺院，小僧自然要留下。"仁诲被风惜云盯得有些不好意思，低下头，摸摸自己光光的脑袋，然后抬首看她一眼，小声地道，"冀州的人也是人，小僧不为恶，他们不会无故杀害小僧的，而且他们说包将军是英雄，所以将包将军的遗骸交给小僧安葬。"

风惜云深深地打量着小和尚，最后微微颔首："仁诲，好名字。"

仁诲听到风惜云赞他，不禁咧嘴一笑，敬畏的心情稍稍缓和。

这时，寺外传来一阵急促的马蹄声，然后便见徐渊疾步跨入寺门，身后跟着上百风云骑的将士，待见到风惜云安然无恙，才松了一口气。

"主上，您已经两天两夜未曾合眼了，不好好歇息，怎么独自跑来了这里？若是城内还藏有争天骑残部，您岂不危险？"徐渊以少有的急促语气倒豆子似的说完，目带苛责地看着年轻的女王。

"好了，孤知道了，这就回去。"风惜云手一挥，阻止他再说下去。

"主……主上？"一旁的小和尚仁诲满脸惊愕。难道眼前的女子就是青州的女王？

风惜云转头看向仁诲，神色温和地道："仁诲小师父，孤谢谢你。"

"谢谢小僧？"仁诲依旧呆愣。

"谢谢小师父收留了包将军。"风惜云目光哀伤地扫过堂中的棺木。

徐渊看着黑色的棺木，脸上闪过悲痛之色，双唇却紧紧一抿，垂下目光望着地面，似看不到那黑色的棺木，便可以否认他的兄弟躺在那里。

"这个……主上不用谢小僧。"仁诲的十根手指缠在一块儿，不自觉地越绞越紧，"小僧不过凭心而为。”

“小师父仁心无畏，日后必能功德圆满。”风惜云微微勾起唇角，想给他一个和蔼的笑容，但终究失败了，一双眼眸瞬间浮现而出的是深沉的凄切哀伤。

年轻的小和尚仁诲那时只觉得女王的笑太过沉重，仿佛有千斤重担压在女王单薄的肩膀上，女王却依然要微笑着挑起。那一刻，他很想如师父开导来寺中礼佛的那些施主一样，跟女王讲几句偈语，让女王轻松地笑笑，可惜那时候他脑中一片空白，最后只是轻轻地说了一句：“主上亦是仁心无畏之人，日后必得善果。”

说罢，他有些不好意思地露齿一笑，不知是因他的话还是他的笑，女王也终于展颜笑了笑，笑容虽然很浅，但很真实。

很多年后，佛法精深、受万民景仰的一代高僧仁诲大师回忆起当年与青王风惜云那唯一的一次会面时，依然说：“仁心无畏，青王惜云诚然。”

只是那时候的他说出此语时带着一种佛家的叹息，就算是一句赞语，听着的人依然从中感受到一种无奈的悲怆。

而此时的风惜云，移目看向棺木，吩咐道：“徐渊，将包承送回王都吧。”

“是。”

“主上，请等一下！”仁诲猛地想起了什么，忽然匆匆跑进后堂，片刻后手中抓着一支黑色的长箭过来。

看到那支长箭，风惜云目光瞬间一冷，然后深深吸一口气：“这是……？”

“这是从包将军身上拔下的。”仁诲将那支长箭递给风惜云。

风惜云接过长箭。

箭尖上染着暗红的血迹，她轻轻抚摸着干涸的血迹，想着就是这支箭取了包承的性命。长箭比一般的铁箭要细巧些，银色的箭身，银色的箭羽，无须追问，这定然就是霜羽将军秋九霜的箭。想至此，风惜云蓦然一惊：攻城的确是秋九霜，能一箭取包承性命的必也是她，但出现在鹿门谷的却是……那她去了哪里？难道……

风惜云猛然一个激灵清醒过来：“徐渊！”

“臣在！”

“传令，晏城留下七千风云骑驻守，余下随孤即刻启程班师无回谷，另传孤的旨意，着谢将军派一万禁卫军速驻晏城！”

“是！”

无回谷里。

“公子。”丰兰息的营帐外传来齐恕的唤声。

“进来。”帐内软榻上斜卧着的丰兰息正望着小几上摆着的棋盘，独自凝神思考着棋局。

“公子，今日对面忽然有了冀州争天骑的旗帜。”齐恕颇有些紧张。

“哦？”凝视棋局的丰兰息终于抬头看他，“如此说来，争天骑已到无回谷了？”

齐恕点头，内心担忧起来：“主上亲自去阻截争天骑，而此时争天骑出现在无回谷，难道主上她……”

丰兰息却浑不在意，自软榻上起身：“那女……你们主上既亲自去阻，争天骑便不可能过她那一关，现在争天骑出现在无回谷，那么……”他垂眸看着棋局，刹那间眸中闪现锋芒，“那么这必是另一支争天骑！”

“另一支争天骑？”齐恕一愣，“公子的意思是，攻下晏城后，他们即兵分两路，一路追击李将军，一路直接来无回谷？”

丰兰息点头：“齐将军，传令下去，今夜除巡卫外，全军早早休息。”

齐恕又是一愣，道：“公子，现在争天骑既然来了，我们更应全神戒备才是。”

“你们主上若在此，你也这么多疑问吗？”丰兰息的目光落在齐恕身上，墨黑的眸子深得看不见底。

只这轻轻一眼，便让齐恕心头一凛，他慌忙垂首：“谨遵公子之令！”

“下去吧。”丰兰息依然浅笑雍容，神色间看不出丝毫不悦。

“是！”齐恕退下。

“齐将军。”

齐恕刚走至帐门处，身后传来丰兰息的唤声，他忙又回身：“公子还有何吩咐？”

“派人送信给你们主上。”丰兰息语气淡淡的，墨色的眸子扫过棋局后，再度看向齐恕，“虽然我知道，就算你没有我的命令也会快马送信给你们主上，不过我还是说一句的好，送信的人直接往晏城去就好了。”

齐恕心头一惊，蓦然明白，主上虽说是拦截争天骑，但之后定会前往收复晏城，想不到这位兰息公子如此熟知主上的性格。他恭敬地垂首：“是！”

“可以下去了。”丰兰息挥挥手。

待齐恕退下，他走回榻前俯视着棋盘，然后勾起一丝饶有趣味的浅笑：“争天骑果然来了！这一次……无回谷必定会十分热闹！”

金衣骑皇朝的营帐里，秋九霜正躬身行礼：“公子，九霜幸不辱命，已攻下晏城，特前来向公子复命。”

“九霜辛苦了。”皇朝抬手示意秋九霜免礼。

秋九霜直起身，抬眸扫了帐中一眼，只看到坐在皇朝身旁的玉无缘，想见的人却不见踪影，不禁问道：“公子，他还没到？”

“还无消息。”皇朝眉峰微皱，似也有些忧心。

“按道理他该在我之前赶到才是。”秋九霜将目光投向玉无缘，似乎盼望他能给她答案。

“从对面的情形来看，亲自前往阻截他的似乎是青王风惜云。”玉无缘道，目中似有隐忧。

“青王亲自前往阻截，那他……难道……？”秋九霜眉头微皱。

“他这么久没有消息，那么只有两种可能。”玉无缘的目光落在皇朝身上，“一是被困无法传递消息，二是……全军覆没！”

“什么？不可能！”秋九霜惊呼。

皇朝闻言默然不语，眼眸定定地看着帐门，半晌后才沉声道："这是有可能的。风惜云……她有这种能耐！"

"那是五万争天骑，而且……风惜云既然是风夕，她怎么可能伤他……"秋九霜喃喃自语，不敢相信五万争天骑会全军覆没。

"末将求见驸马。"帐外传来求见声。

皇朝目光一闪："进来。"

一名幽州校尉踏入帐中，手中捧着一物，躬身向皇朝道："驸马，末将巡哨时在三里外的小路上发现一名士兵，浑身是伤，已无气息，手中紧紧攥着这半块青铜面具。末将觉得事有蹊跷，看他的装束，似是贵国的争天骑，所以就将这东西带来给驸马过目。"说完他将手中之物呈上。

秋九霜一见，顿了一下，上前将那面具抓在手中，看到上面的血迹，手止不住地哆嗦起来，转首看向皇朝，目中含泪："公子……这是……"

皇朝走过来，默默地伸出手，接过那半块面具，那面具上的血迹已干涸成褐色，他手指抚过那血迹，只觉得冰凉透骨。面具上方，额头中心处的边缘上，有被什么洞穿的痕迹……这是一箭正中眉心？一箭取命！风夕……你竟这般狠得下手！

"公子，瀛洲他真的死了？"秋九霜犹是不敢相信。

"瀛洲他……"皇朝低沉哀痛的声音猛地顿住，紧紧攥着面具，从齿缝里冷冷地挤出几个字，"风夕，你好样的！"那一刻，他也无法辨清心中到底是悲伤还是痛恨。

"你先下去吧。"一旁的玉无缘站起身来，对伫立帐中，似有些不知如何是好的校尉道。

"是。"那人退下。

"当日接到公子手令，瀛洲他……"秋九霜抬手抹了抹脸上的泪水，"他虽未说什么，但九霜看得出来，他知道了青王就是白风夕时的那种眼神……或许他早有打算。"

"这一次是我的错！是我算计的错！"皇朝捏着青铜面具苦涩地道，"我算对了事，但算错了人，算错了人的心！"

玉无缘闻言目光微动，看着皇朝手中的面具，最后看向皇朝沉痛的双目，那双眼中闪过的寒光让他无声叹息。

"公子，九霜请命！"秋九霜猛然跪下。

皇朝垂眸看着跪在地上的爱将，手指几乎要捏穿面具，唇紧紧抿住，半晌不答。

"九霜，我知道你想为瀛洲报仇，但你连日奔波，还是先下去休息吧，一切你家公子自有计较。"玉无缘的声音微微透着一种倦意，又带着一种淡淡的温柔，让秋九霜悲痛又烦躁的心情稍稍平息。

"可是……公子，既然青王领兵去阻截瀛洲，那么无回谷的兵力必然减少，又无主帅在，正是一举重挫风云骑的好机会！"秋九霜抬首，目光灼灼地看着面前的两位公子，"公子，请允我所请！"

"九霜，你起来。"皇朝扶起秋九霜，"风惜云虽不在，但丰兰息还坐镇在无回谷里！"

"公子……"

皇朝摆手，打断秋九霜的话：“九霜，现在无回谷至少还有三万风云骑，风云六将还有三将在此，更有一个比风惜云更为难测的丰兰息，所以我们决不可妄动。”

“九霜，先下去休息吧。”玉无缘再次道，“等养足了精神，自然是要你领兵的。”

“九霜，去休息。”皇朝也发话。

秋九霜无奈，应道：“是，九霜告退。”

待秋九霜离去后，皇朝抓着手中的青铜面具摩挲良久，最后长叹：“当日在北州，我救回濒死的瀛洲，以为是上苍护佑，不忍折我大将，谁知……谁知他最终还是还命丧于风夕之手！”

“当日你隐瞒瀛洲尚在的消息，将之作为奇兵，这奇兵是生了效，引开了风云骑的阻截，让九霜的五万大军安然抵达无回谷。但同样，这奇兵也毁于你的隐瞒。”玉无缘的目光落在那半块青铜面具上，眸中溢出悲伤，“如若风夕知晓这面具之后的人就是北州宣山里她舍命救过的燕瀛洲，那么这一箭便不会射出。”

“不会射吗？”皇朝忽然笑了，笑意冷淡如霜，“无缘，在你心中，她依然是揽莲湖上踏花而歌、临水而舞的白风夕吗？白风夕是不会射杀瀛洲，但是风惜云一定会射出这一箭！因为她是青州的王，而瀛洲——是冀州的烈风将军！”

玉无缘闻言转首，目光茫然地落向帐外，微微抬手，似想抚上眉心，却又半途放下，垂眸扫一眼手掌，片刻后，他轻幽的声音飘在帐中：“你又何尝不是，否则怎会记着‘踏花而歌、临水而舞’？”

皇朝默然，看着染血的青铜面具，许久后，冷峻的声音响起：“现在……只有风惜云！”

玉无缘转头看他一眼，目光已平淡无波：“这一回你们又是平手。九霜射杀包承，她射杀瀛洲；你折五万争天骑，她折五千风云骑及五万禁卫军；她收回晏城，你大军抵至无回谷。”

“风惜云……唉，上苍何以降她？”皇朝抬眸看着帐顶，似欲问问苍天，“无缘，我们不能再等了，明日……只待明日！”

“明日吗？”玉无缘轻叹，“丰兰息在无回谷，还有三万风云骑，争天骑加金衣骑虽有六万，但若想全歼风云骑，也必经一场苦战！”

“莫说苦战，便是血战也必须一战！”皇朝霍然起身，“风惜云定会很快知悉我的行动，我必须在她领兵回援无回谷之前，歼灭这三万风云骑！风云骑一灭，这青州也就崩塌了！”

“通过这几日的试探你也应该知晓了，丰兰息是一个深不可测的对手，你若无十成把握，那么……便是胜，也将是惨胜！”玉无缘双手交握，目光微垂，平静而清晰地道，“惨胜——如败！”

“若是……”皇朝走至玉无缘面前，伸手将他的手抬起，金褐色的眸子灿如炽日，“若你肯出战，我便有十成的把握！”

玉无缘闻言抬眸看他一眼，神情依然一片淡然：“皇朝，我早就说过，我会尽己所能助你，但我决不会……”

“决不亲临战场杀一人是吗？”皇朝接口，垂目看着手中有如白玉雕成的手，“这双手还是不肯沾上一丝鲜血吗？玉家的人，得天独厚，慧绝天下，被誉为‘天人’，想来还离不开这份慈悲心肠。”

“慧绝天下……得天独厚的玉家人……”玉无缘目光空蒙地看着自己的手，半晌后，勾起一丝浅浅的笑，眼眸深处有着难以察觉的悲哀与苦涩，“上苍对人从来都是公平的，玉家人拥有让世人羡慕的一切，却也拥有让世人唯恐避之不及的东西，那是上苍对玉家的惩罚！我们不亲手杀人，但襄助于你又何尝不是杀人？助你得天下，不亲手取一条性命，这都是玉家人的宿命与……可悲的原则！”

“无缘，我们相识许多年了，每当我需要你的时候，你都会在我身边。”皇朝紧紧地盯着玉无缘，似想从那张平静无波的脸上窥出什么，“但我无法真正把握住你。风夕是我无法捕捉的人，而你是我无法看透的人。”

玉无缘淡淡一笑，抽回自己的手，站起身来，两人身高相近，平视彼此：“皇朝，你只要知道一点就够了。在你得到天下之前，我决不会离开你，玉家的人对自己的承诺一定会践行的！”

“驸马，驸马！青王已至无回谷了！”帐外忽然传来急促的声音。

两人闻言疾步出帐，但见对面营中的白凤旗飞扬于暮色之中，显得格外鲜明。

“她似乎永远在你的计划以外。”玉无缘看着对面涌动的风云骑，听着那远远传来的欢呼声，微微叹息道。

“风惜云——实为劲敌！”皇朝遥望对面，神情却不沮丧懊恼，反而面露微笑，笑得自信而骄傲，“与这样的人对决，才不负这乱世！这样的天下、这样的人，才值得我皇朝为之一争！”

“无回谷之战，大约是你们争战天下的序幕。”玉无缘抬首望向天际，暮色之中，星辰未现，“其实无回谷不应该是你们的决战之处，你的另一支奇兵……”

“那一支奇兵连我都不敢肯定，风惜云又岂能算到？”皇朝负手而立，紫色的身影在暮色中显得高大挺拔，傲然的气势似连阴暗的暮色也不能掩盖一分。

“主上，您回来了！”

青王王帐中，风云骑诸将兴奋地冲进来，就连伤势未愈的修久容也来了。

“嗯。”相较于众人的兴奋热切，风惜云显得太过平静。

“久容，你的伤势如何？”风惜云目光扫过修久容的面容，那脸上的伤口因伤处特殊，不好包扎，所以只用伤药厚厚地敷在了伤口处，凝结着血，粗粗黑黑的一道，衬得那张脸十分恐怖，风惜云的心不自觉地一抖，心头微痛。

“谢主上关心，久容很好。”修久容道谢，脸上是一片坦然，未有痛，未有恨，未有怨，未有悔。

“你伤势未愈，不可出营，不可吹风，不可碰水，这是我的命令。”风惜云的声音冷静自持，但语气轻柔。

修久容闻言，眼眸明亮，抬首看一眼风惜云，垂首道：“谢主上！久容知道！”

风惜云微微颔首，转头看向齐恕：“齐恕，我不在时，谷中一切如何？”

“嗯……”齐恕闻言不由得看向其他三人，其他三人也看着他，“嗯，自主上走后……嗯……”

这要如何说呢？齐恕看看坐在椅上、等着他报告一切的主上，想着到底该如何说。

事实上，自风惜云离谷后，这谷中……嗯，风云骑基本上没有做什么事，至少没有与金衣骑交过一次锋，可是要说没做事，他们倒又做了一点点事，只是不大好拿出来讲罢了。

五月二十五日，他们前往丰兰息的帐中听候安排，只得到一个命令：在巳正之前找到一百三十六块高五尺以上、重百斤以上的大石头。丰公子说完命令便潇洒地挥挥手，示意他们退下，而他自己——据说他闭目养神半日，未出营帐。

因主上吩咐过，这期间须一切听从兰息公子的命令，所以他们虽一肚子疑问，却依然领人去找石头，发动五千将士，总算赶在巳正前将一百三十六块符合丰公子要求的大石采回。

当日酉时，丰大公子终于跨出营帐，指挥着一干士兵将大石块全搬至两军之间的空地上，然后挥退那些士兵，一人在那儿观摩了半晌，然后众人就见袖起……石落……袖起……石落……丰公子只是轻松地挥挥衣袖，那一百三十六块上百斤重的大石便全都听话地落在各自的位置上。

待弄完了一切，丰公子拍拍手，然后丢下一句：“所有风云骑将士，不得靠近此石阵三丈以内！”

他们跟随风惜云久矣，自问熟知奇门阵法，但对于他摆下的那个石阵一无所知，只是稍稍靠近，身体便不由自主地战栗，仿佛前方有着什么可怖的妖魔一般，令他们本能地生出畏惧之感。

五月二十六日，金衣骑中的一名将军领兵一千前来探阵。当他们去禀告丰兰息时，丰大公子正在帐中作画，画的是一幅墨兰图，闻得他们的禀告，头都没抬，手更没停，只是淡淡地丢下一句“随他们去吧”。

结果……那一次，他们第一次见识到这个与主上齐名的兰息公子的厉害与可怕之处，也打破了他们心中那个看起来温和无害的公子形象。

一千金衣骑入阵，却无一人生还！阵外的他们清清楚楚地看到……看到那一千金衣骑如被妖魔附体般完全丧失理智，开始自相残杀！他们并未出战，只是看着，但比起亲自上阵杀人，这……更让他们胆寒！

他们曾经以为血凤阵已是世上最厉害的阵法，但眼前……这才是世上最凶残、最血腥的阵法！血凤阵至少是他们亲自参与了厮杀，自己挥洒了热血，可眼下，他们未动一兵一卒，那些金衣骑的刀剑竟毫不犹豫地砍向自己的同伴，砍得毫不留情，砍得凶残入骨……原来站在阵外看敌人们自相残杀，竟是这样一件令人毛骨悚然的事。

那一刻，他们对于这个总是笑得一脸优雅的兰息公子生出一种畏惧之感，表面上那么温和可亲的人，出手之时却是那般残忍冷漠！而对于主上，他们从来只有敬服，那种从心底生出的、唯愿誓死追随的敬服！

五月二十七日，幽州驸马皇朝亲自出战。

他们去往丰兰息帐中禀告，想这声名不在他之下的冀州世子都亲自出战了，他应该紧张一点儿了吧。谁知……当他们进帐时，丰大公子正在为一名侍女画肖像，旁边还亲密地围着——不，是另三名侍女侍候在他身旁，虽然太过靠近了一点点。听到他们的禀告，丰公子总算抬头看了他们一眼，微微顿笔，然后淡淡一笑道："知道了。"说完他继续作画，他们走出军帐时还能听到他的声音："荼诂，笑容稍微收一点儿，这样才是端庄的淑女。"

而阵前的冀州世子也并未攻过来，只是在阵前凝神看了许久，然后鸣金收兵了。

后来他们听说那一日丰公子一共作画二十二幅。

五月二十八日，金衣骑未再派兵出战，但来了一个白衣如雪的公子。他随意地走来，闲庭信步，到了石阵前也只是静静地站着，却让他们觉得那些大石头仿佛是仙人点过的顽石，一下子有了几分灵气。而白衣公子那样的仙姿天容与这个血腥可怖的石阵实在格格不入，那样的人应该出现在高山秀水之上才是。

他们例行将情况禀报于丰兰息，本以为只来了这么一个敌人，丰公子大概连头都懒得点了，谁知正在弹琴的丰大公子停了手，回头盯着他们问道："你们是说玉无缘来了？"他说完也不待他们回答就起身走出营帐。

两军阵前，一黑一白两位公子隔着石阵而立，一个高贵优雅，一个飘逸如仙，一个面带微笑，一个神情淡然，彼此不发一语，默默相对，气氛看似平静，却让他们所有人不敢上前一步，隔着数丈距离远远观望。天地间忽然变得十分安静，似乎仅有风吹拂那黑裳白衣发出的轻微声响。

后来，他们只看到白衣人与黑衣人在石阵中飞掠，仿佛仙人，都十分轻松悠闲、足不沾地却又快速异常地在阵中穿行，往往白衣的人明明在左边，可眨眼间就出现在右边，黑衣的人明明是背对他们，可刹那间他忽又变为正对他们……两个人时而飞临石上，时而隐身于阵，那些石头有时会飞起，有时会在半空中粉碎，有时还会自动移动……可那些都不是他们所关注的，他们的目光不由自主地追着那两个人，而那两人自始至终都面不改色，神态十分从容淡然，似乎并不是在决战，只是在下一盘棋而已。

再后来，那两人各自从阵中走出，仿佛没有发生过任何事情般轻松，只是各自回营。

他们听说，那一夜丰公子在营中打坐调息整夜。

五月二十九日，无事。

他们曾问兰息公子，以无回谷双方的兵力而论，风云骑远胜于金衣骑，为何不进攻，一举将金衣骑歼灭？

他的回答却是：你们主上只托我守好无回谷，并没要我歼灭金衣骑。

五月二十九日申时末，主上归来。

"齐恕。"

清亮的声音再次响起，齐恕惊醒，抬首看去，风惜云正看着他，等候他的回答。

"嗯，主上，营中一切安好。"齐恕觉得只有这么一个答案。

"哦。"风惜云并没追问，淡淡地点了点头，目光移过，帐外丰兰息正从容地走来，手中轻摇着一柄折扇，扇面上是一幅墨兰图。

"主上，冀州争天骑已至无回谷，我们……"程知却有些心急。

“我知道。”风惜云摆摆手，看向丰兰息，起身离座：“这几日实在有劳公子了，惜云在此谢过。”

“我并无功劳，青王无须言谢。”丰兰息微微一笑。

“主上，您如何回得这般快？冀州争天骑出现在此……难道您路上未曾遇到他们？”齐恕问出疑问。

“鹿门谷内我全歼五万争天骑。”

众将闻言皆目光闪亮地看向他们的主上，脸上一片敬仰，丰兰息的目光却落在风惜云的眼眸上，那双眼眸如覆薄冰，冰下无丝毫喜悦之情。

风惜云目光微垂，看一眼自己的双手，然后负手于身后：“攻破晏城的是五万争天骑，射杀包承的是秋九霜，但是五万之后还有五万，攻破晏城之后，他们兵分两路，秋九霜必是领兵绕过青州与幽州交界处的蒙山而来。皇朝这一招着实出乎我的意料！”

“主上，现在他们兵力大增，而我们损伤不少，是否要传令谢将军增派禁卫军？”齐恕请示道。

风惜云不答，目光落在丰兰息身上，然后淡淡一笑，道：“无回谷中这么热闹，当今天下四大名骑已集其三，岂能少了雍州的墨羽骑？你说是吗，兰息公子？”

丰兰息看着风惜云，见她一脸平静，一双眼睛又亮又深，如冰般亮，如渊般深，无法从中窥出一丝一毫的心绪。

“青王若需墨羽骑效力，兰息岂有二话？”终于，丰兰息答道。

“主上，这……”诸将闻言皆是一惊，有劝阻之意。

风惜云却一摆手制止他们，优雅地坐回椅上，目光从容地扫视诸将：“你们可能还不知道，无回谷战后，我们青州将与雍州缔结盟约。”

诸将闻言，不禁面面相觑。

“各位可有异议？”风惜云声音清冷。

“臣等遵从主上之命！”诸将齐齐躬身。

“兰息公子，想必你早有准备，墨羽骑应该随时可抵无回谷吧？”风惜云目光再转向丰兰息，飘忽而幽冷。

丰兰息闻言静静地看着风惜云，紧紧地盯着她的眼睛，这样冷静的目光，这样冷漠得不带一丝情感的目光，他从未在她眼中看到过。

“兰息说过，墨羽骑随时愿为青王效力。”良久，帐中才响起了丰兰息优雅的声音，那声音凝成一线，不起一丝波澜。

“那么……”风惜云望向诸将，“齐恕，持星火令命良城守将打开城门，让墨羽骑通行！”

“是！”

风惜云再吩咐：“你们先下去吧，明日辰时，所有将领王帐集合！”

“是！”

第二十五章　王者之愿应逐鹿

待所有人退下，帐中只余风惜云与丰兰息。

两人相对而坐，中间隔着一丈之距，目光相遇，感觉却是那么疏远，仿佛各自立于悬崖之巅，隔着万丈深渊遥遥相对，彼此皆无法靠近，前进一步便会粉身碎骨。

半晌后，风惜云从一旁的几案上取过半块青铜面具，垂首，指尖摩挲着面具上被箭射穿的那个洞，轻声道："知道我这次在鹿门谷射杀了谁吗？"

丰兰息心中一动，目光扫过她手中的面具，再落回她的脸上，她神色平静无波，只是望着面具的眼神怎么也掩不住哀凄之色。顿时，他心中一惊，难道是……

"想来兰息公子也未想到吧？"风惜云抬眸看向他，嘴角浮起讥诮的笑容，"那个人便是你说已死在宣山的冀州烈风将军燕瀛洲！"

话音刚落，丰兰息手中折扇唰地一拢，目光与风惜云相对，片刻后，又轻轻打开折扇，平静地道："如此说来，那个燕瀛洲——当年你以命相救的人，这一次却是死在你的手中，你亲手取了他的性命！"

他的声音平淡如水，在风惜云耳中却如芒刺，她目光一闪，语气却依然平静："是啊，我亲手杀了一个从坟墓里爬出来的人。"

丰兰息静静地坐着，将手中折扇慢慢合拢，盯着扇面上那幅他亲笔所绘的墨兰。当墨兰被全部合拢于折扇之中时，他才抬首，平静地看着风惜云，然后起身走近，微微俯身，盯着她的眼睛，一字一顿地道："你在怨恨我？"

风惜云平静的神色瞬间退去，变得冷酷又悲愤："黑狐狸，你我相识十年有余，无论你对他人如何，可你从未骗过我、瞒过我什么！可是……为何……为何……燕瀛洲……你要说他死了？"她猛然站起身来，目中弥漫起水雾，水雾之后却燃着怒焰，怒焰之中是切肤的痛楚与彻骨的悲伤。

被那样的目光凝视着，丰兰息只觉得面上凉凉的，身体凉凉的，心也凉凉的，这炎热的夏日里，他却有如置身深冬的雪夜，寒冷而寂静。

"你说我有什么理由？"许久，他才开口，声音飘忽，目光自风惜云身上移开，指尖拨动，折扇缓缓打开，墨兰图一点点呈现，直至完全展开——一枝秀雅的墨兰长在悬崖之巅的石缝里，生长得艰难却挺秀。

“我不知道……我真不知道……”风惜云看着他的目光渐渐迷茫，“以你的为人，燕瀛洲既是敌人又身负重伤，你要么杀了他，要么视而不见，可你……这是为何？”

丰兰息抬眸看她一眼，脸上忍不住浮起一抹介于自嘲与讥诮间的笑容：“玉雪莲只有一朵，你与他都中了萎蔓草的毒，我自然只会用来救你。他是皇朝的部下，我可不是敌我不分、只有慈悲心肠的人，没杀他便已是留情，只是看在他拼死救你的分上，才摘了一片莲瓣给他服下。他一身的伤，能否活命那真得看老天肯不肯留他了，所以我将他安置在宣山脚下的农户家，留了些药，任他自生自灭。”说着，他站起身，仗着身高俯视着风惜云，笑容一瞬间变得凉薄，“说起来，他能活命还有我的一份功劳，而取他性命的人是你，你有何理由来怨恨我？”

他最后的话仿如一把利剑狠狠地刺中了风惜云，她顿时全身一颤，忍不住垂首看着自己的双手。就是这双手射出了那致命的一箭，就是这双手取了燕瀛洲的性命！

燕瀛洲……

胸口翻涌着痛楚，她不由得紧紧咬住嘴唇，生怕那痛会溢出来，脑中却蓦然响起他说过的话——

“我会回来的！下辈子我会回来找你的！下辈子我一定不短命！风夕，记住我！”

燕瀛洲，既然这样说，可……可为何你的命却由我亲手结束？

燕瀛洲……为何会如此？

既然你我已死别于宣山……为何还要相遇于鹿门？这便是你我之间的缘分吗？

看着风惜云的神情，丰兰息脸上的笑容越来越淡，目光越来越冷，不由自主地将手中折扇狠狠一摇，凉风顿起，拂过两人面颊，如风雪吹过，冰冷沁骨。

凉风拂面之际，风惜云看着面前认识了十年之久，却从来都不敢放下防备的人，喃喃地道：“是不是我痛了，你就欢喜了？”话一出口，心口便一阵绞痛，她不由得抬手按住胸口，想要将那股莫名的绞痛按下去。

啪！丰兰息手中的折扇落在地上，脸上的笑容退去，漆黑幽深的眼眸瞬间变得冷厉，一眨也不眨地看着风惜云，许久，帐中才响起他的声音：“我无心无情，你又何曾有心有情？”

那刻，他的声音不再雍容优雅，而是带着深冬的寒意与萧索。话音落时，他已转身往外走去，修长的黑色背影在晦暗的暮色中显得无比寥落沧桑。

帐中，风惜云颓然地跌坐于椅上，握着青铜面具的手无力地垂落，头靠在椅背上，目光茫然地望着帐顶。片刻后，一滴清泪悄悄溢出眼角，瞬间没入乌鬓之中。

漏壶轻泻，夜色渐深。

等到风惜云收拾好心情步出营帐时，已是星光满天，夜凉如水，几丈外一道挺拔的身影伫立于星辰之下。

她叹了口气，道：“伤口吹了风不好，进来吧。”说着她转身回了营帐。

修久容默默地跟着她走入帐中。

“说吧，傻站在帐外干吗？”风惜云在椅上坐下，然后示意修久容也坐下。

修久容却不敢坐，上前几步，行了礼，然后道：“主上，为何要让墨羽骑来？”

风惜云闻言看了修久容一眼，然后微微一笑，道：“久容是在担心请神容易送神难吗？”

“主上，雍州打的什么主意您很清楚，可为何您还要……”修久容不明白主上为何有这种引狼入室的举动。

风惜云闻言起身，走至修久容面前，目光平静柔和地看着他：“久容，你如何看现今天下？”

“嗯？”修久容不料风惜云会有此一问，不禁一怔，“现今天下？”

“嗯。”风惜云移步往帐门走去，站在门口，抬首仰望浩瀚的星空，夜风拂帐而过，清凉之意扑面而来，“如此星辰，如此凉风，并不是每个人都能有福气、有闲情去欣赏和享受的。”

“主上，您是说……？”修久容猜测着，又有些犹疑。

“自宝庆帝以来，昏君暴政，天灾兵乱，百姓深受其苦；如今，诸侯相伐竞权，天下动荡，大东朝早已名存实亡。”风惜云遥遥望着星空，声音沉重，“这些年的江湖游历，我已看尽这天下的杀戮与伤痛。”

修久容走至她身后，默然片刻，道：“主上要与雍州结盟，是想以两州之力，还天下太平？”

“雍州有争霸天下的意图，这也没什么不好，有其志才能成其事。”风惜云点头道，“既要结盟，又何惧雍兵入境？”

修久容听了，脸上生起忧思：“主上的意愿自然是好的，臣只是担心，将来某一日，青州风氏不存。”

风惜云闻言微微一笑，云淡风轻，转过身望向帐中央属于她的座椅：“若得天下一统，若得百姓安乐，又何必分青州风氏与雍州丰氏？”

“那……”修久容看着风惜云，犹疑了片刻，依旧道，“主上为何肯定兰息公子就能成就大业？”

风惜云侧首看向修久容，平静而充满智慧的目光令修久容不由自主地低下了头，片刻后，她才道：“打天下需英雄霸主，治天下却要明主贤君。”

修久容闻言脱口而出：“主上一样会是雄主明君，又何须与雍州结盟？主上何不自己做君临天下的女皇？”他说完，立时后悔自己鲁莽了，但依然不屈地盯着风惜云，等着她的答复。

风惜云微微惊讶，但随即了然，她移步过去，走到那属于她的玉座之前，抬手抚过椅背，然后转身坐下，目光柔和而深远地望着修久容：“君临天下自然是好的，只是人各有志。久容，你想做一个什么样的人？”

“做主上的忠臣良将！”修久容想也不想地答道，目光热切而赤诚。

风惜云顿时笑了，有些感动也有些怅然：“那你知道我想做一个什么样的人吗？”

修久容顿时怔住。

风惜云端坐于玉座之上，神情肃然而端庄，自有王者的高贵凛然之态，让修久容不由自主地垂首敛目，不敢直视。

“久容，作为天下名将，目光胸襟应更为宽广，不应局限于一人一国。”

修久容一呆，片刻后，恭恭敬敬地垂首：“臣谨遵主上教诲。”

风惜云看他那样子，不禁摇头轻笑：“时辰也不早了，去休息吧。”

修久容抬首看她一眼，然后蓦地跪下，脸上有着一种义无反顾的坚定神情：“主上，无论将来如何，风云骑所有的将士永远效忠于您！您是我们唯一的王！”

“我知道。”风惜云起身走到他身旁，扶起他，“好了，该问的也问了，该说的也都说了，回去吧，想来齐恕他们还在等你，你就将我刚才所说的全部转告他们。”

修久容脸上顿现窘态：“主上，您……早就知道？”

“我与你们相处这么多年，岂会不知你们的心思？”风惜云含笑拍拍修久容的肩膀，“你们都一心忠于我，对于与雍州结盟一事自然心存疑虑，前来询问又担心对我不敬，可又不愿做糊涂之人，所以啊……你大约是划拳又输给了林玑吧？”

修久容的脸红了红：“我……臣每次都输给他，只赢过程知。”

风惜云好笑地摇摇头：“去吧。”

“是，主上也早点儿歇息。”修久容告退。

五月三十日，寅正。

天地还处在混沌之中，营帐前的灯火发着昏黄暗淡的光芒，照着帐前守卫略带疲倦的脸，但守卫的眼睛认真地注视着前方。前方，灯火照不到的地方依然是晦暗一片，离营帐稍远的地方，伫立着一道人影，凉风拂起她的衣袂，舞起她的长发，使她朦胧缥缈得如同幻影。

时辰一点一点过去，卯时，天色渐亮，微红的旭日自山峦间缓缓升起，绯色的霞光洒下，为大地披上红装，鸟儿清啼，沉睡了一夜的无回谷又开始了它或是杀戮流血，或是安然平静的一天。

“主上，您一夜未眠？”齐恕走出营帐便看到静立于前方的身影。

“睡不着。”风惜云抬头，眯起眼睛去望山峦上挂着的绯色玉盘，身后长长的黑发垂下，如一匹墨纱，轻轻地舞在晨风里。

“主上，身体要紧。”齐恕顿时变得忧心起来。

“以我的修为，几天不睡也没事的。”风惜云回首看着齐恕，微微展颜一笑，目光流转间，看见了走出营帐的丰兰息，顿时收敛笑容。

丰兰息自然也看到了风惜云，两人对视片刻，他移步走来。

齐恕在风惜云笑容收敛的那刻便转头，看到丰兰息，躬身行了个礼，向风惜云道：“主上，臣先告退。”

“嗯。”风惜云转回头，目光落向前方的石阵：“兰息公子又摆下了修罗阵。”

丰兰息长眉一挑：“青王又认为太过残忍？”

这一次，风惜云却摇头，遥遥望向对面的金衣骑，唇边浮起冷漠的笑："这里是战场，是人间的修罗场……修罗场当用修罗阵！"

在她说出这句话时，金衣骑营帐里，皇朝正取下剑架上的长剑，然后握住剑柄轻轻一拔，一股寒意顿时扑面而来。长剑的剑身亮如银雪，映着帐外射进的阳光，发出炫目的光芒，他随意一挥剑，帐中似有白雪飞洒，微热的夏日清晨顿时变得森严寒冷。

这便是当年威烈帝赐给他先祖皇逖的宝剑——无雪！

无雪——无血——杀人不沾血的绝世名剑！

他手一挽，宝剑归鞘，发出轻轻的声音，他的目光落在剑鞘上，古朴的剑鞘上刻着血色焰火的图案，焰火中心却包裹着一颗滴血的心。

当年他的先祖皇逖执此剑随威烈帝征战天下，杀敌无数，建立了不世功业，从而得到了"无血焰王"之称。

抚摸着手中宝剑，皇朝褐金色的瞳眸里闪着灼热、渴望和兴奋的光芒。

如今，这柄宝剑传至他手中，而今日，这剑便要遇上真正的对手！

风惜云，丰兰息，无论哪个都不辱此剑！

"你今日要亲自出战？"安静的帐中忽然响起轻淡的声音。

皇朝转身回首，看到帐门前立着的玉无缘。在他身后，晨光洒落，为他披上一层绯色的外衣，可他依然带着一身的缥缈与无法捉摸的虚无之气，仿佛只要风一吹，他便会如幻影般消逝。

"他们值得我亲自出战！"皇朝握紧手中的无雪宝剑。

"你今日不能出战。"玉无缘却道，走至他面前。

"为何？"皇朝讶然。

"我刚才看过了，他们已布下修罗阵。"玉无缘淡淡地道。

"你会破修罗阵。"皇朝扬起两道剑眉。

"我会破不等于争天骑、金衣骑的士兵也会破。"玉无缘的语气依然不紧不慢的，"况且今日布阵的不是石头，而是风云骑。石阵岂能与人阵相比？若阵势发动，便是我也不敢说能全身而退，更何况那些并不熟识阵法的士兵。"

皇朝看着手中宝剑，再抬头看向玉无缘："要等多久？"

"将士们至少要训练五日才行。"玉无缘的目光也落在宝剑之上，他看着剑鞘上那滴血的心的图案，目光微暗，"他二人皆是布阵能手，修罗阵在他们手中绝对是世间最为凶残的阵法！若无周全准备，这六万大军便会全部毁于阵中。况且……她连修罗阵都能布出，那也表示——她已决心要与你'无回'一决！"

"与我'无回'一决吗？"皇朝金眸微眯，抬手轻轻抽出剑身，雪亮的剑芒照亮他的双眸，让眸子耀比天上朗日，"好！无回……无回……五日之后便是决战之日！"

一切似乎都准备妥当了，双方蓄势待发，无回谷决战已是避无可避之事，只是……世事总是你才智盖世、万千算计，也无法完全掌控的。

六月四日酉时。

当那五万黑甲骑兵如同墨色轻羽般从天而降时，无回谷内的青、幽、冀三军皆震惊地看着风中招展的墨色大旗，不敢相信它来得如此之快，如此出人意料！

“不愧是当世行军速度最快的墨羽骑！”风云骑阵前，闻讯而出的风惜云遥望着那飞速接近的黑甲铁骑，语气里有着佩服与赞叹。

风云骑五将却有些戒备地看着墨羽大军。

与风惜云并肩而立的丰兰息对风云骑的诸般戒备视若无睹，只静静地看着疾速奔来的墨羽骑，神色平淡。

数万黑甲的铁骑没有喧哗之声，便是马蹄之声也是极轻，整齐得如同细雨滴落荷面，轻盈得如一片被风吹动的羽毛，眨眼之间便已至眼前。

“文声见过公子！”

“弃殊见过公子！”

两名年轻将领奔至丰兰息跟前，翻身下马，疾步上前，齐齐跪于丰兰息面前，神态恭敬。

丰兰息颔首一笑：“去见过青王。”

“端木文声拜见青王！”

“贺弃殊拜见青王！”

两人转身向风惜云行礼。

“两位将军不必多礼。”风惜云双手虚抬，示意二人起身，打量着这两名墨羽骑大将。

两人如墨羽骑所有士兵一般，身着黑色铠甲，不同的是端木文声系着青色披风，贺弃殊系着褐色披风。端木文声身材颀长挺拔，浓眉大眼，自有一股轩昂磊落之气，一望即知是那种不拘小节的豪气男儿；贺弃殊则身材稍矮，长眉细目，四肢纤瘦，肤色微白，若不是一身铠甲，乍看之下，倒似是从哪个学堂里跑出来的未经世事的学子，但一双眼睛眨动间精芒闪烁。

两人起身，打量起眼前这位与他们公子齐名十余年的青州女王，只一眼，便觉心中一跳，只觉眼前之人光华四射，风姿绝伦，顿时垂首不敢再看。

风惜云转头看向丰兰息，两人交换了一个眼神，她望向齐恕：“齐恕，你协助贺将军与端木将军安置远道而来的墨羽骑。”

“是！”

端木文声与贺弃殊闻言，齐齐转头看向丰兰息。

丰兰息微微点头。

于是两人随齐恕去了。

此刻，对面兵营的皇朝与玉无缘亦闻讯而出。

遥望那一片墨羽飘过无回谷，玉无缘轻轻叹道：“墨羽骑已到，如此看来，青州与雍州，两州必为一体。”

“墨羽骑来得好快！”皇朝剑眉微皱。

“墨羽骑为当世行军速度最快的骑兵，果然名不虚传。”玉无缘目光追逐着风中飞扬的那面全黑的、没有任何图案的大旗。那旗仿佛是一片舞在风中的羽毛，轻盈飘忽中又透着黑夜的神秘。

“她肯让墨羽骑进入青州，对他竟是这般信任吗？”皇朝声音里有着淡淡的怅然，看着远处并列舞于风中的白凤旗和墨羽旗，就仿佛看到那两人并肩立于他的对面，与他对峙，顿时握紧了双拳。

“无回之决，胜败难料。”玉无缘喃喃地道。

“风惜云，丰兰息……我若不能胜他们，那又何谈手握天下？”皇朝的声音如出金石。

玉无缘侧首看他，只看到那双坚定的金眸。他静默片刻，才道：“现今是他们兵力胜于你，那么便用九回阵，一动不如一静。”

“不，静待时机可不是我皇朝所为！”皇朝下巴一扬，“而且……”他语气忽顿，猛地转头往左后方看去，片刻后，脸上笑意灿然，“看来我没有算错！”

玉无缘早已转头，等了片刻，便见西边金芒耀目，仿佛是夕阳坠落于谷中，金光涌动，蔽地而来，那是——金衣骑，幽州的金衣骑！

“金衣骑真的来了。”玉无缘悠然长叹，“竟然真的会合于无回谷中！”

“华纯然，我果然没有看错她！”皇朝朗然大笑，看着那越来越近的金衣骑，回首遥望对面，“这一下，鹿死谁手，犹未可知！”

“以姿容称世的华纯然，原来也颇有才略胆识。”玉无缘看着那衣甲鲜明，气势昂然的金甲大军感叹道，“一个养尊处优的深宫公主，竟敢妄自调动大军，这份胆识决断已不输男儿。她调军前来，一方面是为增援幽王，而另一方面……”他目光落在皇朝身上，笑得别有深意，“想来她早就料到你的‘异心’了。”

皇朝颔首：“幽州第一的美人，想来也是幽州第一聪明的女人。”

“只不过，她的所作所为全落入了你的计划，可惜。”玉无缘感叹，“华纯然与风惜云都是世间少有的聪明女子，只不过一个宿于深宫，一个徜徉江湖，是以有了眼界的高低与胸襟的广狭之分。”

“这世上毕竟只有一个风惜云。”皇朝抬头望向高空，“若天下女子皆如她，那世间男儿何存？”

第二十六章　无回星会曼清歌

古案瑶琴，寂寂待谁？清风吹拂，冰轮孤照。

幽谷伊人，倚竹待谁？天涯雪鸿，日暮空望。

长吟凄凄，长思瑟瑟。回首翩然，青丝染霜。

一缕清歌和着幽幽琴声，轻轻飘荡于薄暮时分的风里，洒落着千回百转的忧思。

暮色里的落华宫稍稍褪去了那份华贵典雅，如其名一般，在这百花烂漫的盛夏里有着繁花落尽后才有的寥落。

“公主，喝杯茶润润喉。”凌儿捧上一杯香茗，轻声唤着坐在琴案前的华纯然。

“搁着吧。”华纯然头也不抬地道。

“公主是在忧心主上和驸马吗？”凌儿悄悄瞟一眼华纯然，小心翼翼地问道。

一直凝视着七弦琴的华纯然忽然抬首看向凌儿，一双美眸敛去柔波，目光变得冷厉，“凌儿觉得驸马如何？”

凌儿被华纯然一盯，不知怎的心头一慌，结结巴巴地道：“驸马……和丰……公子一样……都……都是人中之龙。”

“你慌什么？”见凌儿如此害怕，华纯然微微一笑，恢复她温雅柔情的面貌，“我只不过随口问问，你且下去吧。”

“是。”凌儿垂首退下，可走几步又转回身，“公主，这几日二公子天天都来落华宫，我一律照您的吩咐说您身体不适，需安静休养，只是……这么久了……您……”说着她悄悄抬眸瞅一眼华纯然的脸色，见华纯然神色温和才继续说道，“二公子似乎很着急，您是不是见见他？”

“几位王兄的胆子也太小了一点儿。”华纯然闻言淡淡一笑，笑容里带出一丝讥讽，“只不过是情势紧迫之下调动了五万大军罢了，竟然害怕受父王责罚，如此畏首畏尾，又如何能承继父王的大业？”说罢她摇摇头，有些无可奈何，还有些失望，又带着些许庆幸。

“那公主……”凌儿试探着，“下次二公子再来时，您可要见见他？”

华纯然目光微闪，打量着凌儿，将她上下细细看了一番，轻轻笑道："二哥算是我华氏子弟中最为杰出的，不但仪表堂堂，还写得一手好文章，又会吟歌弹唱，在众兄弟中也最得父王宠爱。凌儿你说是不是？"

凌儿顿时身子一颤，扑通跪下，垂首哆嗦着道："公……公主……奴婢……奴婢……"

"凌儿，你这是干什么？"华纯然却是一脸惊讶责怪地看着凌儿，"你又没做错什么，我又没责怪你，为何要这般？"

"公主，奴婢知错，请公主饶恕。"凌儿惶恐地道。

"知错？你有何错呢？"华纯然似乎还是不大明白，微微蹙着黛眉，"你一直是我最得力的侍女，我一向待你犹如姐妹，你也一直尽心尽力地服侍我，你这样说倒叫我疑惑了。"

"公主，奴婢……奴婢……"凌儿低着头，已是满心惶恐，一张秀丽的脸一会儿红一会儿白。

"凌儿，你怎么啦？"华纯然的声音依然娇柔动听。

"公主，奴婢再也不敢了！公主，您就饶恕奴婢这一次吧！"凌儿抬头，哀求地看着华纯然。她侍候这位公主多年，心知眼前这张绝美的容颜多么惑人醉人，却也知这绝美容颜后的那颗心是何等深沉冷酷。

"凌儿，你老是叫我饶恕你，可我到现在还不知道你到底做错了什么，这叫我如何饶你呢？"华纯然优雅地掏出丝帕拭了拭鼻尖的汗珠，端起茶杯，轻啜一口才继续道，"你倒是跟我说个清楚呀！"

"公主，奴婢……"凌儿手指紧紧攥住裙裾，犹疑许久，终于一咬牙，"奴婢不该捡二公子掉的诗笺，奴婢不该收二公子送的玉环，奴婢不该为二公子说话，奴婢不该……不该对二公子心生……心生好感，奴婢……公主，奴婢知错了，求您看在这些年奴婢忠心服侍的分上，饶过奴婢这一回，公主……"她伸手攀住华纯然的双膝轻轻摇着，眼泪涟涟地哀求着。

"哦，原来是这样啊！"华纯然恍然大悟，然后微微俯身，伸指轻抬起凌儿的下巴，"这也没什么错，想你青春年华，又生得这般清秀可人，二哥又是倜傥儿郎，这遗诗笺、赠玉环也是顺情顺理，我与二哥兄妹一场，与你也是主仆一场，自然应该成全你们。"

"公主……奴婢……"凌儿听了这番话却更加惧怕，攀着华纯然双膝的手不由自主地颤抖起来。

"凌儿放心，我不会责怪你。"华纯然放下凌儿的下巴，抬手以丝帕给她拭着脸上的泪水，"快起来，跪这么久，腿都痛了吧？这可不行，二哥知道了定然心疼，到时可要责怪我了，我可担待不起呀！"

那样温柔的话语，那样体贴的动作，那样美丽的面孔，那样优雅的笑容……这一切却令凌儿如置冰窟，从头冷到脚，生死关头，她再也顾不得什么，脱口道："公主，奴婢……奴婢不该将您平日与奴婢说的话传给二公子！"说完这句话，她便闭上了眼睛，惶然地等待发落。

华纯然面无表情地看着跪在脚下的凌儿，久久地看着，久到凌儿都要绝望时，殿中才响起了她不带任何情感的声音："凌儿，你来到我身边多少年了？"

“回禀公主，六年了。”凌儿战战兢兢地答道。

“六年了呀，这么多年你不见长进，反倒是越发糊涂了！”华纯然冷冷一笑，目光如针般扎在凌儿身上，“平日里，你的那些心思，我也就睁一只眼闭一只眼了，反正无伤大雅，可这一回……哼！你跟着我这么多年，我是什么样的人你竟不清楚吗？我是你可以糊弄的人吗？”

“奴婢……奴婢……”凌儿哆嗦着不敢抬头看华纯然。

“想当年你才进宫时不过十二岁，我怜你机灵乖巧特挑选你待在我身边，这六年来我自问待你不薄，落华宫中宫女内侍百余人，你几乎就排在我之后，我虽有兄弟姐妹，但待你比待他们还要亲，可你……”华纯然目光有如冰泉，冷冷地看着凌儿，看着这个可谓一起长大的、自己一直视如小妹的人，心头皆是失望，还有些伤感，“这些就是你对我的回报吗？”

“公主，凌儿可对天发誓，决无背叛伤害您之心！”听到华纯然哀痛的声音，凌儿猛然抬首，满脸的悔恨与凄苦，“凌儿真的无心背叛您，只是二公子问起时，凌儿……凌儿就……”

“就不由自主地说了是吗？”华纯然忽地笑了，笑得无奈又悲伤，“如此看来，在你心中，我是远远及不上二哥的，否则你怎会毫不犹豫地一股脑儿说出去？”

“公主……”凌儿又悔又痛，想起公主多年的厚待，不禁哽咽哭泣，一时忽又宁愿被公主重重责罚。

一时间殿中只有凌儿的啜泣声。

许久后，华纯然站起身：“你起来吧，我不怪你，也不想责罚你。”她俯身抱起案上的七弦琴，移步往殿外走去，“侯门深宫，果然没有十分的真心。”

“公主……”凌儿扑上去抱住华纯然的双膝，她知道，如若今日公主就这样了事，那便代表她再也不会理会自己了。

华纯然站在殿中，目光穿过殿门，遥望着暮色里的宫宇，白日里看来金碧辉煌的王宫，在阴暗的暮色里却似一只猛兽，张着大口，将她们这些王侯贵胄纳入腹中。她自嘲地笑笑，轻声道：“我不怪你，那是因为……”她话音微微一顿，片刻后才幽幽地道，“想当初，我不也是想尽办法要留住他吗？只为他眼中那一丝温情，我便愿不顾一切。”

她转身看着凌儿：“在我眼中懦弱无能的二哥，在你心中却是如意郎君。为着他，你宁愿背叛我，这般心思……我怜你这点儿情，此次便饶过你，你起来吧。”

“公主……”凌儿依然惶惶不安，却不敢不从，颤着身子爬起来。

“你跟我来。”华纯然抱着琴往寝殿走去。

凌儿忙擦干净脸跟上。

到了寝殿，华纯然走至妆台前，开启最大的妆奁，顿时珠光宝气盈目。她取出一支黄金凤钗，钗子打得精巧无比，凤目之上嵌着桂圆大小的珍珠，凤身上嵌着无数红色宝石，凤尾上则坠着各色玉石，一望就知珍贵异常：“你既与二哥情投意合，我便成全了你们，这支火云金凤连带一盒首饰，便给你做嫁妆。”她又取过一个尺许高的檀木妆奁，将凤钗置于其上。

“公主，凌儿不要！求公主不要赶凌儿走！”凌儿顿时慌了，双膝一软，跪倒在地上失声哀求。

华纯然摇头："你是不能留在我这儿了，看在这六年的情分上，你我便好聚好散吧！"

"公主……"凌儿悲凄地看着华纯然，泪如雨下。

"你去收拾一下，明日我就派人送你去二哥的府邸。"华纯然不再看凌儿，抬手挥了挥，"你下去吧，明日也不用来拜别。"

"公主，凌儿……凌儿……"

"顺便带一句话给二哥，调兵之事，待父王归来时，纯然自会向父王请罪。"华纯然神色肃然。

眼见所求无望，凌儿只有凄凄哀哀地退下。

华纯然在妆台前坐下，抬手轻轻抚着琴弦，淙淙琴音里，响起她低低的叹息声："长吟凄凄，长思瑟瑟……"

无回谷里，夜空上星光灿烂，月光一泻千里，若不看谷中的千军万马，这样的夜晚宁静而平和。

"你看了半夜，可有所得？"皇朝爬上山坡，问着坡顶直立的人影。

玉无缘立于坡顶，仰首望天，神情平静肃穆，夜风拂起衣袂，似欲乘风归去的天人。

"看那边。"他伸手指向天空的西南角，那里的星星密集明亮，所有的星辰都约好了似的齐聚一处，群星闪烁，照亮了天幕。

"这说明什么？"皇朝不懂星象，只是看这现象也觉得有些异常。

"西南方，我们不正处在大东朝的西南吗？"玉无缘收回手指，语气神秘，"王星与将星齐聚于此。"

皇朝目光一闪，望向玉无缘："如此说来，无须苍茫山一会，无回谷里便可定天下之主？"

"不应该是这样的。"玉无缘却摇头，目光依然紧锁天幕上的星群，"无回谷不应该是你们的决战之处，时局也不许你们在此一决生死。"

"为何如此说？"皇朝再望向星空，"不是就连星象都说明我们该在此一战吗？"

"不对。"玉无缘依然摇头，"当下并非穷途末路之时，放手一搏必是在无后顾之忧时才行的，而你们……"忽然他停住话音，平静无波的眼眸一瞬间射出光芒，脸上涌起一抹浅浅的、似早已明了的微笑，"看吧，果然是这样的。"

"那是……"皇朝也发现了异样，剑眉拧起，"那是何意？"

但见那西南星群中，忽有四星移动，似有散开之意，那四星最大最亮，仿若群星之首。

"天命自有其因。"玉无缘回头看着皇朝，"明日你即知为何。"

六月五日卯时。

风云骑丰兰息营帐中，他正看着手中探子以星火令送来的急信，看完后半晌无语。

"公子，穿雨先生请您尽快定夺。"一道朦朦胧胧的黑影跪在地上，若不是他发出声音，人们只会以为那是一团模糊的暗影，而不是一个人。

“你回去告诉穿雨，就按他所说的做。”丰兰息终于收起信，淡淡地吩咐道。

“是。先生还问，公子何时回雍州？”黑影问。

“要回去时我自会通知你们，你去吧。”丰兰息起身。

“是。小人告退。”黑影一闪，便自帐门前消失。

而同时，金衣骑营帐中，皇朝同样接到一封星火令传来的急信。

帐帘掀动，玉无缘走了进来，目光扫过地上跪着的信使，再瞟一眼皇朝手中的信，似早已料到一般，并不惊讶。

“商州已攻取祈云四城。”皇朝将信递与玉无缘。

玉无缘接过信，随意扫一眼就还给皇朝：“你如何决定？”

皇朝不答，看向信使：“你回去告诉萧将军，我已知悉。”

“是！”信使垂首退去。

皇朝站起身来，走出营帐，抬首望向天空，朝阳已升起，天地间一片明朗：“想不到竟真如你所说，时局不许我们一战。”

“你们僵持在无回谷时，北王、商王岂肯错失良机，必乘势瓜分祈云，以增实力。”他身后的玉无缘淡淡地说道，“而无回谷里，你就算能打败风云骑、墨羽骑，但以双方实力来说，必然是大伤元气，到时北王、商王又何须惧你？”

“而且即便我在无回谷里胜了，也并不等于夺得了青州和雍州，如此一想，无回一战还真是不值。”皇朝负手回首，眼眸亮得如同盛在水中的金子，“而且以五万争天骑加六万金衣骑对付风云骑与墨羽骑的九万大军，胜的并不一定是我，对吗？”

玉无缘淡淡一笑：“无回谷中，你们胜数各有五成。”

“不管是胜是败，我们是不能在无回谷里做生死对决的。”皇朝转身看向对面，“你不用担心我，我心中最重的不是与他们之间的胜负，而是江山——我三岁即立志要握于掌中的天下！”

“心志坚定，无人能及你。”玉无缘笑得欣慰。

“哈哈……”皇朝大笑，却无欢意，“一直‘重伤昏迷’的幽王也该醒了，毕竟接下来的事，该由他做了。”

午时末，丰兰息被请入风惜云的营帐。

“不知青王唤兰息前来所为何事？”丰兰息立于帐中，淡淡地问道。

“去传齐将军、修将军、林将军和程将军过来。”风惜云却先吩咐侍立在帐前的亲兵。

“是。”亲兵忙去传令。

“幽王要求议和。”风惜云指指桌上的信。

丰兰息只瞟了信一眼，道：“看来皇朝也收到消息了。”

风惜云点头。他们各有各的消息渠道，北州与商州趁他们僵持在无回谷时，大举进攻祈云王域，现已各自占得数城，他们若拖得久了，只怕王域堪忧。

“时局如此，我也只能先与幽王议和，余下的也只好留待日后图谋了。”她说着看向丰兰息，“无回谷事了，我自会兑现我的承诺。”

丰兰息闻言，黑眸看向她，幽深无比，不露一丝情绪。

景炎二十六年，六月八日，青州青王风惜云与幽州幽王华弈天于无回谷休战议和。幽州作为主动发动战争的一方，除了赔偿青州巨额金银外，幽王还亲自向青王道歉。

议和后，双方按照习俗在谷中燃起篝火，搬出美酒，杀牛宰羊，举行和宴。

篝火的最前方，搭起一座一丈高的高台，高台上坐着风惜云、丰兰息、华弈天、皇朝、玉无缘，以高台为界，左边是风云骑、墨羽骑，右边是争天骑、金衣骑。

休战了，战士们都暂时放下了刀剑，放下了仇恨，围坐谷中，畅饮美酒，大快朵颐。

无回谷这一夜，不再有杀气，不再有鲜血，不再有死亡，只有美酒的醇香与战士们的笑声。

战士们开怀痛饮时，高台上却甚为安静。主位上，幽王与风惜云并坐，风惜云旁边是丰兰息，幽王身旁则是皇朝与玉无缘。此时幽王脸色依旧苍白，比之当日幽王都的意气风发，已显老态。

五人坐在高台上，虽有美酒佳肴，气氛却安静得近乎沉闷。

幽王还未从风惜云就是白风夕，丰兰息就是黑丰息的震惊中回神；皇朝则是首次见到华冠衮服的风惜云，颇为惊讶；玉无缘目光空蒙地望着远处；风惜云优雅端坐，神色平和，脸上甚至挂着矜持的浅笑，一派女王的高贵雍容之态；丰兰息却仿若局外之人，闲坐一旁，悠然品酒。

时间就在这高台上沉闷、高台下火热的气氛中缓缓流淌。

戌时，所有人已有了几分醉意。

风惜云端起酒杯，这是她今夜喝的第十二杯酒，此时她亦微醺，目光扫过谷中，篝火旁是战士们被酒熏红的脸，她看着微为欣慰，收回目光时，却对上一双眼睛，顿时手一抖，杯中的酒洒了出来。她垂眸看着杯中晃动的酒水，胸膛里似有什么也在晃动着，萦绕在怀，十分难受。

她蓦然起身，走至台前，道：“酒至酣时岂能无歌？”清亮的声音飘荡于谷中，还在饮酒的战士们顿时停杯望来，一时谷中鸦雀无声，她目光一扫，望向皇朝：“借皇世子宝剑一用如何？”今日她与幽王都未带兵器，丰兰息向来不用兵器，台上五人倒只有皇朝腰间挂了柄剑。

皇朝目光一亮，微笑着颔首，然后摘下腰间宝剑，手一扬，长剑出鞘，飞向半空。

风惜云翩然跃起，素手一伸，宝剑已握在手，身子一旋，衣带飞扬，仿若半空中盛开的一朵金边白莲，盈盈地飘落高台。

“好！”谷中响起一阵喝彩声。

风惜云垂眸凝视手中宝剑，剑身雪白，火光之下寒光凛凛：“无雪宝剑。孤便以剑为歌，以助诸位酒兴！”

话音刚落，长剑一挥，一抹寒意凌空划过，剑身舞动，银芒飞洒，仿若雪飞大地的空茫，又仿若长虹贯日的壮丽。

剑，
刺破青天锷未残。
长伫立，
风雪过千山！

剑，
滴滴鲜血浑不见。
鞘中鸣，
霜刃风华现。

风惜云启喉而歌，歌声清亮却有一股男儿的轩昂大气，一种乱世英雄才有的豪迈之情。剑芒飞射，剑舞如蛇，那华丽的衣袍轻裹娇躯，于高台上飞舞，时而矫健如龙，时而优雅如鹤，时而轻盈如风，时而飘逸如云……

但见高台上一团银芒裹着穿着华服的身影，仿若是一湖雪水托着一朵金边白莲，谷中数十万大军皆目不转睛地看着高台上那如天女般飞舞的身影，目眩神摇，如痴如醉……原来凛然不可侵犯的女王也可以这样令人惊艳！

剑，
三尺青锋照胆寒。
光乍起，
恍若惊雷绽。

剑，
醉里挑灯麾下看。
孤烟起，
狂歌笑经年。

清越的歌声如凉风绕过每个人的耳际，而后歌声里的雄壮气概渐渐淡去，只余清音如烟似雨，绵绵缠来，绕在每个人的心头，让人只觉得空茫怅然，生出一种淡淡的倦意。

剑，
风雨飘摇腰间悬。
叹一声，

清泪竟阑珊！[1]

歌至尾声，风惜云眼眸轻转，落向座中白衣如雪的天人，目光似水，幽波微荡，两人目光相遇，天人那双空明悠远的眼睛里，荡起连绵波纹，可自始至终，他只静静地坐着。她心底轻叹，转身回首，长发飞扬如瀑，目光扫过万军，素手轻挽，剑光散去，亭亭而立，威仪如银凤。

那一夜，青州之王风惜云以她的绝代风姿倾倒了无回谷中的数十万大军，倾倒了那些乱世英雄！

那一夜，无人能忘记青王那豪迈中略带倦意的歌声，无人能忘记青王豪气且清逸的剑舞！

也是那一夜，有数十万人亲眼看见了风惜云拔剑飞跃的矫健英姿，世人一扫往日“惜云公主病体羸弱”的认知，都赞她不愧为凤王的后代，称她是“凤王再世”，日后史书言及其容貌时亦留下“天姿凤仪”四字。后世有许多野史传奇以她为主角，总会将她与那日无回谷中的丰兰息、玉无缘、皇朝这些翩翩公子联系在一起，总是述说着他们之间的那些恩怨情仇。

无回谷议和，史称“无回之约”，又叫“四王初会”，但史家言“华弈天一生功业比之皇朝、丰兰息、风惜云远不及也，不足以相论”，因此后人多称“无回之约”为“三王初会”或是“王星初遇”。

无回之战的结果看似是幽州与青州平局，但参战的人，不论是冀、青、幽、雍任何一州之人，都清楚地知道，也都清楚地认识到：无回谷中，惨败的是幽王，平手的是皇世子与青王，而还未曾出手的是慈悲的玉公子与神秘莫测的兰息公子。

也是无回谷之战之后，江湖上开始流传“‘白凤黑息’即为青州女王风惜云和雍州世子丰兰息”的说法。

曲终人散，宴罢人归。

篝火燃尽，只余一堆灰烬，朦胧的晨光之中，一抹白影坐在冷却的灰烬旁，清幽的琴音自他指下泻出。

昨夜曾聚数十万大军的无回谷，今日却是空旷寂静，只有泠泠琴音在谷中寂寞地飘洒，抚琴之人许是想等一个知音，又许是奏琴与这谷中万物、这苍天大地听，将心中所有不能道、不能诉的一一寄托于这琴音……

“倾尽泠水兮接天月，镜花如幻兮空意遥。”一道清亮如泉的嗓音响起，然后一道身影飘落在谷中。

1　引自友人张鹏进所作《十六字令》。

“你来了。”独自抚琴的玉无缘抬首，看到风惜云立于身前。

不，应该说是风夕。眼前的人素衣雪月，长发披垂，瞳眸如星，唇边含着淡淡的笑，眉间恣意无拘，这是江湖上那个简单潇洒的白风夕。

“我是来道别的，白风夕不该是不辞而别之人。”风夕的声音如山间溪流，潺潺流过。

“告别？”玉无缘抬眸深深地看着她，许久才道，“天地间将不再有白风夕了是吗？”

风夕浅浅一笑，若一朵开在水中的青莲，柔和淡雅：“以后只有青王风惜云。”她说话时，抬眸凝视前方，那里皇朝正大步走来。

走到跟前，皇朝静静地看着眼前的素衣女子，看着她面上轻浅的笑容、眉目间恣意无拘的神情，有些恍然。

最初荒山相遇时，他们就是这般模样。他说要辟荒山为湖，请她涤尘净颜，她说若是如此便是在天涯海角也会回来洗一把脸，戏言犹在耳边，可他们之间已壁垒重重，相隔万里。

“以后白风夕当真不复存在了吗？”他喃喃低语，似在问风夕，又似在自问。

“风惜云在时，白风夕便不在。”风夕淡淡地笑道，声音轻柔却坚定。她望向皇朝身后，一名女子正快步走来，浓眉大眼，背负长弓，腰挂羽箭，端是英姿飒爽：“是霜羽将军吗？”她的语气温和平静，仿佛她们是熟识的朋友，仿佛秋九霜不曾射杀包承，而她也未曾射杀燕瀛洲。

“正是。”秋九霜向风夕躬身行礼，然后抬头光明正大地看着她。

秋九霜心中一直很钦佩这位曾是武林第一女侠的白风夕，后来知道她就是青州风氏的公主、如今的青王时更添了好奇，想知道江湖上行事无忌如风的人，作为一国之君时又是什么模样。

此刻她见到了，清眸素颜，白衣雪月，若只论容颜，风夕自然不及那位“大东第一美人”纯然公主，可眉间的气质、周身的风华，却是华纯然远远不及的，难怪被赞为“天姿凤仪”，当真是天人姿态，有凤之威仪。

“很可惜我们相识得有点儿晚，否则可以结伴去醉鬼谷，偷老鬼的醉鬼酒喝。”风夕微微叹息。

“呃？”秋九霜一愣，随即笑了，是了，只有这样无忌无拘的人才会令人惊奇难忘。

“老鬼酿的酒啊，实是天下第一。”风夕眼眸微眯，似乎十分神往，眉梢眼角都流露出馋意，“只可惜老鬼看得太紧，若你我结伴，定能好好配合，将老鬼的酒偷个精光，气得老鬼变成真鬼！”

秋九霜眼睛亮晶晶的：“我一次能喝十坛！”

风夕挑眉：“老鬼说他酿酒天下第一，我喝酒天下第一。”

两人相视而笑，颇有些惺惺相惜的味道。

一旁的皇朝与玉无缘看着她们，都微微一笑，笑容温和恬淡。

远远地，谷口走来一道身影，离他们十来丈时却停步，静静地站着，似在等待谁。

风夕看到了那道身影，然后目光缓缓扫过三人，最后落在玉无缘身上，弯眸一笑：“再会。”

话音刚落，她转身离去，决绝得不给任何人挽留的机会。黑发在半空中画出一道长长的弧线，然后盈盈地落回白衣，她走得极快，眨眼间便已走远。

琴声再次响起，仿佛是在挽留，又仿佛是在送别。

看着渐渐走近的人，丰兰息心头一松，慢慢地，轻轻地舒出一口气，似怕舒得急了，便暴露了什么。

婉转的琴声在身后幽幽地响着，风夕却觉得双腿仿佛有了自己的意识一般，坚定快速地往前走去。她很想回头看一眼，可是前方……那道墨色的身影无言地站在那儿，她知道他在等她。她渐渐地走近了，那身形、那五官清晰得如同铭刻在心，那双如墨潭似的眼眸正望着她……那样的目光，不知为何，让她怦然心动。

怦怦怦的声音里，她在疑惑，是什么在跳动?

第二十七章　微月夕烟往事遥

景炎二十六年，六月中旬，风惜云班师青州王都，百姓夹道迎接。

回到王都后，君臣们自有一番休整。

六月，天气炎热，正是酷暑难耐之时，王宫各殿室里虽放了冰盆，但效果不大，更遑论室外骄阳暴晒，几乎能将人的皮肤烤下一层。

青萝宫里飘出一阵笛声，丝丝缕缕清凉若风，令人闻之心神一静，减了几分燥热。

服侍青王的女史六韵步上台阶时，正听到这清新的笛声，暗想这位兰息公子的笛声倒是可与写月公子的箫音一比，只可惜……想至此处，她叹口气，然后敛心收神，走入宫内。

青萝宫的内殿里，丰兰息伫立窗前，横笛于身前，双眸微闭，流水般的笛音正轻轻溢出。

直到他一曲吹完，六韵才上前行礼："奴婢六韵见过兰息公子。"

丰兰息睁开眼眸，一瞬间，六韵只觉得殿内似有明珠，令满室生华，可也只是一瞬，那光华便敛去，如同明珠暗藏。

丰兰息微微一笑："姑娘来此何事？"

"主上请公子前往浅云宫一叙。"六韵恭敬地答道。

"哦。"丰兰息点头，浅笑依然，"多谢姑娘，烦请带路。"

"不敢。"六韵依然神态恭敬，"公子请随奴婢来。"

丰兰息抬步，跟随六韵前往浅云宫。

浅云宫是风惜云做公主时居住的宫殿，她继位后即搬到了凤影宫，浅云宫里只留了些洒扫之人，是以十分安静。

丰兰息踏入前殿，抬眼打量了一番，此地不愧是风惜云的住处，殿内的装饰摆设极其简单，但又不失大气，像它的主人。

耳边传来脚步声，轻盈得仿佛走在云端，这样的脚步声他不会认错，是风惜云来了，他转头望去，一见之下，唇角不由自主地勾起一丝欢喜的微笑。

今日的风惜云身着一袭水蓝色长裙，布料柔顺如水，腰间系一根同色的腰带，显得纤腰盈盈不及一握，长长的裙摆刚好及踝，裙下一双同色的飞云绣鞋，黑发披垂，再以白色绸带束于尾端，素颜如玉，不施脂粉，唯有额间雪月如故。这样的风惜云，飘逸如柳，素雅如莲，柔美如水。

“找我何事？”丰兰息的眼神和语气不自觉地带出温柔。

风惜云微微一怔，然后道：“我带你去一个地方。”

两人走出浅云宫，再穿过长长的回廊，绕过花园，便到了一座宫殿前，宫殿不大，位于浅云宫的正后方。

“微月夕烟？”丰兰息看着宫前的匾额，再侧首看看风惜云，“是出自‘瘦影写微月，疏枝横夕烟’[1]？”

“嗯。”风惜云目光迷蒙地看着匾额上的字，仿佛看着一个久未见面的人，想细细看清它的容颜，想看清时光赋予了它怎样的变化。

匾额上的四个字，只是墨迹稍稍褪色，笔迹纤细秀雅，字字风姿如柳。

“这宫殿是按写月哥哥画的图建成的，那时候他才十岁。”

闻言，丰兰息目光一顿，又落回匾额上：“是那个被称为‘月秀公子’的风写月？”

“除了他，这世上还有谁配得上‘月秀’二字？”风惜云踏上台阶，轻轻推开闭合的宫门，抬步跨入。

丰兰息跟在她身后，跨过门槛，一眼望去，饶是见多识广如他也不由得惊奇不已。

宫门之后是悬于廊前的月白丝幔，长长柔柔地直垂地面，门外的风涌入，舞起丝幔，仿若拂开美人蒙面的轻纱，露出后面秀雅的真容。

丝幔之后并非气宇轩昂的殿堂，而是一个广阔的露天庭院，院中花树茂盛，两旁楼宇珍奇，令人耳目一新。

以庭院为中心，左右两旁各有宫殿，都以长廊连接成环。那些宫殿小巧精致，几乎只有平常宫殿的一半大小，其屋顶形状更是迥异于寻常宫殿，有的线条曲折优美，形如五色花朵；有的圆润洁白，如同珍珠；还有的狭长，像条小舟；更有的看起来像飘浮的云朵……都十分新奇漂亮，倒像是那些神话传说里的琼楼玉宇。每座小宫殿前都有匾额，有的上书“花洁眠香”，有的书“心珠若许”，有的书“小舟江逝”，有的书“云渡千野”……皆字迹秀雅，显然与宫前的匾额出自同一人之手。

庭院里的鲜花都是芍药花，此时花开明媚，姹紫嫣红，白的、粉的、红的、紫的、绿的……丛丛朵朵，点缀于长廊宫室间，清香阵阵，蝶舞翩翩，再加上丝幔飘舞，这里仿佛是世外的仙苑。

“他说他为长，我为幼，所以他居左，我居右。”

在丰兰息还在为这庭院惊叹时，耳边响起风惜云的轻语声，他侧首看她，便见她一脸浅淡却真实、欢快的笑容，这样的笑，自她回到青州后已罕有出现。

1　引自陆游《置酒梅花下作短歌》。

他心中一动："这里是……？"

"你小时候住在什么地方？"风惜云转头看他，却不待他回答又自顾自地道，"这里是我与哥哥一块儿长大的地方，这些小宫殿就是我们小时候居住的地方。"

说话时，她脸上带着一种他从未见过的温柔神色，目光柔和而温情，有些欢喜，有些自豪，又有些伤感地看着这里的一楼一阁、一花一树。只因为风写月吗？因为这里是属于她与风写月两个人的？

"你留在这里。"

丰兰息想得出神的时候，耳边又听得风惜云的柔柔低语声，回神时便见她飞身落在庭院的正中心。庭院的正中心，有约两丈见方的地面铺着汉白玉石板，铺成一个圆形，仿若天坠圆月，但细看便可看见石板上刻有痕迹，看起来像个棋盘。

风惜云立于庭中，闭上眼睛，静立片刻，仿佛是在回想着什么。片刻后，她开始移动，脚尖轻轻地点在地面，身子随着步伐飞跃旋转，纤手微扬，衣袖翩然，仿佛在跳舞，又仿佛是以人为棋子在下着一盘棋，但见她越走越疾，越转越快，水蓝的裙裾旋转飞扬，仿若一朵水莲花柔柔绽开，那样轻盈曼妙。她脚尖轻轻地点着，但每一下都实实在在地点在地上，发出咚咚的响声，倒似是和着舞的曲，而风惜云在飞舞时，脸上笑容越绽越开，显然十分开怀，仿佛是在重温儿时的游戏。

约莫过了一刻，风惜云停步，跃开落在一旁。

轰隆一声，庭院正中的地面开始震动，接着石块缓缓移动，而风惜云显然早已知情，只是静静地等待。

不过片刻，石块不动了，庭院正中露出一个两米见方的洞口，洞口下方隐约可见台阶，延伸至地下。

"敢跟我来吗？"风惜云回首看一眼丰兰息。

"这里是通往黄泉还是碧落？"丰兰息问，脚下一点，人已立于风惜云身旁。

"黄泉。"风惜云挑眉，"兰息公子敢去吗？"

"有青王在，黄泉碧落又有何区别？"丰兰息一笑，抬步领先走下。

看着那毫不犹疑的背影，风惜云神情复杂地叹了口气，然后抬步走下。

台阶很长，一级级走下，光线越发暗淡，气温也变得凉爽，听着足下空旷的回音，恍惚中真有一种去往黄泉的感觉，两人不约而同地侧首看了对方一眼，目光相遇时，浅浅一笑。

约莫走了半刻，两人终于走至台阶尽头，脚下是长长的通道，通道两旁的石壁上，每隔丈许即嵌一颗拇指大小的夜明珠，珠光柔和，照亮通道。

"走吧。"风惜云率先抬步。

两人又走了约莫一刻钟，通道到了尽头，前方是一道封闭的石门，石门的上方刻着"瓦砾窟"三个字。

"知道里面是什么吗？"风惜云看着那三个字便笑了。

"世上金银如瓦砾。"丰兰息道，目光落在那三字之上，侧首看着风惜云，语气中有着调侃之意，"青州风氏似乎一直有着视荣华富贵如粪土的清高。"

“哈哈……”风惜云轻笑，“你似乎不以为然。”

“岂敢岂敢？”丰兰息神情诚恳，语气倒是恰恰相反。

风惜云也不以为意，飞身跃起，手臂伸出，在“瓦砾窟”三字上各击一掌，然后轻盈落地。

轰隆隆……沉重的石门缓缓升起。

“请兰息公子鉴赏青州风氏所藏的‘瓦砾’。”风惜云微微侧身。

“恭敬不如从命。”丰兰息也不礼让，抬步跨入石室，霎时，眼前光芒闪耀，刺得他的眼睛几乎睁不开。

眨了眨眼睛，他才看清，石室非常宽广，其内几乎可以说是金山银丘，珠河玉海，还有那不计其数的古物珍玩……即使是出身王室、坐拥倾国财富的丰兰息，此时也不禁睁大了眼睛。

“你说这些比之幽州国库如何？”风惜云看着他的表情笑道。

“比之幽州，十倍有余！”丰兰息长长地叹息着，转头看向风惜云，“历代以来，青州风氏似乎并无雄霸天下之意，何以将如此之多的金银珠宝贮于此处？”

“雄霸天下？”风惜云冷诮地笑了笑，目光从丰兰息身上移向那些珠宝，“在你心中，财富、兵力似乎只与争夺天下有关。”

丰兰息移步走至堆积成山的黄金前，抬手抓了一把金叶，然后张开手，看着金叶自掌中掉落，“因为我敛财练兵，只为天下。”

“哦？”风惜云眉头一挑，“难得你这回倒是坦白了。”

“我从未隐瞒过我的意图。”丰兰息淡淡地扫一眼风惜云。

风惜云叹口气，目光落回那些金银珠宝：“其实我也不知道为何要将这些藏于此处，我父王不知道，我祖父不知道……这原因大约只有第二代青王，也就是凤王的儿子知道，‘子孙后代，凡国库盈余皆移入地宫’的诏谕是他下的。”

“啊？”丰兰息听了也是满脸惊讶与疑惑，“你们真就听从他的话做了？”

“你看到这些不就知道了？”风惜云叹气，“除了灾急之时动用了一些外，积了几十代的财富全在这里，真是白白便宜了你。”轻描淡写的语气中，她便将这地宫里的金山玉海送了人。

尽管进入地宫后，丰兰息便已知风惜云之意，可此刻亲耳听得，心中仍是不由得一热，只是他惯不会感恩戴德的那套，所以只是微微一笑，若春风般缱绻，眉梢眼角自有柔情萦回。一笑后，他低头故作沉思状，然后道：“难道是令祖知道今日我要用到，所以早早预备下了？”

“呸！你想得倒美！”风惜云闻言条件反射般地嗤笑他。

“不是早算到了就好。”丰兰息摆出一副松了口气的模样，“从来只有我算到别人要做什么，若被别人算到我要做什么可不好。”

“哈……”风惜云禁不住笑出声，“你这狐狸，原来最怕的就是被别人算到啊！”

这一声“狐狸”是脱口而出，两人一个怔住，另一个却暗自欢喜。

“那你说会不会跟凤王的早逝有关？”丰兰息再猜测道。

风惜云沉吟："凤王是当年七王之中最先薨逝的，以年龄来说可算是英年早逝了，而且是死于朝觐之时，她薨后第二年，王夫清徽君也追随而去……"她说着瞟了眼丰兰息，"你为何这样猜？"

丰兰息沉默了一下，似乎有些犹疑。

"喂！"风惜云催他。

丰兰息看她一眼，才颇为无奈地道："这话也只与你一人说。我以前想要在我住的宫里挖个藏身的地室，结果挖到个玉盒，盒里装的是先祖昭王的札记……"他看着风惜云高高挑起的眉头，苦笑着道，"你也别问我为什么昭王的札记会埋在地下，我也不知道。"

"你肯定偷看了昭王的札记。"风惜云丢了个鄙夷的眼神。

札记大都是个人的日常记事，有些可以公开，但有些是非常私密的，更何况是昭王的。不过……她扪心自问了下，要是她发现了凤王的札记，会不会看呢？这念头一起，她就知道自己肯定也会看的。

"我看之前又不知道是昭王的札记，看了后才知道的，但既然已经看了，也挽回不了了，不如全部看了。"丰兰息神色里没有一丝羞愧，倒是坦荡得仿佛他只是看了本只他一人能看的书，"当时年纪小，看后也没放在心上，时日久了几乎忘了这事，直到后来……"他语气一顿，看着风惜云，若有深意。

风惜云一怔，脑子一转便明白了："当年你我在帝都皇宫的凌霄殿看了那些画像后，你便又去看了昭王的札记？"

丰兰息点头："昭王的札记倒也不算多，只有四十七篇，只不过每一篇都与凤王有关。"

风惜云心中一动，想起当年写月哥哥与她说过的那些故事："都记了些什么？"她心里却暗自嘀咕，怎么自家凤王就没留下什么札记，也记一下那位"风姿特秀，朗朗如玉山上行，轩轩如朝霞举，时人皆慕之"的昭王丰极啊！

丰兰息又沉默了。他虽对于看了先祖的札记无愧，对细谈先祖札记的内容却颇感心虚，于是只含糊地道："都是些他们的旧事。"

"什么旧事？"风惜云这会儿心里就如猫抓似的，只恨不得自己也能看一看那札记才好。

丰兰息瞟她一眼，道："你我也相识多年，若有人问你，你我之间有些什么事，你如何作答？"

风惜云顿时哑然。

丰兰息见她不追问了，暗自松了口气，道："那札记里有一篇，看时间是最后一篇，记的是凤王死后，昭王极为悲痛，写下'凤陨碧霄，吾虽生犹死。昔曾誓约，同福祸共生死，然孽根同铸，何以偏害凤凰？月残魂断，茕茕独影，人鬼相吊，哀无绝矣'这么几句。"

丰兰息一念完，风惜云也呆住了。

"'然孽根同铸，何以偏害凤凰？'这一句显然有蹊跷。"丰兰息道。

风惜云没有说话。其实这篇札记，何止这一句话蹊跷，其中内容还证实了另一件事。这样想着，她不禁望向丰兰息，目光触及他额间的墨玉，顿时心头一震。

她与他各拥有一片除了颜色不同外，形状、玉质都一模一样的弯月玉饰，这些年她也疑惑过，只是百思不得其解，可此时对照这札记上的话，再想想这些都是祖传之物，心中便有了答案。

不知这两片玉饰合在一起时，是不是就是一轮圆月？这样想着，她心头便有些欢喜，但更多的是酸涩悲伤。

丰兰息见她久久不语，看她神色，便有些明了她的心思，一时间亦是情思纷乱，复杂难理。

半晌后，风惜云先回神："算了，先祖们的事都隔了几百年了，谁知道是怎样的。今天带你来，是让你知道这些东西的存在，日后要如何用，你自己安排。"

丰兰息点了点头。

风惜云的目光越过那一堆堆金银珠宝，落向东面石墙，墙上挂着一幅画，她遥遥看着，脚下一动，似想走过去，却又犹疑着。良久后，她终于还是慢慢走至墙边，定定地望着那幅画。画上日月共存，画的正是月隐日出之时，天地半明半暗，而日与月之下有着两个模糊的影子，因天光暗淡，那两人的面貌模糊不清，整幅画都透着一种阴晦抑郁的情感。

她看了半晌，然后伸手，指尖抚过画中的那两个人影，微微一叹，揭开那幅画，便又露出一道石门。

丰兰息也走了过来，见那石门左侧刻着"瘦影写微月"，右侧刻着"疏枝横夕烟"。

风惜云看着石壁上的字发呆，看了半晌，才轻声道："他总是说，他是写月，我便应该是夕烟，所以他总是唤我夕儿，从不唤我惜云，弄到最后，父王干脆就用夕儿当了我的小名。"她一边说着，一边伸出双手，指尖同时点住"月"与"夕"两字，然后石门轻轻滑动，一间石室露了出来。

两人步入石室，石室顶上嵌着四颗鸡蛋大小的夜明珠，照得室内如同白昼，这间石室里没有金银，左右墙壁上挂满了画像，画像下依墙立着长案，案上还摆了些东西。石室左边全是男子画像，右边全为女子画像，仔细看去，便会发现这些画像几乎就是画中女子与男子的成长史。

"这里一共有二十四幅画像，十二幅我的，十二幅写月哥哥的，我的从四岁开始，写月哥哥的从六岁开始。"风惜云的声音柔和异常，带着淡淡的伤感，"每一年生辰时，我们都会送对方一件亲手做的礼物，并为对方画一幅画像，曾经约定要画到一百岁的，可是……"

丰兰息移步，左右扫视，打量着画像里的人。

右边第一幅画里，四岁的小女孩白白胖胖的，手中抓着一只小木船，皱着眉头，瞪着眼睛，似是在说"快点儿，不然我就把这只木船吃了！"，画功细腻，眉眼传神至极。那幅画像下的长案上就摆着女孩手中那只小木船，只算形象，做工甚为粗糙，似乎出自一个笨拙的木匠之手。

左边第一幅画里，六岁的小男孩眉清目秀，手中握着一朵紫绸扎成的花，神情有些羞涩，那双秀气的眼睛似乎在说："怎么可以送男孩子绸花！"画像下的长案上，摆着那朵已经褪色的紫绸花，歪歪斜斜，显然扎花者的手艺并不纯熟。画这幅画的人，笔风粗糙，而且很粗心，墨汁都滴落在画像上，好在只是落在男孩的脸旁，没有落在脸上，唯一值得庆幸的是神韵未失，堪能一看。

右边第二幅画，五岁的小女孩似乎长高了一些，穿着淡绿的裙子，梳着两个圆髻，看起来整整齐齐，干干净净，只是袖口被扯破了一块，手中抓着的是一柄木剑，十分神气，仿佛在说："我长大以后，肯定天下无敌！"

左边第二幅画，七岁的小男孩也长大了些，眉眼更为秀气了，长长的黑发披垂在肩上，实是一个漂亮的孩子。他手中抓着一朵紫色芍药，是以男孩的神情颇有几分无奈，似乎在说："能不能换一件礼物？"但他的提议显然未能得到同意，画像的人更是特意将那紫芍药画得鲜艳无比。

…………

丰兰息一幅幅画看过去，男孩、女孩在逐渐长大，眉眼俊秀，神情各异，气质也迥然不同。

女孩的眉头总是扬得高高的，眼中总是溢着笑意，似乎这世间有着许许多多让她觉得开心和好玩的事，神情里总是带着一抹随性与调皮，似只要一个不小心，她便会跑得远远的，飞得高高的，让你无法抓住。

男孩则十分斯文，每一幅画里，他都是规规矩矩地或坐或站，只是他似乎一直很瘦，黑色的长发也极少束冠，总是披垂在身后，眉目清俊秀气，脸上略显病态，衣袍穿在他身上，总让人担心如此消瘦的他被那袍子淹没。

随着年龄的增长，作画之人的画技也日渐纯熟，形成各自不同的风格。

画女孩的人，画风细腻秀雅，从一缕头发到嘴角的一丝笑纹，从一件饰物到衣裙的皱褶，无不画得形神俱备，从画像便能看到作画之人那无比认真的态度，那是在画他心中最宝贝、最珍爱的人，所以不允许有一丝一毫的瑕疵。

而画男孩的人，画风一派大气随性，仿佛作画时拈笔就来，随意而画，未曾细细观察、细细描绘，只是简简单单的几笔，却已将男孩的神韵完全勾画出来，作画之人显然十分了解男孩，他在她心中有清晰的形象。

丰兰息的目光停在女孩十五岁那张画像上，这也是女孩最后一张画像，画中人的面貌体态与今日的风惜云差别不大，而且她身上的装束与今日一模一样，亭亭地立于白玉栏前，栏后是一片紫芍药，面容娇美，浅笑盈盈，人花相映，相得益彰，只是……她的眼中藏着的一抹隐忧也被作画之人清晰地捕捉进了画里。

而男孩——十七岁的少年长身玉立，清眉俊目，气质秀逸，已长成了难得一见的美男子，只是眉目间疲态难消，似是大病未愈，体瘦神衰，身着月白长袍，腰系红玉玲珑带，同样立于白玉栏前，身后也是一片紫芍药，人花相映，却越发显得花儿娇艳丰盈，而他弱不胜衣，病骨难支，只是他脸上却洋溢着欢喜的笑容，眼中有着淡淡的满足。

"这是我们最后一次为对方作画，也是最后一次一起过生辰，第二天，他就去了。"

丰兰息凝视着画像时，耳边响起风惜云低沉的声音，他侧首回眸，见她不知何时站到了他的身旁，静静地看着画中的少年，脸上有着淡淡的哀伤。

"我们青州风氏是大东朝王族里最为单薄的一支，从先祖起，每一代都只有一名子嗣，就算偶有生得两或三名的，不是早夭便是英年早逝，总是只能留下一人承继血脉与王位。到了父王这一代，虽有伯父与父王两人，但伯父伯母都早早离世，只遗下写月哥哥一子。父王继位后，母后也只有我一个，父王虽纳嫔嫱无数，却再无所出，所以到我这一代，青州风氏只有我与写月哥哥两个人。”

风惜云走近两步，伸出手，指尖轻轻抚着画中的少年。

“说来也巧，我与写月哥哥同月同日生，他刚好长我两岁。他无父无母，而我……父王政务繁忙，母后则……所以我们俩自小就亲近。哥哥十分聪慧，才华卓绝，我所学里几乎有大半传自于他，只可惜他身体羸弱，长年药不离口，否则……今日的四公子里应有他一个，而我亦不用做这女王，依旧可以逍遥江湖。”

风惜云说着，脸上浮起淡淡的笑，眼里也流露出追忆之色，显然是回想起了与兄长的往事。

“记得有一年六月，我们才过生日不久，又迎来了父王的四十寿辰，不但各诸侯都派来使臣贺寿，便连帝都也派了人来，所以父王寿辰那日，宫中大摆宴席，十分热闹。那天，作为储君，我须陪伴父王左右，接受各方使者的恭贺，只是公主的朝服太过累赘，我也不肯安安分分地傻坐着，所以一早趁着哥哥还没醒，使唤人把公主的朝服给哥哥穿上，然后自己换了哥哥的衣裳扮成了他。哥哥体虚，夜间难入睡，早上却难醒，等到他清醒时，朝服穿好了，头发梳好了，我再恳求一番，哥哥向来宠我，也只能无奈地答应。”

说到此处，风惜云轻轻笑了起来，眼中波光流转，明亮异常，似乎又看到了那日与她交换身份的兄长。

“我与哥哥本就长得像，那日父王诸事繁忙，也没有发现异常。宴会中途我装作疲累了，父王向来怜惜哥哥，忙打发人送我回去休息，我便悄悄溜出王宫。因为当日是父王的寿诞日，所以王都里的百姓也在庆贺，八方奇艺，四方珍玩，人如潮涌，到处都是好玩的好看的，比在王宫接见使臣要有意思百倍，我玩得不亦乐乎，哪里知道哥哥的苦处？他身体羸弱，六月里天气又热，穿着厚重的朝服，闷得难受，又跟在父王身边接受各方拜贺，言行举止不能有分毫出错，以免失仪，所以颇为紧张，心里更是一直担忧被识破时我要挨父王的罚，这时间一长，他的身体哪里支撑得住？结果就晕倒了。”

风惜云说着忍不住轻轻叹息，脸上也浮起自责之色：“那日，我后来果然被父王重重责罚了，结果也因此让‘惜云公主体弱多病’的谣言传开了。”她转头，望向自己十岁时的画像，“也是自那时起，我便生出了去外面看看的念头，先是常常溜出王宫在王都里到处游玩，过了两年我便想走到更远的地方去看看，父王虽疼我，但肯定不会答应，所以我只把打算告诉了哥哥一个人，哥哥支持我。他说我将来是要继承王位的人，是要肩负青州安危与百姓生计的人，本就应看尽天下风光、熟知民间疾苦，才能知道自己该做什么。”

丰兰息一直静静地听着，神色平静，目光柔和。

“因为有哥哥的疼惜与成全，所以才有了江湖上恣意快活的白风夕；也因为有哥哥的包容与教诲，才有今日可驾驭臣下的风惜云。”她移步走至风写月最后一张画像前，目光眷恋地看着画中温柔浅笑的兄长，“哥哥把他想做而不能做的全都交给了我，所以我虽一人，却是兄妹一起活着。”

丰兰息的目光扫过案上的那些手工制作的礼物，大多简朴粗糙，可此时，他觉得这些比外面那金山玉海更重更贵，这样的礼物啊，有些人穷其一生也收不到一件。

他伸手取过案上的那只小木船，这是风写月做给风惜云的第一件礼物，粗陋得几乎不像一条船。抚过木船身上的刻痕，他轻轻叹息："孤独的青州风氏又何尝不是最幸福的王族？"

这声叹息沉重却又冰凉。风惜云不禁转头望向丰兰息，见他正将手中的木船轻轻放回案上，姿态小心，似乎怕弄坏了。

放好木船，丰兰息抬首，幽深的墨眸第一次这样清透，却如同覆了一层薄冰，可一眼见底，目光却那样冷："青州风氏每代都只有一位继承人，虽然孤单了些，却不会有手足相残、父子相忌的残忍与血腥。你们若得到一个手足，必是珍惜爱护，就算不久会失去，但曾经的温情还是会留下。"他移步走近风写月的画像，看着画中风写月那种温柔满足的笑容，忍不住伸出手去轻轻碰触，喃喃地道，"至少这样的笑容，我从未在我们雍州丰氏的人身上见过，就算是在我们年幼之时！"

那句话若巨石，重重地砸在风惜云的心湖中，看着丰兰息冰冷的双眸，看着他似停在画上的指尖，刹那间，一股心酸自胸膛蔓延开来。

"手足之情，我此生已不可得。"丰兰息终于收回手，移开目光，回首之际，却瞅见了风惜云望着他的目光，顿时一呆，心头蓦然悲喜交加。

两人相视片刻，风惜云先转身走出石室："外面的金银你自可搬去，只是这石室里的东西不要动。"

丰兰息跟着她走出石室："你为何不将这些带走？"

石门前，风惜云最后望了那些画像与礼物一眼，轻轻摇头："睹物思人，徒增伤悲。我好好活着，哥哥自然也开怀。这些东西烧了我舍不得，埋了我觉得脏，所以就让它们永远留在这地宫里吧。"

说完，她封了石室，转身离开，丰兰息默默地跟在她身后。

两人出了阴暗的地道，再见天日朗朗，环顾庭院，丰兰息不由得感叹道："若说地宫是黄泉，那这座宫殿便是碧落。"

风惜云微微一笑，然后双掌啪啪啪啪拍击四下，瞬间便有四道人影飞落，低首跪于地上："臣等拜见主上。"

风惜云微微抬手，示意四人起身："今后，这地宫里的东西，除我之外，雍州兰息公子可随意使用。"

"是！"四人应道，随即抬首望向丰兰息。

那刻，丰兰息只觉得四道冰冷的目光如同实质般，带着凛冽的锋芒扫来。

"你们退下吧。"风惜云挥挥手，那四道人影便如来时般无声无息地消失了。

丰兰息回首看着那慢慢闭合的地宫洞口，忽然道："这些我暂时不会动的。"

风惜云侧首看他："为何？"

"因为我现在还不是雍州的王！"丰兰息的话音没有丝毫感情，目光遥遥地落向天际，"我明日就回去，有些事也该了结了。"

第二十八章　欲求先舍全其愿

春光融融的花园，丛丛牡丹绽放，三两彩蝶飞绕，翩翩弄姿，一道白玉栏杆围在花丛前，栏杆上坐着一名女子，体态玲珑修长，淡黄衣裙素雅，长裙之下赤足如玉，头微微向右偏着，长发一半绾髻，一半披垂，一手扶栏，一手自然垂落，眉目清丽，风姿如柳，神态间三分风雅，三分随性，三分慵懒，再加一分不羁。

"这样的风夕倒是少见。"

一道声音猛然响起，华纯然一惊，手中的笔便脱手落下。斜刺里一只手伸过来，轻轻松松地将那支画笔接在手中。

"原来是驸马。"华纯然轻呼一口气，平复心跳，"这么晚了，驸马还未休息吗？"

"公主不也未休息吗？"皇朝笑笑，将手中画笔放回笔架上，"吓到公主了？"

吓是吓到了，可也不全是，华纯然摇了摇头，问道："驸马找我有事？"

皇朝却未答她的话，反拾起案上的画像细细看着，边看边点头："想来公主将风夕视为平生知己，否则焉能画尽她之神韵。"

"风姑娘为人潇洒不拘，与之相交，心旷神怡。"华纯然起身，与皇朝并肩看画中之人，末了目光略带深意地看一眼皇朝，"况且她那等人物，谁人不为之倾倒？"

"确实。"皇朝点头，将画像放回桌上，另铺上一张白纸，拾起画笔，看一眼华纯然，"公主定也未见过这样的风夕吧？"说着，他手起笔落，聚精会神，不到片刻，一个截然不同的风夕便跃然纸上。

"这是……"华纯然满目惊愕。

画中之人身着银铠银甲，高高立于城墙之上，手挽长弓，凝视前方，身后旌旗飞扬，衬着她修长的身姿，自有一种雍容傲岸的气度。

"这是风姑娘？她为何这般模样？"华纯然惊疑不定地看向皇朝，心头一时热一时冷。

"这就是公主引为知己的白风夕，但她也是那个一手创建风云骑的惜云公主，更是青州现任的女王！"皇朝平静地看着华纯然，唇角甚至勾起了一丝浅笑。

"她？惜云公主？青州的女王？"华纯然目光怔怔地落回画上，再望向另一张自己画的画像，心中蓦然生出荒谬之感，隐隐觉得自己十分可笑。

“公主没有料到吧？”皇朝挑了把椅子坐下，目光极其柔和地看着华纯然，“公主肯定也想不到，那位黑丰息就是雍州的兰息公子吧？”

“兰息公子？”华纯然又是一呆，目光疑惑又茫然地落在皇朝脸上。

“是啊，江湖名侠‘白风黑息’，实则是惜云公主与兰息公子。”皇朝语气淡淡的。

“惜云公主……兰息公子……”华纯然重复着，呆呆地在椅上坐下。

皇朝看着她，没有说话。

华纯然呆坐半晌，蓦然轻笑出声：“难怪……他们懂得那么多，通诗文，精六艺，知百家，晓兵剑，江湖草莽懂得再多，又岂能有他们那样的气度？……哈哈哈哈……可笑我竟然还以为……哈哈哈哈……”

殿中一时只闻笑声，尽管失态，但华纯然笑声依旧清脆如夜莺浅啼，素手轻掩，眼波流转，姿态妍美如一枝风中微颤的牡丹。

皇朝如同欣赏一幅名贵的图画般静静地看着她，尽管觉得当世女子已无人能逾风夕，却不得不承认眼前佳人当真美得“百花低首拜芳尘，国中无色可为邻[1]”。

不过片刻，华纯然便敛笑收声，依然姿态优雅地端坐椅中，望向皇朝，神情平静：“驸马就是来告诉我这些的吗？”

“哈哈哈哈……”这下轮到皇朝放声大笑了，“我果然没有看错公主。”

华纯然静静地看着朗声大笑的皇朝。

他笑的时候，如日出东方，光芒大放，周身洋溢着张狂霸气。这个人是冀州的世子，冀州未来的君王，也是她的夫婿，却何以这般陌生？

“记得我去青州之前，公主说过一句话。”皇朝敛笑，起身执起华纯然的手。

华纯然不由自主地站起身来，此时才发现，他竟是那般高大，自己竟只及他肩膀，仰首看去，那张脸……那五官竟是俊美至极，金褐色的眼眸专注地看着你时，炫目的金芒似乎能惑人心智，让你一瞬间迷失，仿佛只要听从他、服从他便可以了。

“是的，当日纯然曾对驸马说：汝之家国即为吾之家国，吾之家国即为汝之家国。”华纯然被皇朝握在手中的指尖微微一颤。

“所以我有一样礼物要送与公主。”皇朝从袖中取出一物放在华纯然掌心，神色温柔凝重，如同一位丈夫将他的传家至宝交与妻子保管。

“这是……？”华纯然愕然地看着手中冰凉透骨的墨黑色铁块，当看清上方的图案与文字时，不禁瞪大了眼睛，难以置信地看着皇朝，“这是玄极？！”

“是的，这就是天下至尊——玄极！”皇朝淡淡地笑道。

“你送给我？”华纯然看看手中的玄极，再看看皇朝，待确认之后，刹那间一股狂喜涌

1　引自李孝光《牡丹》。

上心头，可紧接着，喜悦之中又涌上各种复杂的感觉。

“你我夫妻一体，我的自然也是你的。”皇朝握着华纯然的手，连同玄极一起握于掌中，那一刻，他的神情是温柔的、真诚的、庄重的，那简单的言语仿若誓言般沉重。

华纯然呆呆地看着他们交握的双手，手是热的，玄极却是冰凉的，便如她此刻的心，喜与悲、热与冷交杂着。她抬首，看着那张脸，看着那温柔的眼神，不由得有些恍惚。

这个人虽然才貌出众，但那一身气势总是令她望而却步。而此刻，他的神情如此温和，金眸专注地看着她，她知道……他的言行是真诚的，因为他就是言出必行之人，从此他不再视她为纯然公主，而是视她为妻。

顿时，心头喜悦蔓延，仿佛将触摸到她一直渴盼着的……只有一步之距，她便可触摸！至尊至贵的玄极之后……终于，她牵起唇角，绽出一抹微笑，美如花开。

“人总要付出什么，才能得到什么。”欢喜之后，华纯然目光平静地看着皇朝，“手握玄极，我需要付出什么？”

皇朝松开手，垂眸看着眼前这张世间稀有的美丽容颜，轻轻一笑：“只需公主记着，公主是冀州皇朝之妻，你我夫妻一体。”

华纯然心弦一颤，面色有刹那的苍白，但随即她深深吸气，然后展颜微笑：“从今以后，纯然只是皇朝的妻子。”

皇朝满脸欣然：“公主可喜欢我送的礼物？”

华纯然抬手抚鬓，神态娇柔而妩媚：“驸马送的，自然喜爱。”

“那就好。”皇朝颔首微笑，“还望公主珍之，重之。”

华纯然握紧手中的玄极，然后目光清亮而坚定地望向皇朝：“纯然定不负驸马！”

皇朝剑眉微动，凝神注视华纯然，片刻后再次微笑点头：“我立于何处，公主所立之处必在我身旁！”

“哦？”华纯然眼波一转，神情柔媚，“当驸马君临天下之时，我当立于何处？”

“自是母仪天下！”皇朝再次执起华纯然的手，指尖相触，十指交缠，手腕相扣，目光交接，这……是他们的仪式，他们立下了那个古老的、永不背弃的誓约。

皇朝此举显然出乎华纯然的意料，她有些动容地看着那相握的手，抬首看着皇朝郑重的神情、决不后悔的目光。这一刻，她想笑，却又想哭，最后只是呆呆地站着，呆呆地看着，任那交握的双手温暖着彼此。

片刻后，皇朝松手：“夜深了，公主该休息了。”他说完即转身离去，走至门口，忽又回头，看着华纯然，“我们，会不会相扶相依至白首？”话说完，他却也不等她答话，淡淡一笑，径自离去。

房中，华纯然凝视着手中冰凉的玄极，许久后，一滴泪水落在黑铁上，却转瞬便在炎夏的夜里无声无息地消失。

景炎二十六年，四月至六月间，对青州百姓来说，这期间发生了数件大事。先是先主薨逝，然后新王继位，接着幽州犯境，再来便是女王亲征，最后两州达成和约。

战后归国的女王，再非昔日国人印象中的羸弱公主，而是精干刚毅，行事果断的英明女王。

班师回朝待先王百日后，她即将先王的灵柩送至峭山，与先王后卫氏合葬于晔陵。随后她遣散了先王的嫔嫱们，其中年轻貌美者，愿再嫁的赐以嫁妆；年老色衰者，愿回娘家养老的赐以金银；余者便是一些要为先王守节的，皆送往慈济庵礼佛。

继位之初，她便已知先王留下的臣子中能干的少，尸位素餐的多，是以几日早朝里，她寻着错处，连番贬退数位庸碌之臣，雷厉风行地提拔了一些位卑却有实才的臣子。原禁卫军统领李羡虽已亡故，但她依旧追究其违命失职之责，削其爵，夺其禄，擢谢素为禁卫军统领，命齐恕为副统领。接着，她又赏赐了留守监国的冯渡等臣子，以及此次战役里有功的风云骑诸将士。

一番赏罚决断之后，她便开始着手革新朝政，并发布招贤令，于民间选拔人才。只此数月，朝堂上下便焕然一新，无论臣子还是百姓都在感叹，与先王相比，女王殿下更加贤明勤政，一时赞声四起。

九月，好不容易偷得半日闲，风惜云脱去繁复的朝服，换上素淡的衣裙，在王宫里随性地走着。

不知不觉中，她便到了承露宫前，这里曾是她母亲生前所居之地，自母亲亡故之后，这里已冷清多年。她呆立片刻，移步跨入宫门，前殿的庭院里开着一树芙蓉花，碧叶霜花，冰清玉洁，丽质天然，于秋风里摇曳生姿。

风惜云在台阶上坐下，四周静谧，只有淡淡的花香萦绕，她看着那树白芙蓉，恍然间想起了母亲。她的记忆里，母亲身姿纤细而眉目抑郁，倒有些像这风露清愁的芙蓉花。

木末芙蓉花，山中发红萼。
闭户寂无人，纷纷开且落。[1]

她喃喃地念着，想起母亲与父亲的往事，轻轻叹息。

正在这时，宫殿外传来一阵脚步声，她转头看去，便见裴钰领着一群内侍、宫女疾步走来。

“主上，您怎么身边一个人也不带？”裴钰一见到风惜云便皱眉，抬步走入承露宫，其余内侍与宫女则在宫外候着。

风惜云闻言只是一笑。这个自小便侍候父王的裴总管，也是看着她出生和长大的，待她的情分自不比旁人。

“裴总管，你还记得我母后吗？”

提起先王后，裴钰眼中顿现伤感之色：“记得，老奴怎么会不记得呢？先王与先王后青梅竹马，老奴也几乎是陪着他们长大的。”

1　引自王维《木芙蓉》。

“青梅竹马……”风惜云目光一黯，喃喃地道，“就算是那样深厚漫长的情谊，也没禁得住岁月磋磨。”

裴钰顿时惊诧地看着风惜云。

“父王是仁厚宽和之人，却也不能做到有始有终。”风惜云起身，走至芙蓉花树下，就算是满树繁花似锦，可开在这瑟瑟秋风里，又能明媚几日？能有几朝欢愉？倒不如青松翠柏，无论岁月如何流逝，总是苍郁如昔。

“主上……”裴钰斟酌着开口，“先王与先王后……唉，先王后若能少些孤傲，也不至于……”

他的话很委婉，甚至不敢说明，但风惜云听懂了他的言下之意，却没有感到半分安慰：“孤傲是融在母后骨子里的，当年父王看中母后，大约也是因为这份孤傲，只可惜没能善始善终。执子之手，与子偕老，终只是自欺欺人。”

“主上，你……”裴钰听她的话越发不祥，顿时担心不已。

风惜云却转过身：“走吧，母后大约也不喜欢有人来打扰。”她抬步走出承露宫。

裴钰跟在她身后，看着她的背影，心头又是怜惜又是忧心。先王薨逝后，青州风氏便只余她一人，而现如今她身为青州之王，日后的姻缘会如何呢？这世间又有哪个男子能与之匹配？

裴钰正暗自思量，却见前方的风惜云蓦地停下脚步，望向左方，裴钰看去，看见一名小内侍急匆匆地奔来。

“跑什么跑？成何体统！”他立时呵斥了一声。

那名小内侍顿时吓得脚下一收，险些绊倒自己，等喘息数声后，才诚惶诚恐地走过来，向风惜云行礼：“主上，宫外来了个人，说是您的厨师。”

风惜云闻言，眼睛一亮：“快请！”

“是。”内侍领命，忙又往回跑去，跑了几步，记起了裴钰的呵斥，忙收了脚步，一步一步走。

“快去。”风惜云却在身后催他。

于是，小内侍赶忙一溜烟儿似的跑远了。

风惜云也不等着，移步往前走去，显然是想迎一迎。

裴钰暗自嘀咕：这位“厨师”是何等人，竟让主上亲迎？

风惜云走到昱升宫前，立于高高的丹陛上，远远便见一道颀长的身影正自坤令门走出，不紧不慢地向着这边走来。

那人越来越近，身形面貌渐渐清晰，年轻的男子，淡青色的衣袍，普普通通的五官，看起来十分平常，远远不及兰息公子俊美雍容，裴钰实在不明白这样的人何以能让主上亲迎。于是他再次望向那人，一看之下顿时觉得有些不寻常了，那人平凡的五官里似蕴着常人未有的灵气，顾盼间便有风华流溢，令人暗暗称奇。

青衣男子走至丹陛下，仰望着丹陛之上的风惜云，然后行礼：“拜见青王。”他虽然语气恭敬，却只是微微躬身，并未行大礼。

裴钰正觉得此人礼节失当，耳边便听得风惜云的声音：“久微，你终于来了。”那语气无限欢喜，让他惊奇不已。

“嗯，我来了。”久微亦微微一笑，望着丹陛上的风夕——不，那不是风夕。

她虽然白衣依旧，但那衣裳的前襟与裙摆都绣有繁复美丽的金色凤凰，腰间系着玉带，长发绾成云髻，金钗插髻，步摇压鬓，一派明丽华美，神情举止亦是清雅高贵。这些无不昭示着这不是江湖上那个简单潇洒的白风夕，他眼前之人是青州之王——风惜云。

他心头复杂，似有些失落，却又有些隐隐的兴奋与期盼。

风惜云深深凝视着丹陛下的久微，然后伸出手："久微，我等你很久了。"

久微目光微凝，抬脚拾级而上，一步一步走到风惜云的面前："我说过我会来的。"他伸出手，握住了她的手。

"嗯。"风惜云重重点头，眉目舒展，轻松愉悦，"来，我们走，我有很多话要和你说。"

"好。"久微轻笑。

两人携手而去，身后的裴钰已是一脸震惊。

这人到底是谁？主上竟然和他如此亲近？那一刻，裴钰忽然间想起了早逝的写月公子，自他去后，主上这是第一次这样亲近一个男子。

当日，王宫上下都知道宫中来了一位久微公子，虽不知家世如何，但主上与他十分亲近，他是否就是主上将来的王夫呢？

韶光荏苒，芙蓉纷落，便有桂飘金秋。

含辰殿里，风惜云放下手中的奏章，揉揉眉心，侧首望向窗外，丹桂满树芳华，飒飒金风吹过，便随风摇洒幽香。

朝局已稳，只是在摇摇欲坠的大东朝，这种平静能维持多久呢？而她又能否护住青州的百姓，让他们免受战乱之苦呢？想至此，她不禁幽幽一叹。

忽然，细微的声响传来，仿佛是落叶舞在风中，人耳几乎不能察觉。

"什么人？"她轻声喝道，长袖垂下，白绫已握在手中。

一抹淡淡的黑影若一缕轻烟般从窗口轻飘飘地飞入殿中。

"暗魅，拜见青王。"

"暗魅？"风惜云目光一凝，打量着那抹黑影，只见一团模糊的黑色人影，看不清面貌，也看不出体形，只大略知道，他是跪着的，正垂首向她行礼，唯一清晰的是他的声音，却也是听过后便再也想不起来的那种，"雍州的兰暗使者？"

"是。"暗魅答道，"奉公子之命，送信与青王。"

话音刚落，一股清雅的兰香便在殿中飘散开来，然后一朵墨兰自那团黑影里飞出，直往风惜云飞去。

风惜云松开握住白绫的手，平摊于胸前，那朵墨兰便轻飘飘地落在了她的掌心。她对着墨兰微微吹口气，墨兰便慢慢舒展、散开，然后薄如蝉翼的信纸便从墨兰的花蕊里露了出来。

她拈起信纸，片刻间便将信看完，顿时面上微热，如饮醇酒，玉颜飞霞，但也只是转瞬间，面上霞光已去，眼眸深幽如海，让人无法看出任何情绪。

"临行时公子吩咐，需得带回青王的亲笔回信。"暗魅无波的声音在殿中响起。

"嗯。"风惜云微微一笑，只是笑中未有任何欢欣之意，"明日这个时候，你再来取信。"

“是，暗魅告退。”黑影又轻飘飘地从窗口飞出。

风惜云的目光落回手中的信上，一瞬间，略带悲凉的笑浮上她的脸，转头望向窗外，秋高气爽，丹桂烂漫，她无奈地长长叹息。

真的要走这一步吗？

殿外传来脚步声，久微抬步跨入宫殿，一股菊花的清香顿时在殿中蔓延开来。

风惜云回神，转头便见久微托着一碗粥进来。

“累了吧？我给你做了菊花粥，明目清神。”久微将粥碗放在桌上，却见她神色不对，不由得问道，“怎么啦？”

风惜云只是笑笑，端过粥碗，闻得满鼻清香，心神随之一静。

久微也没有追问，只是递上勺子：“尝尝味道如何。”

“嗯。”风惜云接过粥，舀了一勺入口，“嗯……又清又凉，香绕唇齿，好吃！”她三两下便将一碗粥喝完，再抬头望着久微，原本微皱的眉头已展开，眼中此刻只有馋意，“久微，我还要一碗。”

“吃多了就不香了。”久微弹了弹她的额头。

“久微……”风惜云扯着他的衣袖，其意自明。

“只能吃一碗，不然晚上你不吃饭了？”久微抽回自己的衣袖，有些好笑地看着风惜云，似乎只有贪吃这一点，才能让他将眼前之人与昔日那个白风夕联系在一起。

“好吧。”为了晚上的美食，风惜云勉强答应了。

久微收拾了碗勺放置在一边，回头却见风惜云正看着桌上一朵墨花出神，便静静地立在一旁看着她，却是半刻过去了也不见她回神。他不由得望向墨兰，心中蓦然一动，唤道：“夕儿。”

风惜云惊醒，侧头看他，见他目中隐现担忧，遂勾唇笑笑，道：“久微，你知道要让两个国家融为一体，最好的方法是什么吗？”

“嗯？”久微眉峰微敛，“结盟？”

风惜云摇头：“换一个说法，让两个人融为一体，你知道用什么方法吗？”

久微眼睛一瞪，看着风惜云不语，心中虽隐约猜到，却又似不想相信。

“夫妻。”风惜云却自己答了，凝视着那朵墨兰，“夫妻为一体，一荣俱荣，一损俱损。而要让两个国家不分彼此，福祸与共，那最简单也是最好的办法，便是两州之王结为夫妻！”

久微看着风惜云，自然没有漏过她说到“夫妻”之时眼中闪过的郁色：“夕儿，难道是……”

风惜云又是一笑，笑意却未达眼底，指尖拨弄着墨兰，淡淡地道：“其实我早就料想过，只是没想到他真会如此。我以为……我与他这十余年，无论于我还是于他，总有些不同，他总会保留一点点的……只可惜，他还是走了这一步。”

久微双眉蹙在一起：“那你如何决定？”

“我嘛……”风惜云起身走至窗前，看看手心的墨兰，然后伸出手，轻轻一吹，墨兰便飞出窗口，飘向半空，“我当然是要答应他。”话说出了口，她眼中却现无奈与悲哀，目光依然追着那朵墨兰，仿佛亲手抛出了什么重要之物，虽不舍，却决然。

“你真要嫁给他？”久微走至风惜云身边，扳过她的身子，“夕儿，不能答应。十年情谊不易，若答应了他，你们之间的感情便算走到了尽头！那样……那样，日后你俩必定都会憾恨的！”

“久微，”风惜云抬手握住肩膀上久微的手，摇头一笑，笑得轻浅，却也笑得无奈，“或许这是上天注定的，从我与他相遇之初便已注定。这么多年……还不够吗？可是我与他总是无法更进一步，靠得最近时也隔着一层。他无法，我也无法！”

“一定要如此吗？”久微不忍，却又无能为力。

“处在我与他这样的位置，只能如此。”风惜云转过身，目光空洞地望着窗外的丹桂，“这个大东朝已千疮百孔，我有我要护着的，他有他想要握住的，那么我们合作便是最好的，我达成所愿，他得其所想。”

“可是……”久微忧心地看着风惜云，那双蕴藏着灵气的眼眸仿佛可穿越时光看透日后的种种，“若一生如此，岂不悲哀？”

“我和他……一生……”风惜云的声音有片刻的茫然，眸子空空地落向远方，“相交十余年，走至今日，若是可能，我想他也不会轻易断送。”

“夕儿。”久微唤一声，声音里有着深深的忧郁。

风惜云怅然地望向天空，淡蓝的天空上，丝絮般的游云飘移，那样高远，那样自由，她心中渴望着，却知道她再也不能伸手。

“若我只是白风夕，当日在天支山上我便拖着那人一起走了，笑傲山林，踏遍烟霞，自在潇洒。什么天下，什么霸业，都与我无关，哪管他是丰息还是兰息，也不需要愁他到底有多少心思算计……可是，我到底是青州风氏的子孙。”她回首看着久微，目光坚毅，“我一生最重要的部分还是青州的风惜云！人活一生，并不只是为着自己，为着情爱，更多的还有责任与义务！”她深深地看着久微，目中闪着奇异的光芒，“久微，你不同样如此吗？”

久微哑然，良久后长叹一口气：“我每天都会为你做好吃的，定会让你身体康泰，长命百岁！”

第二十九章　身系王道心天下

景炎二十六年十月中旬，风惜云自王都出发，巡视篆城、浔城、溱城、丹城这四城。

闻说女王出巡，青州百姓皆翘首以待，想一睹这位少时即名扬九州、文武双全的女王的风采，想亲自向年轻而英明的女王表达他们的忠诚与敬爱。

篆城是风惜云巡视的第一城。

当那车驾远远地驶来时，夹道相迎的数万百姓不约而同地屏息止语。慢慢地，由八匹纯白骏马拉着的玉辇驶近了，人们隔着密密的珠帘，透过飞舞的丝幔，隐约可见车中端坐一人，虽未能看清容颜，但那端庄高雅的仪态已让人心生敬慕。

因路旁百姓太多，玉辇只是缓缓而行，侍卫于玉辇前后保护。

“主上！”

不知是谁开口喊了一声，顷刻间便有许许多多的声音跟随，百姓高声呼喊着他们的女王，虽未曾言明，可那迫切的目光早已表露出他们的意愿：他们想看一眼车中的女王，看这也许终生才得一次的一眼。

“主上！”

“主上！”

…………

此起彼伏的呼唤声里，玉辇里伸出一只素白如玉的纤手，勾起了密密的珠帘，露出了玉座上高贵的女王，她的面容那样美丽，目光那样明亮，笑容那样温柔……百姓们顿时敬慕不已，当玉座上的女王向两旁百姓含笑点头致意时，“女王万岁！”之声山呼海啸般响起，直入云霄，久久不绝。

万民倾倒，匍匐于地，向他们的女王致以最诚最高的敬意。

步上篆城城楼，看着风惜云向城下的百姓挥手，久微轻声道：“你并非如此招摇之人，此次出巡何以如此声势浩大？”

“民心所向，便是力量所聚。”风惜云淡淡地道。

久微看着城下满怀敬仰的百姓，再回首看看身旁高贵威仪中又不失清艳的风惜云，蓦然明白了。这十数年里，她的才名、她创立的风云骑，早已让她声震九州，青州的百姓无不崇敬她，但那毕竟只是从传说中化出的感觉，比不得此时此刻，他们亲眼看到这位贤明宽厚又高贵美丽的女王后，发自心底的敬慕与爱戴。

“你是在做准备吗？”

“那一天很快就要来临了，他们与我齐心，我才能护得住他们！”风惜云抬首，仰望万里无云的碧空。

这一路巡视中，风惜云还查办了几位令百姓怨声载道的贪墨渎职的官吏，此举更是让百姓对她赞不绝口。

至十二月中，女王结束巡视，带着青州百姓的衷心敬爱回到了王都。

“明明出了太阳嘛，怎么还这么冷？”

含辰殿前，久微提着食盒，抬首望一眼高空上挂着的朗日，喃喃地抱怨着，将食盒抱在怀中焐着，免得其中的食物冷了。

他推开殿门便看到风惜云正对着桌上的一堆东西发呆：“这都是些什么？”

“久微。”风惜云抬头看他一眼，露出一丝微笑，目光落回桌上，“这可都是些稀罕东西。”

“哦？”久微将食盒放在桌上，目光扫向那些东西。

它们并非什么贵重之物，或铜或铁、或木或帛，或铸或雕、或画或写，各种奇特的形状、图案林林总总地铺满一桌，与王宫中随处可见的金玉珍玩相比，这些只能算是破铜烂铁吧？

“这些都是江湖上的朋友送给白风夕的。”风惜云伸手拈起桌上一枚铜牌，那上面雕着一枚长牙，“这枚铜牙牌是当年我救了戚家三少时，他们家主送给我的。”

“那个传说中永远长不大、永远不会老的‘鬼灵’戚三少？他可是戚家最重要的宝贝。”久微闻言，伸手隔着衣袖接过那枚铜牌，“他们家的东西都是鬼气森森的，常人可碰不得。嗯？这戚家家主的牙牌可好用了，有了这牙牌，阴阳戚家便唯你之命是从，他们倒是好大方。”

“戚家人虽然性子都很冷，但最是知恩重诺。”风惜云语气里有着敬重，显然对于戚家十分看重。

“冰凉凉的，还给你。”久微将铜牙牌还给风惜云，“他们家不但人冷，所有出自他们家的东西也冷，你看这铜牙，比这十二月的冰还要冷！”

“哈哈，有这么夸张吗？”风惜云好笑地看着久微不断摩擦着双手的动作。

“我可不比你，有内功护体。”久微看看风惜云身上轻便的衣衫，再看看自己臃肿的一身棉服，不由得叹气，“早知道我也该习武才是，如此便可免受酷暑严寒之苦。”

风惜云摇头：“你以为习武很轻松呀？”

“我知道不轻松。”久微将食盒中热气腾腾的面条端出，“所以我才没学啊，还是做菜比较轻松。来，快吃，否则等会儿就凉了。”

“今天就只有面条吃吗？”风惜云接过面碗。

“这面条可费了我不少时辰。”久微在她对面坐下，把玩着桌上那些东西，“你先尝尝看。”

“嗯。”风惜云吃了一口，顿时赞道，“好香好滑，这汤似乎是骨头汤，但比骨头汤更美味，你用什么做的？”

“这汤嘛，应该叫骨髓汤。我用小排骨煲了三个时辰，才得这一碗，再加入少许燕窝，起锅时再加点儿香菇末。可惜现在是冬天，若是夏天，用莲藕煲排骨做面汤，会更香甜。”

“那等夏天了你再煲莲藕排骨汤吧。”

“想得倒远。”久微一边与她说话，一边翻着桌上的东西，“这是易家的铁飞燕，这是桃落大侠南昭的木桃花，这是梅花女侠梅心雨的梅花雨，这是四方书生宇文言的天书令……哟，这些破铜烂铁看起来一文不值，倒真是千金难求的稀罕物。你忽然拿出这些来干吗？”

风惜云咽下最后一口汤，才推开碗，抽了帕子擦了擦嘴唇，看着桌上那些信物道：“自然是要用到它们。”

久微把玩着信物的手一顿，看着风惜云，片刻后才道：“难道你想让他们帮助你们？以这些人在武林的声望，确实可为你召集不少力量。”

“不。”风惜云摇头，随手拈起那朵木桃花，“那个战场我不会拖他们下去，只是……”她语气一顿，瞟了瞟窗外，才低声道，“我继位后，罢黜了不少旧臣，起用了一些位卑的新臣，自然会有些人心生怨恨。”

“那……”久微捡起那支铁飞燕，摸着那尖尖的燕喙，“你是想用这些江湖人来……”他看一眼风惜云，才继续道，“是要监视起来？”

风惜云点头：“如今局势至此，不知哪天我便要出征，到时最怕的便是他们在我背后捣乱。”她手一抬，那朵木桃花便直射而去，叮的一声稳稳嵌入窗棂，“我要守护的，可不容许别人来破坏！”说完，手一扬，袖中白绫飞出，在窗棂上一敲，木桃花便弹飞而回，她张手接住，“对那些人，不便明着派人，让这些陌生的武林高手隐在暗处监视更为妥当。若那些人有异动，由他们下手，必也是干净利落！”话音落时，她手一挽，白绫飞回袖中，利索得如她此刻的神情语气。

久微久久地看着她，叹息道：“夕儿，你此刻已是一位真正的王了。”

风惜云闻言，抬眸望向久微，然后转着手中的木桃花，淡淡地笑道：“很有心计手段是吗？”

久微默然，片刻后才道：“说来这些年你游历江湖，倒也收获匪浅，不但熟知各国地理人情，更是侠名远播，结交了一大堆豪杰高人，他日你举旗，必有许多人追随。”

“久微，你不高兴呢。”风惜云看着久微轻轻地叹了口气，然后垂眸看着桌上的那一堆信物笑了笑，笑中有几分无奈，“很小的时候我就知道，我将来是要继承王位，做青州之王的。哥哥那样的身体……我五岁时就对哥哥说过，以后由我来当王，哥哥一辈子都可以写诗、弹琴、画画。所以如何做一个合格的王，我自小就学着，对于王道，我一点儿也不陌生，所有的计谋手段我都可以运用自如。只是……”话至最后她却又咽下了，指尖无意识地拨弄着桌面上的东西。

听得这样的话，再看一眼她的神情，久微只觉得心头沉沉的、酸酸的，不由得起身将她揽在怀中：“夕儿，以你之能，你是一个合格的王，但以你之心性，你却不适合当一国之王。”

风惜云倚在久微的怀中，依恋地将头枕在他的胸膛上，这一刻，放开所有的束缚与负担，她闭目安然地依靠在这个宽厚温暖的怀抱中：“久微，你不会像写月哥哥那样离我而去吧？”

“不会的。”久微怜爱地抚了抚她的头，望着那一桌信物，“我不是答应了你，要做你的厨师吗？你在一天，我便给你做一天饭。”

闻言，风惜云勾唇，挑起一抹浅浅的，却真心开怀的笑容：“那你的落日楼呢？”

“送人了。”久微淡淡地笑道。

“好大方啊！”风惜云笑道，忽又想起了什么，抬首看着久微，“我记得以前你说过你收留了一位叫凤栖梧的歌者？”

“嗯。难得才色兼具的佳人。”久微低头，“你为何突然问起她来？”

“她是不是那个凤家的人？”风惜云神色严肃。

久微一愣，颔首道：“是的。”

“果然！”风惜云猛然站起身来，手掌就要拍在桌上时，看到那满桌的信物，顿时清醒过来收回真力，但手掌落下时，那些信物依旧蹦跳起来，有些还落在地上，“那只黑狐狸！”她恨恨地道。

“用得着这般激动吗？”久微看着她摇头，弯腰捡起那些掉在地上的信物。

“那只黑狐狸，不管做什么，他绝对是……哼！他总是无利不起早！”风惜云咬牙道，目光如剑般定在空中某处，仿佛是要刺穿那个让她愤怒的人。

久微有些好笑又有些玩味地看着她：“他并不在这里，你就算骂得再凶，目光射得再利，他也不痛不痒的。”

风惜云顿时颓然地坐回椅中，颇为惋惜地叹气：“可惜那个凤美人了，她对他却是真情实意。真是的，那样清透的一个女子，他岂配那份真心？”

“那也是他们的事，与你何干？”久微不痛不痒地道。

风惜云闻言一僵，呆坐在椅上良久，忽然抬首看着久微道：“久微，不论王道有多深多远，我都不对你使心机手段。”

“我知道。”久微微笑。

“而且我会实现你的愿望。”风惜云再道。

久微一呆。

风惜云起身走至窗前，推开窗，一股冷风灌入，让久微打了个冷战：“久微，我会实现你的愿望，以我们青州风氏起誓！”

景炎二十七年，二月十四日，雍州雍王遣寻安君至青州，以雍州丰氏至宝“血玉兰”为礼，为世子丰兰息向青州女王风惜云求亲。

二月十六日，青王风惜云允婚，并回以当年凤王大婚之时，威烈帝所赐的“雪璧凤”为定亲信物。

在大东，男女婚配必要经过意约、亲约、礼约、和约、书约五礼。

意约，乃婚说之意，即某家儿女已成年，可婚配了，便放出风声，表露欲为儿女选亲的意愿。

亲约，某两家，得知对方家有成年儿女并有了选亲之意后，便遣媒人至对方家提亲。

礼约，愿意结亲的，便互相赠以对方定亲信物。

和约，让定亲的男女择地相见，谱以琴瑟之曲，合者定白首之约，不合者则互还信物解除亲事。

书约，男女双方在长辈亲友们的见证下，书誓为约，共许婚盟，同订婚日。

得青王许婚后，两州议定，和约仪式定在雍州王都，四月兰开之时。

雍州王宫。

三月末，其他州或已春暖花开，但地处西北的雍州气候依旧干冷。

任穿雨一踏入兰陵宫，便闻得淡淡幽香，爬过百级丹陛，绕过那九曲回廊，前面已依稀可望猗兰院。

他吸了吸鼻子，兰香入喉，沁得心脾一阵清爽。

这兰陵宫的兰花总不同于别处，他目光扫过道旁摆放的一盆盆兰花，暗自想，这天下大约再也没有什么地方的兰花可比得上兰陵宫的，这里一年四季都可看到兰花，各色各形，日日不绝。

想到兰花，便会想到他们的世子兰息公子，听说公子出生之时，举国兰开，整个王宫更是笼在一片馨香之中。

他一边走一边想，找个时间要和公子说说，或许这一点又可大做文章呢。

他走至猗兰院前，侍立的宫女为他推开门，踏入门内，那又是另一个世界。

沁脾涤肺的清香如同一层雅洁的轻纱披上全身，让人一瞬间便觉得自己高雅清华。放眼望去，全是兰花，白如雪的兰花枝枝朵朵，丛丛簇簇，望不到边际，而洁白的花海中立着一道墨色身影，容若美玉，目如点漆，丰神俊秀，疑似花中仙人，却少了几分仙人的缥缈无尘，多了份高贵雍容，如王侯立于云端。

任穿雨如往日般再次轻轻叹息。每次一进这门，他就会觉得满身的污垢都被这里的兰香清洗了，让他觉得自己似乎又是个干净的好人。可是他不是好人，很久以前他就告诉自己，不要做那虚伪而悲苦的正人君子，他宁做那自私自利却快活的小人。

“公子。”他恭恭敬敬地行礼。

“嗯。”丰兰息低头拨弄着一株千雪兰，神情专注，仿佛那是他精心呵护的爱人，那样温柔而小心翼翼。

任穿雨目光顺着他的指尖移动。他手中的那株千雪兰还只有一个花骨朵儿，疏疏地展着两三片花瓣，而丰兰息正扶正它的枝，梳理它的叶，在那双修长白净的手中，那株千雪兰不到片刻便一扫萎靡之态，亭亭玉立。

“事情如何了？”正当任穿雨出神时，丰兰息开口了。

“呃？哦，一切都已准备好了。”任穿雨回过神答道。

“是吗？”丰兰息淡淡地应道，放开手中的千雪兰，抬首扫一眼他，“所有的？”

“是的。”任穿雨垂首，“臣已照公子吩咐的安排了，此次必能圆满！”他的话音重重地落在“圆满”两字之上。

“那就好。”丰兰息淡淡一笑，移步花中，“穿云那边如何？”

“迎接青王的一切礼仪他也已准备妥当。”任穿雨跟在他身后答道。

“嗯。”丰兰息目光扫视着兰花，漫不经心地道，“这些千雪兰花期长达一个月，时间刚刚好。”

闻言，任穿雨再次恭敬地躬身道：“公子大婚之时，定是举国兰开，香飘九霄！”说着，他抬首看着他的主人，目中有着恭敬，也有着一丝仿佛是达成了某种计划的笑意，“因为公子是兰之国独一无二的主人！”

“是吗？”丰兰息淡淡一笑，脚步忽然停住。他的身前是被丝幔密密围着的，约一米高，形似宝塔的东西，他看了片刻，然后道，“穿雨，你定未见过这株兰花吧？”他言语间依稀有几分得意，几分欢喜。

“这……也是一株兰花？”任穿雨不禁有些好奇，想他可是这猗兰院的常客，公子每每培育出新品种，他几乎可以说是第一个见到。他这个本对兰花一窍不通的人现在也能一口气道出上百个品种，还能有什么是他没见过的？

丰兰息轻轻揭开那一层层丝幔，丝幔之下是一座水晶塔，更叫任穿雨惊奇的是塔下之花。

“果然……快要开花了。”丰兰息语气轻柔，似怕惊动了塔中的花儿，“你看我这株兰因璧月如何？”

任穿雨惊异地看着水晶塔中的那株花，确切地说那是一株含苞待放的并蒂花，可最叫人惊奇的是并蒂长着的两个花苞一黑一白！并蒂花虽少有，但双花异色，举世罕见！那花虽还未放，但那花瓣已依稀可辨，竟形似一弯弯新月，在阳光下散发着一种晶玉似的光泽。

“这兰因璧月我种了八年，总算给我种出一株来。”丰兰息揭开塔顶，指尖轻轻碰触着白玉似的花苞，回首一笑道，“她可是说看遍了天下的奇景异事，我这株兰因璧月定能让她惊异不已！”兰息那一笑却比这并蒂异色的兰花更让任穿雨心惊。

兰因？璧月？他目光扫过那株兰花，然后落向丰兰息额间那一弯墨月，心头忽生警戒，“这兰因璧月确实世所罕见。”他的声音恭谨而清晰，“只不过我听说苍茫山顶长有一种苍碧兰，想来也是妙绝天下！”

“苍碧兰？”丰兰息唇角勾起一丝微笑，目光落回并蒂兰花上，“光听其名已觉不俗，总有一天，我们会见到的。”说着，他抬步往回走，风吹花伏，仿如欢送，他回首看一眼那雪舞似的花海，目光变得幽冷，“那一天让兰暗使者助你一臂之力，不要让那些人……弄脏了我的花。”

“是！”任穿雨垂首，心头一松，公子还是那个公子！

与此同时，青州含辰殿里，风惜云端坐于玉座上，静静地看着面前站立的两名老臣——国相冯渡、禁卫军统领谢素。

“冯大人，谢将军。”

“老臣在！”冯渡、谢素齐齐应道。

“孤不日便要启程前往雍州，所以国中大小事务便要拜托二位了。”风惜云站起身道。

“臣等必然竭尽所能，不敢懈怠！”冯渡、谢素齐齐跪地示忠。

“两位大人请起。”风惜云走近扶起地上的两名老臣。

“多谢主上。”两名老臣起身。

“冯大人。”风惜云凝视着冯渡，眼中尽是诚恳与和煦之色，“你乃三朝元老，国中臣民无不对你敬仰万分，所以国中政事孤便尽托于你，你可要多多费神了。”

“请主上放心，有老臣在一日，青州必安！”冯渡恭声道。

“有大人此言，孤就放心了。”风惜云温和地笑道，“孤不在时，大人可不要太过操劳，得注意自己的身体，孤还希望老大人能辅佐孤一生呢。”

“谢主上关心，臣必定健健康康地等着主上回来！”冯渡心头一热。

“谢将军。”风惜云转头看向一直立于一旁的禁卫军统领谢素，“风云五将虽有名声，但毕竟年轻，不及你经验丰富，老成持重。”她抬手拍拍老将军的肩膀，“所以孤走后，这青州的安危便拜托你了。”

“冯大人所言即臣所欲言，臣在一日，青州必安！”谢素垂首恭声道。

“好。”风惜云微笑颔首，同时微抬双臂，左右掌心各现一物，“孤此去归期不定，但不论孤在与否，卿等见此二物，便如见孤！”

“是！”

“两位大人退下吧。”

“臣等告退！”

两名老臣退去，殿中又安安静静的，风惜云垂首看着掌心两物，轻轻叹息。

她的左掌上是一块墨色的玄令，正面雕着敛翅卧于云霄的凤凰，背面刻着“玄枢至忠”，这便是青州之王的象征——玄枢。她的右掌上是一块赤红的鸡血石，雕成凤舞九天的模样，是能调动青州兵马的兵符。

“依我看，齐恕的才能远在谢将军之上，你为何不让齐恕统领禁卫军？”久微自殿后走出。

“这两名老臣，在朝在野素有威望，又忠心耿耿，我名义上留他们监国，既能压住一些人，也能安抚一些人。”风惜云淡淡地道。

“所以你还要留下齐恕？”久微眉头动了动。

风惜云垂目看着掌心两物，合起手掌：“因为……我要后顾无忧。”

久微忽然一笑：“夕儿，你若不当王，实是浪费你的才干。怪不得风云骑的几位将军对你忠心不二。”

“风云骑的几位和其他人自是不一样，十多年走下来，他们几乎是与我一起长大的，除却君臣之外，我们还是朋友和亲人。”风惜云抬首淡淡一笑，笑得十分温暖，“久微，他们和你一样，是这世上我仅存的亲人。”

久微看着她脸上的笑容，心中也一片温暖，走过去握住她的双手：“这一边是玄枢，一边是凤符，合起来便是整个青州。夕儿，整整一个王国在你掌中，你握着的其实很多。”

“是很多。所以，我不能辜负他们。”风惜云握紧双掌，“久微，你是信天命还是信人定胜天？”

“我嘛……”久微眯起眼睛，看着某一点，似看着某个遥远的地方。

“主上，齐将军求见。”殿外响起内侍的声音。

“让他进来。”

“是。”

不一会儿，齐恕大步跨入宫殿。

“臣拜见主上！”齐恕恭恭敬敬地跪地行礼。

“起来吧，用不着行这般大礼，又不是在紫英殿上。”风惜云扶起他。

齐恕起身：“不知主上召臣前来何事？”

风惜云走回玉座前坐下：“这几个月的时间，事情进行得如何了？”

“回禀主上，这几个月臣一直在训练新兵，如今十万禁卫军、五万风云骑已然齐整威武。”齐恕恭声道，抬首看着风惜云，眼睛里闪现一丝奇异的光芒，“五万风云骑依然是主上心中的风云骑！”

“那就好。”风惜云微微一笑，“齐恕，此次我前往雍州，徐渊、林玑、程知、久容四人随扈，你留守王都。”

“臣……”齐恕刚开口，便被风惜云挥手打断。

“此次你不能随我同行。”风惜云再次起身走至齐恕面前，“我此去雍州，不知何时能回，国中虽有冯渡、谢素等人在，但他们毕竟老了，你必须留下来协助他们，也是要帮我守住这青州。你的责任比徐渊他们更重！”

“但是此次……”齐恕想说什么，却又顾忌着未说出来，只是望着风惜云。

风惜云自然明白他担忧的是什么：“确如你所想，我此去，短则一两月便归，长则几年才归，我也不能确切地回答你，所以才带他们四人同行。这枚风符你收好，必要时你知道要如何办！”她将赤色风符放入齐恕的掌心。

“是！”齐恕躬身接过。

“青州有你，我才能放心地走。”风惜云看着他道，“你自己要好好保重。”

“臣知道，请主上放心，臣必会守护好青州，静待主上归来！”

“我四月初即动身，你去准备吧。”

“臣告退。”齐恕点头，然后转身对着静立一旁的久微郑重行礼，“请久微公子好好照顾主上！”他的语气十分恭敬。

“请将军放心。”久微也微微躬身还礼。

两人目光相对，彼此颔首，齐恕便退下去。

看着那个挺拔的身影消失于门外，久微回首看向风惜云：“你留他果然有些道理。”

“齐恕性情沉稳，有他留下，我才能后顾无忧。”风惜云目送齐恕的身影离开。

久微看她片刻，忽然道：“我一直有个疑问，那位兰息公子到底在等什么？”

“他吗？”风惜云轻轻地笑了，“大约在等待最佳时机！”

第三十章　十里锦铺云华盖

景炎二十七年四月初，青王风惜云自青州王都启程，前往雍州。

四月六日，青王抵达青州边城良城。

四月七日，青王抵雍州边城甸城，雍王派寻安君亲自迎接王驾。

四月十二日，风惜云一行已至雍州王都十里之外。

“这是什么香味？”

“是呢，什么东西这么香？”

“是兰花的香气吧？”

“雍州被称为兰之国，看来真是名不虚传呢。”

“可不是？风中皆是兰花香。”

…………

长长的车队里，响起女子清脆的娇语声，那些都是此次随侍青王的宫女，一个个皆年少活泼。

青王玉辇里，久微开启窗门，一缕清香便随晨风而入，他顿时心神一振：“这兰香既清且远，实为难得。”

风惜云瞟一眼窗外，窗外春风吹拂，野地上碧草无垠，在阳光下如绿色的绒毯般，令人想伸手去抚摸：“我们风氏的先祖风独影谥号是‘肃’，但世人都不称她肃王，都爱称她为凤王。而雍州第一代雍王丰极的谥号是‘昭’，百姓却送他另一个称号——‘昭明兰王’。”她一边说着一边伸出手，承接着从窗口照入的淡金色朝晖，“容仪恭美曰昭，照临四方曰明。传闻他雪肤墨发，俊美异常，当年有着‘大东第一美男’的称号，令无数女子一见倾心。而封王后他治国有方，政绩最为出色，深受百姓爱戴，所以‘昭明’二字他当之无愧。至于‘兰’字——则是因为他独爱兰花，雍州百姓爱屋及乌，举国皆种兰花，天长日久，雍州兰花甲天下，被称为‘兰之国’。”

“怪不得这兰花香这般奇特。”久微感慨，“雍州兰花甲天下，那王都的兰花定是甲雍州，这回倒要好好欣赏了。”

风惜云坐正身体，玉辇还在不紧不慢地前行，清雅的兰香却越来越近，越来越清，像极了那人身上的味道。她不由得喃喃地道：“不知这兰花是黑色还是白色？”

“听说雍州兰息公子出生时举国兰开，且自他出生后，雍州兰陵宫里的兰花不分季节，花开不败。”久微忽地道，脸上浮起浅浅的、别有意味的微笑，“荒野之地，未见兰花却已闻清香，这兰之国真是名不虚传。”

“所以雍州才会有那样的传说：兰息公子乃昭明兰王转世，是上天赐给雍州的主人！”风惜云淡淡地笑道，眼中却无笑意，只有讽意，“这样的传说呀……”她似想说句什么，最后却只吐出一句无关痛痒的话，“真是不错。”

久微闻言拍拍风惜云的手，不再说什么。

正在这时，玉辇忽然停住了，门外响起内侍的声音：“启禀主上，雍州迎接主上的使臣到了。”

“这么快就到了？”风惜云一怔，然后站起身来，脚步刚动，却又停住，盯住玉辇门口的方向，片刻后无声地一叹，“真的是到了。”

门被从外面轻轻拉开，然后四名宫女携着清幽的兰香走入，躬身齐声道：“恭请主上下辇！”

两名宫女挽起珠帘，两名宫女扶着风惜云缓缓走出玉辇，踏出那道门，清冷的兰香便扑面而来，抬眸的刹那，风惜云不由得全身一震。

玉辇前是通往雍州王都的大道，道的两旁摆满了一盆一盆白色的兰花，道的中间铺上了如朝霞般明艳的锦毯，锦毯上撒满了雪白的兰花，一眼望去，仿佛是雪掩红梅，又似红梅裹雪，既清且艳，既丽又雅。风惜云再抬首遥望，兰花与锦道似长河般望不到尽头，朝阳为这花河镀上薄薄的金光，绚丽的光芒中，她几乎以为自己置身于通往瑶台的花径上。

“好特别的欢迎仪式！”久微的声音如从天外飞来。

那一刻，风惜云辨不清自己心头的感觉，是惊？是疑？是喜？还是悲？

“夕儿，你们或可开启另一段路程。”久微看着那梦幻的花河锦道，不由得衷心感慨，“这不是无心便能做来的。”

风惜云回首看一眼久微，微微展颜一笑，笑容清淡如风中兰香，眼眸深处却泛起一丝沉重，让她的神情添上一抹极其无奈的轻愁。

“恭迎青王！”

玉辇前黑压压地跪倒了大片的人，一道清朗的嗓音蓦然响起，响亮得似能震飞这美得不真实的花河锦道。

风惜云转身，面向玉辇前的人群。

“恭请青王！”一名着银色锦衣的年轻男子跪于众人之前。

风惜云抬步，扶着身旁的宫女，一步一步走下玉辇，双脚踏上霞色的锦毯，足前是连绵的雪白兰花，目之所及是黑压压的人群，清香如烟似雾萦绕一身。这便是他的诚意吗？

“平身！”清亮的声音和着风送得远远的。

银衣男子及众人起身。

风惜云扫视众人，目光微顿——这银衣男子原来是个熟人。

“请青王上轿！”银衣男子侧身引路。

风惜云微微一笑：“多谢穿云将军。”

银衣男子——任穿云猛然抬首，双眸晶亮：“青王还记得穿云？”

“当然。”风惜云颔首，抬步走向那顶准备好的轿子，心头又是一叹。

那轿以红色珊瑚为柱，以蓝色水晶为窗，以玉为顶，却一半为墨玉，一半为雪玉，各为半月形，合在一起又为一个圆月，玉顶上再铺满墨兰、雪兰，黑白相间，若雪中落了一地的墨玉蝴蝶，风过时，蝴蝶犹自扇着香翅，烟霞似的轻纱从四壁垂下，隐约可见轿中形若展翅凤凰的玉椅。

在任穿云眼中，风惜云怔立不动，目光似落在轿上，又似穿透了轿子，神色竟无法辨清是欢喜还是平静，良久后，她才微微启唇，似想说什么，最后却又无声地闭上，那一刻，任穿云仿佛听见她心底的一声深深的、长长的叹息。

“穿云曾说，青王驾临雍州时，我家公子必以十里锦铺相迎！”任穿云忽然以只有两人才能听到的声音道出昔日两人在北州初会之言，眼睛一眨不眨地看着风惜云的眼睛，似想从中窥得什么，等了半晌，却什么也没有，不禁微微失望。

风惜云脸上慢慢绽开一抹淡而优雅的浅笑，目光落向长长的花河锦，道：“十里锦铺，十里花河……你家公子实在太客气了。”她的声音平缓无波，却又其意难测。

她走向那顶玉轿，早有宫女挽起丝幔。她坐入轿中，双手落下，掌心是展开的凤翅，微垂双眸，只听得轿外有声音响起：“青王起驾！”

玉轿被稳稳地抬起，不快不慢地往王都而去，两侧是山呼相迎的雍州百姓，一路沿着艳如火、白如雪的花河锦道向前，风惜云闻着那似能沁心融骨的兰香，手心处一阵冷一阵热。

仿佛过了一世，又仿佛只是眨眼之间，心头生出奇异的感觉，她睁开眼睛，透过薄薄的轻纱，清晰地看见前方高高的城门之下立着一人，高冠华服，玉树临风，那样高贵而……遥远！

玉轿停了，风惜云抬手，掌心微湿，深吸一口气，然后轻轻吐出，手微微握拳，然后松开，平静心绪，抬首踏步走出，轻纱在身后飘飘落下，带起一丝凉风，令背脊微冷。

“臣等恭迎青王！”

幽州众臣黑压压地跪倒了一片，山呼海啸般的恭贺声里，唯有那道墨影依旧静立着，墨底银线的华服衬得他越发雍容而……深不可测！

他们移步向前，相隔不远的距离，彼此却觉得，似乎一辈子也走不近。

然后他们目光相交，浅笑相迎，彼此伸出手，交握一处。那一刻，他们忽然会心一笑，原来他（她）的手心也滚烫里微有湿意，原来他（她）也和我一般紧张。

他们指尖相触的刹那，欢呼声直冲九霄：“良姻天赐！百世携手！万载同步！”

乐声在欢呼声落下的那刻响起，那样喜庆吉祥，是一曲《鸾凤和鸣》。

他们携手同行，走过那撒满各色兰花，清香四溢的花河锦道，经过那些跪地欢呼的臣民……彼此的手一直牵着，手心一直温热着，偶尔侧首相视，偶尔浅笑相迎……似乎可以一直这样走下去，只是……路有起点便有终点。

“这是息风台。”

停下脚步之时，风惜云耳边响起丰兰息轻轻的声音。

风惜云侧首看向他，只见一张熟悉的雍容笑脸，那双眼睛依然幽深如夜。

息风？她淡淡一笑，不觉又是一叹，今天似乎是她这一生中叹气最多的一天。她抬首看向息风台，很显然，这是新建的，是为着她的到来才筑起的。

息风台是圆形的，分三层，每层高约两丈，状如梯形。第一层最大，大约可容纳数百人；第二层略小，也可容上百人；最上层约有四丈方圆，上面已摆有一把雕龙刻凤的玉椅，椅前两丈左右各置一案一椅。

整座息风台全由汉白玉筑成，洁白晶莹，此时被红绫彩带缠绕，朱红色的锦毯一路铺上，显得十分鲜艳喜气，阳光之下，匾额上“息风台”三个赤红的隶书明艳醒目。

“主上驾到！”内侍尖细的嗓音远远传来，然后息风台前所有的臣民跪拜于地。

风惜云转过身，遥遥望去，只见仪仗华盖如云而来。

这位统治雍州近四十年的雍王到底是个什么样的人呢？按照国礼，她为一州之王，与他地位相等，他本应于城门前迎接，但于家礼，她即将成为他的儿媳，他此时到来倒也不算失礼。

“你总是骂我为狐狸，但你肯定从未见过真正成精的狐狸吧？”丰兰息细微的声音蓦然响在耳边。

风惜云愕然，飞快地瞟了一眼丰兰息，却见他一脸端正严肃，目视前方。

过了片刻，雍王王驾已至近前，在距风惜云一丈之处停步，却不先问礼，而是打量着，似乎在掂量他这位贵为青州女王的儿媳。

风惜云静静地站着，神色淡定地任雍王打量着，也打量着她这位未来公公。

一眼看去，她只觉得他很高很瘦也很老，繁复华贵的王袍穿在他身上越发显得他瘦骨伶仃，清瘦的面容，皱纹层层如同败落的残菊，唯有一双眼睛，虽已凹陷，但瞳仁依旧明亮。

只看雍王的面貌，风惜云便可断定他与丰兰息是嫡亲的父子，从他端正的五官依稀可辨他昔日的俊容，墨黑的瞳仁，优雅的仪态，与身边之人极像，便是眼眸深处偶尔闪现的那抹算计的光芒也是一模一样的。

雍王身后一步之距，站着一位中年美妇，虽已不再年轻，却犹有七分华贵，三分美艳，抬着下巴，神情中带着高傲，想来便是他的继后百里氏。

雍王的身后便是雍州的诸公子、公主以及王室中颇有地位的嫔嫱们，服色各异，神态各具，只是那些目光……这一刻，风惜云忽然真正体会到了丰兰息那一日所说的“孤独的青州风氏又何尝不是最幸福的王族”的含义。

雍王静静地打量着他这位名动天下的未来儿媳，关于她，他听到过很多或褒或贬的评价，而此时亲眼看到本人，他忽然明白了，为什么他那个从不求人的儿子会为了她而踏进最不愿进的极天宫。

“孤年老体迈，未能亲自迎接贵客，还望青王海涵！”雍王终于开口，声音是苍老的，却又是极为清晰的，一字一字地慢慢道出，带着一种特有的韵味，末了微微一揖，风度翩翩，竟似一下子年轻了三十岁。

风惜云见之不禁暗暗一笑，有其父必有其子，丰兰息是极讲究风仪之人，想不到他这年老的父王竟是一样，再老也不肯在人前，或者说在女子面前失去翩翩仪态。她这么想着时，早已同时一揖回礼："孤乃是晚辈，岂能劳动雍王迎接？"

雍王脸上勾出一抹可称之为笑的表情，只不过很快又掩于那层层皱纹之中："能与青州之王成为一家人，实乃雍州丰氏之福气！"

"能得雍州丰氏为亲，孤亦万分荣幸。"风惜云也客客气气地回了一句。

"青王天姿凤仪，又文韬武略，令天下男儿倾心。"雍王的目光在风惜云的脸上微微停顿，然后扫过她身旁静立的丰兰息，最后落向身后诸公子，"今日之后，天下必有诸多男儿失落不已。"

风惜云浅浅一笑，轻轻地，似有无限深情地看一眼丰兰息，道："孤才疏学浅，能与兰息公子相伴此生，夫复何求？"

"哦？"雍王深深地看着风惜云，半晌后脸上浮起一丝笑意，似是欣赏，似是嘲讽，但瞬间就转为亲切和煦，"孤只愿青王能与吾儿夫妻恩爱，白首不离。"

"多谢雍王吉言。"风惜云依旧客气而优雅。

"主上，吉时已至。"一名老臣走近雍王道，看其服饰，应是雍州的太音大人。

"那么……"雍王目光扫过眼前的一对璧人，"仪式开始吧。"

"是！"太音退下，走至息风台前，扬声道，"和约仪式开始！奏乐！"

太音的声音落下，乐声也在同一刻响起，极其轻缓，极其喜庆，极其欢乐，是古乐《龙凤呈祥》。

乐声中，雍王领头而行，走向高高的息风台，身后是携手而行的丰兰息与风惜云，再后是左右两列人，左边是王后百里氏、寻安君、诸位公子、公主及朝臣，右边是青州的太音、太律、风云四将及随侍的内侍宫人。

按照礼制，息风台第一层容朝臣，第二层容王族，第三层只有行礼的新人及双亲可以登上。

因此，踏上第一层时，所有的朝臣及内侍宫人止步，但青州王室仅余风惜云一人，因此便按当日提亲时的约定，风云四将及久微作为青王的亲友踏上第二层，而在雍王抬步踏向第三层时，百里氏脚下刚动，丰兰息轻轻扫了她一眼，百里氏面色涨红，目光冷厉狠毒地看一眼丰兰息，然后停步，她身后四五道目光愤恨地射向丰兰息。

丰兰息视而不见，侧首看向风惜云，伸手携她踏上第三层高台。

这微妙的一幕，风惜云尽收眼底，不动声色地与丰兰息踏向高台，余光扫一眼那些丰氏王族的成员，心头有些好笑又有些悲怜——雍州丰氏果然比青州风氏复杂多了。

其实按照礼制，在这样的仪式上，作为王后和世子的长辈，百里氏可以与雍王同进同退。只是……此时的息风台最高处，只有雍王、丰兰息和风惜云，而台下，禁卫军严密守护，万千臣民翘首以待。

第三层高台上，雍王高居当中的龙凤雕花椅，丰兰息、风惜云分别立于左、右案前，右边的青玉案上置着一张琴，左边的青玉案上则置着一张瑟，两人静静地看着案上的乐器，不约而同地抬首看向对方。只要合奏那一曲后，他们便是定下了白首之盟，那是在万千臣民眼中完成的、至死也不能悔的婚盟。

“我总是对这个兰息公子不能放心。”林玑仰首看着高台上的两人，以低得不能再低的声音说道。

徐渊回头看他一眼，以眼神告诫他不要多话。

“可是……也只有他的那种雍容高华才配得上主上。”修久容的目光落在高台之上，那两人的风华使得他们不立于高处也让人仰望。

站在后面的久微听到此言，不禁看了一眼修久容。那张脸上的神情有些茫然，有些落寞，还有一些由衷的欢喜，而那张脸……从眉心至鼻梁，一道褐红色的伤疤将整张脸庞完完整整地分割成两半。但你无法说这张脸是丑陋的，因为那被分成两半的脸，两边都是极为秀气漂亮的，可你也无法说这张脸是美丽的，那是一种破碎的美，那伤疤仿佛在你的心口，会不时地扯痛你。

久微不由自主地伸出手拍拍修久容的肩膀，自己也不知道为何会有此举。

修久容转头向他笑笑，那一笑竟如孩童般纯真，略带羞涩，仿佛是心底某个秘密被人看穿了般不好意思。

“喂，你们看对面那些公子，我怎么就是看不顺眼呢？”粗神经的程知却将目光放在对面的诸位公子身上，比起他们这边寥寥可数的五人，那边一眼看去十分壮观，反正是数不清的。

“虽然都人模人样的，不过比起……”林玑瞄了一眼诸位公子，抬首看向高台，“还是主上选的那个好些。”

“闭嘴！”徐渊压低声音喝道，回头各瞪两人一眼，以免这两人再不知轻重地出言丢他们青州的脸面。

林玑、程知被他一瞪倒还真的闭上了嘴，只有修久容认认真真地将对面那些公子看了一遍，然后轻轻地道：“长得都挺好看，个个都仪表出众。”

“扑哧！”久微不由得轻笑。

徐渊冷冷的目光扫向修久容，虽未出声呵斥，可修久容也明白了他的意思，顿时噤声。只有久微依然自在地笑着，而对面那些丰氏王族的人没有关注他们，只把眼睛盯紧了高台，那寻安君面有隐忧，眉头时不时地皱一皱。

终于，高台之上飘下了琴瑟之音，时而悠扬清澈，如青峦间嬉戏奔流的山泉；时而飘逸温柔，如杨柳梢头悄然而过的微风；时而绮丽明媚，如百花丛中翩然起舞的彩蝶；时而平静冷艳，如雪中绽放的火红梅花……蓦然琴音高亢入云，瑟音低沉如呢喃；倏忽琴音缥缈如风中丝絮，瑟音沉稳如松立风崖；一时瑟音激扬，一时琴音空蒙……琴音、瑟音时分时合，合时流畅如江河汇入大海，分时灵动如清流分道潺潺……

一时间，所有的人沉浸于这如天籁般优美和谐的琴曲瑟音中，便是高台上的雍王也闭上双眸，静静聆听，而弹奏的两人，十指还在飞舞，目光却不禁相缠，似也有些意外，又有些理所当然的欢喜。

当刀光绽放时，一半人还沉迷于乐曲中，另一半却被刀光的寒冷凌厉炫目惊住了！

刀光仿如雪降大地，漫天铺下，似可遮天蔽日，掩住所有人的视线，炽阳之下，息风台最高一层已完全为雪芒所掩，已看不到雍王、丰兰息、风惜云三人。

回过神的禁卫军急忙往台上冲去，此时已不能顾忌礼制，台上那三人中的任何一人受到损伤，他们都是九条命都不够抵的！只是他们才靠近最高的楼台，那雪芒便将他们一个个扫下来，有的摔落在地上断手断脚，有的当场毙命，幸运的虽未有损伤，却已魂飞魄散，再无勇气、再无力气踏上楼台！

“主上！”

风云四将齐齐唤道，飞身便往高台冲去，可半途中，雪芒中飞出数道冷光，如银蛇般缠向他们的脖颈，四将齐齐拔剑挡于颈前。

叮的一声脆响，那是刀与剑互击后发出的痛呼声，银蛇退去，四柄雪亮的大刀架在四将的剑上，握刀的是四名从头至脚都被如雪的白衣包裹着的人，唯一露在外面的眼睛，如冰般冷厉无情！

“你们……”

四将才开口，大刀已凌空砍下，那是雪的肃杀，可以斩断天地万物生机般绝情狠毒！

“先解决他们！”徐渊大喝道。

“是！”其余三人齐齐答道。

霎时四将长剑挥扫，带着骄阳的绚丽炽热，如同四道金色的长虹贯向那四柄雪刀，而久微早已退至一旁，沉默地看着眼前的混战。

另一边，百里氏、寻安君与诸位公子等身前已有赶来的禁卫军护住，第一层的朝臣与宫人早已乱作一团，恐惧尖叫的，呲声呼救的，狼狈不堪，禁卫军忙上前将他们救下台去，还有不少禁卫军依然试图冲上第三层高台，但第二层上的刀芒剑气便让他们止了步。

而第三层高台上，雪芒如盖，将那高台密密封锁，里面的人无法出来，外面的人无法进去……忽然，一声凤鸣直冲九霄，所有的人不由自主地往高台上看去，那雪芒中隐隐有一道白影携着金芒绕台而飞，那浓密的雪芒竟怎么也不能困住并掩盖她绚丽的光芒！

“破！”

一声清叱从天而降，一道白影冲天而起，若凤冲九霄般穿破那浓密的雪芒，然后凌空张臂，如凤展双翅，洁白的衣袖挥下，顿时狂风吹拂，将高台上的雪芒扫得干干净净，露出了高台上的雍王、丰兰息以及十三名团团围住他们的雪衣人，然后空中的白影轻盈得不带一丝重量地落在高台之上，临风而立，白绫飞扬，正是风惜云。

静！

这一刻整个息风台都是安静的，风云四将与那四名雪衣人也不约而同地停手，便是台下那些吓趴了的臣民也一个个大气都不敢出，睁大眼睛看着高台之上。

高台上，十三名雪衣人执刀而立，眼睛一眨也不眨地盯着风惜云与丰兰息，手中雪刀皆刀尖抵地，十三人站立的位置看似杂乱，但若是在武林中走动的人必然知道，那十三人摆出的是雪山派绝命夺魂的刀阵！

“雪山十七刀不是眼中只有雪，心中只有刀吗？何时竟也沾了这红尘？”风惜云清冷的声音响起，那十三人同时瞳孔一缩。

“竟是你们？”为首的一名雪衣人似不相信，不禁将手中的刀握得更紧。

他们虽未见过“白风黑息”，但决不会认错那白衣女子手中的白绫，这世间没有第二根白绫可以如此厉害，如此可怕！而这墨衣男子虽未出手，面对他们的刀阵神色优雅从容，仿佛面对的不过是三岁小孩玩的把戏，不见丝毫惊慌，定就是与她齐名的黑风息！原来“白风黑息”是青州风惜云、雍州丰兰息的传言是真的！

“修行不易，何不归去？”风惜云淡淡地道。她扫一眼丰兰息，见他立于雍王身前，而雍王自始至终端坐于椅上，神色镇定，依然是一派王者风仪。

“雪降下后还能回到天上去吗？”为首的雪衣人摇头，同时手中雪刀一抬，“杀！”

霎时，十三名雪衣人便有七名袭向丰兰息，六名袭向风惜云，刀光化雪为水，极其缠绵、极其柔畅地流向他们，那柔绵的水在近身的前一刻，忽如山洪暴发般汹涌澎湃，排山倒海般卷向他们！

“主上小心！”

“公子小心！”

高台下的众人看得胆战心惊，不约而同地脱口高呼。

却见丰兰息、风惜云齐齐后退，仿若与洪流比赛一般，任那洪流如何急奔席卷，离他们二人总有一尺之距。

双方追逐着，两人就要退至高台边缘时，那追着风惜云的洪流忽然退去，四人急急转身，扬刀，齐齐挥向还坐于椅上的雍王，另两人则挥刀左右夹攻向风惜云。而同时，那追着丰兰息的洪流忽然化为雪潮，高高扬起，雪亮的刀芒刹那间耀比九天的炽日，落下的那刻，凌厉冰寒的刀气让息风台上下所有人骨肉刺痛！

“主上！”

“公子！”

所有人不禁惊叫起来。

“撒手！”

但闻一声清叱，风惜云手中的白绫挟着十成功力凌空抹过，叮叮声响！夹击她的两人只觉得手腕剧痛，手中雪刀脱手坠落，余劲犹存，直直嵌入那汉白玉石的地面足有三寸，那两人还未从剧痛中回过神来，便见风惜云身形一展，双足飞踢，闪电间便踢中那两人的肩膀，众人只听得咔嚓骨裂的声音，那两名雪衣人便倒地不起。而同时，她身形疾速前去，白绫远远飞出，直追那挥向雍王的四柄雪刀。

那一刻，她人如飞箭，绫如闪电，眨眼之间，白绫已绕过雪刀，叮叮叮三声，已有三柄雪刀坠地，只有那最前的一把还在继续前挥，而高台上空空如也，雍王无处可避，也无力可逃，眼见那雪刀如雪风临空劈过来！

“还是我快！”

只听一声轻喝，那就要刺入雍王胸口的雪刀忽然顿住，雪衣人回首，风惜云正立于一丈之外，手中白绫却紧紧缚住了他手中的刀。

“可是我比你近！”话音未落，雪衣人忽然双掌拍出，竟弃刀用掌，拍向离他不过三尺之距的雍王，这一下变化极快，刚从刀下逃命还未回神的雍王根本来不及躲闪。

“你太小看我了。”风惜云轻轻一笑，手一挥，白绫仿若有生命一般带起雪刀砍向那双肉掌。

可就在此时，一声惊呼响起——

“公子！”

声音是那样急切而惶恐！

风惜云的手不禁一抖，白绫一缓，雪衣人的双掌便狠狠地拍在雍王胸口，下一瞬间，白绫飞近，如刀割下，啊的一声惨呼，血花溅出，雪衣人一双血掌掉落在地上，而同时，雍王闷哼一声，喷出一口鲜血。

雍王受伤，雪刀切掌，都不过眨眼间的事，那断掌之人昏死于地时，身后那失刀的三人却同时挥掌击来。风惜云已无暇顾及雍王伤势如何，足下一点，人凌空飞起，一声长啸，清如凤鸣，那一瞬间，地上三人只觉得眼前白光刺目，目眩神摇中，仿佛有白凤挥翅扫来，还未来得及反应，凤翅已自颈边划过，疼痛还未传至，一切感觉便已远离，神魂遁去时，模模糊糊地想：这便是白风夕的绝技凤啸九天吗？

风惜云落地，白绫已从三人颈前收回，她急忙转身找寻丰兰息的身影，一见之下，也不由得心神一凛。

只见那七柄雪刀已幻化成千万柄，从四面八方罩向丰兰息，那刀芒越转越亮，越转越密，带起阵阵凌厉的劲风，隐约已成一个锋利的旋涡，旋涡转过之处，坚硬的汉白玉石地面被削起层层石屑，而置身于旋涡之中的丰兰息呢？

她不由自主地走了过去，明知道他武功不在自己之下，可还是忍不住担忧，正欲出手时，忽听得丰兰息发出一声低低的冷哼，然后一股兰香幽幽地飘散开来。在众人还未弄清怎么回事时，那雪色的旋涡中忽然现出细小的墨兰，一朵、两朵、三朵……越来越多，越展越开，眨眼之间，那雪色的旋涡便全为墨兰所掩。

“散！”

丰兰息的声音还是那样优雅如乐，然后所有的墨兰忽然间聚为硕大的一朵，当墨兰的花瓣陆续展开时，幽香霎时笼罩住整个息凤台，同时叮叮之声不绝于耳。

当所有的刀芒散尽，墨兰消失时，人们才得以看清，高台之上，丰兰息静静站立，地上是七名已无生机的雪衣人，雪刀已断为无数的碎片散落一地，隔着这些人与刀片，伫立着青王风惜云，在她的身后，是受伤的雍王。

“父王，您没事吧？”丰兰息绕过风惜云走向雍王，扶他慢慢起身。

“公子小心！”才松一口气的众人再次惊叫。

雪光乍现，狠绝地扫向椅前的雍王与丰兰息，那是曾与风云四将交手的四名雪衣人。高台上的兄弟或伤或死于“白风黑息”之手，似都只是眨眼之间的事，他们回神的那一刻，已无法挽回。所有的恨与怒便爆发了，他们便是死也要取这两人的性命！

“父王！”

那一刻所有的臣民亲眼见到他们衷心爱戴的世子挺身挡在主上身前，挥手扬袖击落刺客的刀，可偏偏还有一刀刺向了世子，而青王竟似傻了一般呆立不动，眼睁睁地看着那柄雪刀没入世子的身体！

“公子！”所有的人不忍地闭上眼睛。

这一声惊呼似唤醒了风惜云，白绫挥起的刹那，煞气如从地狱涌来，凌空扫下，息风台前所有人都不由得在心底颤抖。那感觉仿佛是末日降临，再睁眼时天地万物便不复存在！

一切又恢复平静了，息风台上不再有刀光，也不再有杀气，不再有惨叫声，也不再有惊呼声，只有那暖暖的、刺目的阳光，以及那挟着腥味的微风。

风惜云垂首看着地面。白玉似的地、红绸似的血交织成一幅浓艳的画，雪色的衣、无息的人、冰冷的刀片，如画中的点缀，让那画尽显它的残忍和冷酷。

所有的紧张激动忽地退去了，她抬首看看受了伤却冷静如昔的丰兰息，再看向抚着胸、苍白着脸，似乎还处于震惊中的雍王，最后看向那蜂拥而来的禁卫军，忽然间清醒了。这一切的一切都明白了，那一刻，她竟是那样疲倦。

第三十一章　且悲且喜问兰香

兰若宫前，久微看着阶下的一盆兰花怔怔地出神，脑海中总是浮起前日息风台上风惜云的神情。

犹记得雍王及世子丰兰息被拥护着送回王宫，所有的人也跟随而去，唯有风惜云立于息风台前，抬首仰望那洁白如玉的楼台许久，最后回首看着他，淡淡地笑道："久微，新的路哪有那样平坦？也不是你想如何走便能如何走的。"

她的笑容淡如云烟，可眼眸深处是那样悲哀、失望。

"唉！"

久微本只是心里叹气，谁知不知不觉中便叹出了声音，低头看着手中精心炮制的香茶，犹豫着到底是送进去还是不送进去。

"楼主？"一个极其清脆的声音试探着唤道。

久微转头，便看到一个比阶前兰花还要美的佳人。

"原来是凤姑娘。"他有些惊异，但很快便又了然地笑笑，"来找青王？"

凤栖梧点点头，清冷的丽容上也有着惊讶之色："楼主为何会在此？"

"青王请我当她的厨师，我自然是随侍她左右。"久微淡淡地笑道，眼眸一转，"既然凤姑娘要去找青王，那请顺便将这香茶带进去。"说完他也不管凤栖梧是否答应，将手中茶盘直接往她手中一搁，"姑娘先去，我再去做几样好吃的点心来。"说罢他转身快步离去。

目送久微离去，凤栖梧看看手中的茶盘，暗自惊奇，有如闲云野鹤般的落日楼主人竟然做了青王的厨师。思索间，她拾级而上，至兰若宫前，请内侍代为通传，片刻后，内侍即回报说青王有请。

她随着领路的宫人踏入宫门，兰若宫里也如兰陵宫般开满了兰花，清雅的兰香扑鼻绕身。走了片刻，她远远地便见一人立于玉带桥上，微风吹拂，雪兰摇曳，衣袂翩然，仿如天人。

"主上，凤姑娘到了。"一名宫女走至桥前轻声禀报。

玉带桥上的人回头望过来，凤栖梧不由得全身一震，手中的茶盘也抖了抖。

她眼前高贵清华的女子是谁？是风夕，还是青州之王风惜云？

“凤姑娘，好久不见了。”风惜云微笑地看着凤栖梧，她依然清冷如昔，亦美艳如昔。

这不是风夕，风夕不是这样的神态，也不是这样的语气。

“栖梧拜见青王。”凤栖梧盈盈下拜。

风惜云移步走下玉带桥，微微抬手，一旁自有两名宫女上前，一个接过凤栖梧手中的茶，一个扶起她。

“怎么能让客人送茶呢？久微又偷懒了。”

凤栖梧起身，抬眼看着眼前的人——青州女王风惜云，对方已今非昔比，她心中顿有些怅然，一时之间倒不知要说什么。

风惜云看她一眼，吩咐随侍在旁的内侍、宫女：“你们退下，孤要与凤姑娘说说话。”

“是！”众人退下。

“这兰若宫极大，我来了两天，却还没来得及欣赏这宫殿，凤姑娘陪我走走如何？”风惜云道。

凤栖梧垂首：“青王相邀，栖梧自然乐意。”

两人便顺着玉带桥走下去，绕过花径，便是一道长廊，一路看得最多的便是兰花，各形各色，清香萦绕。

“真不愧是兰之国，兰花之多，此生罕见。”走至一座临水的亭子前，风惜云停步，在亭前的石桌旁坐下，回头示意凤栖梧也坐。

凤栖梧并没有坐，只道：“兰陵宫的兰花更多，青王应去那里看看才是。”

风惜云闻言，目光掠过凤栖梧的面孔，眸中微带笑意。

被那样的目光一看，凤栖梧不禁脸微烫。

“这一年来，凤姑娘在雍州住得可还习惯？”风惜云细细地打量着她，容颜依旧冷艳，只是眼眸里已没有凄苦，清波流转间多了一份安宁。

“比之从前，如置云霄。”凤栖梧想起这一年的经历，不禁扯出一丝浅笑，“青王如何？”

“比之从前，如坠深渊。”风惜云学着她的语气答道，末了还夸张地露出一副幽怨的神情，顿时破坏了她一直维持着的高雅仪态。

“扑哧！”凤栖梧顿时轻笑，笑出声后才醒悟，忙抬袖掩唇，可也在这一笑间，从前相处时的感觉又回来了。

“何必遮着？”风惜云伸手拉下凤栖梧的手，指尖轻抚那欺霜赛雪的玉容，不似以往白风夕的轻佻，反带着一种怜惜之色，“当笑便笑，当哭便哭，自由自在的多好。”末了她终是忍不住轻轻捏了捏那细嫩的肌肤，“栖梧这样的佳人，我若是个男子，定要尽一生之力，让你一世无忧。”

这样的话语，顿叫凤栖梧想起了那个潇洒无忌的白风夕，一时放松了，不禁也笑道：“青王若是个男子，栖梧也愿一生跟随。”

“真的？”风惜云眼珠一转，带着一丝狡黠，“这么说来，我比他还要好？”

“他”指的自然是丰兰息，这回凤栖梧却不羞涩了，只是看着风惜云，道：“公子受伤，青王为何不去看望？”

“那点儿小伤要不了他的命。”风惜云放开手，淡淡地道，“况且他受了伤，需要好好静养，我不便打扰。”

“公子他……盼着青王去。”风栖梧不解为何风惜云如此冷淡。他们已经定亲，作为丰兰息未来的妻子，她本应是最为关心他的人，何以此刻冷淡得如同陌生人？就算撇开未婚夫妻这层关系，他们也有十余年的深厚情谊啊！

“我既不是大夫，亦不会煎药熬汤，去了对他一点儿益处也没有。”风惜云微带嘲讽地笑笑，“况且他不缺看望照顾的人。”

看着风惜云面上的笑容，风栖梧心头一涩，默然片刻，道：“青王不同于其他的人。”

闻言，风惜云不禁回头看着风栖梧。她自然知道这位风姑娘是钟情于丰兰息的，想至此，轻轻叹了口气，心头一时亦理不清是何滋味，只看着风栖梧，问：“栖梧既知我是青王，那么日后我与他成婚之时，栖梧当在何处？”

这样的话，问得直接且突兀，风栖梧心中却似早有了答案，目光清朗地望着风惜云：“栖梧只是想着能给公子和青王唱一辈子的曲，如此便心满意足。”

风惜云眉头一挑。

风栖梧脸上却有着一种早已看透的神情：“当日在幽州，栖梧便知公子心中没有第二个人。”

风惜云一愣，看着风栖梧，既怜惜又无奈：“栖梧真是个冰雪般的人儿，他不知哪世修来的福气，此生能得你这样的红颜知己。只是……栖梧，你并不了解他。”

“公子他……”

“你不知道他是个什么样的人！”风惜云猛然站起来，转身望向湖面，不让风栖梧看到她的神情，“你看到的，不过是他最好的一面，你看不到的才是最可怕的！”

风栖梧一震，呆呆地看着风惜云。

风惜云却没有再说话，只是望着干净得不见一丝浮萍的湖面。

风栖梧呆了片刻，才喃喃自语般地道：“或许栖梧真的不了解他，可是……这数月来，栖梧亲眼看到了，公子为迎接青王到来所做的一切。为青王铺道的千雪兰是他亲手种的，给青王乘坐的轿子是他亲手画的式样，要与青王举行和约仪式的息风台是他亲自督建的，青王住的兰若宫是公子亲自布置的……宗宗件件，公子无不上心，足见他对青王的心意！”

风惜云听了，怔怔地看着风栖梧，蓦地放声大笑起来：“哈哈哈哈……哈哈哈哈……”

风栖梧傻傻地看着风惜云，不解为何自己一番话会惹来一场笑，只是这笑声无一丝欢愉，反令人悲伤。

过了片刻，风惜云止住笑，眼睛因为大笑显得格外亮，如月下清湖般，波光寒冷清澈，风栖梧看着，却有一瞬间以为那双眼睛中闪烁着的是泪光。

“栖梧，你的人与心，都像这千雪兰一般，清傲高华。”风惜云走至一盆千雪兰前，微微弯腰，伸手摘下一朵，走回风栖梧身前，将兰花簪在她的云鬓上，“人花相衬，相得益彰。”

她说完这话，便退后一步，一瞬间，风栖梧感觉到了她的变化。

端丽雍容，高贵凛然，她再次做回了青州的女王，不再是可与她一起嬉闹的白风夕。

那一刻，凤栖梧知道她们的谈话结束了。

那一天，凤栖梧带着满腹的疑惑与忧心离开了兰若宫。

在她走远后，风惜云回首，目送她的背影，轻轻叹息。

凤栖梧离去后，风惜云独立湖边，怔怔地出神。

也不知过了多久，耳边听得有脚步声，她回首，便见一名内侍匆匆走来："主上，雍州世子派人送来了礼物，说一定要主上亲自接收。"

风惜云眉头微皱："送了什么？何人送来的？"

"有纱帐罩着，奴婢不知是何物。送来的人自称姓任。"内侍答道。

姓任？难道是任穿云？这么一来，她倒生了兴趣："带路，孤去看看。"

"是。"

洗颜阁的阶前，任穿雨仰首看着匾额上的"洗颜阁"三字想，当初公子是怎么想到要取这么个名的？洗颜……洗颜……

"兰息公子让你送来什么？"

任穿雨正思索着，蓦然一道声音响起，清亮如山间蹿出的冰泉，他忙转身，一眼看去不禁一呆。

和约之仪那天，他也曾远远看过青王一眼，只是此时此刻，青王的容颜近在咫尺，令他有一种惊心动魄之感。他忽然间明白了，为什么会有那些千雪兰铺成的花河，为什么公子要耗世资筑息风台，为什么会有那株兰因璧月……似乎公子的一切反常行为，此刻都有了因由。

一切，都是为着眼前这个人。

"穿雨拜见青王。"任穿雨恭恭敬敬地行了跪礼，在低头的刹那，他能感觉到一道目光扫来，如冰似刀。

"免礼。"风惜云打量他一眼，年龄三十上下，比之弟弟任穿云的俊朗英气，他的面貌要平凡许多，看着颇为斯文，唯一特别的大约是一双眼睛，细长而异常明亮。

任穿雨起身。

风惜云立在洗颜阁前，并没有丝毫移驾入阁的意思："孤在青州听说过你，据说你是雍州最聪明的人。"

任穿雨忙道："小人鄙陋，有污青王耳目。"

"穿雨先生太谦虚了。"风惜云似笑非笑地看着他，"那日息风台上，孤已亲耳确认了先生的聪明与忠心！"

任穿雨心头一凛，垂首道："穿雨出身草芥，深受公子大恩，自当竭尽全力，以报公子。"

"兰息公子能有你这样的臣子，孤也为他开心。"风惜云浅浅地一笑，目光冰冷。

任穿雨抬头，毫不避忌地直视风惜云："穿雨做任何事都是为了公子，而为公子做任何事穿雨都认为是值得的。"

"嗯。"风惜云不置可否地点点头，望向他的身后，"不知兰息公子让你送来的是什么？"

"公子吩咐，除青王外，任何人不得私自开启，所以还请青王亲自过目。"任穿雨招手，四名内侍便抬着一样罩着纱幔的东西上来。

风惜云看了一眼那罩得严实的礼物："东西孤收下了，烦穿雨先生回去转告兰息公子，孤感谢他的一番美意，待公子伤好了，孤再亲自登门道谢。"

"是。"任穿雨躬身，"穿雨告退。"

说罢他转身离去，走出几丈远后，忽然心中一动，回首看去，却见青王正自身后目视着他，那样的目光令他心神一凛，立时回头快步离去。跨出几步后，他蓦然醒悟，暗骂自己方才的失态。

眼见任穿雨已走得不见影儿，风惜云收回目光，看着那份礼物："你们都退下吧。"

"是。"所有内侍、宫女悄悄退下。

这时，洗颜阁的门发出吱嘎一声轻响，久微从门里探出头来。

"就知道你躲在里面。"风惜云无奈地看着他。

"我做了点心没找着你，便想着你反正要来这里看书，便将点心端来这里等你，谁知等久了竟然睡着了。"久微伸伸懒腰，"听刚才的话，你似乎对这个任穿雨很有戒心？"

"因为他对我有戒心。"风惜云淡淡地道，"这人不可小觑，那日正是他那一声莫名其妙的惊呼声阻了我，以致雍王重伤，可以说是在我手下完美地完成了他们的计划！"

"你……对此耿耿于怀？"久微目带深思地看着她。

"哈……"风惜云冷笑一声，"只不过是再一次证实，无论他做什么事，无论这事看起来有多风光，在那背后必有着他的目的。这世间所有的人、事、物，在他的眼中无不可利用！"

久微看着她眼中的愤懑与失落，微微一叹。似乎自她成为青王之后，白风夕的潇洒与快活便都消失了，取而代之的是沉重的负担。

"久微，答应我，一定要好好保护你自己。"风惜云忽然拉住久微的手道，声音里透着一种忧心与疲倦，"他那样的人，若要算计……你在我身边便会有危险。"

"夕儿，你放心，这天下无人能伤得了我。"久微淡淡一笑，反手握住风惜云的手，安慰地捏了捏她的掌心，"况且我不过是你的厨师，对他没有任何妨碍，他哪会来算计我？"

"但愿如此。"风惜云长叹一声，"论心机手段，这世上无人能出其右，你以后小心点儿总是好的。"

"他这般厉害？"久微眉尖微挑。

"久微，你不涉王权之争，不知其间的血腥与残忍，自然也就不知他的可怕。"风惜云微微闭目。

久微看她的神情，想起和约之仪那日的隆重与其后她的叹息，心中也颇为感慨："夕儿，难道这所有的……真的都是他的计划？"

风惜云微微握拳："当然。"

久微心中却有些疑惑："他为何要安排这一出？既然全是他的安排，那他为何又杀了那些刺客，最后又伤在刺客手下？"

"刺客不是他安排的，只不过会有刺客早在他的预料之中，他不过是将计就计罢了，否则以他之能耐，和约之仪上又岂会有那番事？"风惜云转身，目光穿越阁前庭院，遥遥落向远方，"当日你也在场，自也看到，护卫息风台的不过是些禁卫军，并没有他的亲信，那是因为他要那些刺客出手，他要的就是那样一个局面！"说着，她转过身，看向久微，"至于他受伤……久微，你看雍州现在是什么情况？"

久微想了想，道："雍王重伤，世子重伤，一夕间支撑雍州的支柱似乎都倒了，臣民皆惶惶不安。"

"可不是？"风惜云讥诮地笑笑，"现在雍州是谁在主持大局？"

"雍王的弟弟——寻安君。"久微答道。

"刺客一案也是他在追查对吗？"风惜云继续问。

久微点头："受伤当日，雍王即命寻安君主持朝政并全力查办此事。"他说着这些大家都知道的事，脑中隐约地似已能猜测个大概了。

"若世子不受伤，那么这所有的事便应该由世子接掌。"风惜云长吁一口气，"表面上看来，现在雍州管事的似乎是寻安君，但实际上……这雍州啊，早就在他的掌中了！"

"既然这雍州早就在他的掌中，而且以他世子的身份，雍王之位迟早也是他的，那他为何……为何还要安排这样一出？他完全可以阻止刺客的出现，那样你们的和约之仪便能完美完成，那样，你与他……"久微看着风惜云，看着她眼中掠过的那抹苍凉之色，语气一顿，微微叹息，"他何苦要这般？"

"所以说你们都不了解他。"风惜云苦笑，"之所以有和约之仪当日的事，都是因为他要干干净净地登上王位，而且他是一个不喜欢亲自动手的人。"

"干干净净？"久微不解。

"快了，你很快就会看到了，到时你便明白什么才叫干干净净！"风惜云垂首看着那送来的礼物，移步走过去，"我们还是先看看他到底送了什么来。"

说话间，她伸手揭开了纱幔，露出纱下的水晶塔，顿时怔住，呆呆地看着。

那一刻，她不知是感动还是悲哀，是要欢笑还是要哭泣。

久微见她神色有异，上前一看，顿时也被惊住："这是……世上竟有这样的花！"

纱幔之下是一座六角的水晶塔，透明的水晶塔里有一株黑白并蒂的花，此时花瓣全部展开，花朵大如碗，花瓣如弯弯的月牙，黑的如墨，白的似雪，白花墨蕊，黑花雪蕊，黑白双花紧紧相依，散发着一种玉般的晶莹光泽，仿如幻梦般美得惑人。

"他竟然种出了这样的兰花？可是何苦又何必？"风惜云喃喃。

她轻轻伸出手，隔着水晶塔，去抚摸塔中的花朵，指尖不受控地微微颤抖，眼眸如烟雾迷蒙的秋湖。

冀州的天璧山乃是冀州境内最高的山，山势险峻，平日甚少有人。

夕阳西坠时，有琴音自山顶飘下，显得空灵缥缈，仿佛是苍茫天地里，山中精灵孤独的吟唱，寂寥而惆怅。

那空灵缥缈的琴音反反复复地萦绕着，天地似也为琴音所惑，渐趋晦暗，当最后一丝绯霞也隐遁了，浓郁的暮色便轻快地掩下。

琴音稍歇，天璧山顿时寂静一片，偶尔才会响起归巢雀鸟的啼鸣声。

一轮冷月挂上天幕，慢慢地从暗至明，稀疏的星子在月旁闪着微弱的光芒。

琴音忽又响起，却是平缓柔和、清凉淡逸如这初夏的夜风，飘飘然地拂过树梢，吹开夜色里悄悄绽放的一朵野花；又清清凌凌如幽谷渗出的清溪，自在无拘地流过，或滋润了山花，或浇灌了翠木，平平淡淡却透着安详。

“你怎么老喜欢爬这天璧山？”皇朝跃上山顶，便见一株老松下，玉无缘盘膝而坐，正悠然抚琴。

“无事时便上来看看。”玉无缘淡淡地道。

皇朝走过去，与他并坐于老松下的大石上，看着他膝上的古琴：“我在山脚下便听到你的琴音了，弹的什么曲子？”

“随手而弹罢了。”玉无缘回首看他一眼。

“随手而弹？”皇朝挑眉，打量着玉无缘，片刻后才微叹道，“前一曲可说是百转千回，看来你也并非全无感觉。”

玉无缘没有说话，微微仰首，遥望天幕，面色平静。

“她已和丰兰息订下婚盟。”皇朝也仰首看着夜空，疏星淡月暗淡地挂在天幕上，“她为何一定选他？我不信她想要的，那个丰兰息能给她！”

玉无缘收回遥望天际的目光，转头看一眼皇朝，看清了他脸上那丝怀疑与不甘，微微一笑，道：“皇朝，这世上大约也只有她才让你如此记挂。只是，你不够了解她。”

“哦？”皇朝转头看向玉无缘。

“她那样的人……”玉无缘抬首望向天幕，此时一轮冷月破云而出，洒下清冷的银光，“她想要的，自然是自己去创造，而非别人给予！”

皇朝微怔，半晌才长叹一声：“这或许就是我落败的原因。”片刻后他又道，“白风夕当可自由地追寻自己想要的，但今时今日的风惜云还能吗？”

“一个人的身份、地位、言行都可改变，骨子里的禀性却是变不了的。”玉无缘淡淡地道，弯月清冷的浅辉落在他的眼中，让那双无波的眼眸亮如银镜。

“看来你是真的放开了，这世上还有什么能束缚你？”皇朝凝眸看着玉无缘。

“既未曾握住，又何谓放开？”玉无缘垂首，摊开手掌，看着掌心，几不可察地一笑，“玉家的人一无所有，又谈什么束缚？”

“玉家的人……”皇朝喃喃。

“你来找我有何事？”玉无缘蓦然开口，打断皇朝的话，又或许是他不想皇朝说出后面的话。

皇朝摇摇头，但也没有继续方才的话题："这一年来，已是准备得差不多了，北州白氏、商州南氏虽稍有收敛，但最近又有些蠢蠢欲动，雍州丰氏与青州风氏已缔结盟约……"说着他站起身来，仰首望着浩瀚的天空，"时局至此，也该是时候了！"

玉无缘静静地坐着，望着山下，夜色里只望见一片朦胧幽暗，微凉的山风吹过，拂起两人的衣袂，哗哗作响。

良久，他才开口："既要动，那便在他们之前动，只是……"他抬首看着立于身旁的皇朝，"兴兵不能无因，你要以何为由？"

皇朝低首看他一眼，轻轻一笑，朗然道："这个大东朝已千疮百孔，无药可救，发兵的因由何其之多，但我……我不要任何借口，我要堂堂正正地昭告天下，我皇朝要开创清清朗朗的新乾坤！"

一语道尽他的骄傲与狂妄，那一刻，天璧山的山顶上，他仿如顶天立地的巨人，暗淡的星月似也为他之气魄所慑，刹那争先洒下清辉，照亮那双执着坚定且灼亮如日的金眸！

玉无缘看了他片刻，淡淡一笑道："这确是你皇朝才会说的话，也唯有你皇朝才会有此霸气之举！"